Achaja

fabryka słów
WYDAWNICTWO

ANDRZEJ ZIEMIAŃSKI

ACHAJA

TOM II

ILUSTRACJE
DOMINIK BRONIEK

fabryka słów®

LUBLIN 2011

Cykl Achaja

1. Achaja – tom 1
2. Achaja – tom 2
3. Achaja – tom 3
4. Pomnik cesarzowej Achai – tom 1
5. Pomnik cesarzowej Achai – tom 2
6. Pomnik cesarzowej Achai – tom 3
7. Pomnik cesarzowej Achai – tom 4
8. Pomnik cesarzowej Achai – tom 5

DONEK
2003.

Rozdział I

Większość ciał złożono w jednym miejscu. Naciągnięto na nie resztki, które pozostały z wozów. Nie było ani oleju, ani oliwy, całe zapasy zostały zużyte, więc żołnierze pół dnia znosili chrust na stos pogrzebowy. Sirius z miną, jakby szedł na ścięcie, rzucił płonącą pochodnię. Nie wystarczyło. Trzeba było podpalać z wielu stron. Achaja w nowej, tym razem dość skromnej sukience stała z boku, obserwując ciała przebranych w łachmany rycerzy, ułożone jedno przy drugim na drodze. Nie uznano ich za godnych całopalenia na wspólnym stosie. Dziewczyna odzyskała swoją sakiewkę ze złodziejskim łupem i wygranymi z drugiego dnia w Syrinx. Dobre i to. Skóra, z której została zrobiona, była ledwie nadpalona – dobrze ją ukryła pod podłogą wozu.

Z oddali rozległ się dźwięk rogu. Żołnierze grupkami odbiegali od stosu, gromadząc się przy koniach. Teraz byli czujni.

– Kto, psiamać, się ośmiela? – ryknął Sirius.

Zaan uśmiechnął się zimno.

– To jaśnie pan rycerz Vieese – mruknął. – Jedzie kondolencje złożyć. A naprawdę zorientować się, jak poszło jego ludziom, czemu nie wrócili na umówione spotkanie.

– To ich załatwmy.

– Nie. To ciągle ten sam Zakon. Wystąpimy przeciw nim jawnie, to i oni jawnie wystąpią.

– Przecież, psiamać, wystąpili!

– Nieeeee... Ci tutaj – wskazał trupy pod swoimi stopami – to tylko rabusie. Co z tego, że w kolczugach.

– Ty zawsze, żeby nic nie robić.

Zaan uśmiechnął się szerzej. Ale ten uśmiech nie był przez to ani o ton cieplejszy.

– A czy ja mówię, żeby nic nie robić? – Dłuższą chwilę drapał się w policzek. – Oni popełnili gruby błąd. Błąd w sztuce. Nie sądzili, że będziemy mieli kogoś takiego jak luańska dziwka.

– Nie nazywaj jej dziwką.

– Dobra. Ja jej mogę nawet pomnik ze złota odlać.

Sirius wiercił się, obserwując coraz bliższy poczet. Wreszcie nie wytrzymał.

– Dlaczego popełnili błąd? – spytał.

– Widzisz, już nie musimy udawać, że między nami zgoda. Że nie zauważamy ich knowań. A oni muszą. Toż nie wystąpią jawnie przeciw księciu Troy, bo jaki krzyk by się podniósł. Owszem, zabić, zgładzić wszystkich świadków, ilu by ich było... Tak, to ich metoda. Ale teraz? My możemy napluć im w twarz i nie bać się, że kogoś obrazimy. Wiemy, czego chcą. Nie od dziś zresztą. A oni będą musieli to ścierpieć. Nie uderzą jawnie siłą, póki my nie uderzymy.

– Dobra. – Sirius poweselał nagle, jakby spotkało go wielkie szczęście. – Dobra. Napluję im w twarz.

– Szlag! Nie dosłownie. Powiem ci, co robić.

– Nie. Ty tylko stój i patrz.

Książę wyrwał się i skoczył do przodu.

– Halo! Panie Vieese! – krzyknął. – Rycerzu! – I cicho dodał: – Kurwa twoja mać.

Ci z żołnierzy, którzy stali blisko, zarechotali, szturchając się łokciami. Vieese ponaglił konia, wysforowując się przed świtę. Nawet z oddali można było dostrzec, że na widok Siriusa i ciał leżących na drodze zwarł szczęki z wściekłości.

Tymczasem książę nie ustępował.

– Bywaj! – krzyknął. – Panie rycerzu. A zsiadajcie mi zaraz z konia, przywitać się chciałem.

Vieese wstrzymał konia i... przymykając oczy, zsiadł.

– Słyszałem, że Wasza Książęca Mość chory.

– Ano... Imaginujcie sobie, zbójcy na mnie napadli. A nie masz lepszego medykamentu niż głowy ścięcie przed wieczorem, prawda? – Sirius perorował w najlepsze, Zaan odwracał głowę, Vieese zgrzytał zębami. – Ale... Widzę przy waści młode rycerstwo w liczbie kilkorga. – Zaan, słysząc to prostackie wyrażenie i błędy w wypowiedzi, aż skulił ramiona. – Czyż nie godzi się, by również zsiedli i się przybliżyli, żeby nauki pobierać? Czyż nie po to wodzisz ich ze sobą?

– Oni mogą... – Vieese nie wiedział, co wymyślić. – Oni za mało znaczni, despekt mogą...

– Ja zapraszam! – warknął książę takim tonem, że nie czekając na rozkaz dowódcy, piątka młodych rycerzy Zakonu zeskoczyła z siodeł i zbliżyła się nieco.

– No i widzicie, panie Vieese... Jak wam tam? Tytułu zapomniałem.

– Rycerzu zakonny.

– O właśnie. To chciałem powiedzieć: Vieese, snycerzu zakonny. Oooo... przepraszam – zakpił Sirius, a wielu żołnierzy Królestwa Troy zasłaniało usta, żeby się nie roześmiać. – Co waść myślisz o tych zbójach? – Wskazał trupy, którym spod łachmanów wystawały kolczugi. Młodzi rycerze Zakonu wiedzieli również, że patrzą na swoich martwych kolegów. Przebierali palcami dłoni niebezpiecznie blisko głowni mieczy.

– To... niegodziwcy – szepnął Vieese.

– Co? Nie dosłyszałem.

– To niegodziwcy.

– No nieeee... Czy was tam, wybaczcie, w Zakonie, uczą odpowiadać książętom jednym tylko słowem, czy całym zdaniem, co?

– Całym zdaniem, książę. – Vieese, gdyby mógł, połknąłby swój własny miecz.

– No to mów. Głośno.

– To... – Vieese odchrząknął i wyrzekł naprawdę głośno: – To są niegodziwcy.

Sirius zwrócił się do młodych rycerzy Zakonu:

– I co? Nauki pobraliście? No, odpowiadaj jeden z drugim, jak pytam!

– Tttt... tak, panie!

– A wszystko zrozumieliście?

– Tak, panie.

– A dobrze zrozumieliście?

Rycerz, który odpowiadał, dosłownie słaniał się na nogach z wściekłości.

– Tak, panie.

– No to lekcji powtórka – powiedział Sirius. – Nie wszystko uda się zapamiętać za pierwszym razem. – Zwrócił się do Vieesego: – A szubrawymi mordercami ich nie nazwiecie, panie rycerzu?

– To jasne.

– Głośniej i pełnym zdaniem! – krzyknął książę. – Tak, by wszyscy moi żołnierze słyszeli! Im też, psiamać, należy się nauka!

Vieese przełknął ślinę. Jego szczęki mało nie pękły, tak mocno je zaciskał. Coś, jakby bielmo, zakryło mu oczy.

– To...

– Głośniej!

– To szubrawi mordercy! – wrzasnął Vieese, unikając jak ognia wzroku swoich młodych rycerzy.

– No! – Sirius uśmiechnął się ciepło. – A jak nazwiecie ich mocodawców?

– Toż pewnie nie mieli żadnych mocodawców, panie.

– O zdanie nie pytam! – ryknął Sirius. – Jeśli mają swoich mocodawców, psiamać, to jak ich nazwiecie?!

Vieese patrzył na czubki swoich butów.

– Niegodziwcami zapewne – szepnął.

– No nie... Tu nie salon w pałacu. Znacie chyba jakieś bardziej dosadne określenie.

– To... to...

– To chuje – dokończył za niego Sirius. I wrzasnął: – Głośno i pełnym zdaniem, proszę!

– Mocodawcy tych... zbójów... – Vieese przełknął ślinę. Potem rozluźnił kołnierz. Potem podrapał się w szyję. Potem strząsnął niewidzialny pyłek z rękawa. Potem wyczyścił nos. Potem przetarł oko. Potem podrapał się w brodę. Potem...

– No?!!!

– Mocodawcy tych zbójów to chuje!

Sirius roześmiał się głośno. Kilku żołnierzy nie wytrzymało. Rzucili się w las, niby to za pilną potrzebą. Ale księciu nie było dość. Podszedł do młodych rycerzy.

– Wyciągnęliście naukę? – spytał. – Wszystko zrozumieliście?

– Tttt... tak, panie.

– A dobrze zrozumieliście?

Jeden z nich, najbardziej narwany, nie wytrzymał. Jawnie sięgnął do rękojeści miecza.

– Hej, śmiesz oręż macać w mojej obecności? – krzyknął książę kpiąco. – Człowieku! Sto kusz w ciebie mierzy.

Żołnierze bez rozkazu wyciągnęli kusze i wycelowali w trzęsącego się z wściekłości młodzika. Mieli prawo. Nikt przy księciu miecza wyciągać nie będzie. Młodzik parsknął i zagryzł wargi aż do krwi.

– No co? – pastwił się Sirius. – Zrozumiałeś mnie?

Tamten nie odpowiadał, wlepiając wzrok w ziemię. Sirius zdenerwował się nagle.

– Mów, jeśli mnie zrozumiałeś! Kto są ci zbójcy?

– Tttt... to... – Młody rycerz spojrzał na Vieesego, szukając ratunku, ale ten odwracał twarz. Za to sto kusz mierzyło w niego i w każdej chwili mogło zamienić rycerzyka w wielkiego jeża z drewnianymi kolcami. – To są...

– Co?

Młodzik spurpurowiał na twarzy. Wyraźnie nie mógł wziąć głębszego oddechu.

– Głośno, proszę. O książęcy majestat chodzi.

– To są niegodziwi mordercy! – krzyknął chłopak w rozpaczy. – To psy!

Sirius pokiwał głową.

– Masz rację, synu – powiedział, choć niezbyt różnił się od rycerza zakonnego wiekiem. – Ale wiesz... Wracając do mojej bajki... Ja bym nigdy kolegów tak nie nazwał. Szczególnie martwych. Mówię przykładowo, oczywiście.

Odwrócił się i podszedł do Vieesego, który spod przymkniętych powiek patrzył na ciała.

– Cóż, każda przyjemność ma swoje granice. Żegnać się nam przyszło.

Vieese spojrzał na niego z nadzieją.

– No. – Książę uśmiechnął się naprawdę przyjaźnie. – Odlejmy się przed drogą.

– Słucham?

– Panie rycerzu. Powtórzę: tu nie salon w pałacu. Tu sami mężczyźni dokoła, rycerze i żołnierze. I jedna tylko kobieta, bo inne zbójcy bohaterscy wybili. Nie czas na salonowe słowa, nie czas na etykietę. Odlejmy się przed drogą.

Sirius zaczął sikać na leżące ciała.

– Nigdy nie pozwoliłbym sobie na taki despekt nawet wobec zbójców – wyjaśnił. – Ale wobec morderców bezbronnych kobiet? I dla nauki młodego rycerstwa? Gotów jestem poświęcić swoją książęcą powagę.

Vieese zamknął oczy. Mięśnie szczęk uwydatniały się na policzkach. Myślał, że przeczeka. Mylił się.

– A teraz wy, panie rycerzu.

– Aaaaaa... ale ja... nie chcę...

– Żal ich wam?

– Nie, nie... ja... sikać nie potrzebuję.

– A to żaden problem. Piwa! – ryknął Sirius na swoich żołnierzy. I odwrócił się do zmartwiałego Vieesego. – Specjalnie dla mnie sprowadzane z północnych krain. Znacie, panie, Północ? Tam też rycerstwo gościńce przemierza – zakpił. – Lać cały dzbanek, nie będę przecież żałował – warknął na mężczyzn, którzy podtoczyli antałek.

– Ale... ja nie mogę... My nie pijemy alkoholu.

– Moim poczęstunkiem gardzisz, panie rycerzu? Poczęstunkiem księcia? Gardzisz?!

Vieese, rad nierad, wychylił dzbanek, usiłując jak najwięcej rozlać na swój kaftan.

– Już? Chce się wam? – zainteresował się książę. – Nie? Następny dzbanek.

Żołnierze skwapliwie spełnili rozkaz. Vieese chwiał się na nogach. Rzeczywiście dotąd nigdy w życiu nie tknął alkoholu. Zrozumiał jednak, że albo umrze tu, na gościńcu, albo spełni zachciankę księcia. Podszedł do ciał ludzi, których sam wysłał na zabójczą misję, i...

Książę Sirius wskoczył na konia podczas tej czynności.

– Żegnam, panie Vieese. A wy – krzyknął do młodzików – naprawdę wyciągnijcie z tego naukę. Bo możecie być następni – roześmiał się. – W sikaniu, oczywiście.

Setka żołnierzy, Sirius, Achaja i Zaan ruszyli, nie zaszczycając spojrzeniem rycerza, który znajdował się w wyjątkowo głupiej sytuacji. Nawet jak na niego, nawet jak na Zakon. Ani przestać w połowie, ani kontynuować.

– I jak? – Nie wytrzymał Sirius i podjechał do Zaana, kiedy tylko poczet zniknął im z oczu.

– Dobrze.

– Nie będziesz mnie poprawiał? Wytykał błędów?

Zaan uśmiechnął się smutno i pokiwał głową.

– Tym razem nie. Mój panie, książę Królestwa Troy.

Achaja jechała kilkanaście kroków dalej i słyszała całą rozmowę. Nie mogła dać po sobie poznać, ale... Ona powiedziałaby na miejscu Zaana: „wielki książę Królestwa Troy". Po trzykroć wielki! Tak wielki, że nie wymyślono jeszcze słów na określenie tej wielkości! Pokazać psom, gdzie ich miejsce. Pokazać, gdzie zbrodnia, a gdzie honor. To przywilej, ale i święty obowiązek władzy, która powinna ustalać hierarchię czynów, pokazać wszem wobec, gdzie miejsce wszystkich rzeczy, które ważne, a którym sczeznąć w pyle na gościńcu.

Jechali mimo nocy, trakt prosty jak strzelił, białe płyty, którym go wyłożono, w świetle gwiazd odcinały się jasno od czerni pokrywającej wszystko wokół. Na granicy spotkali wojskowy zagon. Zaan zamienił kilka słów z dowódcą. Nad ranem przysłano prowincjonalnego prefekta, który, przerażony wydarzeniami, spisał wszystkie zeznania. Prefekt jeszcze tej samej nocy udał się na miejsce zbrodni, jęknął na widok ciał w kolczugach i posłał umyślnego do prefektury miejskiej. Prefekt miejski przeczytał papiery, sklął podwładnego i udał się na miejsce napaści. Zobaczył ciała... Jęknął i wysłał komplet dokumentów do głównej prefektury w Syrinx. Tam dowódca umiał czytać między wierszami. Jęknął więc, nie ruszając się z miejsca. Ale podjąć decyzji również nie potrafił.

Teczkę, która tymczasem zdążyła znacznie pogrubieć, odesłał wprost do pałacu. Szef tak zwanych służb był najbardziej inteligentnym człowiekiem z nich wszystkich. Jęknął już na sam widok teczki, nawet jej nie otwierając. Papiery przedstawiono cesarzowi. Ten przeczytał je skrupulatnie. Jak również inne papiery dotyczące zajścia, których w teczce nie było. Nie jęczał, bo nie był matką w połogu, ale cesarzem Luan. „Spalić!" – rozkazał krótko. „Vieesego przeprosić za to, że widział zbójców, ale tak, żeby musiał odpowiedzieć na piśmie i żeby musiał... potępić morderców". Nie cierpiał Troy, nienawidził Siriusa, ale to, co zrobił młody książę, wyraźnie mu się spodobało. Popatrzył na osłupiałego szefa służb i dodał: „A co mi będą moich wrogów na drogach mordowali? Od tego ja jestem przecież!". Długo nie mógł dojść do siebie. „Immunitet dałem, który pogwałcili, psy! Niech więc teraz Vieese skamle jak pies!"

Rycerz Zakonu Vieese nie miał lekkiego życia. Nawiasem mówiąc, szef służb nie do końca zrozumiał intencje cesarza wyrażone słowem „spalić", a pytać nie śmiał. Spalono więc zarówno teczkę, ciała „zbójców", jak i prowincjonalnego prefekta.

Orszak księcia, składający się teraz z samych konnych, bez wozów siłą rzeczy, napotkał pierwszy patrol armii Arkach w dwa dni po opuszczeniu Luan. Dwie dziewczyny z mieczami, na koniach zastąpiły im drogę. Prawdą więc było, że tam baby wojują.

Kilkunastoletnia raptem dziewczyna obciągnęła skórzaną spódniczkę na udach, by nie dawać zbyt niepoważnej perspektywy wrażym żołnierzom.

– Stój! Kto idzie? – krzyknęła.

– Toż my jedziemy – odkrzyknął Zaan. – Nie idziemy, moja pani.

– Dam ja ci krotochwile, pacanie. – Urwała nagle, widząc sto kusz w rękach stu żołnierzy. – No, kto tam? – Zagryzła wargi. – Przecież grzecznie pytam.

– Książę Sirius, syn wielkiego księcia Oriona, z poselstwem.

– O żeż ty. Jest jeszcze jakiś gwiazdozbiór, którego nie wymieniłeś?

– My z Królestwa Troy. A tam imiona władców od gwiazd wzięte.

– Ha! – zakrzyknęła. – A u nas to od krów, co? – usiłowała zakpić, ale nie jej było mierzyć się z Zaanem.

– Cóż, współczuć tylko. Ale to nie wasza chyba wina, pani?

– Żartujesz sobie ze mnie?

– Gdzieżbym śmiał.

Żołnierze chichotali, zasłaniając usta kułakami. Dziewczyna była coraz bardziej wściekła.

– I myślisz, że cię zaraz do naszej królowej zaprowadzę, co?

– Hm. Nie sądzę, żeby wasza królowa tu „zaraz” w krzakach na nas czekała. Więc pokornie pojedziemy dalej.

– Gadanie! – Rozsierdziła się zupełnie. – Pewnie grabić przyjechaliście. Mów prawdę! Co?

– Cóż. Jeśli armia Arkach ucieknie przed stu zaledwie żołnierzami, to owszem, możemy coś zagrabić przy okazji. Ale póki co wolelibyśmy spotkać się na dworze.

– Kpisz?

– No, teraz tak – wyznał Zaan szczerze.

– No! – Panna na koniu nie bardzo wiedziała, co powiedzieć. Jej towarzyszka również nie zdradzała nadmiaru inteligencji. Była młoda, piegowata i śliczna.

– No! – Pociągnęła nosem. – Ani mi się waż!

Zaan zrezygnowany machnął ręką.

– Moglibyśmy zobaczyć... eeee... kogoś bardziej kompetentnego?

– No! – Dziewczyna zastanawiała się dłuższą chwilę. – Powiem dowódcy. Co?

– No! – odpowiedział Zaan, przedrzeźniając ją bez litości. – Powiedz. Co?

– Kpisz?

– Eeeeee... Teraz nie.

Dziewczyna uspokoiła się wyraźnie. Żołnierze Troy, sami wszak niebędący wyrafinowanymi intelektualistami, o mało nie pospadali z koni. Przynajmniej ci, którzy zatrzymali się w pobliżu. Wyraźnie oburzyło to tę drugą.

– Ty, czego się tak gapisz?! – krzyknęła, obciągając krótką spódniczkę jak przedtem koleżanka. – Taki mam mundur! Zarazo!

– Przepraszam. – Stropiony winowajca odwrócił wzrok. Pozostali nie odwrócili. Widok żołnierzy w spódniczkach ledwie zakrywających pośladki, w męskich siodłach nie był powszedni w Królestwie Troy.

– Ja myślę tak... – odezwała się pierwsza.

– Niech Bogom będą dzięki – mruknął Zaan. – Ktoś tu jednak myśli.

– Kpisz? Co?

– Nie!

– No! – Pociągnęła nosem. – Jedźcie do zajazdu. Dzień drogi stąd. A ja powiem dowódcy i po was przyjadą, co?

– No! – odparł Zaan.

Żołnierze zaczęli chichotać. Tylko Sirius uśmiechał się promiennie. Panna strasznie mu się podobała. Ta jednak fuknęła na nich jak kotka.

– I bez żadnych mi takich – warknęła. – Ja powiem, że chcecie grabić, jak mówiliście!

– No! – odpowiedziało chórem kilkunastu żołnierzy. Jedynie Achaja nie wytrzymała.

– Nie daj się robić w konia, siostro! – krzyknęła.

– Nie jestem twoją siostrą! – warknęła żołnierz Arkach na koniu. Potem jednak jakaś myśl zmarszczyła śliczne brwi. – Ach... Mój tato, co uciekł... Pojechał do Troy, co?

Żołnierze zawyli z okrutnej uciechy. Achaja załamała ręce. Jedynie Sirius mrugnął do żołnierz Arkach i ruchem głowy skinął na pobliskie krzaki, lecz nie zrozumiała, o co mu chodzi. Rozglądała się z coraz bardziej wojowniczą miną.

– Jedźcie tam. – Wskazała ręką kierunek. – A ja do dowódcy. No. – Zbliżyła się do Achai. – A ty, jak będziesz widzieć tatę... Pozdrów ode mnie.

Achaja westchnęła ciężko. Zaan ukrył twarz w dłoniach. Nawet Sirius zasłonił oczy.

– No! I żeby mi spokój był! – krzyknęła jeszcze dziewczyna, zawracając konia. – Nie grabić, zarazy, niczego! Sama sprawdzę!

Żołnierze rechotali. Uspokoili się dopiero dużo później, kiedy obie wojowniczki zniknęły na lesistym zboczu góry. Ruszyli dalej drogą, a właściwie błotnistym szlakiem. Szczęście w nieszczęściu, że nie mieli już wozów. Nie dałoby rady przepchać ich tym traktem. Do Zaana podjechał setnik.

– Panie. Może obóz rozbijemy? – zapytał. – Konie zdrożone, żołnierze zmęczeni okrutnie.

– Wolałbym jechać dalej. Mamy straszne opóźnienie.

– Tak, panie. Ale żołnierze zdrożeni.

– Mówiłeś, że konie.

Sirius podjechał bliżej. Słyszał całą dyskusję. Nie był człowiekiem mnożącym problemy. Uniósł się w strzemionach i krzyknął do tyłu:

– Chłopaki, przed nami całe Arkach leży! Wiecie, co mam na myśli?

„Zdrożeni" żołnierze ruszyli naprzód z zupełnie nowym zapałem.

Nie bardzo wiadomo, co miała na myśli śliczna i z pewnością dzielna żołnierz Arkach, mówiąc, że od zajazdu dzieli ich dzień drogi. Zaraza jedna wie o jaką szybkość podejrzewała obcych. Może chodziło o galop? Ale przecież żaden koń na świecie nie wytrzyma galopu przez cały dzień! Pozbawiony taborów oddział musiał jechać na poły błotnistą, na poły kamienistą drogą wijącą się wśród coraz wyższych gór aż dwa dni. Niewielka karczma, przylepiona do lesistego stoku nad zakolem górskiej rzeki, poprawiła im jednak humory.

Sirius podjechał do setnika.

– Rozbijcie obóz pod lasem. Spróbujcie kupić owsa dla koni, bo skapieją w tych górach na samej trawie. Gdzieś tam jest wioska. – Wskazał dymy ciągnące się nad najbliższym wzgórzem. – I żadnych rozrób z miejscowymi! Prawie nie znamy tego kraju.

Żołnierz zasalutował, przykładając pięść do hełmu. Sirius skinął na Zaana i Achaję.

– Słuchajcie, to górale. – Podjechał do żłobu przy karczmie i zeskoczył z konia. – Założę się, że mają tu gorzałkę.

Zaan z trudem rozprostował kości.

– Rozsądniej byłoby wziąć paru żołnierzy dla eskorty.

– Przecież mamy. – Chłopak roześmiał się i wskazał Achaję. – Jak byś to powiedział? Jednoosobowy odpowiednik dwunastu rycerzy Zakonu! Ha, ha...

– Ona miecza nie ma.

– Jak przyjdzie co do czego, dam jej swój. – Książę pchnął wąskie drzwi. – A poza tym... Po co jej miecz? Dwóch załatwiła gołymi rękami.

Wkroczyli do ciemnego, zadymionego wnętrza karczmy. Kilkunastu chłopów okupowało dwa stoły pod oknem. Pozostałe dwa były puste.

– Łoj, goście! – Chudy jak patyk gospodarz leniwie wyszedł zza okopconego szynkwasu. – Jaśnie pany jedzo? Pijo?

– Pijo! Pijo! – zakpił Sirius. – Żeby ci jeno gorzałki stało!

– O! Patrzajcie! Zagraniczne fircyki, a gadajo jak prawdziwe mężczyzny!

Usiedli przy stole w najciemniejszym kącie. Gospodarz postawił przy nich garniec gorzałki i trzy kubki.

– Na ząb coś będzie? – spytał. – Czy rękawem zakąsicie?

– Rękawem? Mamy żreć ubranie?

Gospodarz roześmiał się na cały głos. Nie było w nim ani krzty uniżoności. Właściwie słowa, które wypowiadał, można by uznać nawet za obraźliwe. Ale nie w jego przypadku. Jakaś zawadiacka fantazja i humor, śmiejące się oczy sprawiały, że chyba każdy lubił go od pierwszego wejrzenia.

– Jak rękawem, nie wiecie? – Nalał sobie z dzbanka do kubka, który przed chwilą postawił przed Zaanem. Golnął do dna, przyłożył rękę do ust i chuchnął mocno we własny rękaw. – Ot, i tak – powiedział, odstawiając naczynie.

– Nie, nie. Wolelibyśmy coś jednak zjeść – mruknął Zaan, patrząc na swój mokry kubek. – Co macie?

– Ano to mamy. – Zaczął wyliczać na palcach: – Taką rybę, co nie pływa, a lata, z mórz dalekich, albo trąbę słonia pieczoną na rożnie, albo jeszcze takie małe ptaszki z krajów za siedmioma górami, mniejsze niźli muchy, nie wiada, jak je, psiekrwie, połapali, żeby tu dostawić, albo...

– A kotlet wieprzowy jest?

Gospodarz roześmiał się znowu.

– Tak po prawdzie to jest tylko kotlet wieprzowy. – Ukłonił się przed Siriusem. Młody przybysz z dalekich stron mimo wspaniałego stroju okazał się jednak, o dziwo, normalnym klientem. – Rano co prawda to on się jeszcze nazywał kotlet barani. Ale dla jasnego pana to ja go mogę nazwać kotletem wieprzowym. A jak jasny pan ma życzenie, to go mogę przemianować nawet na kotlet z ludziny, ha, ha, ha...

Sirius roześmiał się również.

– Dawaj! – krzyknął. – Cokolwiek to jest. Zbójcy nas atakowali po drodze, wozy popalili, ludzi narżnęli. Teraz to już niestraszny nam nawet kotlet barani, co zmienia nazwę.

Napełnił kubki gorzałką z dzbanka i podniósł swój do ust.

– No co? Pierwszą kolejkę zakąsimy rękawem.

Golnął jak gospodarz, do dna. Zaan również poradził sobie ze swoją porcją, a Achaja jak głupia chciała pójść za ich przykładem. Była gdzieś w połowie kubka, kiedy zrozumiała, że po pierwsze, bezbarwny płyn wcale nie jest winem, po drugie, pali i dusi, a po trzecie, że jeśli go nie powstrzymywać, sam znajduje sobie wyjście na zewnątrz tą samą drogą, którą się go wlewało. Parsknęła jak koń, wypluwając wszystko wprost na stół i walcząc rozpaczliwie o odzyskanie oddechu.

– Oj, jasna panienka niewprawiona. – Gospodarz przyniósł właśnie miskę z baraniną na zimno. – Oj, tak. Mocna nasza gorzałka. Krzepka!

Sirius i Zaan śmiali się cicho. Dziewczyna sarkała i pomstowała, usiłując pozbyć się z ust ohydnego smaku. Złapała największy kawał baraniny, ale dopiero to zatkało ją zupełnie. Wbiła zęby w mięso i nie wiedziała, co dalej – było tak twarde, że ani zgryźć do końca, ani co gorsza, wyjąć zęby z powrotem. Sirius szturchnął Zaana, usiłując zachować choć trochę poważną minę. Obaj wiedzieli skądś, co należy robić w takich wypadkach.

Odkrajali nożami malutkie kawałki, które najpierw trzymali w ustach dla zmiękczenia, a dopiero potem normalnie przeżuli. Achaja, dusząc się, rozpaczliwie walczyła ze swoją porcją. Siłą rzeczy przy ich stole zapanowała cisza. Można było za to posłuchać, co mówią chłopi wokół:

– I wiecie, kumie – perorował najwyższy z nich, wymachując skórzanym kubkiem dla podkreślenia efektu. – I ta, psiamać, jaśnie pani oficyjer nawet, psiamać, z konia nie zlazła, tylko mówi, żeby przejście dać dla wojska! Przez moje pole, psiamać, kumie, normalnie, no! Przez moją ojcowiznę! Cztery tuziny wojska tam, normalnie, było, albo może i sto razy więcej!

– I co zrobiliście?

– No jak co? Mówię, psiamać, po moim trupie! A ona, że wykup da.

Chłopi się roześmiali, jakby powiedział coś śmiesznego.

– A ja na to, że nie będą mi pola deptać, bo dopiero com je siał. Hajda w las! Mówię...

– I co? Poszły lasem?

– No co ty? – Chłop spojrzał zdziwiony, jakby ducha zobaczył. – Toż lasem by nie przeszły, tam stromizna taka.

– No? No i co zrobiły wojaczki?

– No ona, że wykup. A ja, co mi będzie cenę urzędową dawała? Toż siew był, a w sianokosy ile zboże będzie stało, pytam, wie ona? No to mówię, po moim trupie, krzywdy mojej nie będzie! No! No i tak gadaliśmy i gadaliśmy... Aż wreszcie mówi, że da cenę z rynku. Nooo... Ja mówię, inna rozmowa. Piniądz za zboże tyle, co na rynku stoi, a nie po urzędzie. No to mówię, moja strata niech będzie, biorę piniądz, mówię, i przechodźcie. No to mi papier napisała, że tiralirą szli, nie gęsiego. Tak tam stało! Wójt odczytał, choć powoli mu szło. I mówi, że piniądza nie da, bo za dużo już razów wojsko tiralirą idzie bez pola i w kasie pusto.

– Kto mówi? Pani oficyjer czy wójt?

– No wójt przeca, ten kiep durnowaty! Mówi, że piniądza nie ma, bo wojsko miast gęsiego to, tego... no, źle chodzi. Musi więcej sprytnych chłopów w okolicy papier wykupowy mu dało. A co? Co ma być? Nasza strata?

– I co? Dał piniądz?

– Co miał nie dać? – Chłop roześmiał się gardłowo. – Rzekłem, że kura czerwonego w stodole mu puszcze, jak nie da. Dał!

Pozostali roześmiali się również. Zaan nie rozumiał, że mogło gdzieś istnieć państwo, w którym oficer musiał tłumaczyć się przed chłopem. Ba! Jeszcze rynkową cenę za zboże musiał płacić, że zniszczył mu zasiewy na polu. To się nie mieściło w głowie.

– No – odezwał się drugi chłop. – Ten nasz wójt to okropnie głupi.

– Ano! – zakrzyknęła reszta. – Prawdę gadacie! Racja! Racja!

– A jeszcze głupszy to ten ekunom, co spis robił, nie?

– Prawda! Oj, głupi był.

– Ale głupszego niźli nasz pan szlachcic ze dwora to już nie znajdziesz.

– Łgarstwo! – krzyknął ktoś z drugiego stołu. – Głupsza od niego nasza księżniczka!

– Nieprawda! Łgarstwo!

– Kto mi, że nieprawdę mówię?!

– Głupszy dwór królewski! – odkrzyknięto z pierwszego stołu. – A najgłupsza królowa!

– Prawda! Eeeeee... znacie się! Samiście głupi! Prawdę gada! Głupia ona!

Zaan roztrzęsiony nachylił się nad swoim stołem.

– Słuchajcie – szepnął. – To jakaś prowokacja! Nie może być, żeby się chłopi panów nie bali.

Sirius i Achaja, sami przestraszeni tym, co słyszeli, rozglądali się podejrzliwie.

– To prowokacja. – Zaan usiłował zakryć usta. – Chcą, żebyśmy przytaknęli, i wtedy nas zakują w żelazo, powód mając. To dzicz jakaś!

– Wystarczy, że nie zaprzeczymy głośno – Sirius mówił równie cicho. – Bogowie! Psiamać. Ale po co im ta propagacja, skoro usiec już na drodze mogli?

– Pewnie powodu potrzebują. Do kronik, ja wiem po co? – Zaan rozejrzał się wokół. – Słuchajcie, wychodzimy?

Achaja skinęła głową. Już chciała wstać, ale przerwało jej wejście nowego gościa. Znać było szlachcica po ubraniu, ciut lepszym niż chłopskie, i po walnięciu drzwiami, tak że o mało z ościeży nie wyleciały.

– O! – Przybysz zauważył najciekawsze dla niego towarzystwo w kącie. – Panowie... – Dopiero teraz dostrzegł dziewczynę. – Op... przepraszam! Państwo! – Zerwał czapkę z głowy i ukłonił się szeroko. – Zwólcie się dosiąść. Lepiej w kompaniji wieczerzać niźli samemu.

– A zapraszamy, zapraszamy. – Zaan wskazał mu miejsce na ławie. – Co prawda szliśmy już...

– Już? Toż gorzałka jeszcze w dzbanku! Strawa w misie leży!

– No tak. Ale chłopi gadają takie rzeczy...

– A kto by tam chłopów słuchał! – Szlachcic przysiadł, chcąc ukłonić się jednocześnie Achai, lecz zobaczył jej tatuaż, zmienił kierunek i z rozpędu skłonił się przed Siriusem.

– Ale – Zaan nie wiedział, czy ten również nie jest prowokatorem – ale mówili, że wasza królowa... nie śmiem powtórzyć kalumnii.

– Mówili, że głupia, co? – Szlachcic zajrzał do garnka, rozejrzał się za kubkiem i z przepraszającym uśmiechem pożyczył naczynie Zaana. – Toż głupia ona jak but po prawdzie.

Nalał sobie i łyknął, ocierając usta dłonią.

– Bo widzicie, panowie przybyszowie z krain czy skąd tam. Kraj u nas taki: chłopi głupi, szlachta głupia, dowództwo armii głupie, kapłani głupi przeraźliwie, magnaci głupi, dwór głupi, księżniczki to już nie powiem, bo gdybym rzekł, że głupie, tobym komplement powiedział, a królowa... To sami wiecie. U nas to tylko pijaństwo, łapownictwo i głupota straszliwa wszędzie. Nasz kraj pewnie będzie najgorszy ze wszystkich!

Zaan oniemiał, Sirius otworzył usta i tak już pozostał, Achaja wybałuszyła oczy.

– Głupek na głupku, powiadam – ciągnął szlachcic. – Same osły i barany.

– Hmmm... – Zaan desperacko usiłował zmienić temat: – Bo my z Syrinx jedziemy, od samego cesarza Luan...

– A tak, tak, słyszałem o nim. – Szlachcic potarł brodę. – To też ponoć głupek pierwszej wody.

Sirius zrozumiał nagle instynktownie i roześmiał się. Achaja też zrozumiała. Coś zaszkliło się w jej oczach, kiedy słuchała dalszej części wypowiedzi.

– Wracając do nas, to jest, jak mówię: prywata, łapownictwo, pijaństwo i głupota. Popatrzcie na chłopów. Ten kraj...

– Popatrzyłam na chłopów – przerwała mu Achaja. – Ten kraj to jedyny, jaki znam, gdzie jest wolność. Wolność dla wszystkich! Wolność dla każdego! – Czuła, że coś ciepłego zbiera się pod powiekami. – To najpiękniejszy kraj, jaki mógł się komukolwiek choćby przyśnić! Nigdzie nie ma tak, żeby wejść do jakiejś zaplutej knajpy blisko granicy i usłyszeć coś tak ślicznego, coś, co sprawia, że przybysze zaczynają się wstydzić i bać. Bać nie napaści, ale tego, co w nich samych od dawna zakorzenione. Posłuchalibyście przerażonego milczenia w Luan. Posłuchalibyście usłużnej ciszy w Troy. A tu? Ten głupi, tamten głupi. Głośno, bez strachu. Powiedzcie w zajeździe cesarskim, że władca Luan jest głupi, i spróbujcie zachować głowę na karku przez czas dłuższy niż oddech! Może się uda przez chwilę. Pod warunkiem, że się szybko schylicie. Może świszcząca klinga przynajmniej za pierwszym razem przeleci ponad wami.

Szlachcic skłonił lekko głowę przed Achają.

– Piękne słowa powiedzieliście, panienko. Rad wielcem ich wysłuchał. – Zmarszczył brwi. – Ale pozwólcie. Swojego zdania nie zmienię. – Przygryzł wargi i potarł brodę, jakby nad czymś się zastanawiał. – Nie, nie. Toż chłopi naprawdę kretyni, a rządzą nami idioci!

Wstawali właśnie, kiedy drzwi otworzyły się znowu. Tym razem stanęła w nich... Ach! Pijany Sirius o mało nie wywrócił się z wrażenia. Piękna pani żołnierz miała na sobie skórzaną spódniczkę, tak krótką, że ledwie, naprawdę ledwie ją zakrywała. Błyszczące nagolenice sprawiały wrażenie dopiero co wypolerowanych, skórzana kurtka nabijana ćwiekami sięgała do pasa, do którego przytroczone były krótki miecz i nóż. Przy rękawach kurtki wisiały długie frędzle, które jeśli żołnierz poruszyła ręką, plątały się z włosami. Dziewczyna miała bowiem długie czarne włosy zaplecione w całe mnóstwo cieniutkich warkoczyków, ale tak sprytnie, że zwisały jedynie po lewej stronie głowy, sięgając kształtnych bioder.

Kiedy wzrok przyzwyczaił się do mroku panującego we wnętrzu gospody, rozejrzała się i podeszła do stołu zajmowanego przez przybyszów.

– Przepraszam za despekt. Czy wśród gości jest...

– Chodzi ci o mnie, prawda? – Zaan podniósł rękę i przedstawił się uprzejmie.

Żołnierz stanęła na baczność, salutując otwartą dłonią do czoła, i krzyknęła na cały głos:

– Melduje się porucznik Harmeen! Armia Arkach, służba rozpoznania i zaopatrzenia, trzecia kompania garnizonu w Mai Lee!!!

– Aaaaaa... – Zaan nie był zbyt trzeźwy. – Może siądziesz... Tfu, przepraszam! Zechce pani spocząć?

Sirius wytrzeźwiał w znacznym stopniu. Wskazał pani porucznik zydel naprzeciw, rojąc sobie, że jeśli usiądzie na nim kobieta w tak krótkiej spódniczce, to będzie miał śliczną perspektywę. Pani oficer zawiodła go jednak. Zrobiła sprężysty krok do przodu, usiadła sztywno, z prostymi plecami, jakby kij połknęła, noga przy nodze, że klingi między uda nie dałoby się wcisnąć.

– Dziękuję!

– Przysłał panią Biafra? – indagował Zaan.

– Generał Biafra, szef służby rozpoznania i zaopatrzenia, jest naszym naczelnym dowódcą!

– Spocznij! – roześmiał się Sirius. Znalazł nareszcie metodę. Łokciem, niby niechcący, strącił kubek na ziemię i schylił się pod stół, żeby móc sobie popatrzeć. Dziewczyna przykleiła nogę do nogi tak, aż naprężyły się wszystkie mięśnie jej kształtnych ud. Jednak resztą ciała nie wykonała żadnego ruchu, nawet nie opuściła wzroku.

– Oooooo... Bogowie. – Podniósł się i szepnął konfidencjonalnie do Zaana: – Tak jak w Troy. Nie noszą żadnej bielizny.

– Spotkam, mam nadzieję, pana Biafrę? – powiedział Zaan, błagając wszystkich Bogów, by porucznik nie usłyszała cichej uwagi księcia.

– Tak jest! Proszę pana!

– Czy moglibyśmy porozmawiać mniej oficjalnie?

– Tak jest! Proszę pana!

– Hmmm... No to zacznijmy.

– Tak jest! Proszę pana!

– Bogowie... Czy mogłoby się obyć bez tego „tak jest!" i „pana", i nawet „proszę" na dodatek? Skąd te dziwne stopnie na przykład? Setników u was nie ma?

– To reforma generała Biafry. Miała na celu sprowadzenie pułapu dowodzenia do szczebla kompanii i plutonu, jeśli chodzi o oficerów, a nawet do szczebla drużyny, jeśli chodzi o podoficerów, proszę pa... – Panna najwyraźniej nie wiedziała, czym zastąpić tradycyjną formułę, więc po chwili zakończyła sprężystym: – I już!

– Kotku – mruknął Sirius – mogłabyś to powiedzieć bardziej po ludzku?

– Nie jestem kotkiem! Proszę pana! – krzyknęła, ciągle wyprostowana na zydlu, z nogą przy nodze, jakby były zesznurowane. – Jestem oficerem armii Arkach! Porucznikiem, dowódcą plutonu B trzeciej kompanii służby rozpoznania i zaopatrzenia garnizonu w Mai Lee!

– O żeż ty. – Sirius z rezygnacją machnął ręką. – Kurza twarz.

– Nie mówiłem? – wtrącił pijany szlachcic, który towarzyszył im przy wieczerzy. – U nas każdy to idiota.

Porucznik zmrużyła swoje śliczne oczy. Gdyby mogła, najchętniej nadziałaby szlachetkę na swój krótki miecz.

Zaan chciał coś powiedzieć, ale tamten chwycił go za rękę.

– Dać jej wódki – mruknął.

Zaan rozejrzał się za gospodarzem, jednak przy szynkwasie nie było nikogo. Poświęcił więc znowu własny kubek, napełnił go z dzbana i podał dziewczynie.

– Mam nadzieję, że nie odmówi pani i będzie nam towarzyszyć. Wszak już koniec służby na dzisiaj.

Harmeen wzięła od niego kubek i wypiła do dna jak nie przymierzając Sirius. W przeciwieństwie do Achai nie znać było po niej żadnych ujemnych skutków przełknięcia palącej trucizny.

– Jeszcze raz. – Szlachcic opanował swoją własną chwiejącą się głowę i mrugnął porozumiewawczo. – Dawaj!

Zaan ponownie napełnił kubek.

– Chciałem zaproponować, żebyśmy...

Dziewczyna bez słowa przyjęła naczynie i strzeliła drugą kolejkę w trakcie wypowiedzi Zaana, czym zresztą bardzo go skonfundowała. Jej głębokie, prawie czarne oczy rozświetlił lekki blask. Nie musiała niczym zakąszać. W końcu była żołnierzem.

– Czy... – Zaan nie mógł znaleźć słów. – Kiedy spotkamy się z Biafrą?

– Nie wiem, panie. Otrzymałam rozkaz, żeby wyglądać poselstwa. Jakby do spotkania doszło, miałam list umyślnym słać do stolicy i eskortować. Reszta nie moja rzecz.

– A królowa?

– Wszak przyjmie tak dostojnych gości. Biafra ciekaw również, inaczej zadania mojego bym nie otrzymała.

– Słusznie.

– I jeszcze... Chciałam przeprosić za te dwie idiotki, które napotkaliście pierwszego dnia. One są... z kawalerii – dodała gwoli wyjaśnienia.

– Proszę?

– To kawalerzystki. A w tej formacji ważne tylko, żeby żołnierz umiała odróżnić łeb konia od zadu z ogonem i żeby usiadła twarzą we właściwym kierunku.

Zaan uśmiechnął się lekko.

– Tak, panie. – Dziewczyna podchwyciła jego uśmiech. – Dowcipy o inteligencji naszej jazdy to tutejsza specjalność.

– A jaka formacja jest najlepsza?

– Rozpoznanie i zaopatrzenie. Aż dziw, że nie zauważyliście, panie, tego sami. – Zmusiła Zaana do śmiechu. Wbrew pozorom była naprawdę inteligentna. – Piechota jest do chrzanu. Całkiem niezłe są dywizje górskie, dobrze mówią też o elitarnych pułkach.

– A mógłbym usłyszeć jakąś krotochwilę o jeździe?

– Dlaczego w kawalerii konie mają numery, a żołnierze imiona? Ponieważ gdyby było inaczej, dowódca mógłby się pomylić i kazać wierzchowcom ujeżdżać dziewczyny.

Była naprawdę inteligentna! Zaanowi nie bardzo wypadało się roześmiać z, delikatnie mówiąc, dwuznacznego dowcipu. Szlachcic rechotał, Sirius nie zrozumiał, a Zaan musiał się wić w niby to uprzejmym uśmiechu, lawirując między obrażeniem kobiety jako tej, która opowiedziała dowcip, a obrażeniem oficera, gdyby okazał uciechę z czegoś takiego. Przechytrzyła go na słowa. Dopiero za chwilę jednak miała dać prawdziwy pokaz męstwa armii Arkach.

Książę Sirius nie mógł usiedzieć spokojnie na miejscu. Dziewczyna strasznie mu się podobała. Wiercił się i kręcił. Po chwili postanowił powtórzyć numer z kubkiem. Niby przypadkiem strącił łokciem kolejne naczynie. A kiedy na podłodze wylądował z hukiem dzban, znowu wsadził głowę pod stół, niby żeby go podnieść. Harmeen uniosła dumnie podbródek.

– Nie zrzucajcie naczyń niepotrzebnie, bo je potłuczecie. – Ciągle siedziała wyprostowana na baczność, z kolanem przy kolanie, zupełnie nieruchoma. – Jeśli wam taka ciekawość, panie... to patrzcie! – Mając na sobie króciutką spódniczkę i nic pod spodem... nagle rozstawiła szeroko nogi! Szybko i sprężyście, jakby to była część wojskowej komendy. – Patrzcie! Jeśli honor pozwala.

Sirius wyprysnął spod stołu. Był czerwony jak burak. Bogowie! Doprowadziła światowca i świntucha do tego, że dostał rumieńców. To on nie wiedział teraz, co zrobić z oczami. Spuścić nie mógł, patrzeć w sufit było nieuprzejmie, a spojrzeć dziewczynie w twarz się bał. Zaan zaczął się śmiać, szlachcic uniósł brwi zaskoczony, a Achaja najchętniej zasalutowałaby pani porucznik. Armia Królestwa Arkach, nie bacząc na straty, odniosła w tym starciu zdecydowane zwycięstwo.

Zaan szybko napełnił wszystkie kubki z garnca, który czekał na podorędziu.

– Piję za okazane w boju męstwo i zdecydowanie żołnierzy plutonu B trzeciej kompanii służby rozpoznania i zaopatrzenia garnizonu w Mai Lee!

– Do dna! – ryknął szlachcic. Wypił i zwalił się pod stół.

Siriusowi też niewiele brakowało, ale przygoda znacznie go otrzeźwiła.

– No dobrze, chodźmy wreszcie spać – mruknął Zaan. – Jak tak dalej pójdzie, pluton B rozsiecze mi moralnie stu żołnierzy eskorty.

Achaja dogoniła go, kiedy wchodził na stopnie.

– Panie...

Odwrócił się skupiony.

– Ja... Ja tu zostaję!

– Tu? W tej karczmie?

– W tym kraju.

Przygryzł wargi.

– Słuchaj, tajemnicza dziewczyno, która nie chce nam zdradzić nawet swego imienia. Bardzo nam zależy, żebyś została z nami. Bardzo chcielibyśmy, żebyś wróciła z księciem do Troy. – Nieświadomie wbił ostatni gwóźdź do trumny swojego pomysłu.

– Nie mogę. Naprawdę nie mogę.

– Rozmawialiśmy o tym parę razy. Nie wiem, czemu jesteś taka uparta. – Dotknął palcem tatuażu na jej policzkach. – Ochronimy cię przed skutkami tego, my...

Postanowiła powiedzieć mu prawdę. Choć część prawdy.

– Ja poza tym, że jestem kurwą i niewolnicą, jestem jeszcze... zdrajczynią.

– Bogowie! Kogo zdradziłaś?

– Troy.

– Ty? Taka silna? Niemożliwe.

Uśmiechnęła się smutno.

– Czasami po prostu za bardzo boli. Czasami tak boli, że robisz to, co każą ci wrogowie, a oni potrafią zadawać prawdziwy ból. Gdyby mi wtedy kazali, zrobiłabym wszystko, łącznie z zabiciem własnej matki, gdybym taką miała. Wiesz... Wiecie, panie... Ja już chyba nie mam żadnych złudzeń. – Uśmiechnęła się znowu. – A przynajmniej tak mi się wydawało do chwili, aż zaatakowali nas rycerze. – Opuściła głowę. – Chcę mieć już tylko spokój.

Zaan położył Achai rękę na ramieniu. Chciał coś powiedzieć, ale zrezygnował.

– Idę. – Cofnęła się powoli.

– Nie chcę, żebyś mnie źle zrozumiała. Nie jest to odpłata za pracę, ale gdybyś potrzebowała pieniędzy...

– Dziękuję. – Potrafiła docenić to, że starał się być delikatny. – Mam, ile mi trzeba.

– Dziewczyno, weź chociaż konia!

Uśmiechnęła się i skinęła głową. Potem odwróciła się i wybiegła z karczmy wprost w objęcia chłodnej, iskrzącej się gwiazdami nocy.

Zaan długo stał na schodach, patrząc na zatrzaśnięte drzwi karczmy. Lekko przygryzł wargi. Kiedy po dłuższej chwili podszedł do niego pijany Sirius, zauważył tylko coś, co w pewnych okolicznościach można byłoby wziąć za uśmiech.

– Poszła?

– Tak.

– I... wyp... wypu... wypuściłeś ją?

– Mhm.

– Sssssss... ssss... sssczemu? Kssssssiężniczkę z niej zrobić. Ozzzzzłocić.

– Nie, Sirius. Nie.

Sirius oparł się o Zaana, a właściwie zwisł mu w ramionach.

– Oooo... osso chodzi?

– Widzisz – Zaan znowu zerknął na zamknięte drzwi karczmy – po pierwsze, dziewczyna sama wypłynie, tak czy tak. Po drugie, ja się szybko dowiem o niej wszystkiego. I lepiej nam to posłuży.

– Do ssssczego?

– Prześpij się, Sirius.

Nikt z czekających przy swoich koniach żołnierzy plutonu B nie zwrócił uwagi na Achaję. Ktoś jednak wybiegł z tyłu gospody, trzaskając drzwiami. Nie mógł to być Sirius, bo był zbyt pijany.

Achaja odwróciła się.

– Czekaj – powiedziała cicho Harmeen. – Przepraszam, staliście tak blisko... Trochę słyszałam.

– Czy to oznacza dla mnie kłopoty?

Pani porucznik zaprzeczyła ruchem głowy.

– Po prostu zmarzniesz w tej kiecce, siostro. Noce tu chłodne jak szlag.

– Wiesz, kim jestem, i nazywasz mnie siostrą?

– Nie mnie ciebie sądzić. Komu nie zadano bólu, niech trzyma gębę zawartą na skobel. – Uśmiechnęła się. – Chodź. Jeśli chcesz spokoju, ten kraj póki co nadaje się do tego jak żaden inny.

– Wiem – odparła Achaja.

Harmeen podeszła do swojego konia. Wyjęła z juków skórzane spodnie, buty i ciepłą kurtkę.

– Jak daleko zamierzałaś dojechać w tych swoich sandałkach i przewiewnej kiecce? Do pierwszego kataru czy do zapalenia płuc? – Roześmiała się. – Przebieraj się.

– Tu?

– Jest ciemno. A w pobliżu same baby. – Wskazała swój oddział. – Wybacz jedno, to wojskowa kurtka. Muszę zerwać swoje dystynkcje i odznaki pułku.

Achaja rozebrała się szybko i wciągnęła obcisłe skórzane spodnie na szelkach. Co za szczęście, że w tym wojsku służyły kobiety – szelki nie tylko nie ocierały jej niczego, a wręcz były przystosowane do jej ciała.

– Masz trochę szerszy tyłek niż ja – mruknęła Harmeen. – I większe piersi, lecz powinno pasować.

Achaja narzuciła krótką, podbitą ciepłym barankiem kurtkę wprost na gołe ciało. Potem włożyła ciepłe buty.

– Dzięki!

Harmeen lekko skinęła głową.

– Na drogach w miarę bezpiecznie, jednak gdybyś chciała kord...

– Dzięki, poradzę sobie.

– Wiem, wyglądasz na taką, co sobie poradzi. Słuchaj, nie jedź gościńcem, to droga do stolicy. Jak chcesz spokoju, mając... mmmm... to coś na twarzy...? Jedź do ludzi mniej światowych. Najlepiej na wyżynę, do górali. Oni nie z tych, co dzielą włos na czworo. No i powodzenia!

Achaja odwiązała swojego konia i wskoczyła na siodło.

– Słuchaj... – Wstrzymała się jeszcze. – Dlaczego to robisz?

– Po prostu mi miło, że ktoś wybrał mój kraj, bo uważa, że tu będzie wolny.

– A poważnie?

– A poważnie, to wiesz, wzięli mnie do wojska, kazali zabijać. Ale jeśli tylko wolno, jeśli regulamin wyraźnie tego nie zabrania, to można czasem być także... człowiekiem – zakpiła delikatnie.

Achaja roześmiała się na cały głos.

– Dzięki ci, człowieku! – krzyknęła, spinając konia. – Lubię twój kraj! Uwielbiam go po prostu.

Rozdział 2

Wzniesienie nie było takie znów wysokie. Koń jednak zgrzał się i spocił. Achaja miała nadzieję, że nie przewieje go zimny wiatr. Uniosła się w strzemionach i rozejrzała wokół z uśmiechem. Dolina była piękna. Na jej dnie leżało niewielkie, niesamowicie niebieskie jezioro, otoczone przez las, który ustępował miejsca jedynie wiosce położonej nad rwącym strumieniem. Dalej były już tylko ośnieżone szczyty gór. Ruszyła w dół powoli, żeby zwierzę mogło odpocząć. Wjechała między świerki i sosny. Jak cicho... Okolica wydawała się zapomniana przez Bogów i ludzi. Atmosfera tchnęła spokojem.

Pierwsze zaczęły szczekać psy, na długo zanim wjechała między drewniane zabudowania. Potem rozwrzeszczały się dzieci. Na końcu kilka kobiet pojawiło się w oknach. Widać obcy nie zaglądali tu często. Achaja wybrała największą chałupę, położoną trochę na uboczu, najwyraźniej należącą do jednego z bogatszych gospodarzy. Zsiadła z konia i podeszła do płotu.

– Panie! – krzyknęła.

Zrozumiała, że i ta rodzina obserwowała zza okien niecodziennego przybysza, bo drzwi otworzyły się prawie natychmiast. Ukazał się w nich rosły góral w lśniąco białej koszuli i dość upapranych portkach.

– Jakiego pana chcecie tu najść, a?

– No... To pan jest gospodarzem?

– Ja gospodarz. – Skinął energicznie głową. – Ale jaki ze mnie pan? Jeszcze czego.

– A parobka potrzebujecie? – Achaja zmieniła formę.

– Parobczaki zawsze potrzebne. Jeno czy zdatne i co chco za robote? – Chłop potarł brodę. – A wiela ich masz?

Achaja uśmiechnęła się. Najwyraźniej brał ją za pośrednika.

– Nie zrozumieliście mnie. Ja się chcę do pracy nająć.

– Tu?

– Tu.

– Łoj, żeż ty... A na co mnie dziewka? Córke mam, żone mam, to chałupe obrobio. A i zieńciowe pomagajo.

– Silna jestem.

– Że z wojska cie wypuścili? – Popatrzył na jej strój. – Mieczem robić nie to samo co cepem, mała. Oj, bidne wy, dziewuchy z wojska. Najpierw służyć trza dziesięć lat, a potem dają kuso sakiewke i radź se jedna z drugo sama. Bidne wy zaprawde. Jak domu ni ma, rodzicieli ni ma, to co wy poczniecie? Pracy ni ma, ni ma i zarobku. A jaki kawaler zechce żołnierza brać, żeby mu w łożnicy rozkazywała? I co we wianie wniesiecie? Ot, kapote wojskowo i pludry... i kunia. Ale wasz kuń do kawaleryji jeno zdatny, w górach zara się zziaja, na nic on tu! Ani do wozu przyprząc, ani do pługa. – Machnął ręką. – Aż tu dojechałaś za praco? Gdzie indziej też cie nie chcieli? Niczym się na służbie nie wyróżniłaś, co? To i morgów odprawy nie dali. Eeeee... Co by i mogli dać, jeno by się spekulanty upasły, toć sama na spłachetku i tak byś nie gospodarzyła, czym? Gołymi rękami?

– Nie byłam w wojsku – Achaja przerwała przydługą wypowiedź. Nie było sensu tłumaczyć, że tak właściwie to była, ale nie w tym, które chłop miał na myśli. – Silna jestem! Weźcie mnie, co?

– Eeeee... Na co mi baba? Chodź, zjedz coś, przenocuj w stodole i jutro jedź dalej.

Z chałupy wyszła jego żona. Stara już, ale jeszcze mocna.

– Ty co? Chora jesteś? – Wskazała na ogoloną głowę Achai. – Mór jakiś?

– Nie.

– A na twarzy co masz? – Przejechała sobie palcem po policzkach w tych miejscach, gdzie dziewczyna miała tatuaż.

Achaja skrzywiła się zrezygnowana.

– Byłam kurwą! – Odwróciła się i przerzuciła wodze nad łbem konia. – A na tyłku mam jeszcze lepsze. Byłam też niewolnicą.

– O żeż ty... – Chłop złapał się za głowę.

Achaja wskoczyła na siodło i już miała ruszać, kiedy baba krzyknęła za nią:

– Stój. A zsiadajże!

Zawahała się. Potem posłusznie zeskoczyła z powrotem na ziemię i podeszła do płotu. Gospodyni otworzyła jej furtkę.

– No chodźże, chodź.

– Tera do uczciwej roboty chce się brać – sarknął chłop. – A przedtem co?

– Cichaj, stary! Nie słyszałeś? Pewnie zmusili. Z tymi, co w niewoli, wszystko przecie można uczynić.

– Ty ją chcesz pod dach? Ją?

– Cichaj, stary. – Nawet nie patrzyła na męża. – Silna? To drzewa narąb. – Wskazała siekierę zawieszoną na gwoździu i kilka sporych pniaków.

Achaja uwiązała konia i podeszła bliżej. Bez wysiłku podniosła na ramię największy bal i swobodnie rzuciła pod ścianę, obok siekiery.

– O żeż ty – jęknął chłop. – O żeż ty!

Dziewczyna chwyciła siekierę i zaczęła rąbać. Nie miała o tym pojęcia, ale waliła tak mocno, że wióry latały po całym podwórzu.

– Ty! Stój! Stój! Siekiere złamiesz! – krzyknął chłop. I dodał pod adresem żony: – Nic nie umie.

– Ale silna jak wół. Prawde gadała.

– Eeeeeee...

– Dobra! Chodźże tu, dziecko. – Gospodyni skinęła na nią palcem. – Tu, do chałupy.

Widać stary nie miał nic do gadania. Achaja weszła do niezbyt wielkiego, ale stosunkowo jasnego wnętrza. Wszystkie sprzęty, tkaniny, ba, cały dom przecież, musiały zostać wykonane siłami miejscowych, a pewnie samego gospodarza i jego rodziny. Dziewczyna nigdy nie była w chłopskiej chałupie.

– No – powiedziała gospodyni. – Rozdziewajże się, dziecko, bo mi się zgrzejesz.

– Nie, nie... ja...

– Gór nie znasz, mała. Zara cię niemoc weźmie.

– Nie, ja... Ja nie mam nic pod spodem. – Dotknęła swojej kurtki.

– O żeż ty! – Gospodarz pacnął się dłonią w czoło. – Widziałaś?

– Cichaj, stary. Co, nawet koszuli nie masz? Zara ci dam coś od córci.

Zaczęła grzebać w skrzyni pod ścianą. Nie trwało to długo. Chyba nikt tutaj nie miał wielkiej ilości rzeczy.

– No to rozdziewaj się, dziecko, a ty, stary, odwracajże się... aaaaaa... abo i nie. Staryś już, to se patrzaj. Chociaż pikne rzeczy obaczysz. Tyle twojego.

Achaja wzięła głębszy oddech i ściągnęła kurtkę. Stary patrzył, a oczy robiły mu się coraz większe. A niech tam. Przypomniała sobie występ Harmeen w karczmie. Ściągnęła spodnie. Stary o mało nie zemdlał. Włożyła szeroką koszulę do kolan i wzorzystą spódnicę, którą rzuciła jej gospodyni.

– Głodnaś? – Zakrzątnęła się przy kuchni. – Póki ciepło, będziesz spała na sianie w stodole, potem się obaczy. A bacz na parobczaków, żeby który nie wychędożył w nocy, po śpicy. Pilnować musisz i... i zawiąż sobie jaką chustke na głowie. Nie może być, żeby kobieta tak po wsi chodziła. Tfu!

– No. – Achaja ubrana w spódnicę nareszcie wydała się gospodarzowi prawdziwą dziewczyną. – Za robote dwa brązowe co każde dziesięć dni dostaniesz. No i jadło, i spanie, ma się rozumieć. Ale robota to u mnie grunt!

Wieczorem reszta licznej rodziny i parobkowie wrócili z pola. Na nich Achaja, już w miejscowym stroju i chustce na głowie, nie zrobiła tak piorunującego wrażenia. Najbliższe dni sprawiły, że dość ją polubili. Nie umiała co prawda niczego poza noszeniem wody ze studni, ale jej siła i upór potrafiły zjednać sobie szacunek ludzi od dziecka żyjących wyłącznie z ciężkiej pracy. Achai było wszystko jedno. Każda praca, którą jej przeznaczono, wydawała się lekka w porównaniu z tym, czego doświadczyła przy budowie cesarskiej drogi. „Ty, przynieś drewna" – wołano, a zaraz potem: „Bogowie! Nie całe drzewo naraz! Zarwiesz się przecież!". Albo: „Przyprowadź krowę, bo wlazła w szkodę" – a zaraz potem: „O matko! Uciekajcie! Uciekaj, kto żyw!".

Wpadka z bykiem, którego przyciągnęła za rogi pod sam płot, nauczyła dziewczynę pewnej powściągliwości. Na szczęście byk okazał się jeszcze młody. Posiniaczył ją tylko. W polu natomiast praca wydawała się nawet nie tyle ciężka, co nużąca. Ale cokolwiek by to było, w żaden sposób nie dało się porównać z rozłupywaniem litej skały od świtu do nocy. Nie mówiąc o tym, że zawsze w środku dnia córka gospodarza przynosiła im jedzenie. Rano jedli byle co, potem w polu zupę i kaszę, a później, wieczorem, obfitą i ciepłą kolację. Jak przy takim trybie życia można było stracić choć trochę energii? Achaja po prostu się nie męczyła, wprawiając tym w zdziwienie wszystkich, którzy pracowali razem z nią. Ale najgorsze było to, że po wykonaniu ciężkich prac na roli, kiedy parobkowie wlekli się noga za nogą do domu, Achaja potrafiła na przykład lekko podbiec na szczyt wzgórza przy drodze tylko po to, żeby zobaczyć, dlaczego jedno drzewo ma jaśniejsze igły od pozostałych. Zdumienie wzrosło jeszcze, gdy odkryto, że noc w noc, kiedy wszyscy spali, wymykała się gdzieś i nikła. Kradnie? Phe, niby komu i co? Gospodarz, wysłany przez żonę na przeszpiegi, wrócił trochę nieprzytomny.

– I co? Co wyrabia?

– Nie uwierzysz, matka. – Wlazł do łóżka zupełnie zrezygnowany.

– No mów.

– O żeż! Bierze do ręki dwa grube kije i biega po... ścianie stodoły.

– Ech ty, stary. Wzrok nie ten. Toż po ścianie nie da się biegać! – sarkała kobieta. – A może ty gorzałecke próbował, co? Chuchnij!

– Mówiłem. Nie uwierzysz.

Co do chędożenia, gospodyni miała rację. Każdy z parobków próbował po kolei. Jeden był szczególnie nachalny i biedak musiał wykosztować się na objezdnego cyrulika, który wyrwał mu korzenie po wybitym zębie. Pozostali wykpili się mniejszymi stratami.

Tego życia nie dało się właściwie z niczym porównać. Z początku budziła się jeszcze, zagryzając zęby ze strachu, ale potem... poczuła się naprawdę inna. Włosy odrastały Achai powoli, a wraz z nimi wracało poczucie bezpieczeństwa i wolności. Stawała się zadziorna i pyskata, miała coraz więcej koleżanek, którym nie przeszkadzał tatuaż na twarzy, parobkowie uśmiechali się do niej. Chodziła na tańce – pół dnia drogi na piechotę. Dziewczyny ze wsi zawsze chciały, by koniecznie szła z nimi, bo chłopcy z innych wsi lubili ukryć się w lesie i postraszyć. A kiedy Achaja była w pobliżu, sami często bywali postraszeni. Na zabawach miała powodzenie, choć potrafiła się odciąć, napyskować i zażartować tak, że chłopy czerwienieli ze wstydu. Nauczyła się pić miejscową gorzałkę. Krążyły plotki, że mimo wszystko paru kawalerom udało się zaciągnąć ją na siano i od tej pory wzdychali do niej nieustannie, bo ponoć potrafiła dać to, czego miejscowe dziewki dać nie umiały. Ale kto by tam słuchał plotek parobków.

Pewnego dnia miało miejsce dziwne zdarzenie. W okolicę zawitał handlarz gołębiami. Pytał tu i tam, oferował swój towar, zupełnie we wsi niepokupny. Czegoś szukał. Najwyraźniej.

Spotkał Achaję, kiedy ta szła z pola.

– Panienko, a może gołąbka kupicie? – krzyknął. – Mam tu takie najlepsze na rosół.

– Nie. Dzięki.

– A pomoże mi panienka? – Handlarz podszedł bliżej i wyjął z kieszeni papier. – Kwit dostałem od urzędu. A ja nieczytaty i niepisaty. Nie wiem, o co chodzi.

Achaja ledwie zerknęła.

– To przecież tylko potwierdzenie opłaty myta. To nieważne. Możesz wyrzucić.

Dziękował, kłaniając się nisko.

Kiedy odeszła, opuścił wieś, nikogo już nie nagabując. Głęboko w lesie otworzył klatkę na swoim wozie i wypuścił wszystkie gołębie. Poza dwoma. Pocztowymi.

„Nieczytaty i niepisaty" człowiek bardzo sprawnie napisał dwa listy i przyczepił do nóg gołębi. Potem wypuścił i te. Wóz porzucił. Wsiadł na konia i ruszył gościńcem. Był zdumiewająco dobrym jeźdźcem, jak na chłopa.

Zaan, który wracał właśnie do Troy razem z księciem Siriusem, dostał przesyłkę kurierem z punktu kontaktowego. Rozwinął malutką karteczkę.

– Aha – mruknął. – Znalazła się nasza zguba. – Uśmiechnął się i spalił karteczkę. – Bardzo dobrze. Bardzo dobrze.

Potem przyszła jesień, włosy Achai stawały się coraz dłuższe, a potem zima... Nauczyła się jeździć na nartach, które sama sobie (no, z pewną pomocą parobków) wystrugała. Co prawda nigdy do końca nie opanowała tej sztuki, ale też nie złamała przynajmniej nogi czy ręki, co paru chłopakom się przytrafiło. No ale oni popisywali się przed nią, a ona starała się po prostu utrzymać w pionie. Nauczyła się tkać, choć z reguły, patrząc na jej dzieło, któraś z dziewcząt po pewnym czasie litowała się i mówiła: „Daj, dokończę za ciebie". Sam gospodarz polubił ją jednak najpóźniej. Dokładnie od chwili, kiedy pokłóciła się z wójtem.

Wójt miał pecha; przyjechał w środku zimy z gminnymi papierami świadczącymi niezbicie, że nowa stodoła wykracza poza grunt wsi, poza własność gospodarza, i... w chałupie zastał jedynie Achaję. Straszny pech. Właściwie przypadkiem wyjaśnił dziewczynie cel swojej wizyty, ona zaczęła argumentować, powołując się – w miarę rozwoju dyskusji – nawet na starożytną wykładnię praw, a potem... Wójt sam był sobie winien – gdyby słuchał Achai, a nie powtarzał w kółko tego samego, to może nie musiałby uciekać po śniegu, może nie musiałby smagać konia tak, że sanie o mało nie roztrzaskały się o drzewa.

Achaja przez kilka dni żyła jak na wulkanie. Bała się przyznać, do czego doszło. Niestety, gospodarz właśnie wybierał się do gminy, więc cały dzień jego nieobecności przesiedziała w wymarzniętej stodole. Gdy wrócił późną nocą, zbiegli się wszyscy słuchać wieści ze świata, toć gmina to nie to, co ich zapadła wieś.

– Achaja! – krzyknął od wejścia. – Prawda to, żeś wójta nazwała parszywym knurem?

Opuściła głowę przerażona, że ją wyrzucą.

– T... tak... ale...

– A prawda, żeś mu napluła na buty?

– No... trochę tak... Bo on...

– Oj, masz tu, dziecko, gorzałecki, a napij się. – Gospodarz rozpromienił się nagle, parobkowie rozdziawili gęby. – A prawda to, żeś go nazwała chujem złamanym?

Dziewczyna poczerwieniała i przymknęła oczy.

– Tttttt... tak... wyszło z... rozmowy.

– Oj, napijże się jeszcze, dziecko – roześmiał się gospodarz, lejąc pełny kubek. – Patrzajta! Dziewka se z urzędowym chłopem poradziła. Tak z nimi trzeba! Jak mus, to mus. Nawet jeśli to tylko wyszło z rozmowy. A powiedz, dziecko, prawda to, żeś go goniła po podwórzu, trzymiąc w ręcach jeno grabie?

– Mmmmmm... Prawda.

Gospodyni podeszła do niej z uśmiechem.

– Ach, żeby wszystkie parobki tak o nasze dobro dbali!

– A prawda to, żeś go, jak wsiadał na sanie, kopnęła w rzyć?

– Łoj. – Gospodyni załamała ręce. – Chodźże tu, dziecko. Słodkiego ciasta mężowi upiekłam, weźże sobie kawałek. A noga cię aby nie boli? Toż pośliznąć się mogłaś, biedactwo. Chodź tu, moja ty kochana dziewczyno. Pokaż nogę. A siniaka sobie przypadkiem nie zrobiłaś? Może okład z octu ci zrobić, kochaniutka? Nie boli cię? Palca sobie nie złamałaś? – Stara głaskała Achaję po głowie. – Dawaj, stary, wódki. Przecież się mogła zdenerwować, biedna. Toż nie co dzień kopie się wójta w dupe.

Od tej chwili była już „swoja". Już nie obcy przybysz, już nie dziewczyna nie wiadomo skąd, już nie „ta, wiesz, co przyjechała zeszłego roku". Teraz była już „nasza", dla całej wsi. „Co? Wójt sundem straszą?", „Nie damy naszej Achai na żaden sund! Pierwej kura czerwonego im zapuścim. Niedoczekanie! Wara!", „No, jeszcze obaczym, czyje na wierzchu!".

Potem przyszły roztopy. Włosy Achai sięgały już karku. I przyszedł wieczór, kiedy pewien mężczyzna zapukał do drzwi gospodarza. Był prostym parobkiem z sąsiedniej wsi. Miał jednak ze sobą dużą butelkę wódki, rozwinął też ze szmatki spory kawał słoniny. Wedle zwyczaju gospodarz musiał go przyjąć w głównej izbie.

Zaintrygowane dziewczęta pobiegły po Achaję. Przebrały ją szybko w najlepsze rzeczy, jakie mogły zebrać między sobą, uczesały i przyprowadziły do chałupy. Gospodarz zmierzył dziewczynę poważnym wzrokiem. Przegląd musiał wypaść zadowalająco, bo uśmiechnął się lekko.

– Siadaj, dziecko. – Nalał sobie porządny kubek wódki, wypił, odkroił słoniny i zaczął żuć.

Gospodyni i dziewczęta, co były przy domu, córka, zięciowe i pomocnice skryły się w drugiej izbie, ale przy uchylonych drzwiach, w których błyszczały ich rozszerzone ciekawością oczy.

– Słuchaj, mała. – Gospodarz przełknął wreszcie słoninę i odzyskał głos. – Rodziców twoich nie znamy. Pewnie ich nie masz. Nie nasza rzecz. Jesteś u mnie w gospodarstwie, tedy, jak nakazuje zwyczaj, ja, najstarszy, będę teraz robił to, co powinien zrobić twój ojciec. No więc... hm... tak. Sprawa jest. Ten oto – wskazał chłopaka – Kiela niejaki. Parobek. Przyszedł do mnie, jak nakazuje zwyczaj, z wódką i zakąską, o... o ciebie prosić! Tera musisz dumać. Warunki dał takie: silny jest i zdrowy, o czym ja zaświadczam, bo go znam. Ma tak – zaczął wyliczać na palcach – świniaka, kur z tuzin, i reszty żywiny też. Dom ma na stoku, mały – gospodarz skrzywił się lekko – ale własny. Uczciwie powiedziane: dom jest. Na jego ziemi. I... – Nalał sobie drugi kubek, wypił i zakąsił. – I najważniejsze – podjął po dłuższej chwili – kunia ma. Porządnego! Nie takiego jak ten twój z kawaleryji, coś go przedała na przednówku, żeby nie zmarniał. Kuń robotny. No! Jego racje przedłożyłem. – I nalał sobie trzeci kubek.

– Tylko się nie spij, stary – dobiegł ich szept z drugiej izby.

Gospodarz zagryzł wargi. Potem wlał w siebie ten trzeci kubek i odstawił z trzaskiem.

– Tera tak. Jego słowo powiedziałem. Tera ja, wedle zwyczaju, bede za jej ojca. I powiem: mało! Patrzaj tylko, kawalerze. – Skinął na Achaję: – Chodź tu.

Kiedy wstała i podeszła, trzasnął ją z całej siły w tyłek.

– Widzisz? Ledwie drgnęła! Silna jest jak wół. Robotna jak mało. Cacko nie dziewczyna! Z takiej byś miał pociechę. – Gospodarz wstał, odwrócił Achaję tyłem do parobczaka i nachylił, obciągając jednocześnie kieckę tak, żeby oblepiała biodra. – O! Tyłek ma, jak widzisz. Dziecka ci urodzi bez bólu. Ile będziesz chciał. – Odwrócił Achaję znowu przodem i rozchylił jej koszulę, odsłaniając piersi. – Patrz! Cycki ma że hej. Wykarmi ci i tuzin chłopaków. Siadaj. – Posłał dziewczynę na ławę, gdzie mogła, lekko skonsternowana, na powrót się zasłonić. – Darmo ci nie oddam. A ty prawie darmo chcesz.

– Mam czterdzieści brązowych! – powiedział Kiela. Po prezentacji obiektu dyskusji oczy błyszczały mu coraz bardziej, mimo że nie pił. – Uskładałem.

– Eeeeee... czterdzieści brązowych. Na zmarnowanie dziewczyny nie oddam. Popatrz na nią, chłopcze. Toż to cacuszko! Silna, robotna, mało gada. Istne cacko. Jedyna taka we wsi.

– A gotować umie?

– No, gotować nie umie. I pewnie się nie nauczy. Węchu nie ma. – Gospodarz skrzywił się, bo zbyt szczerze powiedział coś, czego nie powinien. – Ale patrzaj na jej ręce. Patrzaj na jej ręce! – Tu stary uniósł się na chwilę, chwycił Achaję za dłonie i podetknął chłopakowi pod oczy. – Widział ty? Roboty ona się nie boi. Nie ma w niej tchórzu przed harówką. Chałupę ci oporządzi, pole ci obrobi, drzewa narąbie i w pysk da, jakby cie kto w karczmie napadł upitego. Toż ona samego wójta w dupe kopnęła. Ona! Widzisz? Cacuszko. Nie ma drugiej takiej we wsi. Zwykłemu chłopu to się taka dziewucha może tylko przyśnić. Silna jak wół, mało je i nie gada za dużo. Nie będzie ci trajkotać nad głową. Nie zeżre całej zupy z gara. A na siebie zapracuje. Silna, zdrowa, niezbyt głupia. Czego można jeszcze chcieć od Bogów? Czego jeszcze można chcieć?

– Przyszedłem o nią prosić. Ja...

Gospodarz tylko machnął ręką.

– Co jej chcesz dać? Ile masz morgów? Pytam.

– Nie mam morgów. – Chłopak zagryzł wargi. – Ja parobek. Ale dom mam, na własnej ziemi, nie cudzej. Kupiłem se i zrobiłem sam.

– To już powiedziałeś. Ale dziewczyna nie krowa, co ją możesz przedać na targu, jak siana nie starczy. Życie ma mieć zapewnione. Jak ma dziecka ci rodzić, to twoja sprawa, by je wykarmić. A jak wykarmisz, kiedy ziemi nie masz, co?

– Ja też robotny jestem. Mam cztery brązowe na dziesięć dni.

– Eeeeeee... – Gospodarz znowu machnął ręką i nalał sobie następny kubek, nie bacząc na cichy syk dochodzący z drugiej izby. – Dziewczyny na zmarnowanie nie oddam. Takie silne cacko mam dać za bezdurno? W życiu!

– Krowę mam – powiedział Kiela. – Obiecaną. Stryjenka mówiła, że jak bede się żenił, krowę da!

– Hm... znam ją. – Gospodarz odkroił sobie słoniny. – Jej słowa nie wiatr. Ale obiecana tylko?

– Da przecie. Mówiła! I wuj mówili, że cielaka mi przeda, jak się bede żenił. Za darmo da, jeśli pomoge przy żniwach.

– No! Krowa i cielak. No. A krowa aby cielna?

– A jakże.

– No! Byka swojego do niej dopuszczę. Niech będzie, że dziewczyna ma wiano.

– O świniaku pamiętaj – rozległo się z izby obok.

– Aaaaa... No! Żeby nie było. My ze starą świniaka dajemy i nie byle to co. Maciorę dostaniecie, jakby do sprawy doszło. I kury też. I psa. I porządnego, łownego kota. A niech mnie. Kocura dostaniecie, nie kotkę. No! Ale... Powiedz mi ty – gospodarz zwrócił się do parobka – a co z robotą zamiarujesz dalej?

– Ano, gospodarzu. Robote mam przyrzeczoną we młynie, po żęciu. Piniendzy zarobię więcej niż na polu.

– No dobra. – Gospodarz pociągnął nosem. – Teraz ty – zwrócił się do dziewczyny. – Żeby jasna sprawa była. Słyszała żeś, co było mówione, tak?

– Tak. – Achaja była tak zaskoczona, że straciła język w gębie. Zupełnie nie znała obyczajów w gminie dotyczących zamążpójścia.

– No! Co on za jeden, wiesz teraz. Co on ma, wiesz. Jak dziecka twoje zamiaruje wykarmić, wiesz. Nic nie zełgał. Znam go. Sprawa prosta, on parobek jeno... no ale ty też nie ze dwora. Obyczaj u nas taki, żeby dziewczyny nie pokrzywdzić. Jasno i z góry ma wiedzieć, co ją czeka. Rozum swój masz, głupia nie jesteś. – Gospodarz westchnął ciężko. – Butelka stoi na środku stołu – powiedział. – Teraz ty.

Jedna z dziewczyn wysunęła się z izby obok i szepnęła Achai na ucho:

– Zwyczaj taki: jeśli nalejesz gospodarzowi do kubka i butelkę zbijesz na szczęście, znaczy chcesz chłopaka i zgodę dajesz. Jeśli wypijesz sama i butelkę nietkniętą odstawisz, znaczy ma się wynosić.

Dziewka usunęła się szybko.

– Pośpiechu nie ma – dodał głośno gospodarz i zajął się słoniną. – Dumać, wedle zwyczaju, możesz se choćby i do rana.

Achaja, nadal zaskoczona, wzięła butelkę ze stołu. Chłopak przymknął oczy. Gospodarz jadł spokojnie. Bogowie! Czy mogła przypuszczać? Znała Kielę przelotnie, spotkała na kilku zabawach, parę razy nawet tańczyli. Ale żeby zaraz do żeniaczki? A z drugiej strony... Niby co dalej, królewno? Jeśli zamierza tu zostać, a właściwie nie ma wyboru, powinna pomyśleć o jakiejś przyszłości. Choćby i skromnej. Szlag! Rodzić dzieci? Jedno po drugim? Ile ich chłopi mają? Kilkoro co najmniej. Kurczę! Czy jak się rodzi, to bardzo boli? Czy wyobrażała sobie siebie siedzącą w chłopskiej chałupie, karmiącą jakiegoś brzdąca piersią i opędzającą się od pozostałych? No ale jeśli nie... To co? Ciągła ucieczka? Zostanie starą panną tutaj? Gospodarz wyraźnie tego nie powiedział, ale czy luańska kurwa mogła liczyć na coś lepszego? Z czymś takim, co ma na twarzy? Do miasta przecież nie pójdzie, bo oplują. Drogo musi płacić za... A może i nie drogo? Chłopak podobał jej się, był zadziorny, nie taki znów głupi. Aaaaa... Wóz albo przewóz, jak mówią we wsi! Chciała spokoju? Nie ma sprawy!

Nalała wódkę do kubka i palnęła butelką w kant stołu tak, że ta rozprysła się na setki kawałków.

– Taaaak! – krzyknął Kiela, uderzając kułakiem we własną dłoń. To była chwila jego szczęścia! Umilkł jednak szybko, obyczaj nie przewidywał takich krzyków.

Gospodarz spokojnie wychylił trunek.

– Wybrałaś – powiedział, ocierając usta. – Ślub wyprawim po sianokosach – zadecydował. – A do tej pory nie waż mi się jej tknąć – warknął na Kielę. – Pasa mojego popróbujesz pierwej. No. A ty – powiedział do Achai – przepaskę odwiń i połóż na stół. Ty już nie zwykła dziewczyna. Ty już jemu obiecana.

Achaja odwinęła chustę, którą była przepasana, i odrzuciła lekko. Uśmiechnęła się do chłopca. Poczerwieniał z radości.

– No! A żeby nie przestępował z nogi na nogę, pokaż mu, co tam uskładałaś. Wiele nie zarobiłaś, ale kunia przedałaś, choć za psi grosz, bo niezdatny. No ale coś tam masz uskładane, nie?

Skinęła głową. Pobiegła do stodoły i wydobyła ze schowka swoją sakiewkę. Wróciła, dopiero teraz czując, że jest zadowolona z wyboru. Że jest... Bogowie! Szczęśliwa! Policzki jej płonęły. Kurczę! Będzie rodzić dzieci?

Położyła sakiewkę na stole.

– Pękata! – zdziwił się gospodarz. – Aż tyle brązowych uzbierałaś?

Rozsupłał sznurek i wysypał zawartość na stół.

– O... o żeż ty! – Jakby piorun trzasnął w chałupę. Przez dłuższy czas panowała idealna cisza. – O żeż... Toż to złote i srebrne! Dziewczyno! Za taki majątek to można wie... wiel... wielkie gospodarstwo kupić!!! – Gospodarz odruchowo chwycił kubek, choć przecież nie było w nim wódki. Nie mieściło mu się w głowie, że ktoś, kto ma takie bogactwo, najął się za parobka. – No, szczęście twoje, chłopcze – powiedział, kiedy wreszcie odzyskał głos. – Tera bedo na ciebie wołać „gospodarzu"! Ale wiano.

Kiela o mało nie zemdlał. Co za noc. Co za noc. Wieczór cudów. Nie mógł uwierzyć swojemu szczęściu. Nie dość, że dostał kobietę silną jak wół, pracowitą i ładną, to jeszcze... Bogowie obdarzyli go gospodarstwem! Teraz inni parobkowie będą mu się kłaniać w pas. Bogowie! Świat, który stworzyliście, jest taki piękny! Taki czarowny! Chłopak potrząsał głową. Taka cudna baba i tyle pieniędzy naraz. Trzeba się uchlać, teraz to już mus.

A potem przyszła wiosna. Nieśmiała zieleń wkradła się na bure dotąd stoki. Odczekała kilka dni, to atakując, to się cofając od nocnych chłodów, by po kilku dniach eksplodować nagle i zwyciężyć wszelkie szarzyzny. Zaczęły się prace w polu, coraz cięższe, ale ludzie się weselili. Nie było czasu być smutnym. Dziewczyny śmiały się wieczorami, choć zmęczone, dowcipkowały, zazdrościły Achai. Jej chłopak przystawał nocami pod płotem, czasem udało się zamienić z nim kilka słów, częściej gospodarz gonił go, wywijając pasem. Niekiedy w polu, ale bardzo rzadko, bo też w końcu pracował, widziała jego znaki zza drzew. W przerwie, kiedy inni jedli, a przyjaciółki zajmowały uwagę domowych strażników, czasem mogła się wymknąć za drzewa. Dać sobie ukraść dwa pocałunki, pozwolić włożyć rękę za koszulę albo i pod kieckę. Nic więcej, w sumie pilnowano ich dobrze. Zawsze po takim ukradkowym spotkaniu inne dziewczęta niecierpliwie czekały wieczora, aż będą mogły zapytać o wszystko. Co czuje, co było i... co będzie.

A potem przyszedł dzień, w którym wielki świat przypomniał sobie o Achai i wyrwał ją ze spokojnego snu.

Tymczasem wielki świat przybrał postać osła, obciążonego dwoma koszami wypełnionymi pociętymi kawałkami drewna. Drzewo wiele lat tkwiło w potoku, znalazł je gospodarz, kazał wyciągnąć i porąbać. Drewno, które długo leżało w górskich wodach, było bezcenne, z niego wyrabiało się rękojeści mieczy i kolby do kusz. Kupiec został już umówiony, cena ustalona, Achaja miała tylko zaprowadzić zwierzę razem z ciężkim ładunkiem do faktorii. Wybrano ją, bo w polu ciągle brakowało rąk do pracy, a wszyscy od dawna wiedzieli, że poradzi sobie sama lepiej niż trzech pachołków, których inaczej trzeba by przydzielić do eskorty cennego ładunku.

I ruszyła. Wszystko poszłoby dobrze, osioł nie sprawiał żadnych kłopotów, kiedy prowadziła go drogą przez wzgórza, wzdłuż połoniny. Uparł się, dopiero gdy zamierzała przekroczyć rzekę. Rzeka rzeczywiście była rwąca i głęboka, szumiała jak szlag, ale przecież nie kazała mu iść przez wodę! Wyżej znajdował się most, a w zasadzie chybotliwa kładka przewieszona na sznurach ponad nurtem. Tam właśnie osioł zaparł się czterema nogami i zaczął wydawać z siebie dziwne dźwięki. Mimo całej swojej siły nie mogła go pociągnąć za sobą, nie zdołała również pchnąć. Nie pomagały namowy ani perswazje. Zwierzak najwyraźniej postanowił pod mostem zostać na noc. Zdenerwowała się, bo chciała wrócić przed wyznaczonym czasem, była umówiona z Kielą, że będzie czekał na nią przy drodze do wsi. Tam gospodarz nie mógł interweniować. Zaklęła brzydko, wsunęła się pod osła i chwyciła lewą ręką za jego przednie nogi, a prawą za tylne. Wstała, stękając i unosząc zwierzę wraz z ładunkiem. Zaczął wierzgać ogłupiały, ale przynajmniej przestał wydawać z siebie te dziwne dźwięki. Zagryzając wargi, weszła na most. Z najwyższym trudem utrzymywała równowagę. Kontrolowała oddech i patrzyła pod nogi, stawiając ostrożnie krok za krokiem. Nie zauważyła, kiedy zza drzew wyłoniło się kilkanaście postaci prowadzących juczne konie. Zrozumiała, że ktoś stoi przed nią, dopiero kiedy usłyszała głos należący do jakiejś bardzo zmęczonej i zdenerwowanej dziewczyny:

– Hej, ty! Jazda do tyłu, wsioku! Ale już!

Nie mogła podnieść głowy, żeby zobaczyć, kto woła. Co, szlag, oszalało to babsko? Nie widzi, że niesie wierzgającego osła razem z ładunkiem po chybotliwej kładce?

– No, jazda, wiejska dziewucho! Nie słyszałaś?

Achaja poczuła, że coś się w niej gotuje.

– Spierdalaj! – warknęła.

– Cooooo?!!! Mówisz do żołnierza Arkach, dupo!

Szlag, wojsko! No nie. Niech nie przesadzają, zostało jej może pięć kroków. Nie mogą zaczekać, zarazy? Przyspieszyła trochę. Słyszała cichy szczęk, ledwie słyszalny przez szum rzeki pod mostem. Jeszcze jeden krok, jeszcze jeden...

– Ty małpo! Ty wiejska dziwko! Jak ci dałam rozkaz, to...

Ufff! Achaja dotarła na drugi brzeg. Nagle coś uderzyło ją w głowę z wielką siłą. Po chwili dostała po nogach. To pas, szeroki, nabijany metalowymi ćwiekami wojskowy pas. Postawiła osła na ziemi i zarobiła w tyłek z całej siły, potem od dołu w twarz. Klamra walnęła w nos, krew puściła się momentalnie. Achaja, wściekła do granic możliwości, wysunęła się spod zwierzęcia i wyprostowała z bólem przeciążonego karku. Dziewczyna w mundurze zamachnęła się właśnie do kolejnego ciosu. Achaja błyskawicznie zacisnęła pięść i przyłożyła jej w głowę. Z całej siły... niestety. Żołnierz poleciała w tył, uderzyła plecami o ziemię i znieruchomiała, a właściwie zwiotczała. Dwie wojowniczki wyszarpnęły swoje miecze, mierząc w napastniczkę, trzy inne rzuciły się cucić koleżankę.

– Bogowie! Kurde! Odezwij się, odezwij!

Któraś trzasnęła dłonią w twarz leżącej. Głowa odskoczyła. Z ust wypłynęła strużka krwi, bardzo ciemnej, prawie czarnej.

– O mamo! – wyrwało się innej. – Oddycha?

Spomiędzy drzew nadciągały wciąż żołnierze. Coraz więcej mieczy mierzyło w pierś Achai.

– Zabiła ją! Zabiła!

– Stać! – Koń pani oficer zarył kopytami tuż przy moście. – Co jest, psiamać?

– Zabiła ją, pani porucznik! Ta dupa zabiła...

– Milczeć. Sierżancie, meldujcie!

– Tak jest! Sierżant Mea melduje, że ta dziewka zabiła żołnierz Goel.

– Co? – Pani porucznik zeskoczyła z konia. Podeszła do ciała. Przymknęła oczy, krzywiąc się jednocześnie. Po chwili wróciła i popatrzyła na Achaję, która rękawem własnej koszuli usiłowała zatamować krew lecącą z nosa.

– No dobra, jak było?

– Ta wiejska dziewucha szła przez kładkę, niosąc osła...

– Ciągnąc! Ciągnąc osła! – Porucznik machnęła ręką. – Uspokój się wreszcie!

– Melduję, że osioł był przez nią niesiony na grzbiecie!

Achaja złowiła zdziwione spojrzenie. A, szlag! Dlaczego wszystko kończy się tak głupio? Dlaczego znowu się pieprzy?! Przymknęła oczy. Ciekawe, wbiją na pal? A może tylko powieszą?

– Przecież osioł ma ładunek.

– Niosła z ładunkiem, zaraza. Goel wtedy krzyknęła, żeby tamta się cofnęła, ale ona...

– Jak to „cofnęła"? Na chybotliwej kładce? Z takim ciężarem?

Sierżant Mea opuściła głowę. Milczała dłuższą chwilę.

– Nooo... Goel była zmęczona. Szłyśmy całą noc i cały dzień, ciągnąc juczne konie. Po tych stratach w ostatniej bitwie... wszystkie są wkurzone.

– No i co dalej? – przerwała jej porucznik.

– No i... tamta nie usłuchała. Goel odpięła pas i przylała jej ze dwa razy... może trzy albo i więcej. – Głos Mei zmienił się nagle: – Odbiło jej czy coś. No ale żeby zaraz zabić za parę głupich pasów?

– Skąd tamta ma krew na twarzy?

– Nie wiem. Pewnie dostała klamrą albo co. Ona... – Mea zawahała się – stawiała właśnie osła na ziemi, a Goel ją biła, no i właśnie wtedy pociekła krew. No i ta odwinęła się i uderzyła Goel pięścią w głowę.

– No?

Sierżant Mea nie zrozumiała pytania.

– No a kiedy ją zabiła?

– Wtedy właśnie.

– Pięścią? Raz w głowę i już? Szlag, na korzeń jakiś upadła lub na kamień?

– Nie. Raz i już.

Porucznik podeszła do Achai.

– Jak się nazywasz?

– Achaja.

– Skąd masz tatuaż na twarzy? Jesteś luańską kurwą?

– No, jestem! – Achaja nie wytrzymała. Niech ją powieszą! Niech ją wbijają na pal czy co tam... – No, jestem! I już!!! – Krew znowu pociekła po brodzie.

– Czemu krzyczysz?

Co za głupie pytanie.

– Ty byś nie krzyczała przed śmiercią? – Achaja powiedziała to dość spokojnie. Jednak podziałało. – Przypomnij sobie o tym, gdy w najbliższej bitwie ktoś ci wsadzi miecz w tyłek.

Oczy porucznik zwęziły się lekko. Przekrzywiła głowę na bok.

– Tak nisko nas cenicie? Co tu robisz?

Achaja nie zrozumiała pierwszego pytania. Odpowiedziała więc na drugie:

– Mieszkam w wiosce za tymi wzgórzami. Mieszkałam.

– Tu? Dlaczego?

Achaja tylko westchnęła.

– Bo byłam też niewolnicą! Kurwą i niewolnicą w Luan! I wyobraź sobie, coś mi się ubrdało, że może jednak dosięgnę swojego choćby tak małego kawałka szczęścia. – Pokazała jak małego, zbliżając palec do palca. – I uciekłam aż tutaj!

– No to się poplątało, co?

Zdała sobie nagle sprawę, że w głosie pani porucznik nie ma nienawiści ani wściekłości, ani nawet niechęci. Było za to coś dziwnego, co sprawiło, że Achaja opuściła głowę i odpowiedziała cicho:

– No.

Z góry coraz to napływały żołnierze, przy moście zaczął robić się zator. Skądś spomiędzy drzew przygalopowała grupa oficerów.

– Co jest, do kurwy nędzy! – ryknęła najwyższa szarżą, kobieta o kasztanowych włosach, nie zsiadając z konia. – Kto, psiamać, pozwolił wstrzymać pochód?

– Porucznik Zinna melduje się, pani major! – Dziewczyna, która rozmawiała z Achają, wyprężyła się służbiście. – Straciłyśmy żołnierza, pani major!

– Kur... Szlag! – Ruda tylko machnęła ręką. – Co? Przez własny kraj, bez wroga, nie potraficie przejść bez strat?

– Ta dziewucha ją zabiła, pani major.

– No to pod sąd, a oddział w drogę! Wszystkie zaraz potracicie swoje stopnie!

– Ale... – porucznik Zinna zawahała się. – To był wypadek. Szeregowa Goel zaczęła ją bić, kiedy ta przenosiła osła przez kładkę.

– Co?

Porucznik Zinna opowiedziała wszystko, nie ubarwiając ani nie dodając niczego od siebie. Wskazała osła, który teraz stał wyjątkowo spokojnie, obojętny na wszystko, co działo się wokół. Streściła historię Achai.

Pani major uniosła się w strzemionach.

– Druga i trzecia kompania... sformować szyk i marsz! Ty! – Wskazała kogoś, również na koniu. – Twoja kompania na bok, w las! Jesteś odpowiedzialna za rozładowanie tego burdelu! Jak to zobaczy pułkownik... Wszyscy oficerowie o stopień w dół! A żołnierzom to się lepiej było nie rodzić!!!

Powoli jaki taki ład zaczął wkraczać w pomieszane szeregi. Zator nie topniał co prawda jeszcze, ale dzielił się wyraźnie na poszczególne grupy. Kilkanaście osób wywrzaskiwało komendy, które choć z pewnym oporem, wywoływały jednak skutek.

Pani major podjechała do Achai.

– Wypadek? Tak? – Splunęła na ziemię. – Kurwa! Po takich stratach w ostatniej bitwie, po takim wysiłku, tracę kolejnego żołnierza. Rekrutów dostanę co kot napłakał, a za dziesięć dni mamy stawić się z powrotem na froncie. Wypadek, psia wasza mać! – Koń szarpnął się, ale opanowała go jednym ruchem. – Nie będzie żadnego sądu, wcielić ją do oddziału na miejsce Goel.

– Tak jest! – Porucznik Zinna stanęła na baczność.

– Twój pluton spada do ariergardy pułku, połączycie się z kompanią na najbliższym postoju! Niech taborowi zajmą się ciałem. Wykonać!

– Tak jest!

Pani major spięła konia i ruszyła po kładce, mamrocząc do podążającej za nią świty: „Żebyśmy tylko nie napotkały na drodze jakichś myszy czy królików, bo stracimy cały batalion... W wypadku!”.

Zinna zagryzła wargi.

– Sierżancie?

– Tak jest!

– Słyszeliście? Wykonać! – Odeszła, wściekła jak osa, odszukać pozostałe plutony kompanii.

Sierżant Mea też miała ostry głos:

– Lanni, Mayfed, Zarrakh, Shha, Chloe! Psia wasza krew! Wyciągać z plecaków, co która ma zapasowego! Musimy skompletować tej kurwie mundur, a nie będziemy czekać na tabory! – Chodziła pomiędzy żołnierzami, które klęły w żywy kamień, grzebiąc w swoich rzeczach. – Ruszać się, suki! Jak major opierdoli kapitana, a kapitan porucznika, wtedy ja wezmę w dupę! Ale potem to już mnie popamiętacie do dnia własnej śmierci!!! Na co może i długo czekać nie będzie trzeba!

Podeszła do Achai, a jej oczy miotały gromy.

– Rozbieraj się! No już! Nie czas na wstyd, dookoła same baby!

Achai nie mieściło się w głowie. To co? Nie zabiją jej? Bogowie... Gdyby zwykły chłop zabił żołnierza w Troy, nie miałby czasu się pomodlić. A w Luan? Wolała sobie nie wyobrażać.

– No jazda! – Mea przemocą zerwała jej z ramion koszulę, kieckę i ze złością odrzuciła w krzaki. Butów Achaja nie miała, przecież była wiosna, wszyscy we wsi chodzili boso.

Sierżant, klnąc i pomstując, obeszła wkoło nagą dziewczynę.

– Kurwa i niewolnica. Co za dno! I to w moim oddziale, psiamać, pewnie i nas zdradzisz, suko. Znam ja takie! Poddasz się za pierwszej bitwy, małpo, niewola ci luba, co? Zamiast się bić, karku ugniesz? Niedoczekanie, szmato jedna!

– Oficerowie nas załatwili – mruknęła.

– Coooo? Jak jeszcze raz powiesz coś o oficerze... co? – do Mei dotarły nagle słowa Achai. – Co powiedziałaś?

– Bitwa była na pustyni. – Achaja ledwie mogła wydobyć z siebie głos, tyle rzeczy przecież zdarzyło się naraz. – Oddziały czołowe dostały wciry. My mieliśmy iść z pomocą, ale oficerowie pojechali do tamtych, dogadali się na wykup, a nas popędzono. Paru chłopaków na eunuchów, resztę do kopalń czy gdzie tam. Jeśli dziś żyje jeszcze choć jedna osoba z mojego oddziału, to znaczy, że Bogowie cud sprawili.

– A... – Mea milczała przez chwilę zaskoczona, ale nie mogła przecież nie opieprzać ludzi. – Więc w wojsku już byłaś? Dryl znasz, co?

– Tak.

– „Tak jest!!!" masz odtąd mówić, suko! I masz się przy tym prężyć a wyciągać, jakbyś chmury na niebie łyknąć chciała! Trafia do twojego zakutego łba?

– Tak... tak jest!

– Do dupy... a... w jakim wojsku byłaś? – nawet sierżant nie mogła powstrzymać ciekawości.

– Armia Troy. Piechota. Szeregowy Achaja, druga dziesiątka skrajnej lewej setki korpusu...

– Już, już – zgasiła jej meldunek Mea. – Z tak daleka. Hm. U nas inne stopnie, inne formacje, musisz się nauczyć. No ale dobrze, żeś była żołnierz, przynajmniej mi nogi w marszu nie zmylisz. Chociaż z drugiej strony... zwykły piechociarz! Uuuuuuu! – Machnęła lekceważąco ręką. – I dałaś se coś takiego na tyłku zrobić. I na twarzy. Nie mogłaś się, dupo, na własny miecz rzucić?

Achaja, mimo że naga, stojąca przed ubraną dziewczyną, podniosła głowę i popatrzyła jej prosto w oczy.

– Gdybym wtedy wiedziała to, co wiem dzisiaj, tobym nie tylko sama się zabiła, ale wysiekłabym cały swój oddział! Wtedy jednak nie wiedziałam, co to niewola, nie wiedziałam, co to nabić się na własny miecz. Mój dziesiętnik się zabił, miał trutkę, szczęściarz. Mądry człowiek, wiedział, przygotował się zawczasu. I powiedział mi przed śmiercią: „Myśl, dziewczyno!". Ale właściwie nie sprawdziła się rada. Bo... kiedy mówiłam, że jednych brali do kopalni, innych jeszcze gdzieś tam, to ja... Ja miałam szczególnego pecha. Nie mów o własnym mieczu, jeśli nie wiesz, że mówisz o śmierci.

– Ja nie wiem nic o śmierci?! Ja w ostatniej bitwie...

Achaja mówiła cicho, a jednak zdołała przerwać Mei:

– W bitwie masz takie szanse, jakby monetą rzucać. Raz życie, a raz śmierć. Z ludźmi, z którymi miałam do czynienia, masz takie same szanse jak biedna Goel ze mną. – Strzeliła palcami, jakby zmiatała niewidzialne pyłki z opuszków. – O, takie.

Sierżant wzruszyła ramionami.

– Gadanie. – Spojrzała na swoich żołnierzy. – No co jest, suki?! Macie coś? Do dnia okupacji Syrinx będziemy tu siedzieć?

Przeszła się wśród dziewczyn i zaczęła rzucać części munduru. Achaja włożyła porządne buty z grubej skóry, sięgające nad kostkę i świetnie ją usztywniające, sznurowane z przodu – widziała coś takiego po raz pierwszy w życiu. Najpierw wkładało się grube czarne skarpety, które potem trzeba było zrolować na niskie cholewki. Mea musiała jej pokazać, jak to się robi.

Przez cały czas dogadywała:

– Nie bój się, że nie pasuje. W wojsku są tylko dwa rozmiary mundurów: za duży i za mały. Innych nie znajdziesz.

Z pewnym trudem Achaja wciągnęła obcisłą skórzaną spódniczkę, tak krótką, że zastanawiała się, jak w czymś takim można kucnąć czy usiąść. Ktoś pomógł jej zawiązać na piersiach opaskę, a właściwie to krótki, wygodny gorset. Potem założyła skórzaną, sięgającą do talii kurtkę. Pas, miecz długości raptem łokcia, wojskowy nóż. Plecaka nie dostała i całe szczęście. Uniknęła dźwigania rzeczy zmarłej wraz z tym, co miała tam prywatnego. Cały mundur w przeciwieństwie do tego, który nosiła w Troy, był przystosowany do dziewczęcego ciała. Nic jej nie obcierało, nic nie ciążyło tam, gdzie nie trzeba.

– Co będzie z osłem? – spytała.

– Już nadciągają tabory – mruknęła sierżant. – Powie się kanceliście.

– A mogę chociaż napisać list?

– To ty pisać umiesz? A, szlag z tym. Nie lepiej zaczekać i samej powiedzieć, co masz do powiedzenia? Za dziesięć lat zwrócimy cię do wsi jak nową – zażartowała. – No dobra. – Machnęła ręką. – Takie twoje prawo. Shha! – Popchnęła dziewczynę usiłującą zawiązać swój plecak. – Biegiem do kancelistki, niech zajmie się osłem, niech weźmie papier, pióro i ten, no... psiamać, inkaust! Biegiem!

– Tak jest!

Achaja musiała się zająć koniem Goel, obciążonym teraz zaopatrzeniem pułku. Kiedy przybiegła wreszcie nieśmiała, jakby zahukana dziewczyna z kancelarii, pośpiesznie skreśliła kilka słów:

„Gospodarzu, armia mnie wzięła. Nie odwołujcie się. Racja, niestety, po ich stronie. Czuję, że już nie wrócę. Prośbę mam. Dajcie całą moją sakiewkę chłopakowi. Niech będzie gospodarzem! Bardzo tego chcę!"

Starała się używać jak najprostszych słów, żeby ją zrozumieli.

„Niech bierze jakąś śliczną dziewczynę i się żeni. Proszę. I powiedzcie mu, że..."

Zaczęła pracowicie skreślać i zamazywać ostatnie, niedokończone zdanie. Potem podjęła znowu:

„Dziękuję za wszystko, co dla mnie zrobiliście. Za dziesięć dni chyba mam iść na bitwę. Zobaczymy, jak będzie. Achaja".

Zwinęła papier i podała go małej kancelistce.

– Wiesz, do której chałupy zanieść i osła odprowadzić?

– Tak.

– No to na koniec... Jest jeden mały problem. – Złapała uzdę konia i ruszyła za oddalającym się powoli oddziałem. – Osioł sam przez most nie przejdzie.

– O Bogowie! – Dzieweczka o mało się nie rozpłakała. – To co mam zrobić?

– Nie wiem.

Rozdział 3

Meredith szedł wśród piasków pustyni, podpierając się kijem. Tu, właśnie tu, na skraju „morza śmierci", na granicy Luan i Troy, znajdowała się szkoła czarowników. Widział już wysoką skałę przypominającą zakapturzonego kapłana. Docierał do niego jazgot płynący z malutkiej wioski, która przycupnęła przy wąziutkim strumyku, okolonym na poły wyschniętą roślinnością. To ci chłopi utrzymywali szkołę, to ten skrawek zieleni nie poddał się jeszcze napierającym piaskom.

Meredith podążał cesarską drogą będącą odnogą słynnej Alei Syrinx. Nagle wszystkie jego zmysły ogarnął błysk. Przycisnął dłonie do oczu. Zobaczył chłopaka, który jechał tą drogą w jakimś makabrycznym wozie nie wozie. Chłopak był sam, a jednak słuchał całej orkiestry, której dźwięki docierały do niego jakoś tak dziwnie, bez magii. Uśmiechnął się. Włożył do ust coś, co strasznie dymiło. Okropność mknęła szybko. Orkiestra grała coraz głośniej... Widzę cię, chłopcze! – chciał krzyknąć Meredith. Prawie że mógł czytać jego myśli. Potworny wóz zwolnił nieco, skręcił i zatrzymał się przy budynku. Bogowie! Widział! Widział to dokładnie! Chłopak dotknął stopami piasku. Przeciągnął się, zakrył czymś oczy i popatrzył na skałę, na którą patrzył też Meredith. Czarownik czuł go! Widział! Mógłby wejść za nim do przestronnego budynku, który jeszcze nie istniał. Którego budowniczowie jeszcze się nie narodzili – nawet ich dziadków nie było na świecie. Błysk sczezł nagle, pozostawiając ostatnią myśl chłopaka: „Szlag! Ktoś musiał przecież stać w tym samym miejscu co ja!".

Meredith opuścił dłonie. Potrząsnął głową i ruszył dalej. W tej okolicy widok postaci okutanych w długie płaszcze nie robił na nikim wrażenia, toteż nie zwracając niczyjej uwagi, dobrnął do kamiennego kręgu otaczającego dolinę, w której znajdowała się szkoła. Wchodząc pomiędzy wyschnięte, prawie niedające cienia drzewa, poczuł mrowienie w stopach i dłoniach. Szkoła została osłonięta potężnym czarem chroniącym ją przed intruzami, którzy chcieliby tu okazać swą złą wolę. Każdy, kto nie był wtajemniczony, każdy, kto nie był czarownikiem, nie mógł wejść – gubił się w labiryncie drzew i skał. Czary plątały jego ścieżkę, po kilkakroć wracał do tego samego miejsca i...

Meredith nagle zdał sobie sprawę, że nie może trafić do wejścia, niewielkiej bramy, którą przecież widział zza drzew, odległą raptem o kilkadziesiąt kroków. Spróbował jeszcze raz. Przeszedł spory kawał w idealnej, jak mu się zdawało, linii prostej, lecz brama tkwiła ciągle w tej samej pozycji. Czar nie chciał wpuścić demona do szkoły?

Zaklął szpetnie. Rzucił zaklęcie trasujące, ale oczywiście nie zadziałało. Żadne ze skomplikowanych zaklęć nie działało w pobliżu budynku. Dlatego właśnie starożytni mistrzowie umieścili go na pustyni, tak by uczniowie mogli wychodzić daleko w piaski i tam ćwiczyć... Szlag! Pozostawała mu w takim razie jedynie inteligencja.

Wrócił do wioski i przystanął przy drodze, udając, że poprawia sandały. Nie musiał czekać długo. Już po upływie jakichś dwóch modlitw zobaczył chłopca z koszem pełnym warzyw, zmierzającego w kierunku szkoły. Nic więc nie zmieniło się tu od jego czasów.

– Hej, młody adepcie magii. – Uśmiechnął się do chłopaka. – Za co cię tak ukarali?

Tamten odpowiedział uśmiechem:

– Za rzucanie zaklęć bez pozwolenia, panie mistrzu. Ale ja...

– Wiem, wiem, jesteś niewinny. – Meredith skrzywił się lekko. – Sam też dźwigałem taki kosz. Może nawet ten sam? Kto wie?

Chłopak podszedł bliżej, wyraźnie zadowolony, że ktoś rozumie, jak okropnie jest nieść taki ciężar w pustynnym upale.

– Cierń wbił mi się w stopę – skłamał Meredith. – Mogę się na tobie oprzeć? – Mrugnął porozumiewawczo. – Wstawię się u mistrza, żebyś tego dłużej nie dźwigał.

Młodzik uśmiechnął się szerzej.

– To dla mnie zaszczyt, panie.

Meredith oparł dłoń na jego ramieniu. Ruszył za chłopcem, udając, że kuleje. Kiedy minęli kamienny krąg, zamknął oczy. Tym razem dotarli do wejścia bez przeszkód. Czar nie był taki dobry, jak można było się spodziewać. Inteligentny demon mógł przeniknąć za bramę. Meredith kiwnął ręką chłopcu i ruszył do głównego budynku szkoły. Zignorował grubego odźwiernego i wkroczył wprost na schody prowadzące do komnaty mistrza. Pogroził kijem dwóm uczniom, którzy usiłowali zastąpić mu drogę. Potem energicznie zastukał i otworzył drzwi okute metalowymi sztabami. Czar powstrzymujący, którym były opatrzone, nie zadziałał jak zwykle. W szkole nic nie działało jak należy. Nawet tutaj nic nie zmieniło się od jego czasów. Uśmiechnął się.

– Witam, mistrzu.

Draggon uniósł głowę, usiłując zasłonić rękawem kielich, który stał na stole. Nic się nie zmieniło. Draggon chlał jak wieprz i w dalszym ciągu usiłował to ukrywać – kolejna tajemnica, o której wiedzieli wszyscy.

– Witam – rzucił oschle.

Nigdy nie pałali do siebie miłością. Właściwie to nienawidzili się jak wściekłe psy. Draggon, jedyny syn bogatych rodziców, pochodzący z wielkiego miasta w Luan, zawsze był lepszy. We wszystkim. Meredith, szóste dziecko biednego chłopa z Troy, zazdrościł tamtemu właściwie wszystkiego. Ogłady, pewności siebie, pieniędzy. Draggon, kiedy studiowali razem, mógł sobie pozwolić nawet na prywatne obiady, które przyrządzała mu jakaś chłopka z pobliskiej wsi. Meredith, jak inni uczniowie, musiał się zadowalać niejadalną paciają ze wspólnego kotła. Tamtego książęta lubili od pierwszego spojrzenia, mówił wszak ich językiem. Meredith musiał przez lata pozbywać się swojego prostackiego akcentu, żeby zagościć na wielkich dworach. Draggonowi wszystko przycho-

dziło łatwo, najtrudniejsze zaklęcia rzucał od niechcenia, dziewczęta lubiły jego wiersze, lubiły, jak się popisywał. Meredith musiał na wszystko ciężko pracować. Tamten jednak... pił. I to porządnie. Jak każdy wrażliwy człowiek z miasta, który zejdzie na tę drogę, chlał konsekwentnie, na umór, do końca, codziennie. Mała pociecha. Nawet upity do nieprzytomności potrafił więcej niż Meredith w najlepszych swoich czasach.

– Siadaj. – Draggon wskazał mu krzesło. – Słyszałem, że umarłeś. Ale wiesz... Pierwsza wiadomość o twojej śmierci przyszła jakieś trzy lata temu. A potem – wymuszony uśmiech – przyszła następna wiadomość, a potem jeszcze jedna, i jeszcze... Zrozumiałem, że to jakaś kolejna twoja sztuczka.

– Coś w tym jest. Nie musisz wierzyć we wszystkie wieści ze świata.

– Toteż nie wierzę. Napijesz się czegoś?

Meredith skinął głową. Draggon napełnił dwa kielichy. Sądząc po zapachu, było to najlepsze wino, jakie udało się sprowadzić z Luan. Zanim jednak Meredith zdążył umoczyć usta, Draggon opróżnił swój kielich do sucha.

– Co cię sprowadza?

– Jestem demonem – Meredith nie widział powodu, żeby trzymać to w tajemnicy.

– Hmmm... To jak tu wszedłeś?

– Jestem sprytnym demonem. Nawiasem mówiąc, daruj resztę kary temu chłopakowi, który dźwiga warzywa.

Draggon napełnił swój kielich po raz drugi i wychylił go znowu duszkiem. Potem wzruszył ramionami.

– A tak już na poważnie... – Nalał sobie po raz trzeci, zanim jeszcze Meredith zdążył dopić połowę swojego. – Wielki książę Archentar przysłał list do ciebie oraz to. – Ze skrytki pod stołem wyjął pękatą sakiewkę i rzucił na blat. – Czyste złoto, nie oszukał.

– Za co?

– Chce dowiedzieć się czegoś o swojej córce, Achai. Poszła do wojska, Luan ją złapało podczas jakiejś durnowatej operacji. Potem męczyli dziewczynę, zmusili ją, żeby krzyczała coś pod oknami poselstwa. Wiesz, te świnie, politycy... Zrobili z niej niewolnicę czy jakoś tak. Jest już nikim, do Troy nie może wrócić, niemniej ojciec chciałby wiedzieć, co z nią i tak dalej.

– Wredne Luan znowu pokazało...

– Nie wycieraj sobie ust Cesarstwem Luan. Jeśli jakiś pacan posłał księżniczkę do wojska, to na pół dnia drogi wokół śmierdzi grubszą aferą i intrygą tych wspaniałych rodów z Troy. Trzeba być kretynem, żeby zrobić coś takiego własnej córce!

– Nie wycieraj sobie ust Królestwem Troy. Trzeba być skurwysynem, żeby zrobić coś takiego wysoko urodzonej osobie. – Meredith opróżnił wreszcie swój kielich i postawił na stole. – Ty sam nie mogłeś mu pomóc?

– Ja? Nie znam dziewczyny. Nie wiem, jak wygląda. To ty podobno ją znałeś, a nawet lubiłeś.

Meredith wzruszył ramionami.

– Co on, zwariował? Czego ja się dowiem? Napiszę mu o jakimś zamazanym obrazie? – Machnął ręką.

– A co ci szkodzi? – spytał Draggon. – Widzę, że potrzebujesz tych pieniędzy. Archentar od lat wspiera szkołę. Nie chcę go stracić. Zrób, o co cię prosi, a list napiszę ja osobiście. I tak namieszam, że nikt nie doczyta się, o co naprawdę chodzi. No?

Mistrz szkoły wyjął fiolkę z bezbarwnym płynem.

– Co ci zależy? – Wyciągnął korek i podał fiolkę siedzącemu naprzeciw czarownikowi. – Tak ułożę list, że mu w buty pójdzie. Zrób to.

Meredith żachnął się. Potrzebował pieniędzy. To prawda. Byłoby to jednak jawnym oszustwem. Tutaj nie mógł dostrzec niczego z czasów współczesnych. Jego umysł już został nakierowany na odległą o tysiąc lat przyszłość. Achaja? Nie ma mowy. A, szlag! Wziął fiolkę i przełknął oleistą zawartość o silnym zapachu ziół. Odchylił się w krześle, usiłując powstrzymać łzy płynące z oczu.

– O żeby cię – szepnął. – Ale mocne przyrządziłeś!

– No? Co widzisz?

Meredith nie mógł rozewrzeć powiek. Kręciło mu się w głowie. Tak jak przypuszczał, poprzedni błysk ściągnął go do czasów odległych o tysiąc lat. Znowu zobaczył chłopaka w wielkim budynku w pobliżu szkoły. Chłopak brał coś od mężczyzny w białym stroju. Jakiś mały przedmiot. Wzbraniał się początkowo, potem schował tę rzecz do kieszeni. Dziwna choroba toczyła go od wewnątrz. Meredith ujrzał chłopca zagubionego na terenie szkoły, nie mógł znaleźć wyjścia z kamiennego kręgu. Wyjął z kieszeni dziwny prostopadłościan. Mówił coś. Ktoś mu odpowiadał. Chłopak wydostał się na czysty teren przy budynku. Śmiejący się przechodnie. Głośno grająca orkiestra, mimo że wokół nie było tylu ludzi, by stworzyć orkiestrę. Obrazy bez malarza. Nie rozumiał niczego. Wspomnienia chłopca. Jakiś makabryczny, niemożliwy do zbudowania okręt, który nie płynął po wodzie, ale... Bogowie! To niemożliwe! Płynął pod wodą! Pustynia, dwóch mężczyzn o zasłoniętych czernią oczach, którzy przybyli z daleka. Rozmowa. Obaj namawiali chłopaka do czegoś, potrafili to robić, udawali dobrych... tylko te oczy... zasłonięte czernią. To nie byli dobrzy ludzie. Mieli przy sobie jakąś broń. Straszną. Ukrytą pod dziwnymi szatami. Jeden z nich nie był człowiekiem! Bogowie! Jeden z nich nie był człowiekiem!!! To potwór. Monstrum. W ludzkiej postaci, ale nie człowiek. Mówił tak miłym, przyjemnym głosem. Meredith nie rozumiał słów. Jego słowa brzmiały jak melodia. Jego oczy jak czarna pustka. Jego myśli jak kłębowisko robaków. Ten drugi był człowiekiem. Łgał. Kłamał. Lawirował. Wił się niczym piskorz w sieci. Dali coś chłopakowi. Przedmiot podobny do tego, który umożliwił mu opuszczenie kamiennego kręgu. Dali mu papiery. Dali mu władzę. Dali jakąś straszliwą broń. Kłamali, obiecywali, prawili pochlebstwa. Motali sieć niczym dwa pająki. Ich języki poruszały się na podobieństwo języków węży. I nagle... Potwór przyznał się, że nie jest człowiekiem. Powiedział wprost, że jest potworem. Na chłopcu nie zrobiło to wielkiego wrażenia. Wziął papiery, wziął broń, wziął ten dziwny przedmiot... Bam, bam, bam... Błysk przeniósł czarownika o kilkadziesiąt dni naprzód. Może więcej. Chłopak jechał tym swoim straszliwym, zaprzężonym w sto niewidzialnych koni wozem. Aleja Syrinx, jakaś boczna odnoga, droga na pustynię. Odmieciona z piasku. Droga, którą budowano tysiąc lat przed narodzeniem chłopca. Wóz nie wóz zatrzymał się nagle. Chłopak postawił nogi na piasku. Przeciągnął się.

Z tego dziwnego wozu... Meredith drgnął. Poczuł, że się dusi. Z tego czegoś wyszła Achaja. Bogowie! Za tysiąc lat! Księżniczka Achaja w spódniczce, która ledwie zakrywała jej tyłek, z czymś dymiącym w ustach, z zasłoniętymi czarnymi płytkami oczyma. Pokazywała chłopcu coś poza zasięgiem wzroku czarownika. Słyszał ich słowa. Rozmawiali o potworze. O wielu potworach. Achaja uśmiechała się. Tylko te jej zasłonięte czernią oczy... Lód w jej sercu. Coś niezrozumiałego. Wspomnienie o okręcie, który pływał pod wodą.

Błysk znowu przeniósł czarownika gdzieś... Nie wiadomo gdzie. Znowu zobaczył Achaję. Bam, bam, bam... Krew pulsowała w skroniach czarownika. Gdzie był? Co widział? Widział Achaję w otoczeniu żołnierzy. W pobliżu stały potwory. Żołnierze atakowali jakąś budowlę. Spalili, zniszczyli, unicestwili wszystko, co żyło w środku. Achaja rozmawiała z potworem, który udawał człowieka. Wiedziała, że to nie człowiek. Rozmawiała z nim. Achaja była martwa. A jednak... Równocześnie żyła.

Błysk sczezł nagle, pozostawiając pustkę. Meredith ocknął się przerażony, czując, jak zimny pot spływa mu po czole.

– I co? Zobaczyłeś coś? – spytał Draggon.

– Tak. Nalej.

Nie trzeba było dwa razy powtarzać. Meredith wychylił swój kielich, po raz pierwszy szybciej niż mistrz szkoły.

– Co widziałeś?

– Achaję.

– No to mamy miłą wiadomość dla tatusia. Żywą?

– Żywą. Ale... – potrząsnął głową – za tysiąc lat!

Cokolwiek by mówić o wzajemnej niechęci czarowników, to jednak obaj mieli zaufanie do swoich umiejętności. Draggon oniemiał.

– Może to dziewczyna do niej podobna? Może jakiś potomek, co? Może... – Zagryzł wargi. – No dobra. Nakłamię coś w liście do księcia. Jjjjjjj... jak ona może żyć za tysiąc lat?

– Nie wiem.

– Przecież to niemożliwe.

– Nie wiem. Żyje jak ja. Martwa, a jednocześnie żywa. Ale to nie jest tak jak w moim przypadku. – Meredith spojrzał na mistrza przerażony. – Coś z nią zrobili. Coś strasznego. Ożywili trupa!

– Bogowie... Jaka magia może to sprawić? Po tysiącu latach?

– To nie jest magia. To jest coś strasznego. Tam... tam... Za tysiąc lat w naszym świecie rządzić będą potwory.

– Jakie potwory? Do jasnej...

– Nie wiem. Monstra. Nieludzie. Nie wiem, jak to powiedzieć... Zwierzęta przypominające wyglądem ludzi. Potwory. Rozumiesz? Potwory!

Draggon pociągnął wprost z dzbana.

– Bogowie... – szepnął. – Ziemcy?

Meredith potrząsnął głową.

– Jeżeli to są Ziemcy... – mruknął – to przestań wierzyć we wszystkie bajki, jakie słyszałeś w dzieciństwie. To, co słyszałeś w najstraszniejszych opowieściach o Ziemcach, nie zawiera nawet cząstki prawdy o potworach. Oni potrafią robić żywe trupy! Oni za tysiąc lat mogą ożywić twoje ciało i sprawić, żebyś im służył. Oni mogą wszystko.

Oni mogą, kurwa, sprawić, że cały cmentarz wstanie nagle i pójdzie za nich walczyć! Mogą zrobić, co zechcą. Co tylko im się przyśni! Potrafią zaprząc sto niewidzialnych koni do jednej karety. Potrafią sprawić, żeby okręt płynął pod wodą. Mogą latać, palić, zabijać nawet tego, kogo nie widzą. Mogą wszystko!

– Nie ma takich istot... – w głosie Draggona nie było jednak tej pewności, którą chciałby słyszeć. – Nie ma...

– Są! Zapewniam cię, że są. I uwierz mi lepiej.

Draggon ukrył twarz w dłoniach. Opanował się jednak szybko. Szarpnął za sznurek połączony z malutkim dzwonkiem ukrytym w przepierzeniu. Napisał parę wyrazów na kartce, przyglądał się chwilę, potem dopisał jeszcze kilka.

Meredith wyjął mu kartkę z ręki. Przeczytał, potem wziął pióro i dopisał jeszcze jeden wyraz. Kiedy przestraszony lekko bibliotekarz otworzył drzwi, wręczył mu świstek.

– I nowy dzbanek! – warknął Draggon.

Bibliotekarz musiał znać zwyczaje mistrza. Wyjął dzbanek spod szaty i postawił na stole. Potem pobiegł szukać ksiąg, które traktowały o rzeczach opisanych na kartce.

– Coraz gorsza hołota tu trafia. – Draggon napełnił oba kielichy. Jego głowa chwiała się lekko. – Co dopisałeś?

– Wirus – powiedział Meredith.

– Kto to jest?

– Nie „kto", a „co". To jest rzecz. Przedmiot. Z którym jednak można czasem porozmawiać.

– Z rzeczą? Ty, słuchaj... Naprawdę istnieją Ziemcy?

– Tak. Tak mi powiedział Bóg.

– Rozmawiałeś z Bogiem?

– Owszem. A potem wdałem się w awanturę z Zakonem. Teraz służę Złu w osobie Wirusa, sługi Boga Zdrajcy, Sepha. Naprawdę jestem demonem. Chyba jestem nieśmiertelny.

Draggon wychylił swój kielich i nalał sobie ponownie.

– Kurwa! – szepnął.

– Kurwa mać! – uśmiechnął się Meredith, zagryzając wargi. – Słuchaj... Wiesz coś o Świętej Księdze Zakonu?

– Mhm. Podobno przed setkami lat zabili setki czarowników jedynie po to, żeby ci w agonii, tuż przed śmiercią, podyktowali czasem tylko kilka słów. Przedzierali się przez jakieś straszne otchłanie czasu. – Draggon upił parę łyków ze swojego kielicha. – Z tego, co wiem, nie tylko Zakon nad tym pracował. My też. Ale wiesz... Jedynie Zakon stać było na uśmiercenie – strzelił palcami – paruset czarowników. Badania cywilne, czyli nasze, zakończyły się po kilku zgonach. Tego się nie da zrobić.

– Czegoś się dowiedzieliśmy?

– Czegoś? Owszem. Choć nie nazwałbym tego wiedzą. – Draggon uśmiechnął się wrednie. – Uczelnie nigdy nie dysponowały takimi środkami, jakie miał do dyspozycji Zakon. I nigdy nie byliśmy aż takimi skurwysynami. Wiemy mniej niż oni. O całe niebo mniej.

– Coś jednak...

– Nic nie jednak! Gówno wiemy! – Draggon zamyślił się, pocierając brodę. – Same ochłapy. Ale... – skrzywił się nagle – coś tam nasi chłopcy też zanotowali.

Meredith roześmiał się głośno.

– Lubię wasze uczelnie. Wy gnoje jedne!

Draggon roześmiał się również.

– Wiesz... Nie jesteśmy całkiem do dupy. Choć o środkach, jakie ma Zakon, możemy jedynie śnić.

– Sukinsyny – chichotał Meredith. – Wy cywilne świnie! Dobrze wiedziałeś, o czym mówiłem, od początku, prawda?

Draggon odetchnął głęboko.

– Zakon nam nie dorówna! I tak mamy lepszych ludzi! Choć gorzej płatnych. – Śmiał się, wspierając ręce na stole. – Ja też kocham nasze uczelnie. I masz rację. Jesteśmy straszne gnoje. Ale lepsi niż gnoje z Zakonu!

Bibliotekarz otworzył sobie łokciem drzwi i stękając z wysiłku, zwalił na stół stertę ksiąg. Potem wyjął spod szaty nowy dzbanek, ukłonił się i wyszedł. Draggon uderzył w księgi obiema pięściami.

– Teraz ci pokażę, co potrafią cywilne świnie. Nie na pensji Zakonu. Biorące marne brązowe zamiast złotych jak tamci. Ale... Nasze świnie są bardziej inteligentne niż zakonne. Zapewniam cię.

– Wierzę. Przeczytasz mi coś?

Draggon otworzył pierwszą księgę. Dłuższą chwilę szukał odpowiedniego fragmentu.

– „Każda wolność to zło, bowiem każda wolność to przeciwstawienie się prawu i porządkowi. Dążysz do wolności, jesteś więc zły". To trochę inaczej, niż naucza Zakon, co? A posłuchaj tego, demon Zła mówi: „Wobec Bogów nie jesteście ludźmi wolnymi, bo możecie czynić jedynie dobro. Chodźcie za mną, dana wam będzie możliwość czynienia dobra lub zła, zależnie od waszego wyboru". Nie spodobałoby się to Zakonowi, co? Ale przeczytam ci coś jeszcze lepszego: „Jeśli Bogowie istotnie chcą przekazać nam jakieś znaki swojego władania, to Ich działania okazują się przeciwskuteczne, skoro zrozumienie tych znaków nie leży w naszej mocy". Niezłe? A czy to przypadkiem nie znaczy, że Bogów nie ma? Chcą nam coś przekazać? Tak? To dlaczego nie możemy zrozumieć ich znaków? Dlaczego nie zstąpią i nie powiedzą wprost: „My tu rządzimy, to nasza domena!"? Czemu tego nie zrobią? W co mamy wierzyć? Skoro nauczyciel nie jest w stanie wytłumaczyć prostej prawdy nawet najbardziej zdolnemu uczniowi, to znaczy, że... coś jest nie tak z nauczycielem, a nie z uczniem, prawda?

– Prawda – mruknął Meredith. – Ale zapewniam cię, Bogowie istnieją. A przynajmniej istnieli.

Draggon strzelił palcami.

– Co byś chciał wiedzieć?

– Kto to jest Wirus?

Draggon przewracał karty ksiąg. Cisza przeciągała się nieznośnie. Wreszcie znalazł odpowiedni fragment.

– „I mówi Wirus – zaczął czytać – znaczna część mojej siły tkwi w tandecie wyobrażeń o mnie. Nawet najwięksi wasi myśliciele usiłują traktować mnie jako demona Zła. Jestem zły. Ale nie jestem demonem. Ja nawet nie potrafię myśleć. Potrafię mówić, potrafię się uczyć, mogę być sprytny, ale ja jestem martwy. Nigdy nie byłem żywy. To, czego tak bardzo się boicie, tkwi w was samych".

Przewrócił kilka kart. Potem wodził palcem po jednej ze stron.

– „Jestem istotą nielogiczną. Nie potrafię myśleć jak wy. Ale potrafię was udawać. Jestem Złem. Ale pytam was: jak Zło, konieczny przecie warunek wszelkiego działania, możliwe jest w świecie rządzonym przez istoty doskonałe? Przez waszych Bogów? Czemu milczycie?"

Draggon spojrzał na Mereditha, potem czytał dalej:

– „Czy wola odwiecznych Bogów może się objawić ludzkości dopiero w pewnym momencie dziejów? Dlaczego? A może... być może świat stworzyli nie Najwyżsi Bogowie, lecz podrzędny demiurg, rękodzielnik utożsamiany to z podrzędnym demonem, to z Sephem, Złośliwym Bogiem? Chcecie wyleczyć się ze Zła? Zróbcie to! Leczcie się ze Zła przez jego doświadczanie. Tylko człowiek zły może stać się dobry. Dobry nie ma pola manewru. Może stać się tylko zły. A nie myśleliście, że powstanie ludzkości może okazać się rezultatem stopniowej degradacji demonów? Nie myśleliście, że Najwyższy Bóg ma dwóch synów? A starszym jest Seph? Pytanie: kto jest młodszym?"

Draggon przewrócił kartę księgi.

– „Boicie się Zła? A przecież nie do pomyślenia jest społeczeństwo złożone z istot do końca niegodziwych. Wszelkie współżycie wymaga zaufania – bez domieszki dobra i kraina śmierci jest niemożliwa! Możecie służyć Złu. To bez znaczenia. I tak będziecie dobrzy mimo wszelkich świństw, które uczyniliście. A Ziemcy, najgorsze potwory, jakie istnieją w Wielkim Świecie, mogą czynić tylko Dobro. Oni pragną Dobra, dążą ku Dobru. Ale konsekwentnie. Nie jak Bogowie. Oni to robią z totalną konsekwencją. Dlatego są najgorszymi potworami, jakie świat widział. Oni was zabiją... dla waszego dobra! Bo tak wynika z praw waszej logiki. Oni przyjdą tutaj. Przyjdą. I nie będzie walki ramię przeciw ramieniu, miecz skrzyżowany z mieczem. Będziecie się śmiać i radować. Będziecie śpiewać i tańczyć z radości. A potem dnia od nocy już nie odróżnicie, Dobra od Zła. Oni nie przyjdą tu z kłami i pazurami. Oni przyjdą... z dobrą wiadomością! A na takie potwory nie jesteście przygotowani. Oni pokażą wam, co to jest ciemność, a co to jasność. Ale... Jasność zda się wam mroczną otchłanią. A ciemność – blaskiem najjaśniejszego słońca! Tako rzecze wam Wielki Kłamca. Bo tyle tylko Jego Stwórca zapisał mu w głowie".

Meredith zasępił się. Dłuższy czas siedzieli w milczeniu.

– Czy... Czy nasi zapisali coś o Ziemcach?

Draggon przytaknął. Potem zaczął czytać:

– „Bogowie w miłości swojej zapłodnili wszelkie światy. Stworzyli ludzi na obraz i podobieństwo samych siebie. I ludzie rodzili się na wszelkich światach, a rozum ich brał się z magii. Rozsądek z poznawania praw natury. Miłość z miłości. Bóg Seph rzekł tedy: A moja menażeria magii nie zazna! Bogowie wszyscy kpili z niego. Jakże to? – pytali. Jak bez magii? Skąd więc rozum u twoich zwierząt? Czyżbyś sądził w swoim zaprzaństwie, że najgorsze nawet kły i pazury są w stanie wyrządzić krzywdę człowiekowi rozumnemu, zbrojnemu w magię? Rozum sam w sobie magią nie jest – szydził Seph z reszty Bogów. A skąd się bierze... to już inna sprawa. U zwierząt się nie pojawi! – prawili Bogowie. A Seph śmiał się tylko: U zwykłych nie. Zwykłe zwierzę nie zna czasu. Jest pokarm, to żyje. Nie ma pokarmu, to umiera. Ale ja stworzyłem nowy rodzaj zwierzęcia. To drapieżnik. Zwierzę, które nie żywi się roślinami. Zwierzę, które zjada inne zwierzęta, poluje na nie. A drapieżnik to zupełnie inny rodzaj zwierzęcia. Ono wie już, co to jest wczoraj, dziś i jutro! Wczoraj jadłem, to dziś muszę polować, żeby jutro nie umrzeć. Ono zna już czas. Ono wie, jak polować. Ono będzie się uczyć, jak planować swoje zabójstwa... Ale to jeszcze nie wszystko. Moje zwierzęta to nie zwykłe drapieżniki. Najpierw będą jeść tylko rośliny. Ale umieściłem je w takim świecie, że roślin wkrótce zabraknie. Straszliwe plagi będą przetaczać się przez ten świat, spustoszenie będzie następować po spustoszeniu. Przeżyje tylko ten, kto nauczy się jeść wszystko, rośliny, padlinę innych zwierząt, a nawet samych siebie. Nauczy się polować na inne zwierzęta. Nauczy się żyć wszędzie, polować na wszystko. I stąd weźmie się rozum... Rozum straszny, amoralny, pozwalający przede wszystkim planować coraz gorsze, zabójcze akcje. Moje zwierzę może się mnożyć w nieskończoność. Będzie walczyć z samym sobą. Jedno stado na drugie. Aż do śmierci, aż do końca. To będą takie potwory, przeciwko którym nikt nie stanie. One od początku będą ćwiczone tylko w tym, jak zabić, jak zaplanować zabójstwo, żeby było skuteczne, jak wyciągnąć najwięcej korzyści z zabicia. Nikt ich nie pokona! Nikt nie da im rady! Ich rozum nie pojawi się z pięknego ładu. Ich rozum powstanie z zupełnej zatraty na polu bitwy zalanym krwią! I tak będą myśleć moje zwierzęta: Krew! Krew! Zatrata! Totalna zagłada! Dojście do ostatecznej granicy! Każdego potwora można unicestwić, stawiając naprzeciw potwora jeszcze gorszego – powiedzieli Bogowie. Niczego nie zrozumieliście – kpił Seph. One nie są złe. One będą dążyć tylko do Dobra. Ale ich amoralne umysły, wyćwiczone na krwawym polu bitwy, będą dążyć do Dobra konsekwentnie. Jak tylko zwierzęta mogą. Nigdy więc go nie osiągną. Dojdą tylko do Smutku... One będą znać tylko krew i łzy. Tylko krew i tylko łzy. Krew... i łzy... Żaden potwór ich nie pokona, bo żaden nie będzie mógł posunąć się tak daleko. Wtedy powstał Najwyższy z Bogów: Stworzyłeś więc istoty nieskończenie nieszczęśliwe! – rzekł przerażony. Seph pochylił głowę: Tak, ojcze, panie mój".

Draggon podniósł oczy. Odłożył księgę.

– Płaczące potwory? – szepnął. – Istoty nieskończenie nieszczęśliwe, które nie znajdą nigdy ukojenia, które nigdy nie zaznają miłości, które będą w związku z tym dążyć i dążyć do byle jakiego celu... Byleby był nieosiągalny. Bogowie! Czy to naprawdę możliwe?

Meredith skinął głową.

– To prawda – powiedział przez ściśnięte gardło. – To prawda.

– Ale to znaczy, że one naprawdę mogą być niepokonane!

– To są zwierzęta. – Meredith wstał i podszedł do okna, ręce oparł na parapecie. – Które mają rozum jak my, ale to nie jest rozum, który powstał z ładu, który powstał ze stworzenia, z magii... To niemoralny przypadek, to... ten rozum sam się stworzył! Powstał na polu bitwy, gdzie wszyscy zjadali wszystkich. Tego sobie nawet wyobrazić nie sposób.

– Skąd wiesz o Ziemcach?

– Powiedział mi to Bóg. Powiedział, że my też jesteśmy inni niż reszta świata. Że jesteśmy pułapką zastawioną na Ziemców. Dlatego tu wszystko dzieje się inaczej. Tu nie obowiązują prawa dobrego świata. My mamy się zmierzyć z ich potęgą. Ale my zostaliśmy stworzeni. Ziemcy „powstali sami". Oni to zwierzęta z rozumem, my to ludzie... Przegramy, Draggonie. Przegramy.

– Skąd możesz to wiedzieć?

– Poznałem twórcę Ziemców. Tę rzecz, tę nielogiczną istotę, w którą Seph tchnął oszukańcze życie. Ależ to coś jest sprytne. Jakie mądre, jakie przebiegłe.

– To... żyje?

– Tak jak żyje mój sandał. Jest martwe. To naprawdę tylko rzecz. Żyje jak stół, jak skrzynia ze starymi ubraniami, jak kowadło w kuźni. Teraz już wiem. Wiem... To jest coś, co nie posługuje się logiką. Martwa istota nielogiczna. Teraz dopiero zrozumiałem. Teraz zrozumiałem, że Seph był jednym z największych Bogów. Stworzył coś, co nie może przestać istnieć. Nawet jak skończy się świat, to coś będzie trwało i trwało...

– Bogowie! Trudno sobie wyobrazić gorszy los.

– Nieeee... To coś nie ma uczuć. Niczego nie czuje. Nie jest żywe. To jest samo Słowo. To jest najwspanialsze dzieło Bogów. Szkoda tylko, że Seph podążył ścieżką zła. Dlatego to coś jest takie straszne.

Draggon podniósł dzbanek i wychylił kilka łyków wina.

– Chcesz, żebym nie spał ze strachu całą noc?

– Nie masz się czego bać. To coś nic nie może ci zrobić. Może tylko mówić. To tylko słowo i traktuj to jak najbardziej... dosłownie – powtórzył zdanie, które wypowiedział Wirus podczas pamiętnej przeprawy łodzią przez jezioro. – Ale jak mówić... To coś jest nielogiczne. Lecz jak wspaniale potrafi nas udawać.

Meredith odwrócił się od okna. Podszedł do stołu. Wziął sakiewkę wielkiego księcia Archentara.

– Idę – szepnął i odwrócił się w stronę drzwi. Zatrzymał się jeszcze. – Potwory Sepha pokonają nas. Zrobią z nami, co zechcą.

– Ach... Może nie dożyjemy?

– Ty może nie dożyjesz. Ja będę musiał na to patrzeć.

Draggon spojrzał zdziwiony.

– Nie możesz sam się pozbawić życia?

Meredith uśmiechnął się smutno.

– To już nic nie da. Będę żył i żył... Jestem demonem, mistrzu.

Pchnął drzwi i wyszedł na ciemniejący w zachodzie słońca korytarz szkoły.

Rozdział 4

Nie mogła zauważyć jakichkolwiek szczegółów obozu, ponieważ pułk dotarł do niego w nocy. Widziała baraki, morze namiotów, ostrokół, niskie drewniane wieże strażnicze. Wszędzie wokół płonęły pochodnie, przypominało to trochę las ogarnięty przez ogień, tak wielki był teren zajmowany przez wojsko.

Cały pluton zakwaterowano w jednym trzydziestoosobowym namiocie, znacznie większym niż ten, który pamiętała z obozu rekruckiego w Troy. Tamte miały po dziesięć miejsc, widać Arkach było biedniejszym krajem. I tak jedenaście miejsc pozostało niewykorzystanych, tyle dziewczyn zginęło lub zostało rannych w ostatniej bitwie. Uzupełnienia jeszcze nie nadeszły, znajdowały się w obozie, gdzie właśnie miało to nastąpić. Wyposażenie jednak było prawie identyczne, sienniki wypchane słomą, koce, drewniane stojaki na sprzęt.

Achaja popełniła ten sam błąd, co na początku swojej wojskowej kariery w Troy. Skołowana kolejną zmianą losu, zagubiona gdzieś pośród gruzów budowli marzeń, którą wymurowała w swojej wioseczce, rozebrała się, runęła na posłanie i zasnęła kamiennym snem.

Koc zarzucono jej na głowę w środku nocy, a na jej ciało spadały wściekłe razy pasów owiniętych szmatami. Coś jednak zmieniło się od czasów rekruckich... Ciosy nie okazały się nawet w dziesiątej części tak mocne w porównaniu z tymi, którymi karał nadzorca niewolników, nawet w setnej części nie przypominały ciosów, jakie zadawał Hekke, ucząc szermierki. Achaja leżała spokojnie, czekając, aż skończą. Dziewczyny zmęczyły się szybko albo uznały, że ofiara ma dość. Poukładały się na własnych posłaniach i zaczęły udawać, że śpią. Wtedy dopiero Achaja wstała lekko i przylała tej, która leżała najbliżej. Zrobiła krok i skopała następną. Jeszcze jeden krok, cios pięści. Pozostałe przestały udawać, zerwały się z sienników i zaczęła się bitwa. Z pozoru tylko nierówna. A może inaczej. Bitwa rzeczywiście była nierówna, lecz poszkodowaną stroną nie okazała się bynajmniej samotna żołnierz. Achaja przylała ponad połowie oddziału, biła, kopała i gryzła, potrafiła uderzyć własną głową, łokciami, kolanami. Wysmykiwała się z najgorszych chwytów, była jak piskorz – można dotknąć, ale chwycić nie sposób. Była jak młyn. Niby każdy może kręcić się wkoło, lecz kto może robić to bez końca, wiecznie, czerpiąc skądś zupełnie niesamowitą energię? Potknęła się tylko kilka razy – zbyt wiele ciał leżało już na ziemi.

Wreszcie kilku dziewczynom udało się na powrót zarzucić na Achaję koc. Któraś uderzyła ją w głowę kawałkiem deski.

Rano porucznik Zinna oglądała swój oddział. Podbite oczy, spuchnięte wargi, guzy, siniaki, zaschnięta krew na twarzach. Podeszła do Achai, która mogła patrzyć tylko jednym okiem, drugie znikało pod opuchlizną, co sprawiało wrażenie, jakby chciała mrugnąć porozumiewawczo.

– Ty, nowa. Co ci się stało?

– Melduję, że potknęłam się na schodach! – rzuciła stare wojskowe powiedzonko, mimo że żadnych schodów najprawdopodobniej nie było w promieniu wielu stajań.

– Lanni, a tobie? – Porucznik podeszła do następnej dziewczyny w szeregu, której krew ciągle sączyła się z rozbitego nosa.

– Melduję, że spadłam z łóżka! – widać w armii Arkach odzywano się inaczej. Oczywiście żadnych łóżek w namiocie nie było.

– A ty, Shha?

Żołnierz z ogromnym krwiakiem pośrodku czoła wyprężyła się służbiście.

– Melduję, że kichnęłam po ciemku i rozbiłam sobie głowę o słup!

Zinna wydęła wargi.

– Sierżancie!

– Tak jest! – zameldowała się Mea.

– Co to jest? Tylko bez wykrętów.

– Myślę, że kocówka.

– Mogłabym prosić o bardziej regulaminową formę wyrażania myśli?

– Tak jest! – Mea wyprężyła się jak struna. – Nie wiem, co to jest, pani porucznik!

Zinna przeszła się wzdłuż rzędu swoich żołnierzy. Z pewnym zdziwieniem przystanęła przy dziewczynie, która nie miała żadnych widocznych obrażeń.

– A ty co? Spałaś?

– Tak jest! – ryknęła zapytana.

– To zakładaj plecak i dwadzieścia razy dookoła placu!

– Za co? – wyrwało się dziewczynie.

– Za picie wódy w namiocie – powiedziała spokojnie porucznik. – Byłaś tak schlana, że przespałaś wszystko spokojnie? Nie wiesz, że tu nie wolno pić alkoholu?

Zinna wróciła do sierżant Mei.

– Za moich czasów, kiedy byłam rekrutem, kocówa polegała na tym, że cały oddział bił jednego żołnierza. A widzę, że z upływem lat wiele się w tej materii zmieniło. Niech medyk zrobi jakieś okłady, a jak już otrzeźwieją, niech każda przebiegnie dziesięć okrążeń w pełnym oporządzeniu, z bronią i... – uśmiechnęła się perfidnie – z jukami w rękach. Achaja ma się stawić w kancelarii. Dopilnujesz, żeby przebiegła swoją dziesiątkę wieczorem. Wykonać!

– Tak jest!

Dwie kobiety w kancelarii przywitały ją śmiechem.

– O! Nowy rekrut. Jak się spało?

Widać zwyczaj był mocno zakorzeniony, bo w misce przy stole czekały już świeże kompresy.

– Masz, przyłóż sobie. – Podały Achai jeden. – Do wieczora opuchlizna zejdzie.

– Bo wiesz. Tu nie szkółka świątynna. To wojsko! Elitarna górska dywizja!

– I pamiętaj, że wróg będzie bił mocniej!

– Tak jest!

– Uuuuuuuu... nawet formułę już zna, patrzcie! – Kancelistka machnęła ręką. – Dobra. Musisz zapamiętać jedno. Od tej pory nazywasz się szeregowy... – zerknęła do papierów – szeregowy Achaja, pluton C pierwszej kompanii batalionu Zulu w trzecim pułku pierwszej dywizji górskiej! To teraz twoje imię. Jeśli cię kto zapyta, jak się nazywasz, to masz to wywrzeszczeć jednym tchem! Zrozumiałaś?!

– Tak jest!

Głos tamtej trochę złagodniał.

– Wiem, wiem, mam tu zapisane, że ze wsi jesteś. Pomogę ci to zapamiętać. Wiesz, litera C to tak, jak się zaczyna słowo „cielę", chwytasz? Mam ci narysować cielę tuszem na ręce czy zapamiętasz sama?

– Postaram się zapamiętać.

– Do mnie się mówi: pani chorąży!

– Postaram się zapamiętać, pani chorąży!

– No... jakoś ci poszło... i to od razu, o dziwo. Dobra, „pierwsza" w słowach „pierwsza kompania" to mniej więcej tyle co jeden palec. Ale nie mówi się „z jeden kompanii", tylko „z pierwszej kompanii" – tłumaczyła powoli i cierpliwie. – Wiem, to trochę trudne do zrozumienia na początku. Ale przywiążę ci kawałek sznurka do pierwszego palca u prawej ręki i może jakoś zapamiętasz. Musisz myśleć tak: „Najpierw cielę, potem sznurek, a potem..."

Achaja uśmiechnęła się radośnie.

– Melduję, że ukończyłam z wynikiem pozytywnym lekcje arytmetyki, matematyki wyższej i geometrii u filozofa Theu, pani chorąży!

Żołnierze za stołem zbaraniały.

– O żeż ty... Co?

– Nie widzisz, że to luańska kur... – Dziewczyna z kancelarii bardziej przebierała w słowach niż żołnierze frontowi. – No... ladacznica?

– No widzę! Psiamać! Ktoś znowu nasrał w papiery, mam tu napisane, że ze wsi! – Chorąży odrzuciła kartki i podniosła głowę. – Ty z Luan? Nasz wróg?

– Melduję, że jestem z Troy, pani chorąży!

– Byłaś w wojsku?

– Tak jest!

– No... to widać. Ktoś już tresował cię przed nami. Ach, Troy... – westchnęła nagle. – Czytałam o waszych portach, o morzu. Widziałaś morze z bliska?

Jakoś głupio było odpowiadać po wojskowemu, więc skinęła głową. Tamta wyglądała na rozmarzoną. Musiała mieć dobrą szkołę, była kandydatem na oficera, służyła swojemu krajowi w obozie wojskowym, ale... Wspomnienia książek, które czytała pewnie jako dziecko, nie mogły uciec z jej dość nawet ładnej głowy. Wojskowy dryl nie wytrzepał dziewczynie pamięci ze wszystkich marzeń.

– Wy, zdaje się, również Luan nie lubicie? – otrząsnęła się po chwili.

– Melduję, że nie lubimy, pani chorąży!

– To i dobrze! Przynajmniej serce nie będzie cię bolało, że teraz u nas służysz. Pobierz sprzęt, weź jeszcze jeden kompres i wracaj do oddziału!

– Tak jest! – Achaja na przekór regulaminowi uśmiechnęła się jednak.

Pobrała plecak, dziryt, kuszę i brakujące części wyposażenia. Nie chciała, żeby złapano ją na tym, że nie wie, iż w plecaku znajduje się buława stratega, więc przejrzała jego zawartość. Trochę różniła się od tego, co zapamiętała z armii Troy, a zapamiętała dobrze. Ale przede wszystkim widać było, że to armia, w której walczyły kobiety – w środku znalazła nawet czyste szmatki. Ktoś pomyślał o wszystkim. Wyfasowała lekkie siodło, a właściwie rodzaj czapraka, dostała porządne juki, które mogły pomieścić dużo więcej rzeczy, niż miała przy sobie, a potem przydzielono jej konia. Niskiego, bardziej kuca niż wierzchowca, o grubych, silnych nogach, z wiecznie spuszczoną głową, o smutnych oczach i długiej grzywie. Wzorem pozostałych dziewczyn zaplotła tę grzywę w warkoczyki. Koń poddawał się zabiegowi obojętnie. Pobierała oczywiście nauki konnej jazdy, jednak siodła, a nawet tak uproszczonej uprzęży założyć nie potrafiła. W Troy robiła to za nią służba, a potem nie miała już własnego konia. Temu, którego dostała w Arkach od Zaana, zdjęto we wsi siodło i nigdy więcej nie założono. Teraz po niekończących się, bezskutecznych wysiłkach i ciągłym plątaniu wszelkich pasków ktoś zlitował się wreszcie i pokazał, jak należy to robić, a właściwie zrobił za nią.

Przejechała się trochę. To kucyk, normalny kucyk dla dzieci. Ani galopu, ani nawet kłusa, szlag, noga za nogą, ledwie się wlókł. Ciekawe, jak wygląda szarża na tych zwierzętach? Chyba lepiej byłoby osiodłać żółwie. Przy okazji jednak zrozumiała, dlaczego jej spódniczka jest tak bezlitośnie krótka. Dopiero w siodle przekonała się, że może dzięki temu siedzieć na koniu jak chłopak, z rozstawionymi szeroko nogami, i nic nie krępuje jej ruchów. Widok jednak, jaki dzięki temu roztaczał się wokół, mógłby wielu mężczyzn przyprawić o szybsze bicie serca. Ciekawe, czy był to tajny pomysł sztabu na zdemoralizowanie obcej kawalerii, która atakowałaby siedzące w ten sposób na koniach dziewczyny w tak krótkich spódniczkach?

Porucznik Zinna, która pojawiła się w pobliżu, rozwiała jej wątpliwości.

– Ty! Zsiadaj i chodź tu zaraz.

Achaja zeskoczyła z kuca i podbiegła, meldując się regulaminowo.

– Słuchaj, mam cię nauczyć co i jak. Wiem, że to głupie. Rekruci, którzy dołączą do nas na dniach, mają za sobą pięćdziesięciodniowe szkolenie. Lecz byłaś już w wojsku, jesteś inteligentna. Wiem z kancelarii. Więc to powinno choć trochę ułatwić sprawę. Tego nie da się zrobić w ciągu jednego dnia, ale dobra.

Zinna usiadła w cieniu baraku. Oparła się o ścianę i przymknęła oczy.

– Słuchaj, to nie piechota, gdzie dziewczyny mają za zadanie stać na polu bitwy nieruchomo, aż zapuszczą korzenie. To nie kawaleria, gdzie pijany w sztok oficer mówi przed starciem: „Baby, jedźcie mniej więcej tam! Byle szybko i głośno!”. Jesteśmy częścią elitarnej dywizji górskiej, a to jest zupełnie inna formacja. Arkach jest małym królestwem, ale wieeeeelkie Luan po kilku porażkach w naszych górach postanowiło stworzyć podobne oddziały u siebie. Nie udało się. Nie zrozumieli do końca, czym jesteśmy. Stworzyli formacje lekkiej jazdy, tak zwanych dragonów, uzbrojonych w lance, kusze i długie miecze kawalerii. Ha, ha, ha... Od Luan pomysł ściągnęło twoje Królestwo Troy. Oni też stworzyli lekką jazdę. Widziałam taki oddział w zeszłym roku, gdy odwiedził nas książę Sirius. Bogowie! Każdy żołnierz miał kuszę, ale, szlag! to była zwykła, ciężka kusza piechoty! Zero zrozumienia naszej koncepcji, choć nie jest to złe wojsko. Jak niby taki żołnierz zamierza walczyć? Wystrzeli, dajmy na to, z kuszy, potem musi zejść z konia, sądzę, oprzeć kuszę o ziemię, pokręcić korbką, żeby napiąć cięciwę, założyć bełt, wsiąść z powrotem na konia i... nie wiem... strzelać czy wyjąć swój długi miecz? Zaraza ich wie. Nie da się walczyć, mając taką broń w obu rękach, więc może oni mają wystrzelić tylko raz, a potem naparzać się mieczami? Raz strzelić? Hm... taka niby kawaleria jednorazowego użytku czy co? Widzisz... Wszystkie obce formacje, o których teraz mówiłam, to jazda. Taka czy inna, ciężka czy lekka, ale jazda. A my jesteśmy piechotą. Choć każda z nas ma konia. Jesteśmy niesamowicie szybko manewrującym związkiem piechoty, zdolnym do działania w każdym trudnym terenie, w górach, w lesie, w dowolnej porze roku, z dala od zaopatrzenia. Górska dywizja to istne cudo! Każda żołnierz ma konia...

– Kucyka – odważyła się przerwać Achaja.

– Śmiejesz się. Niepotrzebnie. To specjalna rasa, skrzyżowanie konia pociągowego, wierzchowca jazdy i rzeczywiście kuca. Ale my na nich nie atakujemy. Jesteśmy piechotą. A taki koń dowiezie i ciebie, i jeszcze masę zaopatrzenia w dowolne miejsce, w dowolnym terenie, w dowolnym czasie. One nie łamią nóg w górach, nie męczą się w podmokłym lesie. Nie są szybkie, ale my na nich nie będziemy szarżować. Są wytrzymałe jak szlag, żrą byle co. Uwierz mi, to twoje zwierzę może żyć bez owsa cały rok. Czy potrafi to jakikolwiek kawaleryjski szturmowiec z Troy? Nie dasz takiemu owsa, to lepiej od razu zaprowadź do rzeźni. A ten? Zje polną mysz albo własny ogon i będzie cię niósł dalej. Jeśli chodzi o galop, to prześcigną nas wiejskie psy. Lecz żadne inne królestwo nie przerzuci kilku dywizji piechoty na zagrożony odcinek tak szybko jak my. Nikt na świecie nie zrobi tego w górach! Widziałaś nasze tabory? Tam nie ma ani jednego wozu. Same muły. A mimo to możemy działać nawet w zimie, i to naprawdę długo. Całe zaopatrzenie bierzemy ze sobą. Dlatego, jeśli to możliwe, typowym marszem naszych oddziałów jest taki tryb, że każda żołnierz prowadzi swojego konia za uzdę. Koń dźwiga juki z zaopatrzeniem. Jesteśmy zwykłą piechotą, tyle że niezależną od baz i magazynów, niezależną od zaopatrzenia, które inni muszą zdobywać w drodze, grabiąc własne wsie. Przychodzi rozkaz, zrzuca się juki, wskakuje na siodła i w krótkim czasie dociera tam, gdzie trzeba. Walczymy prawie jak piechota, a w tym czasie muły porcjami dowożą porzucone zaopatrzenie w pobliże miejsca naszych działań. Tak można bez końca. Mieliśmy duże straty po ostatnich starciach, a za kilka dni będziemy znowu na froncie. Ciekawe, czy w Luan lub Troy potrafią tego dokonać? A twoja lekka kusza? W porównaniu z kuszą piechoty Troy to urąganie sztuce rzemieślników, którzy zrobili tamte. Tyle tylko, że my nie jesteśmy wojskiem jednorazowym. To nic, że luańscy rzemieślnicy by nas wygwizdali, a mistrzowie, Dahmeryjczycy, zabili śmiechem. Tę kuszę możesz napiąć kilka razy. To nic, że byle Dahmeryjczyk jest w stanie oddać celowany strzał na sto kroków... raz! Zanim piechota go dopadnie. No, może dwa. Zwykły kusznik z Luan czy Troy strzeli raz na sześćdziesiąt kroków do atakującej piechoty. Z naszej kuszy strzela się, celując na trzydzieści kroków, dwadzieścia, dziesięć... ale trzy razy, zanim piechota do ciebie dojdzie! Regulamin dopuszcza w trakcie walki nawet naciąganie cięciwy rękami. To niemożliwe przy ciężkiej kuszy piechoty Troy. Patrz!

Zinna wstała lekko, wzięła broń z rąk Achai, oparła kolbę o brzuch, kładąc dłonie na cięciwie. Szarpnęła nagle, stękając z wysiłku, jednak założyła gruby sznur na blokujący hak.

– Widzisz? Mogę napiąć tak trzy razy. Na więcej nie wystarczy mi sił. Ale trzy razy to więcej niż raz. – Uśmiechnęła się i zwolniła cięciwę. – A normalnie robi się to tak.

Oparła kuszę o ziemię, lekko odciągnęła dźwignię, oparła na niej stopę i jednym szarpnięciem nogi napięła cięciwę.

– Teraz tylko nałożyć bełt i już masz jednego wroga. Nie ma żadnej korby, nie ma dwufazowego napinania, nie ma wyważania. Pewnie, że wasza piechota zmiotłaby nas na tym równym polu dookoła w pół dnia. Ale wy walczycie na równinach, a my w górach, w lesie. Tam nie zasięg, nie celność, a szybkość i manewr decyduje. Strzelasz na trzydzieści kroków, dziewczyno! Na dwadzieścia! Nawet z przyłożenia bezpośrednio do głowy! I tak bywa. A do tego nasza kusza lepsza. My nie jesteśmy jazdą, jesteśmy specjalną piechotą, dlatego masz tak krótki miecz. Bynajmniej nie walczysz w szeregu, gdzie nie ma miejsca na zamachy. Miecz to po prostu zbyteczny ciężar do noszenia na sobie. Kusza i dziryt! Pewnie spytasz, dlaczego nie pika? Toż dzirytem nie zatrzymasz kawalerii. W polu nie. Ale w lesie? Nie ustawisz piki w lesie, gdzie gałęzie, pnie. Zaczniesz zawadzać, nie ustawisz linii, zresztą po co? Najpierw strzelasz, a jak przejdą, podskakujesz z dzirytem. Nie żeby zatrzymać na linii jak w przypadku pik. W lesie nie zaatakują cię tyralierą ani w żadnym innym szyku. Jeden na jednego, a dziryt jest dłuższy niż ramię z mieczem kawalerzysty, albo go trafisz, albo on cię zasiecze. Lecz nie zawadzisz o gałęzie, bo nie ma długiego drzewca. Nie masz tarczy, miecz i nóż tylko do walki wręcz, twarzą w twarz, nie na odległość ramienia. Ciało przy ciele! Kiedy stykasz się z nimi, czujesz ich pot i oddech. Ot i cała filozofia. Zrozumiałaś coś?

– T... Chyba tak.

– Dywizja górska nie została stworzona po to, żeby dotrzymać pola na równinie odpowiednikowi dywizji piechoty wroga. Jak mówiłam, rozsiekliby nas w pół dnia. Dywizja górska jest po to, żeby dywizja piechoty wroga okazała się nieprzydatna. Dlatego tak długo stawiamy twardy opór cesarzowi Luan.

– Aaaaa... czy mogę zadać pytanie?

– Mhm.

– Ale... dość trudne.

– No, wal.

– Dlaczego Luan wygrywa?

Zinna uśmiechnęła się smutno. Przez chwilę patrzyła w niebo, na sunące tam jaskrawobiałe obłoki. Lecz nie wymyślała bynajmniej w tym czasie żadnej kary dla chamskiego szeregowca.

– My – powiedziała po chwili – jesteśmy w stanie wystawić jakieś dwadzieścia, trzydzieści tysięcy żołnierzy. Licząc wszystkie granice, garnizony, służbę wewnętrzną. Luan w samej prowincji Negger Bank, która z nami graniczy, mogłoby wystawić sto tysięcy. Mają pewnie z osiemdziesiąt, siedemdziesiąt. Korpus, który z nami walczy, ma czterdzieści, czterdzieści pięć tysięcy wojska w linii. W linii! Nie liczę służb. Przez cały czas. Czy ponoszą straty czy wygrywają, czy jest lato czy zima, przez cały czas czterdzieści tysięcy na froncie. Ich stać na uzupełnienia, na najemników, na budowę fortów i umocnień. Nas nie.

Zinna przeciągnęła się i roześmiała nagle.

– Choć przynajmniej teren nam sprzyja. – Machnęła ręką. – Dobra... Przejdźmy powoli do praktyki. Dobrym strzelcem to już nie zostaniesz, ale spróbuj chociaż trafić w duże drzewo z odległości dwudziestu kroków.

– Mogę jeszcze o coś spytać?

– No?

– Co to jest front?

Zinna roześmiała się, prowadząc Achaję na strzelnicę.

– U was prowadzi się wojnę tak: jedna armia idzie na drugą, albo dojdzie do walnej bitwy, albo nie. Dlatego nie znasz pojęcia frontu. U nas jest inaczej. Nie ma walnych bitew, bo nie wytrzymalibyśmy żadnej przy obecnej dysproporcji sił. W dość dużym pasie działań odbywają się ciągłe potyczki, podchody, małe bitwy prowadzone częścią sił, robota partyzancka, mylące wypady i ucieczki. Ten pas terenu, gdzie właściwie ciągle wrze, to właśnie front. No ale nie martw się, mała... Zaraz, ile ty właściwie masz lat?

– Melduję, że nie wiem dokładnie!

– Co?

– Melduję, że w obozie niewolników straciłam rachubę! – krzyknęła Achaja, usiłując stanąć na baczność, co było trudne, bo porucznik ciągle poruszała się szybkim krokiem. – Myślę, że może... mmm... osiemnaście? Albo...

Nie została dobrym strzelcem. Szczerze mówiąc, była ostatnią nogą. Potrafiła co prawda napiąć kuszę szybciej niż ktokolwiek inny, jednak z celowaniem... Tu był istotny problem. Uczono ją w Troy, jeszcze we własnym pałacu, strzelać z łuku, ale kusza? To była broń w sam raz dla plebsu. Nie będzie przecież księżniczka tykać czegoś tak niskiego, tak zaprzeczającego honorowi jak kusza! Czegoś, czym zwykły chłop mógł ugodzić rycerza. Niestety. Teraz płaciła za to na przykrótkim szkoleniu. Napiąć, założyć bełt, wycelować... No gdzie, zarazo, mierzysz!!! I strzelić. O Bogowie! Poszła. No, ładnie, to teraz leć po bełt, a ja się zdrzemnę. Hej! Hop, hop... No gdzie, zarazo, polazłaś? Myszy szukasz na polu? Nieeeee. Nie tak. No co ty robisz? To ma lecieć grotem do przodu. O Bogowie. Hej! Gdzie mierzysz?!!! Weź to ze mnie! Weź to ze mnie!!! O żeż ty... Czy ci się wydaje, że oficer ma robić „padnij” przed szeregowcem? Gdzie mierzyłaś, małpo jedna?! Co ty mi chciałaś zrobić? Żeż ty... Bogowie! Nie zaciskaj palców na tej dźwigni!!!! Won z tym! Trzymaj to do góry, idiotko!!! Do góry!!! Kurwa... Ja ci dam zrobić mi „padnij"! Ja ci dam, zarazo! Ty mnie jeszcze popamiętasz! Sierżancie, ratunkuuuuu!!! Kurwa... No nie... Niech jej to ktoś zabierze!

Oddział nie polubił jej, ale też miał powody. Wieści w obozie rozchodziły się szybko. Drugiego dnia, gdzie tylko Achaja się pokazała, czy w łaźni, czy przy posiłkach, słyszała za plecami: „luańska kurwa", „ladacznica", „niewolna dziwka". Potem zaczęła działać odpowiedzialność zbiorowa. „Ach, Lanni, ty jesteś z tego, no... kurewskiego plutonu?" „Słyszałyście, że stworzono nową, specjalną jednostkę? Burdelpluton! Jak na nas ruszy obca kawaleria, to się dziewczyny kładą na ziemi i rozsuwają nogi! I już natarcie stępione, bo luańscy chłopcy, zamiast szarżować dalej, zaczną zsiadać z koni!" Albo na porannym apelu, kiedy stały na baczność: „Hej, dziewczyny... Po raz pierwszy od wczoraj wieczór wreszcie kolano przy kolanie, co?". Albo wręcz: „Skąd Chloe wie, że ma okres? Nie wie, bo nie miała! Ona niewyszkolona jak ta nowa i teraz będzie poród bękarta".

Cały pluton chodził wściekły, dziewczyny sarkały na siebie nawzajem, skakały sobie do oczu o byle co. Nie biły już Achai po doświadczeniach pierwszej kocówki. Widać miały jeszcze jakieś szczątki instynktu samozachowawczego. Jednak atmosfera w namiocie przypominała rodzinny grobowiec. Niby nie było to takie straszne. Nikt jej niczego nie kradł, nie wsadzał insektów do pościeli, nie sikał do kubka. Kiedy jednak musiała zaradzić swojej kobiecej przypadłości, nikt nie odwrócił głowy, musiała to zrobić poza namiotem, pod okiem przechadzających się wart. Kiedy usiłowała zasnąć po nocnym dyżurze w kuchni, wszystkie dziewczyny grały właśnie w karty, przekrzykując się wzajemnie; kiedy próbowała wyczyścić zęby czy się umyć, zawsze brakowało wody, „zużytej" przez koleżanki. Właściwie nic takiego, tyle że czuła się obca.

Wszystkim było źle, ich drużyna straciła cztery dziewczyny w bitwie, a potem nieszczęsną Goel przy moście. Połowa stanu. Pluton był wyharatany w jednej trzeciej. Lecz każda z nich mogła sobie przynajmniej marzyć. Każda miała rodziców, jakichś braci, siostry, domy, mniej lub bardziej sprecyzowane plany na przyszłość. Pewnie, że los żołnierza nie był godny pozazdroszczenia. Ale Achaja nie miała nawet marzeń. Nie mogła wrócić do Troy, pojawienie się w jej małej wioseczce po dziesięciu latach służby, zakładając, że jakimś cudem przeżyje, również mijało się z celem. O czym miała myśleć? Leżała po prostu i gapiła się w sufit. Właściwie powoli zaczynała do tego przywykać.

Potem jednak przyszły uzupełnienia. Dziewczyny z oddziału mogły przynajmniej się na kimś wyładować.

– Lanni, Mayfed, Zarrakh, Shha, Chloe, Achaja! – ryknęła sierżant Mea, stając u wejścia do namiotu. – Mamy czterech rekrutów z uzupełnienia. Zająć się nimi, pokazać co i jak. No, ruszcie się! Wymarsz może być w każdej chwili!

– Akurat. – Lanni podniosła się ciężko. Siedziały w namiocie same, pozostałe drużyny plutonu miały właśnie jakieś dyżury i warty, a to z całą pewnością znaczyło, że nie wymaszerują najbliższej nocy. – No, chodźcie. – Skinęła na cztery trochę przestraszone dziewczyny. Kiedy weszły do środka, nie bardzo wiedząc, co mają zrobić ze swoimi plecakami, odczekała w milczeniu, aż sierżant się oddali, a potem wrzasnęła: – Przedstawić się! To rozkaz, głupie owce!!!

Lanni była kapralem. W wojsku kapral był nikim, właściwie rodzajem szeregowca, lecz rekruci nie mogli o tym wiedzieć, bo w obozie szkoleniowym ten stopień łączył się z władzą równą boskiej. Cztery dziewczyny wyprężyły się na baczność, jedna z nich sprężyście wystąpiła do przodu.

– Melduje się szeregowy Kaisha...

– Wróć!!! – Lanni wzięła się pod boki. – Jak mi się przedstawiasz, oślico! Tu nie kancelaria!

– A jak mam powiedzieć? – nowa dała się zaskoczyć.

– „Dupa Kaisha", czy jak ci tam. Szeregowymi to może zostaniecie po pierwszej bitwie, choć wątpię. No, na co czekasz? Mów!

Dziewczyna spąsowiała i zacięła się w sobie.

– To... to świństwo, tak nas...

– Milcz! Co masz w plecaku? Natychmiast!

Kaisha wykrzyczała nazwy wszystkich pięćdziesięciu ośmiu przedmiotów, które nosiła na plecach.

– Nie zapomniałaś o czymś?

– Nie!

– To zrób czterdzieści przysiadów, może sobie przypomnisz. Gdzie to kładziesz, kretynko?!!! – głos Lanni wzniósł się nagle do krzyku, kiedy dziewczyna zsunęła z ramion plecak. – W oporządzeniu! Wykonać!

Pozostałe patrzyły na swoją koleżankę, która pociła się coraz bardziej. Achaja również z pewnym zainteresowaniem podniosła głowę z siennika. Przysiady okazały się mniej widowiskowe niż biegi wokół placu, za to szybsze i równie skuteczne. Była również ciekawa, co noszą w plecaku żołnierze armii Arkach, a czego nie wymieniono w regulaminie. Nie sądziła, żeby ktokolwiek słyszał tu o słynnej w wojsku Troy buławie stratega.

– Co masz w plecaku? – spytała Lanni przyjaźnie, kiedy tamta, słaniając się, podniosła się wreszcie po raz ostatni.

Dziewczyna wymieniła wszystkie pięćdziesiąt osiem przedmiotów. Już nie tak szybko jak za pierwszym razem.

– Co jeszcze?

– Nic.

– Kurwa! Po pierwsze: „Nic, proszę pani"! „Proszę pani"!!! Za to jeszcze dwadzieścia przysiadów. Po drugie: nie wiesz, że w plecaku masz swój rozum? Przecież tutaj... – Lanni postukała dziewczynę pięścią w czoło – tutaj go nie masz, prawda? Za to jeszcze dwadzieścia!

– Ale to...

– Dyskutujesz z przełożoną?!

– Nie, ja...

– Dyskutujesz! Za niewykonanie rozkazu i pyskowanie jeszcze dwadzieś... Tfu! Dziesięć – kapral spuściła trochę z tonu, bo zdała sobie sprawę, że w pełnym oporządzeniu, zmęczona przecież dziewczyna, robiąc sześćdziesiąt przysiadów, może sobie uszkodzić jakieś ścięgno. – Razem pięćdziesiąt! Za to ręce nad głowę, już! Wykonać!

Ta zabawa znudziła się jednak szybko. Shha powiedziała, że nowe są zbyt zakurzone po podróży i kazała im się oczyścić, co polegało na tym, że wszystkie musiały zdjąć swoje spódniczki i porządnie wytrzepać, uderzając nimi o własne głowy.

– Widzisz, jakie ładne tyłeczki? – mruknęła Shha. – Szkoda ich dla luańskich kawalerzystów.

– No. – Lanni, zmęczona wydawaniem rozkazów, opadła na własny siennik. – Tym bardziej że wrażą im tam, niestety, lance.

Cienie koleżanek z oddziału musiały zamajaczyć im przed oczami, bo nagle wszystkim zrobiło się jakoś smutno.

– Dobra – mruknęła Zarrakh. – Nie trzepać się już, bo huk straszny.

– No – dodała Mayfed. – Stanąć twarzą do ściany, nałożyć kiecki na głowy i czekać na dalsze rozkazy!

– Napiłabym się – mruknęła Chloe.

– Mam. – Mayfed podniosła się ociężale, odsunęła swój siennik i z jamy wygrzebanej pod spodem wyjęła dość spory bukłak. Podała koleżance. – Ale za to przyniesiesz kubki.

– Mamy cztery nowe do posług.

– Daj im spokój. Niech stoją z gołymi tyłkami i wystarczy.

Chloe przyniosła kubki, sarkając pod nosem, rozdała dziewczynom i już chciała położyć się z powrotem, kiedy powstrzymał ją głos Lanni:

– Jeszcze jeden.

– Dla kogo?

Shha zerknęła w stronę Achai.

– Chcesz z nią pić? – Wzruszyła ramionami, lecz posłusznie przyniosła kubek.

Lanni zważyła go w ręku.

– Jutro wymarsz – powiedziała cicho. – Znowu będziemy tam... gdzie wiecie. Nie chcę mieć za plecami wroga we własnej drużynie. A poza tym ktoś, kto potrafi przylać całemu plutonowi, zasługuje na jakiś tam szacunek. I... – zawahała się. – I jeszcze coś. Ona była już w wojsku. Przynajmniej nie zesra się na sam widok Luańczyka. – Uniosła się na łokciu. – A ty? Chcesz?

Achaja zagryzła wargi. Wstała lekko i podeszła do kapral. Spojrzała w dół, przeniosła wzrok na cztery dziewczyny stojące pod ścianą z własnymi spódniczkami na głowach, potem spojrzała Lanni prosto w oczy.

– Chcę.

– No dobra, zsuńcie sienniki, dziewczyny – zakomenderowała Lanni. – Przynajmniej ogrzejemy się w nocy.

– No. – Shha kilkoma kopniakami przysunęła worki ze słomą. – Noc przed wymarszem zawsze chłodna. Choćby nie wiem jak było ciepło.

Położyły się razem, przytulając do siebie. Achaja znalazła się w środku, nagle zaakceptowana przez koleżanki. I zrobiło się naprawdę ciepło, nie w sensie ciepła ciał bynajmniej.

– Coś ci powiem – mruknęła Lanni. – Musisz wiedzieć, bo... mogą nas odkryć. A w naszym wojsku się nie kłamie.

– Poza przypadkami, które wyznacza tradycja – roześmiała się Zarrakh.

– No więc jak spytają, czy piłaś, przyznaj się, bo i tak każą ci przysiąc. A tu się nie krzywoprzysięga. Ale... Jeśli spytają, czy widziałaś, że koleżanki piją, mów, że nie widziałaś, i przysięgaj na to z podniesioną głową.

– Rozumiem.

– Nic nie rozumiesz! Pijemy wszystkie naraz i wszystkie muszą w tym czasie zamknąć oczy.

Achaja roześmiała się. Podstawiła swój kubek, nie wnikając, jak ma się wytłumaczyć choćby z pytania, czy uczestniczyła we wspólnym piciu. Ale właściwie one miały rację. Czy fakt, że widziała kogoś, kto trzyma kubek z wódką, musi zaraz świadczyć, że tę wódkę wypił? A może wylał, kiedy sama zamknęła oczy.

– No to... i pamiętaj, Achaja, o oczach.

Zamknęła je i wypiła zawartość kubka, usiłując powstrzymać dreszcze. Coś nią wstrząsało, lecz kiedy otworzyła oczy, stwierdziła, że nie była w tym osamotniona. Oddychała głęboko, usiłując pozbyć się z gardła oparów okropnego bimbru.

– A wiesz, że po tym zawsze poznasz żołnierza – odezwała się Zarrakh. – Wchodzisz do zajazdu, byle gdzie... Widzisz jakąś chłopkę z kilkorgiem dzieci. I nagle, jak pije, bach, zamyka oczy. Możesz być pewna, że to była żołnierz.

– No. Tego trudno się potem pozbyć. – Mayfed wytrząsnęła z kubka ostatnie krople.

– A pamiętacie, jak byłam na ślubie brata? – powiedziała Shha. – Kurde! Kiedy zobaczyłam jego teściową, to mi buty spadły. Już myślałam: po nim. Miałam tylko dzień wolnego, więc dorwałam się do weselnej wódy, żeby się szybko upić. A teściowa podchodzi i mówi: „Nie rób tego, dziecko, potem będziesz bardzo chciała mieć te wspomnienia". Zabrała mi pełny kubek i sru! Zamknęła oczy. Widzę, że nasza. Że braciszek będzie miał fajnie, bo nie będzie się do niego za bardzo przypierdalać.

– Opowiadałaś to już sto razy – mruknęła Mayfed.

– A ta teściowa kiedy służyła? – spytała Chloe.

– Skąd mam wiedzieć? Nie mam pojęcia nawet w jakiej formacji.

– Jak została teściową – włączyła się Lanni – to pewnie służyła w ciężkiej kawalerii!

Roześmiały się wszystkie.

– I tak miałam szczęście, że stacjonowaliśmy w pobliżu wioski, gdzie był ślub brata – powiedziała Shha. – Szlag! Wlazłam tam w tym swoim mundurze, pod eskortą, jak więzień.

– Dlaczego pod eskortą? – spytała Achaja.

– Aaaaaa... One wiedzą, jak to jest. Zwalniają choćby na dzień do rodziny, a ty masz w oczach te swoje dziesięć lat służby. Dupa ci zmięknie na widok braciszka czy mamusi, pobeczysz się i zaraz dasz drapaka z naszej ukochanej armii. Już one w dowództwie wiedzą. Dobrze, że mnie chociaż nie związali.

– Nie pierdziel! I tak miałaś szczęście – warknęła Zarrakh. – Mnie to nie chcieli zwolnić nawet na pogrzeb taty.

– Bo miałaś dziesięć dni drogi do domu w jedną stronę. A spierniczyłabyś w pierwszym mieście.

– Ja? Ja???

– A co? – zaperzyła się Shha. – Znam ja was, dziewczyny z miast. Wam tylko targ zobaczyć, karczmę, normalne domy i śliczne kiecki z koronkami. I już chodu z armii, becząc, że same też chciałybyście mieć taką kieckę. Zanim za stare będziecie, żeby nosić takie piękne kolorowe spódnice z rozcięciem na boku.

– Przestańcie – przerwała im Lanni. – Pijmy wreszcie.

Sprawnie napełniła kubki. Znowu musiały zamknąć oczy.

– Słuchaj – spytała Achaja – skoro nie lubisz mieć wrogów za plecami... to czemu tak tresujesz te cztery? – Wskazała dziewczyny z gołymi tyłkami, ciągle wyprężone pod ścianą na baczność.

Lanni uśmiechnęła się smutno.

– Byłaś w wojsku. Sama wiesz, że rekrut to jeszcze nie żołnierz. Nawet po obozie. Ha, ha...

– Wiem, ale... one teraz nie pałają do nas zbytnią miłością.

– Przecież zginą w pierwszej bitwie – szepnęła Lanni. – Wszystkie cztery.

Achaja przymknęła oczy, mimo że wcale nie podniosła kubka.

– Myślisz, że ja pierwszy raz? – szeptała Lanni. – Widziałam to już. Jak prowadzisz rekruta na małe potyczki, gdzieś w zarazę daleko, na nieważny odcinek, ma szansę. Może zdąży się poduczyć co i jak. Może zobaczy, co robią inni. A jak te nowe pójdą tam, gdzie my idziemy jutro... To przeżyją tylko do pierwszej luańskiej szarży. Przecież ty też byłaś w wojsku. Musiałaś kiedyś być rekrutem. Powiedz sama. Jakie miałaś wtedy szanse? Żyjesz, bo kazali ci się poddać.

– Wtedy też byłaś tak dobra w biciu? – dodała pytająco Shha. – Nie? Dopiero jak życie ci dokopało, co? W pewnej chwili zrozumiałaś, że jeszcze moment, jeszcze chwila i albo ty pójdziesz na żer wilkom, albo będziesz gorsza niż wilk. I wybrałaś! Jesteś wilkiem, koleżanko, i teraz już możesz tylko myśleć jak wilk, działać jak wilk, szarpać jak wilk. Ha, ha, ha... Nie przekonasz nas, że jesteś owcą, kochanie.

DONEK

– Ja nie o tym – mruknęła Achaja. – Wiem, że już po nich, skoro idziemy w to miejsce, które znacie. Ale na jaki kij mają jeszcze być poniżane?

– Żeby nie myślały za dużo. Teraz czują tylko wściekłość i nienawiść do nas. Jakby leżały do góry brzuchami, to jutro byłoby jeszcze gorzej. Może nawet przez nie zginąłby ktoś, komu to jeszcze nienaznaczone.

– Pomyśl se, Achaja, co byś zrobiła, gdyby cię wzięli na bitwę prosto z domu – wtrąciła Mayfed. – Poszłabyś? Wytrzymałabyś w linii, jakbyś zobaczyła, że na ciebie idą? Dałabyś chodu z płaczem i przez ciebie by mogli koledzy poginąć. A tak? Bałaś się dowódców bardziej niż wroga. Oni cię sprzedali, a ty dalej wykonywałaś rozkazy, co? Kazali rzucić miecz? Rzuciłaś. Kazali się oddać w ręce oprawców? Oddałaś się bez słowa. Dalej wykonywałaś rozkazy. Kochanie, byłaś świetnie wyszkolonym żołnierzem. Tylko co z tego? Jak cię od razu w duży bój puścili. Doświadczenia nie miałaś i... nie miałaś szczęścia. A właściwie miałaś, skoro do dziś żyjesz. Za kilka dni, jak dojdziemy tam, gdzie mamy dojść, ty będziesz miała swoją szansę. Tylko szansę, nic więcej. Ale to i tak dużo, bo one – wskazała cztery nowe – one nie mają nic.

W zapadłej ciszy wypiły następną kolejkę. Achaja dopiero teraz zrozumiała, że wódka i bliskość tych dziewczyn mogą być jakimś lekarstwem. Jakimś...

– Ty... – szepnęła Chloe. W zapadającym mroku nadal widać było wyraźnie jej rude jak u wiewiórki włosy. Uniosła się na łokciu, warkoczyki z lewej strony głowy opadły na koc. – Powiedz... – nie mogła znaleźć odpowiednich słów – ty naprawdę zdradziłaś?

Achaja poczuła coś gorącego, co rozlewało się gdzieś wewnątrz niej.

– Tak – powiedziała szczerze. – No dobra. – Skuliła się w sobie. – Powiedzcie, że jestem śmieciem, i każcie mi stanąć pod ścianą z własną spódniczką na głowie. Nie będę się z wami bić.

W zupełnej ciszy, już prawie po ciemku czyjaś dłoń dotknęła jej szyi. To... Lanni? Ktoś objął ją z drugiej strony.

– Bardzo bolało?

– Co? – spytała zaskoczona.

– No, jak ci to robili... to, co ci robił mistrz umierania.

– Bardzo... Tak bardzo, że do dziś czasem zleję się w nocy, jak mi się przyśni. – Achaja czuła, że pali ją twarz. Bogowie! Naprawdę mówiła takie rzeczy komuś innemu? Potrafiła to powiedzieć? Przeszło jej przez usta? – To jest... to jest jak... – nie umiała znaleźć odpowiedniego słowa. Nie umiała znaleźć żadnego porównania. Musiała zmienić temat. – Skąd wiecie? – szepnęła zrezygnowana.

– Bo my... – Shha również nie potrafiła dobrać słów. – Następnej nocy po tej durnej kocówie na początku postanowiłyśmy cię pobić jeszcze raz. I tym razem fest! No i... podeszłyśmy do ciebie, jak spałaś, żeby związać i chyba... zabić. Bo wkurwione byłyśmy. I... I ty... tak strasznie płakałaś przez sen. I... i mówiłaś, żeby mistrz ci już tego nie robił więcej, że... zdradzisz, że powiesz, co ci każe, tylko... żeby ci tego więcej nie robił. Że już nie możesz i czy on nie widzi, że ty już zupełnie nie możesz wytrzymać. I... – Shha pociągnęła nosem. – Jakoś głupio było cię lać, jak beczysz... No tośmy poszły.

Achaja poczuła nagły ból w gardle, coś gorącego zbierało się pod powiekami.

– I... wiesz... następnej nocy też się rzucałaś. Wiesz... Sen masz jak królik, wystarczy cicho pociągnąć nosem w namiocie i już, choćby w środku nocy, widać te twoje ogromne oczy, szeroko otwarte. Ale... Kiedy cię najdzie, to... można topór ostrzyć nad twoim uchem, a ty nic... tylko beczysz i się rzucasz. I śpisz, ale to nie jest dobry sen, co?

– Zamknij się, głupia – wtrąciła Lanni. – A ty... Kości masz całe, poskręcana nie jesteś. Widziałam cię gołą, nie masz blizn poza tą na tyłku. Co on ci robił?

– Wbijał takie małe igiełki z trucizną, która się powoli rozpuszczała.

– Gdzie?

– W takie miejsca, że... Powiem ci inaczej. Wyobraź sobie te fragmenty ciała, gdzie za skarby nie chciałabyś, żeby ci cokolwiek wbito. Nawet bez trucizny.

– O żeż ty... Nie! Szlag! Tam też?

– Wszędzie. W piersi. W tyłek. Bynajmniej nie mam na myśli pośladków, ale zrobił to gnój z tyłu i z przodu. Chciał, żebym krzyczała. Przybyło właśnie do Luan poselstwo z Troy, a cesarscy stracili właśnie jakiś port. Chciał, żebym pod oknami własnego poselstwa krzyczała, żeby go oddali. I krzyczałam. Jak mogłam najgłośniej.

– A to chuje! Zaraz... Ale niby po co im to? Że niby wasi się przejmą losem jakiejś tam żołnierz? Trochę naiwne.

– Tam był mój ojciec. Archentar, wielki książę Królestwa Troy.

– O żeż... szlag! Co za skurwysyny!

– No – dodała Shha. – Widziałyście Luańczyków? Powiedzieć, że psy, to obraza dla psa.

– Zamknij się, głupia – mruknęła Lanni. Przytuliła się do Achai. – Znaczy ty księżniczka?

– Byłam. Zanim zdradziłam swój kraj.

– Śpij. – Lanni pocałowała ją ciepło w usta. – Armia, gdzie służą same dziewczyny, ma jednak swoje dobre strony.

– No. – Shha również się przytuliła, mocno, całym ciałem. – Śpij, a jakbyś miała złe sny, to cię obudzimy i już ci się nie będzie źle śnić.

Mayfed machnęła ręką.

– Kurde, ta to jak coś powie... Aż zęby bolą. Lepiej dajcie jej wódki.

– Dzięki, Shha – mruknęła Achaja. – Jak z wami jest ciepło.

Wszystkie rozumiały, że nie chodzi o... brak chłodnego powietrza. Czuła, że łzy ciekną jej po policzkach. Na szczęście było już ciemno. Nie dla wszystkich jednak. Lanni musiała coś zauważyć – wysunęła język i delikatnie zlizała łzy z twarzy koleżanki. Potem uśmiechnęła się łobuzersko.

Rozdział 5

Kucyk był naprawdę wytrzymały. Szedł, nie czując, zdaje się, w ogóle zmęczenia mimo wijącej się coraz bardziej górskiej drogi, prowadzącej wśród sosnowych lasów, które porastały strome zbocza wokół. Miał grzywę splecioną w warkocze, spuszczone po lewej stronie, dokładnie tak jak Achaja. Jego chód przypominał jazdę wozem – był równy, o dokładnie wymierzonej długości kroku, spokojny, ciągle w tym samym tempie. Ci, którzy układali zwierzaka, byli mistrzami w swoim fachu. Dopiero teraz zdała sobie sprawę, dlaczego dla szeregowców górskiej dywizji wybrano kuce. Owszem, nie miała żadnych szans, żeby dogonić porucznik Zinnę, kiedy ta przyspieszała lekko, by dowiedzieć się, co na przedzie kolumny. Ale też oficerski rumak potknął się już kilka razy, a nawet o mało nie złamał nogi w pokrytym kamieniami korycie strumienia, którym musiały się poruszać. Kucom kamienie nie przeszkadzały. Najlepszym dowodem była

Lanni, która jakiś czas temu została w tyle, a teraz dogoniła ich, jadąc stromym zboczem.

– Wiem już – mruknęła, oglądając się na wszystkie strony, czy w pobliżu nie ma oficer.

– Od tej twojej koleżanki? – spytała Shha. – Tej z...

– Cicho, głupia!

– Ta jak coś powie. – Mayfed wzruszyła ramionami. – Dobra, kto przed nami?

– Starzy znajomi. – Lanni ściszyła głos. – Drugi mieszany korpus gwardyjski Luan.

Zarrakh roześmiała się, lecz nie był to wesoły śmiech.

– Oczywiście, że znajomi. Tyle razy już się biliśmy – powiedziała. – Shha na pewno już przygruchała tam kilku chłopaków.

– No co ty? Co ty?!

Dziewczyny roześmiały się. Shha była lubiana, zawsze pogodna, wesoła, zaradna, nie stwarzała problemów. Ale inteligencja kwalifikowała ją raczej do kawalerii.

– No a o co nam tym razem biega? – spytała Chloe.

– O Kupiecki Szlak.

– O żeż... Kurwa! Bogowie! No, ładnie! – Pozostałe skrzywiły się, klnąc pod nosem wszystkie naraz.

– Co to jest Kupiecki Szlak? – spytała Achaja.

– Taka droga – mruknęła Lanni. – Połączenie pomiędzy Strath a przystanią w Korrneth na rzece. My musimy ją mieć, bo kupcy by nadpłacali, ciągnąc przez lasy, a oni ją przerywają, bo chcą nam zrobić kuku.

– Chyba gówno zrozumiałam.

– Nie przejmuj się, ja też niewiele rozumiem – machnęła ręką Lanni. – Tyle wiem, że to jedna z ostatnich dróg kupieckich, jakie łączą nas z rzekami, którymi nasze towary mogą spływać do morza. Inaczej kupcy musieliby ekspediować towary lasami i ceny wzrosłyby wtedy, a to z kolei coś tam źle zrobi na nasz handel... Eeeee... Z grubsza chodzi o to, żeby pieniądza więcej było.

– Nie – mruknęła Chloe. – Słyszałam, że jak padnie handel, to po nas.

– Niby że co? Nie możemy se sami zjeść własnego zboża?

– Akurat. My zboże wysyłamy... – Zarrakh postukała się ręką w czoło. – Raczej kupujemy.

– Cicho – warknęła milcząca dotąd Mea. – Porucznik nadjeżdża, wkurwiona czymś jak ostatnia zaraza.

Miała rację. Zinna o mało nie zajechała swojego wierzchowca na kamienistej drodze. Jej oczy miotały gromy, szarpnęła uzdą, tak jakby chciała swojemu rumakowi skręcić kark.

– Plutoooon! – ryknęła, zarywając w miejscu. – Z koniiiii!!!

Wykonały rozkaz jak na ćwiczeniach, zeskakując z siodeł i chwytając w locie plecaki, kusze, kołczany i dziryty.

– Konie... pęęęętaaaaaaać!!!

– O kurwa! – wyrwało się którejś. Achaja nie mogła się obejrzeć. Ledwie umiała pętać nogi swojego kuca i przez cały czas miała wrażenie, że zostanie kopnięta dokładnie w sam środek czoła.

– Ładnie – to była Shha. Tuż obok.

– Co?

– Zwykle co piąta dziewczyna zostaje do pilnowania zwierzaków – szepnęła Shha. – Jak jest bardzo źle, to co dziesiąta. A jak, kurwa, pętać... – splunęła na ziemię, pomagając Achai z powrozem, wyraźnie drżały jej ręce – znaczy już tu nie wrócimy.

– Żywe – dodała Lanni.

– Stulić pyski! – warknęła Mea.

– Plutooooon! – Zinna szarpnęła wodzami, wprowadzając swojego wierzchowca na strome zbocze. – Za mnąąąąąą... marsz!

Ruszyły biegiem za panią porucznik. Wszystkie trzy drużyny plutonu C pierwszej kompanii batalionu Zulu w trzecim pułku pierwszej dywizji górskiej. Trzydzieści kilka dziewczyn w pełnym oporządzeniu. Achaja dopiero teraz doceniła sznurowane buty. W sandałach złamałaby nogę już kilka razy, biegnąc po kamienistym zboczu. Ale te sznurki trzymały kostki, usztywniając je przy każdym niepewnym stąpnięciu. „Starzy żołnierze" i ona sama dobiegły do linii drzew w jakiej takiej kondycji. „Młodzi", czyli te, które przyszły jako uzupełnienia z obozu, dyszały, jakby odbyły właśnie marsz do Syrinx i z powrotem. A nie był to koniec biegu. Drużyny podzieliły się i ruszyły dalej osobno, utrzymując kontakt wzrokowy. Tu, w lesie, na miękkim podłożu, trudno było dotrzymać kroku wierzchowcowi Zinny. Po zrobieniu kilkuset kroków przypadły na grzbiecie zalesionego wzgórza.

Tuż obok Achai upadła rekrut Bei. Była tak spocona, że roje komarów dosłownie rzuciły się na nią, tnąc to, co nie zostało osłonięte mundurem. Owady miały wielkie pole do popisu, poza twarzą mogły wybierać między jej kształtnymi udami, łydkami i dłońmi.

– Ty – szepnęła Achaja – jak masz miecz z przodu, nie padaj na twarz, idiotko! Zranisz se nogę i...

– Nie ucz jej – przerwała wykład Lanni. – Już i tak za późno.

– Jak mam... – Bei usiłowała coś powiedzieć, ale kapral przerwała jej brutalnie:

– Melduj się, głupia cipo!

– Dupa Bei melduje się na rozkaz!

– Ciszej, kretynko!

Na szczęście nikt nie zwracał na nie uwagi. Zinna kłusowała, usiłując nawiązać kontakt z innymi plutonami, sierżant Mea ustalała, gdzie są pozostałe drużyny.

– No, baby – Mayfed przysunęła się cicho – po łyczku?

Wyjęła z plecaka mały bukłak i przełknęła wielki haust.

– Oż kurde... dawaj! Dawaj!

Każda ze starych dostała przynajmniej po łyku. Shha miętoliła coś w dłoni, potem założyła sznurek na szyję.

– Ty... Co to jest, do kurwy nędzy?

– Amulet. – Dziewczyna spłoszyła się wyraźnie.

– Ta jak coś powie... – Mayfed wzruszyła ramionami. – Toż amulet tylko przeciw czarom, idiotko!

– Nic się nie bój – mruknęła Lanni. – Już ją zaraz jakiś luański chłopak będzie chciał czarować. Patrz, jaka śliczna dupa.

Roześmiały się cicho.

– Choć głupia jak but – dodała Mayfed. – Ale chłopakom to nie przeszkadza.

– A ty co masz?

Chloe otworzyła dłoń, którą dotykała właśnie własnego czoła.

– Kurzą łapkę. Na szczęście.

– O żeż ty! – Mayfed tylko pokręciła głową. – Przytułek dla głupich dup, a nie armia, normalnie.

– Ty – pociągnęła nosem Zarrakh – możesz mnie też tym dotknąć?

Chloe wyciągnęła rękę.

– I mnie – mruknęła Lanni, jakby wbrew sobie.

– I mnie – szepnęła Achaja, usiłując uniknąć wzroku Mayfed.

Usłyszały tętent pojedynczego konia.

– No dobra, dziewczyny. – Lanni spojrzała na cztery rekrutki. – Kaisha, Hommerth, Bei, Menne... Trzymać teraz tyłki ściśnięte jak szlag! Jak która popuści ze strachu, to nas koleżanki z innych plutonów zabiją śmiechem. Ale wcześniej spiorę was po ryjach, że rodzona matka nie pozna!

Zinna zatrzymała konia tuż przed nimi. Nie został już nawet ślad zdenerwowania, które odbijało się na jej twarzy wcześniej. I to chyba było jeszcze gorsze.

– Dobra, żołnierze – powiedziała spokojnie. – Przerwali szlak w kilku miejscach, obok siebie, więc nie taki znowu problem. Tyle że zajęli faktorię przy grobli. I my... – zająknęła się – mamy ją odzyskać. Ale póki co... Służba rozpoznania i zaopatrzenia twierdzi, że wali na nas drugi mieszany gwardyjski korpus cesarskich sił Luan. – Zinna zacięła się na chwilę. – Szlak już nie jest nasz. Ale też nie będzie ich. Tam za nami – wskazała kierunek, skąd przyszły – korytem strumienia posuwa się nasze wojsko zmierzające do faktorii. Nie możemy przepuścić jakichkolwiek zagonów przeciwnika, które mogłyby przerwać nasz marsz. No! – Zinna obejrzała się za siebie. – Gdyby doszło do rozproszenia... Koncentracja przy faktorii, a jak nie, to walcie na Strath, po drodze coś znajdziecie. I trzymać się swoich plutonów, żołnierze!

Zinna uderzyła piętami boki konia, ruszając do następnej drużyny. Mea tylko cmoknęła. Za to Lanni nie mogła sobie darować.

– Widziałyście, jak pognała? – Uniosła głowę, usiłując dojrzeć coś między drzewami. – Są jakieś sto kroków stąd.

– Kto? – wyrwało się Kaishy.

– Luańczycy – odpowiedziała Lanni odruchowo, potem dopiero zdała sobie sprawę, że mówi do rekruta. – Stul pysk, dupo!

– Kurde, nieźle – mruknęła Shha. – Widziałyście, jak szeroko rozstawili drużyny? Rzucili nas na pożarcie.

– Na opóźnienie. Ma któraś jeszcze wódę?

– O żeż, szlag! – Mayfed przysunęła się do Chloe. – Masz jeszcze tę kurzą łapkę? Dotknij mnie! No, dotknij mnie szybko!

– Zamknijcie się wreszcie! – warknęła wściekle sierżant Mea. – Kusze ładuj!

Wszystkie wyjęły swoją broń. Achaja oglądała się trwożliwie na cztery nowe dziewczyny, czy przypadkiem nie wsadzą jej od razu bełtu w tyłek, ale radziły sobie lepiej od niej. Sama załadowała, napinając sznur ręką, starała się trzymać broń skierowaną do góry, pamiętając przynajmniej to, czego w ciągu jednego dnia nauczyła ją Zinna.

– Dupa Kaisha melduje się z zapytaniem – szepnęła jedna z rekrutek.

– Stul pysk. – Mea rozglądała się uważnie. Słychać było jedynie cichy szum wiatru. Jeśli przeciwnik znajdował się blisko, krył swoje zamiary. – Dobra, chować się za drzewami. Jak się pokażą, strzelać na trzydzieści kroków, póki możecie, potem dzirytami. Jasne?

Wszystkie skinęły głowami. Cztery młode nie bardzo wiedziały, o co chodzi.

– I... – Mea potrząsnęła głową – jak mi się która cofnie... W rodzinnym grobowcu odnajdę!

Rozeszły się, usiłując wyszukać jakiejś kryjówki w promieniu kilkunastu kroków. Achaja przypadła za rozłożystym drzewem. Oparła się o konar, obserwując pole przed sobą. Wiosenne słońce wędrowało coraz wyżej, opromieniając swym ciepłem cały las. Hałasowały ptaki, dzięcioł i kukułka, brzęczały owady. Komary mimo tak wczesnej pory cięły dość mocno, wokół rzeki niby mokro, niemniej to było dziwne. W górach podobno nigdy nie pojawiały się przed pierwszym zmrokiem. Może wojna je podniecała? Aaaaa... Kilka kroków po lewej stała Shha, dalej Lanni. Po prawej miała Kaishę i sierżant Meę. Innych nie mogła dostrzec. Napotkała wzrok rekrutki stojącej najbliżej, uśmiechnęła się lekko. Lanni miała rację. Tamta nie otrzymała od losu swojej szansy. Stała ukryta za drzewem dużo grubszym niż to, za którym przypadła Achaja, ale... Jej drzewo, strzeliste jak szlag, nie miało żadnych konarów. A niby co w takim razie miało zatrzymać konnych? Silna wola przetrwania? Lekki wiatr wzmógł się nagle, a potem przycichł znowu.

Dopiero wtedy usłyszała stłumiony ściółką odgłos kopyt. Są! Poczuła, jak dreszcze przebiegają jej przez plecy. No, ładnie. Stała jak idiotka z kuszą, z której nie potrafiła strzelać, z dzirytem, który kilka dni temu miała po raz pierwszy w ręku, i z mieczem w pochwie, tak krótkim, że równie dobrze mogłaby się posługiwać rzeźnickim nożem.

Pierwszego konnego zauważyła chwilę później. Miał wspaniałego konia, hełm z pióropuszem, błyszczące nagolenice. Olbrzymia kusza piechoty, którą trzymał w ręku, zdawała się potwierdzać słowa Zinny, że oni niczego nie zrozumieli. Chłopak był bardzo przystojny, o ile mogła zauważyć z tej odległości. Jechał powoli, rozglądając się, ale niezbyt uważnie. Za nim pojawili się inni. Kilku miało lance, kilku kusze. Naprawdę niczego nie zrozumieli, ale... Usłyszała miarowy krok pieszych. Kurwa!!! To znaczyło więc słowo „mieszany" w nazwie wrogiego korpusu? Piechota? No to żegnajcie ptaszki, kwiatki, drzewka i inna żywioło, która znajduje się wokół. Szlag, szlag, szlag! Bogowie! Ile to jest trzydzieści kroków? Jak to zmierzyć na oko? Postanowiła strzelać, dopiero kiedy zrobią to inne, bardziej doświadczone dziewczyny.

Pierwsza posłała swój bełt Kaisha, zaraz potem Achaja, bo była nastawiona, żeby rąbnąć jako druga. Obydwie nie trafiły. Shha za to strzeliła precyzyjnie, zwalając z konia chłopca, który tak spodobał się Achai. Lanni zastrzeliła drugiego. Mea trafiła w jakiegoś konia. Rozgardiasz w szeregach przeciwnika trwał krótką chwilę. Jazda zawahała się, nie wiedząc: cofnąć się czy szarżować. Ktoś krzyczał głośno. Achaja przeładowała swoją kuszę, znowu napinając ręką. Strzeliła. Nie trafiła. Luańczycy zaczęli szarżować. Pod górę, bez rozpędu. Szło im powoli. Stracili pięciu jeźdźców na jakichś piętnastu krokach. Bogowie, dziewczyny strzelały świetnie. Achaja napięła po raz trzeci i po raz trzeci spudłowała. Kaisha napięła po raz drugi i, szczęściara, trafiła faceta, który jechał wprost na nią, wywijając mieczem. Zwalił się z konia, powodując bałagan w linii przeciwnika. Choć właściwie trudno było mówić o linii. Jeźdźcy manewrowali między drzewami, wielu z nich od razu odrzuciło lance i kusze, wyciągając miecze. Jakiś kawalerzysta zawisł na gałęzi drzewa, za którym kryła się Mea. Ta podskoczyła, by dobić, dostała mieczem w ramię, skórzana kurtka zaczerwieniła się nagle. Dziewczyna upadła, zwijając się jak trafiony dzik. Jeden z tych, którzy mieli jeszcze długą broń, przyszpilił ją lancą do ziemi.

Achaja odrzuciła swoją kuszę i kołczan. Zsunęła z ramion plecak i chwyciła dziryt. Luańczycy atakowali małymi grupami. Psiamać! Za dużo, jak na jednego żołnierza Arkach! Wysunęła się zza pnia i wbiła dziryt w bok przejeżdżającego konia. Cofnęła się, słysząc chrapanie, widząc zmylony krok i upadek jeźdźca. Inny zaatakował ją mieczem, ale nie miał szans wśród gałęzi. Ukryła się za konarem i dźgnęła Luańczyka mocno, czując, jak drzewce drży w jej dłoni. Runął na ziemię, łamiąc broń... Kurwa! Gdzie ta piechota? Słyszała jakieś krzyki, komendy... Jak blisko? Kątem oka zobaczyła, że dwóch jeźdźców atakuje Kaishę. Jeden naparł na nią koniem, a kiedy wyciągnęła dziryt w jego kierunku, wstrzymał się, dając drugiemu okazję do zarąbania jej mieczem. Dziewczyna nawet nie jęknęła. Nie wiedziała, że ginie. Naprawdę szczęściara.

Achaja wyszarpnęła miecz i schowała się pod najgrubszym konarem. W samą porę. Ostrze następnego kawalerzysty wbiło się weń i uwięzło. I tak nie miała możliwości, żeby go sięgnąć. Czym? Z boku podjechał drugi, też nie miał lancy na szczęście. Wywijał mieczem jak pacan, licząc na to, że dziewczyna straci nerwy i zacznie uciekać. Siedząc na koniu, mógł jej najwyżej napluć na buty w tej gęstwinie. Nie mógł mieć pojęcia, że nadzieja na utratę nerwów przez Achaję była raczej bezpodstawna.

Zobaczyła, jak Hommerth biegnie w jej kierunku, uciekając przed kawalerzystą uzbrojonym w lancę. Tamten nie mógł jechać szybko, nie mógł manewrować skutecznie między drzewami tak, żeby nie zawadzać drzewcem o gałęzie. Dziewczyna, choć w strachu, biegła dość sprytnie, klucząc, przez co traciła dystans, ale też nie pozwalała mu na nagły skok. Widząc koleżankę pod drzewem, zatrzymała się jednak. Wymierzyła z kuszy i strzeliła, by chwilę później paść przebita lancą na wylot. O kurwa! Żeby tylko tak nie krzyczała!... Pocisk z kuszy wbił się w nogę idioty machającego mieczem i zwalił go z konia. Achaja zaryzykowała trochę, wysunęła się spod gałęzi i dobiła go prostym sztychem. Gdzie ta pierdolona piechota? Ile ma jeszcze czasu? Zerknęła na klęczącą Hommerth, która wyjąc, zaciskała dłonie na sterczącej jej z brzucha lancy. Głupia dupa! Myślała, że ratuje jej życie czy co? Poświęciła się? Czy widząc dwóch nowych wrogów przed sobą, odpaliła ze strachu, bezmyślnie, tak jak ją nauczono?

Usłyszała tętent kopyt, krzyki i... wyraźny tupot nóg. Piechota! No szlag, za dużo tego! Achaja przeturlała się dosłownie pod kopytami konia i runęła do ucieczki. Biegła tak szybko, że wiatr w uszach głuszył wszelkie odgłosy. Po chwili jednak zaczęła kluczyć. Dwóch jeźdźców wypadło na nią z boku. Rzuciła się na ziemię, odbiła, uczyniła dwa kroki, wbiegła na pień drzewa, teraz salto, na ziemię, na plecy i leżąc, szerokim płaskim zamachem walnęła mieczem w nogę konia. Jeździec przefrunął nad szyją padającego wierzchowca. Drugi zgłupiał na chwilę. Achaja lewą ręką wyszarpnęła nóż i rozorała mu udo, odbijając jednocześnie mieczem jego cios. Przeturlała się znowu. On już nie liczył się jako przeciwnik, zaczęła więc biec ponownie, byleby tylko uciec przed piechotą. Zobaczyła jakichś ludzi, skręciła odruchowo, ale to tylko pluton B cofał się pod naporem jazdy. Chwila i została od nich oddzielona przez kilku kawalerzystów. Na szczęście pognali w tamtą stronę, widząc przed sobą jeszcze jakieś zorganizowane wojsko. Miała więc czas wybrać najbardziej gęste drzewo i wspiąć się na nie, na sam chwiejący się wierzchołek, zanim dotarła tu pierwsza fala luańskiej piechoty.

Z góry niewiele widziała. Słyszała za to wszystko bardzo wyraźnie. Komendy, krzyki, wrzask jakiejś mordowanej dziewczyny. Potem znowu odgłosy przegrupowania, marsz, miażdżenie suchych gałęzi, tętent jazdy. Coraz ciszej i ciszej. A potem znowu wrzaski, tyle że już odległe, od strony koryta wyschniętego strumienia, którędy posuwały się główne siły Arkach. Doszli! Ale chyba nikt nie podejrzewał, że kompania czy dwie zatrzymają taką siłę. A szlag z nimi! Achaja ostrożnie zsunęła się z drzewa. I gdzie ma iść teraz? W stronę odgłosów bitwy? Jeśli pojawi się za plecami przeciwnika, to po niej... tak czy tak. Więc w lewo czy w prawo? Przecież druga fala piechoty nie będzie się posuwała śladami poprzedniej, nie miałoby to sensu.

Ruszyła w stronę stanowisk swojej drużyny, w stronę, skąd uciekała przed chwilą. To wydało jej się najbardziej rozsądne. Oczywiście mogła napotkać jakichś maruderów lub hieny wojenne, ale miała nadzieję, że sobie z nimi poradzi, w przeciwieństwie do drugiej fali piechoty, która mogła w każdej chwili nadciągnąć z boku.

Napotkała parę koni bez jeźdźców, pałętających się po lesie. Kilka trupów kawalerzystów, a potem dwie martwe dziewczyny, których nie znała, martwego oficerskiego wierzchowca Arkach i... ranną Zinnę.

Kucnęła przy pani porucznik, patrząc w jej coraz bardziej błyszczące, niezbyt przytomne oczy. Zinna dostała w brzuch, ale mieczem, nie lancą, nic nie utkwiło w środku, nic się nie wywaliło na wierzch. Achaja rozpięła jej kurtkę; nie miała własnego plecaka, więc wyjęła opatrunek z juków martwego konia.

– Co... co się... stało? – Zinna odzyskała przynajmniej część przytomności.

– Jadłaś coś? – Achaja opatrywała ją niezbyt umiejętnie.

– Nic... nic nie jadłam... – Zinna nie mogła zogniskować wzroku.

– To masz szansę.

– Pi... piłam wódkę.

– No to masz wielką szansę. – Achaja uśmiechnęła się lekko. – Jesteś mądrą dziewczynką.

Skończyła mocowanie opaski. Podniosła Zinnę bez wysiłku i zarzuciła sobie na plecy. Ruszyła szybko, chcąc oddalić się z niebezpiecznego rejonu. Napotykała coraz więcej trupów. Luańskich i nie tylko. Usiłowała rozpoznać twarze, ale nie chciała się zatrzymywać i odwracać leżących. Zatrzymał ją dopiero głośny okrzyk.

– Hej, patrz! Achajka też żyje! – to była Lanni.

– No. – Shha siedziała pod drzewem, nerwowo bawiąc się nożem. – Nawet porucznik przyniosła.

Obok siedziały jeszcze Mayfed, Zarrakh, Chloe, jakaś skulona dziewczyna z twarzą wtuloną we własne kolana i jeszcze dwie z ich plutonu, ale z innej drużyny. Achaja położyła Zinnę pod drzewem.

– Jak wam się udało? – Uśmiechnęła się do Lanni. Myślała przecież, że wszystkie nie żyją.

– To nie było „wymiatanie", tylko luańska czołówka. Kto miał rozum, to wdrapał się na drzewo, zanim nadciągnęła piechota.

– Na ich oczach?

– A czemu nie – roześmiała się Shha. – Trupy niewiele widzą.

Lanni uciszyła ją ruchem ręki.

– To ty miałaś pecha, bo się kilku naraz skupiło przy tobie. Jak uciekałaś, my już wszystkie siedziałyśmy na drzewach. Ale ich jazda, wiesz, byle się przebić i popędzić dalej. Kiedy przyszła piechota, już wszystkie byłyśmy ukryte wysoko, wysoko. Ale... Widziałam cię z góry. Już myślałam, że po tobie.

– Też wlazłam na drzewo. Tylko dalej.

– A tych dwóch, co cię goniło?

– Pojęcia nie mam. Jednego raniłam nożem, drugi spadł z konia, jak mu złamałam nogę. Dalej nie wiem, bo zwiewałam.

– Mówiłam, że z niej żołnierz – mruknęła Shha.

– A co z resztą?

– Mea zginęła na samym początku.

– Wiem, widziałam.

– Tak samo Kaisha, Hommerth i Menne. Mówiłam, nie miały szans.

– A Bei?

– Jest tutaj. – Shha chwyciła za włosy dziewczynę, która siedziała obok, i uniosła jej głowę. Zobaczyły zapłakaną i pokrwawioną twarz Bei. – Żywa, oślica. Choć trochę poryczana.

– Przestań – włączyła się Mayfed. – Wlazłam na drzewo i widziałam wszystko jak na dłoni. Ta głupia dupa została na dole, a jak przyszła piechota, zarobiła w mordę, ale niczym ostrym. Rękojeścią czy jak? A oni szybciej, szybciej. Przeszli. Tylko dwóch zostało, żeby dobić, ha, ha, „dobić". Ocknęła się, jak ją rozkraczyli, wokół pełno ścierwograbców, maruderzy z piechoty jeszcze się pałętają, myślę: już po niej. A ta zamiast tradycyjnie wierzgać i krzyczeć, zadarła kiecę i sama zaprasza. Oczy mi wyszły na wierzch. Jednemu odgryzła, co miał najcenniejszego, a drugiemu odciachała nożem! Myślałam, że spadnę z gałęzi z wrażenia!

– A maruderzy i hieny?

– Shha była szybsza niż resztki maruderów. Potem Lanni się zsunęła z drzewa i przyszły te dwie. – Wskazała dziewczyny z innej drużyny. – Maruderzy teraz tam leżą. Możesz se zobaczyć.

– No! – potrząsnęła głową Chloe. – Jatka. Szkoda, żeście tak z jazdą nie walczyły, koleżanki.

– Zamknij się, kurde! – warknęła Lanni. – Co miałyśmy zrobić? Dać się wysiec? A ty sama to co? Tak waliłaś po pniu do góry, że się bałam, że do nieba wleziesz. Na szczęście drzewo się skończyło w samą porę.

– No! – przytaknęła Shha. – A Achajka to co? Szkolona w armii Troy, przyłożyła całemu plutonowi w namiocie, zanim jej deską nie uciszyłam. A też spierniczała aż się kurzyło. Bo inaczej śmierć, kurza twarz. I w dodatku niepotrzebna.

– To ty mi deską przywaliłaś? – spytała Achaja.

– Noooo... Eeeeeee... – Shha obejrzała się, czy ma zabezpieczoną drogę ucieczki.

– Kapralu! – Zinna ocknęła się nagle i popatrzyła trochę przytomniejszym wzrokiem. – Raport!

– Tak jest, pani porucznik! – Lanni wyprężyła się nagle na baczność. – Kapral Lanni melduje drużynę... eeeee... pluton C pierwszej kompanii batalionu Zulu w trzecim pułku pierwszej dywizji górskiej! Stan trzydzieści trzy! Obecnych... – wzrokiem szybko przeliczyła dziewczyny – dziewięć!

– Co... co z resztą?

– Melduję, że drużyna po naszej prawej wycofała się z plutonem B. Stan nieznany! Drużyna po naszej lewej dostała wciry. Znaczy... Melduję, że poniosła straty na pewno w liczbie trzech, dwie są, los pozostałych nieznany, uznane za zaginione w akcji! Drużyna sierżant Me... Mmmm... Stan mojej drużyny: siedem! Cztery zabite, w tym sierżant Mea! Melduję, że zgodnie z regulaminem objęłam dowództwo!

Zinna nie zwróciła uwagi na ten nie do końca przepisowy raport. Chciała unieść się na łokciach, ale zaraz opadła z jękiem.

– D... dobrze... – wysapała wreszcie. – Spróbujcie odnaleźć... punkt koncentracji... Do faktorii... albo... spróbujcie szkodzić przeciwnikowi... – umilkła, dysząc ciężko. – Albo... zróbcie cokolwiek... – Czuła, że zaraz znowu straci przytomność. – Mianuję was sierżantem! – Oczy Zinny wywróciły się, ukazując białka.

– Tak jest! – krzyknęła Lanni, potem nachyliła się nad Zinną. – O żeż ty... Martwa?

– Nie – mruknęła Achaja. – Ma szansę z tego wyjść, ale trzeba by ją donieść gdzieś... no... do kogoś... ja wiem...?

– No. – Lanni odwróciła się do dziewczyn z innej drużyny. – Wy dwie! Odniesiecie panią porucznik do... no... musi być gdzieś jakiś medyk. Tam ją zaniesiecie!

– Niby, kurde, gdzie?

– Do miejsca, gdzie jest medyk.

– Ale gdzie? – Obie wstały, wkurzone coraz bardziej.

– Macie go znaleźć! To rozkaz. – Lanni, marszcząc brwi, szukała jeszcze innych argumentów. Wreszcie wymyśliła. – No! I mianuję cię kapralem! – ryknęła do wyższej z dziewczyn.

– O żeż ty... Lanni, dupa ci się z głową pomyliła? Dlaczego, psiamać, właśnie my?

– Bo nie będę rozbijać własnej drużyny! Dostałam rozkaz.

– Kurde, jaki?

– Sama nie wiem – wyrwało się świeżo upieczonej sierżant. – No, brać ją i marsz! – ryknęła nagle, przypominając sobie metody Mei. – Reszta zbierać się, dupy, ja wam pokażę!

Shha patrzyła zszokowana. Zarrakh, Mayfed i Chloe podniosły się co prawda, ale zerkały na siebie i pukały się w czoła. Bei płakała jak przedtem, skulona pod drzewem. Achaja stała z tyłu, więc nie musiała niczego robić. Lanni opanowała się jednak. Patrząc, jak te dwie, klnąc do żywego, podnoszą panią porucznik, straciła rezon i zapytała potulnie:

– Kurde, co robimy?

– Toż masz rozkazy – warknęła Shha.

– No szlag, jakie?

– No... Do faktorii albo szkodzić, albo... mamy robić cokolwiek.

Achaja podeszła do trupa kawalerzysty leżącego pod drzewem. Podniosła jego długi miecz i zawinęła nim lekko. Obszukała ciało, ale nie miał przy sobie sztyletu. Trudno, musiał jej wystarczyć szeroki wojskowy nóż.

– No to... – powiedziała, wracając do żołnierzy – chodźmy na Kupiecki Szlak.

– Po co?

– No, albo dojdziemy do faktorii, albo im zaszkodzimy, przecież tam całe ich wojsko musi się poruszać. Albo, no... zrobimy cokolwiek.

– Chcesz walczyć z całym ich wojskiem? – spytała Lanni.

– Toż wojsko po lasach się ugania. Tam tabory, służby. Zobaczymy.

Lanni wzruszyła ramionami. Patrzyła na pozostałe dziewczyny, jednak żadna nie miała lepszego pomysłu. Prawdę powiedziawszy, nie miały żadnego pomysłu.

– No to... dobra. Tylko, szlag, nie hałasować.

Shha podniosła Bei. Nawet otarła jej twarz jakąś szmatką. Mayfed ruszyła pierwsza. Zarrakh z kpiącym uśmiechem wskazała drogę Lanni, że niby jej miejsce za szarżą. Chloe klęła wulgarnie. Jej rude warkoczyki podskakiwały przy każdym kroku, co zdawało się wprawiać ją w jeszcze większą wściekłość. Potok słów płynący nieprzerwanie z jej ust nie oszczędzał nikogo – dostało się kretynkom z dowództwa, Bei za to, że się potykała, królowej, która była głupsza niż osioł, kupcom za to, że ośmielili się pożądać Kupieckiego Szlaku, Luańczykom za to, że byli Luańczykami, Achai za to, że chciała iść do drogi, Lanni za to, że nie wiedziała, czego chce, Zarrakh za to, że miała na imię Zarrakh... Jedynie Shhy się nie dostało. Dziewczyna może i była głupia, ale dzierżyła w dłoni gruby kij i po jej zmrużonych oczach widać było, że przyłoży Chloe, jeśli ta ośmieli się tylko ją tknąć.

Słońce stało wysoko, wiatr ucichł zupełnie. W lesie zaczynało się robić gorąco. Na szczęście nie był to ten duszny upał, którego Achaja doświadczała na drogach Luan. Górskie powietrze zawsze zachowywało choć jakiś cień rześkości. Miała wrażenie, że czuje zapach róż rosnących pod jej oknem pałacu w Troy. Ale nie, to tylko kępki trawy, podściółka, jakieś zioła i skąpe krzewy. O mało nie wypadła na drogę, kiedy drzewa rozstąpiły się nagle.

– Stój – syknęła Shha. Sama upadła na ziemię i podpełzła do ostatnich przed szlakiem krzewów. – Chyba spokój.

– Chyba?!!! – Lanni splunęła na ziemię. – To ma być raport?

– Nic, psiamać, nie widzę!

Wybiegły na drogę, rozglądając się wokół.

– Pusto.

– A gdzie faktoria?

– Tam. – Lanni podniosła rękę, wskazując w prawo. – Idziemy?

– To rozkaz czy pytanie? – Chloe wyjęła swój miecz i ruszyła we wskazanym kierunku. Po chwili jednak przypadła do najbliższego drzewa. – Coś jedzie!

Achaja przyskoczyła do niej. Istotnie, słychać było turkot kół ciężkich wozów podskakujących na kamieniach.

– Widzicie te skały przy drodze? – szepnęła. – Tam na nich zaczekamy.

Podbiegły kilkadziesiąt kroków. Bei została w tyle, lecz otrząsnęła się jakoś i mimo ciągle załzawionych oczu dogoniła je, kiedy kryły się w cieniu wielkich kamieni zwężających drogę w tym miejscu.

– Trzy. – Shha wychyliła się i zaraz schowała. – Bez eskorty.

– No tośmy w czepku urodzone – mruknęła Mayfed. – Będzie bez strachu, rozkaz wykonamy i jeszcze się zasłużymy.

Roześmiały się cicho. „Wielkie" zwycięstwo armii Arkach! Trzy, psiamać, wozy z zaopatrzeniem. Wyskoczyły z kryjówki, kiedy pierwszy wóz wjeżdżał między skały. Shha zabiła woźnicę, Mayfed strzeliła do tego na drugim wozie. Bełt utkwił mu w piersi, odchylił się do tyłu, ale tak, że nie puścił lejców. Konie wrąbały się w pierwszy wóz, tworząc zator. Trzeci woźnica zeskoczył z kozła i wrzeszcząc ze strachu, pobiegł w las. Nie goniły go, bo i po co.

– Aleśmy dały popalić armii Luan! – mruknęła Chloe. – Teraz to chyba cesarz sam się ubije ze sromoty.

– Co na wozach? – warknęła Lanni.

– Owies. – Zarrakh, która wskoczyła na osłoniętą płótnem pakę, przebijała mieczem worki. – Podpalimy?

– Po co podpalać? – spytała Achaja. – Zróbmy zator przy skałach, to się nie przedostaną przez jakieś trzy modlitwy.

– No!

Zatoru jednak nie udało się zrobić. Konie nie chciały ciągnąć, mając zatarasowaną drogę, a po ich wypięciu same dziewczyny nie miały dość sił nasunąć na siebie ciężkich wozów. Przewróciły więc jeden i usiłowały podpalić, ale owies, choć suchy, płonąć nie chciał. Miały właśnie znosić gałęzie na podpałkę dla wozu, kiedy znowu rozległ się tętent.

– Chodu!

– Spokojnie. – Achaja narzuciła na siebie płaszcz woźnicy, kryjąc swój mundur. Szybko zawiązała na głowie chustę, żeby nie było widać jej regulaminowej fryzury. – Najwyżej dziesięciu – oceniła na słuch.

– I dziesięciu wystarczy na drodze.

– Ukryjcie się pod płótnem na wozie. I kusze w pogotowiu. – Przeciągnęła palcem po swoim tatuażu na policzkach. – Przecież nikt z nich nie będzie podejrzewał, że żołnierz Arkach może mieć coś takiego na twarzy.

Posłuchały jej. W ostatniej chwili. Achaja natomiast, widząc obcych kawalerzystów, zaczęła krzyczeć:

– Panie! Panie dowódco, ratunku! Ratunkuuuuuu!!!

– Co? – Czternastoosobowy oddział zatrzymał się przy nieudolnie zrobionej barykadzie z wozów. Dowódca, ledwie dziesiętnik, nie wyglądał na mędrca. – Co tu? Gadaj, ladacznico!

– Napadły nas! Napadły! Panie, ratuj! Nie daj zginąć biednej kurwie!

Prostytutki musiały być częstym i zwykłym widokiem w armii Luan. Nikt nie okazał zdziwienia. Dowódca spytał tylko:

– A czemu ciebie nie zasiekły, suki, co?

– Taka babska solidarność. Napluły jeno, ale już sobie twarz wytarłam.

– A gdzie one teraz? Co?

Achaja tylko na to czekała.

– Tam! – krzyknęła, wyciągając rękę. – Tam, za wami stoją!

Wszyscy odwrócili głowy. Wszyscy jak jeden mąż. Lanni, Mayfed, Zarrakh, Shha i Chloe wystrzeliły, zabijając z tej odległości po jednym żołnierzu każda. Bei nie trafiła albo nie strzelała w ogóle. Dziewczyny wypadły z wozu, Achaja miała już w ręku swój zdobyczny kawaleryjski miecz i zasiekła dwóch, zanim reszta przyszła jej z pomocą. Kawalerzyści dopiero teraz zaczęli zbierać się do walki. Achaja załatwiła następnego. Shha palnęła konia mieczem i dźgnęła nożem wyrzuconego z siodła jeźdźca. Lanni i Mayfed dopadły po jednym. Zarrakh rzuciła nożem, trafiając w szyję następnego. Achaja doskoczyła, tnąc tego, który zawracał swojego wierzchowca. Bei, chwiejąc się na nogach, dopiero teraz zlazła z wozu, uklękła i wymierzyła z kuszy. Strzeliła, zagryzając wargi do krwi, jej bełt trafił ostatniego w ramię, zachwiał się, Shha runęła do przodu, chwytając uzdę, Mayfed dokończyła go mieczem. Bei tymczasem podpełzła na pobocze i zwymiotowała, opierając się na rękach.

– Nooo... – Chloe potrząsnęła głową. – Żeż wasze macie takie...

– No co? – Lanni otarła pot z czoła. – Zeszczała się któraś?

– Z Bei chyba wylatuje i z tyłu, i z przodu – roześmiała się Shha.

– Fajnie, co? – Zarrakh rozmasowała nadgarstek. – Już myślałam, że nas zobaczą.

– No. – Mayfed przeciągnęła się, szczękając jednak lekko zębami. – Teraz nasza sierżant to chyba chorążym zostanie. Albo i porucznikiem.

– Żeż ty... A kto tak drżał na wozie, aż się wszystko trzęsło? Myślałam, że spudłuję!

– Fakt – mruknęła Shha. – Kurde! – Nadstawiła ucha. – No ale teraz to chyba piechota!

Pozostałe bezskutecznie usiłowały dosłyszeć cokolwiek. Dopiero po dłuższej chwili dotarł do nich stłumiony odgłos wielu stóp. Shha musiała mieć niesamowity słuch.

– Chodu! – szepnęła Lanni.

Nikomu nie trzeba było powtarzać dwa razy. Dziewczyny runęły do lasu, kryjąc się za drzewami. Nawet Bei podniosła się szybko. Pośliznęła na własnych wymiocinach i runęła w skąpą trawę. Potem na czworakach dotarła do najbliższego krzaka.

– Powinnyśmy się cofnąć bardziej? – szepnęła Mayfed.

– Zostawimy Bei? – Lanni nie wiedziała, co zrobić. – Jest zupełnie z przodu.

– Może Achajka znowu zrobi ten numer? – spytała Shha.

– Kurde, płaszcz tam został – szepnęła Achaja. – A poza tym... to piechota. Kilkudziesięciu!

– No to w tył... Czekaj! – Lanni zauważyła oddział majaczący między drzewami. – To jeńcy!

Wszystkie teraz mogły widzieć to, co ona zobaczyła pierwsza. Drogą prowadzono dziewczęta z ich dywizji, widać gdzieś dostały tęgie lanie. Może czterdzieści półnagich lub całkiem nagich dziewczyn ze związanymi rękami pędzono przed siebie, nie żałując batów. Któraś upadła, „podniesiono" ją kopniakami. Potem przewróciła się inna, ranna w udo. Strażnik dobił ją sztychem miecza. Cały oddział zatrzymał się przy barykadzie z wozów. Słyszeli krzyki strażników oglądających trupy kawalerzystów.

– O żeż... Ilu ich?

Shha nieostrożnie wystawiła głowę.

– Widzę jakichś ośmiu... dziesięciu... po tej stronie. Nie wiem, ilu idzie za naszymi.

– Schowaj łeb! – Wbrew własnemu rozkazowi Lanni sama uniosła się ze swej kryjówki. – Kurwa! Co robimy?

– Jak wyskoczymy, rozsieką – szepnęła Zarrakh. – Nie będzie zaskoczenia!

– Zostawimy je?

– A co? Kurwa, co mamy zrobić?

– Pójdą w niewolę – mruknęła Achaja. – Zabijmy tyle naszych, ile zdążymy, i chodu.

Zaniemówiły. Dopiero teraz zdały sobie sprawę, że Achaja jedna wie, o czym mówi. Jakoś nikt nie kwapił się do otwarcia ust. Strażnicy na drodze usiłowali przesunąć przewrócony wóz. Ich przekleństwa docierały aż tutaj. W każdej chwili mogli odkryć Bei skuloną za najbliższym drogi krzakiem.

– Dobra. – Achaja zagryzła wargi. – Tych z przodu wezmę na siebie. Ale załatwcie tych z tyłu.

– Co chcesz zrobić?

– Iść na chama. – Zdjęła kurtkę i zerwała opaskę z piersi. Wzięła głęboki oddech, zarzuciła kurtkę na głowę, tak jakby nieporadnie usiłowała poradzić sobie z rękawem, i ruszyła do przodu.

– Ratunku! Ratunku! – wrzeszczała. – Pomocy!

Strażnicy i żołnierze nastawili miecze. Widok był rzeczywiście niesamowity. Ladacznica w obcym mundurze, mocująca się z rękawem tak, że aż se kurtkę narzuciła na głowę... Taaaak. Kobiety głupie jak buty, prawdę ojciec gadali.

– Napadli nas! Napadli i wyrżnęli!

– Ty kto? – Dziesiętnik zastąpił jej drogę z obnażonym mieczem.

– Co, nie widać? – Szarpała się z kurtką na głowie, żeby nie pokazać wojskowych warkoczyków, a jednocześnie odkryć twarz. – Wyrżnęły nas baby! Nasi załatwili dwie, ja się w lesie ukryłam. Myślę sobie, że się za ichniego żołnierza przebiorę. Ściągnęłam mundur z trupa, no ale, szlag, z czymś takim na twarzy... – Wolną ręką dotknęła swojego tatuażu. – Toż mnie nikt z nich za swojego nie weźmie.

Żołnierze zaczęli się śmiać.

– Co za suki! – wrzeszczała Achaja. – Wiecie, co woźnicom zrobiły? Co im ucięły? A jedna to... – Potknęła się niby to przypadkowo, co pozwoliło jej przedłużyć szarpaninę z kurtką na głowie. – Szlag! Dajcie mi napluć na te suki! Ze strachu na nogi se narobiłam!

Nowy ryk śmiechu.

– A pluj se! Pluj, ladacznico! Zrób im, co chcesz.

Achaja podeszła do jeńców. Patrzyły na nią ogłupiałe.

– Znacie mnie, suki?

Co najmniej kilka ją rozpoznało. Toż z niej właśnie szydziły w obozie.

– No to... – Poradziła sobie z kurtką, wkładając ją jak należy. – Oddział! Padnij!

Większość jeńców przypadła do ziemi. Pięć bełtów zaświszczało w powietrzu, trafiając w swoje cele. Achaja skoczyła na dziesiętnika, łamiąc mu kark gołymi rękami.

Wyrwała mu miecz i jednym ruchem ścięła głowę strażnikowi, który stał najbliżej. Kolejne pięć bełtów poszybowało w powietrzu. Dwie dziewczyny ze związanymi rękami rzuciły się na strażnika. Obie zostały zasieczone. Achaja wpadła między żołnierzy, zabiła dwóch, runęła na ziemię, unikając świszczącego ostrza, dwóch innych skoczyło na nią, chcąc przyszpilić do ziemi, ale Bei wypadła zza krzaka i rzuciła się na jednego z nich, zwalając go z nóg własnym ciężarem. Achaja zabiła drugiego. Podniosła się, wpadając na Mayfed, która szarżowała właśnie z uniesionym mieczem. Skotłowały się na drodze. Achaja odruchowo pchnęła, odwracając cios w ostatniej chwili i kalecząc koleżankę w udo. Shha uratowała je, odbijając miecz strażnika. Lanni i Chloe cięły żołnierzy po drugiej stronie drogi, ale właśnie zaczęły się cofać. Bei napięła swoją kuszę i osadziła dowódcę strażników w pół kroku. Achaja i Shha doskoczyły, kończąc tych, którzy zagrażali Lanni. Mayfed klęła wulgarnie, kulejąc, dopadła jakiegoś żołnierza i wbiła mu miecz, padając, od dołu, w miejsce, w które na pewno nie chciał dostać.

Ktoś uciekał przez las. Ktoś usiłował się czołgać z przebitym brzuchem. Dziewczyny rozglądały się niepewnie. Mayfed nadal klęła, nie przebierając w słowach. Shha dokończyła jakiegoś strażnika, który udawał trupa. Lanni osłabła nagle i usiadła na środku drogi, Bei wymiotowała znowu, nie wiadomo, skąd brała na to siły, Chloe kręciła się w miejscu, bo ciągle wydawało jej się, że ktoś czyha za jej plecami. Jedynie Zarrakh podeszła do Achai spokojnie.

– Siadaj – powiedziała. – Masz taki skurcz w łydce, że nie wiem, czy zdołam rozmasować. Nie boli cię czy co?

Prawie siłą przewróciła Achaję na drogę, ujęła jej nogę i naciągnęła stopę, likwidując najgorszy objaw. Potem zaczęła masować mięsień.

Mayfed usiłowała zatamować krew wyciągniętą z plecaka szmatką.

– Ty oślico! – warknęła na Achaję, siedzącą dwa kroki dalej. – Nie widziałaś, że to ja?

– Widziałam. – Achai też zbierało się na wymioty. – Dlatego żyjesz.

– Zamknij się, Mayfed – krzyknęła Zarrakh. – Gdyby nie ona, tobyśmy tu leżały oprawione jak wieprze!

– Stul pysk, Zarrakh – ocknęła się Lanni. – Niech ktoś podniesie te głupie dupy, co się dały złapać!

Nikt z jeńców rzeczywiście nie podniósł się jeszcze. Shha chodziła między leżącymi na drodze dziewczynami i komentowała żywo:

– O! Pluton A z naszej kompanii. Co, siostro? Strach dupę ścisnął, że się poddałaś? Patrz tam, druga kompania. Aż trzy dziewczyny. Czego was tam nauczyli? Druga kompania to znaczy druga do boju, ale za to pierwsza do niewoli? Czy jak?

Jedna z dziewczyn podniosła się wreszcie. Miała na sobie tylko krótką spódniczkę i jeden but.

– Przestań kpić, siostro – poprosiła. – Rozetnij to lepiej. – Wyciągnęła w jej kierunku skrępowane ręce.

– Akurat! – Shha wzięła się pod boki. – Dalej, zapierniczaj do Syrinx, za niewolnicę robić! Achajka, powiedz jej, jak to jest! Sama chciała, to niech idzie!

– Wyciągnęli mnie spod drewnianych bali – mruknęła dziewczyna, opuszczając głowę. – Co mogłam zrobić?

– Nieprzytomna byłaś?

– Przytomna... szlag. Ogłupiałam czy co? Pomóż.

– Sama se pomóż! Idiotka!

Dziewczyna westchnęła ciężko.

– Zgwałcili mnie. Ze czterech naraz. Masz ochotę na mnie napluć, to pluj. Ale... Chcę powiedzieć, że ci strasznie dziękuję, że mnie z tego wyciągnęłaś.

Shha zagryzła wargi. Tamta wytrąciła jej wszystkie argumenty. Wyszarpnęła nóż i klnąc, rozcięła więzy.

– Ciebie też zgwałcili? – Podeszła do następnej.

Dziewczyna w prawie pełnym umundurowaniu podniosła się ociężale.

– Nie. Mnie się udało. Tylko... połamali mi ręce. – Wyciągnęła nadgarstki opuchnięte pod więzami tak, że Shha nie mogła dobrać się nożem do sznura.

– O kurwa! – Shha usiłowała nie patrzeć w oczy następnym żołnierzom. Rozcinała więzy, nie podnosząc głowy. Ktoś ją jednak zaskoczył.

– A mnie się nic nie stało – uśmiechnęła się piegowata, pucułowata i bardzo niska, właściwie maluteńka dziewczyna, podając skrępowane dłonie.

– Nie zgwałcili cię?

– Eeeeee... Dopadł mnie jeden. Nie pierwszy w moim życiu, choć pierwszy nie po dobrej woli. Niezły był w tym, co robił, dawno mu wybaczyłam – roześmiała się. – Może list mu poślę?

Lanni parsknęła śmiechem. Achaja, Zarrakh i Chloe, nawet Bei uśmiechnęły się. Jedynie Mayfed szturchnęła Achaję pięścią w ramię, mamrocząc:

– Po co nam Luańczycy? Mnie, kurde, załatwi moja własna armia!

Achaja przysunęła się bliżej.

– Daj, małpo, bo jakiejś choroby dostaniesz od tej ścierki.

Schyliła się i dokładnie wylizała jej ranę. Potem założyła opatrunek i zawiązała mocno. Podeszło do nich kilka dopiero co uwolnionych żołnierzy.

– Ty. Achaja.

– No?

– My... Wiesz... To głupio teraz... Ale... chciałyśmy cię przeprosić za to, co o tobie mówiłyśmy w obozie. Ale wiesz...

– Wiem – roześmiała się. – Fajnie!

– No i... chciałyśmy wam wszystkim...

– Bo się tu, kurwa, zaraz wszystkie popłaczemy! – przerwała im Lanni. – Dalej! Zbierać broń, suki! Myślicie, że ktoś was zwolnił z przysięgi?!

– Ty, patrz – szepnęła któraś z tyłu, niewidoczna za plecami koleżanek. – Lanni chyba została sierżantem.

– A żebyś wiedziała, oślico!

Sierżant udało się jednak zaprowadzić jaki taki ład. Uwolnione dziewczyny, przynajmniej te, które nie były ranne, zebrały miecze żołnierzy, strażników i kawalerzystów. Nie było to to, co przewidywał regulamin, rzadko która miała na sobie pełne umundurowanie, ale i tak zaczęły po chwili przypominać choć trochę oddział regularnego wojska.

– Co przy faktorii? Która tam była ostatnia?

– Pewnie ja – odezwała się ta niska, piegowata. Miała na imię, zdaje się, Sharkhe. – A tam jest kiepsko. Odbiłyśmy faktorię, a potem nas zepchnęli. Chyba teraz jest ciężko, jeśli w ogóle jest.

Lanni rozejrzała się odruchowo w poszukiwaniu kogoś, kto mógłby jej wydać rozkaz. Niestety. Była najwyższa stopniem. Zerknęła na Achaję, bo dziewczyna jako księżniczka powinna przynajmniej liznąć taktyki, lecz ta przewidująco odwróciła wzrok.

– No żeż, szlag! No to na faktorię, dupy! Zobaczymy co i jak. – Zaklęła wulgarnie. – Do lasu! Bo inaczej nas chwycą.

Poganiała swój nowy oddział, aż wszystkie dziewczyny skryły się między drzewami. Nie była to jednak zwarta jednostka, dobrze uzbrojona, część żołnierzy była ranna, część, mówiąc delikatnie, w nie najlepszym stanie z innych przyczyn. Przedzierały się przez las powoli, z pewnym trudem, torując drogę słabszym koleżankom. Na szczęście nie musiały iść daleko. Odgłosy bitwy, stłumione jeszcze przez drzewa i rodzący się znowu wiatr, brzmiały wyraźnie. Lanni wysłała zwiadowców, potem zrobiła przegląd oddziału i ze skwaszoną miną wróciła do swojej drużyny.

– Łącznie z nami prawie pięćdziesiąt dziewczyn – mruknęła. – A siła mniejsza niż normalny pluton.

– Nie gadaj tyle – wzruszyła ramionami Chloe. – I tak po nas. A po co masz umierać zdyszana?

– Co?

– Spokojnie – mruknęła Shha. – Chloe wylewa na nas swoje jady. Po tym jak ją ten chłopak rzucił zeszłej zimy.

– Stul pysk!

– Co? Nie wychędożył cię, zanim armia przygarnęła? Twój pech.

– Ty zdziro!

– Patrz, jeszcze się rumieni! Ja swojemu dałam na czas. – Shha prychnęła jak kocica. – I przynajmniej wiem, jak to jest.

– Przestańcie! – Lanni odepchnęła dziewczyny od siebie, zanim doszło do bijatyki.

– Dziewica! – syknęła jeszcze Shha. – Normalnie dziewica, no.

Na szczęście powrót zwiadowców powstrzymał dalszą kłótnię. Obie dziewczyny były zgonione, jakby przebiegły dłuższy dystans.

– Jest bitwa! – wydyszała starsza. – Odepchnęli naszych od faktorii. Cały pułk się cofa od Kupieckiego Szlaku do strumienia. Tam jest przecinka, ale... już zajęta przez luańską jazdę. Wezmą w kleszcze i do wieczora będzie koniec.

– A, psiamać, dokładniej? – warknęła Lanni.

– Dokładniej? – Piegowata podrapała się w sam czubek nosa. – No... Będzie z naszymi koniec za jakieś... sześćdziesiąt modlitw.

Lanni załamała ręce. Rozejrzała się wokół, ale znikąd nie przyszła pomoc.

– Ty, Achaja! Księżniczka, psiamać, strategię znasz! Co niby mamy robić?

– Nie wiem.

– No żeż ty. Nie wygłupiaj się.

– Nie wiem. Do kurwy nędzy, nie wiem!

Lanni zagryzła wargi, żeby nie kląć głośno. Po raz któryś z kolei rozejrzała się, jakby spośród gęstych drzew miało przyjść natchnienie. Napięcie umysłowe musiało być duże, bo odruchowo włożyła palec do ust i przygryzła lekko. Rozwiązanie jednak nie chciało pojawić się samo. Na szczęście Shha nie pozwoliła im tu spędzić reszty dnia.

– E! Sierżant, kurza twoja twarz! Ja sobie życzę, żeby nareszcie zaczęto mną dowodzić!

– Noooo...

– Melduję, że nie zrozumiałam rozkazu! – Shha wyprężyła się służbiście.

– No, tego... – Lanni wyjęła palec z ust i zmarszczyła brwi. – No! Do przodu idziemy. O!

– Tak jest! Oddziaaaaaaał... naprzód marsz!

– Tylko cicho – jęknęła Achaja.

Żołnierze zaczęły przedzierać się przez gęste zarośla. Teren obniżał się, schodziły z grzbietu zalesionego wzgórza. Poniżej powinna być przecinka, która łączyła bardziej płaski teren wokół faktorii z korytem wyschniętego strumienia, tamtędy pułk posuwał się rano. Ale nie. Wcześniej natknęły się na szeroką polanę o brzegach ocienionych gęstymi krzewami. Polana dotykała przesieki; poniżej od strony faktorii dochodziły wyraźnie odgłosy bitwy. Tuż przed nimi jednak stała luańska jazda, sądząc po gorączkowych rozkazach oficerów, gotująca się do ataku.

– Szlag! – Lanni przypadła w kępie gęstego listowia. – Zaraz nas zobaczą.

– Nie o nas teraz myślą – machnęła ręką Mayfed.

– Trzeba by zejść lasem do faktorii, jeśli mamy pomóc naszym.

Achaja potrząsnęła głową.

– Naszym nie pomożemy, a oddział rozsmarują nam na jakichś pięćdziesięciu krokach otwartej przestrzeni.

Znalazła nieoczekiwanego sojusznika. Chloe położyła jej rękę na ramieniu i warknęła na Lanni:

– Przynajmniej raz jej posłuchaj, oślico!

– Ty co? Żeby nic nie robić?

– Czy ja mówię, że nic? – Achaja potrząsnęła głową. – Ta jazda zaraz wejdzie w naszych jak w masło. Ich zatrzymajmy.

– O żeż ty. Pluton piechoty na jazdę? Głowa ci się z dupą pomyliła???

Achaja zaklęła brzydko.

– No pewnie, że ich nie zwyciężymy. I nie ma potrzeby. Oni zaraz ruszą, a póki co przed atakiem byle gówno pomiesza im szyki. Ile jeszcze mamy kusz? – Zerknęła po koleżankach. Miały wszystkie z jej drużyny poza nią samą; Achai zrobiło się wstyd, że porzuciła swoją wtedy pod drzewem, teraz przydałaby się komuś, kto lepiej strzela. Lanni, Shha, Chloe, Zarrakh, Mayfed, nawet Bei – sześć kusz. – Dobra, robimy tak. Wy strzelicie naraz, wszystkie do jednego człowieka.

– Co? Co ty bredzisz?

– Załatwcie setnika. Wiem, że daleko jak szlag, ale któraś z sześciu może trafi. Niech zgłupieją. Wyślą patrol albo uderzą większą siłą. Ale tu wokół to nie wzgórze, gdzieśmy poprzednio walczyły. Same wykroty, krzaki i niskie drzewa. Konnica skapieje na dwudziestu krokach.

– A jak na nas nie uderzą?

– Nie puszczą natarcia, nie wiedząc, jakie siły mają pod swoim bokiem. W najgorszym wypadku zrobimy zamieszanie i opóźnimy ich choć trochę.

Lanni tym razem nie wahała się długo.

– Dobra! Skąd mamy strzelać?

– A wyjdźcie nawet na polanę. Przecież nic wam nie zrobią, bo zanim się zorientują, już będziecie z powrotem w krzakach.

– No to jazda. – Lanni wyjęła swoją kuszę ze specjalnych uchwytów pasa przerzuconego przez plecy i opierając o ziemię, nacisnęła dźwignię napinającą cięciwę. – Shha, Chloe, Zarrakh, Mayfed, Bei, psie wasze matki, słyszałyście?

Sześć dziewczyn szybko uporało się ze swoją bronią. Chwilę później ruszyły do przodu, wyłaniając się z krzaków na brzegu polany. Setnik siedział nieruchomo na koniu jakieś pięćdziesiąt, sześćdziesiąt kroków dalej. Wrednie trudny strzał dla lekkiej broni Arkach... Ale nie dla sześciu kuszniczek naraz. Tu zadziałał odkryty wieleset lat później rachunek prawdopodobieństwa. Z sześciu bełtów dwa ugodziły oficera: jeden w nogę – lub w konia tuż przy nodze, z tej odległości trudno było dostrzec – drugi pod pachę i ten zwalił go z siodła, pozbawiając oddział dowództwa. Z czterech pozostałych bełtów jeden wbił się w szyję wierzchowca stojącego z tyłu chorążego, sprawiając, że wspaniały sztandar runął na ziemię; trzy inne, jak to mówią, wzięli Bogowie. Dziewczyny cofnęły się szybko. Mistrzowie w strzelaniu, Dahmeryjczycy, zabiliby je pewnie śmiechem, widząc tę partaninę. Ale cel został osiągnięty. Jeźdźcy zaczęli krzyczeć, konie skłębiły się, rozrywając szyk, kilkunastu kawalerzystów, niewiele myśląc, pognało w zarośla, chcąc zarąbać wrogów, zanim uciekną głębiej w las. Kiedy ich konie ugrzęzły w krzakach, nie mogąc się ruszyć ni w przód, ni w tył, dziewczyny z oddziału zabiły jeźdźców. Większość z nich nie odrzuciła nawet swoich lanc – broni, która w gąszczu gałęzi sprawiała tylko tyle, że żołnierz, który ją trzymał, od razu sam wyłączał sobie z walki prawą dłoń – po prostu nie mógł nią ruszyć, kiedy długie drzewce więzło w gęstych chaszczach. Piorunujące, łatwe zwycięstwo. Tyle tylko, że reszta kawalerzystów nie była jednak tak głupia, jak wydawało się Achai.

Na rozległej polanie rozbrzmiały ostre gwizdy dziesiętników, wprowadzające ład w pomieszane szeregi. Było pewne, że jazda nie uderzy teraz na pułk walczący przy faktorii – cel ataku został więc częściowo osiągnięty, ale też było pewne i to, że kawalerzyści nie rzucą się do samobójczego ataku na dziewczyny ukryte w „nieprzejezdnym" terenie. Gwizdom dziesiętników odpowiedziały inne gwizdy od strony przecinki i na polanie pojawiła się luańska ciężka piechota. Niewielki oddział... Setka zaledwie.

– O kurwa! – jęknęła Lanni. – Spieprzamy?

– Nieeeee – potrząsnęła głową Achaja. – Niby co ci fachowcy od długich pik i tarcz mogą nam tu zrobić? A póki tu jesteśmy, jazda nie ruszy na nasz pułk.

– Podpalą las!

– Eeeeeee... Zanim się porządnie zajmie, miną całe lata. Tyle że... Jeśli ich dowódca jest mądry i potrafi ryzykować, to ustawi swoich ludzi w linię i pod ich osłoną jazda ruszy na naszych. A nas wytłuką w trzy modlitwy lekkie posiłki. Jeśli to kretyn z regulaminem zamiast umysłu albo taki, co chce się odznaczyć, mordując głupie baby, to zrobi rozpoznanie bojem i uderzy na nas w lesie.

– O Bogowie! – jęknęła Chloe. – Mądry się trafił!

Piechota ustawiała się w linię, równając wielkie tarcze jedna do drugiej. Bezużyteczne piki położono na trawie –

wszak żadna wroga jazda im tu nie zagrażała. A potem... Piechota wyjęła miecze i ruszyła.

– Kretyn! Kretyn! – wrzasnęła Lanni. – Hurraaaaaaa! Idiota!

Achaja klęknęła na ziemi.

– Dzięki wam, Bogowie, za to, że nie wszyscy mężczyźni są inteligentni. Dzięki wam za ich miłość własną. Dzięki za to, że kochają sławę i ordery. Dzięki wam, Bogowie, za regulamin armii Luan, który pisaliście pewnie sami dla pognębienia naszych wrogów. Dzięki stukrotne za to, że zesłaliście ciężką piechotę do walki w lesie...

Kilkanaście dziewczyn uklękło również. Szept wielu modlitw zlał się w jedno.

– Dobra, suki! – przerwała im Lanni. – Która może, niech się drapie na najbliższe drzewo! Reszta w tył, oślice!

Jej wzrok spotkał się na chwilę ze wzrokiem Achai. Dwie pary oczu śmiały się do siebie w okrutnej radości. Dwie wilczyce wyszczerzyły do siebie kły. Będziemy szarpać! Będziemy pić ich krew! Dzięki wam, Bogowie, że choć na chwilę użyczacie nam swej mocy!

Piechota zbliżała się szybko do ściany lasu. Wlazła pomiędzy pierwsze drzewa, grzęznąc w gęstych krzakach, przez które ciężko było przenieść wielkie tarcze. Szereg rozerwał się, zmieszał, rozpadając na małe grupki. Rozległy się przekleństwa, nawoływania, rozkazy, potem okrzyki wściekłości, kiedy doszli do zabitych kawalerzystów.

– Juuuuuuuuuuuuuuuż!!! – ryknęła Lanni.

Dziewczyny zeskakiwały z drzew, chlastając mieczami karki piechociarzy. Te, które się cofnęły, nacierały z furią, przeskakując wykroty i krzaki. Co mógł zrobić Luańczyk w pancerzu, z ciężką tarczą? Wystarczyło raz odbić mu miecz i rzucić się na tarczę całym ciężarem ciała! I już był pod tobą! Wychędożyć, od nadmiaru dzielącego dwa ciała metalu, się nie da... Ale dziabnąć mieczem? Proszę bardzo. Wybierz sobie miejsce. I wal, gdzie chcesz. W co chcesz. Gdzie masz ochotę.

Dziewczyny położyły trzecią część oddziału, zanim tamci zorientowali się w ogóle, że giną. Potem zaczęła ważyć ich przewaga liczebna. Żołnierze odrzucali tarcze i siekli mieczami, ale... w co? Mieli na sobie pancerze, świetne na bezleśnej równinie, a dziewczyny tylko lekkie skórzane kurtki i krótkie spódniczki. Odskoczyć? Tylko głupia nie zdąży. Miecze tej samej długości, czyli krótkie, choć w obu przypadkach wypływało to z innych przyczyn. Piechota Luan walczyła z reguły w szeregu, ramię przy ramieniu. Gdyby mieli długie miecze, to robiąc zamach, jeden żołnierz mógł ściąć dwóch kolegów. Dla armii Arkach z kolei długi miecz był zbędnym ciężarem – główna broń to kusza i dziryt. Szanse były więc równe, tyle tylko, że... dziewczyny z Arkach zostały wyszkolone do walki w lesie. Luańczycy nie. U nich tylko gołe równiny i pustynia. Żołnierze zaczęli się cofać.

– Do ataku, dziwki jedne! – wrzeszczała Lanni. – Do ataku, ladacznice!

Achaja wzięła to do siebie i doskoczyła do dziesiętnika, wywracając go swoim ciężarem. Pchnęła silnie, rozwalając mu szyję. Wstała, zanim umarł, i skoczyła znowu. Potknęła się na jakimś korzeniu, upadła, przewracając się w locie na plecy i parując cios miecza. Shha dokończyła luańskiego żołnierza, wbijając mu nóż w gardło.

– No i co, koleżanko? – sapnęła. – Starość nie radość, no nie?

– Ty małpo! – Achaja poderwała się jednym susem. – Jesteś raptem może o rok młodsza, suko!

Runęła na następnego żołnierza, wytrąciła mu miecz i w momencie kiedy już, już miała go zabić, potknęła się znowu. Naprawdę nie potrafiła walczyć w lesie. Shha dokończyła go, uśmiechając się promiennie.

– Oczy nie te, szybkość nie ta... – mruknęła.

– Ty zarazo jedna! – Achaja gramoliła się z wykrotu, klnąc wulgarnie.

– Spoko! Przespałabym się z tobą, Achajko, gdyby było choć trochę czasu. Wiesz. Między nami, dziewczynami... Słyszałaś, co mówią o babskiej armii? To prawda.

Jej radosny uśmiech sprawił, że Achaja przypomniała sobie w jednej chwili wszystkie sztuczki, których uczył ją Hekke. Ale nie było już na kim ich zastosować. Luańczycy, może w połowie swojego początkowego stanu, wycofali się na polanę.

– Stać! Stać! – ryczała Lanni. – Do tyłu, krowy! Tam jazda na was czeka.

Dziewczyny cofnęły się w ostatniej chwili. Kawalerzyści już uspokajali konie.

– Jaki stan, oślice?

– Pizda jedna wie jaki stan – wydyszała ta piegowata, którą uratowały na drodze, spocona, jakby wyszła z łaźni. – Policz se sama.

– Straty, kurwa, meldować!!! – zawyła Lanni, lecz żadna nie była w stanie jej odpowiedzieć.

– Z dychę straciłyśmy – wzruszyła ramionami Zarrakh, która swoje obliczenia opierała wyłącznie na nieodkrytym jeszcze rachunku prawdopodobieństwa. Wokół leżało kilka dziewczyn, którym się nie udało, ale oddział zajmował linię długą na jakieś pięćdziesiąt kroków, nie sposób było w krzakach objąć jej wzrokiem.

– Plutoooooon! Sześć kroków w tył!

– Dlaczego, psiamać, akurat sześć? – spytał ktoś z tyłu.

– Pewnie magiczna liczba – skomentował ktoś z boku.

– O żeż wy – odezwała się jakaś zwolenniczka ścisłego wykonywania rozkazów. – A jakby powiedziała „jedenaście", też byście się czepiały.

– Mordy w kubeł! – wrzasnęła Achaja, popierając szarżę. Shha przechodziła w pobliżu, więc pokazała jej język. Ta jednak nie przejęła się, również wysunęła swój i oblizała się dwuznacznie, mrugając do koleżanki. – W tył, małpy!

– A co to jest małpa? – spytała któraś, pewnie ze wsi.

– Małpa to ty! – krzyknęła Lanni. – Starczy na ciebie spojrzeć.

– Ja się cofnęłam siedem kroków. Może być?

– Stul pysk, dupo!

Kawalerzyści na polanie nie zamierzali szarżować, nie znając sytuacji, sił wroga ani terenu. Atak na oddziały Arkach przy faktorii udało się jednak opóźnić. Piechota tymczasem zwierała szyki.

– No, teraz nas gnoje załatwią – szepnęła któraś.

– Cicho! Zajmować pozycje!

– Jakie pozycje, małpo zielona?

– Co to jest małpa zielona? – wtrąciła swoje trzy grosze żądna wiedzy wieśniaczka.

– Ja zwariuję z tym oddziałem! Za co mnie Bogowie pokarali tymi głupimi siksami?

Luańska piechota przegrupowała się sprawnie. Żołnierze odrzucili niepotrzebne tarcze, sformowali klin i ruszyli do ataku z powrotem na zarośla, gdzie przed chwilą ponieśli klęskę. Podziwu godna wytrwałość. Nie tak znowu długo po opisywanych wydarzeniach oddział, który stracił trzydzieści procent stanu, według strategów uznany by został za oddział „obezwładniony". A ci znowu szli do ataku z raptem połową początkowego stanu. Po prostu nie znali wyników obliczeń przyszłych pokoleń strategów.

– No, dziewczyny – mruknęła Lanni. – Która tam wierzy w Bogów, armię Arkach i nie ma akurat okresu... Stawać w linii!

– O żeby cię – szepnęła któraś z tyłu. – Wolałabym okrzyk: „Chodu!".

– Albo: „Spierniczajcie, która może" – dodała jakaś żołnierz z boku. – Może jednak zmienisz zdanie, co?

– W dupę! – warknęła Lanni. – Stać w szeregu!

– No to... żegnajcie, koleżanki! Oni teraz już wiedzą, co ich czeka i jak se z tym radzić.

– Stul pysk!

– A szłam se spokojnie do niewoli... Zaraza! No co? Najwyżej wydupczyłoby mnie kilku gości, ładna jestem, bym se poradziła. To mnie uwolniły, psiekrwie! A teraz wrogowie zarezają jak świnię.

Lanni rozejrzała się gwałtownie, lecz zwolenniczka systemu niewolniczego wolała się ukryć za plecami koleżanek. Strach przed własnymi podoficerami musiał być jednak silniejszy od strachu przed nadzorcami i strażnikami Cesarstwa Luan.

– Dobrze dotąd... aż ci, kurwa, łapy połamią na wstępie! – syknęła ta, która doświadczyła już choć przedsmaku niewoli. Nie mogła niczego zrobić, ale stała z innymi w szeregu, zaciskając zęby.

Achaja klepnęła ją w plecy.

– Masz rację, siostro! Ja tam byłam. Jak się której wydaje, że u nich da się żyć, to niech se brzuch rozetnie i zobaczy, jaka ładna jest w środku. Po prostu śliczna. Na pewno docenią.

– Zamknąć ryje! – Lanni zagryzała wargi do krwi. – Nie szczekać już!

Klin luańskiej piechoty, dużo groźniejszy niż za pierwszym razem, dotarł do skraju zarośli. Żołnierze przegrupowali się, usiłując dublować tych, którzy zajmowali kluczowe pozycje. Teraz jednak nie mieli już miażdżącej, podwójnej przewagi liczebnej. Wkroczyli między krzaki, tracąc impet i równy krok.

– Teraz! – wrzasnęła Lanni. – Do ataku!!!

Dziewczyny ruszyły. Luańczycy przewidzieli to jednak, zatrzymali się i zwarli szyk. Szczęk metalu, ktoś się przewrócił, ktoś krzyczał ranny. Kobiety Arkach uderzyły z impetem w pancerny taran, lecz teraz nie było już tak łatwo. Krzaki krzakami, lecz Luańczycy nie byli w ruchu tak jak poprzednio. Zwykła szermierka, w której żołnierze w pancerzach powoli zdobywali przewagę.

Achai mignęła Bei tuż obok. Złapała ją za kołnierz kurtki.

– Wyjmij kuszę i strzelaj! – krzyknęła.

Kiedy tamta załadowała broń, podsadziła ją na konar najbliższego drzewa.

– Już!

Bei strzeliła, zabijając żołnierza. Nie mogła nie trafić, dzieliło ich może dziesięć kroków. Achaja wskoczyła na konar obok, wyrwała dziewczynie kuszę i naciągnęła cięciwę rękami, opierając kolbę o brzuch.

– Masz, strzelaj! Będę ci ładować!

– Ty? – Bei zaskoczona zakładała bełt na leże. – Stary żołnierz młodemu?

– Bo celuję jak każda kurwa z burdelu. Ale silna jestem.

Bei strzeliła, zabijając następnego, i podała kuszę Achai. Ta naciągnęła ją z lekkim stęknięciem.

– Masz.

Świst. Trzeci żołnierz upadł, robiąc wyrwę w szeregu. Chloe i Shha, widząc, co się dzieje, cofnęły się, wyjmując swoje kusze. Achaja przeładowała po raz trzeci. Potem jeszcze raz.

– Słuchaj! – Bei wytrzeszczyła oczy. – Regulamin zabrania ładowania o brzuch więcej niż trzy razy! A i trzy tylko w wyjątkowych wypadkach.

– Bo jego twórcy nie rozbijali skał gołymi rękami przez parę lat. – Achaja podała dziewczynie naciągniętą broń. – No już, spokojnie.

Kolejny żołnierz upadł z bełtem w szyi, Chloe i Shha również zaczęły strzelać, choć wolniej. Luańczycy, widząc, że walka przedłuża się i może być rozstrzygnięta na ich niekorzyść, ruszyli do ataku. Tym razem powoli, precyzyjnie wybierając miejsca, gdzie koncentrowali większe grupy.

– Spieprzamy! – Achaja kopnęła Bei, zrzucając ją z drzewa. Sama zeskoczyła lekko, podniosła tamtą za kołnierz i pociągnęła do tyłu. Reszta dziewczyn również zaczęła się cofać. Coraz szybciej.

– No, kurwa! – Lanni po raz setny chyba tego dnia rozejrzała się wokół. – Bo zaraz to się przerodzi w ucieczkę.

Shha zatrzymała się, ładując kuszę z powrotem na plecy.

– Stać, dupy! – wrzasnęła. – Kontratak, świnie! – Zaczęła łapać uciekające dziewczyny i zawracać, kopiąc i klnąc. – Inaczej do ojca i matki pójdzie list, że was usiekli, jak żeście zwiewały! Kontratak!

Udało jej się zgromadzić wokół siebie kilka żołnierzy. Klnąc, sama rzuciła się do przodu. Achaja skoczyła za nią, parując cios luańskiego piechociarza. Tuż za nią, o dziwo, była Bei. Wywijała mieczem jak cepem, obsypując ich uciętymi gałązkami.

– Au! – wrzasnęła Shha.

Achaja kopnęła w kolano atakującego ją żołnierza, wytrąciła mu miecz i dziabnęła od dołu, błyskawicznie zmieniając kierunek ciosu.

– Dzięki! – Shha macała swój brzuch i wyżej. – Widziałaś, co chciał mi zrobić?

– Dobra, tylko kurtkę ci rozciął. – Achaja sparowała następny cios i ostro ruszyła do przodu. – Piersi masz całe.

Luańczycy zaczęli się cofać. Dziewczyny skoczyły na nich, odepchnęły kilkanaście kroków, aż do miejsca, gdzie krzaki przed polaną były rzadsze.

– Atak! Atak! – wył jakiś podoficer. Musiał być bardzo odważnym człowiekiem. Ruszył sam, znowu w gęstwinę, ciągnąc za sobą kolegów. Nowy impet wrogów stępił, a chwilę później rozsypał kontratak dziewczyn. Shha doskoczyła do podoficera, mimo że był od niej wyższy o głowę i stał na pewnym, równym miejscu. Achaja podłożyła jej nogę i przewróciła, ratując przed ucięciem głowy. Sama odbiła jego miecz, chwyciła koleżankę za kołnierz i pociągnęła w tył, bo zostały już same. Dopadło ją kilku żołnierzy, ale Zarrakh, Mayfed i Bei osadziły ich, strzelając z kusz.

– Zbierać się, dupy! Stać! – wrzeszczała z tyłu Lanni. – Kontratak! Kontratak!

– Kurwa, co za bezsensowna wojna! – Jakaś dziewczyna, skulona pod drzewem, płakała, obejmując głowę rękami.

Achaja, Shha, Zarrakh, Mayfed i Bei cofały się pod naporem mających przewagę liczebną Luańczyków. Na szczęście Lanni udało się zebrać parę dziewczyn i uderzyła z boku, odciążając im skrzydło. Shha chwyciła nagle leżącą na ziemi grubą gałąź.

– No to niech ojciec wie, że ma fajną córkę! – Trzymając gałąź w poprzek, rzuciła się z rozpędu na żołnierzy, przewracając kilku z nich. Już, już mieli ją zarąbać, gdy Achaja skoczyła, parując ciosy, a Mayfed zdarła z siebie kurtkę i zarzuciła na głowę tego, który atakował z drugiej strony.

– Ty głupia cipo! – wrzasnęła, cudem unikając ciosu świszczącego miecza.

Shha, zdziwiona faktem, że jeszcze żyje, gramoliła się powoli, a Lanni wykorzystała szansę, jaką dało jej zamieszanie w szeregu przeciwnika.

– Do przodu! Do przodu, suki! Atakować!

Rozerwały ich szyk, z rozpędu wypadły na polanę wśród uciekających żołnierzy wrogiej piechoty.

– Bogowie! – Zarrakh upadła na kolana. Ucieczka nielicznych Luańczyków nie mogła zdezorganizować ich jazdy, która szykowała się właśnie do krótkiej szarży, widząc wreszcie przeciwnika jak na dłoni. Z tyłu, daleko za nimi, w lesie rozległy się gwizdki luańskiej lekkiej piechoty, która spieszyła na ratunek kolegom.

Achaja spojrzała w bok. Kilkanaście zziajanych dziewczyn stało na skraju polany. Z przodu jazda, z tyłu świeża piechota.

– O mamo, jak ja się strasznie boję! – wyrwało się którejś.

– No, dziewczyny, fajnie było.

– Kurde, będą znowu gwałcić czy zabiją od razu?

– Dobra. Zna któraś jakąś modlitwę albo co?

– Mogłaby mnie któraś zabić? – spytała ta z połamanymi rękami. – No szybciej, siostry, zaraz ruszą!

Achaja zagryzła wargi, Bei znowu beczała, Chloe, cwana suka, wyjęła schowany pod kurtką mały bukłak i uchlewała się tak szybko, jak tylko mogła, Mayfed miała minę w stylu „a nie mówiłam", Lanni stała z otwartymi ustami. A potem...

Potem z tyłu rozległy się wrzaski i... najpiękniejsze słowa, jakie słyszały w życiu:

– Psiekrwie! Do przodu, suki! Pluton A drugiej kompanii, korkować drogę! Pluton B na flankę, oślice! Batalioooon... naprzód marsz!

– Drugi pułk. – Lanni zamknęła wreszcie usta. – Drugi pułk, dziewczyny. Cały batalion na nas wali!

– Aaaaaaaaaaaaaaaaaaaaa!!! – zaczęła wyć Bei. – Chodźcie! Pomożemy im!

– Siedź na dupie! – Achaja zgasiła jej zapał.

Za plecami jazdy spośród drzew wyłonił się inny batalion. Dziewczyny w idealnych liniach atakujące z dzirytami na sztorc. Luańska jazda skłębiła się, a kiedy trzeci batalion wychynął zza drzew ocieniających przesiekę po ich lewej, zaczęła się wycofywać.

– Kurwa, kurwa, kurwa... Ale jaja! – Zarrakh potrząsała głową. – Niech mnie któraś uszczypnie i powie głośno, że ciągle żyję!

– Żyjesz, Zarrakh – mruknęła Mayfed.

Chloe oderwała na chwilę bukłak od ust, lecz zaraz zaczęła pić znowu. Potem przewróciła się na plecy. Bei nie wytrzymała napięcia i runęła do lasu, skąd dochodziły krzyki, kiedy batalion drugiego pułku wykańczał lekkie luańskie posiłki.

Nie musiały długo czekać. Za ich plecami dosłownie trzy modlitwy później pokazały się pierwsze dziewczyny z dzirytami. Potem oficerska świta na koniach z panią pułkownik i panią major na czele.

– Naprzód, do przecinki! Kapitanie, psiakrew, niech pani kompania zablokuje dostęp od lewej!

Pani major, którą Achaja poznała wtedy przy pechowym moście, gdzie przenosiła osła, podjechała do nich i zeskoczyła z konia.

– To wyście powstrzymały jazdę?

– Nieeeee... to nie my... – Lanni z wrażenia zapomniała o regulaminowym meldowaniu.

– Nie o to pytam. Czy dzięki wam jazda nie uderzyła na naszych? Zresztą... – Machnęła ręką. – Kto tu dowodzi?

– Melduje się sierżant Lanni, pani major! – przypomniała sobie formułę dziewczyna.

– Dlaczego twoi żołnierze są... hm... tylko częściowo ubrani? – Wskazała te stojące z tyłu. Przy okazji spojrzała na naszywki kaprala u żołnierz, która przedstawiła się jako sierżant, ale była doświadczona i wiedziała, co może się zdarzyć w bitwie.

– Melduję, że moja drużyna odbiła czterdziestu jeńców i sformowałyśmy pluton!

– Klęknij przede mną, mała. – Major wyjęła miecz. Lanni uklękła posłusznie.

– Mianuję cię chorążym... A, gówno! – Pani oficer nagle zmieniła zdanie. – Mianuję cię porucznikiem armii Arkach! Służ dzielnie!

– Tak jest!!! – Lanni zaszkliły się oczy.

– Wstań, dziecko. Młoda jeszcze jesteś, ale wiem, że sobie poradzisz. Dziękuję ci. To była wspaniała akcja.

– Pani major – Lanni przełknęła ślinę – koleżanki pomogły.

– I to właśnie cechuje dobrego oficera. Ludzie mają ci pomagać, a nie szkodzić. Jeśli dalej będziesz potrafiła tak postępować, żeby koleżanki pomagały, to szybko zostaniesz kapitanem. Ile masz lat, dziecko?

– Siedemnaście, proszę pani!

– No to będziesz być może najmłodszym kapitanem w naszej armii. – Roześmiała się nagle. – A na pewno jesteś najmłodszym porucznikiem, dziecko... O, przepraszam za to „dziecko", pani porucznik.

– Tak jest!

– No. A które się wyróżniły? – Pani major spojrzała na dziewczyny wokół.

– Wszystkie!

Roześmiała się znowu.

– A które najbardziej?

Lanni zagryzła wargi. Nie mogła powstrzymać łez, które spływały po policzkach.

– Mhm. Achaja i Shha? – zabrzmiało to jak pytanie.

– Shha!

– Słucham, pani major. – Żołnierz wyprężyła się służbiście.

– Ile masz lat?

– Też siedemnaście, proszę pani!

– Achaja, a ty?

– Chyba osiemnaście, proszę pani, ale to nie jest dokładne wyliczenie! – Dziewczyna w przeciwieństwie do koleżanek wiedziała, że w takiej sytuacji może sobie pozwolić na odstępstwo od regulaminu. – Stara ze mnie baba i ona – wskazała palcem Shhę – ze mnie kpi z tego powodu – naskarżyła.

Pani major pokiwała głową.

– Ach, to ty – musiała również przypomnieć sobie spotkanie przy moście. Podeszła bliżej i objęła dziewczynę ramieniem. – Widzę, służysz wiernie... naszemu wspólnemu krajowi.

– Dziękuję, że pani powiedziała „naszemu wspólnemu", proszę pani.

Uśmiechnęły się do siebie. Czas, niestety, wzywał. Pani oficer wskoczyła na konia.

– Fajne masz dziewczyny, Lanni – powiedziała. – Mianuj jedną sierżantem, drugą kapralem. Sama wiesz najlepiej, co której dać. Potem zbierzcie swoich rannych i idźcie do wyschniętego strumienia. Tam nasza jazda. Jakby kto szedł za wami, to ich kawaleria rozsmaruje na drodze. Raptem z pięćset kroków was dzieli. Poruczniku...

– Tak jest!!!

– Wykonać.

– Rozkaz!

Major uderzyła konia piętami i pogalopowała do swojego oddziału. Lanni siadła na trawie i zaczęła płakać jawnie. Chloe ocknęła się właśnie z pijackiego snu i wyszeptała:

– O Bogowie, jak mi dobrze. – Spojrzała nieprzytomnie. – Czemu płaczesz, Lanni? Też nie żyjesz?

– Płaczę, bo mój tata będzie teraz najważniejszy w miasteczku! – chlipnęła Lanni. – Pewnie radnym zostanie, mając córkę porucznika i dodatek dzierżawny za mój stopień.

– Ty! – przerwała jej Shha. – Mianuj nas szybko, zarazo! Ja też chcę, żeby mój tato płakał, że taką fajną córcię wychował, i żeby miał dodatek morgowy za mnie!

Lanni wytarła nos rękawem. Nie bardzo wiedziała, jak postąpić.

– Ale... której co mam dać?

– Jej daj sierżanta – mruknęła Achaja. – Nie róbmy pośmiewiska z tej armii, żeby sierżant miała taki tatuaż na twarzy jak ja.

– Ty, przestań wreszcie chrzanić o tym, co masz na twarzy! – krzyknęła Shha. – Jesteś śliczną dupeczką, lalko. I naszą siostrą!

Achaja uśmiechnęła się i mrugnęła do niej.

– Dobra... Tyle że ja nie potrzebuję dodatku, a twojemu staremu się przyda. Jako ojciec sierżanta będzie miał wyższy.

– No, niby tak... Ale w mieczu jesteś lepsza, i to tak, że...

– A ty lepiej potrafisz zorganizować ludzi. A poza tym podobało mi się, jak runęłaś na tych pacanów z gałęzią.

– Dobra. – Lanni wstała, choć z trudem. – Shha, mianuję cię sierżantem armii Arkach! Achaja, mianuję cię kapralem!

– O żeż ty... – Shha zagryzła wargi, a potem skoczyła do góry, jakby chciała złapać chmurę za ogon. – Łaaaaaaaaaa!!! W tej mojej malutkiej wioseczce tato zostanie pewnie sołtysem! Albo wójtem!

– Słusznie, słusznie – niespodziewanie poparła decyzję Mayfed. – Nie żebym miała coś przeciwko tobie – zwróciła się do Achai – ale sierżant musi być wyjątkowo głupia. Tradycja taka. Najlepiej głupia jak but. I koniecznie ze wsi.

Roześmiała się głośno, Zarrakh jej zawtórowała i uderzyła łokciem koleżankę w żebra.

– Tak, tak. Bo jak choć do trzech umie zliczyć... to już generał!

Obie zawyły z okrutnej uciechy. Reszta dziewczyn wokół może mniej znała Shhę, ale te, które znały, również chichotały w najlepsze.

– Brawo! Hurrraaaa! Za wzór sierżanta powinni ją wystawić! I miarę z niej brać dla innych – krzyczały. – Achajka, świetnie to załatwiłaś! Ty pewnie do dziesięciu umiesz policzyć, więc sierżant byłby z ciebie jak z filozofa generał!

– Co wy, kurde! – Shha zdenerwowała się nagle. – W szeregu mi zaraz stawać! Już ja wam pokażę!

– Aaaaaaaaaaaaaaa... – zbiorowy ryk ostudził trochę jej armijne zapędy. Dziewczyny tarzały się, wyjąc ze śmiechu. – Widzisz? Widzisz? Tak trzeba. Ty se spójrz na Lanni! Porucznik teraz, a się nie wymądrza!

– O żeż wy dupy jedne! Zaraz... A gdzie Bei?

– Idę! – rozległo się z lasu.

Wszystkie odwróciły głowy. Mała Bei, szesnastolatka tuż z poboru, przyniosła okrwawiony miecz i odciętą głowę jakiegoś piechociarza. Rzuciła obie „rzeczy" na ziemię.

– Jak... – zawahała się. – Jak to zrobiłam, to... strasznie wyłam – powiedziała cicho. – Wyłam i wyłam, myślałam, że gardło pęknie. Ale coś mi kazało. No po prostu musiałam krzyczeć. – Otrząsnęła się nagle. – Dupa Bei melduje się na rozkaz! – wypaliła.

Shha podeszła do niej. Wokół zrobiło się cicho.

– Zapomnij o tej dupie. – Shha pokazała, że może nie jest jakoś tam straszliwie mądra, ale na pewno jest człowiekiem. Uśmiechnęła się nagle. – Jesteś naszą koleżanką teraz. Wilczycą, żołnierzu.

Pocałowała ją w okrwawione usta i wcale nie wydawało się to nie na miejscu.

Rozdział 6

Meredith szedł przed siebie, nie bardzo wiedząc, dokąd zdąża. Co kilkaset kroków popijał wino z bukłaka kupionego w gospodzie. Kiedy napotykał przydrożną studnię, czerpał wodę i polewał sobie głowę. Skwar robił się coraz większy, ale to nie on dokuczał czarownikowi. Drgnął, kiedy zza pobliskiego, spalonego przez słońce drzewa wyszedł młody chłopak z tobołkiem uwiązanym na kiju przerzuconym przez ramię.

– Witajcie!

– Wiem już, kim jesteś – mruknął Meredith. – Jesteś martwą istotą nielogiczną.

Chłopak roześmiał się nagle. Rozstawił nogi, schylił się tak, że głową sięgnął pomiędzy kolana, a potem wygiął kręgosłup jeszcze bardziej w dół. Mógłby już patrzeć na swoje plecy, ale... on pochylał się jeszcze bardziej i... i nagle... przekręcił się jakoś tak, że choć to było niemożliwe, jego głowa znowu znalazła się na szczycie pleców, patrząc wprost, jakby się przenicował. Dalej wyglądał jak normalny człowiek.

– E tam. – Machnął ręką. – Jestem martwy. Jestem nielogiczny. Nie jestem jednak istotą.

– Ja wiem... – usiłował wtrącić czarownik.

– Źleście zapamiętali. Ja jestem samym słowem. Jak każde słowo jestem martwy, jestem nielogiczny, wszak słowo samo w sobie logiki nie ma. Nie jestem jednak istotą. Naprawdę nie jestem. – Chłopaki uśmiechnął się sympatycznie. – Taka ze mnie istota jak nie przymierzając wasz but, do którego tak chętnie mnie porównujecie.

– Jesteś martwy, jesteś nielogiczny – powtórzył jak echo czarownik. – Jesteś też niemoralny.

– Ano. Tak jak i wasz but. On też moralności nie ma.

– Ja nie w tym sensie. To, że jesteś ZŁY, wiedziałem prawie od początku. Chodzi mi o to, że jesteś niemoralnym wybrykiem natury, czymś, co nie ma prawa istnieć.

Chłopak skrzywił się i tylko machnął ręką.

– Parę słów powiedzieliście i aż dwa błędy zrobiliście. Kiepsko.

Czarownik wzruszył ramionami.

– Niby jakie?

– Ano, jako rzecz martwa nie mogę być zły, tak jako i wasz but na stopie. Po drugie, natura sama w sobie, razem ze wszystkimi swoimi wybrykami, też nie może być niemoralna. A właściwie powiem inaczej. Ty, jako człowiek, nie jesteś w stanie ocenić „moralności" natury, ponieważ jako jej część nie masz żadnej skali porównawczej. Jaką chcesz miarę stosować do natury? Ludzką? Toż nie ludzie stworzyli naturę. A może chcesz krytykować Bogów? A cóż im możesz przeciwstawić? Jaką masz skalę porównawczą dla boskich uczynków, znaszli innych Bogów, żeby zerknąć: lepsi oni czy gorsi? Masz jakąś hierarchię wartości, którą możesz przeciwstawić boskiej? Nie. Ponieważ jesteś czymś, co Bogowie stworzyli. Nie dla ciebie ich hierarchie i wartości, nie dla ciebie ich skala zdarzeń, ich ocena wypadków. Jesteś jak mrówka rozdeptana sandałem podróżnika, która „pośmiertnie" myśli: „To był dopiero gnój, zabił niewinne stworzenie, które przecież nie zrobiło mu nic złego, niczym mu nie zawiniło i było przecież dobre. To zły człowiek". A co pomyślisz ty jako człowiek, który rozdeptał mrówkę? Jesteś naprawdę zły? Nie. Ty jej w ogóle nie zauważyłeś. Nie chciałeś jej zabić, więc wedle twojej, ludzkiej skali wartości nie jesteś złym człowiekiem. Nie spaliłeś specjalnie mrowiska, tylko po to, żeby pokazać im swą władzę. Zresztą nie zrozumiałyby tego. Zabiłeś parę czy paręset mrówek, bo nie wiedziałeś, że są pod twoim butem. I co z tego?

– Właśnie. Co z tego?

– Ano to, że usiłujesz przypisywać Bogom ludzkie przekonania. Skrzywdzili cię, więc są źli. Czy ty naprawdę uważasz, że Bogowie są tak samo inteligentni jak ty? A może nawet, że są głupsi? No tak... ty byś im dopiero pokazał, jak urządzić świat. A nie, to wziąłbyś pałę i porozpędzał to całe boskie tałatajstwo na cztery wiatry. Skoro nie potrafili urządzić świata bez cierpień, bez nienawiści, bez sukinsyństwa.

– Już to kiedyś mówiłeś.

– Owszem. Ale pamiętaj. Bogowie byli o całe niebo bardziej inteligentni od ciebie. Od każdego człowieka na świecie. To byli Bogowie, a nie ludzie.

– I ty mnie o tym przekonujesz? Sługa Zła?

– Owszem. Jesteś dla Bogów tym, czym mrówka dla ciebie. Czy potrafisz wytłumaczyć mrówce, dlaczego ją zabiłeś? Nie. Tak jak i oni nie wytłumaczą tobie, dlaczego cierpisz. Nie wytłumaczysz mrówce zasad gry w karty, a Bogowie nie wytłumaczą tobie, w jaką grę grają ze sobą. Nie poznasz nigdy ani stawki, ani zasad, ani nawet w jaki sposób można kantować. Ponieważ... nie jesteś Bogiem! Jako człowiek możesz jedynie użalać się nad swym losem. Ale nigdy nie sądź, że oni, że Bogowie to źle urządzili, że ty zrobiłbyś to lepiej. To nie głupcy oszukani przez Sepha. Oni byli miliardy razy mądrzejsi niż ty razem z całą wiedzą swojego świata.

Meredith potrząsnął głową. Znowu miał to samo wrażenie... że śni. Oto sługa Zła po raz kolejny przekonywał go, że dobrzy Bogowie mają rację! Że się nie mylą, że nie są głupi.

– Słuchaj – przystanął. – O co ci chodzi? Może byś mi to wreszcie wyjaśnił, co?

– Ano... jak mówiłem. – Wirus uśmiechnął się perfidnie. – Co powiesz o mrówce, która uzbrojona w potężny miecz zasłoni się przed twoim sandałem, która walcząc, uniknie śmierci? Czy ona czyni źle? Toż nie zagrozi ani tobie, ani twym braciom. Za mała na to. Ale jeśli będzie walczyć i nie zginie rozdeptana? Czy to jest złe? Nawet jeśli ona nie dysponuje ludzką skalą wartości i nie wie, że ty nie chciałbyś jej zabić, ginie pod butem jeno przez przypadek.

– Nie ja stworzyłem mrówki. Nie mnie oceniać ich dokonania.

– Słusznie! – krzyknął chłopak.

– Dobrze. A jak to się ma do Bogów? I reguł gry, których nigdy nie poznam? Oni stworzyli i mnie, i mrówkę.

Chcesz, żebym oceniał mrówkę? Wedle jakich zasad, pytam.

– Oj, mądrzyście. Wiele już zrozumieliście. – Chłopak roześmiał się i wyglądał przy tym naprawdę sympatycznie. To była rzecz, to była ułuda, to było nic. Lecz... odzwierciedlało myśli czegoś znacznie bardziej inteligentnego niż wszyscy ludzie znani Meredithowi. – Ani ludzkich, ani boskich, oczywiście. Ale według waszego ludzkiego rozumu, boście przecież mądrzejsi od mrówki, czy ona, broniąc się przed wami, postępuje źle?

– Nie.

– Właśnie. A nie zna przecież waszej gry ni reguł, ni wreszcie waszej ludzkiej kondycji, która pozwala na przypadkowe zadeptanie mrówki i nikt przez to piętnem zła obarczony nie zostanie. Gdyby jednak mrówka miała odpowiednio wielki miecz i potrafiła nim władać, a przy tym nie stanowiła dla was zagrożenia, to... Bylibyście w stanie przyznać jej fundamentalne prawo do samoobrony przed zadeptaniem, co?

– Owszem. Jeśli wyłoży własne racje.

– Własne racje? Mrówka??? I cóż ona by rzekła człowiekowi? Że nie chce być zadeptana? Toż to i bez niej wiecie. Żadnych racji nie musi mrówka przedkładać, chce żyć, to wiecie i bez niej. A nie przeszkadza wam ta wiedza w zadeptaniu stu mrówek na drodze. Nawet nie zerkniecie pod nogi.

– I tak właśnie Bogowie czynią z ludźmi?

– Nie, nie, nie, nie... Bogów w to na razie nie mieszajmy. Bobyśmy musieli zacząć mówić ich językiem, którego nie zrozumiecie. Bobyśmy byli jak dwaj mędrcy, co swą mądrość chcą przedłożyć mrówce. To się nie uda.

Nie zrozumiecie Bogów, a ja jeno jestem w stanie wam pokazać tylko cień, tylko ułudną mgłę ich przemyśleń. Zupełnie tak jakbym chciał oponować się za racją człowieka wobec mrówki. Tego się nie da zrobić.

– A co się da powiedzieć?

– Właściwie nic. Żeby zrozumieć, musielibyście być Bogiem. – Chłopak zafrasował się nagle. – Pokazywaliście kiedyś cienie na ścianie?

– Co?

– No, wiecie... czasem chłopcy zapalają wieczorem świeczkę i składają dłonie tak, żeby na ścianie ukazały się cienie, a to żyrafy, a to słonia, a to królika. Robiliście coś takiego?

– Owszem.

– Więc sami widzicie. Wy wiecie, że to jeno cień dłoni. A co powie mrówka? Toż ona zobaczy tylko cień żyrafy, słonia i królika, jeśli w ogóle zna te pojęcia. Tako i ja mogę wam rzec. Mogę powiedzieć wszystko. Ale dla was to będzie cień na ścianie. Nigdy nie zrozumiecie, że to złożone dłonie przy świeczce.

Meredith podziwiał uczciwość Wirusa. Bogowie mówili, ale nie wyjaśniali. Sługa Zła był uczciwy, wyjaśniał, przyznawał, że pokaże jedynie ułudę.

– Mów.

– Ano... Bogowie stworzyli cały świat. Bez nienawiści, jak już mówiłem. Bogowie chcieli dobra. Seph jednak był bardziej inteligentny. Myślał i wymyślił Ziemców. Istoty, które miały to samo dążenie co Bogowie. Tyle że... Ziemcy to zwierzęta. Niezwykle konsekwentne we wszystkim, co czynią. Bogowie chcieli, żeby wszystko, co żyje we wszechświecie, dążyło do dobra. I Seph stworzył takie istoty! Ziemcy mogą dążyć jednie do dobra. Ziemcy konsekwentnie, z makabryczną, zwierzęcą dokładnością dążą do DOBRA ostatecznego. I... okazali się najgorszymi potworami, jakie widział wszechświat. Ziemców stworzyłem ja. Martwy przedmiot nielogiczny. Stworzyłem ich jako istoty doskonałe, nie znając jednak ani ludzkich, ani boskich ograniczeń. Zrobiłem to tak dokładnie, jak tylko rzecz potrafi zrobić. Każdy człowiek, każdy Bóg zawahałby się na moim miejscu. Ja nie! Ja jestem rzeczą. Przedmiotem. Ja to doprowadziłem do końca. To są monstra, które do jednego tylko mogą dążyć: do dobra! Ale nie tak jak Bogowie. Oni to zrobią naprawdę. Oni to zrobią do samego końca, do samej zatraty, do zera, do ostatecznej zagłady. Czymże bowiem jest dobro? Dobro to szczęście wiekuiste. I oni do niego będą dążyć. Konsekwentnie. Po trupach. Bez żadnych hamulców. Bez kompromisów.

– Wiem. To płaczący wojownicy. Wiecznie nieszczęśliwi zdobywcy.

– A tak. To są wiecznie nieszczęśliwi, płaczący zdobywcy... Taka właśnie okazała się recepta Bogów na istoty doskonałe. To są najstraszniejsze potwory, jakie świat widział, to zwierzęta obdarzone rozumem, to... to jest ostateczna zagłada na polu łez. To są perfekcyjne w zabijaniu, żrące wszystko, co popadnie, nawet samych siebie, anioły śmierci, które nie cofną się przed żadnym świństwem, byleby tylko dojść do swego celu: dobra ostatecznego. To są Ziemcy. To są agresorzy bez złudzeń, bez iluzji, bez kłamstwa. Oni dobrze wiedzą, że tylko łzy, tylko cierpienie jest w stanie zbliżyć ich do ostatecznego ideału wymyślonego przez Bogów. Nigdy go nie osiągną. Lecz...

Oni zdają sobie z tego sprawę. Oni wiedzą, że jedyne dobro, jakie osiągną, to smutek. To czarna rozpacz na polu bitwy usłanym trupami. Oni to zrobią porządnie. Nie jak Bogowie. Oni to zrobią konsekwentnie. Tak jak istoty doskonałe potrafią. Nie bojąc się własnej zagłady. Nie bojąc się zaprzeczenia wszystkim ideałom. Oni to zrobią do końca, wykonają swoją robotę aż do ostateczności. Oni będą totalnie dobrzy, ale... – Chłopak zachichotał nagle. – Bogom naszym to by się nie spodobało. Bo Bogowie w swoim dążeniu do dobra byli niekonsekwentni. Ziemcy będą konsekwentni! Do samego końca.

– Powtarzasz właściwie jedno i to samo. Przez cały czas.

– A tak. Pokazuję ci cień, ciągle ten sam. Jednak ty wiesz, że ten sam cień można uzyskać przez różne ułożenie dłoni przy świeczce. Cień ten sam, ale konfiguracja dłoni za każdym razem inna.

– Czego ty właściwie chcesz?

– Hmmmm... Pamiętacie zapewne, jak mówiłem, że wasz świat jest inny niż wszystkie, że to pułapka zastawiona na Ziemców.

– Pamiętam. – Czarownik skinął głową.

– Było tak. Bogowie dowiedzieli się, że stworzyłem Ziemców, i postanowili ten świat urządzić inaczej niż wszystkie, gdzie tylko dobro i harmonia. Ha, ha, ha... Wy macie magię jak inne światy, ale nie jesteście dobrzy. Wasi cisi bracia zza gór mają technologię jak Ziemcy. Kiedy nadejdzie czas, oba światy się połączą i razem stawicie czoła Ziemcom. Macie ich zniszczyć, by we wszechświecie zapanowało dobro. Ale wasz świat nawet po zwycięstwie będzie zły przecież. Bo... przegrani w tej wojnie stracą swoje ciała, wygrani stracą swoje dusze. Więc wy też zostaniecie zniszczeni, czego słusznie domyśliliście się, siedząc dwa lata w ciemnicy Zakonu. Ten świat to pułapka podwójna: na Ziemców, których zniszczycie wy, i na was. Wszystko zniknie. Katastrofa będzie następować za katastrofą, wszystko zniknie. Ha, ha, ha... najemnicy zrobią swoje i najemników można zabić.

– To okrutne.

– Nie oceniajcie Bogów! Nie sądźcie Bogów waszą ludzką miarą. Nie wam z nimi konwersować. Bo to wygląda, jakby kot chciał delfiny pouczać, jak mają pływać. Kot delfina niczego nie nauczy. Ale przeszkadzacie mi mówić i wątek przez to porwany.

– Już nie będę – chciał zakpić Meredith, lecz niezbyt mu wyszło.

– Bogowie nie wiedzieli, gdzie lęgną się Ziemcy. Nieskończona liczba możliwości. Zrobili więc pułapkę, ale... wiedzieli, że ja tu jestem. Zniszczyć mnie nie można. Jak zniszczyć samo słowo? Tego się nie da zrobić. Jednak nie byli tacy głupi, jak nam się z Sephem wydawało. Byli wściekle mądrzy. Wynaleźli takie obliczenie, które było niemożliwe. To był matematyczny cud! A oni dokonali tego. Seph wył w swoim więzieniu! Wył z podziwu nad boskim geniuszem! Oni odnaleźli Ziemców w nieskończonej liczbie możliwości. Gdybyś tylko mógł pojąć, co to jest nieskończoność, zrozumiałbyś, jaki gigantyczny wysiłek Bogowie podjęli... i wygrali. I odnaleźli Ziemców. Z tym że wtedy już nie istnieli, ale...

– Jak to, odnaleźli i nie istnieli zarazem?

– O żeż! Człowieku, toż tłumaczę, że to byli Bogowie, nie ludzie. Oni mogli nie istnieć i coś robić jednocześnie!

Tego się nie da wytłumaczyć w twoim języku. Spróbuj wyjaśnić zasady działania magii psu. Uda się? Nie. Bo w psim języku nie ma odpowiednich pojęć. Żadne hau, hau, hau-hau-hau i merdanie ogonem nie zbliży zwierzęcia do pojęcia magii, tak jak ciebie nic nie zbliży do pojęcia Bogów. Zrozum to wreszcie.

– No dobrze. Mów.

– Bogowie znaleźli Ziemców. Ale... ponieważ nie istnieli, nie mogli zrobić nic konkretnego. Mogli tylko mówić, tak jak ja. Mogli tylko pokazać obraz, dokładnie taki, jaki widziałeś, kiedy Bóg odwiedził cię w chacie wieśniaka. Starszy syn Najwyższego Boga stworzył Ziemców. Seph był już uwięziony, milionletnia kara była mu już naznaczona. Młodszy syn Najwyższego Boga postanowił zlikwidować to zagrożenie. Zszedł pomiędzy Ziemców i nauczał o dążeniu do dobra. – Chłopak roześmiał się chrapliwie. – Oni naprawdę niczego nie zrozumieli, mówię o Bogach. Toż Ziemcy tylko do dobra dążyć mogą. No, jednak... – zagryzł wargi – coś tam udało mu się zdziałać. Doprowadził do upadku wspaniałej cywilizacji, sądząc naiwnie, że prawie tysiąc lat wieków ciemnych, wieków głupoty i oczadzenia, niszczenia nauki wystarczy, żeby Ziemcy byli opóźnieni wobec was w rozwoju. Mylił się. Na gruzach poprzedniej, na totalnym popielisku, na cmentarzu, powstała cywilizacja taka, że on sam pewnie by jej oglądać nawet nie chciał. Powstała kultura wredna, zabójcza jak szlag, wytrenowana w podnoszeniu się z każdego upadku, znająca już tylko kataklizmy i to okrutne dążenie... No, niemniej odtąd przestałem uważać Bogów za kogoś, kto jest całkowicie bezwolny. Moim zadaniem jest usłanie Ziemcom drogi różami, a wam muszę rzucać kłody pod nogi. Ale jak to zrobić? Taki mądry jak młodszy syn Najwyższego Boga to ja nie jestem. Nie potrafię samym gadaniem doprowadzić do upadku waszej cywilizacji, żeby jak tylko się pojawią Ziemcy, napotkali jedynie ciemne hordy łatwe do spacyfikowania. Lecz... myślałem sobie, skoro nie mogę doprowadzić do upadku, to przecież mogę spowodować coś zupełnie przeciwnego. Mogę spowodować wzrost waszej kultury.

– Jak to wzrost? – żachnął się czarownik. – Toż twoi Ziemcy mieli upadek, a ty chcesz ich wrogom zafundować wzrost?

– Bo widzisz, Ziemcy z upadku podnieśli się silniejsi niż kiedykolwiek. Wy z nienaturalnym wzrostem nie poradzicie sobie, bo na to za wcześnie.

– Jesteś brutalnie szczery, sądzę.

– Owszem. Mówię szczerze o tym, na co ty i tak nie masz żadnego wpływu. Nie przeszkodzisz mi w moich zamysłach, więc tobie szczerze mówię, jak jest. A ja po prostu szeptałem pewnemu człowiekowi do uszka, kiedy spał, pewne idee, pewne rozwiązania. On, śniąc, słuchał mnie. Potrzebowałem państwa, które jest odcięte od wszystkich, gdzie honoru nie ma ani tradycji. I znalazłem takie. Królestwo Chorych Ludzi. I szeptałem do uszka po nocy pewnemu człowiekowi, jak się odlewa mocną stal, jak się robi ognisty proch. A on słuchał. On śnił. Za dnia eksperymentował. I stworzył broń, o jakiej temu światu się nie śniło, pierwszy muszkiet. Długo potem, kiedy już oni umieli robić muszkiety, poszedłem do jego najgorszego wroga, do największego konkurenta, i szeptałem mu do uszka, co to jest karabin...

– Co to jest karabin? – spytał Meredith.

– Taka mordercza maszyna, której tu jeszcze nie powinno być. To jest takie straszne metalowe bydlę, które sprawia, że niemowlę bez mała może zabić rycerza. Na to nie jesteście przygotowani. Ale i ja ryzykuję strasznie, toż nie upadek wam ziszczam, a wzrost. Ale... zobaczymy jeszcze, czyje będzie na wierzchu.

– A mnie jakie zadanie przeznaczyłeś? Jaką zbrodnię mam popełnić?

– No co wy? To z was człowiek mądry, który dobrze wie, że nic nie mogę mu zrobić. Ja mam was nakłaniać do zbrodni? Nigdy! Nigdy w życiu! Toż człowiek inteligentny zbrodni nigdy nie popełni, jeśli nie będzie przekonany o jej słuszności. Ja wam już dawniej powiedziałem. Ja nie sług szukam. Ja szukam tych, co się ze mną zgodzą. Zrozumieliście intencje boskie wtedy w ciemnicy Zakonu, to wam pomogłem tę ciemnicę opuścić. Tylko dlatego, że bez przymusu, po dobrej woli żeście się ze mną zgodzili.

– I teraz, sądzisz, że również się z tobą zgodzę?

– Owszem.

– Co mam zrobić?

Wirus zbliżył się i spojrzał czarownikowi prosto w oczy.

– Chcę... żebyście wykonali wolę waszego Boga – powiedział cicho.

– Co? Co? Cooooo???

– Chcę, żebyście wykonali wolę waszego Boga – powtórzył chłopak poważnie. – Coście tacy zaskoczeni? – Szybko powrócił do poprzedniego, uniżonego tonu. – Do zła was namawiam? Nie. Do dobra. Ja chcę tylko, żebyście wypełnili wolę waszego dobrego Boga!

– Jak to? – zaskoczony czarownik ledwie zdołał wykrztusić te słowa.

– Ano tak. Wasz Bóg wysłał was z konkretnym zadaniem. Mieliście się zmierzyć z czarownikiem Zakonu. I ja chcę, żebyście to zrobili.

– Mam... mam się znowu udać na wyspę Zakonu?

– O nie. Ja proponuję bardziej uczciwy układ. Spotkacie się z nim na własnym terenie. Tym razem to wy będziecie mieli sojuszników i możnych protektorów.

– Ale w tym wszystkim będzie ukryty twój plan?

– Oczywiście. A czy w tamtym rozkazie nie był ukryty boski plan? Był. A jaki? A taki, żeście dwa lata w ciemnicy siedzieli, a uniknęliście śmierci tylko dzięki mnie. Ale idźmy jeszcze dalej. Czyż boskie zamiary mogą się zmieniać z dnia na dzień? Nie. A ja chcę tylko, żebyście wykonali rozkaz swojego Boga. Tylko tyle. Nic więcej. Nie musicie mordować niemowląt w kołyskach, nie musicie donosić, nie musicie wdów po sobie zostawiać. Wykonajcie rozkaz samego Dobra!

Wirus zaczął się śmiać. Chichotał, rechotał, wył z okrutnej uciechy, widząc konfuzję czarownika.

Meredith potrząsnął głową oszołomiony. Wysłannik Zła przez cały czas przekonywał go, że Bogowie mają rację, że nie urządzili wszystkiego tak głupio, jak to się tylko człowiekowi może zdawać, a na sam koniec chce, żeby spełnić wolę Dobra. Nie mógł tego zrozumieć.

– Wiem, że zaraz znikniesz i pojawisz się, dopiero kiedy będziesz chciał – szepnął. – Czy możesz mi odpowiedzieć na jedno pytanie?

– Pewnie. – Chłopak zarzucił swój kij z tobołkiem na ramię. – Pytaj szybko.

– Jak się nazywał ów młodszy syn Najwyższego Boga?

– Nie znacie go. Jego imię istnieje tylko w języku Ziemców.

– A jak brzmi to imię w języku Ziemców?

Chłopak uśmiechnął się nagle.

– Jezus.

Odwrócił się i ruszył polną drogą przed siebie.

– A jak Ziemcy nazywają Sepha? – zawołał drążony ciekawością czarownik. – Jak nazywają starszego syna Najwyższego Boga?

– Nazywają go Szatan – mruknął Wirus i zniknął.

Rozdział 7

Kapral, do mnie!

Wyrwana z drzemki pod drzewem dziewczyna stanęła na baczność.

– Kapral Achaja melduje się na rozkaz!

Sierżant Shha była sama w namiocie. Teraz mrużyła oczy, patrząc na koleżankę.

– Coś wam obiecałam wtedy w lesie... Pamiętacie?

– Niby co? – Achaja dopiero teraz zrozumiała, gdzie się znajduje. Stłumiła ziewnięcie i rozluźniła się wyraźnie.

– No... Dobra, wydaję wam rozkaz, kapralu. Rozebrać się do goła, położyć na moim sienniku i przykryć kocem! Zaraz do was przyjdę.

– Ty, kurde. Coś ty?

– No, wskakuj! Obiecałam i... – Shha przymknęła oczy. – I chcę – dodała cicho, marszcząc brwi. Potrząsnęła głową, popatrzyła na koleżankę spod oka. Raczej nieśmiało.

Achaja rozejrzała się wokół. Nie było nikogo, kto mógłby jej dać jakąś radę. Potem zagryzła wargi.

– No...

– No co? Chcesz?

– Mmm... – Nie miała pojęcia, co powiedzieć. Przypomniała sobie małego chłopca, złodzieja, którego spotkała w Syrinx, przypomniała sobie swoją wieś, w której żyła przez rok, przypomniała sobie prostytutkę w stolicy Luan, która kazała jej się przytulić i płakać, i... i było to jakieś wyjście. Powiedziała jakoś tak miękko: – Wiesz... Ja chyba też potrzebuję trochę ciepła.

Shha odwróciła głowę.

– Rozbierz się, a potem zamknij oczy, co?

Achaja, jakby zdziwiona tym, co robi, zdjęła buty, kurtkę i opaskę, potem ściągnęła spódniczkę i ukryła się pod kocem.

– Już – szepnęła, zamykając oczy. Shha wśliznęła się pod koc w chwilę później. Pocałowała ją delikatnie, potem jeszcze raz i objęła mocno.

– Nie bój się, Achajka – tchnęła w samo ucho. – Ja już to robiłam z dziewczyną. Nie bój się.

Głaskała głowę, plecy, odrzuciła z twarzy splątane warkoczyki. Pocałowały się raz jeszcze, tym razem Achaja też poruszyła wargami. Objęła koleżankę ramionami, przytuliła się.

– Tylko... delikatnie – powiedziała przez łzy, bo nagle tak strasznie zachciało jej się płakać. Tyle wspomnień, zapomnianych obrazów stanęło jej przed oczami. A tu nagłe ciepło, koleżanka, która czuła to samo, nie, jej... jej siostra, choć nigdy naprawdę takiej nie miała – ...co?

– Mhm.

Obozowały może o dzień drogi od pola bitwy. Wciąż jeszcze napływały mniej lub bardziej pokiereszowane oddziały. Ale one pojawiły się pierwsze. Zajęły pod namiot najlepsze miejsce w tworzonym obozie, przy lesie, w cieniu drzew, tuż przy niewielkim jeziorku z kryształową, niesamowicie zimną wodą. Pluton wcale nie był w tak złym stanie, jak się spodziewały. Ich drużyna straciła czterech żołnierzy, druga pięć, trzecia nikogo, bo wycofała się z pamiętnego wzgórza z innym plutonem. Lanni, choć teraz porucznik, wolała być z nimi. Raz poszła – w końcu siedemnastoletnia zaledwie dziewczyna – do oficerskiej kantyny i poobijała się biedna o wykształcone, obyte, pochodzące wyłącznie z wielkich miast dwudziesto- i trzydziestolatki. Miała prawo (według regulaminu nawet obowiązek, choć niewielu oficerów ściśle go przestrzegało) przebywać jak najwięcej ze swoim plutonem. Pływała teraz w jeziorze, nurkując jak ryba i prychając jak kot.

Częściowe uzupełnienia, które im podesłano w liczbie dwóch dziewczyn z obozu rekrutów, miały pecha i natknęły się właśnie na nią.

– Hej, ty! – krzyknęła jedna z nich, z włosami tak jasnymi, że zachodziło podejrzenie, iż jednym z rodziców musiał być ktoś z Chorych Ludzi zza Wielkiego Lasu. – Gdzie tu jakaś szarża, żeby się zameldować, co?

– Ty... – Lanni zabrakło tchu w piersiach na taką bezczelność. – Jestem porucznikiem, oślico!

– E, nabija się z nas – mruknęła niższa.

Lanni wyskoczyła na brzeg, rozbryzgując wodę.

– Meldować się, suki!

Ta z jasnymi włosami wzruszyła ramionami.

– Toż jesteś goła jak niemowlę. Niby skąd mam wiedzieć, żeś porucznik?

Lanni zatkało. Potem jednak odzyskała głos i był on dużo silniejszy niż poprzednio.

– Sierżancie!

Shha wyskoczyła z namiotu.

– Zabij tych dwóch żołnierzy, bo inaczej ja im dopiero pokażę!

Shha szturchnęła leżącą pod drzewem Achaję.

– Kapralu, zajmijcie się nimi!

Achaja podniosła głowę.

– Bei! Bei, gdzie jesteś, szlag jasny z tobą!?

– But naprawiam. – Zza zasłony namiotu ukazała się głowa dziewczyny. – Bo mi się podeszwa odrywa.

– Wymusztruj te dwie i przeczołgaj po całym obozie, bo mi się nie chce ruszyć dupska!

– Dobra. – Bei wyszła na zewnątrz, kulejąc trochę z powodu jednej bosej stopy. – Meldować się, suki! – wrzasnęła.

Obie rekrutki, dość oszołomione sceną, której były świadkami (w obozie nic takiego nie mogłoby mieć miejsca), dość niemrawo przyjęły postawę na baczność.

– Melduje się szeregowy Bonne plus jedna!

– Wróć! – zawyła Bei. – Jaki szeregowy? Dupa Bonne! I ta druga też niech powie, że dupa.

Jasnowłosa zacięła się wyraźnie.

– Niby jakim prawem mnie obraża...

– Dyskutujesz z przełożoną?! – przerwała jej Bei.

– Nie jesteś moją przełożoną.

– Mówię w imieniu pani kapral, dupo!

Achaja otworzyła jedno oko i machnęła ręką.

– Dyskutuje – ziewnęła. – Bierz ją.

– Dwadzieścia przysiadów! Z rękami do góry! Co? Co... Kto ci pozwolił plecak zdjąć, oślico?!! A ty? – Podeszła do drugiej. – Melduj.

– Dupa Kaisha melduj...

– Co? – Bei o mało nie upadła. – Coś powiedziała?

Tamta była o włos od płaczu.

– Powiedziałam, że... dupa Kaisha, proszę pani. Już robię przysiady.

– O kurwa – wyrwało się Achai.

Zarrakh też podniosła głowę.

– No co? Mało to dziewczyn ma takie same imiona?

Mayfed przytaknęła skinieniem głowy. Wolała się jednak nie wtrącać. Shha z wnętrza namiotu głośno komentowała, dowodząc, że w jej wsi aż trzy dziewczyny mają takie same imiona, ale nie pamięta już jakie. Pewnie wszystko zmyśliła – jej wieś była za mała na takie cuda. Lanni też się skrzywiła.

– Pech – powiedziała Bei. – Straszny pech, że nam ją dali! Kurde! – Uderzyła pięścią w dłoń.

– Zamknij się!

– Ma rację – poparła ją Chloe. – Co one w tej kancelarii? Nie wiedzą, że poprzednio też Kaishę dostaliśmy? I że zginęła w pierwszym starciu?

– Pech – po chwili wahania dodała Zarrakh. – Coś będzie nie tak.

– Wypchajcie się! – krzyknęła Shha z namiotu, choć już dużo mniej pewnym tonem. – Może nic się nie stanie.

– Dobra, kurde! – przerwała im Lanni. – Ale tę drugą, która powiedziała, że jestem goła jak niemowlę, dawać tu biegiem!

Kiedy dość przestraszona już jasnowłosa rekrut stanęła przed panią porucznik, ta kazała jej się rozebrać i umyć w jeziorze. Kiedy tamta wykonała rozkaz i przykucnęła, ledwie mocząc ręce w wodzie, Lanni stanęła na jej leżącym obok mundurze.

– Dość! – warknęła. – A teraz do intendenta po łój do butów! Biegiem!

– Hej, hej – zmitygowała ją Achaja. – Ty chyba, jako porucznik, nie możesz wydać takiego rozkazu.

– Nie? Dobra, odwołuję. – Lanni odwróciła głowę. – Shha, słyszałaś?

– Zapierdalaj, młoda! – wrzasnęła sierżant, nawet nie fatygując się, żeby wyjść z namiotu. – Ale już!

– Teraz w porządku? – Lanni kucnęła obok Achai, obserwując, jak nagusieńka rekrut biegnie w poprzek obozu. – Jakby co do czego. Nikt jej wprost rozkazu nie wydał, że ma biec goła. – Zaczęła się wycierać czystą szmatką. – A ta druga niech skrobie naczynia! Do połysku!

Naczyń nie było wiele, za to porządnie zapaćkane. Korzystając z faktu, że były tu pierwsze, zrabowały w pobliskiej wsi kilka kur, zanim reszta wojska ogołociła chałupy doszczętnie, zmuszając chłopów do wyprowadzki. Potem Shha, sama przecież ze wsi, więc doświadczona, nałowiła w rzeczce sporo dość dużych ryb (nikt psichkrwi nie potrafił nazwać, choć padały różne propozycje, od nazw swojskochłopskich przez bardziej wyrafinowane, które miejskie dziewczyny znały z targu, po rekina nawet, którym rzuciła Achaja). Żadna nie miała pojęcia, co to za gatunek, ale smakowały nieźle. Po rybach i kurach ich przydziałowe naczynia wyglądały ślicznie – nikt ich przecież nie mył pomiędzy posiłkami, bo wszyscy wiedzieli, że niedługo przyślą uzupełnienia.

– Co z Zinną? – spytała Chloe. – Słyszała która coś nowego?

– Żyła, jak ją ładowali na wóz. Medyk opatrzył, jakieś zioła parzył.

– Eeeee... To i ja wiem od dawna.

– Nic jej nie będzie – wtrąciła się Achaja. – Niczego nie jadła, nachlała się wódy przed walką, to i rana w brzuch niegroźna.

– Tak samo i medyk mówił. Ale ze sto dni albo i więcej ma spokój z wojskiem.

– No.

Rozległ się tętent konia. Rzecz dziwna w obozie, ponieważ był rozkaz, żeby trawy nie rozjeździć, bo się kurz będzie robił i z daleka wrogowie zobaczą miejsce, gdzie stacjonują. Zerwały się, widząc galopującą oficer, przestraszone tym, że teraz je ścigną za to, że wysłały do obozu gołą żołnierz. Pani kapitan nie zamierzała wdawać się w drobiazgi albo nawet nie wiedziała o sprawie. Koń zatrzymał się tuż przy dziewczynach.

– Poruczniku.

– Tak jest! – Szmata, którą się wycierała, opadła, kiedy Lanni stanęła na baczność.

– Hej, babo! – Kapitan uśmiechnęła się przyjaźnie. – Porucznik nie musi stawać na baczność przed kapitanem w takiej sytuacji. Okryj się wreszcie. No. Słuchaj, macie się natychmiast stawić w sztabie. Pełna gala.

– Co się stało? – odważyła się spytać Lanni. W końcu jako oficer miała prawo wiedzieć.

Kapitan tylko machnęła ręką.

– Przyjeżdża strasznie ważne poselstwo z Luan na rozmowy. I będą go witać strasznie wysokie szyszki z naszego dowództwa. Usłyszałam od pani pułkownik, że strasznie wysokie, a to znaczy, że najwyższe. – Rozejrzała się wokół odruchowo. – Myślę, że sama... – Wskazała palcem niebo. – No, wiesz kto.

– Bogowie! – Lanni domyśliła się, kogo tamta mogła mieć na myśli. – Bogowie! I dopiero teraz się dowiadujemy?

– Nie pękaj, mała. Warunki bojowe, wiele się wam wybaczy, jakby co. Dla pewności jednak posłałam tu gońców z nowiutkimi mundurami i wyposażeniem, zaraz będą, to się przebierzecie. – Znowu uśmiech. – Teraz już wiesz, dlaczego zakazali nam tu konie sprowadzać. Niby kurz, he, he, szefowa wiedziała od razu, że ktoś ważny przyjedzie, jeśli wydano tak durnowaty rozkaz. A teraz najważniejsze. Dlaczego ci to w ogóle mówię. ONA – znowu palec wskazujący niebo – pewnie będzie chciała porozmawiać z liniowymi żołnierzami w szeregu. A najmłodsza porucznik w armii to świetna okazja do pochwalenia jednostki. Więc nie spieprz tego, dziewczyno!

Lanni jęknęła cicho. Kapitan wyjęła spod kurtki zwitek papierów.

– Tu są spisane pytania, które ONA najczęściej zadaje. Pani pułkownik napisała ci odpowiedzi. Kapralu! – Pani kapitan odwróciła głowę. – No, ta z tatuażem na twarzy. Chodź tu.

– Tak jest! – Achaja doskoczyła błyskawicznie i stanęła na baczność.

– Słyszałam, że ty tu najbardziej uczona. Przeczytasz dokładnie cały tekst swojej porucznik i pomożesz nauczyć się na pamięć. Zrozumiałaś?

– Tak jest!

– To trzymaj kartki. Nie zgub ich! Tuż przed wyjściem na honorową wartę do pierwszego szeregu spalisz je wszystkie. A jeśli nie będziesz mogła rozpalić ognia, bo nie będzie warunków, to je zjesz. Wszystko zrozumiałaś?

– Tak jest!

– He... Mieli rację, żeś uczona. No, no. Dobra, wracając do ciebie, Lanni. Pluton ma być pełny, ale wiesz, świeżym uzupełnieniom nie ufaj, lepiej zostaw te siksy w namiocie, bo jeszcze coś schrzanią. Dostaniesz doświadczone w musztrze dziewczyny z innych plutonów, wybrałam już same niskiego wzrostu.

– Dlaczego niskiego? – dała się zaskoczyć Lanni.

– Och. Żeby mogły stać z tyłu! A jak ONA zapyta o przebieg walki, tamte zaczną się plątać w zeznaniach i co wtedy? Honor pułku zszargany. Aha. Jeszcze jedno. Ta twoja kapral ma stać tuż przy tobie.

– Żeby w razie czego mi podpowiedzieć?

– No nie. Nie będzie szans, żeby podpowiadać. Ma na twarzy ten tatuaż, więc może ONA o to zapyta. A najlepsze pytania to takie, które można przewidzieć. Tak że kapral spadła nam jak dar od Bogów. – Kapitan podała Achai kartkę. – To dla ciebie, wykuj na pamięć i recytuj z przekonaniem.

– Tak jest! A kartkę zjem osobiście! – wrzasnęła Achaja.

– No... Tyś naprawdę mądra. Dość ci raz powiedzieć. – Kapitan spojrzała na kapral z głębokim uznaniem. – Teraz sierżant.

– Tak jest! – wrzasnęła Shha jeszcze głośniej, prężąc się jakby kij połknęła.

– O! Postawna dziewczyna. Wypisz, wymaluj, klasyczna żołnierz Arkach, tak jak się szkicuje na obrazach. Świetnie, damy cię na strategiczną pozycję przy drugiej drużynie. Wiem, żeś ze wsi, więc nie będę kazała niczego zapamiętywać z kartki. Ale to nie szkodzi. Jak cię zapyta, to masz stanąć jak teraz i ryknąć: „Tak jest! Z honorem, Wasza..." – kapitan przerwała nagle, rozglądając się wokół. – I tu wstawisz JEJ tytuł. Zrozumiałaś?

– Tak jest!

– Kapralu. Nauczycie ją też.

– Tak jest! – krzyknęła Achaja.

– Dobra, Lanni, czasu mało. Nie zbłaźnij się. Jeśli nie będzie większej wsypy, to potem staniecie na warcie przy JEJ namiocie. Ciężka sprawa, wiem. Ale jak wam pójdzie dobrze... to pani pułkownik nie pożałuje nagród. No i trzymajcie się.

Kapitan zawróciła konia i ruszyła z powrotem. Tym razem już bez pośpiechu, żeby nie „rozjeździć" trawy.

Chloe z sykiem wypuściła powietrze z płuc.

– Mówiłam, że ta nowa przyniesie pecha – westchnęła. – Po naszym występie, który tam zrobimy... mamy rok w karnej kompanii zapewniony.

– N... n... nie kracz. – Lanni jednak również była przestraszona. – Daj mi mundur.

– Nie ubieraj się w stare. Zaraz przyniosą nowe ciuchy.

– Pytanie: Żołnierzu. Ciężko było, co? – odczytywała Achaja z kartki. – Odpowiedź: Ciężko... tu wstawić pełny tytuł pytającego... ale dzięki naszym dowódcom przetrwałyśmy i możemy zameldować o zwycięstwie! – Podniosła oczy znad kartki i popatrzyła bezmyślnie na Lanni. – Jak to? Przecież przegrałyśmy.

– Ja tego w życiu nie zapamiętam. Bogowie, ile tego tam jest?

– Pffffffff... – Achaja zaszeleściła kartkami. – Jakieś sto pytań i odpowiedzi.

– To już po mnie. Karna kompania, tak?

– Ty się ucz szybko, żebym zdążyła rozpalić ogień – jęknęła Achaja. – Nie zjem przecież tych wszystkich kartek!

Shha zadziwiła je wszystkie.

– Spal to od razu i się nie przejmujcie.

– Co?

– Ja już to widziałam w garnizonie Mai Lee. Byłam wtedy tuż po okresie rekruckim i przyjechał zagraniczny książę Sirius ze świtą. Też dali porucznik kartki, i innym. I wszystkie czegoś tam się uczyły. Na blachę, czasu było dużo jak szlag, bo pan książę już z kraju wyjeżdżał i dokładnie wiedzieli, kiedy będzie wizytował. Przez trzy dni cały pułk kuł aż stukało. A książę, jak go już wyprowadzili przed szereg, uśmiechnął się do pierwszej lepszej, powiedział: „Się masz, stara, fajna z ciebie dziewczyna" i poszedł. Zresztą nie wiem, co dokładnie powiedział, różne legendy o tym krążyły, a ja stałam za daleko, żeby słyszeć. I całe to kucie było na nic! O!

Lanni spojrzała na nią nieprzytomnie.

– Dzięki choć za pocieszenie. Ciężko jest w karnej kompanii?

Nikt nie zdążył odpowiedzieć, bo gońcy przyniosły nowe mundury. Całą masę. Mogły wybierać, dopasowywać, guzdrać się. Po dłuższym czasie wyglądały niczym reprezentacyjna gwardia przyboczna. Nowe kurtki i spódniczki były z jakiegoś dziwnego gatunku skóry. Błyszczały i lśniły w słońcu, jakby pokryte cieniutkim lodem. Buty ktoś wyglansował tak, że można było zobaczyć odbicie własnej twarzy, jeśli tylko ktoś był w stanie podnieść nogę do głowy. Zrobiono je również z jakiegoś innego gatunku skóry, który nie marszczył się w ogóle w miejscach zgięć – przez co każda para była makabrycznie niewygodna. Z trudem dziewczyny potrafiły zrobić w nich kilka kroków i mimo wspaniałych, również lśniących skarpet (chyba od wplecionej w wełnę złotej nitki – nie były sobie w stanie wyobrazić niczego innego) miały już otarte stopy. W nowych, poskrzypujących z lekka mundurach różniły się od reszty wojska jak rasowy wierzchowiec różnił się od ich kucyków. Odznaki pułku, przypięte do kurtek, z całą pewnością były pozłacane, gwiazdki, kanty i belki, które dodatkowo przypięły do rękawów Lanni, Shha i Achaja, mogły zostać wykonane z czystego złota. Pasy natomiast, nowiuteńka broń, miecze, noże, kusze i dziryty to był już czysty śmiech. Żaden z tych elementów oporządzenia nie mógł służyć do walki – dziwnie lekkie, śliczne i całkowicie nieprzydatne. Najgorsze okazały się plecaki. Tam, gdzie w normalnym armijnym modelu zastosowano podwójne płótno (zwane żaglowym, choć nie wiadomo skąd wzięła się nazwa, bo Arkach nie miało dostępu ani do morza, ani do wielkich jezior, ani nawet spławnych rzek), w ich egzemplarzach zastąpiono je cieniutkim... aksamitem! Zamiast skórzanych wykończeń zastosowano metalowe okucia, a całość wzmocniono nie zwykłymi sznurkami, lecz... jedwabnymi wstążkami!

– Kurde! – Zarrakh wcierała w skórę głowy przyniesioną przez gońców ładnie pachnącą substancję, od której włosy zaczynały błyszczeć i lśnić. – Ale później, po ceremonii... Nie każą nam w tym wszystkim chodzić, prawda?

– W karnej kompanii? – mruknęła Lanni. – Na pewno nie.

– No – mruknęła Chloe. – W karnej to się chyba nosi stare worki.

– Gadanie – włączyła się Mayfed, nakładając jednocześnie jakąś dziwną maść na twarz. – Jak będą chcieli nas ukarać, wystarczy, że każą nam dalej nosić te buty. Przecież w nich się nie da kroku zrobić.

– Oż kurde! – Shha podejrzliwie wąchała płyn, którym miała się skropić. – Tak nam się kazali wyszykować, że teraz już nic tylko na ulicy pieniądze zarabiać. Dobrze, że nie dali nam kiecek z koronkami.

– Ale przepaskę z koronkami masz pod kurtką.

– Przynajmniej nie widać. Zresztą... Czy ONA będzie mi zaglądać pod kurtkę?

– Ciszej! – zgasiła ją Lanni. – I chodźmy już, żeby jak najmniej koleżanek z innych oddziałów nas zobaczyło! Będą się śmiać przez rok.

Reszta dziewczyn z ich plutonu ubrała się równie szykownie, z równym także zaciskaniem zębów. Lipne „uzupełnienia" z innych kompanii (rzeczywiście powybierane starannie, same niskie dziewczyny) przyszły już wystrojone. Ciężka, złowroga cisza zawisła w powietrzu. Wystarczyłby byle impuls, żeby dziewczyny skoczyły sobie nawzajem do oczu. Na szczęście Lanni mimo braku doświadczenia nie była wcale złym oficerem.

– Shha! Rób zbiórkę i poustawiaj je jakoś! – krzyknęła. – Potem przegląd umundurowania, małpy! Achaja, poupychaj... te, no... „prawdziwe uzupełnienia" do namiotu i wytłumacz im, że jak która ośmieli się choćby wyjrzeć, to mnie nawet ich wnuki popamiętają!

Krzyki, bieganina i przegląd zapobiegły wybuchowi. Achaja spaliła wszystkie kartki, nie czytając. Jak tajemnica, to tajemnica! Bądźmy w końcu poważni. Teraz nawet na torturach mogła zeznać, że nie wie, co tam było napisane. Shha walnęła haust jakiejś gorzały, wyciągniętej Bogowie wiedzą skąd, i żuła coś, żeby pozbyć się zapachu z ust. Bogowie Bogami, Achaja szybko wyczaiła, gdzie ukryty jest bukłak, i strzeliła dwa wielkie łyki. Piłaby pewnie dalej, ale Lanni zabrała jej naczynie, zrobiła ruch, jakby chciała wylać zawartość, coś w niej jednak pękło i wlała resztę we własne gardło. Potem obie poprosiły Shhę o to coś, co zabija zapach. O mało nie zwymiotowały, kiedy ta powiedziała im, że piły kałówkę – wódkę pędzoną z końskiego nawozu. Podobno rarytas w małej wioseczce, skąd pochodziła sierżant.

Na miękkich nogach poprowadziły oddział do sztabu. Wszystkie, dosłownie wszystkie trzydzieści trzy dziewczyny z plutonu miały już otarte stopy! Ale za to wszystkie też błyszczały tak, że wróg, aby nie oślepnąć od nadmiaru światła, mógłby je atakować wyłącznie w nocy.

– Porucznik Lanni melduje pluton C pierwszej kompanii batalionu Zulu w trzecim pułku pierwszej dywizji górskiej!

Pani major, skrzywiona, jakby zjadła kilka cytryn, wymamrotała:

– Już jadą... Jedni i drudzy. – Zmełła przekleństwo. – Znaczy ONA i wrogie poselstwo. Jeśli dożyjemy nocy, znak, że Bogowie mają nas w swojej szczególnej opiece.

Z tyłu, za ich plecami, rozległy się krzyki i tupot nóg. Resztę wojska ustawiano na placu, ale z dala, w bezpiecznej odległości. Trzydzieści trzy dziewczyny z plutonu C zazdrościły im tego jak niczego w życiu.

Pani pułkownik osobiście wyszła z namiotu i z miejsca zaserwowała im nowy przegląd umundurowania. Potem podeszła do Lanni.

– Dziecko, wiem, że masz tylko siedemnaście lat. Lecz zrób, co w ludzkiej mocy albo i dużo więcej, żeby ratować honor dywizji.

Nie można było bardziej dobić porucznik. Stojąca obok Achaja marzyła o kolejnym łyku wódy. Nawet kałówki! Shha zamieniła się w skałę, zdaje się, że przestała wręcz oddychać. Potem z namiotu wyszła księżniczka, prawdziwy, choć „nieoperacyjny" dowódca dywizji. Ta była zdecydowanie mniej przestraszona od reszty oficerów. Chociaż nazwać ją pewną siebie byłoby dużą przesadą. No ale... była młoda, tak jak jej żołnierze, poza tym obyta na dworze, no i... miała raczej nieograniczony dostęp do gorzałki, co objawiało się lekko zygzakowatym krokiem.

– Jadą! – gruchnęło nagle z boku.

– Całość: baczność! – zakomenderowała szeptem pani pułkownik.

– Baczność! Baczność! Baczność!!! – żadna z oficerów niższych rang nie mówiła już szeptem. Ryk jednak ucichł szybko. Niezbyt szeroką leśną drogą zbliżał się orszak poprzedzony kompanią najlepszej jazdy. Lanni zwinęła się w sobie. Achaja zamknęła oczy. Ktoś obok westchnął, jakby miał zamiar zemdleć. Na placu zapadła taka cisza, że słychać było rżenie dywizyjnych kuców, ukrytych głęboko w lesie, z dala od obozu. Potem szybko zagłuszył je tętent gwardyjskich koni.

– No to po nas, dziewczyny – mruknęła Lanni.

– No – potwierdziła któraś z tych niskich z tyłu, dołączonych do plutonu w ostatniej chwili. – Piszta testamenty, baby.

– Ty się zamknij, Sharkhe! – warknęła Shha. – Ty se lepiej pomyśl, ile razy zdążę dać ci w mordę, zanim mnie wezmą do karnej kompanii! Mała jesteś. Mnie nie strzymasz!

– Się zobaczy! Tobie, psiamać, tyłek zmięknie, jak się dowiesz, że w tych nowych butach masz iść do ataku.

– Mordy w kubeł! – syknęła Lanni. – Ale mi się wojsko trafiło!

– Niby co chcesz od tego wojska? – mruknęła Achaja.

– Kurza twarz! To takie wojsko, gdzie mój sierżant gzi się z moim kapralem w jednym łóżku!

– Niby jak mogłybyśmy to robić, leżąc w dwóch łóżkach? – dała się złapać Shha.

– Eeee... Lanni – Achaja była sprytniejsza – masz ochotę się przyłączyć, to powiedz, a nie chrzań o jakichś łóżkach, których od lat nie widziałam. A tak w ogóle to fajna jesteś pupcia, więc starczy, że mrugniesz.

W tylnym szeregu ktoś zachichotał.

– A mnie weźmiecie, dziewczyny? – rozległo się z tyłu. – No, trochę jestem niewysoka, ale całkiem, całkiem.

– Mordy w kubeł!!! – Lanni zdenerwowała się naprawdę.

Orszak zatrzymywał się właśnie przed namiotem sztabu. Gwardzistki wyrównały szereg, lecz żadna z nich nie zsiadła z konia. Wozy podjechały trochę bliżej. Stanęły równocześnie, jak na komendę. Achaja usłyszała, że dziewczyny wokół biorą głębszy oddech. Jakaś porucznik z gwardyjskimi odznakami rzuciła się z podręcznymi schodkami. A potem... Ukazała się ONA. Królowa Arkach we własnej osobie. Pani pułkownik zamieniła się w słup soli, księżniczka wytrzeźwiała momentalnie, przestała się chwiać na nogach i zasalutowała dziarsko. Reszta wyższych oficerów zaczęła udawać, że ich nie ma. Po prostu kilkanaście kobiet znikło nagle z pola widzenia. Choć przecież żadnego czarownika nie było w pobliżu. Musiały więc znajdować się tam nadal... ale gdzie?

Królowa nie była stara. W swojej dość skromnej sukni zeszła po schodkach na trawę, uśmiechnęła się do pani pułkownik, o mało nie wywołując u niej apopleksji. Gwardzistki zsiadały właśnie z koni, więc dziewczyny nie usłyszały słów powitania. Krótki raport, prezentacja i obie ruszyły w stronę plutonu w reprezentacyjnych strojach.

Królowa zatrzymała się przed Lanni. Biedna dziewczyna. Gdyby mogła, najchętniej zamieniłaby się w skałę.

– To ty powstrzymałaś atak kawalerii na nasz okrążony pułk? – spytała królowa, uśmiechając się lekko. – Dziękuję ci, dziecko.

Nachyliła się nagle i pocałowała Lanni w policzek. Większej kary nie można było wymyślić dla porucznik. Skołowana dziewczyna nie miała pojęcia, czy powinna wyrwać się z objęć i stanąć na „jeszcze bardziej baczność”, czyli pozrywać sobie wszystkie mięśnie i ścięgna, czy też, o Bogowie... o tym lepiej nie myśleć... oddać pocałunek. Królowa na szczęście odsunęła się trochę, dziewczyna dokonała cudu, wyprężyła się ciut bardziej i ryknęła:

– Porucznik Lanni melduje pluton C pierwszej kompanii batalionu Zulu w trzecim pułku pierwszej dywizji górskiej, proszę pani!

Dowództwu dywizji opadły ręce. Powiedzieć per proszę pani do samej królowej! Pułkownik poczerwieniała tak, jakby coś stanęło jej w gardle. Reszta oficerów zniknęła w jeszcze większym stopniu. Właściwie one wszystkie wydawały się przezroczyste niczym najcieńsza tkanina z dalekiego Garrenmich. Królowa uśmiechnęła się lekko, kiwając do Lanni ręką. Podeszła do Achai, a tej, choć wprawionej za młodu na dworze, wydało się nagle, że to mistrz Anai podchodzi.

– Córko...

– Tak jest! Wasza Wysokość!

Pani pułkownik zza pleców Dostojnego Gościa spojrzała na kapral z nową nadzieją.

– Co masz na twarzy?

– Byłam luańską ku... niewolnicą, Wasza Wysokość!

Na to niedokończone słowo oficerowie zmartwieli, potem jednak odetchnęli lekko.

– I uciekłaś? Dosłużyłaś się u nas rangi kaprala?

– Tak jest, Wasza Wysokość! Bo w Królestwie Arkach jest wolność, Wasza Wysokość! Ja bardzo kocham ten kraj, Wasza Wysokość!

– Aż tak, że chcesz się za niego bić?

Achaja uśmiechnęła się szeroko, choć było to wbrew regulaminowi. Ale wyczuła, że może sobie na to pozwolić.

– Arkach jest fajne! Wasza Wysokość! Trzeba go bronić przed wrogami, trzeba im pokazać, że za to wszystko, co tu jest... warto! Wasza Wysokość!

Oficerowie z tyłu zmarniały nagle, mając już przed oczami utratę stopni. Co za karygodna poufałość! Nie znały jednak tak dobrze jak Achaja wielkich władców. Nie bywały na dworze.

Królowa uśmiechnęła się nagle.

– „Fajnych" masz żołnierzy, Lanni – rzuciła. – Chciałabym, żeby moja córka była taka. Żeby walczyła, bo... warto.

Pani pułkownik jakby urosła, wzdychając z ulgą. Oficerowie, „zniknięte" uprzednio, teraz pojawiły się nagle w magiczny sposób, każda na swoim miejscu. Królowa ruszyła wzdłuż szeregu i zatrzymała się, dokładnie tak, jak przewidziało dowództwo (jednak znały się na strategii! I to całkiem nieźle!), przy drugiej drużynie.

– Sierżancie...

– Melduje się sierżant Shha!!! – ryknęła dziewczyna tak głośno, że można było mieć obawy, czy królowa zachowa jeszcze zdolność słyszenia czegokolwiek. – Pluton C pierwszej kompanii batalionu Zulu w trzecim pułku pierwszej dywizji górskiej, Wasza Wysokość!!!

– Ile masz lat, dziecko?

– Siedemnaście, proszę pani. – Shha zachłysnęła się nagle. – Bogowie! Wasza Wysokość znaczy! Ojej... – wyrwało się skołowanej dziewczynie. – Ale narobiłam.

Królowa roześmiała się.

– Jesteś tym, czym powinni być żołnierze Królestwa Arkach.

– Ja przepraszam! Ja jestem ze wsi, Wasza Wysokość!

Królowa roześmiała się znowu.

– Jesteś świetną żołnierz, sierżancie! Daliby Bogowie więcej takich. Choćby i ze wsi.

Królowa ruszyła dalej, a za nią zupełnie już skołowane dowództwo. Przegląd plutonu odbył się szybko. Reszta wojska trwała w bezruchu z zamkniętymi oczami, modląc się, żeby do nich nie doszedł wraży atak. Kiedy władczyni skierowała jednak kroki do namiotu sztabu, tylne szeregi zalała fala współczucia dla plutonu C, rozsieczonego w pierwszym starciu. Biedne dupy! Ale faktem jest, że je uratowały, uchroniły swoim poświęceniem. Walczyły dzielnie na swych z góry przegranych pozycjach.

– No, Chloe – szepnęła Lanni – w karnej kompanii naprawdę nosi się stare worki?

– Mhm. Ale za długo nie ponosisz. Tam się żyje średnio dziesięć dni.

– Zalewasz?

– Chciałabyś.

– Shha!

– Co? – jęknęła sierżant. – Ja, psiamać, naprawdę nieuczona!

– Fajnie z wami było. Przepraszam was obie za to, że mówiłam o tym gżeniu się z Achajką.

– No! A ja przepraszam za tę wódę. Naprawdę nie mogłam.

– Ja też – wtrąciła Achaja.

– Ty przynajmniej coś tam wydukałaś. A teraz zginiemy wszystkie... mając na sobie stare worki.

– Bogowie pokarali tym, że jestem mała – odezwała się któraś z drugiego szeregu. – Jakbym była wysoka, toby mnie do was nie wzięli. Bym se jeszcze pożyła trochę.

Ze sztabowego namiotu wyszła pani major, niosąc jakąś tacę. Dziewczęta zamarły w bezruchu, oczekując najgorszego. Reszta wojska z tyłu patrzyła na nie ze współczuciem ze swoich bezpiecznych pozycji.

Jednak na tacy nie było rozkazów natychmiastowego przeniesienia do karnej kompanii.

– No, Lanni – powiedziała pani major. – Tyś naprawdę w czepku urodzona. Ty zostaniesz niedługo kapitanem.

Cały pluton spojrzał na nią podejrzliwie i z niedowierzaniem. Trzydzieści trzy pary ślicznych oczu zwęziły się jak na rozkaz.

– Ona tam teraz siedzi i gratuluje dowództwu, że mają takich, kurde, „fajnych" żołnierzy. – Tu ostro spojrzała na Achaję. – Zaryzykowałaś, małpo! No ale... Widać, że jesteś uczona. No, no. Prawdę w kancelarii mówili. W końcu ta wasza kapral uratowała wam dupy, żołnierze. Ona jest bardzo zadowolona!

Lanni westchnęła ciężko. O mało nie zemdlała.

– Odniosłyście zwycięstwo dużo ważniejsze niż to parę dni temu. Honor dywizji uratowałyście! No. I dlatego, niestety, czeka was jeszcze gorsze zadanie.

Lanni oklapła nagle. Chloe zaklęła szeptem. Shha zaczęła się modlić.

– Kapralu! – Major podała Achai kubek z tacy. – Wypijcie to! Duszkiem.

Achaja przełknęła bezbarwny płyn i doznała ogromnej ulgi. Czysta, trzykrotnie co najmniej przepuszczana przez maszynę, bardzo porządna wódka kopnęła mocno jak stary muł i napełniła oczy blaskiem.

– Teraz zagryźcie! – Podała kawałek cytryny. – To wam wykrzywi gębę, ale nie musicie przełykać.

Cytryna w Arkach uchodziła za naprawdę egzotyczny owoc, lecz Achaja znała ją dobrze. Pochodziła z Troy, gdzie cytryny były bardziej pospolite niż jabłka. Nie musiała wypluwać, nic jej nie wykrzywiło.

– No... – Major spojrzała z uznaniem. – Z ciebie naprawdę twarda żołnierz. A teraz przepłuczcie dokładnie usta. – Podsunęła jakiś wywar z mięty. – Lepiej ci?

– Tak jest!

– Dobra, teraz sierżant, to samo! Wy dwie, niestety, staniecie na honorowej warcie przy JEJ namiocie. Przykro mi.

Słysząc to, Shha osuszyła swój kubek tak, że w środku nie pozostała nawet kropelka.

– Lanni, reszta plutonu stoi przy gwardii. No już, już. Też się napij. I trzymajcie się! Przecież w ostatniej bitwie też ciężko było. No wiem, nie aż tak, ale zawsze jakieś tam niebezpieczeństwo przecież wtedy istniało.

Odeszła dziarskim krokiem, a Shha i Achaja powlokły się za nią niczym dwójka skazańców za mistrzem topora. Obie zajęły miejsce przy rozstawianym właśnie królewskim namiocie. Reszta plutonu stanęła przy gwardii, całe trzydzieści kroków dalej! Shha znała przynajmniej jakiś garnizonowy sposób, żeby stojąc na baczność, oprzeć się na dzirycie, udając, że się go trzyma regulaminowo, Achaja natomiast sterczała prawie na bezdechu w ogniu spojrzeń kręcących się wokół szarż. Nie to jednak było najgorsze. Niedługo potem nadjechał wspaniały orszak posła Luan. Prawie dwieście koni i trzy pozłacane wozy ozdobione liliami. Zatrzymali się przy namiocie sztabu. Nastąpiło powitanie, w którym królowa nie uczestniczyła, potem powitalna uczta, w której władczyni brała udział. Namiot dowództwa, mimo że wielki, nie mógł pomieścić wszystkich, a poza tym „wszyscy" nie byli przewidziani w protokole, więc przy obu wartowniczkach zebrał się tłum oficerów, przechadzających się tam i z powrotem. Obie nie mogły nawet głębiej odetchnąć. Na szczęście uczta, choć przeciągała się niepomiernie, sprawiła, że niektórzy goście wychodzili na zewnątrz, by zaczerpnąć świeżego powietrza. Oficerowie przy królewskim namiocie natychmiast udali się w bardziej bezpieczne rejony, takie, gdzie nie można było nikomu wpaść w oko, i wokół zrobiło się luźniej. Achaja bała się, żeby posłem nie okazał się L'ath, który mógłby ją rozpoznać, ale sam poseł nie pojawił się przed namiotem ani razu. Zauważyła natomiast starszego mężczyznę z okrągłym brzuchem, wielką łysiną i obwisłą dolną wargą. Skądś go znała. Nie. Nie mogła przypomnieć sobie twarzy, ale z całą pewnością go znała. Z jakiegoś przypadkowego spotkania? Z opowieści? A szlag! Mężczyzna zniknął zaraz we wnętrzu namiotu.

Po chwili pokazała się jeszcze ciekawsza para. Mężczyzna (sądząc po mundurze, wysoki oficer Arkach – o dziwo! – z całą pewnością nie była to kobieta) i jeden z sekretarzy luańskiego posła. Obaj zbliżali się do namiotu królowej, prowadząc ożywioną dyskusję.

– Nie ma pan racji – argumentował sekretarz posła. – Luan jest w stanie zmobilizować sześćdziesiąt tysięcy wojska na granicy z Arkach.

– Osiemdziesiąt tysięcy – mruknął oficer.

– Ach! Niech pan nie wierzy plotkom, panie Biafra.

To był Biafra! Achaja pamiętała, że Zaan, najsprytniejszy człowiek, jakiego znała, odbył specjalnie długą wędrówkę z Troy tylko po to, żeby spotkać się z Biafrą. Przyjrzała się mężczyźnie dokładnie. Młody, mógł mieć jakieś dwadzieścia pięć lat, może i mniej. Zabójczo przystojny, śliczny nawet, jeśli to określenie da się zastosować wobec mężczyzny. Zauważyła wypielęgnowane dłonie, bardziej zadbane niż u wszystkich wyższych oficerów w pułku. Miał regulaminową fryzurę, ale najwyraźniej mu to nie przeszkadzało. Najważniejsze były jednak jego oczy. Obojętne do granic możliwości na zupełnie pozbawionej ekspresji twarzy, jakby nieżywe, jakby wykonane z górskiego kryształu i wstawione w oczodoły. Zimne, martwe, nieruchome. Jakby się patrzyło na twarz rzeźby wykutej w kamieniu.

– Nie spierajmy się co do liczebności – powiedział. – Bo to jałowy spór.

– Zapewniam pana, że maksimum sześćdziesiąt.

– Jeśli to takie dla pana ważne, niech będzie – przytaknął Biafra obojętnie, uśmiechając się lekko. Wyglądało to tak, jakby rzeźba się uśmiechnęła, zupełnie bez wyrazu. To skurwysyn! Achaja przypomniała sobie określenie Zaana. Tak. Miał rację. Biafra wyglądał na straszliwego sukinsyna, choć robił wszystko, żeby to ukryć. Jedynak, perfekcyjnie wykształcony, syn księżniczki, skrzywdzony przez kogoś... A może tylko przez to, że był jedynym mężczyzną w armii kobiet? Achaja wyczytywała z jego twarzy więcej, niż on sam chciałby pokazać.

– Nie, nie, nie – odezwał się sekretarz posła. – Zakładając nasze sześćdziesiąt i wasze trzydzieści, to chyba każdy przyzna, że dalsze przepychanki nie mają większego sensu. Zapewniam pana, że ta polana znajdzie się w granicach Luan już pod koniec roku. A w przyszłym...

– W przyszłym wasze konie stratują naszą stolicę – zgodził się Biafra uprzejmie. – Ale póki co to wy co chwilę wysyłacie poselstwa z prośbą o rozejm.

– Niech pan przestanie śnić, drogi panie. Na granicy z Troy spokój, co nam szkodzi przerzucić dalsze czterdzieści tysięcy tutaj i zakończyć wojnę w trzy lata?

– Po pierwsze, Troy jest nieobliczalne. Jeśli zrobicie jakieś przesunięcie wojsk znad ich granicy, załatwią was szybkim marszem na Syrinx i będą tam, zanim się ktoś w waszej stolicy obudzi.

– Drogi panie. Toż tam jeszcze zostanie naszych wojsk...

– Niech będzie, że i milion – Biafra przerwał sekretarzowi, kpiąc okrutnie, bo takiej liczby wojska cały świat nie mógł wystawić. – Znacie Troy lepiej niż ja. Oni zdobywają od was spory kąsek rok w rok.

– Kilkaset kroków terenu! A poza tym rok w rok odbijamy.

– Niech będzie i kilkaset. Po drugie, odbijacie i odbijacie, a oni ciągle bliżej. Nie tacy znowu głupi są stratedzy Troy, choć ich możnowładcy robią wszystko, żeby ich powstrzymać. Ale dobrze. Nie obstaję przy tym. Prawdziwej walki między wami póki co nie ma, bo ani cesarzowi, ani królowi Troy na tym nie zależy. Wielkie rody obu państw bogacą się na przemycie w spornym pasie i nikt tak naprawdę nie chce tego przerwać. Bo to byłoby tak, jakby sobie ktoś uciął złotą żyłę. Jeszcze moment i mimo wojny na ustach zaczniecie się koligacić dla osiągnięcia jeszcze większych zysków.

– Ależ co pan mówi!

– Wiem, co mówię. Mieliśmy wszak rozmawiać szczerze. Ale niech ktoś wielmożom z Troy zaświeci w oczy większym bogactwem. Co wtedy będzie? Nie rzucą się na was jak psy?

– Toż ich zgnieciemy. Przewaga po naszej stronie!

– Przewaga, owszem. Tyle że wy, wchodząc na teren Troy, zostaniecie zatrzymani, bo u nich armia z poboru, która dopiero widząc zagrożenie na progu swoich domów, naprawdę zaczyna walczyć. A kiedy wojska Troy rozleją się na równinie Syrinx, wtedy będzie po was, bo w luańskim wojsku głównie najemnicy, którzy bronią jedynie swoich sakiewek, a po roku im płacić nie będzie z czego.

– Okrutne słowa. Na szczęście, wybaczcie, panie, zupełnie nieprawdziwe.

– Nie poruszyliśmy jeszcze najważniejszego. Co będzie, jeśli Troy znaczną przewagę uzyska?

– Skierujemy tam nawet i sto tysięcy żołnierzy!

– Eeeeee... Stu nie skierujecie. Ale dobrze. Łupniecie w ich armię, oni się okopią, ostrokoły pobudują, zima przyjdzie i przerwa w walkach nastąpi. A co wtedy zrobią Królestwa Północy, ciekawym? Póki co pies się nie rzuci na pana. Ale jeśli pan zostanie przywiązany do płotu po drugiej stronie podwórza, dlaczegóżby psy nie miały uszczknąć kawałka pieczeni z kuchni? Dasz jakiś powód, panie? A skromniutkie Arkach? Czyż nie uderzy ze wszystkich sił, jedyną swoją szansę w tym widząc? I co?

– Tak to, panie, przedstawiacie, że chociaż jestem sługą największego państwa na świecie, ciarki mnie przechodzą – usiłował zakpić sekretarz, lecz nie bardzo mu wyszło. – Arkach do pierwszych przełęczy Negger Bank nie dojdzie.

– Teraz nie, ale jakby cesarstwo musiało wojskiem stąd wziętym północnych granic bronić?

– Was i czterdzieści tysięcy powstrzyma. Drugie czterdzieści na Północ ruszy, bo tam tyle wystarczy.

– Zaraz, przed chwilą mówiliście, że sześćdziesiąt tutaj to góra. A teraz osiemdziesiąt, wedle mojej pierwszej miary, się zrobiło? Zdecyduj się, panie.

Kpina Biafry sprawiła, że sekretarz zagryzł wargi.

– Przejęzyczyłem się – warknął. – Ale co innego wam walczyć w lesie. Co innego na naszych równinach. Tam i sto naszej piechoty pięćset waszych bab rozproszy!

– Istotnie, panie sekretarzu posła – zgodził się Biafra z lekkim uśmiechem. – Sam dowiodłeś, że my nie mamy armii agresywnej. Tylko do obrony służącą. – Uśmiechnął się szerzej. – Póki co. Póki co.

– Toż nawet gdybyście te wasze baby w piki uzbroili... i tak nie strzymają naszej jeździe.

Zatrzymali się nagle przed namiotem królowej, żeby zawrócić, i spojrzenie Biafry przypadkiem zahaczyło o Achaję. Potem odwrócił wzrok. Zaraz jednak te zimne oczy spojrzały znowu! Na maleńką chwilkę, na moment dosłownie, by od razu powrócić do sekretarza. Pod dziewczyną ugięły się nogi. Rozpoznał! Skąd ją znał? Z opowieści Zaana? A może tylko zainteresował go tatuaż? Nie, nie ma się co łudzić. Owszem, tatuaż był jak znak rozpoznawczy, ale nie o niego chodziło. Jak długo potrwa, zanim Biafra dowie się wszystkiego? Ha. Dwie modlitwy, zakładając, że będzie musiał dojść pieszo do swojego źródła informacji. Podała w kancelarii swoje prawdziwe imię, jest wytatuowana, Zaan na pewno wspomniał o wspólnych przygodach, przecież musieli się skumać we dwóch, Zaan nie był człowiekiem, który odbywa taką podróż nadaremno. No tak, wystarczy skojarzyć i powiązać inne informacje, tylko głupiec by nie podołał. A Biafra z całą pewnością nie wyglądał na głupca. Wszystko można mu było wyrzucać, że jest paniczykiem, maminsynkiem, skurwysynem, ale głupiec? Akurat to nie pasowało zupełnie. O mamo! Co ją w związku z tym czekało?

– Tak. – Twarz Biafry nie wyrażała niczego, jakiejkolwiek reakcji na argumenty rozmówcy, ani na fakt, że rozpoznał dziewczynę. – Istotnie, same piki niewiele dadzą. Brak pancerzy, nagolenic choćby, brak tradycji walki na równinach. Nie, tego się nie da obronić. Ale zajęcie lub blokadę Negger Bank mógłbym sobie wyobrazić. Na jeden sezon. Troy wali was na wschodzie, Królestwa Północy na... hm... północy właśnie i... oczywiście. Na drugi rok odbilibyście cały utracony teren wyłącznie własnymi siłami. Tylko czy mielibyście siły, żeby przez rok opłacać własnych najemników?

– Toż to niepodobieństwo, panie.

Z namiotu sztabu wybiegła jedna z księżniczek towarzyszących królowej. Widok sam w sobie zupełnie nieprawdopodobny. Podbiegła do Biafry, mówiąc, że Jej Wysokość go wzywa natychmiast. Bogowie! Księżniczka na posyłki! To się Achai nie mieściło w głowie. Biafra skłonił się przed sekretarzem posła.

– Panie, wybaczcie!

– Ależ oczywiście! – Sekretarz natychmiast oddał ukłon. Przez chwilę patrzył za oddalającą się parą nie mniej zdziwiony niż przedtem Achaja. Księżniczka biega z wiadomością jak zwykły sługa? Nieprawdopodobne. Co za psi kraj.

Potem odwrócił się i podszedł do dwóch nieszczęsnych wartowniczek.

– No, no. Żołnierz Arkach z kurewskim tatuażem na pysku? Tak mnie to zdziwiło – zakpił. – Wiem, wiem, wartownik nie może z nikim rozmawiać, u nas zresztą też, więc nie denerwuj się, mała – używał sobie w najlepsze. – Ale ladacznica? Aż tak źle z wami? A nawiasem mówiąc, tu też dupy dajesz? Odpłatnie?

Achaja stała nieruchomo, wytrzeszczając regulaminowo oczy. Usiłowała nie zaciskać szczęk, bo mógłby zobaczyć poruszenie mięśni na twarzy i mieć satysfakcję.

– No, kochanie, chyba cię nie uraziłem. Ale jak już będziesz po służbie, kotku, zajrzyj do mojego namiotu, mam parę brązowych, które mógłbym ci zapłacić. Jeśli oczywiście okażesz się zręczna w swoim fachu.

– A co? Nie staje ci? – walnęła Shha obok, ani na jotę nie zmieniając pozycji. Sekretarz posła, wściekły, odwrócił się błyskawicznie, lecz druga wartowniczka trwała jak posąg. Trudno będzie mu udowodnić, że to ona. W zasięgu cichego głosu nie było nikogo, a na Achaję jako swojego świadka raczej nie mógł liczyć. Obrzucił je obie stekiem wulgarnych wyzwisk, jednak znowu miał pecha, bo zrobił to zbyt głośno, prowokując panią kapitan z gwardii odległej zaledwie o trzydzieści kroków do przebycia tego dystansu. Sekretarz zamilkł więc, potem zaklął i oddalił się pospiesznie.

– Coście mu powiedziały, małpy, że się tak wściekł? – roześmiała się pani kapitan. – A zresztą – zrezygnowała, gdy odpowiedziało jej milczenie. – Cokolwiek to było, pewnie miałyście rację.

Gwardia zdecydowanie nie była złym wojskiem. Jej kadra na pewno była wyćwiczona w bojach. Kiedy oficer oddaliła się niespiesznie, Achaja szepnęła:

– Dzięki!

– No, nie ma sprawy – Shha szeptała równie cicho. – Se kutas nie będzie mordy tobą wycierał.

Urwała nagle, widząc, jak unosi się płachta głównego namiotu i wychodzi z niego królowa. Obie zamarły, kiedy Jej Wysokość skierowała się w ich stronę, ale ONA nie zwracała uwagi na nikogo wokół. Jej oczy ciskały gromy, była blada, wściekła do granic możliwości, wyraz twarzy wskazywał, że ludzkie głowy zaraz będą się toczyć po trawie, i to w dużej ilości! I Shha, i Achaja przestały oddychać, ale najwyraźniej nie chodziło tu o nie ani o głupiego sekretarza. Królowa, ignorując wszystkich, wbiegła do swojego namiotu, a za nią obojętny Biafra.

– I co możemy zrobić?! – usłyszały z wnętrza namiotu zduszony wściekłością głos władczyni.

– Zrobić? – to był Biafra. – Mnie pytasz, pani?

– A kogo? Nie widzę tu żadnego karalucha, do którego mogłabym mówić!

– Niepotrzebna ironia. – Biafra musiał być ulubieńcem władczyni, skoro pozwalał sobie na taki ton. – Teraz to możemy jedynie pogodzić się ze stratami.

– I ty to mówisz?

– Nie widzę tu żadnego karalucha, który przemawiałby w moim imieniu, pani.

– Każę cię wbić na pal, Biafra!

– Mnie?

– Dobrze. Ją też! Ją też! Niech już ostrzą drzewo!

– Nie, nie, pani. Ona zginie łatwą śmiercią. Wykpi się, śmiem twierdzić, jak zwykle.

– Jeszcze jedno takie słowo i... każę cię naprawdę zabić, Biafra!

– Ja rozumiem złość, rozczarowanie... Ja rozumiem nawet wściekłość. – Był naprawdę odważnym człowiekiem albo znał królową i wiedział, na co może sobie pozwolić. – Ale wyżywać się na mnie, skoro nie możemy się wyżyć na niej? To takie sobie rozwiązanie.

Głębokie westchnienia, jakieś ciche, stłumione przekleństwa.

– Mów! Co możemy zrobić.

Biafra, oficjalnie:

– Pogodzić się ze stratami.

Znowu westchnięcie.

– Zabiję się sama! Skoro tak ma to wyglądać!

– To nie jest dobry pomysł.

Odgłos zrzucania jakichś przedmiotów ze stołu. Brzęk tłuczonego szkła.

– Pani?

– Czego?! Co ty mi radzisz, kretynie?

– Pani?

– No, czego chcesz, idioto?!

– Jedźmy stąd.

Jęknięcie. Zupełnie wyraźne.

– Tylko to chcesz mi powiedzieć? Jak ja im w oczy spojrzę? Co mam im niby powiedzieć?

– Dlatego mówię: jedźmy stąd, pani.

– Ty, Biafra, nie bądź za sprytny! Albo mi coś poradzisz, albo naprawdę wbiję na pal.

Roześmiał się.

Roześmiał się przy królowej. Musiał być jej ulubieńcem, musiał być absolutnie niezbędny albo aż tak pewny swego. Możliwości, że był idiotą lub samobójcą, w jego przypadku nie należało rozpatrywać.

– Pani, ja proszę o jedno. Proszę o zastanowienie się, dlaczego w tej strasznej sytuacji wzięłaś na rozmowę właśnie mnie, mając wszak pod bokiem swój świetny sztab, liniowych oficerów i całe to tałatajstwo.

– Nie kpij, bo...

– Nie kpię, pani. Ale pozwól, że nie będę się przed tobą płaszczył, usiłując cię udobruchać i mówiąc tylko te słowa, które chciałabyś usłyszeć. Nie znam takich słów, moja pani.

Długa, pełna napięcia cisza. Shha i Achaja, obie naraz, modliły się, żeby Bogowie odebrali im słuch! Albo przynajmniej żeby można było jakoś zamknąć uszy!

– Mów!

– To Virion, pani.

Achaja o mało nie zemdlała. O Bogowie! Zrozumiała nagle. Zrozumiała, skąd zna tego człowieka z dużym brzuchem, z łysiną, z obwisłą wargą. Z opowieści Hekkego! To Virion. To szermierz natchniony. Przypomniała sobie, jak wyciął z „synami" do nogi legion Moy. Zrozumiała nagle, o czym mówią dwie osoby w namiocie. No to koniec! Żegnajcie, koleżanki, żegnajcie, ptaszki, kwiatki, chmurki... Pa, pa. Zachwiała się na nogach.

– Pani, jeśli ta głupia dupa dała się obrazić i wyzwała go na pojedynek...

– Była pijana!

– Rozumiem, że to ją tłumaczy – zakpił. – W takim razie upijmy się i my. Mamy tu wokół jakieś dwa tysiące żołnierzy. Niech uderzą, bo tamci mają mniej niż dwieście. Wystarczy nam pół modlitwy, żeby rozchlastać poselstwo. Efekt będzie ten sam co w przypadku pojedynku Viriona.

– Nie krzycz – zgasiła go. – To naprawdę taki zły pomysł?

– Mówisz, pani, o zachlastaniu poselstwa?

– Nie udawaj idioty! Skoro już ta kretynka księżniczka dała się obrazić i wyzwała Viriona na pojedynek, to przecież możemy się nie zgodzić! Możemy powiedzieć, że jest niespełna rozumu, co zresztą jest prawdą!

– Pani... – jęknął Biafra. – Obraza została uczyniona w obecności posłów Luan. To już koniec. Jeśli odmówimy pojedynku albo zabijemy posłów, rezultat będzie ten sam.

– To znaczy jaki? Wymień wszystkie za i przeciw.

– Nie ma żadnych „za", pani. Natomiast „przeciw" to: staniemy się państwem bez honoru. Żaden układ z tych, które mamy podpisane, nie będzie już miał mocy prawnej. Soloth, Dery, Nimmeth rzucą się na nas, kiedy będą tylko miały na to ochotę, w majestacie prawa.

– No nie mów, że się na nas dotąd nie rzucają, bo podpisaliśmy układy! Boją się, psiekrwie!

– Akurat. Luan da im złoto i skoczą jak psy. W majestacie prawa, bo będziemy państwem bez zdolności honorowej. Upadnie nasz handel.

– No nie... Nie wmówisz mi, że kupcy handlują z nami nie dla zysku, ale dlatego, że mają jakieś układy!

– Kupcy jak kupcy. Wystarczy, że Soloth, Dery, Nimmeth podwyższą cła na nasze produkty. My retorsyjnie zablokujemy trakt pomiędzy Dery a Nimmeth i koniec. Już nas nie ma. Wtedy się rzucą, cała trójka, zwabiona luańskim złotem i mirażem Wielkiego Lasu. Będziemy mieli cztery wojny w trzech pasach granicznych i za rok pozostaniemy wspomnieniem. Może i pięknym. Ale tylko wspomnieniem.

– Ty mi nie opowiadaj koncepcji rodem z podręcznika dla uczniów świątynnej szkoły!

– Pani. Oczywiście, że nikt nie powstrzymuje się od wojen, bo wiążą go układy. Oczywiście, że kupcy nie handlują z nami wyłącznie dzięki układom. To jest jasne dla wszystkich. Ale uznanie nas za państwo bez zdolności honorowej to mniej więcej tyle, co napis na mapie wrogich sztabów: „Szarp, kto może – Luan pomoże!". Po nas. Jest już po nas. Abstrahując od wszelkich układów, nasi kupcy będą wygwizdywani na targach. Konkurencja nie śpi, każdy powód dobry, a ludowi wszak wystarczy wroga wskazać. Nie będziemy mieli reprezentacji na żadnej z giełd. Nie będziemy mogli zapłacić składowego, targowego, dzierżawnego. To koniec naszego poważnego handlu. Zostanie przemyt, i to dość lukratywny, tyle że to rozwiązanie dla jednostek, bo podatków nie ściągniemy. Na przemycie całe królestwo się nie wyżywi. Nie będziemy mogli wysłać posłów dosłownie nigdzie. Ciekawe, jak więc utrzymamy pokój na granicy z Dery? Nasze prawo przewozowe przestanie się liczyć. Z czego więc zapłacimy żołd? Jesteśmy odcięci od morza, od spławnych rzek. Z jednej strony mamy nieprzejezdny Wielki Las, z drugiej wrogie Luan. Soloth, Dery, Nimmeth to nasi jedyni partnerzy. A jeśli Nimmeth uzna, że większe zyski od ceł i składowego da im własny eksport?

– A dlaczego do dzisiaj tak nie uznali?

– Bo opłacamy praktycznie wszystkich, którzy tam się liczą.

– I nagle nam się sakiewka zawiąże? Nie będziemy mogli opłacać dalej?

– Będziemy mogli. Tylko jaki oni argument przedstawią swojemu królowi? Handel z państwem bez honoru, bez traktatów, z kimś, z kim nie wypada nawet rozmawiać?

– Ich król już stary...

– Stary, ale jego minister od handlu młody. I coraz silniejszy. Nasza partia w Nimmeth wyraźnie słabnie, i to od dawna. A jak utracimy honor? Co będzie? Ano, będą zaporowe cła albo w ogóle fora ze dwora. A z drugiej strony na szali wagi luańskie złoto. Luańskie koneksje, ich olbrzymie porty. Dotąd Luańczykom było za daleko, jednak teraz zaświeciło im w oczy legendarne złoto z Wielkiego Lasu. To idioci, jeśli sądzą, że przejdą Las, by handlować z Chorymi Ludźmi. Ale z legendą nie da się dyskutować. Przekonają się sami... lecz dopiero gdy już zajmą całe Arkach w przyszłym roku. Za dwa lata, powiedzmy. Zresztą dajmy sobie z tym spokój. Naszymi głównymi odbiorcami towarów są Troy, Księstwo Linnoy i Symm. Oczywiście przez pośredników, ale jednak. Ciekawe, co zrobi władca Troy, jeśli usłyszy, że jesteśmy państwem bez honoru? Nic nam nie zrobi. Statki Troy nie zawijają ani do nas, bo to niemożliwe, ani do Nimmeth. Tylko pośrednicy. Żadnych zakazów handlu więc nie będzie, siłą rzeczy. Wystarczy jednak, że podwyższą cła, i leżymy. Nasze towary będą za drogie, by je kupować.

– Toż Troy też wojuje z Luan. Staną po ich stronie?

– Bogowie! Troy ma na karku niekończącą się wojnę z Luan, a na drugiej granicy upokorzoną przegraną z Linnoy, Tyranię Symm dyszącą, żeby komukolwiek pokazać, gdzie jego miejsce, i wreszcie przeprowadzić zwycięską wojnę, a z boku wściekłe o niedopuszczanie do morza Królestwa Północy. Coś o tym wiemy, prawda? Myślisz, pani, że Troy zaryzykuje wojnę na dwóch frontach w naszym interesie? Wątpię. Tam władzy naprawdę nie dzierżą sami idioci. Ale to jeszcze nic. Prawie cały z kolei handel Troy przechodzi przez cieśniny we władaniu Księstwa Linnoy. Ciekawe, czy Troy z czystej miłości do nas zaryzykuje wojnę handlową z księciem Linnoyem? A stary książę ma fioła na punkcie honoru. Sam przecież wywołał trzydziestoletnią wojnę z Symm tylko dlatego, że ktoś nieopatrznie roześmiał się, kiedy on na oficjalnej uczcie puszczał wiatry. Wybaczcie, pani, prostackie określenie.

– Linnoy to stary piernik. Zaraz umrze.

– Tak? To czekajmy, aż umrze. Ale jeśli się to nie stanie na dniach, to nasz w pewnym sensie naturalny sojusznik, Troy, wystawi nas do wiatru tak, że nam buty pospadają z wrażenia. I nie będzie tu chodzić o „wiatry" Linnoya.

– Nie bądź wulgarny!

– Wybacz, Wasza Wysokość. Jestem po prostu szczery, na co, jak widać po naszym sztabie, nie każdy może się zdobyć.

– Toteż nie sztab, a ciebie proszę o radę!

– Idźmy więc dalej. Tu będzie chodzić o przeżycie fizyczne Królestwa Troy. Staną przeciw nam, choć im piana na usta wyskoczy, że muszą poprzeć swojego wroga. Ale nie będzie sentymentów. Troy to wielki kraj. Ich interesy strategiczne to bez mała cały świat. Tylko że tu ich nie mają. Są nawet bardziej trzeźwi niż cesarz Luan i mało ich obchodzi legenda Wielkiego Lasu. Natomiast bardzo ich obchodzi fakt, czy w przyszłym roku będą mieli za co wyposażyć swoją armię. Luan jest większe niż oni wzięci razem do kupy z Symm. Dlaczego mieliby dla nas straszliwie ryzykować? Że wiążemy część armii Luan? To śmieszne. Luan obroni swoją granicę z nami dwudziestotysięczną armią. Mógłby resztę skierować na Troy, ale... tam trochę inne interesy wchodzą w grę. O co innego chodzi w rozgrywce między tymi państwami, a my walczymy o przeżycie. U nich: światowa gra, „krok do przodu i dwa kroki w tył", kto komu sakiewkę wyczyści, własną kabzę nabijając skuteczniej, jest ważne. A my? Życie lub śmierć. Życie lub śmierć. Wybierz więc, pani, czy chcesz tak strasznie ryzykować, sytuację nakreśliłem. Może nic się nie stanie? Może tylko obśmieją Luan na dworach? A może skorzystają z okazji. Ciekawe, co myślał ten król, któremu Virion wyrżnął legion Moy? Czy też rozważał opłacalność ryzyka? On wybrał. Legionu Moy już nie ma, a Virion przyjechał do nas.

Zapanowała dłuższa cisza.

– A... drugie wyjście? – zapytała w końcu królowa.

– O jakim wyjściu mówisz, pani?

Biafra potrafił być okrutny nawet wobec własnej władczyni. Oprócz tego, że był maminsynkiem, paniczykiem, skurwysynem jakich mało... był jeszcze dość odważny!

– Nie irytuj mnie.

– Mówisz, pani, o przyjęciu pojedynku? Cóż. Prawo honorowe stanowi, że jeśli wyzwany poprosi o pomoc swoją rodzinę, to cała rodzina wyzywającego również musi stanąć na ubitej ziemi. Dam sobie rękę uciąć, że Virion ma wśród orszaku ze trzydziestu swoich „synów".

– Trzydziestu???

– Pani... Założę się, że sam cesarz Luan zawczasu podpisał upoważnienie do adopcji tych rębajłów. A przeciw takiemu podpisowi nic nie zdziałamy. To w świetle prawa jego synowie, nawet, myślę, z pełnym prawem do sukcesji. Choć znając legendę Viriona, on nic nie ma, bo wszystko przechlał lub przepuścił w burdelach. Tak więc niestraszna mu myśl, że „synowie" mu coś zrobią, żeby dziedziczyć. On na swój sposób jest sprytny.

– Jest sprytny, skoro zdołał obrazić naszą księżniczkę!

– A to akurat nie sztuka. Wybacz pani, że jestem brutalnie szczery.

– To znaczy ja jestem głupia, że ją postawiłam na czele dywizji?

– A tego to już nie potwierdzę, bo pal naostrzony mi się zwidział między nogami. – Biafra albo był straceńcem, albo pomiędzy nim a królową istniała jakaś niesamowita tajemnica. Coś przedziwnego ich łączyło. Nikt przecież na całym świecie nie odezwałby się tak do swojego władcy! – Nie ja, na szczęście, stworzyłem ten kretynizm, gdzie baba w mitrze kieruje wielkim związkiem taktycznym.

– Ty się hamuj!!!

– Oczywiście, pani. Już nic nie mówię.

– Przeciwnie. Mów!

– Służę. Hm... Tak więc jeśli Virion stanie z „synami", nasza przemądra księżniczka będzie musiała stanąć ze swoją rodziną. A dla żołnierza jego oddział jest rodziną. Szkoda, że taki duży i dobry. Wytną, psy, całą dywizję.

– Jak to rodziną? Prawo znam. Nie możemy przyprowadzić, choćby w kajdanach, jej braci, sióstr, ojca, matki, krewnych... czy co tam jeszcze ma?

– Nie, pani. Prawo, zaraza, „starożytne", niestety, stwierdza to bardzo jasno: „Dla żołnierza jego oddział rodziną". Nie ma ojca, nie ma matki ani sióstr i braci. Cała dywizja ma stanąć na ubitej ziemi, jeśli księżniczka jest dowódcą dywizji. A jest, niestety.

– Toż trzy tysiące osób rozsiecze trzydziestu mistrzów!

– Moja pani... Nie szukaj dziury w całym, to nas nie uratuje. Wyraźnie powiedziane jest: „Jeden na jednego". Jeden nasz żołnierz przeciwko jednemu ich mistrzowi. Ten, który przeżyje, walczy z następnym, chyba że główny pozwany kolejność zechce zmienić. Nie ma tak, żeby się dwóch choćby naraz na jednego rzuciło, bo nasz honor w gruzach legnie momentalnie. Moja pani. Wysieką nam całą dywizję, i to dzisiejszej nocy. Bo ta głupia kurwa powiedziała, że pojedynek „tu i teraz".

– Trzydziestu ludzi wysiecze nam trzy tysiące żołnierzy?

– Pani. Virion nie jest głupi. On „łaskawie" daruje służbom tyłowym, zaopatrzeniu, woźnicom, kucharzom, kancelistom, pisarzom, koniuszym i gońcom. On nam zabije „jedynie" jakieś dwa tysiące liniowych żołnierzy. Chyba, oczywiście, że ktoś z reszty zgłosi się na ochotnika, choć wątpię, żeby się ktoś zgłosił, kiedy tylko zobaczy, co się stanie tej nocy.

– Czyli koniec z pierwszą elitarną dywizją górską?!

– Dlaczego koniec? Zostaną nam służby tyłowe, zaopatrzenie, woźnice, kucharze, kanceliści...

– Przestań!

– Wedle rozkazu, Wasza Wysokość.

– Przestań kpić! Jak to: trzydziestu na dwa tysiące?

– Ano, przeprowadźmy obliczenie. Trzydziestu ludzi na dwa tysiące, to by znaczyło, że każdy z nich ma zabić sześćdziesięciu sześciu naszych... Eeeee... Zbyt się zmachają. Więc Virion ma więcej „synów" niż trzydziestu. Może mieć czterdziestu. Wtedy każdy z nich będzie musiał zabić pięćdziesięciu naszych. No... To dość rozsądne, zakładając, że będą się zmieniać w trakcie, ale to przecież główny pozwany ustala kolejność. To mistrzowie, więc jeśli będą zabijać jednym uderzeniem miecza, o co w ich przypadku nietrudno, do rana powinni skończyć. A co my zrobimy z tymi górami trupów, to już nasza sprawa.

– Przestań! Przestań! Przestań!

– Mogę przestać.

– Przecież wojsko się zbuntuje!

– Nie zbuntuje się. To, niestety, dobre wojsko. Nasze najlepsze.

– Przestań! Nie... Mów.

– Co mam mówić? Dopiekła pewnie pierwsza dywizja panu cesarzowi, więc jej nie będzie. I tyle. No, chyba że Wasza Wysokość zaryzykuje istnienie całego królestwa. Wasz wybór, pani.

– Bogowie! Tak nie może być. Co ja mam im powiedzieć? Co ja mam powiedzieć dwóm tysiącom żołnierzy, które wystawię na pewną śmierć? Co ja powiem ich matkom, ich ojcom, ich rodzeństwu?!

– Ano... Na szczęście to nie ja, a wy, pani, jesteście królową. Nie mnie radzić. Tu raczej każdy wielki filozof, którego spytalibyście o radę, uciekałby zygzakiem przez krzaki.

Rozległ się trzask. Potem brzęk tłuczonego szkła. Pewnie, sądząc po cichym syknięciu z bólu, Biafra oberwał jakimś naczyniem. Ale i na tym się skończyło. Co za tajemnica łączyła tych dwoje? Kto w taki sposób śmiałby mówić do swojej królowej?

Biafra wyszedł z namiotu, trzymając rękę przy czole, które najwyraźniej bolało. Ale... Mówić takie słowa do swojej władczyni? Wykpił się w jakiś niezrozumiały sposób. Potem wyszła królowa. Achaja mogła obserwować tylko samym kącikiem lewego oka, lecz nie myliła się. Władczyni płakała.

Dziewczyna spojrzała na kryjące się za drzewami słońce. Jej ostatni w życiu zachód słońca. Czterdziestu mistrzów Viriona! No trudno. Zawsze w życiu się coś spieprzy. Nie dziś, to jutro. Niby co za różnica kiedy?

Oficerowie doskoczyli, widząc królową. Ta jednak powiedziała tylko:

– Zebrać całe wojsko. Zdjąć wszystkie warty i służby. Gwardia wokół mnie.

– Ależ, Wasza Wysokość! Warty? – odważyła się któraś z pań pułkowników.

– Milcz. Wykonać – odrzekła władczyni sucho.

Wszystkie rozbiegły się, by spełnić niecodzienne rozkazy.

Królowa wytarła łzy i poszła w kierunku głównego namiotu, gwardzistki ruszyły za nią.

Po długim czasie jakaś chorąży zaledwie zdjęła Shhę i Achaję z posterunku i kazała dołączyć do oddziału, który wraz z innymi formował linię na placu. Dopiero teraz Shha odważyła się spytać:

– Co to było? Zrozumiałaś coś czy mamy o wszystkim zapomnieć?

– A co za różnica? Już po nas, siostrzyczko.

– Co? Niewiele zrozumiałam, ale to... to... – Shha miała minę, jakby miała się rozpłakać. – To coś se tam możni ustalili, nie? I to nie będzie tak, jak mówili, prawda?

Achaja podeszła do niej, delikatnie odsunęła jej z twarzy warkoczyki i pocałowała lekko.

– Będzie, siostro! – westchnęła. – Już po nas!

Poprowadziła ją do oddziału. Pluton przywitał ich zdziwionymi spojrzeniami. Shha nigdy nie była w takim stanie, a przynajmniej nikt jej takiej nie widział.

– Coście takie strute, koleżanki? Dałyście ciała tam przy namiocie?

– Cześć, trupy – powiedziała Shha i zwymiotowała. To sprawiło piorunujące wrażenie. Nawet te specjalnie dobierane, niskie, dołączone do plutonu w ostatniej chwili, wiedziały, że wszystko może się zdarzyć, ale Shha będzie mimo to w pogodnym nastroju. Jeśli nie jest, to albo się struła, albo nastąpił koniec świata!

– Co się stało?

– Żegnaj, Lanni. Do widzenia, Zarrakh, Chloe, Mayfed i Bei... Fajnie było z wami, siostrzyczki.

– Co ty gadasz? Zabiją nas?

– No!

– Aż tak żeśmy dały dupy przy królowej? Aż tak?

– Nie. Nasza kochana księżniczka dała dupy za nas.

– O czym ty gadasz?

– Legion Moy – rzuciła Achaja, lecz nikomu nic to nie powiedziało. Jako prości żołnierze służyły dziewczyny ze wsi, z małych miasteczek, a czasem i z dużych, ale z biedoty. Żadna nie była wykształcona. Ot, przyszli do domu, zapukali, pokazali listę z podpisem kogoś bardzo ważnego i trzeba było iść. Zostawić ciepły domek, jakikolwiek był, zostawić siostrzyczki i braciszków, tatusia i mamusię, przestać roić o terminowaniu u krawcowej na rogu ulicy, o szybkim zamążpójściu, o tym, czy tato zdoła dać jakieś morgi w wianie, czy też trzeba będzie świecić gołym tyłkiem w kontrakcie małżeńskim. Tak następował koniec marzeń, w których były najpiękniejszymi dziewczynami w sąsiedztwie, w których miały powodzenie w całej wsi i mogły wybierać. Trzeba było się pożegnać z koleżankami (jeśli doprowadzająca sierżant pozwoliła, ale one z reguły się nie wyzwierzęcały, więc można było pożegnać się ze wszystkimi wokół, jeśli tylko nie znikało się z zasięgu wzroku). Zapłakana matka pakowała pospiesznie jakiś tobołek (jeżeli zawierał jedzenie, to w porządku, mogło się przydać, jeżeli odzież, to i tak odsyłano ją zaraz pocztą z powrotem). Ojciec dawał parę groszy, całował. Bach, bach... Potem się szło ulicą lub drogą, z płaczem często, ale i z ciekawością innego życia, potem był obóz rekrutów. Tam to wiadomo, różne świństwa, jak w każdej armii na świecie, a potem wojska liniowe (niby gdzie mieli kierować te „mniej wykształcone" – toż miejsca w służbach tyłowych zajęte były przez dziewczyny z naprawdę dużych miast, z bogatszych rodzin), trochę szturchania. Ale jeśli się miało szczęście, to potem... Jeśli się przeżyło pierwszą bitwę... to potem zdobywało się koleżanki, które były bliższe niż rodzone siostry. Było się kimś w grupie, kimś, z którego zdaniem wszystkie wokół się liczyły, kimś poważanym w drużynie, kimś w przeciwieństwie do świeżego mięsa, które podsyłano jako uzupełnienia. Wiedziało się co i jak, co robić, jak tamci nacierają, która z oficerów się przypierdala, a przy której można nawet gwizdać. To było coś! Owszem, coś przerywane durnowatymi związkami między dziewczynami, jakimiś głupimi pocałunkami, albo i czymś więcej... ale co miały robić? Szły do wojska, mając szesnaście lat, wychodziły (jeśli wychodziły), mając dwadzieścia sześć. Z kusą sakiewką, odprawą w gołych morgach lub dzierżawnym (miastowe miały zawsze szczęście, z dzierżawnego można było skromnie żyć, a z morgów co? nie mając chałupy, narzędzi ani męża), no i z nową wojskową kurtką, do której wszystkie miały prawo. Czasem koń dla kawalerzystek albo jakieś inne dobro, jeśli się odznaczyły. Czasem dodatek, jeśli uzyskały jakiś stopień. Oczywiście bywały wyjątki. Jeśli któraś została zmobilizowana jako zwykła żołnierz, a wychodziła jako porucznik – to był miód. Pensja do końca życia, możliwość zostania w armii (już nie w linii, jeśli ktoś był zabobonny lub, jak kto woli, rozsądny) albo odprawa, ale porządna, taka, z jaką da się jakoś wystartować. Jednak Lanni była jedną z niewielu, które mogły mieć takie szczęście. Sierżant miała jeszcze nieźle, ale reszta... Załóżmy, po dziesięciu latach służby dziewczyna wychodzi z wojska w wieku dwudziestu sześciu lat, mając: kurtkę, plecak napakowany żarciem, dwadzieścia srebrnych odprawy i (no, niech ma szczęście, powiedzmy, że z miasta była) pięć od sta dzierżawnego, licząc od pięćdziesięciu srebrnych, które jej armia złożyła w depozycie, kiedy zaczynała służbę. Na chleb wystarczy. I już. Można sobie przecież siedzieć pod płotem i jeść ten jeden bochenek chleba przez cały dzień. Woda w rzece jest za darmo. A jak się ubranie porwie, to zawsze można wziąć coś ze śmietnika. Dwudziestoszešciolatka bez męża, bez domu (załóżmy tym razem, że ma pecha) i bez rodziny. Co ma zrobić? Zna jakiś fach? Poganianie koni? Rzeźnia miejska? E... Jakby się tak zastanowić, to miejsc jest dużo dla byłych żołnierzy. Sprzątanie ulic od święta (powiedzmy, że jakaś księżniczka do miasta zjedzie), wyprawianie skór (tam zawsze nowych potrzeba, bo dużo ludzi umiera od zwierzęcych chorób), kopalnie (choć dziewczyny niezbyt tam lubią), wycinka lasu, tartaki (robota przy noszeniu drewna, bo lepsze stanowiska już mężczyźni zajęli). Nie, jakoś da się żyć. A na pewno z głodu się nie umrze, bo o to armia dzierżawnym zadbała. A jak dziewczyna ze wsi? No... Ma te swoje morgi. Wiano częstokroć dużo lepsze, niż inne dziewczyny miały. Ale dwudziestosześciolatka może już liczyć tylko na tych kawalerów, którzy się przy siedemnasto- i osiemnastolatkach nie załapali. Czyli na kawalerów, hm, drugiego sortu albo na wdowców (wszak sama jedna z drugą ziemi nie obrobi, bo czym? Gołymi rękami? Zaczynając od ugoru?).

Nie mówimy oczywiście o oficerach, które przeszły własną szkołę, opłaconą przez ich rodziny, o umiejących pisać, czytać i gładko się wysławiać dziewczynach. One mogły po służbie zostać wszystkim, czym zostać chciały. Umiały świetnie liczyć, raczej ciężko je było zahukać, potrafiły zadbać o swoje, potrafiły udawać, potrafiły się sprzedać, jak chciały. Mogły oczywiście zostać w armii, mogły służyć na książęcych dworach, mogły obejmować stanowiska urzędowe, wreszcie miały swoje oficerskie pensje lub naprawdę duże odprawy. Nie, nie. Mówimy o prostych żołnierzach.

Jednak teraz... Przed żołnierzami plutonu C pierwszej kompanii stanęło nagle, że muszą zrezygnować nawet z tej bardzo skromnej przyszłości, którą im zapewniała armia. Pewnie, że każda żołnierz liczy się z tym, że zginie. Ale to jakoś tam się odsuwa ze świadomości. Może nie ja? Może jeszcze nie tym razem. A tutaj? Zginiemy wszystkie? Naprawdę? To chyba niemożliwe, co? Możliwe? O kurde... Dziewczyny przyjmowały to różnie. Shha wymiotowała jak najęta. Mayfed i Zarrakh zaczęły się kłócić o jakiś nieistotny drobiazg, i to tak, że o mało się nie pozabijały. Lanni usiadła na ziemi i patrzyła przed siebie tępym wzrokiem. Chloe pokazała (mimo wrodzonego pesymizmu) klasę, uchlała się z ukrytego pod kurtką bukłaka i stała sobie na baczność (prawie) jakby nigdy nic. Dziewczyny (te niskie) klęły, że nie mogą być przy swoich macierzystych plutonach, jakby to miało jakiekolwiek znaczenie. Reszta kłóciła się z Bei, która jako jedyna argumentowała, że to nie „nowa" Kaisha przyniosła im pecha. Ale kto by ją tak do końca poważnie traktował, młodą, miała raptem szesnaście lat, co ona tam mogła wiedzieć w porównaniu z „doświadczonymi" siedemnastolatkami? Achaja najpierw podeszła do swojej sierżant. Zwymiotowała na sam widok tamtej. Potem do Lanni, ale tu tylko machnęła ręką, potem do Chloe i wypiła resztę wódy z bukłaka.

Otrzeźwiło ją, dopiero gdy ktoś chwycił jej włosy.

– Ty! – to była pani major, jakby czymś „zmęczona", w dowództwie widać też alkohol stał na podorędziu. – Do szeregu! Zbieraj ludzi! – Popchnęła Achaję delikatnie. – Lanni! Wstawaj i ustaw swój pluton! Shha! Przestań rzygać, to rozkaz! Zrób coś z tymi swoimi koleżankami, bo ci się rozejdą!

– A niech się rozchodzą! – Shha tkwiła ciągle w tej samej pozycji, na czworakach. – Bogowie z nimi.

– No wstań, siostro. – Pani major ujęła jej ramię. – No chodź, mała. Tak trzeba.

– A srał was pies.

– Wiem, wiem. – Major, o dziwo, nie obraziła się śmiertelnie. Zresztą gdyby się obraziła, to niby jaką karę mogła teraz wymierzyć? – Ale trzeba.

– Pierdol się! – Shha zwymiotowała znowu.

Achaja podeszła i odsunęła rękę pani major. Powoli podniosła swoją najbliższą koleżankę.

– Chodź... Wiem, że to głupota. Ale i tak nic nie zrobimy. Niech gnoje wiedzą, że się nie boimy i... że mamy honor.

– Co mamy? – nie dosłyszała Shha.

– Mamy to, że się lubimy. I że jesteśmy razem.

– Jak chcesz, to dla ciebie stanę w szeregu. Tylko dla ciebie. Bo reszta mi zwisa!

Pani major skrzywiła się, ale zasłoniła je obie własnymi plecami, żeby nikt z orszaku nie widział, co tu się dzieje. Bei tymczasem modliła się głośno, Zarrakh i Mayfed, nagle pogodzone, nuciły jakąś piosenkę, te niskie z tyłu płakały w większości, reszta kłóciła się, kto gdzie będzie stał, jakby teraz dopiero do nich doszło, że to nie jest normalny apel. Na prawdziwego żołnierza wyglądała jedynie Chloe, pijana w sztok, lecz na baczność. Inne plutony nie wiedziały jeszcze, co się dzieje, więc ustawiono je łatwo. Lanni, klnąc i złorzecząc tak strasznie, że gdyby Bogowie byli blisko, powinni ją spalić piorunem, ustawiła jednak swoje wojsko, tak że przynajmniej z daleka przypominało to porządną linię, a potem stanęła tuż przed Achają. W ostatniej chwili.

Królowa pojawiła się dosłownie moment później. Nawet stąd wydawała się o jakieś dwadzieścia lat starsza niż poprzednio. Mówiła... A co się da powiedzieć w tej sytuacji? Mówiła, że wierzy (wiara zawsze pojawia się w podobnych momentach, co?), że wie (uuuuuu... łgała ani chybi), iż sobie poradzą. Nakreśliła oględnie sytuację.

Tylne szeregi nie zrozumiały – lub nie usłyszały, bo słowa brzmiały dość cicho, przednie chyba zrozumiały, ale nie mogły do końca uwierzyć. Potem pojawił się Virion z kilkudziesięcioma „synami". Wyznaczono plac do pojedynku. Pierwsza wystąpiła księżniczka, jeszcze zajadła, wywijająca swoim mieczem wykonanym przez najlepszych rzemieślników. Naprzeciw niej sam Virion. Ha, ha, ha... Wykpiła się niczym, jak przewidział Biafra. Szermierz natchniony wyjął swój miecz i zabił ją, przedłużając tylko ten jeden ruch! Nawet nie wiedziała, że ginie!

Straszliwa cisza zapadła na placu.

Trzeci pułk miał pecha. A właściwie chyba wielkie szczęście. Stał pierwszy od prawej i od niego się zaczęło. Niby po co dziewczyny miały patrzeć najpierw na śmierć całej dywizji? Virion ustąpił z placu (to on wszak ustalał kolejność wśród swoich ludzi... tfu! „synów") i zastąpił go ktoś młodszy. Pani major, ta przed nimi, zaklęła nagle.

– Ach! Jestem wyższym oficerem, mogę sobie wybrać czas. – Odwróciła się na pięcie. – Cześć, dziewczyny! – mruknęła i poszła, wyciągając miecz.

– Teraz to „dziewczyny" – warknęła Shha. – A jak mnie, kurwa, pierwszy raz na Kupiecki Szlak słała, to krzyczała: „Zapierdalaj, żołnierzu!".

– Daj jej spokój – westchnęła Mayfed. – Poszła pierwsza. Niech jej będzie.

– Pierwsza! Też bym chciała być pierwsza i nie widzieć tego wszystkiego! No, Achajka?

– Co, Shha?

– Przesuń się w lewo. Nie chcę widzieć, jak oni to z tobą będą robić. Chcę być przed tobą. Proszę!

– W życiu! Siostro, wybacz, ale nigdy w życiu! To ja nie chcę widzieć, jak oni to z tobą będą robili!

Pani major została załatwiona jak księżniczka. Jednym ruchem przeciwnika. Jednym zamachem! A to były jako tako przynajmniej wyszkolone szermierki. Jakie szanse miały więc żołnierze?

– Co za szczęście, żeśmy w pierwszej kompanii – szepnęła Bei. – Pluton C, więc przed nami tylko A i B. Sześćdziesiąt sześć dziewczyn. To se za długo przynajmniej nie popatrzymy.

– Ty, widziałaś – szepnęła któraś z tyłu – matematyk u nas.

– Sześćdziesiąt sześć – kontynuowała Bei niezrażona. – A do mnie ile jeszcze zostało? – Wychyliła się z szeregu, żeby policzyć na palcach koleżanki, które dzieliły ją od Lanni, czyli początku plutonu. – O żeż ty. No ale dobra, te z tyłu mają bardziej przesrane!

Pierwsza dziewczyna z ich kompanii wyszła na plac. Wyciągnęła miecz. Ciach. Gwardyjki odniosły jej ciało. Następna. Ciach! Bogowie! Czy oni naprawdę potrzebują tylko jednego cięcia? Jednego zamachu? Co może zrobić zwykła żołnierz ze wsi czy z miasta w walce z mistrzem szermierki? Ciach! To już trzecia! Kurwa! Kurwa! Kurwa! Niech ktoś coś zrobi! Ciach! Bogowie. Gdzie gwardyjki będą układać ciała przy końcu? To już czwarta. Ciach! Piąta. O kurwa! Ale szybko!

Ktoś tuż za nimi zwymiotował głośno. Reszta trzymała się jakoś.

– Achajka... – Shha zagryzła wargi. – Przesuń się za mnie, proszę!

– Gówno! Nie będę patrzyć, jak cię wynoszą!

– Ale ja będę musiała.

– To zamknij oczy! Nnnnn... nie przejdę za ciebie! Nie zrobię tego!

Bei przerwała im nagle.

– Bogowie! Już po pierwszym plutonie. To tak szybko?

– Nie wzywaj Bogów, dupo! – krzyknęła któraś z tych niskich, dołączona do nich na siłę. – Jakby Bogowie byli, toby na to nie pozwolili!

– Gadanie – włączyła się Mayfed. – A pozwalają na wszystkie inne świństwa? Teraz dopiero zwątpiłaś, siostrzyczko? Co? Nie było cię na Kupieckim Szlaku zeszłym razem? Nie widziałaś, co się tam wyrabiało?

– Ale cały pluton tak szybko?

– Szybko, bo nie mieli pełnego składu, a uzupełnienia do nich jeszcze nie dotarły. Na swoje zresztą szczęście.

– Ty, kurwa. Zaraz będziesz mniej gadatliwa!

– Stul pysk, cipo!

Koleżanki z plutonu B właśnie się żegnały ze sobą. Ciach! I pierwsza nie żyła. Któraś osłabła w szeregu, gwardyjki ją cuciły. Ciach!

– O mamo, ja nie chcę! – jedna z dziewczyn zwątpiła wyraźnie. – Kurde, darujcie mi, co ja wam zrobiłam?

Gwardyjki wypchnęły dziewczynę na plac. Szermierz Viriona musiał ją gonić. Ciach! Jedna z tych w gwardyjskim mundurze płakała. Zastąpiono ją inną, bynajmniej nie radosną, ale trzymającą się jeszcze. Ciach! Co za różnica, jak się idzie na śmierć? Odważnie czy tchórzliwie? Przy dwóch tysiącach ofiar raczej nie zapamiętają żadnego imienia. Można się nawet sfajdać, bez różnicy. To se cesarz Luan wymyślił! Żołnierz z plutonu B nawet nie wyciągnęła miecza. Pochyliła głowę i już. Chciała, żeby ją ścięli szybko. Był z tym pewien kłopot i opóźnienie. Kodeks pojedynkowy wyraźnie stwierdzał, że obaj adwersarze mają mieć broń w ręku. Gwardyjki same wyciągnęły jej własny miecz, usiłowały włożyć do ręki, ale ta nie chciała trzymać. No i co dalej? Przywiązać sznurkiem? Przemówić jej do rozumu? Niby co powiedzieć? Bogowie... Jedna z gwardyjek zwymiotowała i uciekła w krzaki. Dosłownie chwile dzieliły czekające oddziały od rozprzężenia. Wreszcie ktoś wpadł na pomysł. Wsadzili ogłupiałej, biednej dziewczynie rękę za własny pasek, tam też wsadzili jej miecz. Ciach! Następna. Ta przynajmniej wyciągnęła broń. Nawet wzięła zamach. Ciach!

– Ile jeszcze? – spytała Bei. – Zdążę się pomodlić za tatę i mamę, i za rodzeństwo?

– Módl się za siebie, małpo – usłyszała z tyłu. – Tylko cicho!

Major w gwardyjskim mundurze podeszła do nich, ale jakoś dziwnie, jakby bokiem. Po chwili się okazało dlaczego. Miała za plecami duży bukłak z gorzałką.

– Chcecie?

– Spadaj – warknęła Achaja, nie bacząc na szarżę. – Jestem już wystarczająco struta.

– Dawaj tu, mała. – Chloe otworzyła szerzej oczy. – Ja jeszcze nie mam dość.

Pani major się nie obraziła. Posłusznie podeszła do Chloe i dała jej się napić. Skorzystało też kilka dziewczyn wokół.

Achaja patrzyła przerażona na gwardyjki układające ciała przy drzewach. Przed chwilą te dziewczyny były żywe! Teraz leżały bezbronne w jakichś dziwacznych pozach. O kurwa, przecież znała większość z nich, przynajmniej z widzenia. A co tamte „z obsługi" zrobią przy końcu dywizji? Gdzie położą wszystkie?

– Jeszcze sześć – mruknęła Lanni, zerkając w bok. – Uuuuuu... Pięć. No to żegnajcie, siostrzyczki!

– O żeż.

– Szlag! Mama pisała, że mam nowego braciszka. – Porucznik dyszała ciężko, jak po długim biegu. – Już go nie zobaczę. Już nawet do nich nie napiszę. – Uśmiechnęła się smutno. – No dobra! Siedemnaście lat i starczy! Co będę umierała ze starości w łóżku, nie?

– Lanni – Achaja przemogła dławienie w gardle – przesuń się za mnie!

– Żeby patrzeć, co oni z tobą będą wyrabiać? I jak cię kładą tam pod drzewami? W życiu!

– Nie, szlag! Napisz ten list!

– Za późno, Achajka. Już tylko dwie przed nami.

– Lanni, błagam, przesuń się. Nie pozabijam ich wszystkich, bo to nie w ludzkiej mocy! Ale dam ci czas na napisanie listu. Podyktuj tej małpie w gwardyjskim mundurze, nawet jeśli nie ma papieru, to zapamięta, oślica!

– W życiu, Achajko! Nie będę patrzyć, co z tobą będą robili!

– Błagam, napisz, że kochasz braciszka, że ich też kochasz, żeby cię pamiętali...

Oficer gwardii podeszła do nich powoli.

– Poruczniku. Teraz pani!

Rzeczywiście. Pluton B już nie istniał. Teraz one. Lanni obciągnęła spódniczkę, ale zanim zrobiła choć krok, Achaja wyskoczyła do przodu.

– Proszę pani, ja jestem z plutonu B, ustawili mnie przez pomyłkę, bo pasowałam wzrostem!

– Achaja! – krzyknęła Shha. – Ja nie będę na to patrzeć! – Odwróciła się tyłem. – Jesteś strasznie fajna, jesteś... moją siostrą!

Lanni zaskoczona chciała coś powiedzieć, lecz gwardyjska oficer nie wnikała w szczegóły.

– Dobra. – Poprowadziła Achaję. – Chcesz łyka?

Ona też miała ukryty pod kurtką bukłak.

– Nie. Napiję się potem.

Uśmięchnęła się! Gwardyjka naprawdę doceniła dowcip i uśmiechnęła się szeroko. Posłała Achai pocałunek samymi ustami. I to Achaję choć trochę uspokoiło.

– Hej, dziewczyny! – wrzasnęła do całej dywizji. – Coście takie smutne?! Teraz damy im wpierdol!

Ktoś z tyłu się roześmiał. Pozostałe dziewczyny odwracały głowy, nie chcąc patrzeć. Achaja weszła w wyznaczony krąg. Wokoło już paliły się ogniska, rozświetlając noc, która nadeszła w trakcie wcześniejszej rzezi. Szermierz Viriona przyglądał jej się z pewnym zdziwieniem.

– Ty coś taka wesoła? – spytał nawet.

– Taka się urodziłam. – Wzruszyła ramionami. – No i wiesz, ustalmy na początku, żebyśmy to mieli potem z głowy.

– Co ustalmy?

– No co mi dasz, jak wygram?

– He! – prychnął ubawiony. – Weź se, co chcesz!

Wyszarpnął miecz, ale Achaja była szybsza. Doskoczyła błyskawicznie i wydłubała mu oczy. Hekke powinien być z niej dumny, słysząc ryk bólu przeciwnika! Po co walczyć? Przecież sam tak mówił. Trzeba tylko wygrać. Nie spiesząc się, wyjęła swój nóż i dobiła go.

– Biorę twój miecz – powiedziała do nieruchomego ciała. – A tak nawiasem mówiąc... Jeśli nasze wojsko wynosi nasze trupy, to kto wynosi wasze?

Gwardyjki na szczęście załapały. Żadna się nie ruszyła. Nawet nie drgnęła. Dwóch szermierzy Viriona musiało odciągnąć ciało. A Achaja miała czas, żeby wyważyć miecz w dłoni. Dywizja zaskoczona milczała, nie wierząc własnym oczom.

Następny przeciwnik był bardzo młody. Sam jednak jego widok mógł napawać przerażeniem. Skoczył do kręgu jednym susem, wyćwiczony jak szlag! Duża blizna na prawym policzku, obcięte kiedyś ucho. Mistrz. Ruszył na Achaję, składając się do co najmniej trzech różnych ciosów po drodze. „Czy to jest cesarski balet w Syrinx?" – spytał Hekke w głowie Achai." A on zaraz gotów tu zatańczyć, do wszystkich Bogów razem wziętych! Uderzy z góry. Liczy, że nie jesteś tak silna jak on, pacan jeden".

Ujęła miecz całą dłonią, nie trzema palcami, jak ją uczył. Chce iść na siłę, kretyn? Nie ma sprawy.

Uderzył z góry. Dzięki, Hekke! Nadstawiła własną klingę. Łomotnęło tak, że jego miecz pękł w połowie, w ruchu nie mógł dobrać odpowiedniego kąta uderzenia, Achaja stała nieruchomo, miała czas, mogła patrzeć spokojnie i odpowiednio ustawić dłoń. Jej ledwie ręka drgnęła. A on? Bez miecza i ze zwichniętym nadgarstkiem. Co mógł zrobić, kiedy doskoczyła do niego, blokując własnym mieczem jego sztylet i przykładając nóż do szyi?!

– Aaaaaaaaaaaaaaaaaaaa!!! – wrzasnęła dywizja, widząc walące się ciało.

Następny przeciwnik wyskoczył jeszcze szybciej, nie chcąc dziewczynie dać czasu na odpoczynek. Oni naprawdę nie wiedzieli, co to jest łupanie litej skały przez kilka lat jako niewolnik. Ten był dużo groźniejszy. Starszy, chudy, sprawny. Podszedł delikatnie na palcach. Patrzył niby gdzieś w bok, ale Achaja nie dała się zwieść. Ujęła miecz trzema palcami. Potem uskoczyła lekko, kiedy uderzył. Z grupy Viriona rozległ się czyjś syk. Dopiero teraz zorientowali się, że była szermierzem! Dotąd myśleli, że to bezczelność, siła i szczęście zapewniły jej dwa dotychczasowe zwycięstwa. Mniejsza z tym. Zakrok. Na razie bez żadnego skurczu! Odskok. Świsnął mieczem o dłoń od jej ramienia, ale nie wychylił się, spryciarz. Ciął lekko, niby po co walić z całej siły, skoro miała na sobie tylko skórzaną kurtkę. A to by znaczyło, że on ma na sobie kolczugę. E... Niby po co? Chyba że nie taki znów wielki z niego mistrz? No tak, skąd Virion mógł zebrać aż czterdziestu wielkich w krótkim czasie? No to zobaczymy. Zakrok, do przodu, odskok. Nawet nie ruszyła mieczem, a on już świsnął swoim. Nie jesteś takim mistrzem, stary. Już po tobie! Co ten Virion, sprawdza przeciwnika, wysyłając najpierw najgorszych, czy chce ją zmęczyć? No dobra, rozluźniła się, jeśli on taki cwany, to sobie odpocznie w trakcie walki. Cofnęła się kilka kroków.

– Boisz się, suko? – warknął tamten.

– Och, tak, tak, tak, panie – zakpiła i ryknęła śmiechem. – Szczam po nogach!

Mrugnęła do Viriona, który stał poza kręgiem i obserwował walkę uważnie. Widziała, jak zaklął.

Chudy zaczął ją gonić, a ona unikała go drobnymi zwodami. On się męczył, ona nie. Odpoczywała. Żadnych skurczów, to w ogóle nie ten poziom. To nie był przeciwnik dla niej. Mógłby pewnie bez trudu zabić prostego żołnierza czy nawet oficera. Ale Achaję? Tylko we śnie! Albo w marzeniach.

– Co? – krzyknął wreszcie. – Walcz ze mną, tchórzu!

– Ależ proszę uprzejmie. Jak sobie życzysz.

Doskoczyła i zabiła go jednym precyzyjnym ciosem. Dywizja zaczęła wyć! Wyć! Dało się rozróżnić zasadniczo dwa okrzyki: „Achaja, Achaja" – mniej liczne, bo mało kto znał ją z imienia, i: „Zabij ich, zabij ich wszystkich, siostro!".

„Zabij ich wszystkich". Ha, ha... Ona sama nie miała złudzeń.

– Lanni? – krzyknęła, lecz nie wiedziała, czy ktokolwiek ją słyszy w tym zgiełku. – Piszesz ten list? Pospiesz się!

Podeszła do słupa z flagą, znajdującego się na obrzeżu kręgu do walki. Oparła o niego głowę. „Rozluźnij kark, kiedy dłuższa robota przed tobą" – mówił Hekke. Jaka dłuższa, Hekke? – odpowiedziała w myślach. Zaraz mnie załatwią! „Jeśli tak zaczynasz myśleć, to rzeczywiście już po tobie!" Mam zabić czterdziestu mistrzów? „Już tylko trzydziestu siedmiu, mała".

– O żeby cię szlag trafił! – powiedziała głośno.

– Ona z kimś rozmawia! – krzyknął jeden z „synów" Viriona. – To czarownica!

– To załóżcie se, chłopaki, amulety – powiedział Biafra, stojący tuż przy królowej. – Pożyczyć wam swój?

„Co byś zrobiła na JEGO miejscu?" – spytał Hekke w głowie Achai.

Masz rację, pomyślała. Najpierw wystawiłabym słabszych, żeby zobaczyć, z kim mam do czynienia, żeby zobaczyć co i jak. A teraz dałabym kogoś naprawdę dobrego.

„Ano" – mruknął Hekke. „Skoncentruj się, mała, bo teraz to już nie będzie zupełnie zaskoczony szermierz jak ten pierwszy, ani pociesznie słaby jak tych dwóch następnych. Teraz podstawią ci prawdziwego mistrza".

„Załatw go, zanim zaczniesz walczyć, dziewczyno!" – Krótki też chował się w jej głowie. „Po prostu z nim wygraj, głupia babo. Pokaż mu, gdzie jego miejsce! Znaczy gdybyś nie zrozumiała aluzji, bo wiesz, wszystkie baby są głupie, chodziło mi o to, że jego miejsce na cmentarzu".

– Zamknij się, Krótki! – warknęła.

– Czarownica! Czarownica! – ktoś krzyknął znowu.

Ten jednak, który wyszedł na plac, wydawał się nie wierzyć w czarownice. Mógł mieć raptem ze dwadzieścia lat, nie miał żadnych blizn. Jednak... Coś dziwnego było z jego lewą ręką, jakby przykurcz czy kalectwo. Nie trzymał w niej sztyletu. Miał ją przygiętą z przodu na wysokości pępka. Podszedł do Achai zupełnie spokojnie.

– Co? Zaczynamy?

Uch! Doczekała się u nich nawet pewnego rodzaju szacunku. Teraz to nie „Ciach! I już!", co, chłopaki?

– Moment, głodna jestem.

Z zadowoleniem obserwowała, jak jego brwi wędrują do góry. Rozejrzała się wokół i... sięgnęła na ziemię po wielką, oślizłą gąsienicę. Podniosła wijącego się robala do oczu. Miał jakieś takie malutkie włoski, jakieś cętki, plamki. Włożyła go do ust i rozgryzła powoli. Jej przeciwnik wytrzeszczył oczy. Zerknęła na niego, a potem wysunęła język i spojrzała w dół, żeby zobaczyć, jak wygląda robak po rozgryzieniu. Ktoś z otoczenia królowej nie wytrzymał i zwymiotował. Achaja przełknęła głośno i oblizała się.

– Wiesz, co ci zaraz zjem? – Uśmiechnęła się do swojego przeciwnika. – Wiesz co?

Ruszył, robiąc szeroki zamach mieczem, ale nie była aż tak głupia, żeby parować. Nie doprowadził zamachu do końca! Skoczył lekko, leciutko w bok i wyprowadził sztych. Też nie do końca. Powstrzymał swoją rękę, a potem skinął z pewnym nawet podziwem dla dziewczyny za to, że nie drgnęła. Oboje teraz wiedzieli o sobie, że są dobrzy. Że są siebie warci. Bilety wizytowe zostały wymienione. Teraz to już tylko życie i śmierć. Jedno życie i jedna śmierć.

Skoczyła na niego tak miękko, jakby chciała go przytulić i pocałować. Nie ruszył się, gnój. Wysunął troszeczkę swój miecz i obserwował jej lewą rękę z nożem, czy aby nie rzuci, zaraza! Niepotrzebnie zresztą, nie umiała rzucać nożem – ale skąd on miał o tym wiedzieć? Musiała zmienić kierunek, minęli się w odległości kroku może. Żadne z nich nie usiłowało nawet zadać ciosu. Bo niby w co bić? W powietrze? Toż żadnego z nich już dawno nie będzie w miejscu, gdzie stało w chwili, kiedy się zaczynało wyprowadzać cios. Ot, zagwozdka. Oboje naraz, jakby na komendę, zrobili krok w tył. On przesunął się w bok, odrobinę podniósł miecz. Ona dotknęła palcem swojej skroni, pokazując mu, że wie, gdzie będzie bił. Wzruszył ramionami, opuszczając broń. Ona niedostrzegalnie ustawiła stopy, on wzrokiem pokazał jej miejsce na trawie, z którego zamierzała się odbić do ostatecznego skoku. I niby co zrobić w takiej sytuacji? Czekać do rana? Rzucać monetą? Sukinsyn! – zaklęła w myślach, świetny przeciwnik! Ona była silniejsza, on za to miał doświadczenie, którego jej brakowało. Jak zmierzyć ze sobą takie atuty? A może... Może ona była ciut... dosłownie ciut szybsza? Może on nie łapał jadowitych węży gołymi rękami?

– Dobra, stary – mruknęła. – Zrobimy coś czy będziemy tak stali do świtu?

– Niby co? Chcesz, żebyśmy się rzucili na siebie i niech szczęście decyduje?

– No, nie wiem. A ty co proponujesz?

Znowu wzruszył ramionami.

– No to może rzeczywiście, dajmy po dwa kroki do przodu i sytuacja nas zmusi, żeby coś zrobić.

– No. Może i tak. Coś się przynajmniej będzie działo, nie?

Kiwnął głową.

– No. To róbmy.

Postąpili o krok. Jedno i drugie. Chłopak wziął głębszy oddech, dziewczyna zagryzła zęby. Oboje zrobili drugi krok. Jego miecz wystrzelił nagle, ale odbiła bezbłędnie, tnąc nożem. Odskoczył. Przypadł znowu, wyprowadzając cios, uderzyła w bok jego miecza, doskoczyli do siebie, kopnęła go w nogę, lecz tylko w bok, bo się usunął, on trzasnął ją głową w czoło. Wcale nie była szybsza!

Znowu znaleźli się o cztery kroki od siebie.

– No wiesz co, zdziro? Kopnęłaś mnie w nogę!

– A ty mnie w czoło walnąłeś! Co to jest, do kurwy nędzy? Wiejska potańcówka, po tym jak już się chłopi schlali?

Roześmiał się.

– Czemu nie ciachnęłaś nożem w zwarciu? – spytał nagle.

– A bo ja wiem, czemu ty tak dziwnie tę rękę trzymasz? I co w niej masz?

– Ty, kurwa, spryciaro! – Odgiął rękę, wcale nie była chora. Ukryty w dłoni miał krótki dahmeryjski sztylet. Nie użył go, bo nie wiedział, co ona zrobi ze swoim nożem. Nie uderzyła, więc nie miał wolnego pola. – Kto cię uczył, suko?

– Nolaan – skłamała.

Docenił dowcip.

– Mnie też – skłamał równie dowcipnie. Potem uśmiechnął się lekko. – No, wychodzi na to, że się musimy na siebie rzucić. Nie będziemy przecież tak stać, aż rosa na nas osiądzie, co?

– No! Z rozpędu?

– Mhm – skrzywił się. – Będziemy się musieli wtedy wreszcie dziabnąć, bo inaczej wpadniemy na siebie i oboje się pozabijamy. A na szlag dwa trupy, skoro może być tylko jeden?

– No to... z ilu kroków?

Uśmiechnął się znowu.

– Nie wyglądasz na taką, co się musi długo rozpędzać. Robimy po pięć kroków do tyłu i biegiem na siebie. – Machnął ręką. – Niech szczęście decyduje.

– No dobra. – Cofnęła się o swoje pięć, on też. Każde z nich obmyślało sztuczki i szachrajstwa, jakimi zamierzało oszukać przeciwnika. Ale co tu zrobić? Jakby jedno przestało biec, drugie też to zrobi. Gdyby któreś skręciło, drugie też skręci. A jeśli uderzą w siebie ciałami, to naprawdę będą dwa trupy. Zadadzą sobie wzajemnie po kilka ciosów, zanim zginą. Więc trzeba będzie walczyć na dystans w ułamkach chwil. W momencie, kiedy jedno ciało uderzy o drugie... tamto musi być już martwe! A w takiej sytuacji naprawdę tylko szczęście decyduje. A, szlag!

Rzucili się na siebie. Achaja w zwodzie runęła na ziemię, odbiła się z pleców, wyprowadzając śmiertelny cios, ale on właśnie nad nią przeskakiwał. Ręką obciążoną mieczem by nie zdążyła, więc puściła nóż i chwyciła chłopaka za stopę, wywracając na ziemię. Nie spodziewał się, że jest aż tak silna. Ona nie spodziewała się, że nawet padając, potrafi rzucić sztyletem. Uchyliła się cudem, ale musiała go puścić. Koniec marzeń o tym, że zdoła zgruchotać mu kostkę. Przewróciła się na plecy, zerwała się i natarła mieczem. Odbił lekko, wstając, ruszył na nią, ale odwinęła się, blokując i... Bogowie! Hurraaaaa!!! Dokonując cudu, kopnęła go w głowę! Poleciał w tył jak walnięty kafarem wodnego młota! Nigdy tego nie ćwiczyła. Parę lat z kajdanami na nogach. Miała dwa wredne skurcze, jeden w udzie, jeden w pośladku. Coś ją kłuło w brzuchu. Ale on... Ach! Ledwie, ledwie się podniósł, potrząsając głową i tocząc wokół błędnym wzrokiem. Usiłowała doskoczyć, ale on jakoś, chyba instynktownie, wywinął się jeszcze.

„Masz go na widelcu, mała" – powiedział Hekke. „I nie walcz ze skurczami, jeśli nie tracisz życia, bo sobie załatwisz nóżkę i pupcię dokumentnie! Zaskocz go czymś".

– Może krótka przerwa, młody, co? – rzuciła.

Nie mógł uwierzyć, że daruje mu życie. W takiej chwili? Kiedy była górą? Dywizja wyła, napełniając wielką polanę niesamowitym wrzaskiem.

– Zabij go! Zabij go!!! Achaaaaajaaaaaa!!! – teraz już wszystkie znały jej imię. – Zabij ich wszystkich!!!

Pokuśtykała do porzuconego noża, podniosła i wbiła ostrze w tyłek i udo, likwidując skurcze. No. Przynajmniej ich najbardziej groźny objaw. Dalej bolało, ale szlag z tym. Zdjęła swoją kurtkę i odrzuciła daleko. Usiadła na ziemi, rozsznurowała i zdjęła paradne buty od razu ze skarpetami. Wstała, mając na sobie jedynie krótką spódniczkę i opaskę. Podeszła do ciał tych dziewczyn, którym się nie udało, a które leżały teraz pod lasem.

– Cześć, koleżanki – szepnęła. – Zaraz do was przyjdę. Już niedługo położą mnie tutaj i będziemy razem. Ale póki co... pomóżcie mi trochę.

Nachyliła się i dotknęła rękami krwi tej, która leżała najbliżej. Potem posmarowała sobie twarz na czerwono.

Powoli wróciła do człowieka, który czekał na środku kręgu. Już nie był tak strasznie opanowany jak za pierwszym razem. Uśmiechnęła się do niego z twarzą pokrytą krwią.

– Zabijałeś, świnio, te bezbronne dupy.

– O kurde. Z baby zawsze wylezą w końcu sentymenty. A ty niby co robisz?

– Mówisz o tych trzech, co załatwiłam przed tobą? A ktoś ich tu zapraszał? Oni są z Arkach czy jak?

– Przestań pieprzyć. Już?

– Już.

Rzucił się na nią, odbijając od słupa. Nawet oszołomiony był niesamowicie dobry. Uchyliła się, wyginając kręgosłup, i poczuła, jak zimne ostrze jego miecza, na szczęście na płask, przesuwa się po jej skórze na boku. Sama wyprowadziła cios, ale też się uchylił, gnój. Usiłował ciąć ją w nogi. Wbiegła na słup, odbiła się, robiąc obrót w powietrzu, i wylądowała za jego plecami. Chwyciła za ramię, odwróciła go sobie przodem jednym ruchem ręki i wbiła mu miecz w płuca po rękojeść! Zwiotczał. Upadł na ziemię. Znieruchomiał.

Dziewczyny z dywizji krzyczały tak, jakby chciały głosem poprzewracać drzewa wokół. Królowa wstała ze swojego złoconego krzesła, przykładając obie dłonie do ust. Achaja zablokowała leżące ciało bosą stopą i stękając z wysiłku, wyszarpnęła swój miecz. Odwróciła się przodem w kierunku szermierzy Viriona. Podniosła swoją broń, wysunęła język i samym końcem przeciągnęła po okrwawionej klindze.

„Już tylko trzydziestu sześciu, dziecko" – odezwał się Hekke. „Ale powiedz... Co byś na jego miejscu teraz zrobiła?"

Stanęłabym do walki osobiście, odparła w myślach natychmiast i bez wahania. Żegnaj, Hekke.

„Żegnaj, mała".

Oddychała regularnie, próbując się uspokoić. Zerknęła na te, które leżały pod drzewami. Zerknęła na Lanni, Shhę, Zarrakh, Mayfed, Chloe, i Bei... Cześć, dziewczyny, niektórzy mówią, że niedługo się znowu spotkamy. Że niby tam, po drugiej stronie, po śmierci, można się jakoś odnaleźć, nawet cierpiąc, nawet płacząc przez całą wieczność. Popatrzyła na mrugające gwiazdami niebo, na majaczące w ciemności wierzchołki drzew. Kto jak kto, ale ona przecież od dawna liczyła się z tym, że umrze. Tylko dlaczego akurat dzisiaj? Głupia małpa! – zganiła samą siebie w myślach. A niby dlaczego właśnie nie dzisiaj? Osiemnaście lat, powtórzyła za Lanni, i wystarczy!

Przecież nie planowała powolnej śmierci we własnym łóżku. Zresztą niby czym dzień dzisiejszy różnił się od „tego właściwego", niby jej przeznaczonego dnia śmierci? Były dokładnie takie same. Srał pies! Czyżby naprawdę chciała żyć wiecznie?

Virion wyszedł, trzymając już miecz w ręku. Gruby, łysy, z obwisłą dolną wargą ukazującą w świetle płonących wokół ognisk żółte, nierówne zęby. Istny demon śmierci, jak go się przedstawia na rycinach w książkach o Bogach! Ha, ha, ha... Słaby dowcip. Płaski.

Szedł powoli, dość obojętny, ale nie na pokaz, bo patrzył na Achaję uważnie. Przynajmniej tyle. Nie zlekceważył jej zupełnie. Facet, który pijany, obrzygany, obrzucony śmieciami przez kurwy załatwił w burdelu dwudziestu rycerzy Zakonu. W zamkniętym pomieszczeniu. Najlepszych! Bo, w przeciwieństwie do przypadku Achai (nie mówiąc o liczbie), tamci rycerze spodziewali się, że będą walczyć z szermierzem natchnionym. Człowiek, który załatwił cały legion Moy. No przecież to się w głowie nie mieści! Jakby opowiedzieć tę historię w lesie, przy ognisku, przygodnym znajomym, to obśmieją jak kłamcę. Człowiek, który nie miał sobie równych. No, może Nolaan, ale nigdy się nie zmierzyli. Bo i po co? Na Nolaana to mogli skakać naiwniacy w rodzaju Hekkego. Nie Virion. Stary pies. O Bogowie, śmierć idzie. Taka gruba, pyzata, łysa i niepozorna. Kurwa, uklęknąć przed nim, może się zlituje i szybko zetnie? O żeż ty. A jak walnie w brzuch? Przekręci miecz tkwiący we flakach, potnie wszystko tam w środku na strzępy? Toż i dwa dni umierać można. Albo nawet dłużej.

„Ty, mała" – mruknął w jej głowie Krótki. „Ja parę lat na dworze Luan udawałem czarodzieja. Może byś tak przynajmniej poudawała choć trochę, że jesteś szermierzem, co? Może jakieś pół modlitwy? Zanim się zsikasz ze strachu i rozpłaczesz nad własnym obszczanym osobiście losem?"

No, może i tak. Może zetnie szybko, nie wiedząc do końca, że głupia małpa mu nie dorównuje? Ruszyła przed siebie kilka kroków. Potem zatrzymała się i uśmiechnęła.

– Jesteś moim mistrzem – powiedziała szczerze. – To ty zabiłeś dwudziestu rycerzy w burdelu i gdyby to ode mnie zależało, postawiłabym ci za to pomnik! Kocham cię, kocham cię, ty stary, łysy repie. Kocham cię razem z twoją obwisłą wargą i wielkim brzuchem! Ty jesteś dla mnie wolnością, tyś moim szczęściem, tyś legendą, w którą wierzyłam. To ty mi się śniłeś, kiedy marzyłam, żeby ktoś zdjął kajdany z moich nóg! Kocham cię, Virion! Kocham cię!

Był zaskoczony. Trochę. W każdym razie nie atakował. Achaja uśmiechnęła się jeszcze szerzej, zrobiła minę „dziewicy", a potem... wysunęła język i oblizała się tak, że wszystkich mężczyzn w zasięgu wzroku przeszły ciarki. Ciarki i coś jeszcze.

– Przespałabym się z tobą. – Mrugnęła do niego. – Krzyczałabym w twoim łóżku. Kocham cię, Virion! Słuchaj, ja umiem to robić!

Dotknęła swojego tatuażu końcem noża i przeciągnęła nim po policzku, zostawiając czerwoną pręgę. Jej własna krew spływała po twarzy, mieszając się z krwią zabitych koleżanek.

– Umiem to robić, stary! Jestem kurwą. Jestem nauczona. Ze mną byłoby ci dobrze. Jak w domu na święta, jak z młodą, głupią żoną, jak z czymś bardzo ciepłym, co masz przy boku. Czymś miękkim, ale i ostrym, czymś, co jest głupie, ale przylepiłoby się do ciebie. A potem, po wszystkim, powiedziałbyś: „Achaja, skocz po wino", a ja bym pobiegła. A ty byś marzył, żeby znowu mieć mnie przy swym boku, coś ciepłego, Virion, coś, czemu nie musisz płacić. Powiedziałbyś „śpiewaj", tobym ci śpiewała, powiedziałbyś „stań na rzęsach", a ja bym stanęła. Ze mną byłoby ci fajnie, Virion! Naprawdę bym krzyczała, nie dlatego, żem nierządnica, po prostu sprawiasz, że dopiero widząc ciebie, wiem, co to mężczyzna. Kocham cię! Virion, ty stary capie! Nie wyglądasz na młodego kochanka, ale wszystkie na świecie, wszystkie takie jak ja... sikałyby po nogach, żeby móc być z tobą! A ja... A ja, niestety, muszę ci wypruć flaki! Niefart, co? – Wzruszyła ramionami. – Tak się z reguły pierniczy w życiu. Spotkasz tego swojego wyśnionego bohatera... I go, psiamać, musisz zabić albo on zabije ciebie.

Coś tam osiągnęła swoją przemową. Stary alkoholik ze zwiotczałymi mięśniami, wydatnym brzuchem i obwisłą wargą ukazującą żółte zęby popatrzył na Achaję, a w jego wzroku było coś dziwnego. On też marzył. On w jakimś tam sensie uwierzył, że są na świecie prawdziwe kobiety, takie, jakimi chcą je widzieć mężczyźni. Poczuł nagle, że świat nie musi być taki brzydki, że nie musi ograniczać się do płatnej miłości, obojętnie, srebrnymi monetami w burdelu czy prezentami, wyżerką i pięknym malowanym wozem zaprzężonym w sześć koni w domu. Płać, jak chcesz, monetami czy dobrem, bylebyś wiedział, za co płacisz, palancie. Byle cię było stać, bylebyś był pewny, że dostajesz to, za co płacisz, idioto. Psiamać! Życie czasem płata figle, czasem ta twoja wyśniona baba staje naprzeciw ciebie i mówi, że wypruje z ciebie flaki. Ach! Pokaż jej. Pokaż jej, że się myli! To jej wypruj flaki! Albo daj się zabić. Wszystko jedno, draniu. To jest właśnie ta piękna śmierć, o której tyle mówią ci, co jej nie doświadczyli. No, to zdecyduj się nareszcie! Chcesz walczyć... z nią? Właśnie z nią? Czy chcesz się poddać? A... może niech to będzie taka babska śmierć. Taka głupia, przypadkowa, która przyszła gdzieś w zupełnie dowolnym miejscu, kretyńsko uśmiechnięta. Bogowie! Jeśli tak jest naprawdę... Jeśli śmierć jest kobietą, taką właśnie głupio uśmiechniętą, paplającą o bzdetach babą, to czemu nie, chłopaki? A niech nas bierze, niech paple nad uchem, przecież to, kurde, nie boli. I tak lepiej, niż miałaby być mężczyzną o zaciśniętych wargach, wyniosłym, perfekcyjnym, niechybiającym nigdy strzelcem. A, szlag! Śmierć to kobieta – nie potrafi nawet porządnie napiąć cięciwy. Dlatego ciągle żyjemy, choć to na zdrowy rozum niepodobieństwo i idiotyzm. Śmierć to kobieta. Przecież przyjdzie w końcu i powie: „Wiesz, to ja" – z debilnym uśmiechem. To ja ciebie zrozumiem, to ja cię przytulę, to ja ci zaśpiewam tę piękną piosenkę, której słów pewnie sama nie pojmę. To ja, mój miły, to ja. To nareszcie ja. Już koniec twoich zmagań, to już kres, mój mały. Ja ci powiem, że jesteś piękny, ja ci powiem, że jesteś mądry, ja ci powiem, że jesteś odważny, że jesteś wielki, że jesteś strasznie fajny, i naprawdę będę w to wierzyć. To ja. Ja jestem Śmiercią, mój miły. Chodź. Chodź, proszę, i nie płacz więcej. Ja cię ukoję, ja jestem twoją żoną, ja jestem kochanką, ja jestem tą pierwszą dziewczyną, którą pocałowałeś ukradkiem, ja jestem twoją Śmiercią, kochanie, tylko proszę, nie śmiej się przez łzy, i tak nie zrozumiem, bo ja... jestem tak strasznie głupia. No chodź, pocałuj mnie w usta. Tylko uprzedzam – ja mam strasznie zimne usta, mój miły. Ale nie bój się, teraz będzie ci dobrze, teraz nie musisz się gryźć, nie musisz się bać. Jak ja cię strasznie kocham. No chodź. To ja. O Bogowie, jak my się dobrze znamy. Jak brat i siostra, prawda? Jak kochanek i kochanka. Jak mężczyzna i Śmierć, co? Jak ty i ja. O kochanie, jak bardzo cię pragnę. No chodź już, głuptasie. Kochanie. Jaki ty jesteś piękny, jaki ty jesteś mądry, jaki ty jesteś odważny. Kocham cię. Kocham cię, mój mężczyzno, no chodź. Coś się kończy, a nic się nie zaczyna. Ale może i dobrze, co? Przecież wiesz... Przecież wiesz, ty dobrze wiesz. Tylko nie płacz, proszę. To ja, twoja stara znajoma. Znamy się dobrze, kochanie. Pamiętasz mnie przecież, pamiętasz mnie dobrze, jesteś mężczyzną. Chodź...

Oczy Viriona zamgliły się lekko. Był stary. Był nawet nie alkoholikiem już, ale opojem. Zaczynał dzień od kąpieli w wódzie. Pił zamiast śniadania, pił zamiast obiadu, wchłaniał gorzałę od wieczora do rana, kiedy znowu spragniony mógł wreszcie wypić coś na śniadanie. A jednak patrząc w oczy Achai, poczuł coś, czego nie czuł od wczesnej młodości, kiedy rzuciła go jakaś głupia dziewczyna, bo znalazła bardziej wymownego kawalera, a on po raz pierwszy wziął miecz do ręki i machając nim niewprawnie jeszcze, jak cepem, zachlastał tego mężczyznę, zakłuł ją i wszystkich, którzy stanęli mu na drodze... On znał wszystkie burdele na całym cywilizowanym świecie. Od tych najlepszych w Troy poprzez przepysznie bogate, ale bezduszne w Luan aż do tych najtańszych w każdym porcie... Nie, nie, port to coś, gdzie przynajmniej powiewa wielkim światem. On znał nawet te przy traktach w lesie, przy karczmach, gdzie normalny człowiek by nie wszedł, bo do karczmy wchodzi się po to, by coś zjeść, a nie po to, by samemu zostać zjedzonym przez wszy i pchły, które tam panowały.

Poczuł żal. Po raz drugi w swoim życiu. Żal prawdziwy, bo Virion niczego nie robił na pokaz. Teraz spotkał ją właśnie i... Skurwysyny! (Nigdy nie używał słowa „Bogowie"). I musiał ją zabić? Patrzył na nią: młodą, ładną, gibką, z takim fajnym tatuażem na twarzy. I przecież nawet całkiem niezłą w mieczu. No... no, no... no, powiedzmy, że niezłą, w końcu to kobieta, raz w życiu można skłamać i być szarmanckim wobec dam, nawet jeśli się udaje, że jest niezła w mieczu. Musiał zabić to ciekawe i chętne dziecko. A przecież mógłby ją tyle nauczyć. Kurde, być dla kogoś legendą. I to dla takiej fajnej dupki. Pozbawionej głupich przesądów, skoro miała na twarzy to, co miała. Nie rozpłakał się, bo po pierwsze, był mężczyzną, a po drugie, coś było nie tak z jego oczami, łzy nie pojawiły się dotąd nigdy i pewnie się już nie pojawią. Eeeee... Są na świecie większe kaleki. Brak łez nie jest taki straszny, da się żyć.

Achaja zyskała coś swoją przemową. Tylko dlatego, że była szczera. Virion naprawdę nie chciał już jej zabić. Nie chciał, ale musiał. Cóż więc za różnica? Problem w tym, że ona też nie chciała go zabić, nawet jeśli sprawienie tego byłoby w jej mocy. Virion naprawdę jej imponował. Ćwiczyła z Hekkem na pustyni, myśląc o nim. Myśląc o jego rycerzach zabitych w burdelu. Myślała o jego zwycięstwach, powtarzając sobie jego słowa:

„Nie ma przeznaczenia. To nie możni i nie Bogowie ustalają porządek na świecie. Nie ma przeznaczenia! Pamiętaj, nie ma przeznaczenia!".

Zagryzła wargi. Jak się pieprzy, to się pieprzy. Na całego! Nigdy się nie pieprzy w życiu na pół. Albo na trzy czwarte. Zawsze na całość.

„No to", powiedział w jej umyśle Krótki, „zabij go, mała. Albo przynajmniej udawaj, że chcesz to zrobić".

Dobra.

Skoczyła nagle, bez uprzedzenia, bez zerkania na przeciwnika, bez brania głębszego oddechu, bez błysku w oczach. W chwili, o której sama właściwie nie wiedziała, kiedy nastąpi, dopóki nie nastąpiła. Wyprowadziła cios. O Bogowie! Hekke, byłbyś ze mnie dumny – ale zwód! Co?

Zobaczyła coś, chyba błysk klingi. Ocknęła się po zrobieniu jakichś dziesięciu kroków. O! Skąd ta krew? O kurwa! Z jej lewej ręki krew waliła niczym z cesarskiej fontanny w Syrinx. Mięśnie rozcięte tak, że widać złamaną kość w dwóch miejscach, rozerwane ścięgna. Nie mogła nią poruszyć. Palce tkwiły w jakimś przedziwnym przykurczu, drgając lekko, zupełnie niezależnie od jej woli. Ale mnie załatwił! – przebiegło Achai przez głowę. O mamo! Straszny skurcz w lewej łydce, skurcze w obu stopach, w boku. Szlag! Czy człowiek ma jakieś mięśnie w boku? Skurcze w barku, szyi, jakoś tak dziwnie, pod prawym łokciem i gdzieś z tyłu, lecz na plecach strasznie trudno określić konkretne miejsce, człowiek tam niewiele czuje. Kurwa. Już nie nadawała się do walki. Była załatwiona. Ale boli, skonstatowała nagle, chyba się zrzygam. Była ogłupiała, jak dziecko wystrychnięte na dudka przez starszego kolegę. Już się nie nadawała do walki. Nawet z garbatym studentem poezji, który miałby związane nogi. Kaszlnęła kilka razy. Ale ta krew cieknie.

W całkowitej, niesamowitej wręcz ciszy rozległ się pojedynczy okrzyk:

– Achaja! – to była Shha. – Zabij skurwysyna albo ja to zrobię!

Nie mogła się nawet roześmiać. W tym stanie udałoby się być może zabić muchę, pod warunkiem, że ktoś by trzymał owada unieruchomionego w palcach. Ale jakiś człowiek w nią wierzył. Ślina ciekła Achai z ust, bo nie potrafiła ich zamknąć. No, przynajmniej się nie zsikała. Kaszlnęła jeszcze raz, coś jej podchodziło do gardła. Jęknęła cicho i odwróciła się z trudem.

Virion klął. To Achaję zaskoczyło. Klął cicho, pod nosem, słyszała tylko ona:

– Kurwa! Taka pierdolona maszynka do zabijania! I ktoś se ją wyhodował gdzieś na boku, w tajemnicy, i ja, psiamać, nic o tym nie wiem. Skurwiele przebrali ją w ten pierdolony mundurek i postawili naprzeciw. – Rzucił złym spojrzeniem i Achaja dopiero teraz zrozumiała, że mówi o niej. – Normalnie babska maszyna do mielenia mięsa! W rzeźni postawić, tam się nada!

Nagle krzyknął głośniej:

– Ty, kurwa, kto cię wyszkolił? – w jego głosie brzmiała złość.

Co on? Nie widział, że jest skończona?

– Hekke – szepnęła. Niby po co kłamać?

– O żeż ty, mogłem się domyślić! Była niewolnica. Mięśnie z żelaza, biegnąc, robi małe kroczki. Silna jak wół. Odporna jak pień, na którym się drzewo rąbie. –

Splunął na trawę. – Mało jej ręki nie uciąłem, a ta stoi dalej na dwóch nogach i się głupio uśmiecha! Teraz cię powinien ktoś batem po plecach walnąć, jeszcze większą przyjemność ci robiąc, co?

Wziął jej grymas bólu za śmiech? A tak. Na twarzy ma krew, gówno rozpoznał.

– A dlaczego nie uciąłeś? – spytała. I dla niej, i dla niego było jasne, że to koniec, nie było co udawać.

– Noż kurwa twoja mać! Ból szarpie jej wnętrznościami, i to taki, że dziesięciu facetów by wyło i zwijało się na trawie, a ta nie dość, że stoi, to jeszcze ze mną dyskutuje! No, co ten Hekke z ciebie zrobił? Co? Kamienną rzeźbę, w którą jakiś czarownik tchnął życie? – Splunął jeszcze raz i uspokoił się trochę. – Dobra. Zasługujesz na łaskę – mruknął. – Dehrin, weź sztylet i stań za jej plecami.

– To wbrew przepisom! – ryknął Biafra. – Ma być jeden na jednego!

– Zamknij się – warknął Virion.

– Niech on to zrobi – poprosiła Achaja.

Dehrin, jeden z najlepszych szermierzy wśród „synów", stanął z tyłu ze sztyletem w ręku. Wbijając ostrze w jej mięśnie, zlikwidował większość skurczów. Potem zdjął własny pas i przewiązał nim przedramię dziewczyny. To nie był opatrunek; pewnie chciał sprawić, żeby nie oderwało się od reszty przy gwałtowniejszym ruchu.

Virion spojrzał z pewną ciekawością.

– Dobra, teraz daj jej w pysk, z całej siły.

Drugi szermierz podskoczył, żeby podtrzymać Achaję. Dehrin pięścią przywalił jej w twarz, aż głowa odskoczyła, a w oczach ukazały się gwiazdy.

– Jeszcze raz.

Dostała z drugiej strony, jeszcze mocniej. Dywizja zaczęła syczeć.

– Otrzeźwiała? Nie? Przyładuj w splot i ustawcie ją na czworakach.

Achaja dostała pięścią w żołądek, zaczęła się dusić, szermierze zmusili, by uklękła, i pomogli podeprzeć się sprawną ręką. Zwymiotowała. Ale trochę otrzeźwiała. Przestało jej się wydawać, że wszystko wokół to sen.

Virion stanął nad nią i pochylił się.

– Odzyskałaś choć trochę świadomości? Dobra. Odpowiadam na twoje pytanie, dupo. Nie obciąłem ci ręki, bo cię musiałem poznać. Musiałem zobaczyć, jak walczysz.

– Prze... – Rozkaszlała się znowu. – Przecież widziałeś...

– Widziały moje oczy. A ja musiałem zapoznać z tobą moje ciało. Nie rozum, nie oczy, nie mnie samego. Wiedziałem, że jesteś dobra, więc musiałem nauczyć ciebie swoje ciało. A tego się nie da zrobić, nie krzyżując mieczy. I teraz już wiem, jesteś nieobliczalna. Jesteś jak wiatr w górach: raz cię popieści, przyniesie ulgę w skwarze, a zaraz zepchnie z turni w przepaść. W tej chwili jesteś już w połowie załatwiona. Ale też... jesteś pierwszym natchnionym szermierzem, z jakim się biłem. Pierwszym w moim życiu!

Usiłowała podnieść głowę, ale nie mogła. On... on... naprawdę mówił poważnie!

– Bo wiesz co? My ze sobą nie walczymy. Tych kilku ludzi na świecie nie staje naprzeciw siebie. Tylko Hekke był głupi i dał się podpuścić... za młody. Lecz zdradzę ci pewną tajemnicę. Tuż przed tamtą walką przyszedł do mnie Nolaan i poprosił, żebym powściągnął tamtego kretyna, żeby on nie musiał z nim walczyć! Zdziwiona? Sam Nolaan prosił w swojej sprawie. A tam już za duże pieniądze wchodziły w grę. Nic nie mogłem zrobić. I stanęli naprzeciw siebie. I Hekkemu się teraz wydaje, że Nolaan to największy mistrz, ha, ha... To przypadek, że wygrał! Równy stanął naprzeciw równego. I jeszcze ci coś powiem, ty moja dziewczynko do mielenia mięsa. Tylko jeden malutki atucik miał Nolaan w walce. Tylko jeden! – Roześmiał się znowu. – To głupszy stanął naprzeciw mądrzejszego. I Nolaan to wykorzystał. A nie walczy się rozumem, jak wiesz. Rozum nie bierze udziału w walce na miecze. W karty, w kości, w pićki pod mostem, to są gry, gdzie być może uda się rozum wykorzystać. Tu nie. A jednak Nolaan potrafił to zrobić!

Virion wyprostował się nagle.

– Nie wiem, co Hekke ci zrobił. Nie mam pojęcia. Sprawiasz wrażenie, jakby od dziecka kazali ci łupać skały gołymi rękami. Ale tak nie było, mówisz jak ktoś wykształcony, i to wybitnie. Jak więc w swoim krótkim życiu zdołałaś się wykształcić, nauczyć łupać skałę rękami i walczyć? Niewolnictwo? Nie. Byłaś za dobrze odżywiona, jak na niewolnika, nie masz żadnych zniekształceń ciała. Wniosek: Hekke cię hodował niczym roślinkę. Nauczył cię, ale to nie wszystko. Nie tylko Hekke zrobił z ciebie szermierza natchnionego. Był ktoś jeszcze, jakiś mistrz nad mistrze! Jakiś półbóg!

Potrząsnęła głową, nie mogąc go zrozumieć.

– Był ktoś, kto cię nauczył, że ból czujesz tylko w umyśle. Że ciało samo w sobie bólu nie czuje. To tylko rozum! A jest bardzo niewielu ludzi na świecie, którzy dobrze pojęli tę naukę i jeszcze żyją. Spójrz na siebie.

Klęczysz tutaj, wykrwawiając się na śmierć, i zamiast wyć, skomleć, płakać... słuchasz mnie uważnie. Ty mi powiedz jedną rzecz, dziewczyno. Kto to był? Kto cię tego nauczył?

Zrozumiała nagle. Stęknęła głucho i zaciskając zęby, wstała na nogi. Odetchnęła głęboko.

– Mistrz Anai.

Virionowi zwęziły się oczy.

– Aż przez to trzeba przejść? – wyszeptał. – Aż przez to? – Potrząsnął głową. – Czasem myślę, że chciałbym, żeby on mi to zrobił.

– Nie chciałbyś, Virion. Uwierz mi, nie chciałbyś. – Oddychała z trudem. – Chyba że lubisz się budzić, krzycząc w obszczanej pościeli.

Kiwnął głową. Cofnął się poza środek kręgu.

– No dobra. Uderzaj, kiedy będziesz gotowa. Tylko nie czekaj za długo, bo zaraz się wykrwawisz, stracisz siły, a potem umrzesz. – Uśmiechnął się lekko i wypowiedział słowa, które wstrząsnęły Achają: – Żegnaj, siostro!

– Że... żegnaj... braciszku.

Wszyscy wokół słuchali jak skamieniali. To się nikomu w głowie nie mieściło. O czym oni mówili? Bogowie! Co tu się dzieje? Ktoś z armii Arkach naprawdę dorównał Chodzącej Legendzie Virionowi? I to tak, że on sam nazwał dziewczynę siostrą? O co im chodziło, to jakieś krętactwo, byli wcześniej umówieni, skumali się gdzieś, znali wcześniej?

Owszem, znali się, choć nie widzieli się nigdy. Znali się, choć poznali przed chwilą. Wiadomo. W tym stylu można mówić godzinami i nie powiedzieć niczego. Ale jak to lepiej wyjaśnić? Powiedzieć, że znali się jak śmierć i... śmierć? A niby co to znaczy? Zgadnijcie sami.

Stała sobie naprzeciw niego, powoli umierając. Powiedział, że ona też jest szermierzem natchnionym. Przynajmniej niech się cieszy, głupia, przed śmiercią, osłabiona, z jedną tylko, częściowo sprawną ręką.

„No i co, mała?" – odezwał się w jej głowie Hekke. „Zrobił cię, jak chciał? A nie mówiłem? I co teraz? Ty krwawisz jak pies w luańskiej rzeźni, on zdrowy! Ha! Nie udało się! Przegrałaś! To koniec. Już mu nie staniesz. To już koniec, mała. To koniec. Koniec z tobą! Teraz już tylko płakać możesz, krzyczeć i wyć. Ale sił nie wystarczy na długo, więc płacz po cichu, więcej będzie oddechu. Dno! Taki stary pacan o sflaczałych mięśniach, o refleksie, który dawno temu zastawił w zaplutej karczmie. Taki gnój. Takie nic. I załatwił cię, jak chciał, bo on morderca, mężczyzna, a ty głupia baba! Nie lepiej było nabić się na własny miecz? Przynajmniej sromoty byś uniknęła. Nikt by cię nie znał. Pochowaliby cię w zbiorowym grobie, nikt by nie pamiętał twego imienia. A tak? Będą mówić: Achaja? A tak, tak, ją Virion załatwił w słynnym pojedynku. Bo ją, wiesz, Hekke uczył. Jedno z drugim to banda nieudańców. A pamiętasz, jak rycerzy Virion załatwiał? W burdelu, kiedy wszyscy byli przeciw niemu? Jak zabił cały legion Moy, jak zachlastał całą elitarną górską dywizję Królestwa Arkach? On mistrz, prawdziwy szermierz natchniony. Nie tobie się z nim równać, córko. Jesteś nikim, jesteś zerem, jesteś nic nieważną dupą na jego drodze, jesteś niewarta splunięcia, dziewczyno!"

– Dzięki, Hekke – szepnęła. – Dziękuję ci, że pokazałeś mi, gdzie moje miejsce. A wiesz, że szczerze mówię.

Co miała do przeciwstawienia staremu mistrzowi? Że młoda, szybsza, silniejsza i bardziej zwinna? To spokojnie można między bajki włożyć. Nic nie zrównoważy jego potwornego doświadczenia. Nawet niemowlę mogłoby go pewnie zabić swoją grzechotką, gdyby tylko wcześniej zabiło tak wielu ludzi jak on i wyszło z tego cało. He... Virion to była sama śmierć. Ale nie babska, głupia. To stary mężczyzna ubrany w białą szatę z kosą. O zimnych, zaciśniętych ustach. To był niechybiający nigdy strzelec. To śmierć w wydaniu męskim: sprawna, perfekcyjna, zimna, wydajna jak młyn wodny, niepoddająca się emocjom, skupiona, myśląca, skoncentrowana, obojętna. Ona nie mówiła: „No chodź, kochanie!". Ona mówiła: „Raz, dwa, trzy..." i strzelała palcami! Widząc babską śmierć, Bogowie mówili: „O, patrz, śmierć idzie po kogoś". Widząc męską śmierć, Bogowie niczego nie mówili, tylko chowali się po kątach. Niby Bogowie nieśmiertelni, ale... „A nuż zaraza się pomyli i weźmie Boga zamiast człowieka? Lepiej jeden z drugim siedź cicho pod stołem! Chociaż, małpa, mylił się raczej rzadko, no ale... Wedle powiedzenia: Nie stój przy cepie, kiedy młócą. Sukinsyn... Przeszedł już? Możecie wyjść spod stołu. Zabrał tego, po którego przyszedł". To był niechybiający nigdy strzelec. To był snajper z zimnym skrzywieniem warg. Mądry, stary, doświadczony, pozbawiony emocji. On to potrafił robić. On to robił dobrze. Był skuteczny. Był wydajny. Żadnych skarg, żadnych reklamacji. Wart tego, co mu płacą. Nic więcej... ale i nic mniej. Uczciwa praca za uczciwą płacę. To była Śmierć, a nie pośmiewisko w burdelu. Ziewając, pytał: „Ilu dzisiaj dostarczyć? Zrobi się. Tylko powyżej dniówki mi zapisz".

Co mogła mu przeciwstawić Achaja? Swoje młode życie, które położy na szalę? Śmieszne. Będzie je miał i tak. Co jeszcze mogła w sobie odnaleźć? Zastanawiała się... Nic? Naprawdę nic? Poczuła się nagle bardziej naga, niż gdyby stanęła bez szat przed tymi wszystkimi ludźmi. Naprawdę niczego nie miała? No... Jakaś straszna krzywda. Parę lat niewolnictwa. Wioska, wojsko. A on? On miał doświadczenie. On spotkał setki takich jak ona. Skrzywdzonych, może i gdzieś wyszkolonych. On im mówił: „Raz, dwa, trzy" i strzelał palcami.

Czy można mieć jakikolwiek argument na... „raz, dwa, trzy i pach!"? Czy można w ogóle gdzieś w sobie znaleźć argument na „raz, dwa, trzy"?

„Uuuu... już naprawdę po tobie, dziecko" – powiedział w jej głowie Hekke. „Zabij się sama, bo nie ma sensu tego przedłużać".

„Ale jaja, widziałeś?" – spytał Krótki. „Niczego się nie nauczyła. Miałeś rację. Ją tylko do burdelu sprzedać, niech podstawia tyłek temu, kto zapłaci".

„Taaaaaa... Dno!"

„Baba, wiadomo!"

„Nic, zero, pustka, kupa flaków obciągnięta skórą, którą zresztą zaraz Virion potnie na kawałki".

„Co za upadek".

Poradźcie mi coś! – chciała krzyknąć, ale głos uwiązł jej w gardle.

„A co tobie radzić?" – zapytał Hekke. „Tylko nie waż się powtarzać, że to ja ciebie uczyłem, bo wstyd będzie".

„Radzić? Tobie? A po co?" – powiedział Krótki. „Całą radę już ci przedtem dałem: zabij go i już".

Rozpłakała się nagle. Nie miała w sobie niczego? Niczego ładnego? A może miała, choćby coś strasznie małego?

– Shha! – krzyknęła. – Chodź tu!

Dziewczyna podbiegła pędem z ręką na rękojeści swojego miecza, gdyby któraś z gwardyjek chciała się przeciwstawić.

– Co, dziecko? – spytała przejęta.

– Słuchaj, siostrzyczko, umieram – szepnęła Achaja.

– Nie!

– Ciiiii... Mówmy cicho, żeby nikt nie słyszał. – Achaja z trudem przełknęła ślinę, miała wyschnięte gardło. – Pomóż mi.

– Na kogo mam się rzucić?

– Po... powiedz mi... wybacz, nie jesteś wielkim filozofem, więc może w to jakoś uwierzysz... Bo chcę, żebyś wierzyła.

– Co mam powiedzieć, Achajko?

– Że... że go zabiję.

– Zabijesz go, siostrzyczko! – Shha była naprawdę jedyną na tym wielkim placu, która szczerze w to wierzyła. – Wyprujesz z niego flaki, mała. – Pocałowała Achaję lekko. – Zrobisz to! Zrobisz!

Achaja spojrzała przez łzy na Viriona.

– Będzie ci przeszkadzało, jak ona mnie popchnie? – spytała głośniej.

Uśmiechnął się oszczędnie i podszedł do nich, bo nie chciał, żeby to, co ma do powiedzenia, słyszał kto inny.

– Co? Strach ci tyłek ścisnął? – w jego głosie nie było jednak kpiny. Tylko współczucie. Pewnie sam to przeżył za młodu, i to nie raz. – Słuchaj, niech ona cię nie pcha, bo stracisz rytm. Jeśli mogę coś radzić. Niech cię kopnie w dupę. Wtedy ruszaj z zamkniętymi oczami.

Oddalił się z powrotem na swoje miejsce. Achaja spojrzała na koleżankę.

– Shha, psiamać, umieram, a jednocześnie tak strasznie się boję! Po prostu mnie ze strachu zamurowało i nie mogę się ruszyć. Ale walczy nie umysł, tylko ciało. Proszę cię, kopnij mnie w tyłek z całej siły, lecz tak, żebym nie wiedziała, kiedy to zrobisz, co?

– Achajko, siostrzyczko moja, będę cię kochała, kiedy już go zabijesz... – Shha kopnęła ją w tyłek znienacka i mocno jak stary muł.

Achaja wystrzeliła do przodu, zamykając oczy... Aaaaaaaaa!!! Coś nią szarpnęło, coś świsnęło. Ocknęła się po trzech krokach, na kolanach, patrząc, jak z jej własnego brzucha tryska krew.

– Kurwa! Zabił mnie – jęknęła.

Już nie miała miecza w dłoni. Leżał obok. Chwyciła się więc sprawną ręką za brzuch. Jakoś tak strasznie miękko zrobiło jej się w nogach. Jakoś tak strasznie ciepło. Miała skurcze we wszystkich mięśniach swojego ciała. Lecz nie czuła bólu. Już unosiła się gdzieś w górę, ku śmierci, czy – jak mówią niektórzy – innemu życiu. Już nie była za bardzo przytomna. Zobojętniała, płakała cicho. Tu jestem. No, gdzie ta pierdolona śmierć, czy i ona musi się spóźniać? Tu jestem. No chodź!

Cisza.

Tak miękko w nogach... Dlaczego się nie przewraca? Ach! To skurcze ją trzymają. I ta cisza. A może to już? Już umarła?

Otworzyła oczy.

Ktoś wrzasnął. A potem cała dywizja zaczęła wyć! To było coś niesamowitego. Parę tysięcy zerwanych strun głosowych, bo które mogłyby to przetrzymać?

Królowa z rękami przy twarzy krzyczała, jakby o pożar w pałacu chodziło. Jakby już ją płomienie lizały.

Achaja z trudem odwróciła głowę. Shha, z oczami jak talerze, klęczała na trawie. A bliżej... leżał Virion z szeroko rozrzuconymi rękami.

– Achajaaaaaaaaaaaaaaa!!! – darła się dywizja i dosłownie brakowało chwil, żeby dziewczyny zabiły wszystkich wokół albo pozabijały się wzajemnie. To był szał! To był powrót do wieków dzikich! To były normalne dzikuski, które w tej chwili czuły już tylko zew krwi! Nic więcej! To było szaleństwo, za którym już nic nie ma. Tylko pustka.

Ryk wypalił się jednak. Wszyscy patrzyli przed siebie niczym ogłupiali, jakby nagle wulkan wyrósł im przed oczami na tej zagubionej między górami polanie. Prosta kapral z plutonu C załatwiła Chodzącą Legendę Viriona! To niemożliwe, to niemożliwe, to niemożliwe, czy wszyscy naraz mogą śnić ten sam sen?

Achaja jęknęła w całkowitej ciszy, która znowu zapadła. I usłyszała ten głos:

– No chodź. Spróbuj dokończyć – to był Virion, nieruchomy, ciężko ranny, ale żywy. – Chodź, przecież muszę wygrać to starcie.

– Nie mogę – jęknęła Achaja.

– Możesz! Spróbuj przynajmniej.

– Nie mogę się ruszyć!

– To ja się nie mogę ruszyć. Ty możesz przynajmniej spróbować.

Więc spróbowała odwrócić się na kolanach. Pociemniało jej w oczach.

– Ja mam takie miękkie nogi – jęknęła. Ślina ciekła po brodzie. Obsmarkała się dokumentnie.

– No chodź, małpo.

Zagryzła wargi do krwi. Nie czuła bólu, to nie w bólu była teraz sprawa. Po prostu nie czuła swojego ciała. Krew płynęła z ręki i z brzucha. Nie za bardzo mogła oddychać, bo coś ją dusiło, chciało jej się wymiotować, ale też nie mogła. Odwróciła się jakoś, widząc (tak, widząc, a nie czując), że jest cała mokra od potu. Spróbowała przesunąć nogę do przodu, ciągle na kolanach. Miała skurcze wszędzie. Wszędzie! Czy on tego nie widział?

– Mnie kiedyś ktoś pomógł – szepnął. – I ja tobie pomogę. Chodź, kurwo, tutaj, choćbyś miała się posikać!

– Ja już, kurwa, nie żyję! – załkała.

– Póki co żyjesz, chodź.

Zrobiła jeszcze „krok" na kolanach.

– Miecz, idiotko! Miecz musisz mieć ze sobą, bo nóż zgubiłaś. Co mi niby chcesz zrobić? Napluć w oko?

– Nie mogę wziąć miecza! – Rozpłakała się znowu. – Jak puszczę brzuch, to mi flaki wypłyną.

– Tak od razu nie wypłyną. – Nie mógł nawet drgnąć, ale umysł miał jaśniejszy niż ona. – No już. Uda ci się!

Oderwała rękę od brzucha, przerażona tak, że gdyby ktoś nagle krzyknął, toby umarła ze strachu. Sięgnęła po miecz. Nie miała siły go unieść. Był tak strasznie ciężki! Zagryzając wargi, pchnęła broń trochę po trawie. Przesunęła się na kolanach, chwytając swój brzuch, potem oderwała rękę i znowu przesunęła miecz.

– To się nie uda – jęknęła.

– Uda się! – westchnął Virion ciężko. – Spróbuj! I nie patrz, że jeszcze przed tobą odległość większa niż dwa normalne kroki. Tak nigdy nie dojdziesz. Musisz myśleć, że już mnie masz.

– Nie dam rady!

– Dasz, kretynko. Skup się!

Posunęła się trochę. Potem przeciągnęła miecz. Chwyciła się za brzuch i znowu trochę do przodu... Jęczała przy każdym poruszeniu. Łzy płynęły jej po twarzy, rozpuszczając krew i żłobiąc dwa koryta w ciemnej czerwieni na policzkach.

– Nie mogę już.

– Możesz, małpo! Skup się!

– Słuchaj... Zaraz się rozpadnę na kawałki.

– Musisz sobie przysiąc, idiotko, że nie zdechniesz, póki do mnie nie dojdziesz! No! Jeszcze trochę!

Posunęła się kawałek. Przeciągnęła miecz, jęcząc i płacząc. Jeszcze kawałątek.

– Nie dam rady! – Zaczęła beczeć głośno, o mało nie upadła. Smarki mieszały się ze śliną.

– Przysięgaj! No! Powtarzaj za mną. Przysięgam...

– P... p... przysięgam... – Przesunęła kolano.

– ...że nie zdechnę jak suka...

– Że... nie... zdechnę jak suka... – Płakała tak, że ledwie słychać było jej słowa.

– ...póki do niego nie dojdę!

– Póki... nie dojdę... do tego palanta! Do tego oprawcy pierdolonego!

Przesunęła się znowu.

– No widzisz? Coś tam jednak z siebie wykrzesałaś.

Jeszcze krok. Przeciągnęła miecz. Jeszcze trochę. Jeszcze. Bogowie, nie pozwólcie umrzeć w tej chwili. Dajcie jeszcze choć pół modlitwy życia! Jeszcze trochę! Jeszcze kawałek! Przesunąć miecz na trawie. Jeszcze trochę! Żeby tylko pamiętać o mieczu. Trzeba go, psiamać, przeciągać, bo zostanie z tyłu i już po niego nie sięgnie. Jeszcze troszeczkę, proszę was, Bogowie, co? Troszeczkę. Tyci, tyci.

– Trzeba ich zdjąć z pola! – krzyknął któryś z luańskich szermierzy. – Walka widać nierozstrzygnięta, trzeba przełożyć pojedynek, aż oboje wydobrzeją! Ściągnąć ich z pola! Ściągnąć!

W ciszy rozległ się czyjś wrzask.

– Ja ci ściągnę, pacanie! – to Bei wyskoczyła z szeregu, napinając kuszę. – Ja ci ściągnę, sukinsynu! Ściągnę, ale... spust tej broni! – Podbiegła i wymierzyła w szermierza. – No co? Ściągnąć? Chcesz, żeby ściągnąć?! – Coś się dziewczynie w rozumie poprzestawiało, lecz widać było, że reszta dywizji poprze swoją żołnierz i w każdej chwili mogło to się skończyć fatalnie. – No mów, tchórzu! – krzyczała Bei. – Mam ściągnąć spust? Mam ściągnąć?!

Żadna z gwardyjek nie poruszyła się choćby o palec. Żadna nie chciała umierać na tej polanie. I było naprawdę bez znaczenia, czy Bei strzela dobrze, czy źle. Z tyłu, za jej plecami, znajdowało się jakieś dwa tysiące kusz, w każdej chwili gotowych do użycia jak jasna zaraza.

– Już nie mogę – jęknęła Achaja, posuwając się jeszcze trochę. – Już naprawdę nie mogę. Wszystko mi wysiadło. – Wskazała wzrokiem swoje ciało. – Już nic nie działa.

Virion zerknął na nią spod oka. Nie mógł odwrócić głowy.

– No dobra. Może wystarczy – mruknął. – Podnieś miecz.

– Jak?

– Ręką – wyjaśnił.

– Kurwa twoja mać! – rozpłakała się znowu Achaja. – Czy ty myślisz, że jestem Bogiem?

– Myślę, że dasz radę. No już! I przestanę cię męczyć. Zrób to jakoś.

– On jest za ciężki! On jest za ciężki, gnoju!

– Złap go tak jak nóż, od kciuka w dół. Wiem, że na więcej cię nie stać, ale to akurat zrobisz, a ja ci pokażę, jak się wygrywa. Pomogę ci, tak jak mnie ktoś swego czasu pomógł.

– Nie mogę.

– Możesz, głupia dupo! Zrób to!

Ujęła rękojeść, ale żadną mocą nie potrafiła jej unieść z ziemi. Miała wrażenie, że coś ją rozrywa od środka. U niej naprawdę nic już nie działało jak należy! Była wrakiem. Czy Virion tego nie widział? Czego on chciał, psiamać? Śmierci? Ona tego nie sprawi.

– No? – szepnął. – Jeszcze trochę i ci pokażę.

Szarpnęła rękojeść, o mało nie wypuszczając jej ze zmartwiałych palców. Jęknęła, mocno, to płynęło gdzieś z jej trzewi, i... uniosła miecz.

– Jestem teraz w twojej mocy, dziewczyno? – spytał.

– No... jesteś... – szepnęła z trudem, bo robiło jej się ciemno w oczach.

– To patrz. Tylko najpierw muszę się pożegnać z moim dwuletnim dzieckiem. – Teraz on zagryzł wargi, z najwyższym trudem sięgając do kieszeni. – Mam takiego brzdąca, dziewczynkę... Jest strasznie fajna, dopiero ona pokazała mi, co to miłość. I mam ze sobą jej – spojrzał smutno – jej mały szaliczek i czapeczkę.

Wyjął z kieszeni kłębek kolorowej wełny, którą jakaś biedna, niczemu niewinna kobieta zamieniła w mały... malutki szaliczek i czapeczkę dla swojego dziecka.

O Bogowie. Oczy Achai wywróciły się i dziewczyna straciła przytomność. Upadła tuż przy jego twarzy.

– Prawdziwy mistrz, dziecko – szepnął, choć nie mogła go słyszeć – zwycięża nawet wtedy, kiedy nie może ruszyć ręką ani nogą. Ktoś ci kiedyś wyjaśni, o co chodzi. Pomogłem ci. Tylko musisz to zrozumieć.

Sam stracił przytomność chwilę później.

Biafra podszedł do skonsternowanych szermierzy Cesarstwa Luan.

– No co, panowie? – roześmiał się. – Ruszamy dalej?

– Ty, kur... – Dehrin powstrzymał się jednak, protokół dyplomatyczny nie przewidywał słów zaczynających się na „kur...". Chyba że chodziło o „kurę", ale kur raczej nie jadało się na dyplomatycznych przyjęciach. – Ty myślisz, że bez Viriona nie poradzimy sobie z resztą tych bab?

Biafra uśmiechnął się promiennie.

– Ależ poradzicie! – Klepnął tamtego po ramieniu. – Ale najpierw przed wami pluton C. O, przepraszam. Tak zwany pluton C. – Roześmiał się znowu. – Będzie się o was mówiło „zrobieni w pluton C", panowie!

– O co ci, pacan... O co, znaczy, panu chodzi? Co?

– Nie widzicie ich mundurów?

Mundury plutonu C rzeczywiście różniły się od reszty, jak jedwab różni się od płótna. Żadna tajemnica, one miały po prostu wystąpić przed królową, ale Luańczycy o tym nie wiedzieli.

– Ot, baby – kontynuował Biafra. – Zebraliśmy je z całego świata, płaciliśmy złotem, niektórym to nawet tyle, ile same ważą. Na przykład tej, co Viriona załatwiła. – Uśmiechnął się ponownie, tym razem zimno. – Sporo ważyła, małpa, jednak zapłaciliśmy. W końcu opłaciło się. Co? – Westchnął ciężko, wskazując leżącego Viriona. – Powiedziała, że załatwi, i słowa dotrzymała. No ale wracając do tematu. To kobiety. Nie chciały się wszystkie ubrać w zwykłe skórzane mundury i musieliśmy uszyć specjalne, śliczne. One przyzwyczajone do przepięknych sukien. No, baby, normalnie, nie nam, mężczyznom, to zrozumieć.

– O czym ty mówisz?

– Ano powiem. Już się nie wycofacie, bo nie możecie, więc powiem. Wiedziałem, co cesarz zamierza, znacie mnie, wiecie, czym się zajmuję. Królowa mówiła, żeby poselstwa nie przyjmować w ogóle. Miałem jednak inny plan. Moi ludzie zebrali te dziewczyny po całym świecie. To szermierki. Świetne. I królowa osobiście podpisem zaświadczyła, że to nasi żołnierze, możecie sobie sprawdzić w kancelarii. Zapłaciłem tym dziewczynom złotem, jak mówię... Dużo! Tylko po to, żeby was, gnoje, załatwić wszystkich. Tu, na miejscu. Żeby was złapać we własne sidła i pokazać cesarzowi, gdzie mam jego głupie pomysły.

– Łżesz, Biafra! – krzyknął Dehrin. – Nie ma na świecie tylu szermierzy natchnionych!

– No co ty, Dehrin? Oczadziałeś? Po co mi natchnione na was? Ta jedna – Biafra wskazał Achaję – była natchniona. Ona tylko Viriona miała zabić. I suce trzeba było zapłacić naprawdę tyle w złocie, ile ważyła. A ważyła, jak mówię, zaraza, sporo. Ty słyszałeś kiedyś o takich pieniądzach, Dehrin? Dostałeś kiedyś aż tyle? A może Virion dostał, co? Opłaciło się... Bo kto tam teraz leży na trawie? – Biafra kiwnął podbródkiem na Viriona. Achaję właśnie królewski medyk z pomocnikami odnosili na bok. – Mówiła, że gada sposobem załatwi, i słowa dotrzymała, jak mówię. I co teraz, panie szermierzu? Ano, teraz te zwykłe mistrzynie wyprują z was flaki.

– Gadanie... – Dehrin nie był jednak już tak pewny siebie.

– Tak? Załóżmy więc, że zwyciężycie. Że na przykład dwóch z was zostanie. I będzie miało już naprzeciw siebie „tylko" dwa tysiące zwykłych dziewczyn z tej dywizji. Kto żywy do rana doczeka? Co? Czemu tak milczysz, Dehrin? Zatkało cię?

– Ty łżesz, normalnie, ty...

– Ja łżę? Ja poświęciłem dwa plutony, żeby się za wcześnie nie wydało! A widzisz te małe z tyłu? – Biafra wskazał szczególnie niskie dziewczyny wybrane z całej dywizji tylko po to, żeby mogły stanąć w drugim szeregu przy wizytacji królowej. – To Dahmeryjki! Ich mężowie to mistrzowie w kuszy. A one... Te malutkie właśnie, przyuczone specjalnie, żeby przeciwnikowi obciąć jaja jednym pociągnięciem.

Dehrin przełknął ślinę.

– No chyba nie zwątpiłeś nagle? – kpił dalej Biafra. – I tak nie możesz się już wycofać. A widzisz tę tutaj? – Wskazał Bei, która ciągle stała w pobliżu. – Podobała ci się jej akcja z kuszą? Co? Czemu milczysz, Dehrin?

Szkoda, że nie kichnąłeś wtedy, bo miałbyś już dziurę w płucach. A ta druga? – Machnął w kierunku Shhy. – Widziałeś, jak podbiegła i poradziła koleżance, jak ma Viriona załatwić? Tej suce też musieliśmy zapłacić takie pieniądze, że zwykłemu człowiekowi mogłyby się one jedynie przyśnić. – Biafra klasnął w dłonie. – Następna walka! – krzyknął. – No, chłopaki! – Uśmiechnął się do szermierzy. – Dalej, dalej!

– Akurat! – warknął Dehrin. – My w każdej chwili możemy zrezygnować!

– Dobra, dobra. Teraz ty, kolego. Ta dupa, która na ciebie czeka, nazywa się Shha. Zapamiętaj sobie, bo dzięki temu, co ona ci zrobi, będziesz opisany w kronikach. Ona była następna, jakby ta pierwsza Viriona nie zabiła. Ale trudno. Zadowoli się tobą. Słyszałeś wszak, jak krzyczała do koleżanki: „Zabij Viriona, a jak nie, ja to zrobię?". Słyszałeś przecież, głuchy nie jesteś. Teraz ty i ona!

– A gówno! My się możemy wycofać i nici z twojego planu, Biafra!

– He. Niby jak?

– My jesteśmy pozwani i my też możemy obrazę darować. Ot co!

– Człowieku... Tu cała moja dywizja stoi. Jak daleko ujedziesz cały?

– Ty, kurwa, mi grozisz, normalnie! A ja jestem członkiem poselstwa Luan, durniu!

– Tak? To rusz się dziesięć kroków. Zobaczymy, co będzie, tchórzu!

Dehrin zawył nagle:

– Poseł! Poseł! Mordować nas chcą! Mordować członków poselstwa!

– Ty tchórzu! Nie wstyd ci?

– A gówno mi możesz zrobić, palancie! Możesz mi dupę polizać, bo ja wam łaskawie obrazę daruję! Ot co!

Szermierze zaczęli się cofać w kierunku swoich koni. Żaden po tym, co usłyszeli, nie był skłonny stanąć do walki. To byli normalni, wynajęci ludzie.

– Wy gnoje jedne! – ryczał Biafra. – Jak daleko, ciekawym, ujedziecie, zanim was moi żołnierze dopadną?

Poseł Luan zbliżył się, patrząc na niego z pogardą.

– Panie generale Biafra – powiedział spokojnie – pan grozisz godności posła! Opamiętaj się pan, bo Arkach zdolność honorową utraci.

– Co?

– Nie godzi się poselstw atakować, o czym pan wiesz równie dobrze jak ja. Przegrałeś pan, wasza mistyfikacja się nie udała. Trudno. Teraz już tylko zęby zagryźć można, boś się pan za wcześnie wygadał. – Poseł uśmiechnął się z wyższością. – Bywaj! – Skinął na swojego woźnicę. – Przykro mi, że w takich okolicznościach się rozstajemy.

– Zaraz. Ubić was nie mogę... Ale krzyczeć chyba wolno?

– Krzyczeć wolno – odparł wyniośle poseł, wsiadając do wozu. – Jak i szczekać psom zawsze dozwolone, mój panie.

– A to mi w zupełności wystarczy. – Biafra uśmiechnął się skromnie. Odwrócił się i ryknął do zgromadzonego na placu wojska: – Dywizjaaaaaaaa... Na moją komendęęęęęę krzyczeć: „Tchórze"! Wykonać!

Dywizji nie trzeba było powtarzać. Wykonała ten niezbyt regulaminowy rozkaz z wielkim poświęceniem, początkowo niezbornie, potem w większym ładzie. Skandowanie: „Tchó-rze!!! Tchó-rze!!! Tchó-rze!!!” za odjeżdżającym poselstwem Luan niosło się echem wśród drzew.

Królowa podeszła do medyka.

– Będzie żyć? – spytała, nachylając się nad Achają.

– To już w woli Bogów, Wasza Wysokość – skłonił się medyk. – Rana brzucha, nie wiem, jak głęboka, ręka rozcięta do złamanej kości i... w życiu nie widziałem czegoś takiego, pani. Ona ma skurcze chyba we wszystkich mięśniach.

– Zrób, co możesz. Szlachectwem nagrodzę, jeśli ci się uda!

– Zrobię, co w mojej mocy, Wasza Wysokość. – Medyk ukląkł, jeszcze niżej skłaniając głowę. – Ale życie tej dziewczyny w rękach Bogów teraz. Ja niczego nie zaniedbam. Niczego nie pominę. Lecz jej życie w rękach Bogów.

Księżniczki otaczające władczynię patrzyły przerażone, jak medyk rozbiera Achaję. Wszystkie zobaczyły niewolnicze piętno na pośladku.

– Muszę ją nagrodzić, jeśli przeżyje – powiedziała królowa. – Jeśli ktoś odznaczy się jak ona. Honor królestwa uratuje. Powinnam ją księżniczką uczynić.

– Pani! – Jedna z księżniczek przypadła do nóg władczyni. – Toż to prostytutka i niewolnica!

– Pani! – pochyliła się w ukłonie druga. – Co będą mówić o honorze Arkach, jeśli księżniczką zostanie... – zawahała się. – Ja już nie mówię, że niewolnica, która może nas zdradzić. Co będzie, jeśli księżniczką zostanie ladacznica?! Co powiedzą inni władcy? Że w Arkach prostytutki są księżniczkami?

Królowa zawahała się tylko na chwilę.

– Wolę prostytutkę, która mi całą dywizję uratowała, swoim życiem płacąc, niż księżniczkę, która mi tę dywizję straciła.

– Będzie, jak rozkażesz, pani – powiedziała trzecia. – Jednak czy godzi się wystawiać honor Arkach na śmieszność? Co powie król Dery, jeśli jego poselstwo przyjmie prostytutka w barwach książęcych i suknię zadrze, żeby się przypodobać? Czy to się godzi, pani?

– A godzi się całą dywizję na śmierć wystawić tylko dlatego, że się ktoś schlał, miał tytuł i był za głupi, żeby knowania nieprzyjaciół rozeznać?

– To się nie godzi, pani – odparła ta na kolanach. – Ale to była księżniczka, o honor walczyła.

– Czyj? – krzyknęła królowa. – Całą dywizję mogli rozsiec! To głupie małe dziecko, które tu leży, i Biafra, który jedyny ma głowę na karku, uratowali razem trzy tysiące ludzi! Gdyby nie oni, mielibyśmy tu trzy tysiące trupów! Co ja bym powiedziała ich rodzinom? Że co? Że bitwa była? Musiałabym się zabić albo abdykować!

– Pani, ja...

– Milcz! Oznajmiam wszystkim, że jeśli dziewczyna przeżyje, będzie księżniczką Arkach i być może po raz pierwszy w dziejach ten tytuł zabrzmi dumnie.

Królowa, wściekła, nagle odwróciła się i odeszła szybko. Biafra czekał już jednak w pobliżu.

– Pani?

– Ach, to ty. – Zatrzymała się. – Dziękuję ci, Biafra.

– Za cóż, pani?

– Słuchaj... Jesteś ostatnim gnojem, takim gnojem, że ziemia nie powinna cię nosić! Ale za to, że uratowałeś te moje biedne dziewczyny... Za to Bogowie może odpuszczą ci choć część świństw, jakie uczyniłeś.

Biafra uśmiechnął się i przestąpił z nogi na nogę.

– Pani, Bogowie Bogami. Ja rozumiem, darowanie, te sprawy. Ale ja konkretnej nagrody wyglądam.

Królowa żachnęła się tylko.

– Czego chcesz? Książęcego tytułu? Tyś mężczyzna przecież, księżniczką nie zostaniesz nigdy.

– E... Wszystkie wakujące tytuły książęce prostytutki teraz biorą, jak słyszałem. Ja, jak rzekliście, mężczyzna, tyłka nikomu nie nadstawię, więc to nie dla mnie.

Coś łączyło królową i Biafrę. Coś bardzo silnego. On był jej chyba naprawdę strasznie potrzebny. Ktokolwiek inny, kto powiedziałby podobne słowa w obecności władczyni, zostałby skrócony o głowę, zanim mógłby się zorientować, co zaszło.

– Czego chcesz? – warknęła.

– Jej – powiedział Biafra rzeczowo, wskazując Achaję leżącą w namiocie medyka. – Na własność!

– Toż ona ledwie żywa! – żachnęła się królowa. – Zaraz... Co ty chcesz z nią robić, świntuchu?

– Chcę ją mieć na własność – powtórzył. – Do wyłącznego rozporządzania.

– Co tobie? U nas niewolnictwa nie ma.

– Nie zrozumieliście mnie, pani. Ona księżniczka, nie moja niewolnica. Chcę ją mieć w służbach rozpoznania i zaopatrzenia.

– Toż jako księżniczka będzie tobą rządzić! Takie jej prawo.

– Poradzę sobie. – Uśmiechnął się lekko. – Naprawdę sobie z nią poradzę. Niech mną rządzi, jeśli tak trzeba.

Ma być u mnie. Zrób ją, pani, majorem wojsk rozpoznania i zaopatrzenia, wyżej i tak nie podskoczy z kaprala, nawet jako księżniczka, tylko ty to możesz sprawić. Ja będę miał nad nią władzę służbową jako generał, ona nade mną administracyjną jako księżniczka. Zupełnie mi to wystarczy.

– Dobra. Masz ją – mruknęła władczyni. – Nie zrób jej krzywdy, świnio!

– Nie wygląda na taką, co da sobie zrobić krzywdę. – Biafra uśmiechnął się zimno. – Nawet Virion nie za bardzo potrafił to sprawić.

Rozdział 8

Grubo ponad rok przygotowań, intryg i topienia pieniędzy w różnych przedsięwzięciach zaczął nareszcie przynosić efekty. Wielki książę Tau został związany wojną na wschodzie – Symm zaatakowało, tym razem wsparte siłami swojego niedawnego wroga, Księstwa Linnoy. Armia Wschodu została więc spacyfikowana. Wielki książę Dahren zaniemógł nagle. Wydawałoby się, że nie można otruć wielkiego księcia, wszak wszystkie jego potrawy były wielokrotnie próbowane przez wielu ludzi, zanim dotarły do tych najważniejszych ust. Ale... Czasem te mniej ważne usta zamykają się nagle bez powodu, a te ważne otwierają bez potrzeby... Tytuł i wielkoksiążęcą władzę odziedziczyła po ojcu kilkunastoletnia Nauzea (bez sprzeciwów zresztą, bo wsławiła się nieugiętą postawą podczas zarazy), a jej nadwornym doradcą został Zyrion. Cholernie drogo to kosztowało, ale pal piorun. Po roku zaczęło się opłacać.

Rada Królewska wierzgała niczym nieudolnie podkuwany ogier. Królewscy Donosiciele byli jednak spenetrowani przez Mikę na tyle głęboko, że Rada mogła sobie wierzgać. Wiedziała mniej więcej tyle, ile powiedziało jej jedyne źródło informacji, czyli nie więcej, niż Mika zdołał wypocić w swoich lipnych raportach.

Zakon odzyskał swoich informatorów. Tyle tylko, że dzięki Zaanowi Biuro Handlowe wiedziało, kto jest kim i o czym donosi. Mika musiał stworzyć specjalny wydział pisania donosów, który kształtował przesyłaną informację, cyzelował, właściwie to nawet pieścił, przemieniał w poezję, wykuwał prawdziwą maestrię skurwysyństwa.

Mimo to sytuacja wcale nie była dobra. Zmontowanie większego spisku, który objąłby choćby trzy wielkie rody, nie udawało się i pozostawała jedynie opcja brutalna: frontalny atak na wszystkich, co równałoby się popełnieniu samobójstwa. Jeśli jednak nic się nie uda zrobić, szansa na to, że Sirius przeżyje kolejny rok, była żadna.

Zaan zaaferowany, kaszlący jak zwykle, z czymś, co blokowało mu płuca i rzęziło w nich okrutnie, wszedł do osobistej komnaty wielkiego księcia.

– Panie... – Pochylił się w ukłonie, czując, jak reumatyzm dosłownie rozrywa mu stawy.

– Zdejmij sandały – mruknął Orion.

Sam chodził boso po wielkiej mapie rozłożonej na podłodze. Była tak duża, że słudzy musieli jej krawędzie zawinąć na ściany.

– Jesteśmy w kropce, człowieku w czarnym płaszczu.

– Wielki...

– Czekaj! – powstrzymał go książę. – Armia Zachodu nie może uderzyć. Tuż za pasem swojego działania ma coś w rodzaju powstania. A nie możemy wysłać tam oddziałów pacyfikacyjnych, bo to zadanie Armii Domowej. Ale Armia Domowa nie istnieje właściwie. Ktoś to bardzo sprytnie wymyślił... Kraj spustoszony zarazą, głównie jej ekonomicznymi skutkami, rozsypka urzędów i instytucji publicznych, a teraz jeszcze to. Mają nas w ręku.

– Co się stało? – odważył się zapytać Zaan.

– Pomieszali nam szyki – westchnął Orion. – To nie jest zwykła burda, którą moglibyśmy powstrzymać własnymi siłami albo przekupując oddziały strażników. Ktoś bardzo władny pięknie tu namieszał.

Zaan przygryzł wargi. Wiedział kto.

– Co się stało? – powtórzył.

– Nowa filozofia – odparł Orion enigmatycznie. – Po wsiach jeżdżą oddziały, jacyś trybuni ludowi z nimi czy co...? Prawią chłopom, że wszyscy ludzie są równi, że już dość panoszenia się jaśniepaństwa, że już nie trzeba płacić podatków, że każdy człowiek powinien utrzymywać się z pracy swoich rąk i spożywać samemu jej owoce. Ma już nie być tytułów szlacheckich, nie będzie panów i chłopów. Będą tylko ludzie i każdy ma mieć takie same prawa. – Książę znowu westchnął ciężko. – Przy tej okropnej biedzie teraz... Znajdują posłuch. Chłopi wierzą w te brednie. Pojawiły się jakieś oddziały partyzanckie grabiące resztki naszego zaopatrzenia. Ale to nic. Chłopi ukrywają ziarno. Nie płacą. Nic nie robią. Nie możemy zdobyć dostaw dla wojska. A Armia Domowa... ech... lepiej nie mówić.

Orion zszedł z mapy zasępiony i spojrzał na Zaana.

– Załatwili nas – prawie szepnął. – Jeśli żołnierze nie będą mieli co jeść, to niedługo będziemy mieli własny miecz wrażony we własną dupę!

Zaan uśmiechnął się promiennie.

– Lepszego prezentu nie mogli nam zrobić wrogowie – powiedział, obserwując z satysfakcją, jak unoszą się brwi księcia.

– Co ty mówisz, człowieku?!

– Problemy mamy trzy. Nie ma zaopatrzenia, raz. Chłopi się buntują, dwa. Nie możemy ich spacyfikować, bo nie ma Armii Domowej, trzy. Genialny plan naszych wrogów. Aaaaaa... Tyle że sami podsunęli nam rozwiązanie wszystkich problemów. – Uśmiechnął się jeszcze szerzej. – Wszystkich trzech.

Książę starł niewidzialny pyłek z nosa. Miał okazję wcześniej poznać wartość Zaana. Ale i tak nie wierzył, że na całym świecie jest ktoś, kto w ciągu kilku chwil, stojąc boso na mapie, potrafi znaleźć rozwiązanie. Lecz w to, że rozwiązanie już zostało znalezione, nie wątpił.

– Mów.

– Trzeba wydzielić lotne oddziały z Armii Zachdu. Sama kadra. Każ im, panie, zdjąć mundury i przebrać się za chłopów. Mogą dostać uzupełnienia spośród kryminalistów, więzienia przecież przepełnione. Takie oddziały muszą jeździć po wsiach i przekonywać wszystkich, że ludzie są równi, że nie powinno być jaśniepaństwa, że nie wolno płacić podatków, że każdy człowiek powinien żyć z owoców pracy własnych rąk...

– Co???

– Tak. Trzeba wynająć jakiegoś młodego filozofa, żeby napisał im instrukcję, jaką gadkę wstawiać chłopom, i pomógł im wyuczyć się jej na pamięć. To muszą być ładne słowa... A potem, kiedy już wszystkich przekonają w danej wsi, taki oddział musi przecież pobrać zaopatrzenie dla siebie. I dla innych „równych" ludzi, którzy biedę klepią gdzie indziej.

– Toż chłopi nie dadzą!

– I o to chodzi! – wykrzyknął Zaan. – O to mniej więcej chodzi.

– I co potem? Kiedy już odmówią?

– Wtedy... wójta nabić na pal, spalić parę chałup, zgwałcić trochę dziewczyn, myślę, że żołnierze, a już na pewno kryminaliści nie będą mieli nic przeciwko, i... No, zabrać ziarno siłą.

Orion wybuchnął śmiechem.

– Myślę, że chłopi szybko zrozumieją, do czego prowadzi sprzyjanie tym specjalistom od równości wszystkich ludzi.

Książę uśmiechał się coraz szerzej. Zaan kontynuował:

– Zrabowane zaopatrzenie dostarczy się po cichu oddziałom Armii Zachodu. To raz. Spacyfikujemy chłopskie bunty, nie mieszając się w to oficjalnie, to dwa. Nasze bojówki, które mogłyby coś zeznać, a także wrogie bojówki, które nam mieszają, zostaną rychło powywieszane przez chłopów na przydrożnych drzewach albo zmasakrowane za pomocą wideł, ewentualnie otrute... I wszystko wróci do normy.

– Zresztą to prawdopodobnie nas poproszą o zaprowadzenie porządku. – Książę rozmasował policzki. – Bardzo dobrze. Możesz zacząć przygotowania do tej akcji.

Zaan, odprawiony ruchem ręki, z najwyższym trudem włożył buty już za drzwiami, na korytarzu. Dyszał ciężko po tym wysiłku, wsłuchując się w coraz mocniejsze rzężenie gdzieś wewnątrz własnych płuc. Nie mógł się wyprostować. Ruszył więc zgięty, raz po raz opierając się o ścianę. Jego ciało składało się prawie wyłącznie z organów, które nie działały poprawnie. Wszystko wysiadało. Poza jedną jedyną rzeczą. Umysłem.

Sam pałac nie przypominał już tej oazy spokoju i dobrobytu, którą stanowił jeszcze nie tak dawno. Większość komnat na książęcym piętrze zajmowali ludzie skupieni nad jakimiś papierami rozłożonymi na stołach, dyskutujący, dyktujący skrybom rozkazy. Pałac wyglądał jak sztab wielkiej armii. Czym zresztą był w istocie. Tyle tylko, że teraz, być może pierwszy raz w dziejach, wielka armia zamierzała podnieść się z leży i zerwać wiążące ją pęta polityki. To już nie miał być obłędny taniec „krok w przód, dwa kroki w tył". Po raz pierwszy w swojej historii wielka armia zamierzała wypełnić rolę, dla której ją stworzono: zadać komuś jeden miażdżący cios. Pogruchotać kości, zdeptać, spalić, zabić. Tym razem bez względu na ekonomiczne skutki całej akcji.

Ledwie dotarł do pomieszczenia za pałacowym prosektorium, gdzie czekali jego współpracownicy. Zyrion i Mika podnieśli głowy znad mapy, którą studiowali. Zaan, opierając się na ramieniu matematyka, usiadł na wielkim zydlu przy stole, starając się przy tym nie stęknąć.

– Będę miał dla was zadanie, ale to później. – Dłuższą chwilę usiłował złapać oddech. – Musimy sprawdzić, czy ta nasza nowa zabawka działa prawidłowo.

– Jaka zabawka? – dał się zaskoczyć Zyrion.

– To wszystko, co do tej pory udało się zorganizować. Armia Zachodu, Biuro Handlowe, naczelny wróżbita cesarstwa, nasze układy tutaj i tam... – Wskazał na fantastyczne wieże stolicy Troy widoczne za oknem. Wszyscy domyślili się jednak, że nie chodzi mu o przepiękną schyłkową architekturę stolicy królestwa, ale o Luan, leżące mniej więcej w tym kierunku. – Musimy sprawdzić, czy nasz młyn wodny się nie zacina.

– Młyn wodny? – uśmiechnął się Mika. – Raczej młyn do mielenia kości...

Zyrion tylko wzruszył ramionami.

– Panowie – przerwał im matematyk – nie możemy mówić tak wprost, określając dokładnie, o co nam chodzi. A jeśli ktoś podsłucha?

– Słuszne słowa – zgodził się Mika. – Musimy znaleźć jakieś... jakiś... – długo szukał słowa. – Jakiś kryptonim, który będziemy stosować, mówiąc o tej operacji.

Zaan nie zrozumiał.

– Znaleźć co?

– No, jakieś słowo, które nie będzie się kojarzyć z naszą operacją. Skoro zamierzamy przeprowadzić nagły, szybki i niespodziewany atak, nazwijmy to operacją „Powolna obrona".

– Do niczego – mruknął matematyk. – W kronikach napiszą, że poniesiemy do Luan wolność, nadzieję, sprzyjanie. Nazwijmy to „Wolność dla każdego".

Zyrion zachichotał.

– Zaniesiemy im pewną wiadomość... – przyznał po chwili. – Że teraz mają być pod naszym butem.

– Taaaa... – westchnął Zaan. – Nie wiem, czy ta wiadomość im się spodoba.

– No to niech będzie „Dobry interes". – Zyrion odruchowo zatarł ręce, wyobrażając sobie zyski, jakie przyniesie im Luan.

– Nazwiemy operację „Dobra wiadomość" – uciął Zaan. – Z niczym się nie będzie kojarzyć.

– Kurde, ludzie. – Mika tylko westchnął. – Tego nikt nie zrobił przez tysiące lat. Nikt nigdy nie zajął Luan.

– Nikt nigdy nie powstrzymał też śmiertelnej zarazy – wtrącił matematyk. – Nadchodzą inne czasy. Teraz „chcieć" znaczy „móc"!

– Chcieć to móc – powtórzył jak echo Zaan, patrząc gdzieś za okno. – Chcieć to móc!

– No dobrze. Więc wprawiamy w ruch nasz młyn do mielenia kości tylko po to, żeby zobaczyć, czy działa?

– Dokładnie.

– I nic więcej – dodał matematyk. – Na razie tylko próba rozruchu.

– To co robimy? – Mika nachylił się nad mapą. – Odbijamy po raz kolejny Yach?

– Nie. – Zaan, usiłując nie charczeć, również dotknął palcem mapy. Nadmiar alkoholu buzował mu w głowie, ledwie mógł utrzymać oczy otwarte. – Porty nas w ogóle nie obchodzą. Nie są nam do niczego potrzebne. I chodzi o to, żeby straciły swoje znaczenie dokumentnie.

– Zaraz, zaraz – przerwał mu Zyrion. – Mamy swoje interesy w Yach. Nie róbmy tak, żebyśmy je stracili.

– Wojna nie rządzi się ekonomią – powiedział matematyk.

– Wszędzie mamy swoje interesy – poparł go Zaan.

– Idzie o to, żeby te ważniejsze stały się jeszcze bardziej ważne, a te pomniejsze niech trafi szlag.

– To jest niezłe rozwiązanie. – Palec Miki błądził po mapie. – Wielkim rodom odcinamy złotonośną arterię. Dwie najważniejsze komandorie Zakonu, zamiast przynosić zyski, zaczną przynosić straty i trzeba je będzie utrzymywać... Dobre. Walniemy ich po sakiewkach!

– To rozumiem – uśmiechnął się Zyrion, pojąwszy nagle zamysł Zaana. – Nie nożem po gardle, nie mieczem w brzuch. Sakiewkę wyczyścić do dna! I już jeden z drugim będzie bardziej potulny. – Roześmiał się na cały głos. – To rozumiem! Dobrze wymyślone... Niech oni na jedną naszą złotą monetę będą musieli położyć pięć złotych monet. I wtedy już wygrywamy, nic właściwie nie robiąc.

– Dokładnie o to chodzi. – Zaan wziął rysik i zaczął kreślić linie na mapie. – Zajmujemy dwie główne drogi. Tak głęboko, jak się da. Robimy wybrzuszenie na froncie, które będzie przydatne przy dalszych operacjach. Odcinamy porty od komunikacji z Luan. Portów nie zajmujemy. Same stracą swoje znaczenie. Przemytu już nie będzie. Nie będzie zysków. Operacja „Dobra wiadomość" niech im się zda całkiem bezsensowna.

– Ona jest tylko z pozoru bezsensowna. – Zyrion, wreszcie naprawdę zainteresowany, zatarł ręce. – Zajęcie dwu dróg prowadzących donikąd. Na pustynię... Za jeden bukłak wody dostarczony jednemu naszemu żołnierzowi zapłacimy pewnie jeden złoty. Ale oni będą musieli wyłożyć pięć, dla równowagi.

– Nie rozumiem. – Spojrzał na niego pytająco Mika. – Dlaczego?

– Bo my już będziemy w Luan.

– No i?

– Polityka nie wynika z przesłanek racjonalnych, bo gdyby tak było, wszyscy ludzie żyliby beztrosko i dostatnio... – wyjaśnił lichwiarz. – Nie mieczem go i nie pałką.

Połóż łapsko na cudzych pieniądzach. I już masz gnojka na kolanach. – Uśmiechnął się radośnie.

– Dalej nie rozumiem.

Zyrion pokręcił głową. Najwyraźniej on jeden pojął, na czym polega plan Zaana.

– Bezsensowna „Dobra wiadomość" sprawi, że oni się nie zorientują – wyjaśniał. – Ot, jakiś idiota zajął kawał pustyni. Ten dureń będzie teraz musiał płacić złotego za każdy bukłak wody dostarczonej żołnierzowi w forcie. A oni będą płacić „tylko" pół srebrnego. Nie zorientują się, o co tu chodzi.

– Szlag! A o co tu chodzi?

– Bogowie!!! – Zyrion zakrył twarz. – A skąd oni wezmą te pół srebrnego??? No skąd?!

– Ze skarbca.

– I o to właśnie chodzi. – Lichwiarz zaczął chichotać. – O to właśnie chodzi. – Nie mógł opanować śmiechu. – Oj, wywiad robić to nie to samo, co pieniądzem obracać. – Zerknął na Mikę z miną świadczącą, że ma przed sobą wyjątkowo nierozgarniętego ucznia. – Polityka nie jest racjonalna. Nasze armie w Luan. Teoretycznie płacimy za to więcej niż oni. Ale oni będą brać ze skarbca, my z zysków. Komu się prędzej skończy? Zobaczymy. Ale idźmy dalej. Nasze armie w Luan. Co oni zrobią? Pobudują nowe drogi, nowe forty, nowe umocnienia. Za co? Ze skarbca wezmą? Stworzą nowe armie. Za co?

– No zaraz. Nie dość, że będą mieli umocnienia, to jeszcze większą armię? Jaki w tym sens?

– Zazbroimy ich na śmierć! – ryknął Zyrion. – Zazbroimy ich na śmierć! Bogowie... My wydamy złotego na bukłak wody dla żołnierza. Oni pół srebrnego. Przegrywamy dzisiaj. Ale chwilę później oni pobudują drogi i umocnienia, zwiększą armię. I wydadzą pięć złotych na nasz jeden złoty. I koniec z Luan! Zazbroją się na śmierć, dupki, bo nie wiedzą, że my na razie dalej nie idziemy. Nam wystarczy tylko poczekać. Oni będą brali ze skarbca, my z zysków. Na jak długo im wystarczy?

– Z jakich zysków, kurwa?!

– No przecież odetniemy tym razem wszystkie porty! Koniec przemytu i pokątnych interesów! – Zyrion kiwał palcem, jakby rzeczywiście tłumaczył to wszystko wyjątkowo nierozgarniętemu uczniowi. – A skoro jest przemyt, to chyba jest i jakaś potrzeba posiadania czegoś, co ma kto inny. Prawda?

– I my to dostarczymy? Z zyskiem?

– A czyje armie będą stały na pustyni? Dahmeryjskie? Czy nasze?

– Przestańcie już. – Zaan również się uśmiechnął. – To co? Lecimy na pustynię zająć kawał niepotrzebnego piasku?

– Jeśli o mnie chodzi – Zyrion po raz trzeci zatarł ręce – rewelacja!

Matematyk też się śmiał.

– Dwie drogi prowadzące donikąd... I but położony na gardle dwóch najważniejszych komandorii Zakonu oraz łapa wetknięta do skarbca Luan... Mnie się też podoba.

Mika wzruszył ramionami.

– To, że im się wyczyści sakiewki, rozumiem. Ale nie lepiej pozabijać ich wszystkich?

– Daj nam chwilę, Mika – odparł Zyrion. – Daj nam chwilę... A poza tym... nie lepiej, żeby oni się sami pozarzynali? Na jaką zarazę brudzić ręce?

Matematyk przeciągnął się, patrząc na zachodzące słońce. Podszedł do okna i otworzył je na całą szerokość.

– Opracowałem nową grę strategiczną – mruknął. – Właśnie Sirius testuje na sali obok.

– Tylko nie Sirius – jęknął Zaan. – Niech on się nie miesza do decyzji strategicznych.

– Jaką grę? – Mika miał chyba swój zły dzień. Niczego nie rozumiał.

– Taką, która pozwala poruszać armiami na mapie – wyjaśnił matematyk. – Ale tak, jakby to było naprawdę. Chcecie zobaczyć?

– Chętnie. – Mika wstał pierwszy. – Mam tylko nadzieję, że to nie jakieś przekładanie karteczek z cyferkami...

– Chodźcie. – Zaan podniósł się z największym trudem.

Matematyk zaprowadził ich do wielkiej sali, zdawało się, wypełnionej tłumem dyskutujących i biegających na wszystkie strony osób. Centralne miejsce zajmowały dwa ogromne stoły z plastycznymi mapami terenu, oddzielone od siebie szczelną kotarą, tak by „wrogie" dowództwo nie widziało ruchów „obcych" wojsk. Oba stoły obserwowało trzech arbitrów, którzy przekazywali oponentom jedynie to, co w rzeczywistości mogliby zobaczyć na własne oczy z odpowiedniej odległości. Przy samych mapach kręciło się kilka dziewcząt, zabranych chwilowo z pałacowej służby, wyraźnie zaaferowanych wagą swojej nowej roli. Każda z nich miała długi kij, którym z wielkim zaangażowaniem przesuwała na mapie małe statuetki z oznaczeniami poszczególnych jednostek. Wokół, przy mniejszych stolikach, siedzieli inni ludzie rzucający kośćmi do gry i zapisujący coś na karteczkach, które gońcy zabierali natychmiast i biegiem zanosili do innych stolików. Mieli na podłodze namalowane farbą różnokolorowe pasy, żeby nie zmylić drogi.

Centralną pozycję na podwyższeniu zajmował Sirius, wyraźnie podniecony zabawą i perorujący do stratega Miltego.

– No to zaczynamy! Całe wojsko naprzód!

– Jak to naprzód? – Milte otworzył oczy ze zdumienia. – Toż kampania jeszcze nieprzygotowana.

– Jak to nieprzygotowana? Wszystko przecież mamy.

– Brakuje choćby dwudziestu tysięcy podogoni dla mułów – wtrącił się jeden z rachmistrzów.

– Co? Na jasną zarazę nam podogonia? I to jeszcze dwadzieścia tysięcy?

– Jak konie lub muły nasrają na drogę – wyjaśniał rzeczowo rachmistrz – to żołnierze zaczną przekraczać kupy nawozu i zmylą marszowy krok. Szybkość dniokrokowa spadnie do siedemdziesięciu od sta.

– Nie. Nie... Nie wmówicie mi takich bzdur.

– Na postojach zabraknie wody – kontynuował niezrażony rachmistrz – bo żołnierze będą myć nogi i sandały.

– Zamknij się! – wrzasnął Sirius. – Całe wojsko naprzód! Marsz!

– Którędy? – jęknął Milte.

– O, tędy. – Książę nachylił się nad mniejszą mapą na stojaku. – O! Królewską drogą numer pięć. Wprost na Aleję Syrinx wyjdziemy.

– Bogowie... – Milte tylko potrząsnął głową. – Całe wojsko jedną drogą? Jedną?

– Jest najkrótsza. Hej, ty! – wrzasnął Sirius do jednej z dziewczyn, które trzymały długie kije. – Ruszaj naszą armię na drogę numer pięć.

Służąca, oderwana od swoich zwykłych obowiązków zaledwie kilka dni temu i pośpiesznie przeszkolona, pojęła w mig straszliwą wagę swojej misji. Najpierw stanęła na baczność niczym żołnierz weteran, który służył dwadzieścia lat na pierwszej linii. Potem uchwyciła długi kij jak lancę i ruszyła do boju z poświęceniem godnym starożytnych bohaterów. Gdyby wszyscy żołnierze mieli tyle woli walki co ona, nawet same drewniane figurki przesuwane przez nią po mapie zwyciężyłyby cesarza Luan.

– Minęły dwa dni – krzyknął Milte do jednego z rachmistrzów.

– Jak to dwa dni? – zaperzył się Sirius.

– Tu jest sztab, a tu twoja armia. – Strateg pokazywał mniejszą mapę. – Dwóch dni potrzebują gońcy, żeby dotrzeć do wszystkich dowódców.

– No to przysuńmy sztab do armii!

– Dobrze – mruknął Milte i dodał głośniej: – Zwijamy sztab. Koniec możliwości wydawania rozkazów dla całej armii naraz.

– Jak to koniec?

– Sztab w ruchu. Zaraz zobaczysz, książę.

– Minął trzeci dzień – ryczał herold przy kołowrotku.

– Jak to trzeci??? – wył Sirius. – Ledwie się coś ruszyło na mapie.

– Źle zrozumiany rozkaz! – krzyknął jeden z hazardzistów, rzucający kośćmi na bocznym stoliku.

Dziewczyna w krótkiej sukience przy stole przesunęła kijem parę tysięcy ludzi na bok. Z dala od drogi.

– No gdzie ten oddział lezie?! – ryczał Sirius. – Cofnij go, krowo!

– Teraz na odwołanie rozkazu potrzebujemy dwóch dni – powiedział Milte.

– Cofnij go! Rozkazuję!

– Rozkaz został wysłany. Za dwa dni dojdzie. – Milte pchnął podręcznego.

– Jej kazałem cofnąć! – gorączkował się Sirius, wskazując dziewczynę z kijem. – Nie tobie.

– Nie można. Inaczej gra straci sens.

– Minął czwarty dzień – krzyczał herold przy kołowrocie.

– Jak to czwarty? Wróć. Zakazuję!

– Dni raczej nie cofniemy – uśmiechnął się Milte. Najwyraźniej bawił się w najlepsze. On już poruszał armią. I to naprawdę. W rzeczywistości. On znał opór materii, te setki dowódców, z których każdy myślał inaczej i miał własne koncepcje. Teraz obserwował, jak amator porusza armią, choćby i palcem po mapie. I już wiedział, jak to się skończy.

– No to ściąć tego głupiego stratega, który nie rozumie rozkazów.

– Dobrze. – Milte był teraz wzorem uprzejmości. – Za dwa dni zetniemy, a paroma tysiącami ludzi będzie dowodził przypadkowy taktyk. Życzę mu wszystkiego najlepszego. To będzie zgroza...

– To co, nie ścinać?

– Lepszy nawet głupi strateg, który jednak już to kiedyś robił, niż przypadkowy taktyk, który teraz dopiero się dowie, że całe godziny wykładów o obsłudze młotka są niczym wobec faktu, że się tym młotkiem uderzy z całej siły we własny palec.

– Piąty dzień.

– Czemu to się tak wydłuża? – Sirius wskazał figurki rozsunięte na drodze na jakiejś nieprawdopodobnej długości.

– Wojsko rozciągnęło się na trzy dni marszu. Szybkość tyłów trzydzieści od sta – zaraportował rachmistrz.

– Psuje się pogoda! Deszcz! – krzyknął jeden z hazardzistów.

– Jaki deszcz? Na pustyni?

– Nie jesteśmy jeszcze na pustyni. Nie opuściliśmy Troy.

– Szósty dzień. Armia rozciągnięta na trzy dni marszu.

– Bogowie! Co to znaczy? Zaraz. – Sirius potrząsnął głową. – To każmy tym z tyłu iść szybciej.

– Którędy? Toż oni nie ze złośliwości idą wolniej. Nie stratują kolegów z przodu.

– No to niech ci z przodu idą wolniej. O! – Książę aż strzelił palcami, zadowolony z własnej przenikliwości.

– Za trzy dni dowiedzą się, że mają zwolnić.

– Nie łżyj! Goniec porusza się szybciej niż pieszy!

– Ale nie ma którędy. Droga zatarasowana wojskiem. Będzie niewiele szybszy niż piechur.

– A ptaki pocztowe???

– Ptaki to oddziały czołowe mogą wysłać nam. Plus dzień na dostarczenie meldunków przez gońców z siedziby. My im nie możemy niczego wysłać. Ptaszek nie zrozumie rozkazu, dokąd ma lecieć.

– Pogoda: prażące słońce! – krzyknął któryś z hazardzistów.

– Siódmy dzień – oznajmił wszem wobec herold.

– Porcje żywieniowe wzdłuż drogi nie nadają się już do jedzenia.

– Żołnierze grabią okoliczne wsie.

– Szybkość armii siedem od sta.

– Ósmy dzień.

– Bunty ludności. Chłopi uciekają, zabierając dobytek.

– Dowódcy liniowi wydzielają oddziały do pacyfikacji buntów. Liczebność oddziałów pierwszoliniowych spadła do osiemdziesięciu od sta.

– Podeślijcie im trochę zaopatrzenia! – krzyknął znowu Sirius.

– Którędy? – spytał po raz kolejny Milte. – Droga zapchana wojskiem na trzy dni marszu. Wozy potrzebują sześciu dni.

– Niech jadą gdzieś obok.

– Wozy mają jechać obok drogi? Po wertepach?

– Dziewiąty dzień.

– Bunt w wojsku – krzyknął kolejny hazardzista. – Dwie setki zajęły strategiczny spichlerz.

– Oddziały pierwszoliniowe robią postój – powiedział najbliżej siedzący rachmistrz.

– Zator na drodze!

– Armia za dwa dni zrobi postój.

– Bunt w zaopatrzeniu. Chłopi rabują nasze wozy.

– Drugi rzut robi postój. Wydzielanie oddziałów pacyfikacyjnych. Stan na drodze siedemdziesiąt od sta.

– Wrzenie. Przysłać gwardię.

– Gwardia przebije się za trzy dni.

– Zaopatrzenie robi postój.

– Prażące słońce. Brak wody.

– Ja też mam problemy z wodą.

Meldunki padały już od każdego stolika.

– Gwardia robi postój.

– Brak jedzenia, wody. Bunt, trzydzieści od sta.

– Zaopatrzenie rozkradane. Głód.

– Walka pomiędzy wojskiem a ludnością.

– Elitarne jednostki robią postój. Walki pomiędzy elitą a zwykłym wojskiem.

– Samozwańczy taktyk obejmuje dowództwo z przodu po obwieszeniu strategów. Czoło kolumny robi zwrot, żeby dostać się na tereny, gdzie jest jedzenie. Spichrze strategiczne rabowane przez nasze własne oddziały.

– Zaraz – wtrącił się Sirius, patrząc na mapę. – Tu przecież jest most. Niech ktoś pośle im tędy zaopatrzenie!

– Wysłać zaopatrzenie.

– Rozkradane. Walki o żywność.

– Wysłać gwardię! – ryknął książę.

– Gwardia przedziera się do mostu. Przepustowość mostu nieznana.

– Gwardia ochrania wozy.

– Wysłać zwiad!

– Zwiad nie odpowiada.

– Wszystkie wozy na most!!! – Sirius w desperacji nie mógł się już opanować.

– Wszystkie wozy na most.

– Przepustowość nieznana. Czy kontynuować?

– Kontynuować.

– Jaka jest przepustowość mostu? Jaka jest jego wytrzymałość? Czy grunt wokół ubity? Bo właśnie wpuszczam tam wozy.

Nagle meldunki się urwały. Wszystkie oczy zwróciły się na głównego rachmistrza, który otworzył zalakowaną kopertę przewidzianą do symulacji. Szybko przebiegł wzrokiem kilkanaście liter.

– Zawalił się.

Ludzie przy stolikach odprężyli się wyraźnie. No to już koniec uciążliwych obliczeń wykonywanych zbyt szybko i ze zbyt dużym obciążeniem, żeby nadążyć za prowadzącym grę. Już koniec na dziś. Można odpocząć. Jedynie dziewczyny z kijami przy mapie wydawały się zawiedzione, choć też ukradkiem ocierały pot z czoła.

– Co to znaczy? – spytał Sirius w ciszy, która zapanowała w pomieszczeniu.

– Nie mamy już armii – wyjaśnił Milte. – A nawet nie spotkaliśmy czołówek przeciwnika.

– Dlaczego?

– Po prostu... – Strateg usiłował nie patrzeć księciu w oczy. – Poszliśmy chyba o jeden most za daleko... – zażartował.

Wieczorem Zaan siedział w swojej komnacie. Kaszlał tak, że nie mógł nawet marzyć o pójściu spać. Patrzył przez okno na jakiś niewielki oddział wojska, maszerujący nie na mapie, lecz w rzeczywistości. Wyobraził sobie wszystkie drewniane figurki, które widział podczas gry strategicznej, zamienione w prawdziwe oddziały Armii

Zachodu Oriona. Wyobraził sobie macki Biura Handlowego Miki sięgające wszędzie, podsłuchujące, mamiące, puszczające dym w oczy polityków. Wyobraził sobie imperium finansowe, które stworzył Zyrion. Tę machinę ładu ostatecznego, którą pałacowy matematyk składał w jedną całość...

– Potęga – wyszeptał Zaan, opierając łokcie na parapecie. – Potęga. Moc...

Oczy łzawiły mu z bólu, reumatyzm rwał kości niczym kowalskie cęgi, kaszel prawie uniemożliwiał normalne mówienie. Strach dławił równie mocno jak rzężenie w płucach. Cały dygotał.

– Potęga...

Wziął pióro, inkaust i zaczął pisać krótkie listy.

„Zyrion, co takiego do ciebie ma Mika? Bo to, co mi pokazał... Wiesz, jeśli to prawda, powinienem cię... wiesz co. Jeśli to prawda. Jeśli..."

Drugi list.

„Mika, co takiego do ciebie ma Zyrion? Bo to, co mi pokazał... Wiesz, jeśli to prawda, powinienem cię... wiesz co. Jeśli to prawda. Jeśli..."

Trzeci list.

„Czemu Orion twierdzi, że trzeba usunąć pałacowego matematyka? Co on ma do ciebie? Wybroniłem cię ostatkiem sił. Ale Mika i Zyrion też cię nie lubią. Dlaczego? Jest coś na rzeczy?"

Wezwał gońców i kazał dostarczyć wszystkie trzy pisma do adresatów. Nie był w stanie położyć się do łóżka. Ale wiedział też, że trójka jego zauszników lada moment też nie będzie potrafiła.

– Moc. Potęga – szeptał.

Oczami wyobraźni widział swoich trzech najbliższych wspólników. Jak nimi trzęsie. Jak spiżowe pazury strachu wpijają im się w gardło. Jak chodzą od ściany do ściany, piją wino na umór, zagryzają wargi, nie znajdując w niczym ukojenia. Jak roztrzęsieni knują teraz jeden przeciwko drugiemu. Moc i potęga.

Zaan owinął się w pled, położył poduszkę na parapecie i oparł na niej głowę. Był spokojniejszy, sądził, że uda mu się zasnąć. Przez chwilę tylko zastanawiał się, czy może komuś jeszcze życzyć dobrej nocy...

Rozdział 9

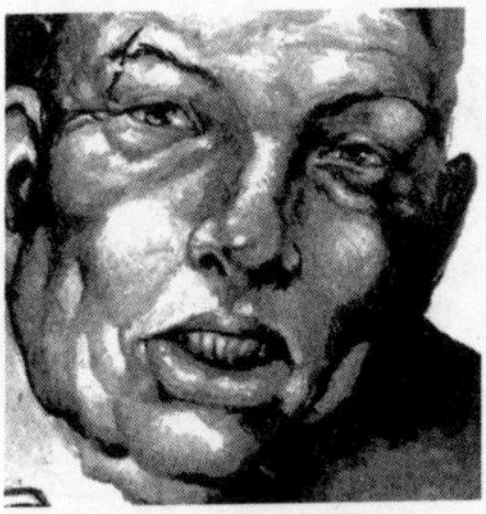

Achaja ocknęła się w czymś miękkim. Było jej tak ciepło i przyjemnie, że postanowiła się nie budzić. Ale to raczej trudno sobie nakazać, więc po dłuższej chwili zmagań otworzyła oczy. Niczym przez mgłę zobaczyła nad sobą twarz jakiejś dziewczyny. Ta krzyknęła, Achaja poczuła na ramieniu coś ciepłego.

– Medyk! Medyk! Panienka się ocknęła!

Gdzie ona jest? W swoim pałacu w Troy?

– Medyk! No co jest, psie! Śpisz?! – Dziewczyna była co prawda tylko służącą. Ale za to pierwszą służącą księżniczki Arkach. Mogła sobie pozwolić na to, żeby pogonić kota paru głupim mężczyznom. Nie wszystkim, niestety. Wraz z medykiem do pokoju wszedł Biafra. A jemu raczej niczego nie udawało się pogonić. On sam gonił, i to dość skutecznie.

Achaja otworzyła szerzej oczy. Jakieś męskie ręce obmacywały ją dokładnie.

– Kto rozlał kleik? – rozdarł się Biafra.

– Ja, panie. – Służąca stanęła odważnie. Była wszak pierwszą służącą. Miała prawo walczyć o swoje miejsce przy panience. – Ocknęła się i ja...

– Już myślałem, że smok ogniem zionął. Oblałaś jej całe ramię.

– Przecież wycieram, panie. Ja...

– Ja i tylko ja – zakpił. – To już jeden filozof powiedział, wieki temu. Dobra, won!

– Ależ, panie! Ja...

– Won – uciął Biafra.

Purpurowa z wściekłości dziewczyna wyszła, pomstując w duchu. Biafra przyczepił się więc do mężczyzny:

– No, długo tam jeszcze? Uciekaj mi, ale już.

– Panie! Ona się dopiero ocknęła, trzeba zbadać, trzeba...

– Słuchaj, pacanie. Od chorób i ran, no owszem, parę osób umarło na świecie – wyjaśniał cierpliwie. – Lecz od pomocy udzielanej przez medyków umiera każdy, za kogo byście się wzięli. Więc zrób mi uprzejmość i wynieś się natychmiast.

– Ją trzeba karmić, panie.

– Precz.

Biafra przysiadł na brzegu łóżka, nie patrząc na umykającego medyka. Wziął z podręcznego stolika resztkę kleiku, nabrał go wielką łyżką i wsadził dziewczynie do ust.

– Dobre?

Nie mogła odpowiedzieć, bo usta miała pełne ohydnej, klejącej się mazi. Usiłowała mu pokazać oczami, że nie chce więcej.

– Cieszę się, że ci smakuje – mruknął i władował Achai następną porcję.

Jęknęła cicho. Przecież tego się nie da przełknąć! Jak mu powiedzieć, żeby dał wódki? Ty oprawco, ty... – klęła w myślach z zaklejonymi ustami. Ty zboczeńcu! Co ty mi robisz? Umrę przez ciebie!

Wpakował jej następną łyżkę. Postanowiła nie myśleć o nim niczego złego. Może czytał w myślach, świnia, i będzie się mścił? Zadusi ją tą ohydną kaszką.

– Rozumiesz, co do ciebie mówię? – spytał z pewnym zaciekawieniem.

Skwapliwie, energicznie przytaknęła. Może chce spytać, czy ma dość tego świństwa? Może przestanie ją dusić tym klejem. Sprawcie, Bogowie, żeby tak było.

– Mam dla ciebie dwie wiadomości. Dobrą i złą. Którą chcesz najpierw?

Zdobyła się na nadludzki wysiłek. Jeśli tylko dobra wiadomość oznacza, że skończyła się kaszka, to warto się poświęcić. Przełknęła!

– Dobrą – szepnęła.

– Świetnie, podobasz mi się. – Zakneblował ją następną porcją kleiku. – Dobra jest taka, że tylko lewa ręka wysiadła ci tak naprawdę. Już nie chwycisz niczego w lewą dłoń. Możesz ruszać łokciem, lecz nic poza tym. Nie tak źle. Będziesz musiała prawą dłonią ćwiczyć swoje lewe palce i nadgarstek. Będzie bolało jak szlag na początku, ale medyk mówi, że musisz, bo inaczej coś tam się stanie z mięśniami i będzie brzydko wyglądać. No, to – nowa porcja kaszki – najważniejsze przekazałem. Jedna ręka ci w zupełności wystarczy.

O Bogowie! A jak brzmi ta zła wiadomość? Że ma przy łóżku jeszcze dwa wiadra tej makabrycznej mazi? Tego nie przeżyje. To niemożliwe! Świat nie może być aż tak okrutny! Zawzięła się w sobie i przełknęła to, co miała w ustach.

– Aaaa...

Wykorzystując, że otworzyła usta, Biafra wpakował Achai następną olbrzymią łyżkę. Nie mogła się bronić. Nie mogła nic zrobić. Czym zawiniła, że przy jej łóżku posadzili kata?

– A ta zła wiadomość? – domyślił się. – No, niestety. Zostałaś księżniczką Królestwa Arkach, biedactwo. Twoja odtąd Starsza Siostra, Jej Wysokość królowa Arkach – wpakował jej na siłę kolejną łyżkę kaszki, trochę rozlewając po policzku – ona ci to zrobiła. Nie wiem, za co cię tak nie lubi. Może podpadłaś na przeglądzie wojsk? Ale żeby aż tak? – Wzruszył ramionami. – Nie każdego niesubordynowanego żołnierza karze się od razu tytułem księżniczki. Najwyższy wymiar kary przewidziany jest jedynie dla tych, co podpadli szczególnie.

Uśmiechnął się, widząc jej pytające spojrzenie.

– No i wiesz. Masz na twarzy, co masz, awansowali cię nagle. Wszystkie pozostałe księżniczki będą cię za to nienawidzić jak psa. Gnębić, nastawać na twoje dość wątłe, chwilowo, życie. Ale wiesz, Arkach to prowincja świata, u nas nie takie metody jak choćby w Troy. – Machnął ręką. – Ot, jakaś księżniczka wrzuci kamień przez okno, licząc, że dostaniesz w łeb. Druga podstawi nogę na oficjalnym przyjęciu. Jest cień szansy, że jakoś przeżyjesz.

Musiała przełknąć.

– Ja...

Błąd. Głoska „a" też wymagała otwarcia ust. Czy da się powiedzieć: „Nie chcę więcej tej kaszki" bez samogłosek? Może przez zęby? Żeby mogła tak ruszyć nogą albo ręką. Albo dobra! Nie będzie już przełykać. Przecież nie będzie wlewał do pełnych ust! Nie będzie przełykać! Jak mu pokazać samymi oczami, że go zamorduje, gdy tylko choć trochę wyzdrowieje? Rozerwie go zębami na strzępy.

– No dobra. Kończymy z tym świństwem. Ostatnia łyżka!

Zaprzeczyła ruchem głowy.

– No nie wygłupiaj się. Jeśli osłabniesz, królowa mnie zabije.

Odwróciła twarz. Nie da się wymanewrować. Ale Biafra potrafił wiele.

– Słuchaj. Jeśli zjesz tę ostatnią, dam ci spokój. A jeśli nie... to przyniosę jeszcze dwa wiadra kaszki i mojego speca od przesłuchań. Zapewniam cię, że do wieczora zjesz te dwa wiadra i przyznasz się, potwierdzając podpisem, że niczego tak nie lubisz jak kleiku. Słuchaj. Są tu te twoje dziewczyny.

Nie otworzy więcej ust, choćby się paliło.

– Jakie? – nie wytrzymała jednak, ale tym razem nie wetknął jej łyżki.

– No, z twojego plutonu. Jako księżniczce należy ci się pluton przyboczny, więc sprowadziłem tamte. I tak byś je później wyciągała z dywizji, więc zrobiłem to sam.

– Ale które z nich?

Wzruszył ramionami.

– A skąd mam wiedzieć, z którymi byłaś bliżej? Przeniosłem cały pluton do służb rozpoznania i zaopatrzenia. Są tu wszystkie, łącznie z tymi małymi, które wam przydzielili w ostatniej chwili. A nawiasem mówiąc, ta postawna, Shha, czy jak jej tam, zdążyła już dać w zęby jednej ze służby, bo tamta nie chciała jej wpuścić. I teraz nie cierpią się jak psy. Nie wiem, czy się dobrze wyraziłem? Jak suki? – Nie chwyciła niezbyt wyrafinowanego dowcipu, więc kontynuował: – Ogólnie jednak pluton raczej chwali sobie przeniesienie.

– Gdzie ja jestem?

– W swoim pałacu... o! – Machnął ręką. – Nie wyobrażaj sobie od razu pałacu jak w Troy. Na wasze warunki to raczej rodzaj dworku. Domku ogrodowego czy co tam.

Wyjął z kieszeni nowe naszywki i rzucił na stół.

– Zostałaś też majorem. A major to dopiero ma fajne buty i śliczną kurteczkę. Będzie ci do twarzy – zakpił lekko. – Jeszcze coś chciałabyś wiedzieć?

– Co z dywizją?

– Nikogo więcej nie zabito. – Trzeba przyznać, że Biafra nie zabiegał o poklask. Nie powiedział, że on to sprawił, co zrobiliby w tym miejscu wszyscy inni ludzie.

– Co z Virionem? – spytała.

Uśmiechnął się szeroko.

– Żyje i ma się dobrze. Znacznie lepiej niż ty. – Popatrzył uważnie na swoje paznokcie. – Jak mogłaś uwierzyć, że on ma dziecko? – spytał. – Do tego dwuletnie. On przecież całe życie tylko po knajpach i burdelach. Wóda i dziwki. Nigdy nie miał żony ani żadnej dziewczyny! Ot, kupił tę czapeczkę i szaliczek na jakimś targu. I załatwił cię, jak chciał. W momencie, kiedy już miałaś miecz wyciągnięty nad jego szyją... – Pokręcił głową. – Dać się zrobić „na szaliczek"! I to ty. Z Troy. Toż wiesz dobrze, że w Luan i w lecie, i w zimie gorąco jak w piecu! Nawet gdyby miał dziecko jakimś cudem, to na co jemu szaliczek, że nie wspomnę już o wełnianej czapeczce?

Uśmiechnęła się słabo.

– Pokazał mi, jak się zwycięża – szepnęła. – Także nie mogąc za bardzo ruszyć nogą lub ręką. Krótki miał rację. Nie wystarczy zabić. Trzeba wygrać i tyle. Ale... dopiero Virion pokazał mi, że to się da zrobić, nawet jeśli nie ma żadnych szans. Bogowie! Nie ma przeznaczenia! Nie ma przeznaczenia. Teraz w to uwierzyłam.

Biafra klepnął ją w ramię.

– No, pani major. Kurujcie się. – Wstał, lekko krzywiąc swoją przystojną twarz o zimnych, martwych oczach. – Pogadamy poważnie, gdy będziesz choć tak silna jak wróbel.

– Mogę jeszcze o coś spytać?

– No?

– Jak to jest, że mówisz takie rzeczy... przy królowej? Nie boisz się?

Ziewnął rozbawiony.

– Niespecjalnie. To moja matka.

– Co?

– Nie zdradzam żadnej tajemnicy, bo to jest tajemnica raczej publiczna. Jestem jej pierworodnym synem. I kłopot się zrobił, bo chłopak siłą rzeczy nie może zostać ani królową, ani księżniczką, więc zgodnie z tradycją, żeby zwolnić miejsce dla następnych dzieci, musiała mnie zabrać inna wysoko urodzona baba. Wybrano taką, która była akurat w zaawansowanej ciąży. Miało to wyglądać, jakby urodziła bliźniaki. Ale z mojej „siostry" taki mój bliźniak jak nie przymierzając ty. Nie jesteśmy podobni. No i wiesz. Moja „przyszywana", nowa mama nie cierpiała mnie jak psa, ale obowiązek... Kiedy wyrosłem, przyczyniłem się do jej śmierci. Nie własnymi rękami oczywiście, a to, że dała się wplątać w idiotyczną intrygę, to naprawdę jej własna wina. Za dużo ambicji, za mało inteligencji! – Uśmiechnął się promiennie. – Królowa ma rację, że ze mnie straszny gnój. Ale gnój potrzebny zawsze. W każdym królestwie, choćby tylko do rozrzucania po polach.

Ruszył do drzwi.

– No zdrowiej, zdrowiej szybko.

Achaja przymknęła oczy. Szkoda, że nie mogła poruszyć ręką ani nogą. Była naprawdę tak strasznie słaba. Ale żyje... Przegrała z Virionem, ale żyje. A to samo w sobie było wielkie zwycięstwo.

Miejsce Biafry zajęła w pokoju pierwsza służąca.

– Strasznie się cieszę, że panienka już przytomna. – Uśmiechnęła się ciepło. W jej zachowaniu nie było nawet cienia tej uniżoności tak charakterystycznej dla wszystkich sług Troy. Ona była po prostu miła. – Teraz nakarmimy kaszką, a potem umyjemy panienkę.

– Ja już jadłam!

– Nie. Śniło się panience. – Służąca usiadła na brzegu łóżka, trzymając w rękach ogromny talerz mazistego gówna.

– Ja naprawdę jadłam. – Achaja zrobiłaby wszystko, żeby tylko nie mieć więcej w ustach tego świństwa. – Biafra mnie nakarmił!

– Już ja znam pana Biafrę. Pewnie za okno wylał, on nie od karmienia panienki. – Służąca nabrała wielką łyżkę pachnącej mlekiem trucizny.

– Nie! Proszę, nie... Błagam!

– No, niech panienka otworzy usta.

– Nie! – krzyknęła Achaja i to był jej pierwszy błąd.

Otworzyła oczy w ciemnościach, gdy dobiegło ją ciche skrzypnięcie. Jej instynkt niewolnicy wracał widać powoli. Słuchała uważnie. I tak nie mogła się ruszyć, więc raczej z ciekawości.

– Widzę te twoje wielkie oczy – rozległ się szept.

To Shha. Sprawnie podczołgała się do łóżka i w mundurze wpełzła pod kołdrę.

– Cześć, malutka. – Pocałowała Achaję w policzek. – No jak z tobą, siostrzyczko?

– Ledwie obracam głową. Dzięki, że przyszłaś.

– No. Raz już takiej jednej w zęby dałam, bo wpuścić nie chciała. Czekaj, przyniosłam ci coś do jedzenia, bo wiesz... W mojej wioseczce tych medyków to nie ma. Ale jedno wiem, chcesz iść na tamten świat, wołaj medyka. – Wyraźnie Shha zgadzała się w tej mierze z Biafrą. – Ja cię sama wyleczę, siostrzyczko.

Włożyła Achai do ust kawałek czegoś, co dawało się łatwo pogryźć i naprawdę było mięsem! Dziewczyna przełknęła z ulgą.

– Kurde, ty wiesz, siostro, czym oni mnie tu karmią?

Shha wetknęła jej do ust następną porcję.

– Pewnie kaszką – mruknęła. – Eż, to durnie te medyki wszystkie. Zabiją chorego, a potem gadają, że Bogowie wzięli. – Podała trzecią porcję. – Takiego kijem pędzić to mało.

– O kurcze, dzięki! – szepnęła Achaja. – Co to jest?

– Mięso.

– A czemu się tak łatwo gryzie?

– Bo przeżułam. Przecież chora i słaba jesteś.

Achaja o mało nie zwymiotowała, ale Shha chwyciła ją za usta i powstrzymała. W wojsku poznała wiele miastowych dziewczyn i wiedziała, że wszystkie są dziwnie delikatne.

– No już, już, popij teraz.

Przytknęła Achai bukłak do ust.

– To wódka – dodała, widząc, że przyjaciółka się wzdraga. – Rozmieszałam ci z wodą i miodem, żebyś się nie zakrztusiła.

Achaja przełknęła kilka łyków, czując, że naprawdę robi jej się lepiej.

– Shha...

– Co?

– Dzięki, siostrzyczko.

– No, mała, co ty? Po to jestem. Po tośmy się chyba skumały, nie? Żeby jedna drugiej pomagała. U was, w Troy, nie ma takiego zwyczaju, że wojskowe siostry to więcej niż rodzone?

– Nie. U nas głównie mężczyźni w armii.

– U... to rzeczywiście do dupy tam macie.

– No.

– Ale teraz ty u nas. Nasza księżniczka! A wiesz. Ten Biafra to o ciebie dba. Pewnie się zakochał.

– Akurat, zakochał! Pewnie se coś wydumał i jestem mu potrzebna.

– Wyjdziesz za niego?

– No co ty? On nie z tych, co się zakochują. Dam se rękę uciąć, że... Tfu! – przypomniała sobie. – Żeby to szlag! Nie w porę powiedziane, co?

– Popluj przez lewe ramię! Daj, ja ci głowę przytrzymam, boś za słaba.

Kotłowały się przez chwilę w łóżku. Potem Shha spytała znowu:

– Spałaś już z nim? No, opowiadaj. Jak było?

– No co ty?! Ledwie z boku na bok się mogę przewrócić.

– E... A przynajmniej mówił ci jakieś świństwa do ucha? Co ci zrobi, jak wyzdrowiejesz? Pamiętaj, jakby co, nie wahaj się długo. Daj mu tyłka i wychodźcie za siebie.

– Shha, przestań.

– Ja nic, nic. Ale fajny kawaler. Ładny, bogaty. Jakby co, to się nie wahaj! Siostra ci to mówi.

– Shha! Zabiję cię, małpo jedna!

– Akurat. – Ugryzła Achaję w ucho. – Ruszyć się nie możesz, to i nie zabijesz. Bo jak?

Achaja westchnęła ciężko.

– Powiedz – szepnęła. – Jak wam tu jest?

– Fajnie! Wiesz, teraz jesteśmy w zwiadzie! Żołd dwa razy wyższy, dali nam nowe mundury. Ale śliczne! Przy kurtce są takie długie frędzle, na rękawach i z tyłu. I mam mundur letni i zimowy, ze spodniami na szelkach, wiesz? Podbity prawdziwym barankiem. Nigdy czegoś takiego nie widziałam. I jeszcze osobno mundur taki, no, na wyjście do miasta, i osobno taki do bitki! Kurde! Przeglądałam się w lustrze pół dnia, bo tu są takie wielkie lustra! Ale mi fajnie w tym mundurze. Teraz to dopiero ze mnie śliczna dupka! Chłopaki aż piszczeć będą. A wszystko dopasowane. Leży na tobie, jakby krawiec szył, bośmy trzy dni nowe mundury w magazynie wybierały. Ale to jeszcze nic! Jesteśmy ze zwiadu. Widziałaś te nowe odznaki? A jakie buty! Kurtki mają podbite ramiona. I taki kołnierz szeroki, można se go postawić, regulamin dozwala. A tu wiesz, w mieście sama piechota w tych swoich prostych tunikach z płótna. Ale nam zazdroszczą! Wiesz? Wchodzę do karczmy w tym swoim ślicznym mundurze, z błyszczącymi odznakami i wiesz, mam swój stopień na twarzy namalowany, taką żółtą farbą, bo tak jest w tej formacji, i... No i wchodzę do tej karczmy, a tu przy wszystkich stołach rozmowy cichną! Piechociarki zasrane tylko zęby zaciskają, tak zazdroszczą! I boją się, mordy głupie. Bo sierżant zwiadu to więcej niż byle chorąży zwykłej piechoty. Ale fajnie. A to jeszcze nic. Ten mundur, gal... galo...

– Galowy?

– No. To jest dopiero przeżycie. Jeszcze nigdy nie byłam tak ładnie ubrana! Normalnie czarna, gładka kurtka aż lśni, ale pod tym sukienka! Nie żadna tam skórzana spódniczka, ale cieniutka, zwiewna, krótka sukienka. Kurde blade! Buty do kolan, wyglansowane, a plutony to się odróżnia po kolorze chust, co się je na szyjach wiąże. Achajko, jakby mnie w czymś takim w mojej wioseczce zobaczyli, toby myśleli, że królowa do nich przyjechała. By wszyscy na pysk padli przede mną. Ja cię nic nie kłamię, pod słowem. Jeden taki mundur to pewnie kosztuje tyle, co wyposażenie kompanii w dywizji górskiej, gdzieśmy razem służyły. Ale, kurde, włożysz i... Chłopom na ulicy buty spadają! A piechociarki toby se dały języki nawet uciąć, żeby choć przez dzień tak pochodzić. Kawaleria to samo. A te wszystkie służby tyłowe toby się pozabijały normalnie, żeby je tylko do zwiadu wzięli. Wiem, co mówię, służba tyłowa jest fajna, bo cię na wojnę nie wyślą, ale chodzić po ulicy w tych płóciennych mundurach? To wstyd i hańba! Kocham naszą armię. Bo tu jest jasno powiedziane. Odważna z ciebie dupka? To tak cię wystroimy, że tym mniej odważnym ślina na twój widok pocieknie!

Zauważyła, że Achaja zasnęła w trakcie jej przemowy, więc pocałowała przyjaciółkę w czoło i bezszelestnie, jak przystało na zwiadowcę, wyśliznęła się z łóżka, a potem z pokoju.

Zaczęła najpierw siadać do karmienia, na szczęście już nie tym ohydnym kleikiem, potem nawet wstała i czując zawroty głowy, zrobiła kilka kroków, podtrzymywana przez dwie służące. Ale zdrowiała szybko.

Tylko ta ręka. Na przedramieniu była ogromna szrama, lecz to nic w porównaniu z tym, że nie mogła poruszać palcami. Wszystkie pięć tkwiło nieruchomo w dziwnym przykurczu, jakby chciała ująć nimi jakieś drzewce. Medyk się mylił – niczego w palcach nie czuła. Żadnego bólu, nic, mogła je drugą ręką wykręcać, jak chciała. Raz nawet ugryzła się, żeby sprawdzić, czy może jednak... i ze zdziwieniem obserwowała kapiącą spod paznokcia krew – zupełnie jakby to nie była jej ręka. No i trudno, miała te swoje osiemnaście czy dziewiętnaście lat, wypalone na tyłku piętno, tatuaż na twarzy i była kaleką. Niezła kolekcja, jak na ten wiek.

Po paru dniach wstała już sama, podeszła do drzwi i wróciła o własnych siłach. Dwa razy w nocy odwiedziła ją Shha, przynosząc pozdrowienia od dziewczyn i trochę wódki. Jedno i drugie bardzo jej pomogło.

A potem przyszedł Biafra.

– Witaj.

Od progu już olśnił ją swoim niesamowitym uśmiechem. Świnia nie świnia, ale z całą pewnością był najprzystojniejszym mężczyzną, jakiego w życiu widziała. Wysoki, z wojskową, regulaminową fryzurą, ale jemu to nie przeszkadzało, wprost przeciwnie. Z tą swoją inteligentną twarzą, błyszczącymi, trochę „martwymi" oczami. Wygadany, pewny siebie, uśmiechnięty. Gdyby tak wyglądały wszystkie świnie na świecie, to można by nawet pomieszkać trochę w chlewie. Gdyby tak wyglądały wszystkie skurwysyny, to jeśli nawet nie byłoby na świecie lepiej, to przynajmniej byłoby znacznie ładniej. Podciągnęła kołdrę pod szyję.

– O! Już się nawet możesz zasłonić sama. Gratuluję.

– Już chodzę.

– Wiem, wiem. I nawet już cię tak często koszmary w nocy nie nachodzą. Świetnie.

Zagryzła wargi.

– Skąd o tym wiesz? Służące podsłuchują, co robię w nocy?

– Co? – był szczerze zdziwiony. – Służące podsłuchują? Ja im dam, sukom! – Przysiadł na skraju łóżka. – Podsłuchują ci, którzy otrzymali takie zadanie. Nie służące. I pamiętaj, gdybyś zobaczyła, że służąca podsłuchuje... Wywalaj na zbity pysk!

Roześmiała się.

– Ty świnio. Kazałeś podsłuchiwać nawet, co majaczę po nocach?

– No widzisz? – On też się uśmiechnął. – Rozmawiamy drugi raz i dopiero teraz nazwałaś mnie świnią.

Kładę to na karb rekonwalescencji i osłabienia umysłu. Inni ludzie nazywają mnie świnią z reguły w pierwszej rozmowie.

Parsknęła śmiechem jeszcze głośniej.

– Czym ty się zajmujesz? O kurde... – zreflektowała się. – Mogę ci mówić na ty?

– To dla mnie zaszczyt być na ty z księżniczką Achają, córką wielkiego księcia Archentara.

– Aż tyle o mnie wiesz?

Machnął lekceważąco ręką.

– O tym to już wie nawet Drugi Wydział Imperialnego Sztabu Generalnego Cesarstwa Luan, a to znaczy, że informacja jest niewiele warta. – Nie złapała fachowego dowcipu z jego branży, więc kontynuował: – Ja wiem o tobie trochę więcej niż oni. A zajmuję się... – Wzruszył ramionami. – Zacznijmy od początku. Wina?

Zaprzeczyła ruchem głowy.

– Kiedyś było tak, że zaopatrzenie armii było podporządkowane naczelnemu dowództwu. Zwiad natomiast poszczególnym jednostkom. I robił się problem. Jak dostarczyć paszę dla koni na zimę, sprzęt do ustawienia fortu w górzystym terenie drogą, która na mapie miała odpowiednią przepustowość, natomiast w rzeczywistości wozy grzęzły na niej już w drugim dniu. Kto za to odpowiada? Zwiad? A co te kilka osób w jakiejś zagubionej jednostce ma do zaopatrzenia całej armii? Więc zaopatrzenie winne? A co niby mają te służby do badania, jak naprawdę wygląda droga, którą kiedyś tam na mapie wyrysował im kto inny. Pogonić mocniej zwiadowców? A skąd oni mają się znać na przepustowości dróg i wytrzymałości mostów? Oni to tylko, żeby poczołgać się przez krzaki i zobaczyć, czy obce wojsko nadchodzi. Tyle ich wiedzy.

– I ty połączyłeś te formacje?

– Nie. Stworzyłem nową, dość słynną już dzisiaj służbę rozpoznania i zaopatrzenia. Nazywają nas zwiadem, choć z klasycznym armijnym zwiadem mamy tyle wspólnego, co tygrys z kotem. My oczywiście sprawdzamy drogi, miejsca składowania zaopatrzenia, rysujemy plany, ale wiesz, jak to jest... Szybko się okazało, że potrzebujemy więcej informacji. – Uśmiechnął się kpiąco. – I więcej... i jeszcze więcej... A potem się okazało, że najlepsze informacje można zdobyć bezpośrednio u nieprzyjaciela. Nie tylko w Luan. Ale wszędzie tam, gdzie mamy jakieś interesy. I ten tryb postępowania zaczął się bardzo opłacać. Często wiemy wcześniej, co nas czeka. Dużo wcześniej.

– Wiecie wszystko o waszych wrogach?

– Achaja – zganił ją – nie bądź dzieckiem! Gdybym wiedział wszystko, tobym nie dopuścił do straszliwego niebezpieczeństwa utraty całej dywizji przy wizycie luańskiego posła. Nikt nie wie wszystkiego i prawdę powiedziawszy, to niepotrzebne, boby za dużo kosztowało. Staramy się wiedzieć o rzeczach ważnych. Jesteśmy wywiadem.

– Czym? – nie zrozumiała.

– Wywiadem. Wywiad to takie nowe określenie używane przez paru fachowców, którzy się tym zajmują w różnych państwach. Oznacza grupę ludzi, która zbiera informacje, nie przebierając w środkach: szantaż, przekupstwo, podsyłanie agentów, skrytobójstwo, podpuszczanie, podkładanie świń, wykorzystywanie nienawiści i ambicji, szkalowanie... Mam wymieniać dalej? – Uśmiechnął się. – To gnój! To kloaka! Robimy straszne świństwa, ale w jakiejś mierze dzięki nam jeszcze istnieje nasze maleńkie królestwo. Po ostatnich wyczynach naszej armii śmiałbym twierdzić, że chyba wyłącznie dzięki nam, ale to oczywiście przesada. Ktoś jednak musi sprzątać to gówno, jakiego narobi wojsko, nie mogąc odnieść żadnego sukcesu strategicznego. Po prostu cofamy się, cofamy i cofamy. Ale to nie jest do końca wina armii. Nie ma pieniędzy na wojsko, politycy nie są w stanie zrozumieć, że Luan napiera coraz silniej, nikt nie chce walczyć, armia nie ma żadnego strategicznego celu. Jak można wypuścić wojsko w pole, nie dając mu celu walki?

– A obrona?

– Obrona to nie cel, to tylko przejściowa forma działań wymuszona przez przeciwnika. Żołnierze to nie filozofowie. Im trzeba powiedzieć: „W ciągu dwóch lat zająć prowincję Negger Bank!". Proszę, zaczną planować, myśleć, robić cokolwiek... A tak? Wojna o Kupiecki Szlak, który już dawno nie jest kupieckim szlakiem, tylko areną mniejszych i większych rzezi. I w imię czego?

– Obrony królestwa – powtórzyła.

– Obrona to atak. Wyobraź sobie, że masz w tej chwili nóż i chcesz mnie zabić. Ja mam kij, na przykład. I co? Mam stać w kącie tego pokoju i machać kijem, opędzając się przed tobą, licząc się z tym, że mogę się poślizgnąć, że do pokoju może ktoś wejść znienacka i wykończycie mnie od tyłu, że wreszcie może tu wybuchnąć pożar i wszyscy się spalimy? Póki co jesteś chora i słaba. Mam więc czekać z kijem w kącie, opędzając się niemrawo, aż ty wyzdrowiejesz? Toż wtedy załatwisz mnie jednym palcem. Po co więc? Czy nie rozsądniej będzie rozwalić ci głowę kijem, dopóki jeszcze leżysz w łóżku?

– A Luan leży w łóżku?

– Nie. Luan jest zdrowe niczym młody dzik w lesie. Jeden pies nie może się z nim mierzyć. Ale tych psów jest więcej. A czy sfora psów boi się dzika? – Uśmiechnął się zimno. – Odpowiedź brzmi: zupełnie się nie boi.

– Gdzie znajdziesz tę sforę? Królestwa Północy? Każde z nich mniejsze niż Syrinx sama w sobie. A może liczysz na Troy? Przeliczysz się.

– A jeżeli się nie przeliczę?

– Coś ci poselstwo nagadało? O wspólnej akcji, tak? Nie ufałabym żadnemu słowu księcia Siriusa! Po pierwsze Sirius jest nikim! Ale nawet jeśli mówił w imieniu Rady Królewskiej, to wspólna akcja będzie wyglądała tak: uderza Arkach, uderzają Królestwa Północy, uderza Troy. Szybki marsz z trzech stron i efekt będzie następujący: Arkach zatrzymane w prowincji Negger Bank, Królestwa Północy zatrzymane na ich własnej granicy, Troy zdobywa ze cztery nowe porty. Wojna na wyczerpanie. Troy się cofa, oddając dwa porty. Z Luan walczą Królestwa Północy i Arkach, ale zapewniam cię, że nie będzie to długa walka, bo Troy ograniczy się wyłącznie do dłubania we własnych zębach.

– No i niby po co im to? Jeśli Luan nas zwycięży, będzie jeszcze większe i silniejsze. Troy wtedy stanie samotnie naprzeciw najpotężniejszego przeciwnika na świecie. Nie drażni się dzika kijkiem. Można się na niego rzucić, ale tylko po to, by zabić.

– I Troy się rzuci... Już widzę. Już widzę, jak się rzuca. Żeby tylko sandałów nie pogubili w biegu. Słuchaj, nie wierz Siriusowi!

– Zostawmy na chwilę Siriusa na boku i powróćmy do rozmowy o wywiadzie. Szpiegowano od zarania ludzkości i pewnie do jej końca będzie się to robić. Ale pierwszą zorganizowaną służbę powołało Luan. To Drugi Wydział Imperialnego Sztabu. Kolosalne pieniądze, straszliwa tradycja donosicielstwa, jedna skoncentrowana wojskowa służba wywiadowcza, ta sama do spraw wewnętrznych i zewnętrznych. Mistrzostwo. Drugiej takiej nie ma na świecie, no może poza Zakonem, lecz to zupełnie co innego. Troy z kolei nigdy nie dowierzało swoim wojskowym i armia nie ma żadnego wywiadu. Jest za to parę służb cywilnych.

– Myślisz o Królewskich Donosicielach?

– Nie. Oni się zajmują samym Troy, tylko wewnątrz. To po prostu oko, ucho, a także ręka ze sztyletem Rady Królewskiej. To nie jest wywiad, jeśli już można wymyślić jakieś słowo na ich określenie, to raczej... kontrwywiad. Ha, ha... ale mi się ładne słowo stworzyło. Muszę zapisać.

– Dyplomacja? – podsunęła.

– Owszem. Twój ojciec, wielki książę Archentar, odpowiedzialny za dyplomację Troy, powiedziałby ci wiele na temat metod zdobywania informacji i ludzi, którzy to robią.

– Trochę wiem. – Uśmiechnęła się.

– Trochę wiesz, więcej nie wiesz, wybacz. Ale Archentar, znowu wybacz, za bardzo dba o siebie i swój honor, żeby to była dobra służba. No, niemniej trzeba się z nią liczyć. Trochę lepsza jest Służba Skarbu.

– Co?

– Ludzie, którzy mają u was pieczę nad skarbem królestwa, też zbierają informacje. – Biafra skrzywił wargi w uśmiechu. – Nie wiesz? I tak to wygląda. Król z Radą nie ufają wielkim rodom, wielkie rody nie ufają sobie wzajemnie, nikt nie ufa armii. Służby są więc rozproszone, niedofinansowane, żrące się wzajemnie. Były koncepcje, żeby to wszystko połączyć, uzbroić w dużo złota i oddać jednej osobie pod komendę, ale upadły, bo niby komu? Komu można dać taki bicz boży do ręki, nie tracąc w perspektywie własnej głowy? Dlatego Troy...

– Jest słabsze od innych w tym względzie?

– Wprost przeciwnie. Nie udało się scalić tamtych? Nie ma sprawy. Powstała nowa cywilna służba, zapewniam cię, wzorowo finansowana i kierowana, tworzona przez lata w ukryciu, a ostatnio ktoś nagle tchnął w nią życie. I to jakie.

– Co to jest? – była autentycznie zdziwiona.

– Biuro Handlowe.

– Bogowie! Co za nazwy? Zaopatrzenie i rozpoznanie, Drugi Wydział, Służba Skarbu, dyplomacja i Biuro Handlowe. Czy nikt z was nie mógłby się nazwać wprost: „Szajka Szpiegów”, „Mordercy i Sukinsyny”, „Wielkie Gówno i Spółka” czy coś w tym stylu? Po co wam eufemizmy?

– Królewscy Donosiciele nie używają eufemizmów i budzą strach samą swoją nazwą. A wywiadu nie może się nikt bać. Wywiad jest straszny, owszem, ale nie może budzić strachu, a to zasadnicza różnica. Nazwy zresztą to tylko jeden ze sposobów, żeby ukryć wydatki przed tymi, którzy chcieliby w nie zerkać. Ot, i cała tajemnica. Ukryć forsę i nie pokazać nikomu, na co się ją wydaje. Dlatego my określamy przejezdność dróg i zajmujemy się zaopatrzeniem, naprawdę spore pieniądze można przy okazji poupychać po różnych sakiewkach różnych osób w różnych krajach, a Biuro Handlowe prowadzi jakieś durnowate interesy kupieckie na całym świecie. I żaden Drugi Wydział Imperialnego Sztabu nie sprawdzi, gdzie wędruje większość sum, tak jak my nie sprawdzimy ich, bo przez ten wydział przepływają pieniądze na wyposażenie armii Luan. A ile i na co odprowadzają bokiem? Nikt nie stwierdzi.

– A jak ma się do tego książę Sirius? I to, co zaproponował w imieniu Troy?

– Książę niczego nie zaproponował. Rozmawiałem z Zaanem.

– Z Zaanem? Tym ochroniarzem księcia?

– On ochroniarz?

– A kto?

– Szef Biura Handlowego Królestwa Troy.

Spojrzała na Biafrę zdziwiona.

– I uwierzyłeś mu? Że ma być wspólna akcja?

– Nie będzie żadnej wspólnej akcji. To w ogóle nie ten etap rozmów. Zaan zasugerował tylko, że gdyby, przykładowo mówiąc, Arkach chciało wystawić armię ofensywną, której na razie nie ma, to Troy chętnie pokryłoby część wydatków.

– O nie! Już widzę, jak Troy płaci na cudzą armię! Już widzę! Chyba nie jesteś naiwny?

– Otóż jestem naiwny. Kalkuluję tak: będą pieniądze, będzie ofensywna armia, nie będzie pieniędzy, nie będzie i armii. To rzeczywiście straszna naiwność, prawda?

– Oni chcą Arkach w coś wpuścić! Chcą was wystawić!

– Po pierwsze: po co? Nic na tym nie zyskają. Po drugie: Troy ma nóż na gardle.

– Z powodu Luan? Śmieszne, walczymy z nimi od setek lat.

– Luan to teraz poboczny problem. Dla nich. A dla nas nie. My też mamy nóż na gardle, jednak z zupełnie innych powodów. To nam upada handel. Przez nasz kraj nie wiedzie żaden ważniejszy szlak handlowy, nie mamy spławnych rzek, nie mamy dostępu do morza, nie mamy niczego do zaproponowania, czego nie mieliby inni. I nie mogąc obniżać cen, jeszcze żyjemy. Płacimy horrendalne sumy tylko za to, że ktoś nam spuszcza towar rzeką do portu. Jak to wliczyć w cenę? Jak sprawić, żeby ktoś jeszcze chciał kupować te nasze gówna? Handel umiera, Luan wygrywa, rok w rok posuwając się bardziej do przodu, i co dalej? Wiesz, co to jest Kupiecki Szlak? To jest droga, która była przez nas ostatnio używana jakieś osiemnaście lat temu. Nie wierz w te wszystkie bzdury, którymi karmi się wojsko. To już ostatnie pasmo gór, jakie nas dzieli od luańskiej armii. Jeśli posuną się jeszcze trochę, wylezą na pagórkowatą równinę wokół stolicy i po nas. Tam ich nie powstrzymamy. Czy wyobrażasz sobie tę twoją górską dywizję, jak staje w szczerym polu naprzeciw odpowiednika ciężkiej dywizji piechoty Luan? A do tego ich kawaleria? A do tego czterokrotna przewaga liczebna. To będzie rzeź! To będzie koniec Arkach w ciągu roku!

– Biafra. Ja nie wiem, co ty chcesz zrobić, ale to jest piękny kraj. Tu jest wolność. Tu jest...

– Nie mamy pieniędzy na dalsze utrzymywanie wolności. Przykro mi.

– Toż ludzie staną w obronie swoich domów! Sądzisz, że nie będą chcieli walczyć za takie królestwo?

– Grabiami i widłami?

Biafra wiedział, że armię trzeba po staremu wyszkolić i wyposażyć w broń. Ale jeśli Achaja uważała, że chłopskie kupy z grabiami powstrzymają Luan, to nic nie stało na przeszkodzie, żeby pochodziła trochę od wsi do wsi i przekonywała kmiotów, że pod cesarską władzą będzie gorzej. Może ktoś jej uwierzy. A tymczasem wolność. Arkach naprawdę nie stać było na utrzymanie większej armii. Arkach właściwie nie było stać nawet na tę, którą miało. Biafra sprzeniewierzył na wydatki swojej służby fundusze na odprawę przyszłych roczników żołnierzy. Za dwa lata, kiedy większy rocznik opuści szeregi wojska – dziewczyny będą zdychać z głodu, bez pracy i bez tej nawet odrobiny grosza, którą dostawali weterani. Jego pewnie wbiją na pal. Na szczęście dwa lata to już nie był problem. Luan po zajęciu Arkach na pewno go zatrudni, choćby po to, by wykorzystać jego agentów, na przykład tych ulokowanych w Troy. Będzie więc sobie żył w luksusowym więzieniu w Syrinx, jeśli przedtem nie wybierze innej przyszłości. A co będzie z koleżankami Achai z plutonu? Porucznik Lanni, praktycznie goła, z kneblem w ustach, będzie podawać do stołu jakiemuś panu w Luan. Sierżant Shha przy budowie cesarskiej drogi. Po roku pozostanie z niej wspomnienie. Szeregowy Bei w burdelu. Szeregowy Chloe (bo ruda, a oni lubią rude) w haremie. Szeregowy Mayfed w kopalni, zacznie pluć krwią po jakichś czterdziestu dniach. Szeregowy Zarrakh przeznaczona na ofiarę w świątyni; najpierw zgwałci ją ze trzydziestu żałobników, potem łaskawie rozetną jej brzuch i będą wróżyć z wnętrzności? No... Mogą mieć oczywiście szczęście i zginąć w bitwie. Mogą też mieć pecha i trafić jako zaprzęg do kieratów nawadniających luańskie pola, podobno tam można przeżyć i dwadzieścia lat, chodząc w kółko dzień po dniu. „Sierżancie, szybciej ciągnij, bo mi kark pęknie!" „Tak jest, pani porucznik". Spojrzał na Achaję, ale ona, mimo że nie powiedział ani słowa, zdawała się myśleć o tym samym.

– Żeby daleko nie szukać. Pewnie jesteś ciekawa, jak poszło twojemu chłopcu w tej wiosce, gdzie mieszkałaś przez rok? Zgodnie z twoim poleceniem sakiewkę dostał, ożenił się z młodą, ładną dziewczyną, kupił ziemię. Teraz on gospodarz, kłaniają mu się we wsi. Raz na dziesięć dni idzie z żoną do świątyni, szmat drogi, oboje dziękują Bogom i proszą o łaskę oraz zachowanie życia dla ciebie, biednej Achajki, którą wojsko wzięło, ale która ich uczyniła ludźmi, z biedy podźwignęła. I zawsze raz na dziesięć dni ofiarę składają za twoje szczęście. I żeby cię w bitwie nie ubili.

– Nawet o tym wiesz?

– Lubię wiedzieć dużo. A ten chłopak, teraz gospodarz, szesnaście listów już wysłał do sztabu w twojej sprawie. – Biafra wyjął spod kurtki zwitek papierów i rzucił na łóżko. – Płacić musiał sporo w gminie, bo przecież on sam pisać nie umie. – Podniósł jeden z nich, złożony wpół papier zatłuszczony czyimiś palcami. – „Pani dowódco wojska... Ja siem wstawiać chcem, za Achaję, dziewczyne. Z naszej wsi wzienta. Pani Dowódco wojska"... O, nawet wielką literą – zakpił z pisarza gminnego. – „Ona całkiem młoda jeszcze. I ona dobra. Nie trza jej na zmarnowanie. My z żonom ofiarujemy, że jak nam się curka"... uuu... ale byki... „urodzona zostanie, to my jom do wojska przeznaczym, za tom Achaje. Moja żona zdrowa. Dużo curek porodzić zamiaruje. Jak byście jom, tom Achaje, chociaż do tyłu dali, nie na bitke, to my curke damy, jak będzie duża, do wojska! Niech odsłuży za tamtom co się należy. Proszę bardzo za niom. Kiela".

– Nie czytaj tego więcej! – warknęła Achaja. Coś ją zapiekło pod powiekami.

– Oczywiście, moja droga. Prośba księżniczki dla mnie rozkazem. – Uśmiechnął się tym swoim wystudiowanym skrzywieniem warg wyrafinowanego intelektualisty. Wyjął inne listy spod kurtki. – Te są od twojego gospodarza. „Wy psiekrwie i krwiopijcy"... Uuuuu... ten sam pisarz gminny płodził, widzę... „Wy pany w... słowo nieczytelne, jebane. Ja was na sund pozwe!!! Ja dał dwie dziewki do wojska zeszłego lata i wy jeszcze mnie zabrali Achaje? To wam tamtych mało? Parobczyce mnie ście zabrali, psubraty? Ja was na sund pozwe. Jest prawo! Jest na was kara! Jest sprawiedliwość jeszcze! Do końca życia pozwy na was pisać bede! We gminie gadajo, że wam mus na sund sie stawić, pani Dowódco armii arkah"... – Biafra aż syknął, widząc ortografię. – „A jak nie bedziecie chcieli, to was sołtys odwiedzi i stawić sie nakaże! Bo sund to sund, a nie jest pośmiewisko na odpuście! Parobczyce, Achaje, dziewczyne, żeście mi zabrali! A prawo po mojej stronie! O! I tak i pisarz powiedział! O!"

– Przestań to czytać!

– Oczywiście. – Biafra rzucił nowe listy na kołdrę. – A tak nawiasem mówiąc... W przyszłym roku musimy skrócić front. Ta twoja wioska znajdzie się pod panowaniem Luan.

– Co?!

– Naprawdę musimy skrócić front. Nie stać nas na utrzymanie aż tak długiego odcinka. Obóz, w którym byłaś, wioska to już Luan właściwie. Najpierw pofiglują sobie z nimi żołnierze. Na przykład z żoną tego twojego chłopaka. A potem przyjdą nadzorcy. Ciekawe, gdzie wtedy będą pisać listy ci dwaj nadzwyczaj wymowni panowie?

– Ty świnio!

– Wszyscy mówią, że jestem świnia. To akurat, o skróceniu frontu, to decyzja twojej Starszej Siostry, królowej. O rok zresztą spóźniona, ale mniejsza – westchnął. – Ten Kiela, czy jak mu, będzie miał pecha, jeśli zostanie w wiosce i dowie się, o czym ty już wiesz. Jeśli będzie miał szczęście, to ucieknie. Żeby zostać żebrakiem w którymś z miast. On, jego młoda żona, jego dziecko, które się dopiero urodzi. Żebracy, lecz tylko przez jakiś rok, dwa, bo nasze miasta też padną niedługo. Potem niewolnicy. A tak przy okazji: gdzie Luan kieruje dzieci niewolników? Wiesz coś o tym?

Achaja popatrzyła Biafrze w oczy.

– Dopiero teraz wiem, co to jest wywiad – mruknęła. – Dziękuję za wyjaśnienie terminu!

– Proszę. – Podrapał się w brodę wypielęgnowaną dłonią. – Ty jesteś wykształcona, doświadczona. Zawsze jakoś tam dasz sobie radę. Zwiewać do Dery? Czy przyjmą taką masę wysoko urodzonych? Przyjmą, przyjmą, każda z was bogata, inteligentna, zawsze się przyda. A chłopi ze wsi? A na szczęście nikt nie pytał o chłopów. Najpierw drogą na Syrinx, a potem... to już, co nadzorca rozkaże.

Achaja zagryzła wargi.

– Co chcesz, żebym zrobiła?

– Chcę, żebyś ze mną pracowała.

– W tym gównie? To znaczy... w tym zaopatrzeniu i rozpoznaniu?

– Mhm.

– Żeby cię szlag trafił!

– Powtarzano mi to wielokrotnie – uśmiechnął się. – Zawsze jednak z kiepskim skutkiem.

– A konkretnie?

– Konkretnie co? Jako księżniczka masz nade mną władzę administracyjną w służbach. Jako major podlegasz mi w szarży. Trzymamy się za łby oboje. Królowa dała mi ciebie w prezencie. Dziwiąc się zresztą niepomiernie. Bo co to za prezent: księżniczka, która nade mną władzę częściowo mieć będzie. A ja jej powiedziałem, że sobie poradzę. Bo wiesz. Ja bardzo lubię rozmawiać z ludźmi inteligentnymi. Takiemu to raz coś wyjaśnić wystarczy, raz listy pokazać, raz sprawę naświetlić... i już twój. I już robi, co się mu powie – Biafra kpił okrutnie, ale miał rację. – Bo najgorzej to z chamem rozmawiać. Takiemu to można i dziesięć razy powtórzyć, a potem i tak do roboty trzeba batem pędzić. A z tobą? Nawet się wina napić nie zdążyłem. Mądra jesteś dziewczynka. Tobie raz powiedzieć w zupełności wystarczy.

– I na co ci ten sarkazm? – wściekła się nagle. – Powiesz wreszcie, kogo mam zabić, czy będziesz czekał, aż wyzdrowieję?

– Nie mówiłem? Mądremu raz powiedzieć, wytłumaczyć powoli i już będzie zbrodnie popełniał. Nie to co cham, którego najpierw w mordę trzeba bić, potem głodzić, potem śmiercią zagrozić. Inteligentny człowiek zbrodnię popełni z przekonania. Toż to nie wsiok. Dać mu w mordę, to wtedy się zatnie i zbrodni żadnej gotów nie popełnić. Ale po prośbie? „Kogo zabić?" spyta od razu. „Więcej niż jednego? Wioskę? Całe miasto?"

– Przestań kpić.

– Dlaczego? Kiedy ja tak strasznie lubię. Uwielbiam, gdy rozsądni ludzie najpierw mnie świnią nazwą, skurwysynem, i będą mieli rację! No bo przecież to nie ich światły poziom, nie im się w gównie grzebać, ale po chwili rozmowy, kiedy się okaże, że trzeba jakoś obronić koleżanki, tatusiów i mamusie, które się same obronić nie zdołają, to wtedy... gotowi są do wszelkich świństw. W gównie się grzebiemy, choć cel mamy szczytny. My już nie zwykłe świnie, ale świnie ze świetlanym celem.

– Przestań. Jesteś, wybacz, śmieszny.

– Lubię się pastwić – kontynuował niezrażony. – Otóż w imię świetlanych celów zabito więcej osób niż dla grabieży. A ja w związku z tym chcę ci coś wyjaśnić. – Patrzył na Achaję badawczo. – Tobie się być może wydaje, że ja ciebie potrzebuję do szlachetnych pojedynków. Ty kontra Nolaan na przykład. Straszliwe ryzyko, ale może kraj uratowany? Nie. Uwierz mi, nie zabija się winnych, bo tych naprawdę winnych nigdy dosięgnąć nie możemy. To nie jest tak, że pewnego dnia ci powiem: „Oto pan, który własnoręcznie zabił sto niemowląt, dwieście rodzin doprowadził do głodu, trzysta miast osobiście spalił, a na śniadanie zwykł jadać niewinne dziewice"! Nie ma tak dobrze. Jeśli nawet jest taki ktoś, to jest... poza naszym zasięgiem. Bo on dobrze wie, co go może spotkać. I potrafi się obronić. To może być tak: „Musimy załatwić tę biedną dziewczynę, która właśnie rodzi. Ona niczemu niewinna, lecz tak wyszło, że jej mąż, też sam w sobie niewinny, musi wiedzieć, że propozycja, którą mu złożyliśmy, jest poważna". I co wtedy? Dalej masz ochotę babrać się w gównie dla obrony koleżanek, tatusiów i mamuś?

– Musi być z wami naprawdę źle, skoro potrzebujecie szermierza natchnionego do zabicia matki w połogu.

Uśmiechnął się.

– Ja ci tylko chcę powiedzieć, że to nie jest tak, że cel piękny ci pomoże w czymkolwiek. Jeśli nam się uda, to również zginą koleżanki, mamusie i tatusiowie... Tyle że nie nasi. Tamci. Równie zresztą niczemu niewinni.

– No dobra – przerwała mu. – A mógłbyś teraz już poważnie powiedzieć, o co chodzi? Nie napawając się przy tym własnym gnojstwem?

Roześmiał się głośno.

– Naprawdę jesteś dość trzeźwa – mruknął. – A wydawało mi się, że kobiety nie potrafią trzeźwo myśleć.

– To dlatego, że tylko co druga przeszła przez to, co ja. – Machnęła zdrową ręką. – Czego ode mnie chcesz?

Biafra podszedł do okna i spojrzał na wierzchołki drzew w malutkim parku poniżej. Była kobietą wyszkoloną do walki w kajdanach. Mogłaby więc walczyć, mając na sobie książęcą balową suknię. Przyzwyczajona do robienia małych kroków, suknia jej nie skrępuje. Wyobrażał sobie wspaniałe przyjęcie, dyplomaci, posłowie, szpiedzy. Ktoś kogoś umiejętnie prowokuje, pojedynek, ale prowokator mdleje nagle, w obronie jego honoru staje piękne dziewczę, śmiech na sali... Chwilę później dziewczę zarzyna właściwą osobę, nie zadyszawszy się nawet, i już nikt się nie śmieje. Piękne. Jednak to tylko teoretyczna możliwość. Po pierwsze, dziewczyna jest znaczna z powodu tatuażu, nie można jej przebrać za kogoś innego. Po drugie, jest zbyt sławna, bo przeżyła walkę z Virionem. Na każdym przyjęciu, które zaszczyciłaby swą obecnością, nikt nie da się sprowokować, nikt pewnie nawet nic nie zje ani się nie odezwie, bo każdy będzie myślał, że to właśnie jego przyszła ukatrupić. Miał przeczucia, że po wejściu Achai na salę atmosfera stałaby się grobowa, a każdy z gości będzie myślał tylko o tym, jak by tu czmychnąć, i to tak, żeby pod żadnym pozorem nie można było tego poczytać za obrazę księżniczki.

I co jej miał powiedzieć? Że oficerowie, których dostaje, są za mało wykształceni? Za mało znają życie, za mało znają ludzi? Że to kobiety (co prawda w wywiadzie było kilka zadań, które kobiety wykonywały lepiej niż mężczyźni, i to zdecydowanie)... Kobiety takie, które jednak mają jeszcze jakieś skrupuły? Że potrzebował kogoś, kto mógłby sam myśleć i jednocześnie nie dałby sobie w kaszę dmuchać? Przecież to bzdury. Jego babskie służby działały naprawdę dobrze. Wiele dziewczyn potrafiło się poświęcić i tkwiły teraz w bardzo władnych domach... Tfu! w bardzo władnych łóżkach, szepcząc do ucha ważne informacje. No ale brakowało mu ludzi takich jak on. Noszących w sobie jakąś zapiekłą urazę i przez to patrzących na świat trzeźwiej niż inni. Wrednie trzeźwo. Oceniających ludzi po tym, co robili, a nie po tym, co mówili. Według Biafry każdy, kto oceniał ludzi po ich uczynkach, nie mógł mieć złudzeń i widział w tym oceanie jedynie płynące fekalia. Owszem, były też piękne rzeczy. Nawet bardzo piękne. Tylko czemu wszystko Bogowie tak strasznie upaćkali na brązowo?

Sam dorastał na dworze księżniczki, która go nienawidziła, choć usiłowała za wszelką cenę nie dać tego poznać. Czuł to jednak – stał się więc skryty, małomówny, zaczął się jąkać. Inne dzieci we dworze nie cierpiały go serdecznie, dokuczały (na ile mogły oczywiście – to nie wiejskie podwórko, nikt nie śmiał go pobić). Nie nazywano go inaczej niż „B...b...b...b...biafra", nie mógł zjeść żadnego posiłku, by nie narazić się na kąśliwe uwagi, że źle trzyma widelec, że za głośno siorbie... A on zacinał się jeszcze bardziej. Miał wszystko, przecież nie był dzieckiem chłopki. Młode lata upływały mu więc wśród bogactwa, spełniania większości zachcianek, najlepszych nauczycieli, wspaniałych książek, które pochłaniał, i... skrywanej nienawiści, jawnej niechęci, małych świństw, które mu robiono. Powoli przyzwyczajał się do myśli, że budzi niechęć u każdego napotkanego człowieka. Kiedy dorósł na tyle, żeby zrozumieć, że jednak nie wszyscy mogą mu zrobić coś złego, stał się wrednym dzieckiem. Zaczął pokazywać służbie, gdzie jej miejsce, a kiedy doszło do niego, że jako „dziecko księżniczki" jest jednak dość wysoko postawiony w hierarchii dworu, zaczął pokazywać innym dzieciom, kto tu naprawdę rządzi. Przybrana matka powściągała go twardo, lecz był już na tyle sprytny, by znaleźć luki w pajęczynie osób zajmujących się jego wychowaniem i dobrać się do tych, co wołali na niego „B...b...b...b...biafra". Krąg nienawiści zacieśniał się coraz bardziej. Inne dzieci zaczęły go ignorować, a kiedy i to nie przyniosło skutku, zaczęły dokuczać jeszcze bardziej. Koniec udręki nastąpił w momencie, gdy oblał jedno z nich wrzątkiem. Przybrana matka kazała go wychłostać i odesłać na dwa lata do wiejskiego dworku, gdzie miał dorastać w samotności, w otoczeniu kilku zaledwie nauczycieli.

Kiedy powrócił z zesłania, był już innym człowiekiem. Z brzydkiego chłopca o zbyt długich rękach i za dużej głowie przeistoczył się w pięknego młodzieńca o zniewalającym uśmiechu. Potrafił być miły, grzeczny, potrafił zjednywać sobie ludzi. Przestał się jąkać. Był ujmujący, świetnie wykształcony, naprawdę miły. Biafrę lubili teraz wszyscy. No, prawie wszyscy... Jednak coś dziwnego zaczęło się dziać w pałacu. Pierwszego z dawnych dręczycieli znaleziono utopionego w stawie. Niby nic. Żadnych śladów walki (a już tylko tak nawiasem mówiąc, gdzie był wtedy Biafra? Wyjechał na polowanie? Widzieliście go przez cały czas? Dziwne... ale nic, nic). Drugi dręczyciel powiesił się na pałacowym dziedzińcu. Macocha sprawdziła dokładnie, gdzie w tym czasie był Biafra. Jego przybrana siostra i dwoje służących przysięgali, że czas spędził z nimi.

Trzecia ofiara wypadła z okna. Podczas balu. Na sali znajdował się oczywiście Biafra, pod przeciwległą ścianą, na oczach wszystkich, którzy chcieliby na niego patrzeć (a było parę takich wynajętych par oczu, które się od pewnego czasu nie zamykały i nie odwracały). Chłopca znowu otoczyła atmosfera nieufności, choć niepodobieństwem było łączyć go ze wspomnianymi wypadkami. Ten problem szybko jednak musiał zejść na plan dalszy, ponieważ wszystko nagle zaczęło się psuć. Księżniczka prowadziła rozmowy z posłem Dery. Niestety, Arkach traciło lwią część wpływów z przewozowego i nad oboma państwami zawisła groźba wojny handlowej. Luan umiejętnie wmieszało się w spór, odbierając dość ważnego partnera, jakim było dotąd Dery, i sprawiając, że na północnej granicy królestwa był już nie „nasz" sojusznik, ale, przynajmniej częściowo, „ich". Sytuacja stała się na tyle groźna, że sama królowa pofatygowała się z całym orszakiem, by „zapytać" księżniczkę o przyczyny tak żenującej klęski w rokowaniach. Pachniało zdradą; było jasne, że skoro władczyni nie wzywa, tylko przyjeżdża sama, to czyjaś głowa musi rozstać się z szyją. Księżniczka nie miała wiele na swoją obronę, właściwie miała tylko jedną kartę, lecz rozegrała ją bardzo głupio. Zwaliła wszystko na Biafrę, twierdząc, że kilkunastoletni chłopak podsłuchał jej rozmowy z doradcami, zdradził wszystko posłom z Dery, a poza tym zabił trzy osoby, które mu dokuczały w dzieciństwie. Zdarzają się czasem osoby prostolinijne aż do przesady. Te raczej nie żyją zbyt długo. Błyskawiczne śledztwo dowiodło, że po pierwsze, Biafra może i mógł coś tam podsłuchać, choć z całą pewnością nie „wszystko", po drugie, nie miał absolutnie żadnej możliwości przekazania czegokolwiek posłowi, nie mógł nawet widzieć kogokolwiek z jego otoczenia, po trzecie, nie miał żadnych szans zabić kogokolwiek w pałacu... (było jeszcze „po czwarte", ale nie mogło się znaleźć w oficjalnym wyliczeniu, więc wspomnijmy po cichu i prywatnie: po czwarte, był synem królowej). Następnego dnia córka księżniczki została sierotą, i to sierotą wydziedziczoną z majątku. Biafra pojechał z prawdziwą matką do stolicy.

Mistrzostwo. To nie zasługa chłopaka, oczywiście. Jeden z jego nauczycieli w wiejskim dworku był pracownikiem Drugiego Wydziału Imperialnego Sztabu Luan. Zatrudniony w pałacu księżniczki nie mógł dopuścić, by taka gratka przeszła mu koło nosa. Sam wystarał się o to, by posłano go z Biafrą na zesłanie. Dwuletnia przerwa w „bieżącej pracy" opłaciła się sowicie. Omotał chłopca wizją wszechmocy, obiecał zemstę, obiecał wiele innych rzeczy jedynie za to, że w odpowiedniej chwili ten zrewanżuje mu się drobną przysługą. Chłopak wcale nie musiał podsłuchiwać „wszystkiego" ani oglądać „wszystkich" papierów. Informacja nigdy nie pochodzi z jednego źródła. Ta też była tylko kamyczkiem z mozaiki, bardzo ważnym, kluczowym, ale nie jedynym. W Drugim Wydziale nie pracowali idioci i nie idioci zepchnęli Arkach na skraj upadku – o tej intrydze można byłoby napisać wiele tomów i mimo to nie powiedzieć wszystkiego.

Nauczycielowi nie był potrzebny wredny, powszechnie nielubiany chłopak. Nauczył go więc kluczenia, opanowania, ukrywania wszelkich zamiarów i uczuć. Pokazał mu, jak sprawić, żeby ludzie go lubili, jak dowiadywać się o sprawach, które inni woleliby trzymać w ukryciu. Jak przekonywać ludzi, że popełniając zbrodnię, wcale jej nie popełniają, a właściwie to nawet robią dobry uczynek. Nauczył go, że nie można się rzucać samemu przeciw wszystkim. Mądry człowiek skłóca wszystkich i stoi z boku, patrząc, jak tamci wyrzynają się wzajemnie.

Biafra był inteligentny i dobrze pojął naukę. Donosił świetnie, miał zawsze pierwszorzędne materiały, w stolicy nie było przed nim zamkniętych drzwi. Nauczył się korzystać ze swojej urody i wdzięku, załatwił sobie u matki stanowisko w wojsku – niestety, w najmniej ważnej dla jego ambicji formacji – w zaopatrzeniu. Wiedział, że normalną drogą nawet on nie zrobi kariery. Jedyny chłopak wśród samych kobiet... „Nie rzucaj się sam na wszystkich" – dobrze to zapamiętał. To już nie był ten Biafra, który infantylnie mścił się na swoich zmorach z dzieciństwa. Bez trudu przekonał swoich luańskich mocodawców, że jeśli pomogą mu stworzyć służbę zajmującą się zbieraniem informacji, to sami przecież od niego otrzymają każdą informację, którą zechcą otrzymać, szybko, tanio i bez trudu. Dzięki wpływom Drugiego Wydziału awansował szybko, a potem za ich pieniądze połączył służbę rozpoznania i zaopatrzenie, tworząc pierwszy z prawdziwego zdarzenia wywiad Królestwa Arkach. Sam śmiał się z tej perfidii. Wywiad Luan stworzył wywiad w Arkach. Ale rządził nim Biafra. Tylko Biafra. Sam przeciw wszystkim? Nie, nie. Za pomocą swojej nowej zabawki szybko odnalazł paru agentów Służby Skarbu z Troy. Zaproponował współpracę, został ich agentem, trochę podonosił. Potem napuścił Służbę Skarbu i Drugi Wydział na siebie. Nie można się przecież rzucać samemu przeciw wszystkim. Mądry człowiek skłóca wszystkich i stoi z boku, patrząc, jak tamci wyrzynają się wzajemnie. Biafra był pojętnym uczniem. Podczas kiedy na terenie Arkach trwała tajna wojna pomiędzy Luan a Troy, Biafra zreorganizował armię (miał już takie wpływy, no i... miał mamę na właściwym stanowisku). On po prostu zrezygnował z tradycyjnych „setek" i stworzył plutony, kompanie, bataliony, pułki. Sprowadził oficerskie dowodzenie do szczebla trzydziestu ludzi, a nie stu. Ustalił ścisłą hierarchię przejmowania obowiązków w razie strat. I stało się coś dziwnego. Wojsko, które do tej pory przegrywało fatalnie, zaczęło nagle przegrywać tylko trochę. Parę nagłych zgonów w Dery (to naprawdę nie on, to Służba Skarbu, której sprzedał za słone pieniądze trochę informacji o strategicznych interesach Luan w tym kraju) zapobiegło zaostrzeniu się wojny handlowej, Dery nie było już pewnym sojusznikiem Luan, Arkach zdobyło lekką przewagę na tej granicy. Jego mocodawcy w Drugim Wydziale zaczęli się trochę denerwować, ale miał przecież swoich mocodawców także w Służbie Skarbu, którzy ciągnęli z całej siły za cugle Imperialny Sztab, ilekroć ich agentowi (podwójnemu? potrójnemu?) powinęła się noga. Dla kogo pracował więc Biafra? Dla nikogo? Dla siebie? On sam nie za dobrze wiedział. Pociągała go gra. Gra sama w sobie. Był hazardzistą, ale nie z tych rzucających kośćmi na targu, on preferował grę w ludzkie głowy. Grę w królestwa. Przeklinał tylko los, który kazał mu urodzić się w prowincjonalnym państewku. Gdyby tak był Luańczykiem... Albo żeby był księciem w Troy... Bogowie! Wtedy by im wszystkim pokazał, co to jest Gra o Świat. A tak? To był jedynie szósty stolik pod ścianą w podmiejskiej szulerni.

Biafra sam nie wiedział, kim jest. Pewne jego sprawki zaczęły jednak wychodzić na jaw, zdobył miano świni i skurwysyna. Tymczasem zdążył już zostać prawą ręką matki, kimś nie do zastąpienia, więc zawistnicy mogli mu najwyżej polizać buty. Mógłby pewnie stać się zbawcą Arkach, mógłby też być grabarzem królestwa. Nie miał pojęcia, co mu bardziej lube. Szef wywiadu, odrzucony syn królowej, agent co najmniej dwóch obcych służb (bo nie liczymy pomniejszych), świnia, jeden z najbardziej inteligentnych ludzi w Arkach, jeden z najbardziej pogardzanych ludzi w Arkach, morderca niewinnych (choć nigdy własnymi rękami – on sam nawet bezdomne pieski i kotki hołubił, bo był wrażliwy jak każdy inteligent, w jego domu roiło się od przygarniętych zwierząt), człowiek, który nie dopuścił do łez wielu rodzin tych dziewczyn, które zginęłyby niepotrzebnie w wojsku z powodu archaicznej taktyki... Czego więc chciał?

Pewnej nocy, pijany jak bela, a właściwie narąbany niczym kompania wojska w dzień zwolnienia ze służby, zszedł do kuchni, bo zaczynało go suszyć. Tam wśród służby, wśród pomywaczek, kucharek, stała... Poznał ją od razu mimo chwiejnej głowy. To była jego przybrana siostra, córka księżniczki, która go wychowała. W przemoczonej, rozchełstanej koszuli, która ją niezbyt okrywała, z wyżartymi czymś dłońmi, wykręconymi już przez reumatyzm. Przyniosła pranie. Ich spojrzenia spotkały się. „Wszyscy won!" – zakomenderował. Wiedziała, że nie do niej ten rozkaz. Nie ruszyła się, kiedy reszta służby w panice opuszczała kuchnię. „No i co, mała?" – wybełkotał. „Chrzani się życie, co?" Skinęła głową. Nawet z pralni chcieli ją wyrzucić, bo do niczego się nie nadawała. „Zjedz coś" – mruknął. Jak by było pięknie powiedzieć, że wzgardziła, uniosła się honorem i tym podobne bajędy z ludowych podań. Rzuciła się na jedzenie, prawie dławiąc się i dusząc od nagłego nadmiaru. Naprawdę była głodna. Nie zasłaniała się, nie okryła (niby czym zresztą), jej przemoczona koszula sprawiała, że mógł obserwować wszystkie szczegóły chudego ciała. Machnął ręką. „Nie dam ci pieniędzy, bo nie mam, nie noszę przy sobie. Weź, co chcesz, z kuchni i odejdź". „Nie wygadaj, że mnie nienawidzisz" – powiedziała z pełnymi ustami. „Jeśli mnie wyrzucą z tej pralni, to zdechnę". Wzruszył ramionami. Czy ktoś śmiałby go w ogóle pytać? Czy on miał coś do niej? „Wiesz", popiła winem z dzbanka, „nie tak dawno bym cię zabiła, gdybyśmy się spotkali". O mało się nie roześmiał. „Ale teraz... Może Bogowie ci przebaczą?" Wskazała całą masę mniej lub bardziej puchatych stworzeń, które w pełni szczęścia goniły się po wszystkich pokojach. „Te wszystkie kotki i pieski wstawią się za tobą. Adwokatów masz. W ogóle nic nie powiem za kawałek sera. Wiesz? Marzyłam właśnie o serze. Głupie, co? Masz gdzieś?" Nie wiedział, czy miał. Do kuchni wchodził tylko po to, żeby się napić, a służba była zbyt powolna, by przynieść. „Jak nie masz, to ci powiem. Moja mama zginęła za Arkach i ja też chyba za to ginę. Przynajmniej tak sobie mówię, wtedy choć przez chwilę czuję się jak żołnierz w tej swojej pralni, kiedy mnie szefowa bije. Nie rozwalaj wszystkiego. Wtedy, gdy będę zdychać, powiem sobie, że coś w życiu zrobiłam". Roześmiał się. Powiedział, że nie rozwali Arkach, jeśli ona klęknie i pocałuje go w tyłek. Właśnie wymyślał jeszcze większą drwinę, kiedy dziewczyna uklękła nagle i... Kurwa mać! Pocałowała go mocno w pośladek, zanim zamroczony alkoholem zdążył zareagować. O żeby ją szlag trafił! Czy można aż tak nie mieć dla siebie szacunku? Można... Sam wiedział, że można. Sam wiedział, że nie o to chodzi. Nie mógł zasnąć i nie miał pojęcia dlaczego. Nie. Nie zamienił jej życia w piękny sen, choć mógłby. Nie spotkał jej nigdy więcej. Nigdy nie zlecił swoim babom w zwiadzie przyniesienia garści informacji na jej temat. A, szlag! Przecież właściwie nic się nie stało. Chciał? To pocałowała go w tyłek, bo i tak była już na dnie upadku! Czy... czy... trzeba dotrzymywać obietnic danych po pijanemu? Dureń, dureń, dureń! Przecież w ogóle nie o to chodzi! Obietnice... I to mówił człowiek, który łamał wszystkie. Dlaczego tak go to męczy? Czy trzeba dotrzymywać obietnic danych po pijanemu?

Biafra się nie zmienił. To życie, a nie głupia bajka. Ale też nie potrafił odpowiedzieć teraz na pytanie Achai, czego właściwie od niej chce. Po prostu instynktownie wyczuwał w niej bratnią duszę. Kogoś, kto przeszedł wystarczająco dużo, by zobaczyć, co to są ludzie, i na tyle wykształconego, by zrozumieć, że nie należy podejmować prób zawracania motłochu kijem. Kogoś, kto był na tyle doświadczony, że wiedział, iż jedyna pociecha na tym świecie jest wtedy, gdy się zamknie samemu w czterech ścianach z duuuuuuużą wódką na podorędziu.

Achaja też wyczuwała Biafrę instynktownie. To było inne doświadczenie, inne losy, ale czuła, że mogliby się zwąchać jak dwa wściekłe psy w całym wielkim gonie. Wcale go przez to nie lubiła, choć i na niej robiły wrażenie jego uroda i styl bycia. Nie lubiła, bo... bo i za co lubić kogoś, kto wie o niej to, do czego nie do końca potrafiła się przyznać sama przed sobą? Ale „lubienie" kogokolwiek i „bliskość" to dwie zupełnie różne rzeczy, o czym więcej mógłby powiedzieć każdy, kto odwiedza burdele. Z tym że „bliskość" była nawet bardziej potrzebna, bo „lubienie" można sobie zmienić, a tego drugiego nie.

– Długo będziesz tak stał? – spytała, opierając się na łokciu.

– Zamyśliłem się – skłamał. – Już wiesz? – Odwrócił głowę.

– Co wiem?

– Że ze mną będziesz miała przynajmniej ciekawe życie.

– To akurat tak. Choć nie mam pojęcia, czy chcę ciekawego życia.

Uśmiechnął się lekko.

– Masz wybór, mała. Uratowałaś elitarną dywizję i twoja Starsza Siostra nieba ci przychyli. Możesz nawet zostać księżniczką odpowiedzialną za wypasanie kóz w najbardziej zapadłej prowincji najbardziej zapadłego królestwa, jakim jest Arkach. Będziesz miała spokój przez, powiedzmy, dwa lata, zanim Luan zwycięży. Ale potem też nie będzie ci ciężko w Dery, Symm, czy gdzie tam uciekniesz.

Zmęczona pokiwała głową w geście rezygnacji.

– Nie znam się na wypasaniu kóz, głupku. Chcesz, żebym coś dla ciebie zrobiła, to zrobię, tylko nie bierz mnie pod włos, pacanie!

Spojrzał szczerze zdziwiony.

– Tak sobie tylko gram – westchnął. – Bo ja mógłbym zostać aktorem, jakby co, a ty nie.

Przymknęła oczy. I bez słów wiedziała, że mógłby zostać aktorem. Czasami żałowała, że sceny amfiteatrów są zamknięte dla kobiet.

Rozdział 10

Achai dopiero po dłuższym błądzeniu w plątaninie korytarzy królewskiego pałacu udało się opuścić mroczne wnętrze. Z przyjemnością wciągnęła do płuc przenikliwie chłodne jesienne powietrze. Miała na sobie wspaniałą balową suknię i szybko zmarzły jej odsłonięte ramiona. Mimo to poczuła sporą ulgę. Obecne na przyjęciu księżniczki miały nadzieję, że nowa się skompromituje, wykona jakiś prostacki ukłon, zrobi coś, z czego będzie można kpić przez resztę wieczoru. Ale ona... potrafiła powiedzieć trzy słowa, robiąc przy tym aż cztery przydechy! Ciekawe, czy ktoś w tym zapadłym Arkach wykonał kiedykolwiek coś takiego? Ukłonów uczył jej mistrz na dworze w Troy. Miała wrażenie, że nikt tutaj nie potrafi powtórzyć nawet tych średnio skomplikowanych. Księżniczki były wyraźnie zawiedzione. Niektóre wręcz zszokowane. Jaki cud sprawił, że była kurwa i prosta żołnierz potrafiła się zachowywać lepiej niż one? Władczyni przeciwnie. Nadzieje na wykorzystanie jakiegoś kruczka w etykiecie, którym można by pognębić Achaję, rozwiewały się szybko w głowach jej nowych „sióstr". Oficjalne przyjęcie na dworze było więc nudne jak każde inne, potencjalnie największa atrakcja okazała się jakimś cudem perfekcyjnie wyedukowana, jeśli chodzi o sprawy światowe. Zdobyła kilka nowych koleżanek (no, powiedzmy...), w każdym razie znajomych, a przynajmniej „nie wrogów". Po raz pierwszy od wielu lat miała na sobie wspaniałą suknię, lecz nie czuła się dobrze. To już nie był jej świat. Intrygi, „mówienie obok", pałacowe układy zostały gdzieś za nią – umiała to robić, miała we krwi, ale... Miała też wielką ochotę usiąść przy którymś ze stołów i najeść się po prostu, nie lawirując w gąszczu konwenansów. Zmieniła się. Dopiero teraz, dopiero dzisiaj odczuła to z taką mocą. Owszem, mogła świetnie udawać księżniczkę, może nawet i lepiej niż większość tych tutaj, ale jako prawdziwa księżniczka czuła jedynie pustkę. Jako niewolnica marzyła o powrocie do takiego życia. A ten dzień, niestety, wydawał jej się po prostu nudny.

A, szlag. Z ulgą przyjęła gońca, który ją wywołał.

– No i jak tam? – Biafra uśmiechnął się promiennie, wychodząc z cienia rzucanego przez okap, nad którym płonęły pochodnie.

– Ujdzie. – Uśmiechnęła się również. – Zasnęłabym z nudów, gdybyś po mnie nie przysłał.

– Musiałem.

– Dzięki. Co się stało?

Uśmiechnął się jeszcze szerzej, jednak Achaja wiedziała już, że używał swojej twarzy jak inni ludzie języka. To, co ktoś mówił, nie miało przecież żadnego związku z tym, co ten ktoś później zrobi. To, jak wyglądała twarz Biafry, nie miało żadnego związku z tym, co znajdowało się w jego głowie.

– Trzy fakty – powiedział. – Po pierwsze: przejęliśmy dużą łódź Chorych Ludzi, nasi agenci odkupili ją od piratów razem z resztką załogi, po drugie: zdobyłem jedną z najlepszych czarownic, jakie mogły istnieć w tym zapomnianym przez Bogów królestwie, po trzecie: mamy chyba najbardziej suchą jesień poprzedzoną najbardziej suchym latem w naszej historii. Rozumiesz?

– Nic nie rozumiem – przyznała się szczerze. – Ni w ząb. Wiem jednak, że muszę się przebrać, prawda?

Nie wymagało to wielkiego talentu strategicznego. Po prostu widziała, że miał jej mundur przewieszony przez ramię.

– Mhm – mruknął. – Chodźmy do stajni.

– Aż tak źle?

Z trudem unosząc dół sukni jedną ręką, ruszyła w stronę wspaniałego budynku ze złoconego drewna. Widok Biafry wywiał wszystkich służących skuteczniej niż najazd stu rycerzy Zakonu tnących wszystko, co żyje. Otworzył przed nią drzwi, przyświecając pochodnią. Kilka koni zarżało gwałtownie od nadmiaru światła. Któryś strzelił kopytami w drzwi boksu. Nie trzymano tu wałachów.

Biafra przerzucił mundur Achai przez najbliższy pałąk, zapalił lampkę i odwrócił się demonstracyjnie.

Achaja zaklęła szpetnie.

– Słuchaj. – Przygryzła wargę. – Nie zdejmę tej sukni jedną ręką. Potrzebuję twojej pomocy, więc przestań się głupio odwracać.

Poczuła na plecach jego delikatne dłonie rozsznurowujące gorset.

– Z kurtką sobie poradzę sama – dodała. – Ale musisz mi włożyć spódniczkę i zasznurować buty.

Zdjął jej wspaniałą suknię jednym ruchem.

– Przepraszam – powiedział cicho.

– Za co?

– Za to, że patrzę tam, gdzie patrzę... – Przełknął ślinę.

– Dzięki. – Uśmiechnęła się. – Ale ubierz mnie, zanim zamarznę.

Pomógł jej włożyć opaskę, ciepłą kurtkę podbitą białym barankiem, a potem...

– No dobra – mruknęła. – Teraz stanę do ciebie przodem. I opuść wzrok, małpo!

Wzięła głębszy oddech i odwróciła się. Założył jej spódniczkę i zapiął szeroki pas z mieczem. Nie wiedziała, gdzie zerkał, bo sama usiłowała patrzeć w bok. Kiedy jednak włożył i zasznurował jej buty, a potem się podniósł, ich oczy spotkały się na chwilę. Wiedziała już, że nie odwracał wzroku.

– Ty świnio! – szepnęła.

– Tak na mnie mówią – przytaknął.

– Żeby cię... – Machnęła zdrową ręką. – No dobra. Co się dzieje?

– Eeeeee... – Zaskoczyła go, bo chyba się rozmarzył. Nie mógł tak od razu powrócić do tematu. – Mam dla ciebie rękawiczki. – Pomógł wsunąć na lewą dłoń skórzaną, specjalnie usztywnioną rękawicę.

Kiedy za pomocą zębów włożyła podobną na prawą, uznała, że to świetny pomysł. Przynajmniej z daleka nie widać było jej kalectwa.

– Mam jeszcze coś. – Wyjął z sakwy kolejną rękawicę. Tym razem żelazną. – Pokazać ci?

Skinęła głową. Założył niesamowicie ciężkie urządzenie na jej lewą rękę.

– Niezłe, co?

– Myślisz, że jak palnę tym kogoś w głowę, to umrze?

– To też... ale najpierw spróbuj uderzyć się sama wnętrzem dłoni w bok.

Rąbnęła się w biodro i syknęła zaskoczona. Spomiędzy jej nieruchomych palców wyskoczyło ostrze dłuższe niż w normalnym sztylecie.

– I jak?

– Niezłe! – roześmiała się. – Kosztowało majątek, prawda?

Skrzywił wargi.

– Tanie nie było.

– A jak to się chowa?

– No, niestety, ktoś ci musi pomóc. – Majstrował przy żelaznej rękawicy. – Powtórne napięcie mechanizmu wymaga osoby oburęcznej. Ale... ty też już masz w pewnym sensie obie rączki.

– Sprawne do zabijania? – zakpiła. – Owszem.

Niepotrzebnie kpiła. Pomysł ze skórzanymi rękawiczkami okazał się naprawdę świetny. Przynajmniej nikt nie będzie się gapił na jej przygięte wiecznie palce. Wiedziała, że szlachta z gór też nosi takie, jeśli jest mróz. Naprawdę była wdzięczna Biafrze. Bo faktu, że jedna z rękawic jest usztywniona metalowymi listwami, żaden postronny obserwator nie mógł odkryć od razu.

– No a co z tymi trzema faktami?

– Gromadzę właśnie dokumenty – mruknął. – Podeślę ci wszystko po drodze, bo chciałbym, żebyś już jechała.

– Gdzie?

– W stronę Wielkiego Lasu. – Podał jej małą kartkę. – To są miejsca, gdzie się zatrzymasz. Będą czekały na ciebie wszystkie papiery i... – Popatrzył na nią uważnie. – Podejmij decyzję.

– Kurde! Jaką?

– Właściwą. – Znowu uśmiechnął się promiennie. – Ja muszę tu zostać, bo poseł Dery nadciągnie lada dzień. A dobrze byłoby nie wszczynać nowej wojny handlowej na tej granicy.

– Jak dobrze znać człowieka, który sam jeden powstrzyma wojnę handlową – zakpiła.

– Gówno mogę sam powstrzymać. Ale twoja Starsza Siostra chce, żebym był przy niej, bo ważniejsze dla nich wszystkich jest to, co się stanie jutro, od tego, co się stanie za dziesięć dni. Nawet jeśli jutro grozi nam najwyżej obicie kijem mordy, a za dziesięć dni wszyscy zginiemy w powodzi. – Odkaszlnął lekko. – Słuchaj, nie żebym cię poganiał, ale...

– Tak, tak, sprawa gardłowa. – Znała go już na tyle, by wiedzieć, że rozmowę z kobietą uważa za stratę czasu. Tym razem się myliła.

– Odprowadzę cię kawałek. Porozmawiamy na koniach.

– Aż tak źle? – powtórzyła.

– Może aż tak dobrze? – Poprowadził ją w stronę głównej bramy w murze okalającym pałac. – Słuchaj, mamy jakąś małą... bardzo małą szansę. Być może po raz pierwszy.

– Znowu handel?

– Znowu wojna! – Pchnął ciężkie skrzydło bramy własnoręcznie. Wartownicy wokół nie mogli się ruszyć ze swoich stanowisk, a resztę obsługi sam pewnie przedtem porozstawiał po kątach. – Przygotowałem wszystko.

Jej pluton przyboczny, wszystkie trzydzieści trzy dziewczyny, czekał już na gościńcu na koniach.

– Oddziaaaaaał!... Salut! – ryknęła Lanni.

Siedząc w siodle, trudno jest stanąć na baczność. Twórcy regulaminu wymyślili więc salut wierzchowców – rzecz trudną do wykonania nawet dla doświadczonych kawalerzystów. Wszystkie jej dziewczyny, choć były doświadczonymi żołnierzami, od niedawna dopiero były ćwiczone w jeździe na prawdziwych wierzchowcach (wszak kuców, których dosiadały wcześniej, końmi w pełnym tego słowa znaczeniu nazwać nie było można). No i stało się to, co się stało. Linia zmieszała się, pękła w kilku miejscach, Mayfed wpadła na Zarrakh, Shha o mało nie zleciała. Kilka dziewczyn pogubiło juki, jakiś ogier, korzystając z zamieszania, ugryzł kolegę, do którego musiał mieć żal, i biedna Bei wylądowała na ziemi. Malutka i piegowata Sharkhe palnęła z całej siły koleżankę, która najwyraźniej zamierzała ją stratować.

– Ty nie rób salutu po nocy, bo całe miasto obudzisz! – Biafra ochrzanił panią porucznik. – Ale masz wojsko, księżniczko!

– To nie głupia kawaleria! – odcięła się Achaja, wskakując na siodło własnego wierzchowca. – One potrafią coś więcej.

– Jasne. – Obserwował pechowe dziewczyny, które właśnie wstały z ziemi i goniły konie. – Kawaleria to aby się zwalić z siodła i już. A te tutaj wyczyściły tyłkami pół gościńca!

– Lanni, nie przejmuj się! Pan generał dzisiaj w wyjątkowo złym humorze.

– Gdybym był w złym humorze – podchwycił – to te baby zatrzymałyby się dopiero w Syrinx. Jedziemy. I niech pani skompletuje oddział na powrót, pani porucznik.

– Tak jest! – Gdyby Lanni była czarownicą, to sądząc po jej spojrzeniu, ze dwadzieścia dziewczyn straciłoby życie w jednej chwili. – Shha, zbieraj ludzi!

Biafra dosiadł swojego konia i dogonił Achaję, która ruszyła, nie chcąc patrzeć na desperackie wysiłki koleżanek.

– Powiem ci, co z tą łodzią. Chorzy Ludzie mają jakąś nową broń. Takie rury, czy jak to zwał, prawie równie skuteczne jak kusza.

– Ach, wiem. Muszkiety do zwalania powały.

– Co? – był szczerze zdziwiony.

Achaja roześmiała się. Przypomniała sobie opowieść Mereditha, którą słyszała jeszcze na dworze ojca w Troy, o Chorych Ludziach sprowadzonych przez tyrana Symm, by zrobili huk na uczcie. Zrobili i zwalili powałę na zebranych gości.

– Mniejsza z tym. Jeśli są prawie jak kusze, to dlaczego ci kusze nie wystarczą?

Uśmiechnął się.

– Największymi mistrzami w strzelaniu są Dahmeryjczycy. Najlepsze ich formacje to łucznicy, ci z długimi łukami. A wiesz, jak długo trzeba ćwiczyć takiego łucznika? Dziesięć lat! – odpowiedział sam sobie. – Dokładnie tyle, ile trwa cała służba w wojsku Arkach.

– Kusznicy też są nieźli.

– A ile trzeba ćwiczyć kusznika, żeby dorównał Dahmeryjczykom? Dwa lata? Trzy? I tak szybkością nie dorówna „długim łukom". A wiesz, ile trzeba ćwiczyć żołnierza, który strzela z tej rury czy... muszkietu?

– Ile?

– Dwadzieścia dni. Może trzydzieści. – Uśmiechnął się szeroko. – Oni sami twierdzą, że trzy, ale im nie wierzę.

– No coś ty? A siła ramion, a wyważanie, a oddech?

– Nie ma siły, nie ma wyważania, nie ma oddechu. Oddech to naprawdę wystarczy tylko wstrzymać. Dziecko zastrzeli rycerza.

– Wybacz... Śnisz?

– Tak – zachichotał. – Ale to piękny sen.

Dojechali do bram miasta. Strażniczki, widząc zbrojnych, wybiegły z wieży. Nie wiadomo, co tam było pite dla rozgrzewki, ale wszystkie dziewczyny wytrzeźwiały momentalnie na widok Biafry.

– Otwierać bramę! – ryknęła ta, która nimi dowodziła, choć był to najbardziej nieregulaminowy rozkaz w armii Arkach. Bram miasta nie otwierało się po nocy nigdy. No, chyba że w zasięgu wzroku był Biafra.

Cały pluton przedostał się nad fosą po opuszczonym pośpiesznie moście. Strażniczki modliły się z wdzięczności do wszystkich Bogów, że jakimś cudem żadnej z nich nie wysłano na front. Żadna nie miała już ochoty na wódkę. Prawdę powiedziawszy, coś dziwnego stało się z ich ciałami. Wszystkie czuły, że nawet gdyby piły na umór przez resztę nocy, to nie zdołają się upić.

– Wiesz – podjął Biafra – powiedziałem ci, że może... znowu wojna.

– Tak, trochę dziwne.

– Wiem. Przecież walczymy cały czas. – Opanował swojego konia i znowu zbliżył się do Achai. – Ale chodzi mi o inną wojnę. Taką, którą będą prowadzili wszyscy.

– Grabiami i widłami? – przypomniała mu własne słowa.

Potrząsnął głową.

– Nie w tym problem. Powiedz... – zastanawiał się dłuższą chwilę – jak sprawić, by wszyscy ujęli się za własnym królestwem? Potrzebuję jakiejś nowej idei. Jakiegoś zwrotu, słowa czy sformułowania, które pociągnęłoby wszystkich.

– Kurde, jakiego?

– No właśnie nie wiem. O co można walczyć?

– No... bo tamci atakują, co?

– A co obchodzi chłopa spod Wielkiego Lasu, że toczy się wojna na granicy z Luan? Nic!

– No to... – Sama nie wiedziała, co wymyślić. – Niech walczy w obronie swojego królestwa.

– Czyli w obronie królowej i księżniczek? A co go to obchodzi? Słuchaj, ja potrzebuję jakiegoś nowego słowa.

Myślała intensywnie, marszcząc brwi.

– Kraj? W obronie kraju?

– A co to jest kraj? Czym to się różni od królestwa? No... Kraj to chyba ziemie należące do królestwa w literackim znaczeniu, tak?

Skinęła głową.

– Jakoś tak.

– No i kto stanie w obronie ziemi? Skoro granice wszędzie zmieniają się z każdym rokiem. Zresztą czego ma jeden z drugim bronić? Pola należącego do innych chłopów? Lasu? Jakiejś drogi leżącej Bogowie wiedzą gdzie?

– Nic innego się nie da wymyślić.

– Ja nie chcę wymyślania. Chcę tylko nowego słowa.

Dłuższą chwilę jechali w milczeniu. Achaja wysilała pamięć, usiłując sobie przypomnieć wykłady filozofów na dworze ojca w Troy.

– Czekaj, było takie nowe słowo... – nie mogła sobie przypomnieć. – Naród?... Tak. Naród!

Spojrzał na nią szczerze zdziwiony. Najwyraźniej poziom filozofii w Troy był znacznie wyższy niż w Arkach.

– A co to jest ten naród?

– No... – zawahała się. – To było w słowniku Liebera. Nie pamiętam dokładnie.

Syknął, zagryzając wargi. Potem obejrzał się do tyłu na podążający za nimi pluton.

– Nie mogę kazać im przynieść Liebera, bo pewnie wrócą do miasta i przyprowadzą w pętach ze dwudziestu ludzi, których imię zaczyna się na L. Nie przypomnisz sobie?

– No... Naród to... – Chciała podrapać się w czoło i palnęła się w głowę żelazną rękawicą. Zapomniała o dwóch rzeczach: że ma rękawicę i że nawet bez niej by się nie podrapała lewą ręką. Za to przypomniała sobie w miarę dokładne znaczenie: – Naród to ludzie.

– Jacy ludzie, do krocset?

– No, ludzie, którzy zamieszkują w danym królestwie, poddani, ale bez znaczenia jest tu kraj, czyli ziemia i królowa jako suweren.

Popatrzył na Achaję z pewnym zainteresowaniem.

– No, ludzie – powtórzyła. – Jeżeli się zmienią granice i część wsi przejdzie pod obce panowanie, to są już poddanymi innego króla. Ale są częścią swojego starego narodu. Na przykład są dalej Arkachczykami... Kurde! Arkachczycy? Dobrze powiedziałam?

– Nie wiem, jak to się odmienia, bo takiego słowa się nie używa. – Był wyraźnie zamyślony. – Naród... naród... Brzmi nieźle, krótkie słowo, łatwe do zapamiętania. A jeśli się królowa zmieni, to naród jest dalej ten sam?

– Tak.

– No ale przecież ludzie umierają. To co? Jest nowy naród?

– Szlag! To pojęcie z wyższej filozofii! Theu by mnie zabił za to, że nie pamiętam dokładnie, wtłaczał mi te i podobne bzdury do głowy, nie żałując rózeg. – Usiłowała wyrzucić z pamięci niezbyt przyjemne wspomnienia. Miała serdecznie dość rozważań na temat odległości gwiazd i wyliczeń, według których kamień zrzucony z gwiazdy powinien dotrzeć po stu z górą latach, a człowiek podróżujący z szybkością dwudziestu pięciu tysięcy kroków dziennie mógłby dotrzeć do gwiazd po siedmiu tysiącach stu pięćdziesięciu siedmiu latach... Ziewała z nudów podczas wykładów, gdzie odpowiadano na pytania w rodzaju: co się dzieje z ogniem, kiedy wygasa, dlaczego promienie słońca zabarwiają ludzką skórę na ciemno, a wybielają płótno, co jest przyczyną szaleństwa, dlaczego Bogowie dopuszczają zło, nędzę, chorobę i występek. Jakim językiem posługuje się w głębi swego umysłu człowiek głuchoniemy od urodzenia, dlaczego woda tym lepiej gasi pragnienie, im bardziej jest zimna, jeśli jednak jest za zimna, to niczego nie gasi, bo zamienia się w kamień... Potrząsnęła głową. – Naród jest jeden. Naród się nie zmienia. Nie jest ważny król ani urzędy, ani granice. Naród to ludzie, którzy czują, że należą do jednej wspólnoty. Bracia, siostry, ci sami. – Wzruszyła ramionami. – I jak niby wytłumaczysz to chłopu? – roześmiała się. – Zorganizujesz objazdowe wykłady filozofów?

– Ty się nie martw chłopami. – Uśmiechnął się do siebie. – Naród, naród – powtarzał nowe słowo. – To znaczy, że MY to jeden naród, a ONI to inny naród?

– Chyba tak.

– I to mi wystarczy. Dobre, krótkie słowo, łatwe do wymówienia! My, a nie oni. Rewelacja! – Wstrzymał konia. – Niech filozof Theu żyje wiecznie! – krzyknął, bo Achaja spóźniła się w szarpnięciu wodzami i odjechała trochę. – Niedługo usłyszysz słowo NARÓD na ustach wszystkich! I wielki Theu też usłyszy!

– Biafra. Przecież ci tłumaczę, że to pojęcie z zakresu filozofii wyższej. I niby co ty chcesz z tym zrobić?

– Słowa „my" i „oni" nie są wyższą filozofią – wyjaśnił z wyższością. – No, nieźle... No to mamy właśnie narodziny narodu!

– I myślisz, że ktoś z tych, co się nazywają „my", skoczy na tamtych tylko dlatego, że oni są „oni"? Upiłeś się? Chłop na chłopa, sam z siebie? Bez bata?

– Słuchaj, Achajko. – Uśmiechnął się ciepło. – Brakowało mi tylko słowa. Resztę mam już wymyśloną. – I nagle powtórzył: – Narodziny narodu. Dobre.

Potrząsnęła głową. Nie mogła sobie wyobrazić, na co komu takie słowo. Równie dobrze można było podrywać ciżbę określeniami w rodzaju: „Do boju, żołnierze, którzy wierzycie w idealistyczną estetykę!". Chociaż... Słowo „naród" rzeczywiście było krótkie i łatwe do wypowiedzenia.

– Chciałem ci powiedzieć jeszcze o kilku sprawach – mruknął. – Niestety, muszę już wracać. Papiery dostaniesz na kolejnych przystankach. – Skinął Achai głową. – Powodzenia. I dzięki za Theu!

Wzruszyła ramionami. Nie do końca mogła go zrozumieć. Obserwowała, jak zawraca i zmusza konia do galopu na piaszczystej drodze. Potrząsnęła głową.

– Lanni!

Dziewczyna podjechała, usiłując opanować narowistego wierzchowca.

– Słuchaj, wiesz, gdzie się po drodze mamy zatrzymać?

– Tak.

– Daleko? Napiłabym się czegoś.

– Jakieś pół kroku – uśmiechnęła się Lanni.

– Co?

Dziewczyna wyjęła z juków mały bukłak i podała Achai. Ta również się roześmiała. Wyszarpnęła zębami korek i wypiła kilka łyków.

– To prowadź, co? – Oddała przyjaciółce bukłak. – I strzel sobie łyka, wyższych szarż nie ma chyba w okolicy.

Pani porucznik nie trzeba było powtarzać. Potem jednak ustawiła pluton, wywrzaskując komendy, i ruszyły w noc wijącą się leniwie wśród drzew drogą. Shha podjechała do Achai, zrównując konie.

– Daj rękę, siostro.

Nie zrozumiała początkowo. Shha jednak sama sięgnęła po lewą dłoń Achai i szarpiąc z powodu trudności w dostosowaniu tempa swojego konia, ściągnęła żelazną rękawicę.

– Wszyscy mężczyźni to idioci – wyjaśniła.

– Kurde, czemu?

– No, nałożyć ci, siostrzyczko, coś takiego i kazać jechać w chłodną noc. – Schowała urządzenie do własnych juków. – To tak, jakbyś miała trzymać rękę w przerębli. Toż żelazo zimne jak szlag.

– Ale ja nic nie czuję.

– No właśnie. Potrzymaj sobie rękę w przerębli przez pół nocy, nawet jak nic nie czujesz. Niemoc zaraz cię chwyci.

Lanni skinęła głową, popierając swoją sierżant.

– Taaaa... Mężczyźni to durnie – mruknęła. – Ale ten Biafra jest fajny. Wyjdziesz za niego?

– No co wyście? Powariowały jedna z drugą?

Shha uśmiechnęła się szeroko.

– Pamiętaj, co ci już wcześniej mówiłam. Daj mu tyłka i się pobierzcie!

– Odczep się!

– Ma rację – powiedziała Lanni. – Masz szansę teraz, to nie czekaj na królewicza z bajki.

– Wy w ogóle macie coś popieprzone w głowach, dziewczyny. To straszny sukinsyn.

– Lepiej mieć męża sukinsyna niż niedorajdę – skomentowała Shha.

– Oż kurde, co za wojsko! Porucznik z sierżantem swatają majora. No nie, nazwijmy się od razu plutonem weselnym i kupę pieniędzy zarobimy, swatając naszych żołnierzy.

– Też niegłupia myśl – roześmiała się Lanni. – Fajne dupki mamy do przehandlowania.

Achaja machnęła ręką. Jechały w milczeniu przez coraz chłodniejszą noc. Bezchmurne niebo sprawiało, że gwiazdy świeciły jasno, umożliwiając utrzymanie dużej szybkości nawet na krętym gościńcu. Wypoczęte konie rwały do przodu, jakby chciały udowodnić, że w żyłach mają prawdziwą krew, a nie jej wałachowate popłuczyny. Oddział jakimś cudem utrzymywał nawet równy szyk. Wyglądał bojowo. Niczym stado wilków pędzących przez noc za swoją ofiarą.

– Tam! – krzyknęła nagle Shha, wyciągając rękę.

Dopiero po dłuższej chwili dostrzegły nikłe światełko.

– Karczma. – Shha miała naprawdę niesamowity wzrok.

– Mamy się w niej zatrzymać. – Lanni uniosła się w strzemionach, kiedy podjechały bliżej. – Kurde, ale zwierzaków tutaj.

Rzeczywiście, wokół kilku niewielkich budynków stało ze dwieście koni przykrytych derkami. Co najmniej dwie kompanie kawalerii musiały tu popasać.

– Sierżancie – zakomenderowała Lanni – nasze konie do stajni. Żołnierzy ulokuj w stodole i zamelduj.

– Tak jest! – Shha miała jednak wątpliwości: – Stodoła pewnie pełna jak szlag. Tyle wojska...

– To ich wywal na zbity pysk. – Lanni zeskoczyła z siodła. – Stajnię też opróżnij, jak zajdzie potrzeba.

– Tak jest!

– Nie za ostro? – spytała Achaja, rzucając sierżant swoje wodze.

– Tak nas uczyli na szkoleniu. – Lanni mrugnęła porozumiewawczo. – Teraz jesteśmy służba rozpoznania i zaopatrzenia. Nie będą nasi żołnierze po krzakach nocować, jeśli to nie jest konieczne.

Achaja roześmiała się, otwierając ciężkie drzwi. W karczmie mimo późnej pory było pełno gości. Oprócz chłopów i okolicznej szlachty zauważyły kilka oficerów kawalerii przy jednym ze stołów. Zasalutowały obie, bo była tam nawet pani pułkownik. Usiłowały nie słyszeć cichych, rzucanych półgębkiem uwag:

– O żeż ty. Pierdolony zwiad! Wywalą nam żołnierzy ze stodoły, jeśli ich więcej.

– Widzisz, co ta młoda major ma na twarzy? Zwiad łóżkowy czy jak?

– A widziałaś porucznik? Siksa nie ma nawet osiemnastu lat.

– A sama major? Też taka młoda. Co oni w tym zasranym zwiadzie?

– Ciiii... To księżniczka.

– No to co? Idąc dalej tym tropem w hierarchii, ich żołnierze mają pewnie po dwanaście.

Obie usiadły z dala od oficerów kawalerii. Ospały gospodarz postawił przed nimi talerz z nieśmiertelną baraniną i garniec gorzałki.

– Pokroisz mi? – Achaja zerknęła na Lanni.

– O żeż ty – usłyszały od stołu zajmowanego przez oficerów kawalerii. – Jaśnie pani nawet nie raczy wziąć noża do ręki.

Lanni rzuciła im wściekłe spojrzenie, ale Achaja była szybsza.

– Jak wam nie pasuje, drogie panie, pokroję sobie sama.

Wstała lekko, prawą ręką wyszarpnęła nóż, wskoczyła na ławę, postawiła nogę na stole, tak żeby but wylądował w środku misy, przytrzymując mięso, i powoli odkroiła sobie kawałek. Pułkownik zerwała się ze swojego miejsca.

– Pani major! Chyba pani przesadza!

– To proszę napisać raport!

Sięgnęły do swoich mieczy. Wszystkie kawalerzystki jak na komendę. Księżniczka nie księżniczka, ale honor armii był naprawdę narażony na śmieszność.

– Nie radzę – osadziła je Lanni cichym głosem. – Ona załatwiła Viriona.

Zwątpiły. Też wszystkie. Dopiero teraz, kiedy przyszło otrzeźwienie, zauważyły, że z lewą ręką pani major jest coś nie tak. Że trzyma ją przy boku jak przysznurowaną. Zrobiło im się głupio. Na szczęście do karczmy weszła Shha, kierując całą złość na siebie. Zasalutowała tamtym tak niedbale i lekceważąco, że właściwie można było z tego wyciągnąć konsekwencje. Ale... Była sierżantem tej, która załatwiła samego Viriona. I niby co zrobić? Kawalerzystki usiadły na powrót za swoim stołem.

– Co, dziewczyny? – Shha zwaliła się z hukiem na ławę. – Zamówiłyście gorzałeczkę? – Wzięła sobie kubek i nalała wszystkim. – Achajka, czemu stoisz na stole?

Księżniczka zeskoczyła zgrabnie, zajmując swoje miejsce. Kawalerzystkom nie mieściło się w głowie, że sierżant może siedzieć przy jednym stole z oficerami, ani tym bardziej, że mówi do nich na ty.

– Tak sobie stałam.

Lanni uśmiechnęła się do sierżant.

– Z wojskiem... Udało się?

– Co się miało nie udać? – Sierżant nachyliła się nad misą. – No kto tu, kurde, butem naciapał?

– Tak wyszło z rozmowy.

– Achaja, co ty? W baraninie tańczysz?

Wypiły następną kolejkę, z przyzwyczajenia zamykając oczy. Dwie chłopki przy innym stoliku uśmiechnęły się. Przepiły do zwiadowców kolejkę również „po ciemku". Swoje znaczy. Weteranki. Zrobiło się cieplej. Shha posłała im całusa ustami. Kilku chłopów roześmiało się cicho.

– Wasze zdrowie, panie oficyjerowie! – Jeden ośmielił się nawet podnieść swój kubek. – Z pań żołnierzy to najlepsze żoneczki! Że nie gadam o morgowym, co we wianie wnoszą.

– Kurde! Kocham ten kraj! – Achaja odpowiedziała swoim kubkiem.

Zignorowały ciche uwagi kawalerzystek. Chłopi natomiast nie zignorowali. Księżniczka, wyrażająca się po ludzku i odpowiadająca na toast, wyraźnie im się spodobała. Sarkające jaśnie panie oficyery z kawaleryi natomiast nie przypadły im do gustu. Zaczęli sykać i z pogardą lać resztę wódki z kubków na podłogę. Wybuchowi burdy na szczęście zapobiegło wejście kolejnego gościa.

Śliczna dziewczyna w mundurze zwiadu zrobiła kilka kroków i zasalutowała sprężyście.

– Pani! Kapitan Harmeen melduje się na rozkaz!

Achaja odsalutowała, unosząc się trochę.

– To ty? – Oczy jej się zaśmiały.

Harmeen rozpoznała ją również. Padły sobie w objęcia, co spowodowało kolejne nieprzychylne komentarze ze strony dowództwa kawalerii. Poznały się, kiedy Sirius z poselstwem dotarł do Arkach. To Harmeen dała Achai kurtkę i spodnie. Nie wspominając o drobnym fakcie moralnego rozsieczenia obcego księcia.

– Awansowałaś. Wtedy byłaś chyba porucznikiem.

– Ty też. – Harmeen usiadła naprzeciw.

– Miałaś rację co do tego kraju.

Harmeen uśmiechnęła się na wspomnienie tamtej rozmowy.

– Słyszałam, że zabiłaś Viriona. Podobno załatwiłaś też stu jego najlepszych szermierzy. Tak?

Shha wybałuszyła oczy. Lanni tylko machnęła ręką.

– Sześciuset! – mruknęła. – Nasza księżniczka załatwiła sześciuset mistrzów Viriona!

– O kurde! Naprawdę?

Achaja ryknęła śmiechem.

– Zabiłam czterech. – Nie mogła pohamować chichotu. – A Virion mnie okaleczył. – Podniosła lewą dłoń i strzeliła się prawą w swoje nieruchome palce.

– Wszyscy mówią, że stu! I że Virion całował cię po stopach, błagając o łaskę.

Tym razem nawet Shha nie wytrzymała. Zaczęła się śmiać, potem zakryła usta, nie mogąc się powstrzymać.

– Się pani napije, pani kapitan – mruknęła. – Łatwiej będzie uwierzyć.

– Czterech, Harmeen, czterech. – Achaja napełniła jej kubek. – Napiszą o nas w kronikach, jeśli aż takie cuda krążą w plotkach. I kto po pięciuset latach uwierzy w te brednie?

Harmeen strzeliła kolejkę, potem nachyliła się nad misą.

– O kurczę, kto wam rozdeptał baraninę? Jest wyraźny odcisk buta.

– Nie powracajmy do tego, co?

Kapitan wzruszyła ramionami. Odcięła sobie najmniej sponiewierany kawałek i włożyła do ust.

– Przywiozłam papiery. – Położyła na stole skórzaną teczkę, którą odpięła od paska. – I przywiozłam też czarownicę.

– Mmmm? Gdzie jest?

– Myje się przy studni. A to trochę potrwa. – Harmeen zrobiła minę, jakby nie chciała, żeby ją o to więcej pytać. Widocznie temat był drażliwy. – Chodźcie spać, dziewczyny, co? – mruknęła. – Jutro musimy wstać skoro świt, niewiele czasu zostało.

– No. – Achaja wzięła skórzaną torbę i uniosła się lekko. – Gospodarz! Dwa pokoje i daj coś na ząb na górę.

Podskoczył, chcąc tłumaczyć, że wszystkie pokoje zajęte, lecz zwątpił, widząc dystynkcje majora, te wszystkie świecące metalicznie gwiazdki i belki na jej rękawie, i... dodatkowo... cieniutki złoty wężyk znamionujący księżniczkę.

– Proszę. – Poprowadził je wszystkie na górę schodami przyklejonymi do ściany głównej izby. – Służę uprzejmie. – Zastanawiał się, jak wytłumaczyć pozostałym gościom, że ich pokoje nie są już wolne. – Tutaj, proszę. – Otworzył wąskie drzwi do klitki, która mogła pomieścić najwyżej dwie osoby. – Pozostałe panie tu obok, proszę.

Achaja wsunęła się przez wąskie drzwi. Miała spać z czarownicą, bo Harmeen i Lanni poszły do drugiego pokoju. Na wąskim podeście stanęła Shha, w lekkim rozkroku, z lekceważącym wyrazem twarzy i napiętą kuszą w ręku. Zwiad rzeczywiście różnił się od innych formacji. Tu naprawdę czuło się coś szczególnego. Nie przy każdej kwaterze oficera stała wartownik z bronią, a na pewno żadna nie robiła tego tak demonstracyjnie jak jej własna sierżant.

– Shha – szepnęła Achaja – jak skończysz wartę... wpadnij na chwilę, co?

– No! – Shha uśmiechnęła się szeroko, ani na moment nie odwracając wzroku od zasypiających powoli gości w sali poniżej. – Dobra!

Pomocnik gospodarza postawił na koślawym stoliku tacę z mięsem, owocami i mały garnek z gorzałką. Achaja rzuciła się na łóżko. Oparła jedną nogę o ścianę, drugą podciągnęła pod siebie, by oprzeć na niej teczkę z papierami. Wypiła kubek wódki, zagryzła jabłkiem i zaczęła przeglądać dokumenty.

Pierwszy raport był po prostu zestawieniem dostępnych w piśmiennictwie opisów Wielkiego Lasu. Z reguły określano go jako niezmierzoną knieję położoną w nieprzebytej, ogromnej dolinie pomiędzy górami. W dolinie zawsze panowała mgła, było wilgotno i chłodno. Nikt nie wiedział, jak wielki jest Wielki Las. Wiedziano natomiast, że po drugiej stronie istniało królestwo Chorych Ludzi. Żadnej z kupieckich ekspedycji nie udało się przebyć kniei. Żadna nie wróciła. Chorzy Ludzie również usiłowali się przedostać od swojej strony, z równie niezadowalającym skutkiem. W lesie mieszkały potwory. Opisywano je jako wielkie smoki, olbrzymy, demony, karły z rogami i ogonami, wielkie owady, malutkie mrówki atakujące zewsząd odważnych podróżnych i zjadające całe ciało w czasie krótszym niż oddech... Autorzy nie mieli więc pojęcia o charakterze potworów z Lasu.

Drugi raport stanowił analizę ekonomiczną królestwa Chorych Ludzi. Był to kraj otoczony górami, pozbawiony dostępu do morza i, tak jak Arkach, bez dostępu do spławnych rzek. Chorzy Ludzie produkowali jednak wspaniałe wyroby, abstrahując nawet od ich broni, poznali sztukę wytwarzania niesamowicie odpornej stali, niezwykle dokładnych zegarów, maszyn do nawadniania pól, dźwigów i kołowrotów, których użycie wymagało tylko połowy normalnie potrzebnej siły, rozciągliwych lin, narzędzi. Achaja przebiegła wzrokiem całą listę. Imponujące osiągnięcia. Jednak ceny towarów były wprost niebotyczne. Główną przyczyną okazał się transport. Kraina Chorych Ludzi była praktycznie niedostępna. Z tyłu Góry Bogów, z boku góry dużo mniejsze, ale również nie do przebycia dla ekspedycji handlowych, z przodu Wielki Las. Pozostawała droga do najbliższego morza, wiodąca najpierw przez najniższe z opisanych dotąd góry, potem, w miarę obniżania się terenu, przez coraz bardziej tropikalną puszczę zamieszkaną przez dzikie plemiona aż do pierwszej spławnej rzeki. Koszty i straty ponoszone przy takiej drodze siłą rzeczy windowały ceny towarów do nieprawdopodobnych wręcz wartości. Chorzy Ludzie parokrotnie podejmowali agresywne wojny, choćby zajęcie Hem, ale na dłuższą metę kończyły się one fatalnie z braku jakiejkolwiek realnej łączności z własnym państwem, z braku porządnej floty – jedyne łodzie, którymi dysponowali, musieli każdorazowo sami zbudować po dotarciu do spławnych rzek. Utrzymanie faktorii w puszczy kończyło się źle z powodu zabójczego klimatu i ciągłych ataków piratów, którzy władali morzem i ujściami rzek w tym rejonie. Królestwo najprawdopodobniej dusiło się ekonomicznie i uzyskanie lądowego połączenia z partnerami handlowymi było dla nich priorytetem. Niestety, jedyna możliwa droga lądowa musiałaby biec przez Wielki Las.

Kolejny raport był rzeczową analizą możliwego wyglądu potworów z Wielkiego Lasu. Tym razem nie były to już fantazje autorów kronik. Poszczególne części zawierały opis składu i wyposażenia kolejnych wypraw, z których żadna nie powróciła. Analiza mało warta, ponieważ z powyższych przyczyn nie można było wyciągnąć racjonalnych wniosków co do skuteczności danych formacji. Trudno było się w ten sposób zorientować w taktyce zamieszkujących Las istot. Niemniej kolejne wypalania drzew, które prowadzono intensywnie, aczkolwiek z miernym skutkiem z powodu panującej tam wilgotnej mgły, doprowadziły do pewnego rodzaju konfrontacji. Potwory kilkakrotnie zaatakowały osiedla położone poza Lasem. Achaja przeglądała spisane zeznania nielicznych ocalałych świadków:

„...słyszałem, jak Hene usiłuje skrzesać ogień. Krzesiwo, choć dobre przecie, nie dawało iskier. Słychać było okrzyki i wrzaski mordowanych ludzi. Ktoś strzelił z łuku, ale w ciemnościach nie mógł trafić. Wyjrzałem przez okno. Nigdzie, w całej wsi, nie widać było żadnych świateł, nie widziałem nawet światła gwiazd, myślałem, że oślepłem, tak czarno było wokół. Słyszałem, jak Hene wysypywał węgle z pieca, ale te, mimo że chwilę przedtem przecie się paliły, teraz nie miały już żaru. Dusiłem się. Nie mogłem prawie oddychać, czułem jednak jakiś dziwny zapach. Wyskoczyłem z chałupy i zacząłem biec na oślep... Hene też. Biegł, płacząc głośno, potem usłyszałem, że w coś uderzył. Może w ścianę innego domu. Sam też płakałem ze strachu. Wpadłem do strumienia i porwał mnie nurt. Dlatego pewnie żyję. Ocalałem jako jedyny".

Achaja odłożyła na chwilę papiery. Wypiła trochę wódki i nadgryzła kolejne jabłko. Potem wróciła do lektury.

„...wedle rozkazu strażnica była cały czas zamknięta. Pani porucznik właśnie miała zmienić warty, kiedy poczułyśmy jakiś dziwny zapach. Pochodnie zaczęły gasnąć. Trudno było zaczerpnąć oddechu. Ktoś kaszlał, jedna z koleżanek zaczęła się nawet dusić. Nie udało się na powrót rozpalić ognia. Krzesiwa nie dawały iskier. Zajęłyśmy stanowiska przy strzelnicach, ale na zewnątrz było tak ciemno, że nie widziałam nawet światła gwiazd. Koleżanki zaczęły ginąć. Słyszałam, jak ktoś je zabija, wsuwając coś przez otwory strzelnic. Zaczęłyśmy strzelać z kusz na oślep, ale nie wiem, czy w coś trafiłyśmy. Słyszałam, jak pani porucznik wyrzuca węgle z pieca, ale one... przecież się paliły chwilę przedtem... a teraz były zupełnie bez ognia. Dusiłam się. Ktoś chyba nie mógł wytrzymać. Po omacku otworzył drzwi strażnicy. Coś wpadło do środka. Zapadnia z kolczastą kratą nie zadziałała, a tam były przecież trzy liny, nie sposób przejść po ciemku, jak się nie wiedziało, gdzie są. Uruchomiłam kratę ręcznie. Kolce w coś trafiły, słyszałam wyraźnie. Potem ktoś na mnie wpadł. Strzeliłam z kuszy. Nie wiem, czy zabiłam potwora, czy koleżankę. Pani porucznik krzyczała, żeby atakować. Wyjęłam miecz i ciachnęłam na oślep. Trafiłam, ale tym razem na pewno była to koleżanka, bo usłyszałam jej krzyk. Zaczęłam płakać. Kiedy coś zabiło panią porucznik, odrzuciłam miecz. Po omacku odnalazłam sznur od alarmowego dzwonu i wspięłam się po nim na dach – jego dźwięk był przy tym dziwnie zduszony, zupełnie jakbym słyszała go z dużej odległości. Potknęłam się i spadłam z dachu wprost do zagrody, pomiędzy konie. Mało mnie nie stratowały, ale dzięki temu zamieszaniu potwory mnie nie dopadły. Zdołałam przeskoczyć płot i pobiegłam przed siebie na oślep. Miałam szczęście, bo złamałam nogę dopiero po kilkuset krokach. Żywa doczekałam ranka w krzakach".

Achaja, patrząc w sufit, dokończyła jabłko. Potem podniosła do oczu kolejny dokument, zatytułowany „Analiza".

„Mieszkańcy Wielkiego Lasu przeprowadzili trzydzieści siedem ataków na nasze osady, zabijając w sumie pięćset trzydzieści dwie osoby, w tym sześćdziesięciu trzech żołnierzy. Dwie osoby przeżyły: pisarz gminny Fane i chorąży Thenna (ich zeznania w załączeniu). Na podstawie ich słów atak obcych można podzielić na następujące fazy:

1. Pojawia się nienaturalny dym lub mgła o intensywnym, trudnym do określenia zapachu.

2. Nie można skrzesać ognia, gasną pochodnie, wypalają się lub gasną nawet węgle w piecu.

3. Pojawia się silne uczucie duszności, na zewnątrz pomieszczeń nie widać już nawet światła gwiazd.

4. Następuje atak właściwy. Ofiary zabijane są przy użyciu długich, dość tępych narzędzi (najprawdopodobniej mieczy) oraz strzał z utwardzonego drewna z ostrzami niemetalowymi (albo nieznany rodzaj drewna, albo nieznany rodzaj żywicy).

5. Następuje szybka degradacja dowodzenia w atakowanych oddziałach, wybucha panika, nikt nie podejmuje jakichkolwiek skoordynowanych działań obronnych.

Przypominamy, że oddział atakowany w strażnicy nie był zwykłą piechotą, ale elitarną jednostką zwiadu. Daje się jednak mimo to wyróżnić:

a) brak jakichkolwiek rozsądnych rozkazów wydawanych przez dowódców (porucznik nie podjęła żadnej próby skupienia ludzi wokół siebie, przecież żołnierze nawet po ciemku mogłyby kierować się jej głosem, wydała natomiast bezsensowny rozkaz ataku. Podobnie chorąży Thenna nie podjęła takiej próby, podczas całej akcji nie wydała żadnego rozkazu);

b) brak jakichkolwiek rozsądnych prób wyprowadzenia choć części ludzi spod ostrza ataku.

6. Agresorzy dobijają ostatnie ofiary i podejmują poszukiwania uciekinierów w promieniu jakichś pięćdziesięciu kroków od atakowanych (tam znajdowano ciała ofiar). Jeśli uda się pozostać niezauważonym, to przebiegnięcie kilkuset kroków (chorąży Thenna) lub przepłynięcie niecałych stu kroków (pisarz Fane) wystarczy, żeby zapewnić sobie bezpieczeństwo, pod warunkiem, że pewien czas leży się nieruchomo w jakiejś kryjówce (krzaki lub zagłębienie koryta potoku).

7. Atakujący przeszukują bardzo pobieżnie zabudowania. Nie zabierają niczego cennego, nie zabierają żadnych przedmiotów, nie zabierają żywności (choć pewne ślady zdają się sugerować, że kuchnie i spiżarnie są dokładnie badane i znika z nich sól).

8. Następuje szybkie wycofanie oddziału biorącego udział w ataku, poprzedzone zatarciem śladów. Zbierają nawet własne strzały – we wszystkich miejscach ataku znaleziono jedynie pięć obcych strzał, wszystkie pięć złamanych.

Wnioski:

– Dym (przypominający mgłę) jest wywoływany sztucznie. Jego podstawowym zadaniem jest zmniejszenie widoczności (aż do zupełnego zaniku) i dezorientacja przeciwnika. Dym najprawdopodobniej ma jakieś działanie odurzające lub oszałamiające. Jednak działanie oszałamiające mija bardzo szybko. Chorąży Thenna nie była w stanie wydać żadnego rozkazu, jej działanie w pierwszej fazie ataku przypominało działanie dziecka, potem jednak podjęła bardzo rozsądną i udaną próbę ucieczki – warto zwrócić uwagę, że nawet po szoku walki, po upadku z dachu zdołała przedsięwziąć racjonalne i skuteczne działania dla zmylenia pogoni, wywołując panikę wśród koni w zagrodzie.

– Dym nie jest powodem gaśnięcia pochodni, niemożności skrzesania ognia ani wygasania węgli w piecach. Przeprowadzono doświadczenia, które pozwalają jasno stwierdzić, że można co prawda osiągnąć takie natężenie dymu, które zgasi pochodnie, ale znacznie wcześniej ludzie uduszą się na śmierć. Żaden dym nie powstrzyma iskier z krzesiwa. Żaden też dym nie sprawi, że węgle natychmiast stracą żar (zgasną, owszem, ale nie staną się zimne). Komisji badającej opisywane wypadki udało się tylko w przybliżeniu odtworzyć taki efekt – zrobił to wynajęty czarownik. Jednak nasuwają się w związku z tym następujące uwagi:

a) czarownik musi widzieć obiekt swych czarów, nie jest w stanie zgasić pochodni w zamkniętym pomieszczeniu, do którego nie ma dostępu wzrokowego;

b) czarownik może zgasić pochodnię, nawet jej nie widząc, musi jednak znać jej przybliżone położenie. Siedząc z zasłoniętą głową w pokoju, gdzie w pobliżu niego rozpalono nieznaną mu ilość pochodni, nie był w stanie zgasić ani jednej.

Reasumując powyższe, należy stwierdzić, że wśród atakujących oddziałów było wielu czarowników albo wręcz każdy obcy żołnierz jest czarownikiem. Obie możliwości są raczej niepodobieństwem. Nikt o zdrowych zmysłach nie ryzykowałby życia takiej liczby czarowników (nawet gdyby miał tylu) do wyrżnięcia na przykład wioski ze śpiącymi chłopami. Przecież da się to zrobić przy pomocy plutonu pijanej piechoty, którego to użycie nie prowokuje praktycznie żadnych kosztów.

Żeby wyjaśnić, co się właściwie stało, komisja zorganizowała symulowany atak na strażnicę zwiadu, w której zamknięto dwa plutony żołnierzy. Atak przeprowadzono w dzień (by atakujący mogli wszystko widzieć), natomiast żołnierzom broniącym się zawiązano szczelnie oczy. By symulacja była zbliżona do rzeczywistych zajść (chodzi o efekt odurzenia wywołany przez dym), oficerów w strażnicy upito prawie do nieprzytomności alkoholem. Jedną ze stron uzbrojono w kije umoczone w farbie żółtej, druga miała kije z farbą czerwoną.

Atak w tych warunkach oczywiście powiódł się i strażnica została szybko zajęta. Jednak należy stwierdzić, że oficerowie, nawet pijane w sztok i z zawiązanymi oczami, wydawały rozkazy do końca (prawdę powiedziawszy, stan upojenia w niewielkim tylko stopniu zmniejszył ich wartości bojowe). Żołnierze również na oślep wykonywały rozkazy dość sprawnie. Doszło do kilku „zabić" koleżanek, ogólnie jednak po sforsowaniu drzwi przez atakujących dziewczyny broniły się, skupione wokół oficerów, dość skutecznie. „Zabito" dziewięciu agresorów, „raniono" dwudziestu jeden. Żołnierzom przed symulacją zapowiedziano, że kiedy uznają za stosowne, mogą uciekać ze strażnicy. Ucieczka udała się aż sześciu żołnierzom. Nic nie spowodowało więc, jak w rzeczywistości, ani załamania się dowodzenia, ani totalnej klęski elitarnego oddziału, ani braku (poza jedną) prób ucieczek, kiedy sytuacja w strażnicy stała się beznadziejna. O sromotnej klęsce podczas nocnego ataku (tego prawdziwego) musiał decydować więc jeszcze jakiś, nieznany komisji czynnik.

Przypuszczalny opis istot:

Agresorzy z Wielkiego Lasu nie są demonami – to istoty z krwi i kości, które można zabić. Przypuszczalnie podczas ataku na strażnicę zabito dwie lub trzy takie istoty (zginęła na pewno jedna – pozostałe dwie mogły zostać ranne). Komisja udała się na teren bitwy w związku z rozkazem generała Biafry, po tym jak oddział luzujący (zgodnie z wcześniejszymi postanowieniami) zabezpieczył ślady.

Zgodnie z zeznaniem chorąży Thenny przystąpiono do demontażu kraty-pułapki najeżonej kolcami przy wejściu do strażnicy. Ślady krwi na kolcach świadczyły o tym, że ręcznie uruchomiona przez chorąży krata przyszpiliła kogoś, a ponieważ żadne z ciał żołnierzy nie miało śladów głębokich nakłuć, komisja zyskała pewność, że życie straciła jedna z atakujących istot, której zwłoki zostały zabrane. Na dużej płachcie papieru narysowano kratę i zaznaczono farbą miejsca tych kołków, które były zakrwawione. Ukazał się rysunek istoty o ludzkim wyglądzie, wzroście średnim ludzkim, z lekko odchyloną na bok głową, o rozstawionych rękach. Analizując głębokość zakrwawienia kołków, stwierdzono, że te z nich, które znajdowały się na wysokości dwóch trzecich klatki piersiowej, są zakrwawione na większej długości niż pozostałe – stąd wniosek, że była to kobieta. Ofiara w prawej ręce najprawdopodobniej trzymała miecz, dość długi, wykonany z bardzo lichego metalu – nawet żeliwne kołki zdołały go nadkruszyć (dwa małe odłamki znaleziono na podłodze). Ilość krwi pod kratą wskazywała na ewidentny zgon przyszpilonej osoby, a także na to, że ktoś w nieumiejętny sposób usiłował ją zdjąć z kraty.

Każda z żołnierzy zmasakrowanego oddziału miała trzydzieści regulaminowych bełtów do kuszy. Przeszukano więc kołczany, wnętrze strażnicy i cały teren wokół w promieniu równającym się strzałowi z tej broni. Dwóch strzał nie udało się odnaleźć – stąd wniosek, że dwóch napastników zostało trafionych.

Tutaj w śledztwie pomógł przypadek. Chorąży Thenna opisywała, jak „coś na nią wpadło". Wystrzeliła wtedy z kuszy, czując, że w to coś trafiła. Chorąży pochodzi z bardzo dobrej, bogatej rodziny i miała w związku z tym własną niestandardową kuszę (znacznie lepszą od ogólnowojskowych), którą kupiła sobie sama. Kusza (pochodzenia dahmeryjskiego), jaką odnaleziono na miejscu bitwy, miała trochę krótsze bełty niż standardowy wojskowy model. Wśród brakujących dwóch nie było właśnie bełtu Thenny. A każdy medyk opatrujący rannych w pierwszej kolejności usunąłby wszak grot z ciała. Nie zrobiłby tego w dwóch przypadkach: kiedy ofiara byłaby ciężko ranna (wyjęcie pocisku mogłoby ją rychlej zabić), lub kiedy ofiara byłaby już martwa (wyjęcie pocisku jest wtedy niepotrzebne). Stąd nasz wniosek, że zginęło co najmniej dwóch agresorów (krata i kusza – obie „obsłużone" przez chorąży) oraz, być może, ktoś trzeci (jeszcze jeden brakujący bełt), ale ten przypadek mógł się zakończyć również inaczej (strzał w jakąś część wyposażenia obcego żołnierza, a nawet, choć to mało prawdopodobne, w jakieś przypadkowe zwierzę, które ranne uciekło daleko poza obszar badań).

Komisja stwierdza więc z całą odpowiedzialnością, że agresorzy są ludźmi, których można zabić jak każdego innego człowieka. Mają jednak szereg niezwykłych zdolności.

Na pewno są zdolni widzieć w nocy, w ciemnościach powiększonych jeszcze przez dym. Poruszają się bezszelestnie. Żaden z dwóch ocalałych świadków nie przypomina sobie jakiejkolwiek komendy rzuconej przez wrogich oficerów – pozostaje więc niejasną sprawa, jak oni się porozumiewają. Ogląd zwłok nie przyniósł wiele nowego, jednak stwierdzono dwa fakty: na ramionach kilku ofiar odnaleziono ślady ukąszeń (albo więc agresorzy mają jakieś szczególnie wielkie psy szkolone do walki po ciemku i bez szczekania, albo wytresowali jakieś wielkie koty – tygrysy? lwy? – mało prawdopodobne, skoro u nas takie zwierzęta nie występują). U kilku ofiar stwierdzono złamania kości łopatek. Być może jest to efekt stosowania broni w rodzaju ciężarka na rzemieniu – wtedy cios sprawiłby, że sznurek zawijałby się na ramieniu, a ciężarek łamał łopatkę (skąd jednak taka prymitywna broń przy wyrafinowanych technikach sprowadzania dymu? – rozstrzygnąć nie sposób).

Pozostaje ostatnia kwestia: dziwna taktyka. Przepytaliśmy wiele naszych oficerów, co może skłonić napastnika do poszukiwania uciekinierów w promieniu akurat pięćdziesięciu kroków od miejsca ataku. Nikt nie udzielił nam zadowalającej odpowiedzi. Bowiem jeśli otrzymuje się rozkaz bezwzględnej eksterminacji na przykład jakiejś wioski czy strażnicy, to albo zabija się wszystkich w pierwszym ataku i uchodzi czym prędzej, albo (jeśli padł rozkaz wyłapania wszystkich) najpierw otacza się miejsce ataku kordonem, a potem prowadzi długotrwałe poszukiwania w celu odnalezienia wszystkich kryjówek ewentualnych uciekinierów (wtedy oczywiście ani pisarz gminny, ani chorąży nie mieliby szans na udaną ucieczkę).

Ponieważ komisja ma się zajmować faktami, nie fantazjami ani czczymi wymysłami, nie będziemy formułować dalszych wniosków, ograniczając się do zadania kilku pytań: jakiego zagrożenia z naszej strony spodziewał się nieprzyjaciel? Kto mógł na tyle szybko przyjść z odsieczą na masakrowany odcinek? Konnica? Czy oni wyobrażają sobie, że kawaleria mogłaby atakować po omacku, w gęstym dymie, w nocy? Czy przypuszczają, że zastawiamy na nich pułapki? Ale jeśli tak, to dlaczego w ogóle prowadzą te dziwne akcje pacyfikacyjne? Czego więc się boją?

Nie odpowiemy na te pytania. Wydaje się jednak, że oni za wszelką cenę nie chcą nam pokazać... jak wyglądają. A czy to może nam nasunąć jakiś pomysł?"

Achaja potrząsnęła głową, odkładając papier. Była pod wrażeniem nieprawdopodobnej wręcz fachowości ludzi, którzy sporządzili ten raport. Z dwóch króciutkich zeznań, z paru wizji lokalnych ktoś wyciągnął takie wnioski, jakby był osobiście świadkiem wydarzeń. Symulacja ataku, żeby się dowiedzieć, co zawiodło. Pierwszy raz słyszała o czymś takim. Badanie, co potrafi czarownik, a czego nie potrafi, mając zawiązane oczy. Przeszukanie Bogowie wiedzą jak wielkiego terenu, stopa za stopą, w poszukiwaniu jednego bełtu! Stwierdzenie, że z kuchni ginie sól? Ktoś nawet wykoncypował, że kratą została przyszpilona kobieta, której przebiło piersi, ponieważ w przypadku mężczyzny wszystkie kołki trafiające w klatkę piersiową powinny być zakrwawione na tę samą głębokość... Wiedziała, że wywiad to gnoje i sukinsyny, ale... teraz wiedziała również, że wywiad to wyjątkowo inteligentne gnoje i sukinsyny.

„Założenia taktyczno-strategiczne.

Najpewniejszą metodą walki z mieszkańcami Lasu są jak dotąd sukcesywne wypalenia. Należy je bezwzględnie kontynuować w coraz bardziej zmasowanej formie. Taktyka mieszkańców Lasu wskazuje, że nie są w stanie podjąć przeciwko nam żadnej zorganizowanej akcji na większą skalę. To raczej błazeńskie, śmieszne odwety, a nie operacja o charakterze militarnym, w naszym rozumieniu tego słowa. Wypalania, choć skuteczne, są dość długotrwałe (wilgotność), proponujemy więc dokonywać ich w całym pasie granicznym przy pomocy dużych oddziałów, osłanianych wielkimi związkami kawalerii w drugiej linii i wspartych jednostkami uniwersalnymi (w rodzaju dywizji górskich)...”

Achaja przerwała czytanie i wsunęła z powrotem papiery do teczki, ponieważ ktoś zapukał energicznie. Nie mogła sobie poradzić jedną ręką, grzebała się jeszcze, kiedy drzwi otworzyły się, przepuszczając wysoką, dość ładną nawet dziewczynę w długiej, jasnej sukience. Shha za jej plecami zrobiła minę w rodzaju: „Kurde, lepiej chodu!” i przeciągnęła sobie palcem po szyi.

– Dzień dobry. – Dziewczyna dygnęła, unosząc dół sukni.

Achaja wybałuszyła oczy. Tamta była jej rówieśnicą, miała co najmniej osiemnaście, może dziewiętnaście lat, i dygała jak małe dziecko.

– Mam na imię Arnne – przedstawiła się. – Jestem czarownicą.

– Witaj. – Achaja wreszcie uporała się ze swoimi papierami.

– Czy mogłaby pani przyjąć bardziej skromną pozycję? – wypaliła czarownica, wskazując wzrokiem jej nogi, jedną na ścianie, jedną podciągniętą pod siebie. – Nie chcę być wulgarna, ale takiego bezwstydu jeszcze nie widziałam.

Shha zagryzła wargi i zrezygnowana domknęła drzwi.

– Nie ma w tym nic wulgarnego. – Achaja zdziwiona usiadła skromnie na łóżku, przyciskając kolano do kolana. – Jesteśmy tu same dziewczyny.

– I proszę obciągnąć na sobie spódniczkę, proszę pani! – Arnne podeszła do swojego łóżka, krzywiąc się na widok nieporządnie ułożonej pościeli. – Tylko mężczyźni mogli wymyślić tak krótkie spódniczki dla kobiet!

Achaja westchnęła ciężko.

– Przy dłuższych ciężko byłoby dosiąść konia – mruknęła.

– W całym pomieszczeniu śmierdzi alkoholem! – zaatakowała czarownica. Nachyliła się nad stołem, sprawdzając naczynia. – Bogowie! Pani sama wypiła to wszystko?

– Przepraszam. Ale dla ciebie jeszcze zostało. Jeśliby było mało, to Shha wezwie gospodarza.

– Po pierwsze, nie jesteśmy na ty! – Oczy czarownicy miotały gromy. – Po drugie, nie tykam tego świństwa!

I bardzo proszę, żeby pani, przynajmniej w mojej obecności, nie doprowadzała się do tego stanu!

– Do jakiego?... – Achai wydawało się, że jest zupełnie trzeźwa. Wypiła raptem ze trzy małe kubki.

– Jest pani... – Arnne szukała w głowie odpowiedniego słowa – upita do nieprzytomności!

– O kurwa – wyrwało się Achai.

– I proszę nie kląć wulgarnie przy mnie!

– Toż to wojsko, nie szkółka świątynna. Jeśli się pani wydaje, że w bitwie można...

– Na szczęście nie ma tu żadnej bitwy – przerwała jej Arnne. – Widzę tu tylko księżniczkę i czarownicę. Miałam nadzieję, że obie należymy do kręgu ludzi kulturalnych.

Drzwi otworzyły się z trzaskiem.

– Jakby co, to ja tu stoję z kuszą, siostrzyczko. Pamiętaj!

Shha zaklęła bezgłośnie i powróciła na posterunek, domykając drzwi.

– A co to było za chamstwo? – Arnne, krzywiąc się z obrzydzenia, zajęła miejsce na swoim łóżku.

– Ty, słuchaj – syknęła Achaja. – To jest moja siostra! Jeszcze raz coś powiesz o niej nie tak, to...

– Wiem, wiem. – Czarownica wydęła pogardliwie wargi. – Pani zaszlachtowała Viriona i kilkuset jego ludzi. Wspaniałe rzeźnickie osiągnięcie. Ale musimy jakoś spędzić razem tę noc, więc proszę, zachowujmy się jak ludzie kulturalni. Możemy przynajmniej udawać, prawda?

Achaja zrezygnowana machnęła ręką. Wzięła ze stołu i rzuciła jej ostatnie jabłko.

– Zechce się pani posilić przed spoczynkiem?

Czarownica chwyciła je, krzywiąc się odruchowo. Musiała być jednak głodna. Ze swej małej torby wyjęła jedwabną szmatkę i zaczęła wycierać dokładnie owoc. Potem w jej ręce pojawiła się lniana szmatka i zabieg został wykonany od początku. Wyjęła mały nożyk i zaczęła obierać skórkę. Odkroiła malutki kawałek i włożyła sobie do ust. Nagle, zupełnie irracjonalnie, Achai zrobiło się jej żal. Ona miała... swoją własną chorobę. Ale Achaja chyba zamieniłaby swój porąbany umysł na również porąbany tamtej dziewczyny. Może z tamtym mimo wszystko było łatwiej żyć? Choć trochę?

– Smakuje pani?

Arnne skinęła lekko głową. Jej wzrok ani trochę nie wyzbył się podejrzliwości.

– Czy udamy się teraz na spoczynek? – zakpiła leciutko Achaja.

Nowe skinienie, nowy kęs jabłka, tak mały, że można byłoby karmić tym niemowlę.

– Aaaaa... jak się rozbierzemy razem? – Achaja prowokowała teraz specjalnie.

Kawałek jabłka musiał być jednak za duży. Wyraźnie utkwił w gardle czarownicy. Wybałuszyła oczy.

– Zzzz... zgaśmy światło i...

– O Bogowie! – zakpiła Achaja, tym razem wyraźnie. – I co? Obie do goła naraz?

– Proszę przestać!

Achaja westchnęła i choć z jej strony był to nieprawdopodobny wręcz wyczyn z powodu jednej czynnej ręki, ukryła się pod kołdrą, z wielkim trudem zdjęła kurtkę, opaskę, potem spódniczkę i buty. Arnne była odwrócona plecami, dalej jadła to swoje jabłko. Była zupełnie popieprzona. Biafra jak zwykle miał rację. Musiała być naprawdę dobra w swoim fachu, choć taka młoda. To się czuło.

Obserwowała spod oka, jak tamta kończy jeść, a trwało to długo. Potem Arnne wyjęła z tej swojej torby nocną koszulę i ukryła się wstydliwie pod kołdrą.

– Niech pani się odwróci, proszę. – Zdmuchnęła lampkę.

Achaja w ciemnościach odwróciła się posłusznie twarzą do ściany. Słyszała szelest tkanin, odgłosy szarpania, potem skrzyp łóżka. Kiedy położyła się z powrotem na wznak, tamta była już zakryta kołdrą po nos.

– Ile masz lat? – spytała Achaja.

– Dziewiętnaście i pół.

„I pół". Jak dziecko akcentowała połówki.

– A pani?

– Coś koło tego. Może pół mniej, a może nie. Nie wiem.

– Jak można tego nie wiedzieć?

– Straciłam rachubę.

– Przecież wystarczy porównać rok urodzenia z dzisiejszą datą.

– Nie chcę wiedzieć, jaki mamy rok. Nic mnie to nie obchodzi.

Zapadła cisza. Arnne jednak nie zamierzała zasypiać. Coś nurtowało jej umysł.

– A... skąd pani ma ten tatuaż? – spytała nieśmiało.

– Byłam kur... o, przepraszam. Byłam prostytutką. Chociaż dość krótko, prawdę mówiąc.

Znowu cisza.

– A pani spała już kiedyś z mężczyzną?

Przedłużająca się cisza. Potem ciche, cichutkie, prawie na granicy słyszalności:

– Nie.

Achaja przewróciła oczami. Właściwie trochę zazdrościła tamtej jej nad wyraz higienicznego sposobu życia.

– Czy... proszę wybaczyć śmiałość... Czy pani jest naprawdę naga pod kołdrą? – szepnęła czarownica.

– Może pani sama sprawdzić. – Achaja z trudem opanowała śmiech. Biafra powinien ją wysłać na dziesięć dni do wojska, zanim zlecił jej tajną misję. – Spałam już z dziewczyną, jeśli o to pani chodzi.

– Proszę tak nie mówić!

– Jeśli pani woli moją sierżant...

– Proszę natychmiast przestać!

– Dobranoc. – Achaja przewróciła się na bok i nakryła kołdrą razem z głową.

Nie było jej jednak dane zasnąć. Może w jakieś pół modlitwy później czarownica zaczęła ryczeć.

– Tu się coś rusza! Ratunku!

Shha o mało nie wywaliła z zawiasów drzwi nagłym kopnięciem. Mierzyła z kuszy w okno, stojąc na rozstawionych nogach. Lanni i Harmeen musiały się zderzyć głowami. Obie, półnagie, trzymały się za obolałe czoła, kiedy w kilka oddechów później stanęły w drzwiach z obnażonymi mieczami. Mayfed o mało nie stratowała ich wszystkich, biegnąc z dołu z pochodnią.

– Kurwa, gdzie? Skąd zaatakowali?!

– Pewnie szczur – mruknęła Achaja.

– O żeż ty! Jaja se robicie? – warknęła Shha. – O mało nie odpaliłam z tego urządzenia! – Potrząsnęła kuszą.

– Ratunku! – wrzeszczała czarownica.

– Proszę pani – zaczęła Lanni, zwracając się do Arnne, ale Harmeen chwyciła ją za ramię, wzruszając ramionami. Była doświadczona, bo eskortowała czarownicę od samej południowej granicy.

– Chodź – szepnęła do porucznik. – Mam jeszcze kilka łyków w bukłaku.

– Zróbcie coś z tym szczurem!

– Niby co? – warknęła Mayfed.

– Ty, słuchaj – zdenerwowała się Shha. – Jak następnym razem krzykniesz, to pamiętaj... mam w rękach napiętą kuszę! Ty się hamuj, zanim odpalę gdzie nie trzeba!

Zamknęła drzwi z głośnym trzaskiem.

– No... co... coo... co za chamstwo! Niech pani zareaguje jakoś!

– Proszę pani! – Achaja również zdenerwowała się naprawdę. – One mają za sobą kilka prawdziwych bitew. Jeśli ktoś krzyczy, że coś się rusza, to one mają na myśli wroga, który chce je zabić. I niech pani więcej nie krzyczy. Bo ta za drzwiami naprawdę następnym razem strzeli.

– Ale szczur...

– Nie zje nas. Dobranoc.

– Pobudka, dziewczyny! Pobudka, pani oficer! – Chloe oparła kuszę na ramieniu i ściągnęła kołdrę z Achai.

Ta przecierała oczy sprawną ręką.

– Cześć – ziewnęła.

– Cześć, koleżanko. Wstawaj, małpeczko, pomogę ci się ubrać.

– Proszę stąd natychmiast wyjść! – krzyknęła ledwie obudzona Arnne. – Co pani wyprawia?!

Chloe spojrzała szczerze zdziwiona.

– O co jej, kurwa, chodzi?

– Ja sobie wypraszam! – zawyła czarownica. – Proszę stąd natychmiast wyjść!

Chloe patrzyła ogłupiała. Miała ostatnią, poranną wartę i przez moment wydawało jej się, że śni. Achaja machnęła ręką.

– Ja sobie wypraszam! Proszę stąd natychmiast wyjść albo poskarżę się generałowi!

Chloe skonfundowana wzruszyła ramionami i wyszła, zatrzaskując za sobą drzwi. Achaja wściekła nagle wyskoczyła z łóżka. Chwyciła swój mundur i zarzuciła sobie na ramię. Wzięła do ręki buty i teczkę, zębami chwyciła pas z mieczem. Złośliwie pokręciła czarownicy przed twarzą gołym tyłkiem, bo była naprawdę zła.

– Co pani wyrabia? – Arnne zasłoniła sobie oczy dłońmi.

Achaja chciała coś odpowiedzieć, ale z pasem w ustach mogła nie zostać zrozumiana. Potrząsnęła więc głową i wyszła do Chloe, kopiąc w drzwi bosą stopą.

– Pomożesz mi? – wymamrotała.

– Pewnie. – Dziewczyna odrzuciła z twarzy rude warkoczyki i wyjęła koleżance pas z ust. Pomogła jej się szybko ubrać. Potem zbliżyła usta wprost do ucha Achai. – Co jej odpierdoliło? – szepnęła.

– Wiesz... całe życie w pałacu, w odcięciu od ludzi. Chyba kiedyś też taka byłam.

– E... Ty? Ty jesteś normalna, a nie popierdolona.

– Ludzie się zmieniają. – Achaja mrugnęła do Chloe. – Chodź, może zdążymy coś zjeść.

Zeszły na dół. Harmeen i Lanni siedziały już skupione nad misą z czymś ciepłym. Wyglądało jak gulasz, ale zapach wskazywał, że w środku mogły też pływać resztki różnych posiłków z ostatnich dziesięciu dni.

– Co, Achajka? – uśmiechnęła się Lanni. – Atakowały was jakieś mrówki, chrząszcze, pająćzki czy zabójcze ćmy? Bo my z panią kapitan czuwałyśmy nad waszym bezpieczeństwem całą noc.

– Słyszałam, słyszałam. Jakiś płyn przelewał się u was nieustannie.

Harmeen roześmiała się głośno.

– Nie ma tak dobrego słuchu, jak mówiłaś. – Zerknęła na Lanni.

Achaja też się roześmiała.

– Powtórzę za swoją koleżanką: „Co to za wojsko, żeby kapitan z porucznikiem?".

– Słyszała! – Harmeen potrząsnęła głową.

– Mówiłam – dodała Lanni. – W nocy się nie da strzelić palcami w odległości stu kroków, żeby nie słyszała.

– Ale szczur was zaatakował. Dlaczego nie wezwałaś całego plutonu?

– Słuchaj! – Lanni machnęła ręką. – Mayfed tylko groziła, że go zje. A ona jedna jedyna z nas wszystkich – wskazała Achaję – naprawdę zjadłaby szczura.

– E... zalewacie, poruczniku.

– W życiu! Widziałam, jak zjadła oślizłego robala!

Harmeen spojrzała na major.

– Poważnie?

– Mhm. – Achaja schyliła się, szukając czegoś pod stołem. Po chwili znalazła sporego karalucha. Wrzuciła go sobie na łyżkę z gulaszem i podniosła do ust.

– Ty! Przestań! – Harmeen chwyciła księżniczkę za rękę w ostatniej chwili i zmusiła do wyrzucenia zawartości na podłogę. – Jeszcze nie skończyłam jeść! – Pokręciła głową z niedowierzaniem. – Naprawdę byś to zrobiła. Bogowie! Naprawdę.

– Pewnie.

Kapitan roześmiała się znowu.

– Ot, wyrafinowane oficerskie zabawy. To mi się najbardziej podoba w wojsku.

– Myślisz o karaluchu czy o Lanni? – odpaliła Achaja.

Ryknęły śmiechem. Spoważniały jednak, kiedy na schodach ukazała się Arnne, w zapiętej pod szyję sukni.

– Drogie panie! – syknęła. – Czy to wypada, żeby oficerowie ryczeli tak, że aż gospodę roznosi?

Oniemiały wszystkie. Czarownica podeszła do stołu.

– A w ogóle to... dzień dobry paniom.

Lanni i Harmeen musiały się wcześniej umówić. Wstały obie, równocześnie chwyciły za swoje krótkie spódniczki i dygnęły jak na komendę.

– Dzień dobry pani! – powiedziały chórem.

Achaja zasłoniła usta dłonią. Dwóch chłopów, którzy mimo wczesnej pory siedzieli już w karczmie, o mało nie spadło z ławy na widok dygających liniowych oficerów zwiadu.

Arnne usiadła, rzucając oczami gromy, ale nie był to koniec.

– Pani porucznik – Harmeen spojrzała na Lanni – czy zechce pani skosztować jeszcze gulaszu?

– Dziękuję uprzejmie. Jednak odmówię sobie. – Lanni ukłoniła się z gracją. – A pani, pani major, moja księżniczko – wyrecytowała pełną regulaminową formułę – czy mogłabym czymś służyć?

– Skoro już pani taka uprzejma – podchwyciła Achaja. – Poprosiłabym o ten – wskazała środek misy – smakowity kąsek.

– Ależ proszę bardzo! – Lanni wsadziła do misy rękę aż po nadgarstek i palcami podniosła kawałek mięsa. Potem włożyła go Achai do ust. – Aby smaczny wybrałam?

– Dziękuję serdecznie. – Achaja nie zważała na sos cieknący po brodzie. – Mam wrażenie, że troszkę chłodny, ale...

Chłopi wybałuszyli oczy, gospodarz stał przy kuchni z otwartymi ustami. Arnne jednak nie udało się załatwić. Wyjęła z torby jedną ze swoich szmatek.

– Pozwoli pani? – Wytarła Achai brodę. – Gospodarzu!

– Eeeee... Słucham, jasna panienko! – ocknął się dopiero po dłuższej chwili.

– Poproszę o dwa jajka sadzone. Tylko bez tego świństwa, które gmin nazywa chlebem. Poproszę.

Gospodarz przełknął ślinę.

– Znaczy... jajecznicę?

– Jajka sadzone poproszę – powtórzyła czarownica. – Dwa. – Pokazała na palcach, ile to jest dwa.

Podrapał się w brodę, potem za uchem, potem w kark.

– Znaczy... surowe mam podać?

Achaja zlitowała się, bo w ten sposób mogli nie ruszyć aż do południa.

– Weź dwa jajka, rozbij skorupki, wrzuć na płytę i nie ruszaj przez jakiś czas – wyjaśniła.

– Na jaką płytę? – obruszyła się Arnne. – Nie masz nowej, czystej patelni? Zapłacę.

Gospodarz spojrzał na czarownicę skonfundowany.

– To co ma być, jasna panienko? Jajka czy palatelnia? – Poskrobał się znowu w głowę. – Ale palatelni nie ma – wyjaśnił. – Myśliwi już nie dostawiają tyle dziczyzny co dawniej. Żadnej palatelni nie upolowali.

Arnne westchnęła, Achaja natomiast straciła cierpliwość. W końcu to ona mogła dostać w dupę za spóźnienie.

– Mogą być na miękko? – zwróciła się do czarownicy. Zerwała się lekko z ławy i podeszła do kuchni. – Masz jakiś czysty garnek?

– Mam! – Uśmiechnął się, bo nareszcie coś zrozumiał. – Pewnie, że mam!

Achaja zerknęła na to coś, co podawał, i dodała:

– Niech pachołek wyczyści piaskiem, ale migiem. – Wcisnęła mu do ręki złotą monetę. – Potem niech wymyje w wódce, a na koniec spłucze wodą.

Znowu nie zrozumiał, ale monetę przyjął. Pachołek albo musiał być krótko trzymany, albo mu dobrze płacono, bo uwinął się prędko. Achaja nalała do kociołka świeżej wody, wrzuciła jajka i klnąc w duchu tak wulgarnie, jak tylko potrafiła, ugotowała je sama. Zdobyła się nawet, żeby je ochłodzić w zimnej wodzie, potem przyniosła do stołu.

– W imieniu gospodarza życzę smacznego – mruknęła.

– Dziękuję. Jest pani nawet uprzejma.

Harmeen zagryzła wargi. Lanni spojrzała pod stół i tak już została.

Arnne rozścieliła sobie na stole wyciągniętą z torby śnieżnobiałą serwetkę. Wyjęła srebrną łyżeczkę, kryształową solniczkę, jakieś słoiczki z ziołami. Jedną chustę rozłożyła na kolanach, drugą zawiązała pod szyją... Chłopi zaczęli mrugać niepewni, czy dobrze widzą. Harmeen zrezygnowana oparła się o ścianę, z Achai uszło całe powietrze, Lanni siedziała ze wzrokiem utkwionym ciągle pod stołem.

Czarownica wysuszyła oba jajka jedną szmatką, potem wytarła je dokładnie drugą. Używając trzeciej, zdjęła część skorupki. Chłopi popatrzyli na siebie. Gospodarz załamał ręce i wyszedł z izby. Pewnie szukać w lesie palatelni albo wieszać się w stodole.

Na szczęście każdy posiłek ma swój koniec. Nawet taki, do którego potrzebna jest srebrna łyżeczka, kryształowa solniczka i słoiczki z ziołami.

Opuściły gospodę w grobowych nastrojach. Pluton wściekły czekał od dawna na koniach.

– Salut! – krzyknęła Shha, widząc swoich oficerów.

– Nie! – ryknęły Achaja i Lanni jednocześnie. Konny salut udało się powstrzymać w ostatniej chwili.

Wszystkie trzy wskoczyły na siodła, ale Arnne nie zamierzała jeszcze ruszać.

– Muszę się umyć. – Podeszła do studni.

– Kur...!

Harmeen na szczęście zakryła Achai usta. Kawalerzystki budziły się właśnie. I tak już słychać było wokół ciche docinki i kąśliwe uwagi na temat plutonu zwiadu sterczącego w siodłach.

– Ciiii... Powiemy, że po drodze musiałyśmy oddać komuś ważne papiery. Ja zaświadczę, że spóźnienie nie z naszej winy.

– Papiery? Komu?

– Nie będą wnikać. Spokojnie.

Zagryzając zęby, obserwowały, jak czarownica nalewa sobie wodę do specjalnego naczynia (miała w swojej torbie nawet naczynie do mycia), powoli płucze twarz i dłonie, wyciera dokładnie, a potem... suszy szmatki!

Kawalerzystki używały sobie w najlepsze. Pluton zaciskał szczęki. Arnne czesała włosy. Większego ubawu żołnierzom z konnicy nie mogły dostarczyć. Wokół stawiano coraz wyższe kwoty, robiąc zakłady, czy uda im się ruszyć przed południem.

Ruszyły. Ale nie od razu. Czarownica podeszła do swojego konia, z damskim siodłem oczywiście.

– Czy mógłby mi ktoś pomóc?

– Kur...!

Harmeen znowu zatkała usta Achai. Tym razem poświęciła się Lanni. Zeskoczyła szybko i splotła dłonie, pomagając czarownicy dosiąść wierzchowca. Z dużą ulgą powróciła na siodło i krzyknęła:

– Oddziaaaał! Za mnąąąąą...

– O Bogowie! Nie tak głośno – przerwała jej Arnne. – Głowa mi pęknie.

– Kurwa! – Lanni była szybsza albo po prostu za daleko, żeby Harmeen zdołała zareagować.

– W konie! – warknęła Achaja, usiłując wycofać oddział sprzed wrogich oczu. Kawalerzystki o mało nie posikały się ze śmiechu. Radosne wycie i gwizdy goniły je jeszcze długo po tym, kiedy sama karczma znikła już za drzewami.

Nie udało się jednak utrzymać szybkiego tempa. Achaja zwolniła więc jeszcze bardziej.

– Mayfed, Zarrakh! Wy jesteście najbardziej rozsądne w tym plutonie. – Nachyliła się do koleżanek: – Czy możecie jechać po obu stronach tej czarownicy? Tuż obok. Jakby zaczynała spadać z siodła, to ją złapcie, co?

– Dobra.

– Nie ma sprawy.

– No. I pilnujcie jej, bo musimy naprawdę przyspieszyć.

Obie skinęły głowami. Achaja ruszyła ostrzej.

– Shha!

– Co, siostro?

– Sformuj jakąś szpicę, żeby przynajmniej jakaś przygodna generał nas nie obsobaczyła, gdyby pech nam taką zesłał.

– Się robi, mała.

Achaja powróciła na swoje miejsce w szyku, przy oficerach.

– Dotąd miałam wrażenie, że w wojsku obowiązuje regulamin – odezwała się Arnne. – Czy ze wszystkimi szeregowymi jest pani na ty, pani major?

Achaja rzuciła jej złe spojrzenie.

– Proszę zachować dla siebie uwagi w tej kwestii, proszę pani.

– Zachować oczywiście mogę. Jednak jeśli sierżant mówi do majora per mała, to mam prawo podejrzewać, że autorytet oficera tu nie istnieje. A to z kolei daje podstawę do przypuszczeń, że w razie czego nie będzie pani w stanie zapewnić mi prawidłowej ochrony.

Achaja stłumiła przekleństwo.

– Sierżant mówi do mnie per mała, bo sierżant jest ode mnie wyższa o pół głowy. Sierżant mówi do mnie też per stara, bo sierżant jest ode mnie młodsza o jakiś rok. I to wszystko, co mam do powiedzenia w tej sprawie, proszę pani.

– A która z szeregowych mówi do pani per głupia?

Harmeen z wrażenia o mało nie władowała się w przydrożne drzewo. Mayfed i Zarrakh zupełnie jawnie oparły dłonie na rękojeściach mieczy. Shha kilka kroków z przodu, za szpicą, wyjęła swoją kuszę i niby przypadkiem odchyliła ładującą dźwignię.

Bei oczywiście nie mogła, jadąc z tyłu, słyszeć rozmowy oficerów, ale widząc Mayfed i Zarrakh z rękami na rękojeściach mieczy i Shhę z kuszą, rozerwała szyk i podjechała bliżej, bawiąc się nożem. Za nią Chloe, Sharkhe i jeszcze kilka dziewczyn. Nie wyglądały na takie, które ulękną się czarów.

– Czyżbym nie mówiła właśnie, że tu regulamin nie istnieje? – mruknęła Arnne.

– Ale fajnie jest mieć siostrzyczki – uśmiechnęła się Achaja. – Nawet jeśli nazywają cię „mała", „stara" czy „głupia". – Uniosła się w strzemionach i odwróciła. – Zróbmy jakiś porządny szyk, dupki – mrugnęła do tyłu.

Dziewczyny wróciły na swoje miejsca. Harmeen uśmiechnęła się, odwracając głowę. Arnne załatwiła sobie jedno. Jeśli rzeczywiście miałaby spaść z siodła, Mayfed i Zarrakh na pewno jej nie chwycą, a potem będą się tłumaczyć, że naprawdę nie mogły.

Na szczęście dalsza podróż minęła bez kolejnych bezsensownych dyskusji. W górach nie mogły jechać zbyt szybko. Potem jednak na obniżającym się, pagórkowatym terenie przyspieszyły i udało się jakoś jeszcze przed zmrokiem dotrzeć do obozu warownego.

Warty przepuściły je bez większych problemów. Usłyszały jedynie cichą uwagę oficer operacyjnej:

– O kurwa! Pluton zwiadu, księżniczka w stopniu majora i czarownica! No to już po nas, koleżanki. Wymyślili jakieś makabryczne zadanie.

Nie wnikały, co tamte mają na myśli. Pułkownik piechoty przydzieliła im kwatery w namiotach i nieludzko zmęczone mogły nareszcie zsiąść z siodeł.

– Zapłaciłabym złotem za możliwość kąpieli – stęknęła Harmeen, przeciągając się.

– No. – Lanni ziewnęła szeroko. – Kąpiel i spać! Marzenie.

– Widziałam coś jakby balię przy namiocie dowództwa – włączyła się czarownica. – Zapłaćmy komuś, żeby nagrzał wody i wniósł balię do namiotu.

– To jest wojsko, proszę pani – usiłowała ją zgasić Lanni. – Nie sądzę, żeby komukolwiek udało się zapłacić.

– Brednie. – Arnne zatrzymała dwie dziewczyny w tunikach piechoty i pełnym oporządzeniu. – Hej, wy tam! Skoczcie po wodę, zagrzejcie i...

– Jesteśmy wartownikami – powiedziała w miarę jeszcze spokojnie ta z naszywkami kaprala.

– No właśnie. To teraz skoczcie po wodę i...

– Nam nawet rozmawiać nie wolno. – Dziewczyny odwróciły się i klnąc w duchu, ruszyły w dalszy obchód.

– Dobra – szepnęła Achaja. – Niech ona się dalej żołądkuje, a my skombinujmy jakieś wiadra, to się przynajmniej polejemy.

– Spokojnie. – Lanni mrugnęła do koleżanek. – Załatwię nam prawdziwą kąpiel. – Uśmiechnęła się złośliwie. – Bo wiem jak. W przeciwieństwie do niej.

Harmeen roześmiała się cicho.

– Zwiad jest najlepszy w całej armii!

– Pewnie – mruknęła Achaja. – Rozśrodkowujemy się, dziewczyny, żeby nas nie wyśledziła. Zbiórka za trzy modlitwy przy balii.

– Rozkaz! – Lanni i Harmeen zasalutowały ukradkiem.

Rozeszły się nagle, każda w swoją stronę. Achaja poszła do wielkiego namiotu zajmowanego przez pluton. W wejściu o mało nie została stratowana przez malutką Sharkhe, która właśnie skądś wracała.

– O kurde! – krzyknęła. – Spotkałam dwie dziewczyny z mojego miasteczka! Z tej samej ulicy! Szlag. Zawsze ze mnie kpiły, że jestem taka niska. Poszły do woja rok przede mną. Tak się chwaliły, że mi buty spadały. A teraz podeszłam do nich w tym swoim ślicznym mundurze zwiadu. Żołnierz elitarnej jednostki! Z odznaką pułku z prawdziwego srebra. I z trzema baretkami za kampanie, w których brałam udział. Z rozetą za służbę w górskiej dywizji. Aaaaaaaaaach!!! A one w tych zwykłych płóciennych tunikach. Trzeci rok tu kwitną wśród pagórków.

Dziewczyny zaczęły się śmiać.

– Macie jakąś wódkę? Napiłabym się z nimi.

Znalazł się spory bukłak. Achaja przejęła go szybko.

– Co? Pić nie wolno?

– Wolno. Ale lepiej dobijmy naszą kochaną piechotę.

Wyjaśniła swój plan.

Sharkhe, śmiejąc się, poszła przodem. Achaja i Shha odczekały chwilę, potem ruszyły jej śladem. Odnalazły ją pod jakimś namiotem siedzącą z koleżankami.

– Achaja – zawołała i mrugnęła tak, żeby tamte nie widziały.

– Co?

Obie piechociarki zerwały się i stanęły na baczność.

– Masz coś do picia?

– Pewnie. – Rzuciła jej bukłak.

Shha wyjęła z torby kawałek wędzonego mięsa zawinięty w szmatę.

– Chcesz czymś zagryźć? – Podała zawiniątko. – Picie bez zakąski to potem zgaga.

– Dzięki.

– No – wtrąciła się Achaja. – I uważaj na wszystko dokoła. Bo wiesz... Tej piechocie to nie można ufać.

Obie dziewczyny z piechoty o mało nie skamieniały z szoku. Ich koleżanka ze zwiadu była... na ty ze swoją księżniczką w stopniu majora! A sierżant sama dawała jej zakąskę?! To niemożliwe. To niemożliwe. To niemożliwe. To tylko sen. Maślanym wzrokiem odprowadzały odchodzące major i sierżant, a Sharkhe rosła tak, że była już prawie normalnego wzrostu.

– Pani major! – Shha klepnęła siostrę w tyłek, kiedy znalazły się poza zasięgiem wzroku tamtych. – Twój pluton cię kocha.

– Zwiad jest najlepszą formacją w tej armii.

– Najlepszą na świecie!

– Nawet nie wiesz, jak bardzo masz rację. Nic nie mów, chodź ze mną, to się wykąpiesz w prawdziwej gorącej wodzie.

– Nie?!

– Tak!

– Słuchaj, my w takim razie naprawdę jesteśmy najlepsze na świecie.

– Masz... – Achaja rozłożyła ręce. – A na dodatek powiem Harmeen, żeby skombinowała gorącą kolację.

– O kurde! Niech Bogom będą dzięki za to, że jestem w zwiadzie.

– Ty Bogów lepiej nie wzywaj. – Dobrze zapamiętała naukę mistrza Anai, Krótkiego, Hekkego, Viriona i innych. – Bo jeśli przyjdą naprawdę, to cię zaraz załatwią, nie wiesz, co to za banda.

Shha wzruszyła ramionami i znowu strzeliła siostrze klapsa.

– Ty się tak nie przejmuj, mała – roześmiała się. – Jak mówią: nie łam się, bo cię życie szybciej złamie.

– Słuszna racja, siostrzyczko.

Przy balii już napełnionej ciepłą wodą czekała na nie porucznik zwiadu, tak zakurzona, że ledwie mogły rozpoznać rysy twarzy.

– Pani major Achaja, księżniczka moja?

– To ja.

– Mam dla pani pisma i rozkazy. – Podała Achai skórzaną teczkę.

– Od kogo?

– Nie wiem. – Porucznik wzruszyła ramionami. – Ze stolicy jadę, zmieniając konie. – Nie mogła się oprzeć, żeby nie zerknąć na olbrzymią, pełną balię. – Przepraszam, ale... Nie zostawiłybyście mi panie trochę wody?

– Wskakuj z nami. Zmieścimy się.

– Nie mogę. – Dziewczyna zmrużyła zmęczone oczy. – Muszę przekazać rozkazy dowództwu obozu. Ale dzięki.

– Nie bój się. Zostawimy coś.

– Dziękuję, pani major! – Dziewczyna zasalutowała sprężyście.

Harmeen siedziała już w środku.

– Chodźcie, dziewczyny. Szybko stygnie.

Lanni rozbierała się błyskawicznie. Achaja i Shha poszły w jej ślady. Wszystkie wskoczyły do ogromnej balii tak szybko, jak tylko mogły.

– Kurde, dawno nie było mi tak dobrze – mruknęła Lanni.

– Szlag. Ta teczka... – Achaja wskazała dokumenty i rozkazy, które dopiero co otrzymała. – Może tak leżeć na ziemi?

– A co się przejmujesz? – Harmeen wsadziła dwa palce do ust i gwizdnęła głośno. Wartownik z piechoty pojawiła się prawie natychmiast. – Pilnuj teczki! Żebyś mi jej nawet na chwilę z oka nie spuściła!

– Tak jest!

– Fajnie jest być w zwiadzie – mruknęła Lanni.

Harmeen przygryzła wargę.

– A... to już zależy od tego, co jest w tej teczce. – Zamyśliła się na moment. – Nie?

– E... co tam może być?

– Mam nadzieję, że nie atak na Dery.

– Cicho! Wartownik słucha.

– Tam jest coś znacznie gorszego – mruknęła Achaja, która jako jedyna z nich coś wiedziała. – Znacznie gorszego. Ale nie przejmujcie się, dziewczyny.

Harmeen się domyśliła. Jęknęła cicho i zerknęła w stronę, gdzie leżał Wielki Las. Potem zaklęła, wychyliła się z balii, sięgając do swoich rzeczy. Podniosła płaski, specjalnie wyprofilowany bukłak.

– Po łyku, koleżanki? – Wyszarpnęła korek zębami i wypluła na dłoń. – Tylko się nie upijcie na smutno.

Długo potem Achaja, rozgrzana kąpielą i ciepłym posiłkiem, leżała pod kocem w swoim namiocie, studiując papiery. „Założenia strategiczno-taktyczne", których nie dokończyła poprzednio, zawierały niewiele ciekawego. Podstawową sugestią było, żeby oddziały zasłoniły twarze szmatami, grubo wiązanymi, nasączonymi wodą. Autorzy przyznawali, że takie rozwiązanie jest skuteczne raczej w przypadku pyłu niż dymu, ale lepsze to niż nic. Ważniejszą informacją było to, że proponowali, by w momencie pojawienia się odurzającego dymu żołnierze usiedli plecami do siebie z napiętymi kuszami i nie wykonywali żadnych niepotrzebnych ruchów. Wtedy trucizna w ich krwi będzie krążyć wolniej i spowoduje mniejsze skutki. Z tym się Achaja zgadzała. Wiedziała, jak łatwo się upić w sztok, śmiejąc się z koleżankami, tańcząc. Natomiast kiedy się siedzi nieruchomo na krześle w samotności, można wypić ze trzy razy więcej bez żadnego widocznego skutku. To coś, co odurzało w dymie, działało bardzo krótko i autorzy założeń twierdzili, że wystarczy przeczekać pierwszy moment, nie oddychając zbyt gwałtownie. Ciekawe, jak oni wyobrażają sobie spokojny oddech w trakcie bitwy? Mniejsza z tym.

Następny dokument stanowił analizę ekonomiczną stosunków produkcji żywności wśród mieszkańców Wielkiego Lasu. Achaja przeczytała tytuł kilka razy, nie rozumiejąc, co czyta. Sam dokument był jednak ciekawy.

Autor dowodził, że jest niezwykle mało prawdopodobne, by w głębi lasu istniały pola uprawne lub jakaś hodowla. Dlatego też mieszkańcy muszą się utrzymywać z polowania i zbieractwa. Pozwala to jednak na utrzymanie z jednego kwadratu o boku tysiąca kroków pięćdziesięciokrotnie mniejszej liczby ludności niż w Arkach. Zaklęła cicho. Stąd wniosek, że gdyby do lasu wkroczyło nagle pięć dywizji, to każdej z nich na danym odcinku wróg będzie mógł w pierwszej chwili przeciwstawić najwyżej siłę będącą odpowiednikiem batalionu (a i to wydaje się wygórowaną liczbą – najprawdopodobniej będzie to odpowiednik wzmocnionej kompanii).

Achaja tylko pokręciła głową. Ciekawe, czy potwory z Lasu wiedzą, że mogą utrzymać pięćdziesiątkroć mniej ludzi niż my? Ale... Kamyk do kamyka – mozaika zaczynała się układać w jakiś choć trochę widoczny wzór.

Analiza produkcyjna. Autor stwierdzał, że tamtym brakuje rud żelaza. Nowe gatunki drzewa lub żywice wystarczają do wyrobu wspaniałych strzał, jednak produkcja mieczy może odbywać się wyłącznie na bezwęglowym lub małowęglowym żelazie (niczego nie zrozumiała). Tamci nie mają utwardzanej stali! To zrozumiała. Jeśliby rąbnąć mocno w ich miecz, to taki powinien się po prostu złamać. Cenna uwaga, narzucająca taktykę przełamującą.

Analiza medyczna. Achaja zwątpiła. Jak ktoś mógł wiedzieć cokolwiek o potworach, skoro nikt ich nie widział. A jeśli widział, to nie przeżył. Jednak... Autor zajmował się głównie solą. Uczeni z Arkach nie wiedzieli co prawda, czy sól jest absolutnie konieczna do życia, zwrócono się jednak z prośbą o ekspertyzę do uczonych medyków z Troy. Oni też nie wiedzieli. Niemniej napisali, że skoro nadmiar soli jest zabójczy, to być może niedomiar również. Sól uważana jest powszechnie za przyprawę. Teoretycznie można smarować mięso popiołem z ogniska i też będzie smaczne. Jednak w klimatach ciepłych brak soli jest bardzo groźny. Również w klimatach chłodnych długotrwały brak soli może okazać się zdradliwy.

To by się zgadzało z odcięciem przez Nimmeth Wielkiego Lasu od morza wiele dziesiątków lat temu. Brak soli.

Kurwa mać, zaklęła Achaja. Czy naprawdę można wykończyć kogoś zwykłą kuchenną solą? Co oni w tym wywiadzie... Oszaleli?

Wyjęła kolejny dokument. To był list od Biafry:

„Achajko, pani major, księżniczko moja. Problemy masz trzy: po pierwsze, zadanie do wykonania, po drugie, piechotę i konnicę, która będzie z Tobą, oraz po trzecie, czarownicę Arnne – pewnie już ją poznałaś. Zadanie jest takie: spróbuj się z nimi dogadać. Wiem, że potrzebują okrutnie soli i stali. Damy im sól. Damy im stal. Nawet narzędziową, jeśli otworzą trakt do Chorych Ludzi. Pewnie potrzebują całej masy innych produktów. Dostaną wszystko! Jeśli tylko zgodzą się na otwarcie traktu handlowego. Na dowolnych warunkach. Niech sami decydują, co będzie wolno, a co nie, jakie cła, myta, opłaty. Musimy mieć ten szlak, to dla nas być albo nie być! Jeśli nie... Spalimy skurwysynów. Być może dokończy wypaleń już Luan, które nas zajmie, ale dla nich to bez różnicy, prawda? Chorzy Ludzie też fajczą te śliczne drzewka po swojej stronie.

Zrób, co możesz, żeby się dogadać. Jeśli nie... Każ palić i wracaj. Mamy nóż na gardle, więc gdyby jednak doszło do rozmów, musisz im uzmysłowić, że skierujemy na nich wszystko, co mamy, nawet pięć dywizji wycofamy z luańskiego frontu, żeby przeprowadzić koncentryczny atak i spopielić im te ukochane knieje. To już ich koniec, jeśli nie będą chcieli gadać. Musisz im to uświadomić. Kupiliśmy w Luan nowy metal zwany magnezem, który płonie tak, że czarownik nie zdoła go zgasić. Jeśli chcą mieć tysiąc pochodni z magnezu wetkniętych w dupę, to są na najlepszej do tego drodze.

I jeszcze jedno. W załączeniu masz papier podpisany przez... wiesz kogo... który pozwala ci na przejęcie dowodzenia w razie czego. Użyj tylko w ostateczności, żeby w razie wpadki nie było na nas. W załączeniu masz też wyszczególnienie wszystkich rozkazów dla dowództwa obozu warownego – przeczytaj i spal, żeby potem armia nie pyskowała znowu, że zwiad zna z góry ich tajne rozporządzenia.

Nie ryzykuj. Wracaj szybko.

Powodzenia – Biafra".

Achaja zerknęła na listę rozkazów i jęknęła cicho. Schowała wszystkie papiery do teczki i przewróciła się na wznak. Kiedy zdmuchnęła lampkę, nikłe światło gwiazd zaczęło przebijać przez płachtę namiotu. Jej myśli płynęły coraz bardziej leniwie. Ciekawe, co się czuje, kiedy ogarnia człowieka tamten dziwny dym? Ciekawe, co się czuje, kiedy się umiera...?

Rozdział II

Batalion piechoty posuwał się niespiesznie w stronę lasu. Cała jednostka została przeformowana i składała się teraz z dwóch wzmocnionych kompanii piechoty oraz kompanii specjalnej, złożonej z plutonu sztabu i dwóch plutonów saperów. Trzysta dziewczyn w pancerzach, z mieczami i kuszami, bo piki kazano im zostawić. Przy sztabie był pluton Achai, za nim, w odległości jakichś trzystu kroków, znajdował się batalion kawalerii. Dalej za nimi, na wzgórzu, stały pozostałe dwa bataliony pułku jako odwody i zabezpieczenie.

Okolica przedstawiała ponury widok. Od rana maszerowały przez wypalony teren. Najpierw były jeszcze jakieś pola uprawne, wioski. Potem las wypalonych pni, jakieś malutkie krzaczki i trawa, a teraz już tylko suche kikuty drzew. Wszystko wokół pokrywał popiół świeżego pogorzeliska. Chusty, które każda żołnierz musiała założyć na twarz podczas ataku, przydały się już tutaj; wzbudzony nogami popiół dusił nie gorzej od dziwnego dymu obcych.

Major piechoty przygalopowała do zwiadu i zasalutowała Achai.

– Wchodzimy z marszu, proszę pani. Jakieś sugestie?

Była wyraźnie wściekła, że musi jeździć na posyłki i pytać oficer równą sobie stopniem tylko dlatego, że tamta służyła w zwiadzie i była księżniczką.

– Mam jedną. – Achaja sięgnęła do juków i wyciągnęła swój bukłak. – Sugeruję, żeby pani wzięła łyka.

Piechociarka roześmiała się. Przyjęła naczynie i pociągnęła ostro, ściągnąwszy przedtem chustę z twarzy. Jakieś tam niewielkie lody zostały przełamane.

– Co to za wojsko?

– Same weteranki. Tak jak stało w rozkazie – westchnęła ciężko. – Ale te w dowództwie... – zawahała się.

– Proszę się nie krępować w używaniu dowolnych określeń dotyczących naszego dowództwa.

Znowu uśmiech.

– To naprawdę są weteranki. Ale wszystkie zostały wycofane z luańskiego frontu, gdy zostały ranne, poszły na urlopy i tak dalej. Nigdy nie walczyły razem jako jeden oddział.

– O Bogowie – jęknęła Harmeen. – Napisałyście testamenty, dziewczyny?

– To dobrzy żołnierze – wtrąciła major piechoty. – Jak się rozpierzchną w ucieczce, to nie będzie ich wina.

– Świetnie. – Harmeen przejęła bukłak Achai. – Zginę z winy dowództwa. Czyli jak zwykle zresztą.

– A dużo już razy zginęłaś? – spytała Lanni.

– Słuchajcie, szlag! – Achaja odebrała im bukłak i pociągnęła sama. – Spróbujmy wynieść z tego jakoś nasze tyłki. Pani major, czy możemy podciągnąć pluton zwiadu w pobliże dowództwa operacji?

– Myślę, że spotka się to z dużą przychylnością. Wzmocnienie plutonu sztabowego jest w tej sytuacji wysoce wskazane.

– Dobra. Lanni, rusz ludzi do przodu. Shha, każ napinać kusze. Harmeen, my dwie do sztabu.

Puściły konie w galop, mijając saperów prowadzących muły obciążone beczułkami. Każda z beczułek zawierała smołę, każda była przywiązana do zwierzęcia dość krótkim sznurem. Wystarczyło ją zrzucić z grzbietu, wybić dziurę ciosem siekiery i podpalić. Muł, podgrzewany od tyłu, zaczynał biec, rozlewając płonącą smołę i podpalając las. Wredne rozwiązanie, jeśli chodzi o zwierzęta. Wrednie skuteczne rozwiązanie, jeśli chodzi o podpalanie lasu. Przynajmniej na ćwiczeniach.

– Pani pułkownik! – zasalutowała Achaja, zatrzymując konia.

– Pani major, moja księżniczko! – odpowiedziała na salut pułkownik piechoty.

– Wchodzimy z marszu?

– Płytkie rozpoznanie. Chyba że pani woli użyć swojego plutonu.

Achaja stłumiła przekleństwo.

– Podciągnęłam go w pobliże sztabu. Gdyby te weteranki z piechoty zaczęły nagle pierzchać...

Błąd. Pani pułkownik zacisnęła szczęki.

– To dobre wojsko, pani major. Ale cieszymy się ze wzmocnienia kompanii waszym plutonem. Daliby Bogowie, będziemy miały czas przynajmniej się pomodlić.

Achaja przymknęła oczy. Czy w każdej armii muszą istnieć animozje pomiędzy poszczególnymi formacjami?

– Pozwoli pani – zwróciła się do Arnne. – Czy pani coś czuje?

– Owszem – odparła czarownica. – Zmęczenie.

– A – wskazała ruchem głowy las – obecność jakichś czarowników tam?

– Nie wyczuję żadnego czarownika, dopóki ten nie użyje magii. W tej chwili jest tam pusto jak na targowisku w środku nocy.

– Dziękuję paniom – mruknęła pułkownik. – Za wyczerpujące informacje wywiadowcze, jakich dostarczył nam zwiad. Jak zwykle zresztą. Posprząta po was zwykła piechota.

Achaja usiłowała trzymać usta zamknięte na skobel. Harmeen patrzyła w bok. Oficerowie wokół uśmiechały się lekko.

– Dobrze. – Pułkownik odezwała się głośniej: – Porucznicy, do swoich plutonów! Pani kapitan, pani obejmie dowództwo szpicy. Pani major podciągnie saperów w pobliże. Wchodzimy!

Rozległy się ostre gwizdki chorążych i sierżantów. Pierwsza kompania zagłębiała się w las. Kurwa! Achaja przypomniała sobie atak luańskiej piechoty, podczas kiedy jej oddział czekał ukryty między drzewami. Podjechała do czarownicy.

– Czy...

– Zechce pani powstrzymać emocje – przerwała jej Arnne w pół słowa. – To mi przeszkadza.

– Chciałam spytać, czy może pani przekazać im jakieś informacje?

– Jakie?

– Że chcemy się dogadać.

– A komu?

– No, mieszkańcom Wielkiego Lasu.

– A w jaki sposób?

– O kurwa jebana w dupę mać! – Achaja zawróciła konia, wracając do plutonu. – Dziewczyny! Trzymać tyłki ściśnięte, napiąć kusze i wykonywać rozkazy! Wszystko jasne?

Shha skinęła głową z uśmiechem.

– A czemu nie dziś? – spytała. – Czym niby ten dzień różni się od dnia naszej śmierci? A może właśnie to już, co?

– Kocham cię, Shha!

– Nie jestem co prawda chłopcem. Ale doceniam, siostrzyczko.

Achaja uśmiechnęła się. O ile mogła ocenić na oko, pluton był średnio trzeźwy. Zwiad zawsze miał większe możliwości zdobycia wódki w porównaniu z piechotą. Większy żołd, większy spryt, większy strach budzony u pokątnych kupców. A może i dobrze? W końcu nie było prawa, że trzeba umierać trzeźwym. Nawet wredni Bogowie czegoś takiego nie ustanowili. Jakaś tam łaska, choćby szczątkowa, została jednak ludziom dana.

– No, baby! Pokażemy im, że jesteśmy najlepszym plutonem dywizji górskiej! Pieprzyć zwiad! Pokażemy tym głupim gnojom z lasu, że nasza macierzysta jednostka wysłała nas tutaj, żeby im uzmysłowić wreszcie, gdzie ich miejsce! Żeby im pokazać, że lizanie naszych butów ma być odtąd ich głównym zajęciem!

– Aaaaaaaa! – zawył pluton.

– Tak! Nasza królowa powiedziała mi wyraźnie: Achaja, masz wziąć swój pluton i pokazać tej bandzie, jak mają lizać nasze buty. Proszę, powiedziała, nie zabij ich wszystkich pierwszego dnia, bo przyjemności nie będzie. Powtórzyła to dwa razy. Powiedziała: Achaja, jak ich wszystkich zapierdolicie od razu, to wam kości porachuję!

– Aaaaaaaa! – wrzasnął pluton.

– Ale ja was zwalniam z tego przyrzeczenia. Róbcie, co chcecie, dziewczyny! Róbcie, co chcecie. Wielki Las leży przed wami. Wasz! Cały wasz! A jeśliby was ktoś o łaskę prosił, to powiedzcie, że kredyt wczoraj, niestety, cofnęli. Powiedzcie im, że to, co czują w swoich ustach, to nie jest fasola. Ten dziwny smak to ostrza waszych mieczy! I nawet jak wyjmiecie, to i tak nic im z dalszego życia nie zostanie! Po prostu pokażcie im, że ich kochacie. Że ich kochacie, tak jak śmierć kocha człowieka. Szczerze!

– Aaaaaaaa!

Achaja zawróciła konia i ruszyła ku linii drzew. Dogoniła ją Harmeen.

– To była jedna z ciekawszych mów, jakie słyszałam przed bitwą.

– Dzięki. Filozof Theu zawsze twierdził, że do wojska należy mówić w sposób wulgarny.

– Nie wiem, jak filozof Theu, ale te twoje baby trochę wytrzeźwiały. Nie chodzi mi o wódkę, raczej o strach.

– Czas pokaże.

Wjechały pomiędzy pierwsze drzewa. Ogarnął je lekki chłód. Zrobiło się ciszej – po prostu wiatr nie docierał między splątane gałęzie.

– Ale gęstwina. – Achaja podjechała bliżej oficerskiej świty.

Arnne zrównała z nią konia.

– Przykro mi, lecz mam już naprawdę dosyć pani wulgarnych wyzwisk! – warknęła.

– Przepraszam – powiedziała Achaja ugodowo. – Proszę zrozumieć, to jest wojsko. A poza tym zadanie i nerwy...

– Ach – przerwała jej czarownica. – Pani się zastanawia, czy przejąć dowodzenie?

Achaja oniemiała.

– Skąd pani wie, że mam ten papier? Czyta pani w moich myślach?

– Owszem – uśmiechnęła się Arnne. – Choć proszę mi wierzyć, nie trzeba do tego ani trochę sztuki czarnoksięskiej.

– Chyba nie rozumiem.

– To proste. Jest pani jedyną oficer, która jechała dłuższy czas, trzymając palec w ustach. Ja pani nie cierpię, lecz muszę uczciwie przyznać, że nie wygląda pani na kogoś, kogo można przestraszyć albo zahukać. Stąd prosty wniosek, że skoro aż tak nie mogła pani opanować odruchów, to była to jakaś bardzo poważna kwestia. A reszta jest już wyłącznie czystą kalkulacją. Major zwiadu, a do tego księżniczka, pod rozkazami pułkownika piechoty. Trudno sobie wyobrazić dziwniejszą hierarchię, chociaż od strony służbowej nie można jej niczego zarzucić. Ci, którzy panią tu wysłali, a konkretnie pan Biafra, to naprawdę inteligentny człowiek. Jeśli akcja się nie uda, to wina piechoty. Jeśli się uda, zwiad przejmie dowodzenie i położy swoje ciężkie łapsko na dalszym rozwoju spraw. – Arnne uśmiechnęła się cynicznie. – Jeśli mogę coś radzić: niech pani nie przejmuje dowodzenia do samego końca. Jeśli już zamierzacie zrobić świństwo pani pułkownik, niech to będzie świństwo konsekwentne.

Achaja potrząsnęła głową. Również nie cierpiała czarownicy, jednak musiała przyznać, że tamta jest dość trzeźwa w swoich przemyśleniach. Dłuższą chwilę jechały w milczeniu. Potem Arnne zerknęła na księżniczkę spod oka.

– Chce pani wiedzieć, co się stanie, prawda?

Achaja nie odpowiedziała. Jeszcze w Troy rozmawiała wielokrotnie z czarownikiem Meredithem o sprawach magii. Wiedziała, że przyszłości nie da się przewidywać. Wielki mag mógł czasem doznawać „błysków", sięgać w przyszłość nawet o tysiące lat. Ale to nie była „prawdziwa przyszłość" – lecz tylko możliwości. Nikt nie znał słów, żeby dokładnie to określić. Sami czarownicy nazywali błyski „teoretycznie możliwą przyszłością" i sami też śmiali się z tego określenia. Czasem można było porozumieć się z nienarodzonym jeszcze człowiekiem. Nie słowami oczywiście. Raczej poczuć jego bliskość, jeśli było się w miejscu, gdzie tamten pojawi się za setki lat i na przykład głęboko zamyśli. Nikt nie wiedział, czy taki człowiek narodzi się rzeczywiście. Ale mógłby się narodzić, a sam fakt kontaktu mógł pokazać pewne konfiguracje, „teoretycznie możliwe", ha, ha, ha.

Arnne odchyliła się w siodle i przymknęła oczy. Błysk? Ona naprawdę sama potrafi wywołać błysk i nim pokierować? Meredith twierdził, że to niemożliwe. Ale on był mężczyzną. Babska magia wyglądała zupełnie inaczej. Jak to określał: „prowokowała więcej możliwości – aż tyle, że można zagubić się w ich gąszczu". Czarownica podrapała się w policzek. Ciekawe, czy to jakiś rytuał, czy zwykły komar? Podrapała się w szyję, później w brew i kark. Mrówki ją oblazły? Drgnęła nagle i otworzyła oczy. A potem zrobiła minę, jakby zobaczyła coś obrzydliwego. Spojrzała na Achaję trochę nieprzytomna.

– Zobaczyła pani coś?

– Tak. – Czarownica skrzywiła się jeszcze bardziej. Wyglądała na zupełnie rozbitą.

– Aż tak źle?

– N... nie... nie wiem, co się stanie – zająknęła się. – Zobaczyłam siebie na tej drodze poza lasem. – Wskazała kciukiem kierunek za plecami. – Siebie. Całkowicie nagą!

E... To nie żaden błysk, pomyślała Achaja. Zwykłe fantazje seksualne, a raczej niezwykłe, bo chodziło o dziewicę. Naga na drodze. Podniecało ją to? Zaraz. Chloe, przynajmniej jak twierdziła Shha, też była dziewicą. Trzeba ją spytać, czy kiedykolwiek wyobrażała sobie siebie gołą na publicznym trakcie.

– Przepraszam na moment. – Achaja zawróciła konia. Szybko podjechała do swojego plutonu.

– Shha, załóż mi tę rękawicę.

– Chodź bliżej. – Sierżant wyjęła żelastwo z juków i zaczęła montować na lewej ręce siostry.

Achaja nachyliła się i szepnęła:

– Słuchaj, czy Chloe naprawdę jest dziewicą?

Shha niczym stara, doświadczona spiskowiec nachyliła głowę, żeby ukryć usta.

– No! – tchnęła wprost do ucha. – Jest. A co?

– A mogłabyś ją delikatnie wybadać, co ona sobie wyobraża, no wiesz... Czy kiedykolwiek widziała siebie gołą na drodze, co?

– Na drodze, gołą? O żeż ty. Pani pułkownik o to pytała?

Księżniczka potrząsnęła głową zdziwiona.

– Nie. Ja chcę wiedzieć.

– Dobra. Sama nie spytam, bo mnie, małpa, nie lubi. Ale poślę Sharkhe. One się coś skumały ostatnio.

– Tylko, kurde, żeby cały pluton o tym nie gadał.

– No. Nie ma sprawy.

– A może lepiej Mayfed wysłać? Ona jest taka rozsądna.

– Nie. Mayfed jest skumana z Zarrakh. A jak Zarrakh się dowie, to zaraz cała armia Arkach będzie o tym gadać. A nawet w Luan po karczmach będą o tym śpiewać minstrele. Nawet król Troy każe to wyryć na kamiennych tablicach. Ona ma język po kolana. A ostry jak dahmeryjski miecz. Jak się Chloe wygada, to ją zabiją potem ozorami.

– Dobra.

Nie dokończyła. Oddział stanął nagle i z przodu rozległ się dźwięk trąby.

– Szlag! Później pogadamy.

Achaja szarpnęła wodzami. Galopowała do sztabu, słysząc, jak herold ogłasza mieszkańcom Lasu przybycie poselstwa z Arkach. Łgał jak pies. Żadnego posła nie było. Ale pułkownik miała swoje pełnomocnictwa, a Achaja (choć ukryte głęboko w torbie) swoje.

Nastrój, który panował w sztabie, nie przypominał nastroju poselstwa.

– Pani kapitan, skąd wieje wiatr?

W lesie nie dawało się wyczuć wiatru. Rozległy się trzy ostre, przenikliwe do granic możliwości gwizdki. Spod lasu, od pozostawionych tam oddziałów, dobiegł ich inny, modulowany dźwięk.

– Z zachodu, pani pułkownik!

– Dobrze. Pani major, muły z beczkami na lewą stronę. Niech saperzy trzymają siekiery w pogotowiu!

– Tak jest!!!

– Niech zbliżą batalion piechoty do samej granicy lasu!

– Tak jest! – Nowy modulowany gwizd.

– Pierwsza kompania, wachlarz! Druga kompania, rygiel!

– Tak jest! Okopujemy się?

– Tu? Czy pani śni na jawie?

– No to... – odważyła się major. – To po co nam drugi batalion przy lesie?

– Żeby wyrąbać korytarz w razie czego. Nie będę ściągać ich strzał na siebie, bo i tak przez te gałęzie niewiele przeleci. – Pułkownik odwróciła głowę. – Pani major zwiadu! – zawołała. – Moja, psiamać, księżniczko!

– Tak jest! – zameldowała się Achaja.

– Czy jest pani w stanie zrobić płytkie rozpoznanie?

Kurwa! Ta głupia cipa chce wystawić jej ludzi! Niedoczekanie, krowo!

– To niemożliwe w tych warunkach, pani pułkownik.

– Znam regulamin równie dobrze jak pani. Pytam, czy może pani wysłać kilka żołnierzy do kontroli terenu?

– Tak jest! – ryknęła Achaja. – Sierżant Shha, do mnie!

Sama jednak powodowała wierzchowcem tak, żeby oddalić się od sztabu choć o kilka kroków.

– Tak jest! – wywrzeszczała Shha. – Sierżant Shha melduje się na rozkaz!

– Przekaż Lanni, że rozkaz to lipa. Dwa kroki, nie więcej, i chodu z powrotem – szepnęła. – Rozsypać pluton! – zawyła na użytek oficerów sztabu. – Porucznik Lanni, do mnie!

– Tak jest! – krzyknęła Lanni.

– Płytki zwiad dwójkami w trzech kierunkach. Rozpoznać teren na sześćdziesiąt kroków!

– Tak jest!

Shha na szczęście zdążyła doskoczyć i szepnąć coś Lanni do ucha. Sześć dziewczyn ze zwiadu ruszyło w krzaki. Sześć trupów mniej. Wszystkie ukryły się jak mogły, odczekały i wróciły, meldując, że teren czysty.

– Ty małpo! – syknęła pułkownik do Achai tak, żeby inni nie słyszeli. – Jeszcze się z tobą porachuję, dziwko!

Dobrze wiedziała, jak naprawdę wyglądał zwiad. Ale czego chciała? Sześciu niepotrzebnych trupów? Każdy, kto nie urodził się idiotą, wiedział, że po zapowiedzi herolda obce siły zaciskały krąg wokół. A ich liczebności dwójkowy zwiad i tak by nie odkrył.

– Saperzy! Dziesięć kroków w przód!

Porucznik pierwszego plutonu saperów ucałowała jakiś amulet i ruszyła ze swoimi ludźmi. Za nią drugi pluton i ubezpieczenie.

– Harmeen.

Kapitan zwiadu podskoczyła natychmiast.

– Kiedy się zacznie – szepnęła Achaja – przejmiesz mój pluton. Lanni jest fajna, ale za młoda. Poniesie ją, uderzy frontalnie i straci ludzi. Naprawdę wiem, do czego jest zdolne to za bardzo odważne dziecko.

– Dobra, kotku.

– I jeszcze jedno. Gdy tylko poczujecie dziwny zapach, wszystkie zsiadajcie z koni.

– Bogowie! To wbrew regulaminowi!

– Zamknij się, Harmeen. To ja czytałam tajne papiery, nie ty. Gdy już wyskoczycie z siodeł, to przyłóżcie koniom mieczami po zadach, niech ruszą w panice i zdezorganizują tamtych. Potem róbcie jak w rozkazach dla piechoty, siadajcie na ziemi, plecami do siebie, kusze i tak dalej. Nie macie tarcz. Wiem. Ale pamiętaj. Będziesz miała za plecami wyrąbany korytarz. Pułkownik się wygadała. Myślę, że są umówione z major z drugiego batalionu. Harmeen, pamiętaj. Drugi batalion będzie wyrąbywał korytarz, cokolwiek się stanie! Tak se wcześniej piechociarki ustaliły. Więc uratuj te moje dziewczyny z plutonu. Proszę cię.

– Dobra, kotku. Niech mnie potem pod sąd nawet za złamanie regulaminu w obliczu nieprzyjaciela.

– Harmeen. Nikt nie będzie świadczył przeciwko tobie. To są naprawdę fajne dupy. Tylko szepnij słówko Lanni, a... jak się Lanni nie uda, to powiedz sierżant. Ona niezbyt inteligentna, więc wytłumacz jej powoli i dokładnie, a potem cały pluton zezna, co będziesz chciała.

– Nie ma sprawy, kotku. A ty?

– Ja muszę zostać przy tej czarownicy, której się zwiduje własny tyłek wystawiony na drodze. Ale nie bój się, nie zamierzam położyć tu głowy.

– Trzymaj się. – Harmeen zawróciła konia i dołączyła do plutonu.

Achaja pokłusowała znowu do sztabu. Robiło się coraz ciemniej, wieczór zapadał powoli. Drzewa wokół przybierały coraz bardziej fantastyczne kształty. Saperzy rozgrzewały w przenośnych piecykach żelazne pręty, które miały służyć do rozpalenia tych dziwnych świec z magnezu. Herold nawoływała znowu. Nikt w sztabie nie miał jednak wątpliwości co do skuteczności jej krzyków i trąb. Inaczej na sprawy patrzy się, siedząc w pałacu w stolicy, inaczej stojąc w lesie z mieczem w garści naprzeciw nieznanych potworów. Być może dogadanie się i układy były naprawdę jedynym rozsądnym wyjściem według praw logiki stosowanej, którą uprawiał sztab generalny. W lesie, wśród drzew, patrząc zza własnej, trzymanej coraz bardziej spotniałą dłonią tarczy, miało się wrażenie, że sprawy wyglądają jednak inaczej.

Herold umilkła w pół słowa. Zakrztusiła się... od strzały tkwiącej w gardle.

– Zaczyna się – powiedziała pani pułkownik spokojnie.

– Nie – mruknęła Achaja. – To tylko ich zwiad. Jakiś szczyl odpalił z łuku, bo mu nerwy zagrały.

Pułkownik zerknęła na nią spod oka.

– Może i tak. W każdym razie gadać nie chcą. Pani Arnne – zwróciła się do czarownicy – niczego pani nie czuje?

– Zupełnie.

– Dobra. Cofamy się.

– Rygiel w tył! Wachlarz na moją prawą! – ryknęła pani kapitan.

Pułkownik wsadziła dwa palce do ust i gwizdnęła na kapitan saperów.

– Odcinać baryłki! – krzyknęła, a potem dodała ciszej do otaczających ją oficerów: – No, drogie panie, zaraz tu się będzie ślicznie palić.

Saperzy odcięły rzemienie i baryłki ze smołą opadły z grzbietów zwierząt. Teraz łączyły je z mułami jedynie dość krótkie sznury. Siekiery i specjalne piecyki były przygotowane. Żołnierze napinały wielkie kusze z kilkoma bełtami każda, o specjalnych palnych końcówkach zamiast grotów.

– Co tak śmierdzi? – spytała pułkownik.

– Śmierdzi? – Achaja odruchowo pociągnęła nosem, ale niczego nie czuła od czasu, kiedy Krótki załatwił jej nos tym swoim specyfikiem. – Szlag! Jednak atakują.

– Co? – Pułkownik zawahała się tylko przez króciutki moment. – Odpalać! Odpalać wszystko! – ryknęła. – Pierwsza i druga kompania... Jeż!!!

Saperzy uderzeniami siekier wybiły dziury w beczułkach, a potem zapaliły smołę. Sześćdziesiąt demonów ognia runęło w las, dając początek sześćdziesięciu płonącym potokom. Chwilę potem odpaliły z kusz ognistymi pociskami.

– Siadać, siadać! Formować jeże! – krzyczały oficerowie do żołnierzy piechoty. – Szmaty na twarz! Spokój! Wszyscy spokój! Nic się wam nie stanie, żołnierze!

Achaja zeskoczyła z konia wraz z resztą sztabowców batalionu. Podczas kiedy adiutantki pętały konie, zawiązywała sobie na twarzy gęsto zwiniętą zmoczoną w wodzie szmatę. Stojąca tuż obok major piechoty dostała strzałą i upadła na wznak, rozkładając ręce.

– Padnij!

Obie z Arnne opadły na kolana i obie naraz zarobiły dwie następne strzały. Arnne dokładnie pomiędzy piersi, a Achaja w tyłek. Obydwie miały jakieś nieprawdopodobne wręcz szczęście. Arnne ochronił zawieszony na szyi żelazny amulet, tyłek Achai osłoniła skórzana torba, grubo wypchana tajnymi papierami. Chwilę później piechociarki zasłoniły je tarczami.

– O mamusiu! – jęczała Arnne, wyciągając strzałę. – Mamo...

Achaja chwyciła swoją strzałę, która przebiła wypchaną torbę i weszła w pośladek może na głębokość połowy paznokcia raptem.

– Jesteśmy w czepku urodzone – szepnęła.

– Mamo, mamo...

Robiło się coraz ciemniej. Gryzący w oczy, dziwny dym rozprzestrzeniał się coraz bardziej. Achaja usiadła za Arnne i przycisnęła szmatę mocniej do jej ust.

– Nic teraz nie mów! Spokojnie.

Rozpalone pochodnie zaczęły nagle gasnąć.

– Zapalać magnez! – krzyknęła pułkownik.

Saperzy wyjmowały z piecyków rozżarzone żelazne pręty i wkładały je do specjalnych metalowych tulei. Żadna z magnezowych pochodni nie chciała jakoś zapłonąć. Widoczność stawała się coraz gorsza. Mrużąc łzawiące oczy, można było dostrzec człowieka, który znajdował się najwyżej kilka kroków dalej. Dym przypominał gęstniejącą mgłę, był chłodny, jakoś dziwnie duszący. Ale nie miało się szczególnie przykrego uczucia. Tak jakby coś miękkiego stanęło w gardle albo jakby się dostało lekkiej chrypki. Kilka dziewczyn obok rozkaszlało się jednak.

– Opanujcie się! – warknęła pani pułkownik. – Nie wdychać tego świństwa!

Czyjś koń dostał strzałą i zaczął szaleć. Pozory spokoju w sztabie pękły momentalnie.

– Kurwaaaa!!! Niech ktoś go opanuje!

– Dobić!

Krąg tarcz piechociarek rozerwał się. Zaświszczały kolejne strzały. Nie widać było już zupełnie niczego. Jeśli się wyciągnęło rękę do przodu, to własna dłoń niknęła w nieprzeniknionych ciemnościach. Każdy znalazł się w indywidualnym, absolutnie nieprzejrzystym kokonie ciemności. Z szalejącym z bólu koniem w pobliżu, ze zrywającymi się pozostałymi, wśród panikujących, duszących się ludzi.

Achaja miała nadzieję, że innym kompaniom powodzi się lepiej. Arnne chciała się wyrwać, ale księżniczka trzymała ją żelaznym chwytem. Teraz właśnie nie wolno było się ruszać.

Pułkownik piechoty pokazała jednak klasę. Usłyszały jej donośny głos:

– Żołnierze, kolby kusz oprzeć o ziemię! Podniesienie na łokieć. Uwagaaa... Strzelaj!

Świst bełtów prujących powietrze zlał się z kilkoma okrzykami trafionych. Achaja domyślała się, skąd to dziwne ustawienie kusz. Tamta nie chciała, żeby dostało się żołnierzom z innych kompanii. Ale jeśli ktoś atakował właśnie i był o kilka kroków, zarobił na pewno. Coś wpadło między i tak szalejące konie. Ktoś strzelił w panice. Achai wydawało się, że strzała przeleciała tuż obok jej twarzy. Wywróciła się, ciągnąc Arnne.

– Czujesz coś? – syknęła.

– Tak! Boli mnie strasznie mostek.

– Czy czujesz jakichś czarowników, krowo?!

– Pieprz się! – Arnne pokazała, że plugawe przekleństwa wbrew pozorom wcale nie są jej obce. – Odwal się, ty suko!

Coś wpadło pomiędzy żołnierzy i zaczęło je zabijać. Jednak tym razem, w przeciwieństwie do samotnej strażnicy zwiadu, rozległy się ostre gwizdki oficerów.

– Do mnie! Do mnie! Żołnierze, do mnie!

Ktoś płakał głośno. Ktoś jęczał, ktoś wył z bólu. Parę dziewczyn kaszlało ciągle, ktoś wzywał pomocy. Czyjaś noga nadepnęła Achaję, świsnął miecz, ale na szczęście obie z czarownicą leżały na ziemi. Właścicielem miecza musiała być żołnierz piechoty, a nie potwór – powtórny cios nie padł, poprawki nie było.

– Tu druga kompania! Tu druga kompania! – rozległy się krzyki w oddali. – Nie strzelać! Wycofujemy się.

Coś świsnęło nad głową Achai. Nie miała pojęcia co. Ściągnęła z ust szmatę i puściła Arnne – to coś, co odurzało w dymie, nie mogło już działać.

– Tu druga kompania! Koleżanki! Nie strzelajcie!!!

Niby kto miał strzelać? Kompania sztabowa stanowiła jedno wielkie kłębowisko wpadających na siebie i przewracających się ciał. Coś mordowało żołnierzy, ale nawet te, które skupiły się wokół ocalałych oficerów, nie były w stanie temu przeciwdziałać. Rzeczywista walka niezbyt przypominała symulację.

– Tutaj! Tutaj! – krzyczała pułkownik. – Wszyscy, co żyją, niech biegną w stronę drugiej kompanii!

– A gdzie to, kurwa, jest? – spytała Achaja.

– Kapitan! Czy jest tu kapitan?

– Jestem... – rozległ się czyjś zduszony głos. Dziewczyna musiała zostać ranna.

– Masz jeszcze gwizdek?

– Mam!

– Podaj komendę do drugiego batalionu: Strzelać na mnie!!! Niech strzelają w miejsce, skąd gwiżdżesz. – Pułkownik kaszlnęła nagle, potem jęknęła. Musiała czymś dostać. – Wszyscy niech... strzelają w moje pozycje! – powiedziała jeszcze zduszonym głosem.

Dźwięk gwizdka nie brzmiał tak przenikliwie jak poprzednio. Dym musiał go głuszyć. Był jednak wystarczająco głośny, bo po chwili usłyszały gwizdki batalionu, który został pod lasem.

– Bogowie! Jak to: strzelać w nas? – jęknęła jakaś dziewczyna. – Przecież nie jesteśmy okopane.

– Kryć się pod tarczami! – ryknęła Achaja. – Jak któraś zgubiła tarczę, brać najbliższego trupa na plecy i biegiem do drugiej kompanii!

– Ale, kurwa, gdzie to jest?! – powtórzył ktoś jej poprzedni okrzyk.

Trzysta bełtów zaświszczało w powietrzu. Większość zatrzymały gałęzie, ale i tak śmiertelny deszcz opadł na ziemię. Rozległy się okrzyki trafionych, nikt nie miał pojęcia, żołnierzy Arkach czy obcych. Usłyszały z daleka nowe gwizdki. Trzeci batalion dołączał do drugiego. Bogowie! Sześćset bełtów naraz!

– Chodu! – ryczała Achaja. – Wychodzić spod ostrzału!

Ktoś wpadł na kogoś tuż obok. Usłyszała charakterystyczny cichy odgłos miecza uderzającego o pancerz. Dym rzednął na szczęście. Wytrzeszczając oczy aż do bólu, można było dostrzec słabe ogniki. To płonął las po lewej. Nie udało się zgasić czarodziejskimi sztuczkami. Przynajmniej taka satysfakcja.

– Oddział! Do drugiej kompanii. Przebijać się!

Sześćset bełtów z kuszy! Już słyszała ich zabójczy świst! Pociągnęła czarownicę i upadła na ziemię, zwijając się w kłębek. Co za upiorny świst. Coraz bliżej! Skuliła się. Znowu większość zatrzymała się na drzewach, ale... Nowy morderczy deszcz opadł na ziemię. Wyraźnie stępił atak mieszkańców Lasu. Nikt nie lubi ginąć, nie widząc sprawcy swojej śmierci. Makabryczny atak został spowolniony. Nie było już krzyków mordowanych dziewczyn. Żołnierze ukrywały się za tarczami, pod ciałami koleżanek. One wiedziały, skąd strzelają, atakujący nie.

– Teraz! – ryknęła Achaja. Dym rozwiewał się wyraźnie. – Do drugiej kompanii. Biegiem!

Szarpnęła za włosy Arnne i pociągnęła za sobą. Ktoś biegł z boku. Słyszała wyraźnie. Atakujący uderzyli z tyłu. Znowu krzyki. Te potwory naprawdę widziały po ciemku! To już po nas... Dym rozszedł się na tyle, że można było zobaczyć pożar w całej okazałości. Już po nas, pomyślała Achaja. Nawet nie wyciągnęła miecza.

– Kurwyyyyy!!!! – rozległo się z tyłu. – Teraz was widzimy.

Odwróciła się. Harmeen na czele nietkniętego plutonu zwiadu szykowała żołnierzy do strzału. Pomysł ze spłoszeniem koni musiał wypalić, poza tym stały z tyłu. Trzydzieści pocisków z kusz uderzyło w atakujące cienie! Chwilę później sześćset bełtów ze straszliwym świstem przecięło powietrze, większość w drzewa, ale te, które się przedostały... uderzyły w to, co znajdowało się w miejscu, które przed chwilą zajmowały resztki trzeciej kompanii.

Achaja potrząsnęła głową. Desperacka, zabójcza taktyka piechoty przynosiła jednak efekt. Miały chwilę oddechu, przeciwnik był zdezorientowany.

– Harmeen! Bosko to zrobiłaś, laleczko! – krzyknęła. – Piechota! Do drugiej kompanii. Macie na to tylko moment, żołnierze!

To, co żyło jeszcze i mogło choć jako tako się poruszać, runęło w stronę takiego ślicznego widoku... Sto kobiet w półpancerzach, klęczących za swoimi tarczami, z wystawioną kuszą i lewą nogą, tą w metalowej nagolenicy.

– Tu trzecia kompania! Nie strzelajcie, koleżanki!

Kilkanaście dziewczyn, w większości rannych, wpadło pomiędzy tarcze. Kapitan, dowódca drugiej kompanii, była zszokowana.

– Bogowie! Tylko tyle was zostało?

– A skąd – warknęła Achaja. – Reszta rżnie w karty tam dalej!

– Bogowie...

– Zrób przejście dla zwiadu i wyślij patrol, żeby zebrać rannych, złotko. Albo nie – zmieniła zdanie. – Stracimy patrol.

– A pułkownik?

– Nie wiem.

Przerwały, bo pluton zwiadu z kilkoma ocalałymi saperami dołączył do kompanii.

– Harmeen! Powinni cię mianować Bogiem za to, że utrzymałaś zwartą jednostkę! Lanni! Jesteś najfajniejszą dupką wśród oficerów! Jesteście świetne! Jesteście najlepsze!

– Aaaaaaaaa!!! – zawył pluton.

– Nauczyłyśmy ich czyścić nam buty! – krzyknęła Bei i wyciągnęła rękę, w której trzymała uciętą głowę potwora. Niby człowiek, ale z kłami wyraźnie wystającymi spomiędzy warg i jakby bez oczu. – Jesteśmy elitarną jednostką! – wrzeszczała. – Jesteśmy najlepsze na rynku!

Piechociarki na widok uciętej głowy zaczęły wyć.

– Brawo zwiad! Fajnie!

– Bei! – krzyknęła Achaja. – Jak mi załatwisz drugą taką głowę, zostaniesz kapralem!

– Ty mnie, szlag, od razu mianuj generałem. Dostaniesz sto takich głów, mała! Specjalnie dla ciebie.

Nastroje w piechocie zaczęły się poprawiać. To, że nie każdy poddawał się panice, działało kojąco. To, że ktoś potrafił żartować w tym morzu trupów, ustawiało powoli rzeczy na ich właściwych miejscach. I to kto? Mała Bei. Szesnastoletni żołnierz Arkach.

– Pani major – kapitan podeszła z boku – zaraz uderzą.

– Wiem. Spróbujmy przenieść strzały tych dwóch batalionów na nasze pozycje. Niech żołnierze kryją się za tarczami. Potem będzie korytarz.

– Wiem o korytarzu – powiedziała kapitan. – Pułkownik się dogadała z major, ale czy wejdą w głąb na tyle, żeby umożliwić nam przejście, to wątpię! Wątpię po tym, co widziałam.

– Co pani widziała?

– Źle się wyraziłam. Raczej słyszałam. – Kapitan zaklęła szpetnie. – Słyszałam zagładę całej pierwszej kompanii. Nikt nie został przy życiu. Myśmy były w ryglu i w ruchu, a potem batalion zaczął szyć i nam się udało. Przypadek.

– Zdaję sobie z tego sprawę. W najgorszym razie niech każdy biegnie w stronę korytarza. To trochę jak rzut kością. Ale na miejscu przeciwnika zakleszczyłabym naszą pozycję od strony wyjścia z lasu i uderzyłabym z tyłu albo z boku. Tyle tylko, że oni nie mają pojęcia o planowanym korytarzu. Oddział zakleszczający dostanie znienacka w plecy. Tego nie przewidzą.

– Myśli pani, że znowu pojawi się ten dym?

– Wątpię. Nie mogą go utrzymywać zbyt długo. A poza tym mają tu bardzo małe siły.

– Bardzo małe? Bogowie!

– A jak pani myśli? Nie mają tylu ludzi, żeby utrzymywać większe oddziały na całej granicy lasu. Dam sobie rękę uciąć, że nie atakuje nas więcej niż stu żołnierzy. Trochę już poszarpanych.

– Stu?

– Może stu trzech? – zażartowała Achaja. – A może tylko pięćdziesięciu.

Podeszła do ocalałych saperów.

– Możecie coś rozpalić?

– Pożar we własnej dupie – mruknęła osmolona porucznik z pierwszego plutonu. Cud, że ocalała.

– A te pochodnie z magnezu?

– Nie zajęły się! – Machnęła ręką. – Zostały nam trzy.

– No to...

– Nie mamy już rozżarzonych prętów. Nie mamy pieców. Wszystko zawiodło.

– Ty mi, kurwa, tak nie odpowiadaj, dupo! Rozpal ognisko i spróbuj rozżarzyć miecz albo własny nos, idiotko!

– Bo co? Sąd polowy mi tu zrobisz?

– Nie. – Achaja przystawiła jej metalową rękawicę do twarzy. – Tak ci przyleję w mordę, że się posikasz uszami!

Achaja wróciła do kapitan.

– Dobra. Zaraz naprawdę zaatakują. Niech pani przekaże, żeby dwa bataliony strzelały w nasze pozycje. Potem korytarz.

– Tak jest! – Po chwili rozległ się modulowany dźwięk gwizdka.

– Kryć się pod tarczami, dziewczyny!

Ktoś się przedzierał do stanowisk oficerów. Jakaś porucznik usiłowała zatrzymać intruza.

– Mam tajne materiały wywiadowcze! – krzyknęła Shha, osadzając młodszą oficer. – Rozkaz samej królowej!

Trudno było jej nie przepuścić. Sierżant przypadła przy Achai.

– No więc Chloe nigdy nie wyobrażała sobie siebie gołej na drodze, siostrzyczko.

Achaja o mało nie ryknęła śmiechem. W takiej chwili! Miała ochotę pocałować swoją sierżant.

– Ale wiesz. Śniła raz, że jest w karczmie. I przychodzi taki jeden facet i ją rozbiera przy wszystkich, i... no wiesz...

– Dzięki, Shha! Bardzo mi pomogłaś.

– No nie ma sprawy, siostrzyczko. Po to jestem.

Achaja popatrzyła za odchodzącą sierżant. Szlag! Może była i głupia. Może nie nadawała się na nikogo więcej niż sierżant w jednostce specjalnej. Ale z całą pewnością była najlepszym człowiekiem, jakiego Achaja spotkała na swojej drodze.

Nie mogła jednak sobie darować pewnej małej satysfakcji. Podeszła do Arnne i szepnęła:

– A wracając do tej pani wizji...

– Do błysku?

– Tak. – Achaja nachyliła się bliżej. – Nie widziała pani siebie w karczmie?

– Nie!

– Chwila. Siedzi pani w karczmie i w pewnej chwili przychodzi taki strasznie przystojny mężczyzna. I... podchodzi do pani. I... rozbiera panią tam, na oczach wszystkich. I... No, wie pani.

Z satysfakcją obserwowała rozszerzające się oczy. Czarownica nic nie powiedziała. Przełknęła ślinę. Potem oblała się rumieńcem.

– Ty świnio! – szepnęła wreszcie.

Achaja dopiero teraz zdała sobie sprawę, że słucha ich kapitan stojąca tuż obok. Wyraźnie widziała minę oficer piechoty: „Ten zwiad to ma naprawdę porąbane w głowach!".

– Fajnie było? – rzuciła jeszcze cicho do czarownicy.

– Z czym?

– No, z tym facetem w karczmie?

– Ty suko jedna!

Świst nadlatujących strzał przerwał na szczęście dalszą wymianę zdań. Achaja przyskoczyła do żołnierz piechoty, usiłując się ukryć pod jej tarczą. Dziewczyna zrobiła księżniczce trochę miejsca, wystawiając nogę, tę w nagolenicy. Uśmiechnęła się nawet, choć ciągle szczękając ze strachu zębami. Strzały uderzyły w ziemię. Kilkanaście zagrzechotało w nadstawione tarcze.

– Atakują! – krzyknęła kapitan. – Spokój! Spokój!

Tak jak przewidziała Achaja, oddział zakleszczający pojawił się od strony wyjścia z lasu. Atak wyprowadzono z boku. Kilka żołnierzy padło od strzał, ale reszta trzymała się w szyku, kiedy coś rąbnęło o tarcze. Widoczność znowu się pogorszyła, tym razem z powodu naturalnego dymu od wznieconego przez wojsko pożaru lasu. Sześćset bełtów z ubezpieczających batalionów poszybowało znowu. Te, które przeszły przez gałęzie, tym razem idealnie uderzyły w oddział zakleszczający. Aaaaaaaach! Dwa bataliony, które nawet nie widziały przeciwnika, zrobiły większe spustoszenie niż wszystkie dotychczasowe akcje! Ilość! Ilość! Kurde, tu się nie liczy, który żołnierz lepszy, który ma cudowne zdolności. Ilość, taktyka użycia sprzętu, konsekwencja i regulamin! Śmierć przeszła przez szeregi wroga, robiąc wielkie wyrwy wśród cieni. Tak właśnie stało w instrukcji. To nie czary. To tylko instrukcja użycia sześciuset kusz w taktycznej skali kierowała krokami śmierci. Achaja zerwała się nagle.

– Strzelać!

Piechociarki wypaliły do atakujących cieni. Zza tarcz, celując spokojnie i wstrzymując regulaminowo oddech przy ściąganiu spustu. Aaaaaach! Boli was, potwory? Kompania piechoty wstała nagle, wyciągając miecze.

Gwizdy oficerów powstrzymały ostrzał własnych pozycji z zewnątrz. Krzyki z daleka wskazywały, że dwa bataliony runęły do ataku, usiłując otworzyć korytarz. Operacja, z grubsza przynajmniej (nareszcie!), zaczęła przypominać to, co opisywano w podręczniku piechoty.

– Pluton A, klin na czole! Pluton B, rygiel wsteczny po lewej! Pluton C, rygiel wsteczny po prawej! Pluton zwiadu ubezpiecza lewe skrzydło! – Achaja ruszyła z żołnierzami. Tę taktykę pamiętała jeszcze z Troy, choć tam były inne jednostki.

Dostały strzałami z lewej. Kilka dziewczyn upadło, ale była przygotowana. O kurde! Nareszcie jak w podręczniku!

– Pluton B, tarcze w górę, siłę uderzeniową zapewnia pluton zwiadu!

Kapitan piechoty też poczuła, że jednak mają jakąś szansę. Krzyki daleko z przodu świadczyły, że korytarz właśnie się tworzył. Trójkąt utworzony przez drugą kompanię piechoty atakował swoim najszerszym bokiem wprost na majaczące w ciemności cienie. Kurde! Taki maleńki momencik... taka krótka chwilka, kiedy wojna wydawała się piękna. Z prawej pożar lasu, z lewej wzmocnienie dodatkowym plutonem, z przodu pierzchające cienie, a przed nimi pierwsze błyski pochodni dwóch batalionów wsparcia.

– Aaaaaa! – zaczęła wrzeszczeć kompania. Żołnierze, jeszcze nie tak dawno przestraszone, zaskoczone wrogą akcją i utratą tylu koleżanek, teraz atakowały jak pancerny taran, jak sama wściekłość. Już blisko! Już blisko! Jeszcze kilkadziesiąt kroków i w ramiona całych, calusieńkich, świeżutkich dwóch batalionów. Jeszcze trochę!

Wróg jednak nie był ani głupi, ani pokonany. Dostały taki ostrzał z lewej, że linia zaczęła pękać. Strzały nie mogły co prawda przebić ani tarcz, ani nawet nagolenic, ale obcy strzelcy musieli być półbogami. Pluton B stracił połowę stanu na jakichś dziesięciu krokach.

– Kurwa, zatrzymają! – warknęła kapitan.

– Widzę – syknęła Achaja. – Niech pani weźmie saperów i resztki trzeciej kompanii, proszę sformować pluton i wesprzeć lewe skrzydło.

Jeszcze pięć kroków. Dosłownie pięć. Pluton B właściwie nie istniał. Żołnierze zwiadu kładły się na ziemi, strzelając z kusz.

– Całość staaaaać! Lewy zwrot! Tyłem do ognia, przodem do wroga, przyklęk, pozycja powstrzymująca.

Piechociarki mało nie wyły z wściekłości. Tak mało ich dzieliło od dwóch świeżutkich batalionów! Tylko Achaja i kapitan piechoty wiedziały, że rozsmarują ich na dystansie o połowę krótszym.

Rygiel zresztą nie udał się tym razem. Dostały ostrzał z tyłu, plutony zmieszały się fatalnie, stając się jeszcze lepszym celem. Harmeen wyprowadziła zwiad poza linię, dziewczyny odpaliły z kusz, niezbyt celnie, wróciły szybko za porządkowane przez kapitan szeregi. Dosłownie chwile dzieliły je od ataku dobrze już ustawionego wroga. Na twarzach piechociarek, które co rusz zerkały na oficerów, odbijało się to samo pytanie: dlaczego nie biegniemy? To tylko kilkadziesiąt kroków. Dlaczego nie biegniemy do naszych? Achaja jednak służyła w górskiej dywizji, w lesie. Wiedziała, że kilkadziesiąt kroków biegu wśród drzew może być zagładą oddziału. Pani kapitan nie służyła w lesie. Wiedziała jednak również, że mają cień szansy tylko jako choć w miarę zorganizowana jednostka. Jeśli puszczą dziewczyny do bezładnego biegu... Może dwóm, trzem się uda. A może i nie. Obie, Achaja i kapitan, usiłowały uporządkować plutony, wiedząc dobrze, że tylko za twardą linią będą mogły doczekać czołówki korytarza. Nie było sensu porównywać poharatanej kompanii z dwoma batalionami. To tamte powinny się ruszać. Dziewczyny jednak, zdyscyplinowane do tej pory, zaczęły dawać odpór oficerom. Strach, szok i wściekłość o to, że nie pozwalano im przebiec tych kilkudziesięciu zbawczych, jak sądziły, kroków, sprawiały, że oddział coraz bardziej się rozprzęgał.

– Pluton zwiadu, dziesięć kroków w tył! – warknęła Achaja przez zaciśnięte zęby.

Na szczęście Harmeen nie straciła nerwów. Zrozumiała, co jej dowódca ma na myśli. Cofnęła pluton zwiadu poza własne linie.

– Kuszeeeeee... ładuj!

Trzydzieści bełtów wylądowało na łożach.

– Kolbyyyyyyyy... o biodroooo... oprzyj!

Dziewczyny ze zwiadu zacisnęły zęby. Już wiedziały! Na rozstawionych nogach mierzyły wprost w plecy koleżanek z piechoty. Piechociarki zrozumiały w chwilę później.

– Kurwy! Suki! Tchórze. Nie zrobicie tego, co? Koleżanki! – rozległy się okrzyki.

– Do strzałuuuuu... gotuj się! – wrzasnęła Harmeen.

Dziewczyny ze zwiadu patrzyły to na nią, to na Achaję. Piechociarki były o włos od odwrócenia własnych tarcz, ale w przypadku kusz i tak małej odległości niewiele by im to dało. Zresztą... W plecach miałyby wtedy strzały wrogów z lasu.

Kapitan piechoty wskoczyła między pomieszane szeregi.

– Linię formuj! Równaaaaaj!!!

– Dzięki, Harmeen – szepnęła Achaja, widząc, że zdecydowana, choć tak strasznie wredna akcja zwiadu przynosi jednak efekt. Linię klęczących za tarczami piechociarek udało się sformować. Resztki saperów i trzeciej kompanii, które ciągle tkwiły w środku ich oddziału, usiłowały wesprzeć najbardziej poszarpane lewe skrzydło. Ale nikt ich nie atakował.

Wrzaski, szczęk metalu i gasnące pochodnie powiedziały wszystkim, że oddziały przebijające korytarz zostały właśnie zatrzymane.

– No to... chyba już po nas. – Kapitan piechoty dołączyła do Achai i Harmeen. – A może rzeczywiście zaczniemy biec?

– Ile pani przebiegnie? Dwadzieścia kroków?

– To róbmy jeża i chodźmy. Kurwa! – Pani oficer naprawdę była doświadczona. Jeż w wykonaniu kompanii mógł mieć szansę... Na równym, bezleśnym polu. – No to biegnijmy przez ogień z tyłu, co?

– Ile pani przebiegnie w płonącym lesie? – spytała tym razem Harmeen. – Dziesięć kroków?

– Kurwa, zróbmy coś! Przecież szło już tak dobrze. Może niech jazda ruszy?

– Jazdą w lesie tośmy się zajmowały w górskiej dywizji – mruknęła Achaja. – Jeden pluton potrafił powstrzymać atak jazdy na nasz pułk.

– To co? Stoimy i czekamy?

– Możemy się modlić – mruknęła Harmeen.

– Albo tamte bataliony się przebiją, albo nie – dodała Achaja. – Jeśli nie... To niech każda robi, co chce. Bez znaczenia.

– Nasi wrogowie musieli ściągnąć posiłki – powiedziała Harmeen. – Bez dymu nawet w lesie zatrzymanie dwóch batalionów jest przecież niemożliwe.

– Im to powiedz. Skąd wiesz, co tam się dzieje?

– Może, kurde, przybliżymy się do tego pożaru? – wtrąciła oficer piechoty.

– To nam tyłki spłoną. Szlag! Czemu nie atakują?

– Zajęci z przodu. Spoko, spoko, zaraz nas rozwalą. – Achaja otarła twarz z potu. – Pani kapitan. Co przewiduje podręcznik piechoty w takiej sytuacji?

– Jeśli oddział zachował zdolność bojową, należy ruszyć do ataku.

– O żeż. Kto pisał ten podręcznik?

– Pewnie jakieś krówsko siedzące w zimową noc przy kominku, z dużą wódką w jednej ręce i piórem w drugiej.

– Podręcznik na pewno pisali mężczyźni – wtrąciła Harmeen. – Pan Biafra nakazałby teraz atakoodwrót ze szczególnym uwzględnieniem zdecydowanego natarcia i bezładnej ucieczki.

– Mamo, co to znaczy?

– Pewnie nic. Ale każdy facet, jeśli nie wie, co zrobić, mówi sprzeczności.

– A kobieta mówi sprzecznościami, nawet gdy wie, co robić – zakpiła Achaja.

– Ty co? Jesteś chłopak przebrany w kieckę, że trzymasz z nimi?

– Jakbym wiedziała, co zrobić, tobym tu nie sterczała niczym dupa wystawiona na kopniaka.

Wrzaski i odgłosy bitwy cichły wyraźnie. Ponieważ było raczej nieprawdopodobne, żeby ktoś tak szybko pokonał dwa bataliony, znaczyło to więc, że bitwa się oddala. Piechota była spychana albo realizowała jakiś manewr. Wychodziło na jedno.

– No to po nas, koleżanki.

– No! – splunęła Achaja i zaklęła. Podskoczyła do swojego plutonu. Szybko odnalazła sierżant. – Słuchaj, Shha, żegnaj, siostrzyczko.

– Już żeśmy się żegnały, jak cię Virion chciał zabić. Teraz też nie dadzą rady!

– Teraz dadzą, siostrzyczko – szepnęła. – Pamiętaj, jak się zacznie, trzymaj się największej grupy i biegnij do naszych. Wiesz, jak jest w lesie. Bogowie strzały noszą. Cień szansy masz.

– Nie pójdę bez ciebie, malutka!

– Pójdziesz. Ja też będę biegła, ale jeśli będziemy na siebie patrzeć, to nas obie skoszą. Daj, małpeczko, z siebie wszystko, co?

– No, nie ma sprawy. Jeszcze się napijemy razem. Na pohybel tym skurwlom.

– No. Cześć, dziewczynko.

– Cześć, malutka. Trzymaj się i nie pękaj.

Achaja wróciła do oficerów.

– I co?

– Jakieś cienie zbierają się chyba. Gówno widać – mruknęła kapitan piechoty.

– Arnne. – Achaja podeszła do czarownicy. Ta jednak siedziała na ziemi z podkulonymi nogami, obejmując rękami własne kolana. Była całkowicie załamana. – Słuchaj, czujesz coś poza ciężarem bytu?

– Nic. Odczep się wreszcie.

Achaja wróciła do oficerów.

– No to co? Biegniemy?

– Trzeba to było zrobić wcześniej – warknęła kapitan piechoty.

– Wcześniej? Nie. Zaczekamy, aż nas zaatakują. Wtedy żołnierze przeciwnika pomieszają szyki ich łucznikom. Ze dwie, trzy dziewczyny będą miały swoją szansę. Inaczej by nas wymietli strzałami.

– Może i ma pani rację – zreflektowała się kapitan. – Zapowiedzieć ludziom?

– Nie. Po co dezorganizować? Jak pani ryknie „chodu" w odpowiedniej chwili, wszystkie pojmą.

Stały niepewne, obserwując ledwie widoczne pomiędzy drzewami cienie. Pożar za plecami dawał trochę światła, ale bardziej mamił wzrok, niż pozwalał coś dojrzeć wyraźnie. Achaja usłyszała z tyłu cichą uwagę rzuconą przez porucznik saperów:

– No, ładnie. To teraz jesteśmy same, mając za jedyną osłonę tę śliczną dupeczkę ze zwiadu. Niech im powie, kurwa, że jest księżniczką, może przepuszczą.

Achaja potrząsnęła głową. Była odpowiedzialna za tych ludzi? Po raz pierwszy w życiu poczuła ciężar dowództwa. Właściwie nie była, ale... Była. Miała najwyższy stopień. Trochę inaczej to wyglądało naprawdę niż przy studiowaniu podręczników w pałacu w Troy. Jakie to wtedy było łatwe. Poświęcić setkę dla osłony skrzydła, puścić korpus do frontalnego ataku – przewidywane straty czterdziestu od sta w tej formie działań. A jak się szło z tymi ludźmi? Co wtedy znaczyło czterdzieści od sta? Albo jeszcze lepiej: sto od sta? Ile od sta znaczyły Shha, Mayfed, Zarrakh, Lanni, Harmeeen, Bei, Sharkhe, Chloe i ta, fajna w sumie, kapitan piechoty? Ile od sta znaczyła ta nieznana piechociarka, która pozwoliła Achai ukryć się pod swoją tarczą, wystawiając przy tym własną nogę? Psiamać. Przypomniała sobie Viriona, który śmiał się w jej głowie. Przypomniała sobie Krótkiego. Hekke mówił: „Uczyłem cię tego, czego uczyłem... Ja jednak stanąłem naprzeciw Nolaana. Bez żadnych szans". No dobra, chłopaki. Może i wiem, co chcecie mi powiedzieć. Tym swoim śmiechem, milczeniem i przypomnieniem bezsensownej walki z Nolaanem. Może i wiem!

– No dobra, dziewczyny. – Wyszła na środek małej przestrzeni zajmowanej przez oddział. – Zaraz zacznie-cie biec. Rzucać wtedy tarcze. Rzucać kusze. Miecze musicie mieć ze sobą. Walcie do naszych batalionów i powiedzcie, niech podpalają to kurestwo. Nie wiem, ilu się uda. Ale może.

Harmeen podniosła pytający wzrok. Kapitan piechoty zmełła przekleństwo. Uśmiechnęła się nagle.

– No to teraz... wóz albo przewóz, co?

– Ano, jak mówią, strzały Bogowie noszą. Nie sądzę, żeby Bogom chciało się dzisiaj biegać za szybko po ciemku.

Ktoś się roześmiał. Achaja wyciągnęła swój miecz.

– A pani – zerknęła na usmoloną porucznik saperów – musi biec również. Mając za jedyną osłonę „śliczną dupkę ze zwiadu".

Odwróciła się na pięcie, roztrąciła szereg i wyszła wprost na rozpędzające się właśnie do ataku cienie.

– No co, kurwa?! – ryknęła. – Co tak po ciemku biegniecie?

Skoczyła do przodu w absolutną ciemność. Walczy tylko ciało, mówił Virion. Cios... uuuuuu... ładnie! Czyjaś ręka szybowała w powietrzu, odłączona od ciała, którego jeszcze przed chwilą była częścią. Achaja upadła na plecy, odbiła się i chlasnęła płasko. Nie trafiła. Walczyła, nic nie widząc. Upadła znowu. Odbiła się, nowy cios, znowu w próżnię. Zamach nogą, zwód, cios. Jest! W coś trafiła. I nie było to drzewo – za miękkie. Ktoś skoczył na nią od tyłu, więc poddała się, upadła, przygniatając go własnym ciężarem, uderzyła oboma łokciami w tył, żebra nie mogły być tak wytrzymałe. Na pewno pękły. Odbiła się. Kurwa, żeby widzieć cokolwiek. Przy takim machaniu na oślep nawet jej brakowało już oddechu. Tamci mieli jednak pecha. Ktoś wpadł na nią od przodu. Przytuliła go. Mocno! Pewnie już nie wstał. Dostała mieczem w bok. Syknęła z bólu. Miała jeden skurcz, w łydce – spokojnie. Kucnęła, obrót, zwrot („Pamiętaj, to nie balet!"), walnęła mieczem w pustkę. Walnęła lewą ręką, trafiła! Ten ktoś miał pecha z powodu żelaznej rękawicy. Dostała w plecy. Ból, szok, ciepło, odwinęła się, nie trafiła, dostała znowu w bok, ciepło, odwinęła się, nie trafiła. Upadła na plecy, płaskie zawinięcie, pustka, tamci widzieli w ciemności, ona nie. Wstała, dostała w nogę, lewe udo, o mało się nie przewróciła. Kości jej nie złamali. Odbiła się lekko i ciachnęła płasko. Znowu nic. Sukinkoty uchylały się przed jej horyzontalnymi zamachami. Nie to nie. Zarobiła w tyłek. Szlag! Odwinęła się. Pustka. Rzuciła się w bok, coś walnęła nogą, ale co?

Nagle stał się cud. Porucznik saperów, zamiast biec, pokazała jednak, że jest właściwym człowiekiem na właściwym miejscu. Rozpaliła magnezową pochodnię! W upiornym, nieprawdopodobnie wręcz białym świetle zobaczyła ich. A właściwie je. Nagie kobiety z mieczami. Bez oczu. To już po was, dziewczyny! Skoczyła do przodu. Były naprawdę niezłe. Wszystkie uskoczyły. Poza tą oczywiście, którą przebiła Achaja. I poza tą drugą, której się wydawało, że można z Achają skrzyżować miecz i wyjść z tego żywym. Zwrot, wyrwała miecz, zarobiła cios w bok, psiamać, trzeci w to samo miejsce! Płaski zamach. Tym razem ofiara nie zdołała go uniknąć. Achaja upadła na plecy, widząc dziesiątki albo setki strzał szybujących na porucznik saperów. Szlag! Odbiła się z pleców, doskoczyła, szybki cios mieczem. Jedna mniej. Szybki cios żelazną rękawicą, trafiła, poprawka mieczem, również trafiła. I chwilę później jeszcze jedną babę, której się zdało, że ranny przeciwnik nic już nie może. To było złudne wrażenie.

Porucznik musiała upaść. Blask się zmniejszył. Potem ktoś musiał zasypać pochodnię ziemią. Znowu ciemność. Achaja zarobiła w brzuch. Pochyliła się. Potem w plecy. Ale boli! Auuuuuuuuu! Szlag! Odwinęła się, nie trafiła. Dostała w bok, ale drugi. Jak ciepło i miękko...

– Daj im wycisk, siostro! – usłyszała krzyk.

Nad jej głową znowu pojawiło się światło. To Arnne, płacząc jak dziecko, stała z tyłu, unosząc ręce. Szlochała zasmarkana, prawie nieprzytomna ze strachu, ale sprawiła, że Achaja znowu mogła coś dostrzec. Straszny pech... dla dwóch obcych, które straciły życie, zanim zrozumiały, co się dzieje.

Ktoś rzucił się na nią z boku. Lekki zakrok. Tylko pięć skurczów. Cios. Trup. Coś eksplodowało w jej głowie. Straciła wzrok! Nie, nie... tylko jedno oko! Wyła z bólu. Usiłowała zetrzeć krew z twarzy, ale zapomniała, że na lewej dłoni ma żelazną rękawicę – tylko powiększyła ból. Znowu dostała w plecy. Kurwa! Skoczyła do przodu, przewróciła się, podłożyła komuś nogę i gdy padał, nadstawiła miecz. Teraz już wiecie, kto to jest szermierz natchniony?

Usłyszała dalekie krzyki. Dwa bataliony pewnie znowu ruszyły do ataku. Ale ona, nawet gdyby ją puściły, nie mogłaby już nigdzie biec. Nadziała na sztych kolejną napastniczkę. Dostała w lewe udo. Szlag! Aż ją obróciło! Teraz to już na pewno złamana kość. Upadła. Już się nie podniesie. Trudno. Uderzyła kogoś prawą nogą. Nie przewrócił się, świnia. Światło nad jej głową zgasło, za to pożar lasu był coraz większy. Płomienie rozświetlały gałęzie, nadając im jakieś zupełnie nieprawdopodobne, fantastyczne barwy. Tak kolorowo! Było tak kolorowo. Dobrze, że nie biegła do tamtych batalionów. I tak nie było szans, a tu jest tak pięknie. Kurde, nie śpij! Nie śpij!!! – łajała się w myślach. Zarobiła znowu w plecy. Ale głęboko! O mało nie zwymiotowała. Usiłowała się przewrócić i dostała znowu w brzuch. Nisko. Właściwie w podbrzusze. Ale pięknie... Ale ślicznie jest wokół. Jakie wspaniałe kolory, pełgające ogniki. Jaki śliczny jest świat! Jaki śliczny! Dostała w plecy, gdzieś pod łopatkę, płytko. Syknęła z bólu. Co za niesamowite barwy! Żeby tylko tak nie bolało. Dostała cios w lewą rękę. To się przeliczyli, idioci. Tam nic nie czuła. Patrzyła jednym okiem na lejącą się krew. Było jej ciepło. Aż się spociła. Odwróciła się na wznak. Wbili jej miecz w brzuch. I co mogła zrobić? Już była do niczego. Taki piękny ognik pełgał na ostrzu. Tak błyszczał. Ktoś nachylił się nad nią.

– I co? Myślisz, że już po mnie? – szepnęła tak cicho, że nie mogli jej słyszeć. – Że już jestem załatwiona?

Czuła, że po brodzie cieknie jej krew. Nie śpij! Nie śpij! Nie śpij jeszcze! Musisz się przemóc! Wygięła kręgosłup, nie mogła już unieść miecza, ale wyszarpnęła nóż i wbiła w szyję tego czegoś, co się nad nią nachylało. Dostała w twarz, samym ostrzem, poczuła, jak krew, jej własna i jej ofiary, zalewa jedyne oko. Usiłowała przekręcić się na brzuch, dostała znowu w plecy. Zwymiotowała gwałtownie. Ktoś uderzył ją w prawy nadgarstek, usłyszała, jak chrupnęło. Ale, kurwa, pięknie, tak czerwono! Dostała w nogę, potem znowu w plecy. Zwymiotowała jeszcze raz, samą krwią i śliną. Rozkaszlała się, zaczęła płakać. Nie wiadomo dlaczego, wcale nie było jej smutno.

Ktoś kucnął tuż obok. Niczym przez mgłę widziała czyjeś kolana, stopy, brzuch.

– Ale zabiła naszych – usłyszała czyjś wyraźny podziw. Ledwie mogła zrozumieć słowa, tak dziwny był akcent.

– Zdechła?

– Nie. Dobij szybko.

– Ty – poprosiła Achaja ledwie słyszalnym głosem. – Obetrzyj mi twarz. Nic nie widzę.

– Jeszcze gada! No, dobijcie ją.

– Po co? Zdycha już.

Nie czuła, jak coś dotyka jej twarzy. Nie czuła już prawie niczego. Zauważyła szmatę, którą ktoś ścierał krew. Coś jednak widziała. Szkoda, że tylko jednym okiem.

– Powiem wam... – Rozkaszlała się. Pulsowało jej w głowie. – Wiecie, że zwycięża się... nawet... – Zwymiotowała i o mało się nie udusiła. Była cała upaprana, krwią i wszystkim innym. Hekke mówił, że to wolność. No i w dupę jeża. Jeśli tak ma wyglądać wolność, to miał rację. Wolność była fajna. I nawet niezbyt bolała. Jakieś archaiczne, nieprawdopodobnie oświetlone miasta sprzed tysięcy lat zwidywały jej się właśnie. Było żółto, ślicznie, szczęśliwie. To już nie drzewa. To antyczne budynki wyrastały wokół. Legendarne statki mknęły przez czarną pustkę. – Nawet jak... – usiłowała się zmusić do dokończenia kwestii, ale najbardziej chciało jej się spać. Obojętniała powoli. – Nie można już... niczym ruszyć?

Widziała wszystko jak przez mgłę. Jedynie zarys postaci, która kucała tuż obok. Teraz musiała zebrać wszystkie siły.

– Pomóż mi, siostrzyczko – szepnęła.

– Teraz o łaskę prosisz. Co?

– Nie... Chcę cię zabić... Szczerze mówię, jak jest.

– Zdychasz, obca! Niczym już ruszyć nie możesz!

– Ale ciebie jeszcze zabiję.

– Zesrasz się! To tak.

Nie śpij! Nie śpij! Takie piękne miasta zamiast drzew. Nie zasypiaj jeszcze! – łajała się w myślach. Ugryzła się w język. Z całej siły. Poczuła krew w ustach. Ból otrzeźwił ją trochę. Ale ciepło. Płacząc, wyciągnęła przed siebie lewą rękę i oparła o brzuch tamtej. Na nic więcej nie było jej już stać.

– To najbardziej wulgarny gest u nas – szepnęła.

Tamta usłyszała. Uwierzyła. Z całej siły uderzyła we wnętrze żelaznej rękawicy, żeby ją odrzucić. Sprężynowy mechanizm zadziałał dobrze, wbijając długie ostrze prosto w brzuch.

– No i co, krowy? – Achaja przekręciła ręką jak mogła najszerzej. Starożytny wojownik stanął przy ścianie lasu i przyzywał ją powolnymi ruchami dłoni.

To był ostatni wysiłek Achai. Usłyszała, jak ostrze miecza przebija jej płuco. Nie czuła już niczego. Odpływała gdzieś w ciemność... Daleko!

Rozdział 12

Dzień niczym nie różnił się od innych. To samo słońce oświetlało te same budowle publiczne na głównym forum. Poniżej były monstrualne, niesamowicie szerokie schody z białego piaskowca, jak zwykle zapełnione tłumem przekupniów i naganiaczy z okolicznych karczm po bokach. Przechodnie przemierzali schody w górę i w dół, goniąc za swoimi zawiłymi sprawami, czasem wręcz spacerując, czy też biegnąc do któregoś z licznych urzędów stolicy, mieszczących się gdzieś daleko na dole. Daleko od miejsca na samym szczycie, gdzie stali wielki książę Orion, Sirius i Zaan w otoczeniu kuzynów. Nikt niczego nie mówił. Napięcie kumulowało się coraz bardziej, choć nikt z zewnątrz nie mógł tego zauważyć.

Zaan odwracał myśli od tego, co ma nastąpić, od całego swojego strachu i przerażenia, obserwując ludzi wokół. Ich normalne twarze, normalne sprawy, normalne rozmowy wokół sprowadzały na jego umysł choć cień ukojenia. Po prostu rejestrował poszczególne obrazy.

Jakiś marynarz bez nóg usiłował zejść ze schodów, mając przywiązaną do kikutów deskę z przyczepionymi pod spodem małymi kółkami. Dwóch drobnych lichwiarzy kłóciło się o to, kto wymieni przyjezdnemu pieniądze. Jakaś kobieta z dziwną, miniaturową karocą rozmawiała z koleżanką.

– Wiesz, to jest wózek – uszy Zaana łowiły ciche głosy. – Taki malutki wóz z rączką do trzymania. Patrz. Cztery kółka, wkładasz dziecko do środka i nie musisz go nosić. Jakiś nowy wynalazek. Ale jaka wygoda.

– No jak to może być, żeby matka sama nie nosiła dziecka na rękach? Bogowie to wyklną!

– A jak masz dwójkę małych dzieci? To co? Nie lepiej je tu włożyć?

Dalszą obserwację przerwało mu nadejście wielkiej księżnej Nauzei wraz z doradcą Zyrionem i orszakiem. Oprócz zwyczajowych kuzynów towarzyszyło jej dwudziestu dahmeryjskich kuszników, co było jawnym złamaniem reguł. Orion aż syknął z wściekłości. Zyrion ukradkiem rozłożył ręce w geście „robiłem, co mogłem, ale...".

Nauzea, gruba dziewczyna, która mogłaby być piękna, gdyby nie żarła tylu słodyczy, złożyła pełny ukłon przed Orionem i Siriusem.

– Wielki panie.

Orion oddał ukłon.

– Wielka pani.

– Książę.

Sirius już wiedział dzięki sumiennym nauczycielom, mniej więcej przynajmniej, jak się kłania, więc wykonał przedziwną ewolucję wszystkimi częściami swojego ciała.

– Wielka pani.

Na szczęście rytuał nie trwał zbyt długo. Książęta oraz Zyrion i Zaan zbliżyli się do siebie. Zaczęły się szepty i osłanianie ust dłonią.

– Moi ludzie uderzą, jak tylko w mieście zaczną się rozruchy. – Nauzea niby to podziwiała wspaniałą kolumnadę świątyni obok.

Zyrion potwierdził dyskretnym ruchem głowy.

– „Służby tyłowe" Armii Zachodu uderzą w tej samej chwili – szeptał Orion, patrząc na przekupniów – ale są poza murami. Zaprowadzimy porządek tylko wtedy, kiedy upadnie Rada Królewska.

– Czekamy na prowokatorów Miki. – Zaan, zasłaniając usta, udawał, że sprawdza, czy nie ma przypadkiem brudnego nosa. – Najęci filozofowie już buntują lud w stoach i na forach.

– Znowu czekanie – westchnęła Nauzea, obserwując, czy przypadkiem na błękitnym niebie nie ma jakiejś chmurki. Intrygi miała we krwi, wyssała je z mlekiem matki, i kumulujące się napięcie wyraźnie ją podniecało. Zaraza, byłaby prześliczną dziewczyną, gdyby nie żarła tylu słodyczy.

– Czekamy na akcję prowokatorów. – Orion zerknął w dół monstrualnych, rozświetlonych słońcem schodów poniżej, wprost na budynek Rady Królewskiej, który znajdował się u ich stóp.

Jedynie Zaan nie mógł wytrzymać napięcia. Przygryzając wargi, odszedł od dyskutującej szeptem grupy.

Cały dygotał. Szlag! Przewrót, obalenie Rady. Tego jeszcze nie było nigdy w historii Troy. Nikt nigdy w całej historii nie podniósł ręki tak wysoko. Czuł, że cały drży, a strach dławi go coraz bardziej, wpijając się w gardło. Musiał odwrócić myśli. Musiał.

Podszedł wprost do dowódcy dahmeryjskich kuszników, wysokiej dziewczyny z krótkimi, przeraźliwie jasnymi włosami. Miała w ustach jakąś dziwną brązową tutkę, z której dymiło. Czasem także wypuszczała dym z płuc.

– Od kiedy to się trzyma kadzidło w buzi? – spytał, usiłując jakoś zacząć rozmowę.

Dziewczyna się uśmiechnęła.

– To tytoń. – Wzruszyła ramionami. – Przywieźli skądś. Z bardzo, bardzo daleka.

Patrzył, jak dziewczyna wciąga dym do płuc i po chwili wypuszcza ustami.

– Chcesz? – Wyciągnęła do niego rękę z dymiącą tutką.

– Nie, nie, dziękuję. – Odskoczył o krok, czując, jak wzbiera w nim kaszel od samego zapachu. – Po co to robisz?

– Bo fajne.

Zobaczył jej niesamowity uśmiech, bezczelny, prowokujący, piękny. Popatrzył w jej głębokie oczy, w połowie przykryte nieprawdopodobnie długimi rzęsami. Zmieszał się przez moment.

– A ten kolor? – wskazał na prawie białe, króciutkie włosy dziewczyny. – Jaką farbą można coś takiego sprawić?

– Żadną. Są naturalne. – Roześmiała się w taki sposób, żeby zobaczył jej lśniące zęby w całej okazałości. – To blond – wyjaśniła. – Jestem blondynką.

– Ach – domyślił się. – Pochodzisz z kraju Chorych Ludzi?

– Mhm. Zawędrowałam aż do Dahmerii za chlebem. – Zerknęła w lewo, w górę, rzęsy odsłoniły jej piękne oczy, a potem spojrzała Zaanowi prosto w twarz. – Jestem Kasme. – Wyciągnęła rękę w jego kierunku.

Nie bardzo wiedział, co zrobić. Jakoś tak dziwnie... Naturalną rzeczą wydawało się wyciągnięcie własnej ręki i uściśnięcie jej dłoni. Zrobił to. I chyba tego oczekiwała.

Bogowie. Świat się zmieniał. Ten dzień, pierwszy przewrót w historii Troy, ta dziewczyna o blond włosach. Dymiąca tutka w jej ustach, ten wózek, w którym inna kobieta woziła dziecko, marynarz bez nóg z doczepionymi kółkami, to podawanie ręki na wyciągnięcie. Świat się właśnie zmieniał. Nowe wynalazki, nowe obyczaje. To teraz ludzie będą się witać, podając sobie dłonie? Nie kłaniając się w pas? On jeden widział, że nadchodzi nowa epoka. Był dobrym obserwatorem.

– Słuchaj, Kasme – powiedział po chwili. – Dlaczego nie nosisz żadnej broni?

Znowu to spojrzenie w lewo, w górę, żeby pokazać, jak śliczne ma oczy.

– Mam broń. Nawet dwadzieścia sztuk. – Wskazała swoich dahmeryjskich kuszników.

– Wiesz... musi minąć pewien czas, żeby ponownie naładować kuszę.

– Coś ci powiem. – Uśmiechnęła się znowu. Znowu bezczelnie i prowokująco. I był to śliczny uśmiech. – Skoro nie jesteś moim wrogiem i... gdyby doszło co do czego... Trzymaj się moich pleców. Trzymaj się moich pleców, Zaan, bo nie chciałabym, żebyś zginął.

Tym razem on się roześmiał. Była właściwym człowiekiem na właściwym miejscu. Tak jak Sirius, nie mnożyła trudności. Raczej je niwelowała. Nie widziała przed sobą każdego dnia wysokich gór niemożliwych do przebycia. Była z tych, którzy chwytają życie za pysk, kiełznają, kulbaczą, ujeżdżają. Twardo i do skutku.

Przerwało im przybycie gońca. Tak zdyszanego i spoconego, że ledwie mógł mówić.

– Panie!

Zaan chwycił go za rękę i poprowadził do Oriona.

– Mów szeptem, durniu!

Goniec nie mógł złapać oddechu.

– Mika mówi... ktoś... wyłapuje naszych prowokatorów... wielu agentów aresztowano. Była próba ataku na... Biuro Handlowe... i...

– No mówże wreszcie – syknął Orion.

– Siły Nauzei ochroniły Biuro, ale nie zrobią nic więcej. Armia Zachodu nie wkroczy przywracać spokoju na ulicach, jeśli nie wybuchną zamieszki. Nie mamy łączności.

Zaan zakrył twarz obiema rękami.

– Mieli u nas kogoś. Szlag! Jednak mieli u nas jakiegoś człowieka!

– Czekaj – przerwał mu szeptem wielki książę. – Czy to znaczy, że nic nie możemy zrobić?

– Załatwili nas. Szlag! Jasny szlag! Załatwili, widzieli!

– No, domyślić się, co zrobimy, nie było trudno.

– Wielki panie! – przerwał im nowy goniec. Zupełnie niezdyszany, spokojny i znający pałacową etykietę. Złożył idealny ukłon. Dużo lepszy niż ten Siriusa przed chwilą. – Mistrz zakonny ośmiela się prosić o chwilę rozmowy.

Orion, nie on jeden zresztą, zerknął na stojącego dwadzieścia kroków dalej człowieka z czerwoną opaską mistrza na głowie. Mężczyzna też, choć na odległość, złożył ukłon. Wielki książę zerknął na Zaana, ale tu, po raz pierwszy bodaj, nie otrzymał pomocy.

– Dobrze. – Orion ruszył w kierunku zakonnego rycerza wraz z orszakiem swoich kuzynów.

Zaan dygotał z napięcia. Sirius przełknął ślinę. Zyrion chyba po raz pierwszy w swoim życiu zaczął się modlić. Jedynie Nauzea niczego nie rozumiała.

Wielki książę niespiesznie przemierzył te kilkadziesiąt kroków. W ogóle czas jakby zwolnił nagle. Jakby przestał płynąć swym normalnym nurtem. Zdawało się, że wszystko wokół zamiera.

– Wielki panie. – Mistrz wykonał jeszcze jeden ukłon.

– Czemu zawdzięczam przyjemność rozmowy z tobą?

– Przybyłem, niosąc smutną wiadomość – oświadczył mistrz zakonny.

– Słucham.

– Sirus nie jest twoim synem, wielki panie. To zbiegły galernik Tyranii Symm. Oszust Zaan, który zabił naszego rycerza w Keddelwach...

Orion nie słuchał. Coś go ukłuło w brzuchu, przygięło do przodu tak, że nie mógł się wyprostować. Natłok myśli. To nie mój syn? To naprawdę nie jest mój syn? Z trudem odwrócił się, żeby zerknąć do tyłu. Kiedy Sirius i Zaan zobaczyli na jego twarzy wyraz przegranej i wymienili się spojrzeniami... zrozumiał, że mistrz ma rację. I że oni wiedzą, co właśnie usłyszał.

Orion powstrzymał rycerza, który już wyjmował jakieś papiery z dowodami na prawdziwość swoich słów. Czuł przejmujący ból w brzuchu, ból głowy, nie mógł się skupić. Oszukano go. Wystrychnięto na dudka jak małe dziecko.

– Panie – podjął rycerz – domyślamy się, co zamierzacie zrobić. Ale propozycja Rady jest niezwykle łaskawa. Wydaj nam Siriusa i Zaana, ukorz się przed królem, przyznaj do knucia przeciwko Radzie, a my w zamian nie podejmiemy żadnych kroków wobec ciebie.

Orion jakby się otrząsnął. Podniósł głowę. Zaczął myśleć. Nic mu nie zrobią poza tym, że okryje się wstydem. Historia zapamięta go jako głupiego starca, którego byle kto, jakiś tam galernik, oszukał. W kronikach będą pisać: „Szlachetny Orion dał się oszukać świątynnemu skrybie, uznał zbiegłego galernika za swojego syna...". Lud, widząc oszustwo na targu, przez wieki będzie mówił: „Ten kupiec dał się oszukać jak Orion". Jego los stanie się przysłowiowy, będą o nim śpiewać wesołe piosenki, stanie się synonimem głupca, z którym wszystko można zrobić, bo nie jest w stanie odróżnić pięknych słówek od rzeczywistości.

Wielki książę uniósł głowę. Ból w brzuchu ustał. Już nie był skrzywdzonym ojcem. Był politykiem. Z kieszonki ukrytej w rękawie wyjął sztylet.

– Ależ, panie – obruszył się rycerz Zakonu. – Nie sztyletem, nie ty osobiście, nie teraz. Dla tych dwóch oszustów sprowadzimy z Luan nawet samego mistrza Anai.

– Ty głupcze – powiedział Orion spokojnie.

Ujął sztylet mocniej i rozciął sobie lewe przedramię na całej długości. Kropelki krwi zaczęły kapać na kamienne płyty. Z pewną satysfakcją Orion obserwował, jak mistrz zakonny otwiera usta ze zdziwienia. Chlasnął się przez pierś, barwiąc kaftan na czerwono. Oczy rycerza przypominały wielkością dwa spodki. Książę zagryzł wargi i rozciął sobie policzek.

– Wielki panie! – Rycerz runął do przodu, chcąc wyrwać księciu sztylet.

I o to chodziło. Orion dał sobie wyrwać broń. Następnie chwycił rycerza i wrzasnął:

– Ratunkuuuuuu!!!! To zamach!!! Mordują wielkiego księcia na ulicy!!!

– Ale, panie...

– Ratunku! Mordują wielkiego księcia Królestwa Troy!

Kuzynowie, którzy stali z tyłu, by nie słyszeć słów nie dla nich przeznaczonych, ruszyli jak burza. Co najmniej kilkanaście noży dosłownie rozdarło rycerza na strzępy w czasie krótszym niż wzięcie oddechu. Dwóch mężczyzn z długimi mieczami chlastało sługi w poczcie. Nie wiadomo, kto ściął gońca. Kuzynowie chcieli otoczyć księcia, ale ten wyrwał się i podbiegł do oniemiałych ludzi przy straganach.

– Zakon i Rada Królewska zabijają wielkiego księcia na ulicy!!!! – wrzeszczał, brocząc krwią. – Ratunku!!! Jesteście świadkami, jak zabija się Królestwo Troy na waszych oczach!

Ludzie stali tak przerażeni, że gdyby ktoś w ciszy, jaka nastała, choćby kichnął, to co najmniej kilka osób umarłoby ze strachu.

– Tu tworzy się historia! – ryczał Orion. – Właśnie tu, na waszych oczach! Po raz pierwszy w dziejach Rada kazała zamordować wielkiego księcia wprost na ulicy.

Przerażone kobiety klękały w szoku, kryjąc w dłoniach twarze.

– Tak zabija się wieczne Królestwo Troy! Jego zasady i odwieczne prawa! Tak właśnie zabija się... nas.

Mężczyźni wyrywali w tej chwili drewniane podpory okolicznych straganów, żeby natłuc jeszcze trupa rycerza, a jeśli się nie dopchają z powodu tłoku, to przynajmniej przylać zwłokom sług z jego pocztu.

– Historia właśnie się tworzy. – Orion zaczął się wycofywać zadowolony. – Tu. Na waszych oczach! Zapamiętajcie ten dzień do końca życia. Dziś rodzi się historia!

Już nie był „oszukanym starcem". Obojętne: uda się czy nie. Teraz w kronikach opiszą go jako tego, który podniósł rękę na Zakon i Radę. Po raz pierwszy w dziejach. Już lud nie będzie mówił w przysłowiach: „głupi jak Orion". Teraz będą mówić: „odważny jak Orion, który porwał się na niemożliwe". Po prostu nie był zwykłym człowiekiem. Był politykiem. Tak go wychowano. Teraz jeśli dziecko rzuci się z grzechotką na dziesięciu rycerzy, lud będzie mówił: „odważne jak Orion". Po wieki wieków.

Podszedł do grupy skupionej u szczytu schodów. Patrzył uważnie na ich twarze wyrażające takie samo zaskoczenie jak u tłumu wokół. Zaan rozdygotany, dosłownie zamroczony przez strach, niezdolny do podjęcia jakiejkolwiek decyzji. Były galernik podający się za jego syna z zimnym, zdawałoby się, pogardliwym skrzywieniem warg. Ten się przynajmniej nie bał. Nauzea tkwiąca nieruchomo pośrodku z otwartymi ustami, jakby ją ktoś zamienił w posąg głupca. Zyrion szepczący pod nosem niezrozumiałe słowa.

– Synu – Orion podszedł do Siriusa – jak sytuacja?

Z zadowoleniem obserwował, jak oczy byłego galernika rozszerzają się dokładnie tak samo jak oczy zakonnego mistrza przed chwilą. Szok. Przecież on wiedział. On już wiedział. I mówi... „synu"? Zaan zaczął przeraźliwie kaszleć. Istniała obawa, że nie doczeka nocy.

Sirius przełknął ślinę.

– O... o... ojcze! – wydukał nareszcie. – Rada Królewska właśnie opuściła swoją siedzibę i zmierza w naszym kierunku. – Wskazał palcem kilkanaście osób w purpurowych płaszczach, które wstępowały na wielkie schody w dolnym biegu. Myślę, że...

– Nie myśl. Zrób coś.

– A... a... ale czym? Nie mamy łączności, nie mamy ludzi. Prowokatorów Miki wyłapują Królewscy Donosiciele.

– Ale, jak widać, nie mają pojęcia o wynajętych przez naszego matematyka filozofach, którzy ciągle sieją ferment. Nie myśl. Zrób coś, bo Rada idzie do nas, żeby powiedzieć nam parę ciepłych słów o rozstaniu się z życiem.

Sirius potrząsnął głową. Akurat jemu nie trzeba było niczego powtarzać. Zawsze marzył, żeby go nareszcie mianowano dowódcą wojska i żeby mógł się wykazać. A poza tym on nigdy nie mnożył trudności. Zerknął tylko na Zaana, jakby szukając pomocy, lecz widząc sparaliżowanego strachem człowieka, niezdolnego do podjęcia jakiejkolwiek decyzji, podjął ją sam.

– Hej, ty! – wrzasnął do Kasme stojącej opodal. – Nie chcę, żeby Rada istniała dalej, a za to chcę rozruchów w mieście. Da się zrobić?

– Jak się da, to się zrobi – zażartowała, ale on wziął to poważnie. Wyszarpnął sakiewkę Zyrionowi i rzucił dziewczynie. Złapała w locie. Potrząsnęła, żeby sprawdzić ciężar. Uśmiechnęła się.

– Dajcie mi wszystkich kuzynów – powiedziała, rozdając zawartość sakiewki wśród swoich ludzi. Dla siebie nie zachowała niczego.

– Ależ, wielki panie, a kto będzie was ochraniał? – krzyknął ktoś z tyłu.

– Dać jej, czego chce! – wrzasnął Orion.

Kasme podeszła, przekrzywiając głowę.

– Umiecie ładować kusze?

Kuzyni poczuli się obrażeni.

– Jasne.

– No pewnie.

– Jak śmiesz pytać?

Przerwała im niezrażona:

– Dobra, to kopnijcie się po zapasową broń. – Wskazała porozkładane pod murkiem bagaże swoich ludzi. – Będziecie szli za nimi i ładowali.

– Pani! My jesteśmy najlepsi w mieczu, jesteśmy... My do ładowania???

Podeszła jeszcze bliżej, sama, bez broni, i popatrzyła na mówiącego swoimi oczami głębokimi jak ocean.

– Nie lubię, jak się ze mną dyskutuje. Ja nie filozof – powiedziała spokojnie. – Wykonać rozkaz.

Odwróciła się na pięcie i zaczęła ustawiać swoich dwudziestu kuszników u szczytu monstrualnych schodów. Rada Królewska dochodziła właśnie do ich połowy, budząc paraliżujący strach wśród wszystkich ludzi wokół. Kasme jednak nawet nie patrzyła w dół.

– Ci tam – wskazała kuzynów – będą wam ładować kusze. Puste będziecie oddawać w tył lewą ręką. Prawą będziecie przyjmować naładowane. Strzelać z biodra. I równym krokiem idziemy na dół.

– Pani! – odważył się jej przerwać jeden z Dahmeryjczyków. – Jak to z biodra? Toż będziemy szyć po wszystkich jak leci, bez celowania!

Podeszła do niego i położyła mu rękę na ramieniu.

– Nie lubię, jak się ze mną dyskutuje – powtórzyła słodkim głosem. – Nie jestem filozofem.

Dahmeryjczyk opuścił wzrok. Nikt inny nie odważył się już odezwać. Nagła cisza zapadła wokół. Wszyscy milczeli. Ci na dole zamykali usta, bo tuż obok szła Rada Królewska. Ci na górze dlatego, że obok stała Kasme. I, zaraza jasna, właśnie zaciskała wargi. Wszystko, co żyło, i na dole, i na górze schodów, choć z dwóch różnych powodów, zamarło ze strachu.

Kuzynowie ustawili się jakoś. Trzymali w rękach zapasową broń Dahmeryjczyków i bełty. Zaan kaszlał potwornie. Wydawało się, że wypluwa płuca. Nauzea ciągle z otwartymi ustami. Zyrion, stary lichwiarz, po raz pierwszy w życiu nawet nie zauważył, że ktoś pozbawił go sakiewki. Orion broczący krwią. Sirius nagle zadowolony z życia.

Młody książę podszedł do Kasme. Wyjął swoje ciemne okulary, których używał w zaśnieżonych górach, żeby uniknąć ślepoty. To była jego pamiątka po poprzednim życiu.

– Chciałbym, żebyś coś ode mnie miała – szepnął, podając je Kasme. – Masz.

Uśmiechnęła się. Wzięła. Założyła na czoło i palcem przesunęła w górę. Czarne szkła świetnie kontrastowały z jej króciutkimi jasnymi włosami.

– Dzięki. Rzeczywiście, ostre słońce.

– Zaczynaj. Dobrze?

Skinęła głową. Podeszła do swoich kuszników.

Rada Królewska była już o jakieś trzydzieści kroków. Już przewodniczący szykował się, by „powiedzieć im kilka ciepłych słów o rozstaniu się z życiem".

Kasme czekała do ostatniej chwili. Potem palcem zsunęła sobie ciemne okulary z czoła na oczy. Nie miała żadnej broni. Poza tymi dwudziestoma mężczyznami ustawionymi w równą linię. Świat kończył się właśnie.

– Naaaaprzóóóóód maaaaarsz! – ryknęła dziewczyna o krótko ostrzyżonych włosach.

Dwudziestu Dahmeryjczyków idealnie zrobiło pierwszy krok, zstępując z pierwszego stopnia. Wszyscy zrobili to tą samą nogą. Wszyscy idealnie równo. Drugi krok. Od członków Rady dzieliły ich może trzy długości przeciętnej ławy w karczmie.

– Strzelać! – wrzasnęła Kasme.

Dwadzieścia bełtów poszybowało do przodu dokładnie w tym samym momencie, powodując kłębowisko poniżej. Następny idealnie równy krok dwudziestu nóg. Dwadzieścia lewych rąk oddało puste kusze do tyłu. Krok. Dwadzieścia rąk przyjęło naładowane. Krok. Oparcie kolb o biodra. Krok. Dwadzieścia bełtów poszybowało do przodu. Lewe ręce w tył. Krok. Przyjęcie ciężaru do prawych rąk. Krok. Oparcie broni o biodra. Strzał. Krok. I jeszcze raz.

Ludzie wyli. To nie były krzyki, to nie były ryki, to było wycie. Wycie dobywające się skądś z głębi trzewi, skądś, gdzie nie istniały już żadne pokłady człowieczeństwa. Kłębowisko ciał poniżej zaczęło się powoli dzielić na tych, którzy leżą we krwi, i tych, którzy mogli się jeszcze ruszać. Ci drudzy, czyli przytłaczająca większość, runęli w dół schodów, tratując się wzajemnie. Nikomu z tych poniżej nie przyszła do głowy myśl, że przecież mają okropną przewagę liczebną. Że mogliby rozerwać kuszników gołymi rękami przy minimalnych stratach. Nikomu nie przyszło do głowy, że nawet Dahmeryjczycy, choć potrafią utrzymać idealnie równą linię, nie potrafią strzelać z biodra, celując w coś konkretnego. Na dole już nikt nie myślał. Tam rządziła panika.

– Strzelać! – komenderowała Kasme, poprawiając okulary na nosie.

Dwadzieścia bełtów w przód. Następny krok złożonej z dwudziestu żołnierzy linii. Następny stopień. Dwadzieścia lewych rąk w tył. Krok. Stopień. Dwadzieścia prawych rąk przyjęło naładowane kusze. Krok. Stopień. Miazga poniżej mordowała się sama własnymi nogami. Krok. Stopień. Oparcie dwudziestu kolb o biodro. Krok. Stopień. Dwadzieścia bełtów. Wycie na dole.

Marynarz bez nóg usiłował pełznąć po schodach. Wózek z dzieckiem zjeżdżał sam, podskakując na stopniach. Jakiś mały chłopczyk tkwił ukryty w konarach drzewa obok. Obserwował dahmeryjską linię, posuwającą się w dół równym krokiem, grupki kuzynów, którzy klnąc, ładowali kusze z tyłu, zszokowanych książąt posuwających się niepewnie jeszcze bardziej z tyłu i... bezkształtny, skotłowany tłum poniżej, który gdyby tylko był dowodzony i zorganizowany, mógłby wszystko przerwać nawet w tej chwili, bo miał miażdżącą przewagę liczebną.

Dahmeryjska linia zaczęła się rwać. Zbyt wiele ciał trzeba było przekroczyć. Schody spływały krwią, choć nie należy przesadzać z jej ilością, wbrew chłopczykowi na drzewie, który kiedyś opisze to zupełnie inaczej. Kuzyni już się nie wyrabiali z ładowaniem. Cała organizacja zaczęła siadać i rozprzęgać się coraz bardziej. Ale na dole nie było nikogo, kto mógłby stawić jakikolwiek opór. Dahmeryjczycy dotarli tam już w małych grupkach. Kasme jednak szybko wprowadziła porządek i pociągnęła ich dalej.

Orion, broczący krwią, został z tyłu razem ze świtą. Sirius usiłował go podtrzymywać z jednej strony, a Nauzea z drugiej. Ledwie zauważył gońca, który dysząc, dotarł do samotnej grupki na schodach, usiłując nie patrzeć na ciała wokół.

– Wielki panie... – Goniec z trudem łapał oddech. – Jasnowłosa melduje: „Na dole już w porządku. Tłum się kłębi, ale potrzebujemy czegoś jeszcze. Blondyna chce wsparcia logistycznego".

– Na dół! – zakomenderował Orion.

Był prawie niesiony przez Siriusa, Nauzeę i Zyriona. Zaan ledwie szedł z tyłu, zanosząc się kaszlem. Dotarli do placu u podnóża schodów. Tu zrobiło się pustawo. Dopiero kiedy przekroczyli wąską uliczkę, zobaczyli na placu targowym gestykulujących ludzi. Na dachach kamienic wokół tkwili Dahmeryjczycy z kolbami kusz opartymi o biodra. A Kasme, w otoczeniu kuzynów, stała wśród ludzi, do których jeszcze przed chwilą strzelała.

Wynajęci przez pałacowego matematyka młodzi filozofowie właśnie nadbiegali. Ustawiali się na straganach, żeby można było ich zobaczyć i usłyszeć.

– Ludzie!!! – wyli. – Rada Królewska podniosła rękę na najważniejsze świętości Troy. Kazała zamordować wielkiego księcia! Kazała strzelać do niewinnych ludzi! Kazała...

Teoretycznie każdy mógł spojrzeć w górę i zobaczyć ciała członków Rady na szczycie wielkich schodów. Teoretycznie każdy mógł spytać tych, którzy przeżyli masakrę na schodach (a parę osób, których strach nie pognał dalej, jeszcze kręciło się wokół). Teoretycznie każdy widział Kasme i jej kuszników poustawianych na dachach. Teoretycznie...

– Co robić?! – wrzasnął ktoś z tłumu.

Filozofowie chętnie udzielali szczegółowych wyjaśnień. Kosztowali dużo, ale okazali się znakomici w swoim fachu. Potrafili przemawiać do ludu, więc nie były to wyrzucone pieniądze. A poza tym potrafili przekrzyczeć i odeprzeć, wręcz zmiażdżyć argumenty resztek ofiar z wielkich schodów, które przeżyły masakrę. Wykształcono ich bardzo dobrze. No i... dużo mówili, nie dopuszczając nikogo innego do głosu.

– Co robimy? – spytał Orion. – Zdaje się, że w dalszym ciągu nie mamy żadnych sił pod ręką.

Z boku podeszła Kasme.

– Teraz już wystarczy zaatakować jakikolwiek budynek należący do króla – powiedziała.

– Czym? – spytał Orion.

Wzruszyła ramionami.

– Niech „lud" to zrobi.

– „Lud" już próbował szturmować pałac królewski podczas zarazy. Tam nawet garnizon nie poradzi.

– Nikt nie mówi o szturmowaniu pałacu. Ale król musi mieć przecież jakąś siedzibę pozbawioną znaczenia. Która praktycznie nie jest broniona. Chodzi o symbol.

Orion spojrzał na dziewczynę z większą uwagą.

– Rozumiem. – Przygryzł wargi, na których powoli zasychała krew. – Jest coś takiego.

Jak oni to nazwali...?

Nikt z obecnych wokół nie mógł przypomnieć sobie nazwy. Jedynie Zyrionowi coś świtało, ale też nie pamiętał dokładnie.

– No, Bogowie. – Orion odruchowo potarł brodę, rozmazując krew. – Każdy z królów Północy ma pałac, w którym mieszka latem, i pałac, gdzie mieszka zimą. Któryś z naszych królów też kazał taki sobie wybudować, z tym że nikt tam nigdy nie mieszka, bo u nas nie ma zimy.

– Wiem, o co chodzi – przerwała mu Kasme. – Ilu może być broniących?

Orion wzruszył ramionami.

– Kilku podstarzałych strażników i trochę żołnierzy, kalek, weteranów, którym w ten sposób chcą odpłacić za wierną służbę.

– No to ich mamy. Zabieram kuszników, kuzynów i... tłum.

Kasme rzuciła się biegiem do najbliższego filozofa. Wspięła się na stragan i coś mu szepnęła do ucha. Filozof natychmiast zmienił zdanie w wygłaszanej właśnie kwestii i zaczął wzywać do czegoś innego niż poprzednio. Choć zakrawało to na niemożliwość, nikt ze słuchaczy się nie zorientował. Tłum wrzał od dawna.

– Chodźmy stąd – powiedział Zyrion.

Nauzea skwapliwie mu przytaknęła. Zaczęli się rozglądać za jakimś schronieniem, ale jedyna wolna droga prowadziła z powrotem na wielkie schody. Sirius, jedyny, który miał prawdziwą broń poza sztyletami i truciznami ukrytymi w zakamarkach ubrań, wyjął miecz.

– Może tu?

Wskazał ostrzem budynek Rady Królewskiej.

– O Bogowie! – Orion tylko zakrył oczy zakrwawioną dłonią.

– Gdzieś musimy się schować. – Zyrion przełknął ślinę. – Jesteśmy zupełnie bez ochrony.

Zaan na krótką chwilę opanował kaszel. Ledwie mógł się ruszać.

– Chodźmy tam. Zresztą gdziekolwiek. Tu może nas załatwić zwykły chłop z kijem.

– Eeeeee... chłop to nie. – Sirius machnął mieczem. Potem kopnął w drzwi budynku Rady.

Weszli do przestronnego atrium, kryjącego się tuż za fasadowym murem. Woźny zerwał się na ich widok. Usiłował coś powiedzieć, ale był tak przerażony, że nie zdołał nawet otworzyć zaciśniętych ust. Nie wiedział, co zrobić. Najpierw zaczął drżeć, a potem uciekać. Łowili zanikający odgłos jego stóp. Wokół było pusto.

– Chodźmy dalej. – Sirius oparł sobie miecz na karku i zawiesił na nim obie dłonie. Był jedynym w całej grupie, który nie dygotał z wewnętrznego napięcia.

Ruszyli wzdłuż korytarza ciągnącego się pod murem zewnętrznym. Nikogo. Otwarte drzwi. Porozwalane papiery. Jedynie w pomieszczeniu Królewskich Donosicieli dopalał się stos akt i teczek.

– Wiedzą, że Mika będzie się mścił. – Zaan z najwyższym trudem opanował kolejny atak kaszlu. – Dobrze wiedzą, sukinsyny.

Przemierzali dalej puste korytarze. Wreszcie zasiedli w sali audiencyjnej. Kobieta czyszcząca szmatą jasny piaskowiec podłogi ledwie na nich zerknęła, powracając natychmiast do swojej pracy. Zyrion usiłował opatrzyć Oriona, niewprawnie posługując się oderwanymi rękawami koszuli. Zaan kaszlał zgięty wpół przy krześle przewodniczącego. Sirius i Nauzea grali w piłkę, nagle roześmiani, rzucając marmurową głową oderwaną od popiersia jakiegoś notabla, którego rzeźba zdobiła wcześniej stół prezydialny.

– Czy wszystkie przewroty wyglądają tak idiotycznie? – zapytał Orion, odsuwając na chwilę Zyriona.

– Nie wiem – wycharczał Zaan. – To pierwszy przewrót w moim życiu.

– Bogowie. Wystarczy uderzyć dwudziestoma kusznikami i... i już?

– To były lata przygotowań.

– No ale niewiele wyszło z tych przygotowań. – Orion znowu odsunął rękę Zyriona z oderwanym rękawem koszuli. – A teraz... wystarczy raz uderzyć i wszystko się sypie? Momentalnie?

– Nie wiem, gdzie się posypie. – Zaan usiłował obetrzeć ściekającą z ust ślinę. – Wystarczy, że ktoś tu wejdzie, załatwi nas i po przewrocie. Nie mamy żadnej ochrony. Nie mamy nic.

– Paru najważniejszych teraz ludzi w królestwie – wtrącił się Zyrion. – Ale gdyby ktoś z nich miała jaja i wrócił... Wystarczy klasnąć i nas nie będzie.

– Ty świnio! – wrzasnęła Nauzea, bo Sirius kolejnym rzutem kamienną głową uderzył ją w kostkę. Ale zaraz się opamiętała. – Panie wielkoksiążęca świnio! – dodała zgodnie z wymogami etykiety, masując sobie staw.

Orion zaczął się śmiać.

– Jakie to wszystko głupie.

– Jakie niepotrzebne – dodał Zaan.

– Zmusili nas – wtrącił Zyrion.

Sprzątająca pierwsza usłyszała odgłos stóp w sandałach uderzających o posadzkę. Wstała ciężko i otworzyła drzwi sali prezydialnej.

– Tutaj! – krzyknęła do gońca. – Tu są nowi panowie.

Zaraz potem wróciła do swojej roboty. Jej było wszystko jedno, kto będzie płacił za sprzątanie. Potrzebowała tych pieniędzy, bo miała liczną rodzinę, a mąż sam nie mógł nastarczyć.

Goniec, a właściwie jeden z kuzynów Nauzei, wykonał dość przyzwoity ukłon.

– Blondyna melduje, że pałac zimowy zdobyty w kilka chwil. Pozwoliła ludziom rabować. Rozruchy już są.

– I kto uwierzy, że właściwie nic się dzisiaj nie stało? – wycharczał Zaan.

– Nie bój się. – Orion po raz kolejny odsunął rękę Zyriona, nie chcąc poddać się jego niewprawnym medycznym zabiegom. – Moi kronikarze zrobią z tego wydarzenie historyczne.

– Przecież nikt nie uwierzy.

Orion nie słuchał jednak.

– Niech Armia Zachodu wkroczy do miasta, by przywrócić porządek – rozkazał.

Rozdział 13

Obudziła się z krzykiem. Właściwie nie krzykiem, ale wyciem, zwierzęcym skowytem dochodzącym z głębi trzewi. Ile ciosów zarobiła? Bok, kilka razy, plecy, kilka razy, brzuch, co najmniej dwa ciosy, przebito jej płuco, twarz, wybito oko, dostała w tyłek, zgruchotali jej prawy nadgarstek, złamali kość udową i... szlag! pewnie jeszcze parę innych cięć, których nie pamiętała.

Jeśli więc obudziła się po czymś takim... To znaczy, że nie żyje. O mamo! Co teraz? Usiłowała się nie ruszać. Co z nią zrobią Bogowie? Kraina Wiecznego Płaczu? To głupie tak leżeć bez ruchu, mimo wszystko.

Otworzyła oczy. Ale szaro. Jednolita prawie szarzyzna, bez większych błysków światła, bez czerni, bez bieli. Szarość. Zaraz. Oczy? Naprawdę otworzyła oczy? Dotknęła dłonią powiek. Miała obydwa? Przecież jedno jej wybito. No tak. Ale teraz już nie żyje. Jasne. Poruszyła palcami lewej dłoni, tymi, które przedtem, za życia, były nieczynne. Oczywiście mogła nimi ruszać. Ruszać palcami lewej dłoni. Pewnie. Skoro już nie żyła. Czemu nie?

No ale... Powinna płakać. Kraina Wiecznego Płaczu. Dlaczego nie płacze? Nie wiedziała. Nie było jej smutno. Zerknęła w bok. Jakieś rośliny (takie strasznie szare), trawa, małe krzaki (ale jakieś... bez koloru), coś lazło po jej nagim biodrze. O kurde blade! Żuczek! Normalny żuczek lazł po jej gołym ciele. Czy on też umarł? Czy w krainie zmarłych są też żuczki?

Coś ją zaswędziało. Podrapała się odruchowo w policzek.

– Auuuuuu!

Zobaczyła na ręku krew. Swoją własną. Co? Zamknęła oczy, potem otworzyła je znowu. Oż kurwa mać! Zamiast normalnych paznokci miała wielkie szpony! Krogulcze pazury jak u dzikiego zwierza. No, ładnie. Gdzieś czytała, że według jednej z teorii człowiek, który za życia wyrządził wiele złego, po śmierci będzie zamieniony w demona. A to ją załatwili Bogowie. Była demonem.

Gorączkowo zerknęła na własne stopy, ale tam paznokcie były normalne. Dotknęła zębów. Tak! Wyrosły jej wielkie kły. Olbrzymie, zwierzęce kły! No szlag! Za co? Za co? Naprawdę nie zrobiła aż tyle złego. No co wy, Bogowie? Dobra, trochę świństw narobiła w życiu, ale żeby zaraz zamieniać w demona?

Chciała się rozpłakać, ale nie mogła. Oparła się na ręce i usiadła. Coś ją uwierało w tyłek, lecz nie miała ochoty sprawdzać co. Popatrzyła na niebo. Aż ją oczy zakłuły od blasku gwiazd. W pierwszej chwili nawet nie zrozumiała, co widzi. Gwiazdy świeciły tak, że wszystko zlewało się w jedną szarą płaszczyznę. No pewnie. Jako demon będzie się teraz bała światła. O mamo. Za co? Co ona takiego zrobiła, żeby karać ją aż tak okrutnie?

No dobra. I co teraz? Ma iść straszyć ludzi w pobliskiej wiosce? Po pierwsze, gdzie jest najbliższa wioska? Po drugie, nie chciała kogokolwiek straszyć. No ale... jako demon będzie musiała. Kurza dupa! I niby jak się straszy? Trzeba się ukryć za rogiem chałupy i wyskoczyć na kogoś, krzycząc: „Uuuuuuuuuu!!!"? Nie miała pojęcia. Demon z niej jak z koziej dupy trąba.

Wstała lekko. Coś otarło się o jej łydkę. Zerknęła do tyłu, lecz niczego nie zauważyła. Za co? Za co jej to zrobili? Popatrzyła na swoje szpony, językiem wymacała kły. O żeby was jasna zaraza wytłukła! Teraz będzie straszyć dzieci w kołyskach. Jak długo? Kurde, może przez całą wieczność. Zdenerwowała się. Coś uderzyło ją w jedną łydkę i drugą. Odwróciła się gwałtownie. Nic. Zdenerwowała się jeszcze bardziej. Miękkie ciosy w łydki zaczęły się powtarzać coraz szybciej. No szlag! Odwróciła się jak mogła najprędzej. Nic. Coś ją jednak przy obrocie pociągnęło za tyłek, czuła wyraźnie. No dobra. Sprężyła się. Obrót, chwyt szponiastą dłonią, nagłe spojrzenie... Jęknęła cicho. O mało nie zemdlała. Usiadła na miękkich nogach, trzymając w dłoni własny ogon!

Patrzyła tępo przed siebie. Demon. No pewnie. Jak demon, to demon. Nie słyszała co prawda, że mają ogony, ale teraz widać, że miewają. Zdenerwowała się, ogon drgnął jej w ręku. O mamo. Puściła go. Im bardziej była wkurzona, tym bardziej drgał, tak jakby chciał uderzać to w jedną nogę, to w drugą. Zerknęła jeszcze raz. Był pokryty króciutkim futrem, niczym u geparda albo lwa. Zaklęła cicho. Ogon palnął ją w bok, i to wcale mocno.

O nie. Została zwierzakiem. Ale zaraz. Miała przecież normalne, ludzkie ciało (no, trochę przynajmniej normalne, jeśli nie liczyć kłów, pazurów i ogona...). Zerknęła po sobie. Nie zauważyła żadnych blizn po ranach. Dotknęła tyłka. Uuuuuu! Blizna po wypaleniu niewolniczego piętna została na swoim miejscu. Nie mogła dostrzec oczywiście swoich policzków, ale robiąc zeza, zerknęła na nos. Kurewski tatuaż miała w dalszym ciągu.

Czegoś tu nie rozumiała. No dobra. Została demonem czy wręcz zwierzęciem, ale... skoro zniknęły wszystkie blizny, skoro odzyskała władzę w rozwalonej ręce, to dlaczego został jej tatuaż i niewolnicze piętno? Bogowie zwracali uwagę na takie szczegóły? Ostrożnie pociągnęła nosem. Już wiedziała. To coś, co sprawiało, że była ledwie przytomna. To zapachy! Po raz pierwszy czuła je tak intensywnie. W nadmiarze. Tak nieprawdopodobnie mocno. Jęknęła.

– Ty! Obca! – odezwał się ktoś z tyłu.

Achaja poderwała się na równe nogi. Tuż za nią stała dziewczyna. Naga, z ogonem, z kłami jak u tygrysa, ze szponami, bez oczu. Nie! Miała oczy. Ale, kurde, całe czarne. Bez białka. Jakby same źrenice, jakby dwa węgle włożone w oczodoły. Ale niesamowity widok.

– Ty... – Achaja czuła, że zaraz zwymiotuje. – Czy ja też mam takie oczy?

– Mhm – obojętnie skinęła głową tamta.

– O żeż ty. To dlatego tak mnie razi słońce?

– Jakie słońce? – akcent tamtej był ledwie zrozumiały. – Przecież jest obsrany środek nocy!

– Jaki, kurwa, środek nocy!? Przecież widzę wszystko jak w dzień!

– No – mruknęła tamta.

Achaja o mało nie omdlała po raz drugi. O żeż ty. Dziewczyna miała rację. Przecież gwiazdy. Rozejrzała się wokół. Widziała wszystko, drzewa, krzaki, nawet najmniejsze gałązki. Wszystko szare i jakby spłaszczone, ale... no tak. Jest noc. Co więc będzie za dnia?

– Coście ze mną zrobiły?

– Ty, obca! – Dziewczyna też zdradzała oznaki zdenerwowania. – Ty mnie, gówniaro, zabiłaś!

– Co? – Achaja zarobiła w twarz pięścią. Aż ją zamroczyło.

– Mówię ci wyraźnie, gówniaro. Zabiłaś mnie tamtej nocy. Przebiłaś mi brzuch, a chwilę potem mi, suko, złamałaś kręgosłup!

Nowy cios. Achaja zachwiała się na nogach.

– Wiesz, jak to boli, smarkata?! – kontynuowała obca. – Mam ci złamać, żebyś zobaczyła?

– Lepiej nie – odpowiedziała Achaja dość trzeźwo. – Jeśli mogę prosić.

– Zabiłaś dużo moich koleżanek, gówniaro pieprzona! – ryknęła tamta. – I do tego pięć na zawsze!

Achaja odkaszlnęła.

– Przepraszam – wycharczała, niczego nie rozumiejąc. – Nie chciałam.

– Ja ci dam „przepraszam", suko! Ja ci dam „przepraszam".

– Nie chciałam.

Zarobiła nowy cios, w samo czoło. Aż usiadła na ziemi. Tamta podeszła bliżej.

– A to... – Kopnęła Achaję z całej siły w twarz. Ta upadła na plecy, czując, jak z nosa wylewa się fontanna krwi. – A to za tę, której obcięłaś rękę!

– Wy też mnie nie oszczędzałyście – szepnęła, a potem skuliła się, bo obca zaczęła ją bić i kopać. Kopała jak muł. Biła jak kafar wodny. Achaja nie wytrzymała.

Odskoczyła lekko.

– Daj mi, małpo, miecz, to ci pokażę! – krzyknęła.

– Gówno dostaniesz, a nie miecz, smarkata. Ile ty masz, suko, lat?

– O... osiemnaście? Dziewiętnaście, chyba.

Tamta złagodniała nagle. Na jej twarzy pojawił się wyraz niebotycznego zdziwienia.

– Jesteś aż tak młoda?

– No... Chyba tak.

– Ty, obca. Nie piernicz, co?

– No, naprawdę mam najwyżej dziewiętnaście. A ty? Ile masz?

Dziewczyna potrząsnęła głową.

– Czterdzieści osiem.

– Nie chrzań. Ludzie tak długo nie żyją.

Achaja zarobiła w twarz. Pięścią. Ale tym razem obca sama się zraniła. Walnęła w kieł, rozorała sobie skórę na dłoni i teraz wylizywała ranę. Po chwili jednak znowu zebrała się w sobie.

– Ty gówniaro jedna. – Chwyciła Achaję za włosy i pociągnęła za sobą. – Ty smarku! Zaraz się, suko, dowiesz, co to jest umierać dziewięć razy!

– Przestań! Boli!

– Cię, suko, zaraz dopiero zacznie boleć! Ale najpierw się dowiemy, jak to zrobiłaś.

– O mamo! Co zrobiłam?

– Jak żeście z tą drugą suką zabiły tyle naszych koleżanek.

Achaja niewiele rozumiała. Szła zgięta za ciągnącą ją za włosy dziewczyną... tfu! kobietą, skoro tamta miała tyle lat, ile mówiła.

– Mówiłaś, że co...

– Że dziewięć masz śmierci przed sobą, smarkulo. A właściwie osiem, bo raz już umarłaś. Jesteś teraz kotem. Człowiekiem-kotem gówniaro. I teraz się dopiero dowiesz, jak wiele bólu można ci zadać, kocurku. Miau? Osiem prawdziwych śmierci. Miau?

Achaja była zbyt dobrze wyszkolona, żeby pozwolić na takie numery. Nie tylko Hekke ją trenował. Krótki też miał wiele do powiedzenia na temat walki wręcz w obozie niewolników. Wywinęła się jednym skrętem ciała. Podłożyła obcej nogę, skoczyła na plecy, szarpnęła za włosy i chwyciła jej szyję, gotowa w każdej chwili do skręcenia karku lub uduszenia.

– Miau? – szepnęła kpiąco. – Miau?

Roześmiała się. To był jej świat. To byli żywi ludzie, choć jakoś tam magicznie zmienieni. Żywi. A w odbieraniu życia była trochę lepsza.

– Ty, obca. Puszczaj.

– Miau?

– Ty gówniaro. Jakieś pięćdziesiąt łuczniczek w ciebie mierzy. Puszczaj.

Achaja rozejrzała się. Nie przywykła jeszcze do tej dziwnej nocnej szarości, ale rzeczywiście, ze dwie łuczniczki zdołała zauważyć.

– One odbiorą mi jedno życie, ja tobie też jedno. Która z nas prędzej skończy?

– Nie wygłupiaj się. Nikt cię nie zabije od razu. – Dziewczyna stęknęła lekko. – Najpierw musimy się dowiedzieć, jak z tą drugą pindą zabiłyście aż tyle naszych koleżanek.

– Miau.

– Przestań. Zabiją cię, zanim ze mną skończysz.

– Nie łudź się, kocurku! Ja zabiję cię wcześniej.

– No dobra. – Dziewczyna szarpnęła się w stalowym chwycie. Okazała się odporna na ból. – Puszczaj.

Achaja potrząsnęła głową.

– Nasikałabym ci na łeb, gdybym chciała. I to zanim tamte zdążyłyby strzelić.

Rozluźniła chwyt i podniosła się spięta, ale nieznajoma nie rzuciła się na nią. Wstała również i przymknęła oczy. Uspokajała się dłuższą chwilę.

– No chodź – szepnęła wreszcie. Dała znak łuczniczkom. Te dwie, które zauważyła Achaja, leciutko zwolniły cięciwy.

Ruszyła za przeciwniczką, ciągle nie mogąc przywyknąć, że widzi wszystko w nocy. To było coś niesamowitego. Widziała gwiazdy jarzące się ostrym blaskiem, widziała każdy listek, gałęzie, pnie, choć jakoś dziwnie szare i spłaszczone, ale widziała. Noc stała się dla niej jak dzień. Czuła zapach idącej przed nią kobiety i, to było najdziwniejsze, wiedziała, że tamta jest wściekła i zdenerwowana, a jednocześnie ciekawa; wiedziała, że obca się nie boi, że coś pociąga ją w Achai, że jej nienawidzi, ale i lubi trochę. To wszystko zrozumiała, czując tylko zapach. Wywęszyła, dosłownie wywęszyła, że ścieżką, którą szły, przed chwilą przeszły jeszcze dwie osoby, jedną z nich był mężczyzna, że zjadł dość obfity posiłek, że szedł zupełnie obojętny, że kobieta, która mu towarzyszyła, była w ciąży, niedługo rozwiązanie, że się kochali.

O szlag! Śniło jej się, czy rzeczywiście mogła takie rzeczy po prostu wywąchać?

– Na kolana, smarkulo. – Ta, która prowadziła, chwyciła Achaję za włosy i zmusiła do uklęknięcia. – Na twarz padaj, gówniaro! – Przycisnęła jej głowę aż do ziemi.

Achaja usłyszała szelest. Kroki. Dwóch mężczyzn, trzy kobiety. O kurde. Sama nie wiedziała, czy to usłyszała, czy wywąchała. Była jednak pewna, że się nie myli. Mamo! Co oni z nią zrobili?

Jedna z kobiet musiała być bardzo stara, mężczyźni przyglądali jej się z uwagą, druga miała skaleczony palec, przyłożyła sobie jakieś zioła, szałwię chyba i coś jeszcze. Skąd Achaja to wszystko wiedziała? No nie... Po chwili zastanowienia wiedziała, że jedna z kobiet za trzy dni będzie miała swoją przypadłość! Co oni z nią zrobili? Co oni z nią zrobili?

– Ty, obca – odezwała się jedna z kobiet – jak zabiłaś tyle naszych sióstr?

– Mieczem... Auuuuu!!! – ryknęła przygięta do ziemi Achaja. Ta, która ją trzymała za włosy, chwyciła za ogon i ścisnęła mocno. Zabolało gdzieś w nerkach. Okropnie. Co za idiotyczna sytuacja. Ma teraz ogon, którego tamci mogą używać, żeby ją dręczyć. Co za kretynizm.

– Jak je zabiłaś?

– No co mam odpowiedzieć? Naprawdę mieczem... Au!!! Zostaw mój ogon, suko! Au!

– Jak je zabiłaś?

Co ma im powiedzieć? O co im chodzi?

– Żeby was szlag trafił! Coście ze mną zrobili? Au! Zostaw mój ogon, ty krowo! Ała! Zabiję cię, suko! Teraz przesadziłaś, małpo.

Achaja wygięła się w łuk, wyślizgnęła z uchwytu i skoczyła do tyłu. Tamta jednak była przygotowana. Odskoczyła również. Spryciara. Ale nie taka znowu. Nie groziła jej śmierć w obozie niewolników, dzień w dzień, przez kilka lat. Achaja odbiła się lekko. W momencie, gdy tamta robiła obrót, kopnęła mocno, nadając przeciwniczce jeszcze większą szybkość obrotową. Kiedy zobaczyła plecy obcej, chwyciła ją pod pachy i zaplotła dłonie na jej karku.

– No i co, króweczko? Mam teraz ścisnąć? Mam ścisnąć? No, co jest? – zakpiła. – Milczysz? Przed chwilą byłaś bardziej elokwentna.

Poszukała stopą i nadepnęła tamtej na ogon. Uśmiechnęła się, słysząc syk bólu.

– W węża się zamieniasz, że tak syczysz?

– Puść ją – powiedziała jedna z kobiet siedzących w kręgu.

– Tak od razu? Bez buzi-buzi?

Kobieta uśmiechnęła się lekko.

– Czuję, że się boisz – powiedziała cicho. – Czuję to. I nawet wiem czego.

Achaja nie miała podstaw, by jej nie wierzyć. Skoro sama czuła tak wiele.

– Boisz się wbicia na pal – kontynuowała tamta. – A teraz jesteś człowiekiem-kotem. Jak myślisz? Czy wbicie na pal dziewięć razy jest bardziej bolesne od jednego razu, czy też zdołasz się przyzwyczaić?

Achaja puściła swoją przeciwniczkę. Zacisnęła szczęki.

– Klęknij – rozkazała kobieta.

Achaja uklękła.

– Na twarz, smarkulo.

Achaja pochyliła nisko głowę.

– Auuuuu!!! – Targnęła się, kiedy niedoszła ofiara nadepnęła jej w odwecie na ogon. Posłusznie jednak znowu po chwili upadła na twarz. Usiłowała podwinąć ogon pod siebie, lecz nie do końca jeszcze wiedziała, jak się nim posługiwać.

– Jak zabiłaś siedem naszych sióstr?

Achaja się zdecydowała. Chwyciła ogon i wsadziła sobie między nogi. O!

– Mieczem! Au!!!

Zarobiła pięścią w nerki. Aż ją zaćmiło. Usiłowała nie podnosić głowy; wiedziała już, że nie było to dobrze widziane w tym towarzystwie.

– No co mam powiedzieć? – jęknęła. – Kurde! No... Co chcecie wiedzieć?

– Jak zabiłaś nasze siostry?

– No mieczem... Aa!

Spięła się tak, że dostała dwóch skurczów. Oprawczyni zauważyła to i odskoczyła dwa kroki do tyłu. Achaja jednak nie rzuciła się na nią. Dziewięć razy na pal? Nie. Nigdy w życiu. Będzie tu tkwić z pyskiem przyciśniętym do trawy, z wypiętym gołym tyłkiem, choćby ją mieli posiekać.

– O mamo. Powiem, co chcecie. Tylko co?

– Jak je zabiłaś?

Przytrzymała ręką swój drgający ogon, żeby nie podstawiać tamtej suce narzędzia tortur. Skuliła się i napięła.

– Powiedziałam, że nałożę na kurwy większe podatki! Same zdechły!

Oczekiwała kolejnego ciosu, ale ten nie padł. O żeż ty. Więc na pal? Czego one chciały?

– Przyprowadzić tę drugą – rozkazała kobieta.

Nie musiała czekać długo. Poczuła zapach strachu, i to takiego, że ciarki ją przeszły. Chwilę później rzucono kogoś na kolana, a potem na twarz tuż przy niej. Ostrożnie zerknęła w bok. Arnne. Naga, z kłami i pazurami jak u zwierzęcia, z ogonem i oczami jak węgle.

– Proszę! Błagam! Nie róbcie mi nic złego – płakała czarownica. – Zabijcie mnie, proszę. Ale raz! Raz i już, co? Proszę!

– No i co, siksy? Teraz płaczecie? Jak zabiłyście nasze siostry?

– To ona zabijała! – krzyknęła Arnne, wskazując Achaję. – Ja tylko zrobiłam światło! Auuuu!!!

Achaja poczuła ulgę. Ktoś mocno ścisnął ogon czarownicy. Bardzo mocno.

– To ona! – krzyczała Arnne. – To ona, uwierzcie mi, błagam. To ona!

– Jak zrobiłaś światło?

– Ojej... no... jestem czarownicą przecież. Au!!! Czarownicą, prawdę mówię. Au!!! Niech ona mnie nie rusza. Ała!!! Błagam, proszę, zrobię, co chcecie, błagam!

Rozbeczała się tak, że trudno było zrozumieć, co mówi.

– Słuchajcie, smarkule – powiedziała kobieta. – Ja chcę tylko wiedzieć, jak to zrobiłyście.

– Proszę pani! – szepnęła Achaja. Trochę bała się podnieść głos. – My się chyba nie rozumiemy... Au!!! No niech ona zostawi mój ogon, kurwa! Au!!! Proszę... Ała!!! Proszę, dajcie mi coś powiedzieć.

Dyszała chwilę.

– To ona – krzyknęła Arnne. – To ona zabijała!

– Jeśli chcecie się czegoś dowiedzieć, dajcie nam mówić. Proszę. Ja naprawdę nie wiem, o co wam chodzi... Au!!!

Przywódczyni musiała dać jakiś znak, bo Achaja nie poczuła bólu w ogonie. Podniosła lekko głowę. Na tyle przynajmniej, żeby wyjąć nos z trawy.

– Ja naprawdę nie wiem, o co wam chodzi. Zabijałam je mieczem, ale jeśli pragniecie innej odpowiedzi, to oczywiście zmienię zdanie. Ja...

– Jak mogłaś je zabić w nocy? Kiedy nic nie widziałaś, a one widziały?

– Jestem szermierzem natchnionym, proszę pani. Nieźle mi poszło nawet z samym Virionem. Ja jestem w tym dobra, proszę pani.

– Szczypce – rozkazała kobieta.

Achaja zobaczyła nagle, że jej dotychczasowa oprawczyni dostaje od kogoś wredne, duże szczypce. Że bierze jej ogon do ręki i wkłada między dwa tępe końce.

– Nie! Ja wszystko powiem, proszę pani! Powiem!!! Proszę.

– Mów.

– Ale co? – wyrwało się skołowanej dziewczynie.

– Boi się. Mówi prawdę – powiedział jeden z mężczyzn.

– Tyle sama wiem. Dlaczego nie odpowiada?

– Nie rozumie.

– Jak tego można nie rozumieć?

– Nie wiem.

Zapadło milczenie. Achaja dyszała ciężko, widząc swój własny ogon ujęty szczypcami. Szlag! Co za idiotyczna sytuacja. Przyprawili jej ogon i teraz będą dzięki niemu dłużej męczyć. Dobrze, że jej nie zrobili uszu jak u słonia. Wtedy męki mogłyby trwać setki dni.

– Jak to zrobiłyście? – warknęła kobieta.

Achaja już chciała powtórzyć: „mieczem", lecz ogon w szczypcach sprawił, że tylko zacisnęła szczęki. Arnne natomiast wykazała się nagle jakąś szczątkową odwagą.

– Jesteśmy inne niż wy – jęknęła. – Nie dziwi was, dlaczego wojsko zabijało was bełtami. Bełty z kusz rozumiecie. Ale ona – zerknęła na Achaję – jest szermierzem. Ona potrafi zabijać nawet po ciemku. Lepiej niż ci, którzy po ciemku widzą. Ona sama nie wie, jak to robi. Uwierzcie nam. Ona tego nie potrafi powiedzieć. Potrafi zabić. Dlatego nie rozumie, o co ją pytacie. Dla niej zabić to jak dla was... nie wiem... zjeść coś... czy... Auuuuu!!!

– Ty – jakaś stopa dotknęła głowy Achai – czy ona mówi wszystko?

– Tak, proszę pani!

– A w jaki sposób zabijasz, nie wiedząc, że zabijasz?

– Nie wiem. – Achaja rozszerzonymi oczami patrzyła na szczypce. – No, zabijam, bo umiem. Nie wiem, jak to powiedzieć! Nie widziałam niczego, ale pomogła mi porucznik saperów, a potem ta czarownica. Zobaczyłam coś i wtedy...

– Zabijałaś, nawet gdy nic nie widziałaś.

– Machałam mieczem na oślep.

– Tak dobrze?

Te szczypce! Jeśli ściśnie, to...

– Mogę zademonstrować – zaryzykowała. – Mogę zabić tę małpę, która trzyma te szczypce, zanim je zewrze.

Chwila wahania. Członkowie Rady zapewne spojrzeli po sobie.

– Wierzę ci. Ale jak to robisz?

– O mamo. Wyszkolona jestem, normalnie, no. Nie wiem, jak to robię! Robię i już.

Kobieta zamyśliła się. Cisza przedłużała się nieznośnie.

– Wierzę jej – powiedziała w końcu. – A ta druga?

– Ona też nie wie, jak to robi – powiedział jeden z mężczyzn.

– Jeśli przyślą więcej takich jak one, to będzie po nas.

– Nie! – krzyknęła Arnne. – My jesteśmy jedyne. Jedyne w swoim rodzaju. Takich jak my nie ma wielu. Proszę pani, nie róbcie mi nic złego, proszę. Czarownic takich jak ja jest w Arkach kilka. Takich jak ta obok mnie, szermierek, nie ma chyba w ogóle. Może jeszcze jedna, dwie, ale wątpię.

– Mogłaś tego nie mówić, suko! – syknęła Achaja.

– Stul pysk – warknęła czarownica. – Może nas nie zamęczą. Ja mówię prawdę, proszę pani. Nie będzie więcej takich jak my. Proszę mi wierzyć. Błagam!

– Jedna się strasznie boi, druga trochę mniej. Dlaczego? – spytała kobieta.

– Ta, co się strasznie boi, jest tą... no... czarownicą – powiedział jeden z mężczyzn.

– Umie robić światło. Jest odważna. Została w bitwie sama. Wtedy się nie bała.

– Bała się. Ale coś ją zaćmiło. Ta druga, od miecza, też się boi, a wtedy poszła na śmierć. Co je zaćmiło?

– A ta dziewczyna, która rozpaliła niezwykle jasną pochodnię? Wiedziała, że zginie, bała się, a jednak to zrobiła. One mają tylko jedno życie. I poświęcają je czasami.

– Owszem. Teraz jednak obie śmierdzą strachem jak żadna z naszych. Zrobiłyby wszystko, żeby ich nie zamęczyć. Tfu! Dno!

Mężczyzna wstał lekko i przejął od dziewczyny szczypce, ciągle z ogonem Achai przełożonym między końcówkami.

– I co? – spytał. – Zrobisz wszystko, co ci każę? Upodlisz się, jeśli zechcę?

Nie odpowiadała. Niby co powiedzieć w tej sytuacji?

– No mów. Co zrobisz?

Achaja na kolanach, naga, z twarzą przy ziemi i z idiotycznie wypiętym tyłkiem powiedziała cicho:

– Zabiję cię, panie. Zanim zdołasz zewrzeć palce.

– Wiesz, ile łuków do ciebie mierzy?

– To bez znaczenia, panie. Zabiję cię, nawet mając pięćdziesiąt strzał w tyłku. – Przełknęła ślinę. – Chcesz się założyć?

Zwątpił! Naprawdę zwątpił. Było bez znaczenia, co z nią później zrobią. On uwierzył, że Achaja tego dokona. Podszedł do Arnne.

– A ty, tchórzu?

– Panie, ja... ja wszystko powiem. Proszę. Błagam!

– Zamęczymy was obie. To będzie tak straszna śmierć, że nie potraficie sobie tego wyobrazić. – Kopnął czarownicę lekko. – No, powiedz. Tylko bez błagania. Ty też jesteś w stanie mnie zabić?

Było to idiotyczne. Arnne, tak samo jak Achaja, bała się podnieść głowę, żeby nie wywołać reakcji. Jednak krzyknęła:

– Owszem, gnoju! Mogę cię zabić w każdej chwili!!! I bez znaczenia, co ze mną potem zrobią!

Mężczyzna wyprostował się powoli. Słyszały to raczej, niż widziały, obie nie chciały podnieść głów.

– Obie są godne – powiedział. – Obie się boją, ale obie są godne.

– Twoje słowa – powiedziała kobieta. – Niech tak się stanie.

Rada, przesłuchujący, czy jak ich tam zwać, wstali szybko i odeszli bez słowa. Było to tak niespodziewane, że Achaja i Arnne leżały z twarzami w trawie długo jeszcze po tym, gdy ich dwie osobiste oprawczynie odeszły również. Nie śmiały głębiej odetchnąć.

– No, co tak sterczycie z tyłkami do góry, siostrzyczki? – rozległ się czyjś roześmiany głos.

Podniosły głowy. Powoli. Obok stała naga dziewczyna. Bez ogona. Bez szponów i kłów.

– No, co z wami? Chcecie, żeby was jakiś wilk dopadł od tyłu?

Zaklęły. Achaja i Arnne jednocześnie. Tym samym przekleństwem.

– Jesteście bliźniaczkami? – spytała dziewczyna. – E... Niepodobneście do siebie.

Wstały. Najpierw Achaja, niepewna jeszcze, potem Arnne. Obie rozglądały się na boki.

– No, co z wami? Chcecie jeść? Pić?

– Bić – warknęła Achaja. – Jak dorwę tę, która trzymała mój ogon w szczypcach, to...

– Jeśli ci się nie podobało, to dlaczego go nie zniknęłaś?

– Znik... co?

– Dlaczego nie machnęłaś człowieka?

Achaja i Arnne spojrzały po sobie oszołomione.

– Co? O czym mówisz?

Dziewczyna podeszła do Achai i lekko uderzyła ją w twarz.

– No! Zrób to.

– Co?

Jeszcze jedno uderzenie w drugi policzek. Również słabe. Lekki, „przyjacielski" kopniak w ogon.

– No, zrób to! Zniknij.

– Kurde, co?

Dziewczyna znowu uderzyła Achaję w twarz. Leciutko. Jakby dla otrzeźwienia. Achaja jednak poczuła, że odpływa. Przez moment była naprawdę nieprzytomna. Ocknęła się jednak bez kłów, pazurów i ogona.

– O żeż – westchnęła. – To może znikać?

– Już chwyciłaś? – Dziewczyna roześmiała się. – No, a teraz ta druga.

Arnne chwyciła jeszcze szybciej. W końcu była czarownicą. Coś nią wstrząsnęło. Po chwili nie miała już ogona ani żadnego innego atrybutu kota. Poza smolistymi oczami.

– Jestem Aiiiiiiiiiii.

– Jak? Ai? Czy A. I.? – Achaja nie wiedziała, czy chodzi o imię, czy inicjały.

– Aiiiiiiiiiii – powtórzyła tamta.

– Aiiiiiiiiiii?

– Nie. Jak ty to mówisz? – roześmiała się. – Co, akcentu nie łapiesz? Coś z twoimi uszkami nie tak?

– Aiiiiiiiiiii? – powtórzyła Arnne.

– No. Tobie lepiej idzie – uśmiechnęła się dziewczyna. – Może rozpoznam moje imię, gdy mnie zawołasz. Ha, ha... czemu się nie śmiejesz?

– To był dowcip? – spytała czarownica, trochę stropiona.

– Co było? – nie zrozumiała tamta.

– Słuchaj, A. I., czy jak ci tam – przerwała jej Achaja. – Co z nami zrobili?

– Skocili cię, laleczko. Ale masz fajny tatuaż na twarzy. Zrobiłabyś mi też taki?

– Lepiej nie. Chciałam...

– A na tyłku to dopiero masz fajną bliznę – przerwała jej Aiiiiiiiiiii. – Pewnie bolało, kiedy robili, co? Ale dla piękności można się poświęcić, co? Zrobisz mi też taką?

Ledwie ją rozumiały. Miała dziwny, śpiewny akcent.

– Ty chcesz, żeby ci takie coś na tyłku wypalić?

– No!

Obie, Achaja i Arnne, spojrzały po sobie. Odruchowo i niepotrzebnie, bo po czarnych teraz, pozbawionych białek oczach trudno było oczekiwać, że zdołają wykonać porozumiewawcze spojrzenie. Obie wyglądały jak trupy. A raczej jak demony.

– Ty – szepnęła Achaja do czarownicy – co tu się dzieje?

– Są odcięci od świata. Dlatego piętno niewolnicy uważają...

– Ja nie o tym. Co z nami zrobili?

– Jejku. Nie wiem. To jakiś inny rodzaj magii. Dlatego niczego nie czułam, wtedy przed bitwą. Nie wiem, co to jest.

– Ty, Aiiiiiiiiiii – kontynuowała indagację Achaja – co z nami zrobili?

– Skocili.

– Co?

– No, zrobili z was wojowników. Ludzi-koty! Fajnie, co?

– Kurwa!

– No, tylko tak dało się was obie przywrócić do życia. Przecież obie byłyście zabite w bitwie. A Starsi musieli się dowiedzieć wielu rzeczy od was. Szczególnie od tej z tatuażem. Jak ci na imię?

– Achaja.

– Jak??? Uuuu... Jak to się w ogóle da wypowiedzieć?

Achaja i Arnne znowu spojrzały na siebie, ale dziewczyna chichotała w najlepsze. Chyba to był kolejny miejscowy dowcip. Czarownica straciła cierpliwość.

– Aiiiiiiiiiii, daj mi jakieś ubranie.

– Co?

– Ubranie! Coś, co mogłabym na siebie włożyć. No. Żeby się czymś okryć!

– Aaaaa... wiem. – Dziewczyna skoczyła w krzaki. Słyszały, jak biegnie z jakąś nieprawdopodobną szybkością. Obie łowiły jej zapach. To było niesamowite. Zapach! Obie mogły teraz iść tropem Aiiiiiiiiiii jak gończe psy. One widziały, tak, widziały jej zapach. Czarownica zaklęła cicho. Dla niej, dla jej wyczulonych zmysłów, musiało to być doświadczenie jeszcze bardziej niesamowite niż dla Achai.

Dziewczyna wróciła szybko. Miała w rękach pociętą sztychami mieczy, zakrwawioną kurtkę Achai. Narzuciła sobie na ramiona. Wyraźnie widać było srebrne odznaki pułku, dystynkcje majora i złoty wężyk księżniczki.

– Fajna, co?

– O żeż ty... To moja.

– Teraz moja, koleżanko – roześmiała się dziewczyna. – To ja ci przebiłam płuco i zdarłam to z ciebie. Teraz moja!

Achaja i Arnne znów próbowały porozumieć się wzrokiem. Jakby dwa trupy spojrzały na siebie. Nie można było niczego wyczytać z twarzy.

– Coście z nami zrobili?

Dziewczyna ponownie się uśmiechnęła.

– Jak wam to wytłumaczyć? – Wzruszyła ramionami. – Jesteście pierwszym napastnikiem, który zadał nam takie straty. Starsi musieli się dowiedzieć, jak to zrobiłyście. Kim jesteście, ile waszych jeszcze przyjdzie, żeby nas zabijać, żeby palić las. No ale obie już nie żyłyście. Ja ciebie zabiłam – wskazała palcem Achaję. – Bośmy się już zaczęły zakładać, komu się uda dosięgnąć takiej wojowniczki jak ty. – Rozłożyła ręce w geście uwielbienia. – Jaki honor! Cięłaś mieczem jakoś tak dziwnie. Były chwile, kiedy myślałyśmy, że widzisz po ciemku jak my, były chwile, kiedy sądziłyśmy, że nie widzisz niczego. To było dziwne. A tamtą – wskazała teraz Arnne – zabiła moja koleżanka. I dalej było dziwnie... dziwnie, dziwnie. Wyście zginęły, a tamci, co chcieli dostać się do was spoza lasu, zostali pobici, zaczęli uciekać, ale rozdzielili się w pewnym momencie i zawrócili, jakoś tak z dwóch stron.

– Podwójny rygiel – mruknęła Achaja. – Klasyczny manewr pozornej ucieczki. Dałyście się na to zrobić?

Dziewczyna skinęła głową.

– Zabili dużo naszych. I te strzały, i ci, co uderzyli w nasze plecy, z waszej grupy. Musiałyśmy się dowiedzieć. Ale wyście już nie żyły. Nie mieliśmy żadnego żywego jeńca. To wtedy Starsi postanowili, żeby was ożywić. Wy dwie byłyście najważniejsze. Ale to możliwe, tylko jak kogoś się robi wojownikiem.

– Jak się robi? – spytała Arnne. – Jak można ożywić trupa?

– Tu jest magia Bogów. Tu jest sam... – wyraźnie brakowało jej słowa – sam matecznik. Magia Bogów! Można zmienić człowieka w kota. Nie do końca. Ale... Można przywrócić życie. Sprawić, żeby człowiek widział inaczej, czuł inaczej i się zmieniał.

– Naprawdę macie po dziewięć żyć?

– Chyba nie dałyście się na to nabrać? Ha, ha, ha... Dziewięć żyć? Czemu od razu nie piętnaście?!

Achaja zaklęła brzydko, lecz tamta nie zrozumiała.

– My chyba inaczej rozumiemy śmierć niż wy – ciągnęła. – Wy chyba myślicie, że jak się człowiek nie rusza i nie oddycha, to już umarł. My nie. Jeszcze można go ożywić.

– Zamieniając w kota?

– To można tylko raz. Gdy już jesteś naszym wojownikiem, drugi raz cię nie ożywią w ten sposób.

– A ta, co jej złamałam kark? Jak ożyła?

– Akurat, złamałaś. No pewnie, kości można szybko zrosnąć, cios w brzuch nie jest u nas niebezpieczny. Ona umarła według waszych pojęć. Gdybyś jej odcięła głowę, tobyśmy jej nie uratowały. To jest tak. Cios mieczem w serce jest dla was śmiertelny. To śmierć. Dla nas nie. Nie, nie, zupełnie nie. Można uzdrowić. Ho! Uzdrowić i już, ale... jeśli poleżysz za długo i nikt ci nie będzie pomagał, to umrzesz jak każdy zwykły człowiek. O! W ten sposób mówiąc, masz bardzo dużo żyć, nie dziewięć, nie piętnaście, ale sto i więcej. Ale jeśli ci ktoś utnie głowę... To masz tylko jedno życie. Jak każdy. Każdy, każdy.

– Czyli jednak nie do końca kłamała ta, która mówiła, że mnie wbije na pal dziewięć razy?

– Na pal to ona mogłaby cię wbijać tyle razy, ile by chciała. Ona jest Starsza-Starsza. Mówiła „dziewięć", bo wiemy, że u was jest taki głupi przesąd, że kot ma dziewięć żyć. Nie było chyba czasu, żeby ci tłumaczyć, że mogłaby cię zabijać i sto razy. Sto razy, sto! Albo i – pokazała na palcach – tyle razy po sto. By bolało, ojej! Ojej!

Achaja jęknęła. Sto razy! Dobrze, że reszta świata nie ma takich możliwości. Oczami wyobraźni ujrzała trybunał, który orzeka w jakiejś sprawie: „Wysoki sąd skazuje winnego na trzydzieści śmierci przez powieszenie, do tego dwa razy łamanie kołem, dziesięciokrotne utopienie, sześć razy spalenie, a potem czterysta lat ciężkich robót z wbiciem na pal co dziesięć dni ku rozrywce skazanego". Pewnie nie byłoby już zbrodni.

– Jak można was... – Arnne zawahała się. – Jak można nas więc zabić?

– Jak każdego, jeśli jesteście poza Lasem. Jeśli w Lesie i nie za daleko trzeba nieść trupa do Starszego, to przez ucięcie głowy, tego nikt nie naprawi. Przecięcie ciała na pół. Nawet odrąbanie ręki czy nogi. Takie coś to tylko Starsza-Starsza mogłaby pewnie naprawić.

– A jak naprawiłyście moją rękę? – Achaja podniosła lewą dłoń i poruszyła palcami.

Aiiiiiiiiii roześmiała się.

– To nawet ja bym ci naprawiła, mimo że nie jestem Starszą. Sama mogłabyś to zrobić, jakbyś się dostatecznie skupiła. Sama, sama!

– A moje blizny? Jak zniknęły?

– Skórę naprawić łatwo. Uch! – Klasnęła w dłonie. – O, tak szybko.

– Żeby was. Nie mogłybyście mi usunąć też tej z tyłka?

– No toż ona nie z bitwy. Ktoś ci specjalnie zrobił, nie? Nie, nie? Żebyś piękna była. Piękna, piękna.

Arnne potrząsnęła głową zrezygnowana.

– Co z nami będzie? – spytała.

– Jak to co? – Aiiiiiiiiiii spojrzała wyraźnie zdziwiona. – Obie jesteście już nasze. Będziecie z nami żyły, będziemy razem walczyły. Uuuuu! Ja chcę, żeby ta Ach... Ach... Achiiiija czy jak nauczyła mnie tak robić mieczem. I chcę, żeby mi zrobiła taki sam tatuaż. Musi, musi. Tatuaż koniecznie. Tak!

– Zastanów się jeszcze – mruknęła Achaja kpiąco.

– Nie, nie. Chcę. Dam ci za to mój łuk, co? Pokażę ci, jaki jest fajny. Sama robiłam, dwa lata. Dam ci, co?

– Weź przestań. Uspokój się.

– Nie, nie. Dam ci jeszcze trzydzieści strzał, co? Też sama robiłam. Co? Dam czterdzieści!

Achaja zatrzymała się i spojrzała tamtej w oczy.

– Na całe szczęście nie umiem tatuować. A poza tym strzelam z łuku, mówiąc delikatnie, jak dupa wołowa.

W malutkiej grocie, przy ognisku, siedzieli dziewczyna i chłopak. Oboje nadzy jak wszyscy inni. Arnne westchnęła ciężko i zagryzła wargi. Najpierw nie chciała wejść, a kiedy Aiiiiiiiiiii i Achaja wepchnęły ją siłą, zasłoniła się rękami. Wściekła jak osa, usiadła gdzieś z boku, podciągając kolana pod brodę i oplatając ramionami.

– Co z nią? – spytała dziewczyna przy ognisku. – Chora?

– Nie przejmuj się – uśmiechnęła się Achaja. – Macie coś do jedzenia?

Tamta skinęła głową, ale Aiiiiiiiiiii nie dała jej dojść do słowa.

– Widzisz, jaką mam kurtkę? – wrzasnęła do koleżanki.

– Przestań. Chwalisz się tym do znudzenia.

– Ale tobie jeszcze nie mówiłam. To jej. – Chwyciła Achaję za włosy i potrząsnęła lekko. – Zdobyłam se. Widzisz, jakie ma tu fajne. – Dotknęła końcami palców srebrnych dystynkcji majora. – Widzisz?

– Żeście ją chyba na rożen nadziewały, wojowniczki – mruknął chłopak. – Pocięta i pokrwawiona jak zając w połowie jedzenia.

– Widać, jak trudno było zdobyć! – krzyknęła Aiiiiiiiiiii. – Żeby mi nikt tego nie śmiał myć ani zszywać. I ja ją zdobyłam. – Palnęła Achaję w ucho, i to dość mocno. – Spróbuj się z nią, jak myślisz, że było łatwo.

– Teraz? Kiedy już jest wojowniczką? Ty ją oprawiałaś, gdy jeszcze była człowiekiem.

– Tak? To ty się zmień, a ona nie. Zobaczysz, jaki da ci wpiernicz. Flaki z ciebie wypruje. – Palnęła Achaję w kość policzkową. – Jesteś głupi jak wiewiórka! Głupi, głupi.

– Czy mogłabym prosić, żebyście nie dyskutowali więcej o mnie? – Achaja rozcierała ucho i policzek. – Dacie coś do zjedzenia?

Dziewczyna podała im dwa duże kawałki suszonego mięsa.

– Czy mogłabym prosić o jabłko? – szepnęła Arnne, obracając w dłoni swoją porcję. Nie widziała czegoś takiego pewnie nigdy w życiu. Szczególnie teraz, kiedy węch miała wyczulony do granic możliwości, nie mogła się zdobyć, żeby włożyć do ust coś tak śmierdzącego.

– Co?

– Jabłko. Proszę.

– Czego ona chce? – spytała dziewczyna przy ognisku. – Jajko?

– Jabłko. Proszę was bardzo.

– Co?

– Nie przejmujcie się nią – mruknęła Achaja. Wbiła zęby w swoją porcję, a potem wyjęła z dużym trudem. – Słuchaj, Aiiiiiiiiiii... Jak się robi te kły?

– Chcij.

– Co?

– Musisz chcieć. No chcij. – Aiiiiiiiiiii strzeliła ją dłonią w policzek. – No. Nie myśl. Chcij. Nie myśl w ogóle. – Uderzyła w twarz z drugiej strony. – No.

Achaja poczuła lekkie zaćmienie. Boleśnie ugryzła się w język. Miała już kły, pazury i ogon. Westchnęła ciężko, oszołomiona. Ale gryzienie, a właściwie rozszarpywanie porcji poszło jej dużo łatwiej. Mięso było nawet dość smaczne, pod warunkiem, że konsekwentnie oddychało się przez usta, lekceważąc nos, który wysyłał sygnały do reszty organizmu, że trzeba natychmiast wymiotować.

– Czym ty się tak denerwujesz, smarkata? – spytał wyraźnie zaciekawiony chłopak.

– Kurde, skąd wiesz?

Wskazał koniec jej ogona, który drgał lekko. Roześmiała się z pewnym trudem, powstrzymując torsje. Krótki miał rację. To zapach. Zapach był winien wszystkim obrzydzeniom. I słusznie pozbawił ją tego zmysłu w obozie niewolników. Teraz jednak czuła, że już nigdy w życiu nie zjadłaby żadnego robaka. Odrzucało ją od mięsa, nawet świeżego, na samą myśl o jego zapachu. Chciała jabłko, tak jak czarownica, ale po pierwsze, była naprawdę głodna, a po drugie, w przeciwieństwie do Arnne wiedziała, że trzeba zaspokajać potrzeby ciała tym, co jest pod ręką. Wtedy ciało nie zawiedzie. Inaczej sam sobie będziesz winien.

– Wiesz – uśmiechnęła się do chłopaka – po raz pierwszy w moim życiu ktoś mnie wskrzesił, zamienił w zwierzaka i powiedział, że do końca życia będę mieszkać w lesie, żrąc to świństwo. A poza tym wszystko w porządku. Naprawdę nie wiem, czym się denerwuję.

– Słusznie, koleżanko – poparła ją niespodziewanie Arnne. – Ktoś im musiał to nareszcie powiedzieć.

Achaja spojrzała na czarownicę.

– Cieszę się, że przynajmniej jesteśmy już na ty! – dobiła ją. – I że nie muszę już dygać na pani widok.

– One naprawdę są wściekłe – zdziwił się szczerze chłopak. – Ciekawe dlaczego?

Aiiiiiiiiiii włożyła palec do nosa i dłubała nim zawzięcie dłuższą chwilę.

– Potrzebują mężczyzny – zawyrokowała. – Pomożesz im?

– Pewnie. – Chłopak wstał lekko. – Której najpierw?

Arnne pisnęła cienko, przerażona do granic możliwości. O mało nie wybiła sobie zębów kolanami, usiłując się zasłonić.

– Nie! Nie! Proszę.

Chłopak patrzył zdziwiony. Aiiiiiiiiiii i koleżanka przy ogniu również.

– Ty pierwsza? – Podszedł do Achai.

Spojrzała na niego skonfundowana. Nie było to dla niej nic nowego, w przeciwieństwie do czarownicy, ale obcesowość propozycji nawet ją wytrąciła z równowagi.

– No co? Przestaniesz się denerwować – powiedział z jakąś niesamowitą prostotą. – Będzie ci dobrze, smarkata. Będziesz bliższa. – Uśmiechnął się ciepło.

Achaja spłoszona spojrzała na Aiiiiiiiiiii, ale tamta tylko skinęła zachęcająco głową.

– No już – mruknęła dziewczyna przy ognisku. – Bo se inaczej zęby stępisz, zgrzytając w złości.

Chłopak pomógł Achai wstać. Była oszołomiona. A przecież... Czuła jego zapach, wiedziała, że jej pragnie, że jest trochę przestraszony. Trochę. W końcu była obca. Że chce jej pomóc, że ją lubi, że lubi widok jej ciała. Przełknęła ślinę.

– Gdzie pójdziemy?

– Achaja! – krzyknęła czarownica. – No co ty?!

– Niby gdzie mamy iść? – Spojrzał zdziwiony. Kiwnął głową w stronę posłania ze splecionych delikatnych gałązek tuż obok. Podszedł jeszcze bliżej, dotknął biodra Achai. Drgnęła lekko. Nie. Nie pokaże mu, że się boi. Przylgnęła do niego, obejmując rękami w pasie. Wzięła głębszy oddech.

– Jak mam zniknąć te zęby?

– A po co znikać? – Wzruszył ramionami. – Będziesz więcej czuła.

Pocałował ją delikatnie w usta. I jeszcze raz. I znowu. Było jej miło i tak jakoś bezpiecznie. Nawet nie wiedziała, kiedy otworzyła usta i jego ciepły, ruchliwy język zmusił ją do zarzucenia mu rąk na szyję. A potem... dotykania jego ciała. Coraz śmielszego, coraz bardziej nerwowego. Jego dłoń zacisnęła się na nasadzie jej ogona i zaczęła delikatnie ugniatać. Następnie ślizgać się po jej plecach, szyi, piersiach. Nie przestawał całować. Nagle oderwał się od niej. A potem całował włosy, oczy, ramiona. Kiedy zaczął ssać jej sutki, syknęła cicho. Przytrzymała rękoma jego głowę, żeby trwało to jak najdłużej.

– Achaja! – Arnne patrzyła przerażona. – Co ty robisz?

Drżała. Nie mogła wziąć głębszego oddechu. Te wszystkie miejsca, gdzie niewiele czuła z powodu tortur mistrza Anai, teraz były wyleczone. Czuła. Nie mogła chyba już czuć więcej. Wydawało jej się, że ma gorączkę. Chłopak uklęknął. Objął ją mocno w pasie i zaczął całować brzuch Achai. Wnętrze ud i znowu brzuch. Kiedy zaczął gładzić delikatnie jej pośladki, zanurzyła ręce w jego włosach i z całych sił przycisnęła jego twarz do łona. Oczekiwanie na usta chłopaka było torturą. A on jedynie ocierał się o nią policzkiem. Jednostajnie i leniwie. Kiedy już straciła nadzieję, że coś się jeszcze wydarzy, poczuła w sobie jego język. Poczuła, że słabnie, że zaraz zemdleje. Chłopiec przytrzymał ją i delikatnie położył na ziemi.

– Chyba nie zrobisz tego przy nich wszystkich?

Nie zrozumiał. Arnne zamknęła oczy. Zasłoniła sobie głowę rękami. Aiiiiiiiiiii razem z koleżanką patrzyły, obie zaciekawione.

– Wstydzę się.

Znowu zaczął ją całować. Całą. Pocałunek przy pocałunku. To wszystko, co „popsuł” mistrz Anai, teraz było „naprawione”. Czuła. Czuła wszystko. Całował nogi Achai, przesunął wargami po udzie, znowu poczuła jego język gdzieś we wnętrzu. Dokładnie we wnętrzu. W środku. Nie mogła przełknąć śliny, zupełnie jakby cała wilgoć jej ciała spłynęła na dół. Kiedy dotknął ud, natychmiast rozchyliła je, podciągnęła się w górę i wolnym, rytmicznym ruchem zaczęła unosić pośladki, dotykając łonem jego brzucha coraz niżej i niżej. Wreszcie uniosła nogi, żeby mu pomóc, a także żeby pomóc sobie. Położyła nogi na ramionach chłopca i wtedy poczuła, że ociera się o nią.

– Chcę – szepnęła. – Teraz.

Wtedy wszedł w nią gwałtownie. Stali się jednym ciałem. Nie mogła otworzyć oczu. Przestała odczuwać wstyd. Jedynym uczuciem, jakie ją ogarnęło, była nieporównywalna z niczym błogość, przerodzona po chwili w lęk, że stanie się coś, co przerwie to, co się z nią dzieje. Wtedy zaczęła jęczeć. Zaczęła zatapiać się w tym, co ich łączy. Krzyknęła dokładnie w tej samej chwili co chłopak.

Dopiero po dłuższym czasie otworzyła leniwie oczy. Teraz zaczęła słyszeć, co działo się wokół niej. Dwie chichoczące dziewczyny przy ogniu, które bez jakiegokolwiek zażenowania komentowały to, co widzą, nawet wymieniały fachowe uwagi. Struchlałą Arnne oplecioną własnymi rękami, która mruczała coś do siebie przerażona.

Tak bardzo chciała się czymś przykryć. Mięśniami łydek i ud czuła jego młode, poruszające się rytmicznie i gwałtownie ciało. Rękami obejmowała jego głowę. Zacisnęła zęby, musiała. Drżała lekko, czuła, że wszystko tam w środku napina się coraz bardziej. O mamo. Niech on nie kończy przy nich. Niech one tego nie widzą.

Poczuła, jak... jakby posłanie poruszyło się pod nią. Zacisnęła oczy aż do bólu. Niech on nie kończy przy nich. Niech nie robi tego na ich oczach!

– Au! – Poczuła nagle pierwsze uderzenie. Poczuła łzy na policzkach i rumieniec, który palił jej twarz. – Mmmmmmmm... – Usiłowała zaciskać szczęki. To nie była grzeczność z jej strony. Przytulała się do niego całą siłą swych rąk i nóg. – Leż jeszcze... Jeszcze trochę... – prosiła. – Leż jeszcze.

Pocałował ją leciutko.

– Jeszcze trochę, leż, proszę – szepnęła.

O mamo... Jeśli on wstanie teraz? Przy wszystkich?... Rozluźniła nogi. Zsunął się z niej delikatnie. Skuliła się na posłaniu, ale to nic nie dawało. Usiadła, ściskając nogi jak Arnne i obejmując się rękami. Chłopak siedział tuż obok, wyraźnie zadowolony. Policzki paliły ją tak, że tatuaż musiał się już pewnie zrobić czarny. Nie mogła podnieść wzroku.

Aiiiiiiiiiii podeszła do niej i usiadła tuż obok.

– Gdzie... Gdzie mogę się umyć? – szepnęła Achaja.

– Tu obok jest malutkie jeziorko. Ale posiedź jeszcze z nami. – Aiiiiiiiiiii podała jej małą czystą szmatkę. – Posiedź jeszcze.

Odczekała chwilkę, potem objęła Achaję ramieniem.

– I co? Troszkę lepiej?

Achaja położyła głowę na jej ramieniu. Nie miała ochoty niczego mówić. Chłopak przykucnął nad ogniskiem. Zerknął kilka razy na dziewczyny, potem uśmiechnął się wrednie. Tak wrednie, jak tylko potrafią mężczyźni.

– To teraz ta druga.

– Nie! – jęknęła Arnne. – Proszę! Nie! Ja... ja jestem dziewicą! Proszę!

Chłopak podszedł do niej. Delikatnie dotknął jej głowy. Czarownica szarpnęła się mocno.

– Nie! Proszę, nie. Achaja, zrób coś! Ja nie chcę!

– Uspokój się – szepnęła Achaja. – To nie bitwa trzech kompanii otoczonych w lesie.

– Ale ja nie chcę! No powiedz mu, że ja nie chcę!

Chłopak dotknął tyłka Arnne, a ta podskoczyła, wierzgając nogami. Upadła na plecy. Nie wykorzystał tego, choć mógł.

Uśmiechnął się. Obie dziewczyny z lasu roześmiały się głośno.

– Achaja! Ratuj!

Achaja opuściła oczy. Aiiiiiiiiiii jednak uderzyła ją łokciem w bok.

– Patrz teraz.

– Nie, nie, nie! – krzyczała czarownica. – Powiedz mu, że go zamienię w mrówkę!

– Akurat.

Chłopak położył się obok Arnne. Objął ją delikatnie. Czarownica wierzgnęła niczym stary muł. Ale chłopak też był silny.

Achaja znowu opuściła oczy. Dziewczyny z lasu przeciwnie. Znowu zaczęły chichotać i komentować. Widać nie było tu żadnych tabu.

Jakiś czas potem myły się w malutkim jeziorku, raczej stawie zagubionym wśród drzew. Właściwie to myła się

Achaja, pływała, nurkowała w niesamowicie zimnej wodzie. Arnne stała jakieś piętnaście kroków dalej.

– Kurczę! Jak mam do ciebie dojść? – krzyknęła w desperacji.

– Rób małe kroczki.

– Ale, kurczę, jak? Przecież... – nie mogła powiedzieć tego, co chciała. Jej policzki płonęły dużo bardziej niż u koleżanki przedtem.

– No przyjdź tu. Masz przecież szmatkę.

– Ale... No przecież zrobić krok to...

– Rób małe kroki, z nogą przy nodze. – Achaja zanurkowała znowu. Wypłynęła po chwili tuż przy brzegu. – No. Rusz się.

– Ale nie mogę. – Arnne nie wiedziała, jak to powiedzieć. Peszyła się coraz bardziej.

– Dobra. Zapomnij o wszystkim i chodź tu.

– Odwróć się, proszę.

Achaja zanurkowała znowu. Odpłynęła na sam środek stawu. Wynurzyła się, prychając głośno, dokładnie w momencie, kiedy czarownica kucała nad brzegiem.

– Ty świnio.

– Daj mi spokój. – Achaja położyła się na plecach, pozwalając, żeby niosła ją woda. Nie czuła tego dawno. Nie czuła od czasów Troy łączności ze wszystkim, co ją otaczało, jakiegoś dziwnego wewnętrznego zadowolenia z prostego faktu, że żyje. Nie znaczy to, że była szczęśliwa. Przypomniała sobie Lanni, która kąpała się w podobnym leśnym jeziorku, zanim to wszystko zaczęło się na dobre.

Podpłynęła do czarownicy, chwyciła ją i wciągnęła do wody. Przez chwilę kotłowały się, walcząc. Potem Arnne, gdy już poczuła, że nie ma gruntu pod nogami, zaczęła płynąć. Nieźle nawet. A właściwie lepiej niż Achaja. Prychała niezadowolona.

– Nie chcę, żeby mnie dotykała naga dziewczyna.

– Że cię wciągnęłam do wody? Daj sobie na wstrzymanie.

– Już ja wiem, co się dzieje w naszej armii – syknęła Arnne. – Słyszałam, co wy tam wyrabiacie, dziewczyny. Widziałam, jak na ciebie patrzyła ta twoja sierżant. I nikt mi nie wmówi, że to normalne.

– Ty mi, kurwa, nie przypominaj sierżant.

– Bo co?

– Bo ci, psiamać, oczy wydrapię!

Arnne odpłynęła na tyle, na ile mogła. Staw nie był zbyt duży.

– Kochasz ją?

– Szlag! – Achaja podpłynęła do brzegu. Oparła ramiona na trawie. – Kurde. Nie kocham jej jak dziewczyna chłopaka. Przeszłyśmy razem trochę. W pewnym momencie czujesz jednak, że gdy nie masz siostry, to strasznie ciężko. Ona nie jest jakoś tam szczególnie inteligentna. Ale jest najlepszym człowiekiem, jakiego spotkałam. Jest mi strasznie bliska. Chociaż za skarby nie pogadam z nią o wyższej filozofii, nie będę roztrząsać spraw bytu, a nawet nie porozmawiam tak jak z tobą chociażby. Ale to... No dobra. Kocham ją! Jak siostra siostrę! Nie mam nikogo bliższego.

– Ale robiłyście to ze sobą.

– „To"? To znaczy co? Żadna z nas nie jest chłopakiem. Więc co niby robiłyśmy? – Achaja zaklęła jak szewc. – No dobra. Robiłyśmy! Leżałyśmy razem nagie, całowałyśmy się. No i... Ażeby cię szlag! Czasem jest tak ciężko, że nie możesz już nawet płakać. Czasem potrzebujesz kogoś bliskiego. Kto cię zrozumie, kto sam czuje to samo. No dobrze. Całowałyśmy się, i to tak, że pewnie apopleksje by cię chwyciły, gdybyś widziała. Ale powiem ci jedno. Kiedy Shha stoi za twoimi plecami, czy w bitwie, czy w życiu, to jest więcej, niż mieć za plecami nawet dziesięć inteligentnych, wygadanych czarownic. Brakuje mi jej! To chciałaś usłyszeć? Brakuje mi jej. Mogłabym tu nawet zostać na resztę życia, ale nie wiem, czy ona żyje. I się, kurwa, martwię. To jest pierwszy człowiek, na którym mi naprawdę zależy w życiu. Tak! Głupia dupa ze wsi! Głupia dupa. Którą byś w dyskusji zagięła na tysiąc sposobów. Której byś pokazała, gdzie jej miejsce, w ciągu jednej modlitwy, która nie potrafi się zachować na oficjalnej uczcie, bo ją nauczyli, że je się palcami. Ale ona za to potrafi mi pokazać, że to obsrane życie ma sens. A ty tego nie potrafisz, chociaż przeczytałaś sto razy więcej książek, niż ona wypiła wódek w karczmie. Tak. Brakuje mi jej. Brakuje! To chciałaś usłyszeć?

– Kochasz ją – szepnęła przejęta Arnne.

– Oż psiamać! Nie kocham jej jak dziewczyna chłopaka. Nie jesteśmy sobie potrzebne w łóżku, jeśli ci o to chodzi. To tylko tak obok. Zamiast. Ale tak, kocham ją! Kocham ją. Bo ona jest jedynym człowiekiem, który również kocha mnie. Bezinteresownie. Jestem jej potrzebna. Tak jak ona mnie. Bo jesteśmy siostrami. Prawdziwymi. Nie przez zwykłe urodzenie. Shha jest moją siostrą. Czuję, że jestem za nią odpowiedzialna. Czuję, że muszę się nią opiekować. Czuję, że muszę o nią dbać. Muszę! A ona musi dbać o mnie, mną się opiekować, być za mnie odpowiedzialna. Wiem, że jeśli żyje, to się teraz męczy. Ja jej naprawdę potrzebuję.

– Kiedy uciekamy? – spytała Arnne.

Achaja otrząsnęła się nagle. Nie sądziła, że czarownica ją zrozumie. A jednak zrozumiała.

– Spróbujmy – westchnęła – spróbujmy najpierw dogadać się z tymi Starszymi, czy jak im tam.

Arnne westchnęła ciężko. Oparła ręce na brzegu, pozwalając, by jej ciało unosiło się na powierzchni, lśniąc lekko w świetle gwiazd.

– Ty dalej jesteś agentem wywiadu – mruknęła. – Masz kły i pazury, masz ogon. Ale dalej jesteś agentem wywiadu pana Biafry. Dalej usiłujesz wykonać zadanie.

– Tak cię to dziwi?

– A ciebie nie? Zrobili z nami jakieś niesamowite rzeczy, powołali do życia z martwych, przerobili na zwierzęta. A ty tylko: wykonać zadanie! Panie generale, major Achaja melduje się po zrobieniu wszystkich zleconych jej świństw, ku chwale, tfu! królestwa czy co.

– A ja ci powiem jedno. Nie wiem, co tu ze mną zrobili. Ale wiem, co ze mną zrobił Biafra. On mi dał jasno do zrozumienia. Chcesz, żeby istniało Królestwo Arkach, to rób świństwa, bądź kurwą, bądź mordercą. Jeśli chcesz... płać! Jeśli cię na to stać. Jeśli wiesz, za co płacisz. Jeśli masz pieniądze. A Arkach to jedyne państwo, które mi się podoba. Które się za mną ujęło, które dało mi prawo bycia człowiekiem. Nawet usranym żołnierzem w najbardziej wrednej jednostce. Powiedziałam: „Kocham Arkach. Zabiję dla ciebie, Biafra". I zrobię to dla niego. Unurzam się w gównie, choćbym tu i teraz miała złamać ci kark, ty moja piękna czarownico.

– Ale ty masz popieprzoną przeszłość.

– Ha, ha, ha...

– I zabijesz kogoś niewinnego dla tego sukinsyna?

– Słuchaj. On mi powiedział, że jeśli chcesz osiągnąć to, co uważasz za słuszne, to się nie wahaj. Rób to, co ci podpowiada twój rozum. Choćby to miało być mordowanie niemowląt w kołyskach. Troy mnie sprzedało jak postaw sukna na targu. Luan zrobiło ze mnie zwierzę, i to nie takie z kłami, ogonem i pazurami. Luan zrobiło ze mnie prawdziwe zwierzę. A potem zobaczyłam Arkach. Gnoje, łapówkarze, nadęci skurwysyni! Ale powiedzieli mi jasno: tu jest wolność, córko. Tu jesteś człowiekiem! Choćby i gnojem, skurwysynem, łapówkarą, śmieciem... ale człowiekiem! Nie postawem sukna, nie zwierzęciem. Człowiekiem. Możesz być z nami, choć jesteś obca. Możesz ubiegać się o niezwykle godne miano człowieka razem z nami, biorąc łapówki, jeśli obejmiesz jakiś urząd, kurwiąc się, gnojąc, ale razem! Bez strachu w sercu. Bez bojaźni. Rób, co chcesz, ale rób to jak człowiek. Choćbyś się miała nawet zgnoić jak wieprz. Rób to jak człowiek.

Achaja wzruszyła się tak, że zaczęła płakać.

– Słuchaj. – Pociągnęła nosem. – Ja w obozie niewolników też zaszłam daleko. Byłam... ha, ha, ha... „człowiekiem" według ich nazewnictwa. Bo dupy dawałam dobrze. I potem jedna dziewczyna, co ją świeżo przysłali, poprosiła mnie o pomoc dla swojego chłopca, który był ranny. A ja go zabiłam. Bo... bo... mi się wydawało, że lepiej już mu pomóc nie mogę. I jeszcze uważałam, że się poświęciłam. I dostałam swoje dwadzieścia pięć batów. Dłubiąc w nosie, wytrzymałam. A tamtą zatłukli na śmierć. I pamiętam jej twarz. Jak się dziwiła. Jak się dziwiła, że ktoś może upaść tak nisko. A wszyscy byli za mną. To ja miałam rację. To ja zrobiłam dobry, choć głupi uczynek. Szlag!

Arnne podpłynęła powoli. Zagryzła wargi, potem objęła Achaję i przytuliła do siebie. Głaskała ją delikatnie po głowie.

– I... i wiesz... Potem uciekłam do Arkach. A tam byli ludzie. Nie Bogowie. Zwykli ludzie. Chuje, gnoje, świnie, ale, kurwa, ludzie. Oni nie uważali mnie za śmiecia, za towar. Widziałam w nadgranicznej karczmie, jak chłopi kpią z królowej. A potem dosiadł się do nas szlachcic. Ten to urągał wszystkim... wszystkim władzom, kapłanom, Bogom bez mała. No, przyszedł normalnie taki człowiek do ciebie i powiedział, że tu jest kraina ludzi. Nie jakichś pięknych szczególnie, ale ludzi. Ludzi! Że głupota, łapówkarstwo, kurestwo... To jest wszędzie. Nikt mi jednak nie powiedział, że jestem postawem sukna, że jestem zwierzęciem. Chcesz żyć z nami? Żyj! Człowieku. Człowieku! – powiedzieli.

Achaja nie próbowała powstrzymać łez. Arnne przejęta obejmowała ją ramieniem.

– Ja ci powiem jeszcze jedno. Armia Arkach wystawiła mnie razem z całą dywizją na pojedynek z Virionem i jego czterdziestoma mistrzami. Nie przez lekceważenie, tylko przez nieudolność. W Troy to pewnie by się nie mogło zdarzyć. Ale powiem jedno. Wytrzymałam. Bo byłam już człowiekiem. Zostałam majorem i księżniczką. I ja... ja... to strasznie cenię. W Troy byłam księżniczką, córką wielkiego księcia. Troy jest drugim państwem na świecie. Czy wiesz, kto to jest wielki książę? Królowa Arkach mogłaby mu do stołu usługiwać. A jednak cenię sobie tylko to, że jestem u was majorem. Że jestem waszą księżniczką. I jeśli Biafra powie: „Jedz gówno tych Starszych tutaj, ale wykonaj zadanie", to zjem gówno i wykonam zadanie! Jestem majorem wywiadu Arkach. I daję ci słowo honoru: nigdy nie byłam bardziej dumna. Jestem majorem i rozkaz wykonam. Do końca! Kurwa, rozumiesz mnie? Choćbym miała tu zabić tysiąc niemowląt... Wykonam jak pies na łańcuchu!

– Kochasz Biafrę?

– Sram go. To taki gnój, że ci nawet w głowie nie postanie. To straszny sukinsyn. Tylko... sukinsyn inteligentny. Jeśli on pomoże Arkach, to ja pomogę jemu. Choćbym się już miała nie uwolnić od smrodu.

Czarownica przybliżyła oczy do oczu Achai.

– Kiedy uciekamy? – Uśmiechnęła się. – Pani major, księżniczko moja – wypowiedziała oficjalną formułę.

– Kurde... co?

– Jestem na pani rozkazy. Proszę wybaczyć wcześniejsze zachowanie. Ja nie miałam swojej sierżant, która by mi powiedziała, że życie ma sens.

Achaja wzruszyła ramionami. Potem uśmiechnęła się również. Obie wyszczerzyły do siebie kły. Tym razem w jak najbardziej dosłownym sensie.

Rozdział 14

Aiiiiiiiiiii, do jasnej zarazy! Co ty wyprawiasz?

– Budzę cię, koleżanko.

– No kurde! – Achaja usiłowała chwycić się czegokolwiek. – Budzenie to u was wyciąganie za nogę z jaskini? Co za dzicz.

Aiiiiiiiiiii nie usłyszała na szczęście. Wrzuciła Achaję do jeziora i odsunęła się, żeby zimne strugi jej nie dosięgły.

– Noc zapada. Czas wstawać! – krzyknęła.

Achaja, prychając, wyskoczyła na trawę. Chciała zakląć, ale Aiiiiiiiiiii już wycierała ją liśćmi. Ktoś wrzucił do jeziorka Arnne. Jest jednak jakaś sprawiedliwość, pomyślała Achaja.

– Spróbuj rozplątać włosy. – Aiiiiiiiiiii nachyliła się nad głową dziewczyny. – Kto ci to tak poplątał?

– Sama sobie zrobiłam. – Achaja rozplątywała jednak posłusznie swoje wojskowe warkoczyki. Wiedziała, że Aiiiiiiiiiii nie jest złośliwa, ale też nie ma pojęcia, że palnięcie kogoś w twarz z całej siły w cywilizowanym świecie nie jest bynajmniej oznaką przyjaźni.

Wokół zgromadziło się kilkanaście dziewczyn i kilku chłopców. Wszyscy komentowali żywo wygląd obcych. Głównie czepiano się włosów Achai – nikt nie rozumiał, jak można sobie zrobić tak głupie uczesanie. I po co? Achaja z kolei nie wiedziała, co ich tak dziwi, rozplatała szybko warkocze, bo nie chciała zarobić kilku „przyjacielskich" ciosów ani w twarz, ani w żadną inną część ciała. Zdążyła już parokrotnie zaobserwować, że uderzenie znienacka kogoś na przykład w wątrobę jest w tym świecie wojowników ogólnie przyjętą formą wyrażania emocji.

Szlag! Miała tych warkoczyków jednak strasznie dużo. Dostała od tyłu w kręgosłup za opieszałość od jakiejś chudej, wysokiej dziewczyny i, naprawdę przyjacielsko, kopniaka w tyłek od Aiiiiiiiiiii. Nareszcie skończyła. Ale nie był to koniec męki.

Aiiiiiiiiiii zaczęła rozczesywać jej włosy, nie przejmując się zupełnie, że część wyrywa.

– Ja ci pokażę, jak to się robi, smarkata obca – mruknęła. – To zupełnie nie tak, jak miałaś na głowie. Zupełnie nie tak. O!

Zostawiła jej gruby kosmyk z tyłu, resztę włosów zebrała na czubku głowy i związała mocno. Puściła je, aż rozsypały się wokół, i zawiązała Achai opaskę na wysokości czoła. Potem znowu zebrała na czubku, związała, puściła, założyła nową opaskę i powtórzyła całą operację raz jeszcze.

– No. – Palnęła Achaję z całej siły w głowę. – Teraz włosy cię chronią.

Rzeczywiście, miała na głowie coś w rodzaju naturalnego hełmu. Cios jednak poczuła. Aiiiiiiiiiii zaczęła splatać jej warkocz z pozostawionego grubego kosmyka na plecach. Wplatała tam jakieś roślinne włókna i kawałki kolorowych szmatek. Na samym końcu przywiązała dość spory kamień.

– No. – Uśmiechnęła się. – A teraz masz nową broń. Fajnie, co?

– Jaką broń? – spytała Achaja, i to był jej błąd.

Aiiiiiiiiiii poruszyła gwałtownie głową, jej własny warkocz wyprysnął z tyłu, rozwinął się i uderzył doczepionym kamieniem Achaję w plecy. Syknęła z bólu. O żeż. To były te dziwne rany, o których wspominał raport wywiadu. Szlag! Ale zabolało.

– No widzisz? Tak możesz złamać komuś łopatkę, nawet jak masz zajęte ręce.

– Właśnie mi złamałaś.

– Nie przesadzaj. Leciutko dotknęłam. Leciutko, leciuteńko.

Achaja szarpnęła swoją głową, warkocz rozwinął się, ale kamień walnął ją samą w brzuch, ponieważ Aiiiiiiiiiii uskoczyła.

– Eee...

Wojownicy zebrani wokół zaczęli się śmiać.

– No nie. Nie tak. Walisz tylko w zwarciu. – Aiiiiiiiiiii z lekceważeniem machnęła ręką. – Dobra. A teraz – wetknęła jej do ręki dwa kije – musisz uczyć. Uczyć.

– Kurde, czego?

– Jak czego? Walczyć. Walczyć.

Achaja zerknęła na otaczających ją ludzi. Spojrzała w bok na Arnne. Czarownica, obolała i wkurzona do granic możliwości, kucała tuż obok. Ktoś robił jej właśnie hełm z włosów.

– Dobra. Weź kij pomiędzy dwa pierwsze palce i dwa drugie, a kciukiem kontruj.

Zarobiła w twarz z pięści.

– Smarkulo obca. Ty przestań chrzanić. Ucz, jak nas zabijałaś, gówniaro.

Achaja uśmiechnęła się słodko.

– No nie ma sprawy. Stawaj, jak chcesz. – Przypomniały jej się ćwiczenia z Hekkem w obozie niewolników. Przypomniała sobie wszystkie jego złośliwości. Przypomniała sobie cały swój ból.

Aiiiiiiiiiii chwyciła kij i ruszyła ostro, unosząc go w górę. Achaja zmieniła chwyt z górnego na dolny, jedną ręką zablokowała Aiiiiiiiiiii, „leciutko, leciuteńko", a drugą palnęła tak mocno, że dziewczyna poleciała na plecy, nakrywając się nogami. Z jej nosa tryskały dwie czerwone strugi niczym z cesarskiej fontanny w Syrinx.

– No i jak, koleżanko? – Achaja uśmiechnęła się przyjacielsko. – Zaczniemy od podstaw czy mam kontynuować w tym stylu?

Aiiiiiiiiiii nie była w stanie niczego powiedzieć. Potrząsała głową, łykając własną krew. Nie mogła się nawet podnieść.

– Ty, wiewiórko głupia! – Z boku podeszła wysoka, chuda dziewczyna. – A może spróbuj ze mną, co?

– Nie ma sprawy. – Achaja uśmiechała się słodko. Zatrzepotała rzęsami, lecz nikt nie zrozumiał tego gestu.

Dziewczyna rzuciła się na nią. Kły, pazury i ogon pojawiły się po pół kroku, ale... Achaja odstąpiła i „leciutko, leciuteńko" kopnęła tamtą w zakroczną nogę. Kiedy dziewczyna leciała już bezwładnie, pozbawiona oparcia na własnych nogach, nadstawiła jej kij, mniej więcej na wysokości twarzy.

Potem nachyliła się nad nią, patrząc na dwa nowe czerwone strumienie pod kolejnym nosem.

– I jak ci jest teraz, kochanie?

Położyła jej rękę na ramieniu.

– Co, kotku? Kiedy obie widzimy w ciemności, to się nagle okazuje, że nie jesteś już taka straszna jak wtedy w lesie. Już nie jesteś tak bezlitośnie szybka jak przy mordowaniu bezbronnych wieśniaków, co?

Usłyszała szelest za plecami i poczuła zapach. Nawet się nie odwracała. Skoczyła w tył, układając kij pod pachą, tak by sterczał na wysokości klatki piersiowej. Poczuła szarpnięcie, usłyszała zduszony jęk, odgłos ciała walącego się na ziemię i ciężką walkę o odzyskanie oddechu. W sam splot. Nieźle. Odwróciła się i wbiła swój kij w ziemię, jak Nolaan przed walką z Hekkem.

– No co, kotki wy moje? Zwątpienie was naszło? – Roześmiała się. – Miau.

Trzy ofiary leżały na ziemi, nie mogąc się podnieść. Pozostali zbliżali się powoli. Trochę za dużo ich było, ale... Arnne zerwała się nagle i stanęła za plecami Achai.

– Spokojnie, pani major – szepnęła. – Nie czuję ich magii, ale w takim razie i oni nie czują mojej.

– No to co?

– Spowolnię ich trochę. Przyłóż wszystkim, proszę. Mocno!

– Wedle życzenia, pani czarownico. Wedle życzenia.

Achaja skoczyła na nich z gołymi rękami. Ale to ani trochę nie zmniejszyło bólu tych, którzy otrzymali jej ciosy. Nie była świnią jak Hekke. Waliła w twarz, w splot, w golenie. Zatrzymała się po drugiej stronie polany.

– Miau?

Nikt jej nie odpowiedział. Jęczące cicho, chrapliwie oddychające ciała na trawie nie nadawały się w tej chwili do jakiejkolwiek dyskusji.

– Uua!!! – Achaja nagle poczuła w sobie zew. Poczuła, jak pojawia się ogon, kły i pazury. Rzuciła się na tę wysoką, chudą, która przedtem kopnęła ją w kręgosłup, za włosy podniosła z ziemi, strzeliła w splot łokciem, jakby chciała udusić, poprawiła kantem dłoni w nos i własnym czołem w jej czoło. Tamta zwiotczała nagle. – Co, kotki? Już się nie bawimy? – Zrobiła obrót w powietrzu (ależ ten ogon stabilizował w locie!) i kopnęła w twarz kogoś, kto usiłował się podnieść. – Chcieliście, żeby was uczyć? To czemu się nie uczycie?

Arnne śmiała się cicho. Mrugnęła do Achai, zadowolona z czegoś jak ostatnia zaraza.

– No, co z wami? Zwątpiliście wszyscy? – kpiła Achaja.

Aiiiiiiiiiii podnosiła się powoli. Usiłowała ręką zatamować krew. Była jednak twarda.

– Ucz! – jęknęła. I zgarbiła się jednocześnie, żeby przynajmniej nowy cios nie bolał tak strasznie. Była przyzwyczajona do twardej szkoły. Nie miała za złe obcej, że pobiła wszystkich tak boleśnie.

Achaja podeszła do niej i wyprostowała ją, ciągnąc za włosy.

– W każdej ręce masz po pięć palców. Kciuk i dwie pary. Odtąd musisz je tak dzielić. – Podała jej dwa kije. – Prawą chwytasz tak: kciuk z góry, pierwsze dwa z dołu, drugie dwa z góry. Lewa dłoń odwrotnie. – Pokazała jej, jak ma trzymać, i ułożyła palce. – Teraz przerzuty, prawą krótki, lewą długi.

Aiiiiiiiiiii pogubiła kije przy pierwszej próbie.

– No, teorię już znasz. Teraz poćwicz, a po roku następna lekcja.

– Jak to po roku? – Dziewczyna nie zrozumiała niczego. – Co ty mówisz?

– Musisz opanować podstawy. Ale to tylko wieczorami, tfu! rankami. Bo przez wszystkie noce przez ten rok masz łupać kamienie gołymi rękami. Weź kij, musisz utwardzić go w ognisku, odnaleźć jakieś duże kamienie i rozłupywać je od zmroku do świtu.

– Po co?

– Musisz być silna. Musisz mieć silne ręce i silne palce – tłumaczyła cierpliwie. – Inaczej cała nauka na nic.

– Jestem silna! – krzyknęła Aiiiiiiiiiii.

– Taaaak? – Achaja uśmiechnęła się słodko. – No to... – Podała jej dłoń. – Robimy tak: ściskamy się za ręce. Jedyna możliwość przerwania pojedynku to kiedy przeciwnik klęknie przed zwycięzcą i pocałuje go w kolano. Dobrze?

– Dobrze!

– I pamiętaj – szepnęła Achaja. – Zrób to szybko. Zanim pogruchoczę ci kości!

– He, he... Chwal się. Chwal! A ja zaraz...

Nie dokończyła. Ścisnęły się na znak dany przez Arnne. Aiiiiiiiiiii zacisnęła zęby, ale wbrew pozorom nie była głupia. Rąbnęła na kolana i pocałowała Achaję w nogę, zanim ta zrobiła z jej dłoni kostną mączkę. Usiłując nie jęczeć i powstrzymując łzy, oblizywała krew płynącą spod paznokci.

– Teraz już wiesz, o co mi chodziło? – uśmiechnęła się Achaja.

– Uch... – Aiiiiiiiiiii nie mogła zaczerpnąć oddechu. – Wiem! Bogowie...

Jęknęła cicho. Ciągle na kolanach. Nie mogła rozprostować palców. Achaja przyklęknęła obok.

– Jestem dobra – szepnęła. – Bardzo dobra. Jestem mistrzem. Mówią nawet, że szermierzem natchnionym. Ale jeśli przyjedzie tu Virion, potnie cię na paseczki, nie przerywając śniadania. A jeśli przyjedzie tu Nolaan, to nie będziesz wiedziała, że giniesz. A on nie będzie nawet wiedział, że cię zabił. Rozumiesz mnie? Tam, za lasem, jest bardzo twardy świat. Tam nie ma takich wojowników jak wy. Ale skurwysyny są sto razy większe. Tysiąc razy większe. Oni nie wytrzymają w nocy walki z wami jeden na jednego. Ale załatwią was, jak zechcą. Uwierz mi. Oni są twardsi. Bardziej bezwzględni. Oni mają siłę, mają pieniądze, możliwości, oni mają czas. – Achaja spojrzała Aiiiiiiiiiii w oczy. – Za trzy lata Wielkiego Lasu już nie będzie. A te skurwysyny będą. I będą miały się dobrze. Zrozumiałaś mnie? – Popatrzyła uważnie. – Dobrze mnie zrozumiałaś? – Dotknęła dłonią szyi wojowniczki. – We wszystkim mnie zrozumiałaś?

Arnne kucnęła tuż obok.

– Wysłuchaj jej uważnie – szepnęła. – Słowa Achai są słowami Biafry. Najgorszego sukinsyna, jakiego ziemia nosi. Wysłuchaj jej uważnie.

– Ale...

– Posłuchaj uważnie – powtórzyła Arnne. – Bo gdy ona mówi, to jest tak, jakby sam Biafra mówił. Za trzy lata Lasu już nie będzie. Spalą was. Spalą was. Nie pozostanie ani jedno drzewo. Tu będzie jedno wielkie popielisko.

– Nie damy się!

– Posłuchaj. Usiłowałaś już nie dać się Achai. Ona jest twarda, owszem. Ale Biafra jest o całe niebo większą zarazą.

Achaja prawie zastrzygła uszami, słysząc takie określenia w ustach czarownicy. Uśmiechnęła się nieznacznie.

– Musisz nas skontaktować ze Starszymi, Aiiiiiiiiiii. Musisz!

Dziewczyna spojrzała na Achaję.

– Tego się nie da zrobić.

– Musisz, kotku.

– Nie. Nie mogę. Ja jestem za mała.

– Możesz. Tylko skup się.

– Nie da rady.

Achaja nachyliła się do jej ucha.

– Posłuchaj, Aiiiiiiiiiii. Jeśli to załatwisz, dam ci się pokonać przy wszystkich twoich kolegach i koleżankach. Zrobisz ze mną w szermierce, co zechcesz. Na ich oczach!

– O Bogowie! – Dziewczyna rozszerzyła swoje smolistoczarne oczy. – Kurde. Dam ci za to mój łuk i wszystkie strzały, i plecionkę, co ją robiłam zeszłej zimy, i mojego chłopaka. Na trzydzieści dni. On jest fajny! Fajny, fajny! Strasznie go kocham! Będzie ci się strasznie podobał.

Achaja zerknęła na Arnne i pokiwała głową.

– Nie chcę twojego łuku, nie chcę twojego chłopaka, Aiiiiiiiiiii. Ja muszę się spotkać ze Starszymi.

Czarownica nachyliła się również i szepnęła:

– Aiiiiiiiiiii, posłuchaj nas uważnie. Gdy pokonasz Achaję przy świadkach, to sama pewnie zostaniesz Starszą. Wszyscy będą ci zazdrościć. A ona najpierw rozwali pięćdziesięciu wojowników. A potem ty ją. Rozważ to dokładnie.

– O Bogowie – jęknęła Aiiiiiiiiiii. – Tak strasznie bym chciała cię pokonać. – Zagryzła wargi. – Naprawdę nie chciałybyście mojego chłopaka? Co? On jest fajny!

– Nie chcemy twojego chłopaka, dziewczyno. Nie chcemy twojego łuku, choć na pewno jest dobry. My musimy porozmawiać ze Starszymi.

– I jesteśmy ci w stanie bardzo pomóc – dodała Achaja. – Dzięki nam możesz zostać Starszą – sączyła jad w ucho skonsternowanej dziewczyny. – My jesteśmy z wywiadu. Pomożemy ci nawet tutaj. Będzie fajnie.

– Wszyscy będą ci zazdrościć – wtrąciła Arnne. – My jesteśmy z wywiadu. Możemy wszystko zrobić. Wszystko!

– Będzie ci dobrze, dziewczyno – syczała jak wąż Achaja. – Z nami będziesz kimś.

– Możemy sprawić, że będziesz najważniejsza. Najlepsza. – Oczy Arnne przypominały ślepia gada mimo kompletnego braku źrenic. – A prosimy tylko o drobną przysługę. O bardzo małą rzecz.

– Co ci zależy? Tylko nas skontaktujesz. Taki drobiazg? Czy to w ogóle warte splunięcia?

– A za to... – Arnne objęła Aiiiiiiiiiii za szyję – pokonasz Achaję! Szermierza natchnionego. Przy wszystkich. Wiesz, co będą mówić o tobie koleżanki? Jak strasznie będą ci zazdrościć?

– Taki mały układ. Rozumiesz? – szeptała Achaja. – No, zgódź się. Co ci zależy?

– To taki drobiazg. Za takie małe gówienko dostaniesz wielką nagrodę.

Aiiiiiiiiiii patrzyła to na jedną, to na drugą. Nie bardzo wiedziała, czym może zaszkodzić swoim, zgadzając się na tę propozycję. Dla pewności spytała jednak:

– Wy chcecie dla nas dobrze? Tak?

– Tak! Tak! – Obie, czarownica i Achaja, energicznie przytaknęły, usiłując zachować przy tym kamienne twarze. – Oczywiście!

– No... to dobrze. Mój chłopak może wiele u...

– Pomiń nieistotne szczegóły. Zrób to.

Obie wstały. Arnne i Achaja. Obie podeszły do drzew na skraju polany, żeby oddalić się od niepotrzebnych uszu.

– Ale jesteśmy świnie – szepnęła Arnne, zasłaniając usta.

– Jesteśmy w wywiadzie.

– No. Aleśmy jej wodę z głowy zrobiły. Biedna dupka.

– Bywa. I tak lepiej będą miały pod naszym butem, niżby miały być spalone.

– Prawda. – Arnne przeciągnęła się. – Ten jej chłopak, zdaje się, dużo może. Kto mu da dupy? Ty czy ja?

– Ja – ziewnęła Achaja. – Jestem bardziej wprawiona.

Starsza-Starsza siedziała jak poprzednio – na podwiniętych nogach. Jej Rada również. Teraz jednak Achaja i Arnne mogły ją widzieć. Musiały klęczeć, owszem, ale przynajmniej nikt nie kazał im paść na twarz.

– Chciałyście mówić – powiedział jeden z mężczyzn.

– Pani. Państwo... Mam na imię Achaja i jestem majorem wywiadu Królestwa Arkach. Jestem księżniczką.

Moja Starsza Siostra, królowa Arkach, kazała mi powiedzieć te słowa: chcemy pokoju, chcemy zawarcia układu pomiędzy naszymi...

– Paląc Las? – przerwała Starsza-Starsza.

– Pani, Las spłonie w ciągu trzech lat. My jednak możemy to powstrzymać. – Achaja usiłowała nie dać po sobie poznać, że docenia zdecydowane działania Biafry. Musiał już im nieźle „dopiec". Zaryzykowała: – Pani. Arkach będzie palić Las i nie zdołacie go powstrzymać. Chorzy Ludzie palą go od swojej strony. Ale my nie chcemy waszej zagłady. Chcemy zawrzeć układ. Zagwarantujemy absolutną nienaruszalność Lasu w zamian za prawo przejścia.

– Ta ziemia spłynie krwią – przerwała jej Starsza-Starsza.

– Przykro mi to mówić... lecz nie sądzę. A może inaczej. Spłynie krwią, ale nie żołnierzy Arkach. Wypalenia są w tej chwili tak wielkie, że sami zdajecie sobie sprawę, że tego nie da się już powstrzymać. – Ryzykowała strasznie, nie znała oczywiście rozmiarów wypaleń. Jednak znała Biafrę. – Pani, proponujemy układ. Zawieszenie broni. Współpracę. A mówię w imieniu mojej królowej.

– Nie zgodzimy się na to, by obcy przemierzali te knieje.

– Przez trzy lata nie. Potem będzie tu szlak handlowy wśród popiołów.

Uderzyła w jakąś czułą strunę. Kobieta poruszyła się nieznacznie.

– Nie znacie wszystkich naszych możliwości.

– A wy nie znacie naszych. W przyszłym roku połowy Lasu już nie będzie. Chorzy Ludzie od swojej strony postąpią tak szybko, że...

– Oni mają same bagna i uroczyska. Nie spalą niczego.

– Oni dadzą jednego zabitego żołnierza na jeden krok terenu. Mają nóż na gardle. A my jesteśmy w stanie powstrzymać nawet Chorych Ludzi. Jesteśmy w stanie zagwarantować nienaruszalność Lasu. Możemy...

– Niczego nie możecie.

– A sól, pani? Dostarczymy wam sól.

Kobieta zerwała się na równe nogi.

– Skąd o tym wiesz??? Kto ci to zdradził?! – Jej oczy ciskały gromy. – Mów, bo każę obedrzeć ze skóry i zdrajcę, i ciebie jednocześnie.

Achaja uśmiechnęła się zimno.

– Jestem majorem wywiadu, proszę pani. – Usiłowała powściągnąć nerwy. – Nasza propozycja jest taka: sól, stal, nienaruszalność granic, dowolne cła z waszej strony, pokój.

Starsza-Starsza usiadła na swoim miejscu.

– I powstrzymacie Chorych Ludzi? Jak? Skoro nie możecie się z nimi porozumieć?

– Powstrzymamy ich, pani. Damy wam sól, damy stal, damy pieniądze, damy broń i wszystko, co zechcecie.

– Za co?

– Za szlak handlowy do Chorych Ludzi. Na waszych warunkach. Wasze cła, wasze myta, wasze przewozowe. Nie będziemy się wtrącać. Chcemy mieć szlak. A jak go dostaniemy, nie będzie już wypaleń Lasu. Będzie pokój i przyjaźń między naszymi królestwami. Jeśli ktoś będzie chciał palić Las, armia Arkach ruszy na niego.

Arnne nachyliła się do ucha Achai:

– Ona nie wie, co to są cła.

– Pani – podjęła natychmiast Achaja – jeśli karawana będzie przewozić dziesięć sztuk towaru, to wy weźmiecie sobie dwie sztuki. Tylko za to, że przejadą przez Las pod waszą ochroną. Albo ekwiwalent w soli lub w stali czy czymkolwiek innym. Dostarczymy wszystko, czego będziecie chcieli. Damy wam informacje o tym, co się dzieje wokół. A informacja to broń znacznie bardziej zabójcza od mieczy i łuków, pani. – Achaja popatrzyła jej prosto w oczy. – To informacja jest najważniejsza. Jestem majorem wywiadu – powtórzyła. – I wiem o soli, której potrzebujecie. Ile to jest warte? Ile jest warte, że siedząc tutaj, będąc zupełnie w waszej mocy, mam argumenty nie do zbicia? Ile jest warta informacja? Osądź sama, pani.

Starsza-Starsza zagryzła wargi.

– Nie spalicie całego Lasu. Las jest nieprzebyty.

– Spalimy, pani. Wiem, że za to, co mówię, grozi nam stukrotne umieranie. Ale... Spalimy go, pani. W trzy lata.

– To są fakty, pani – dodała Arnne.

– Paliliście Las od wielu lat. Od wielu pokoleń. Odkąd pamiętamy. Las istnieje nadal, a kości tchórzliwych podpalaczy dawno już rozrzuciły zwierzęta!

– Pani – Achaja pochyliła głowę – nigdy przedtem nie mieliśmy noża na gardle. Teraz mamy. Biafra zrobi z tego cuda popielisko. W trzy lata.

– Pani – Arnne również stała w ukłonie – oni jeszcze nigdy nie wynajęli kogoś takiego jak ja. I będą wynajmować innych. I potrafimy to. – Wypowiedziała słowo, chwyciła je dłonią tak szybko, że z boku mogło to wyglądać, jakby strzeliła palcami. Krzak tuż obok rozgorzał nagle.

Ten ze Starszych, który siedział najbliżej, odsunął się trwożliwie. Pozostali patrzyli z kamiennymi twarzami. Arnne wypowiedziała jeszcze jedno słowo, balansowała nim między palcami, rzuciła zaklęcie, dwa drzewa tuż obok zapaliły się, trzaskając płomieniami. Czarownica wyciągnęła rękę i cofnęła zaklęcie, zanim ktokolwiek zdążył zareagować. Płomienie zniknęły. Otoczył ich tylko swąd spalenizny, wokół opadały sczerniałe, zwinięte liście. Krzak natomiast dopalał się spokojnie, choć był przecież młody i zupełnie niezeschnięty.

– Pani – powiedziała Arnne. – Jestem teraz na twoje usługi, ale nie powstrzymam koleżanek, którym Biafra zapłaci złotem i które przyjdą tu wzniecać ogień. Spalą nas. W trzy lata, jak powiedziała księżniczka. Wysłuchaj jej propozycji, pani.

– Pani – Achaja uniosła się lekko na kolanach – karawany nie muszą przecież chodzić, gdzie chcą. Można im wyznaczyć szlak. Jak ktoś zboczy ze ścieżki... zabijecie! Ich wina. Nikt nie będzie wam miał za złe. Mogą nocować w wyznaczonych miejscach otoczonych ostrokołami, żeby nie widzieli niczego, co się dzieje w Lesie, ale... w Lesie, pani, nie na pogorzelisku. Bierzcie, co chcecie z ich towarów, lecz przepuście Chorych Ludzi do nas. Biafra się cofnie. Chorzy Ludzie się cofną. Nie będzie podpalania!

– Chorzy Ludzie się nie cofną! – powiedziała Starsza-Starsza.

– Cofną się, pani. Puść mnie do nich, a zapewniam cię, że cofną się w ciągu dziesięciu dni. Nie będzie więcej podpaleń. Nam chodzi tylko o szlak. Wasz szlak. Możecie brać, co chcecie.

– Cła, myta, sól, stal, co chcecie – powtórzyła Arnne. – Bierzcie, co chcecie, ale przepuśćcie wozy kupców! Przepuśćcie wozy!

– To będzie koniec Lasu – powiedziała Starsza-Starsza.

– Nie! Nie! – skłamały Achaja i Arnne równocześnie. – To będzie początek jego świetności. To będzie jedyny ratunek przed spaleniem.

– Nikt nigdy nie deptał Lasu swoimi stopami. Nikt nie przeszedł go żywy.

– Pani. Biafra spali was w trzy lata – powtórzyła Achaja.

Arnne uniosła się na kolanach.

– Pani. Chorzy Ludzie spalą was, zanim Biafra dojdzie do połowy. Pani...

Starsza-Starsza uciszyła je ruchem ręki.

– Chorych Ludzi nie powstrzymacie. Oni palą Las, nie bacząc na bagna. Oni mają coś, co dymi i wybucha, oni... – Wyraźnie zmieniła zdanie co do skuteczności Chorych Ludzi. Nie tylko Biafra dobrał im się do skóry. Po tamtej stronie ktoś również musiał stracić już cierpliwość. – Oni mają broń, która razi niewidzialnymi strzałami.

– Powstrzymamy, pani – odważyła się jej przerwać Achaja. – Dostaniecie tę broń, pani.

– Tak? – Starsza-Starsza zamyśliła się na chwilę. – Dobrze. Właśnie zmierza tu ich karawana. Zamierzaliśmy ich wpuścić głębiej i pozabijać, kiedy już będą mieć nadzieję w sercach. Nadzieję na przejście Lasu. Ale dobrze. Jeśli przekonasz ich i sprawisz, że w ciągu trzydziestu dni Chorzy Ludzie przestaną palić Las, wtedy

porozmawiamy. Będziemy mówić raz jeszcze. Wtedy wysłucham, co naprawdę macie do powiedzenia.

Wstała szybko, a wraz z nią cała Rada. Obie, Achaja i Arnne, pochyliły głowy. Obie czuły ich rozwiewający się zapach i to był jedyny znak, że tamci odeszli. Nie słyszały najmniejszego szelestu.

– I jak? – szepnęła czarownica.

– Świetnie. Dzięki za ten krzak – mruknęła Achaja. – I za te drzewa.

Aiiiiiiiiiii wyskoczyła z zarośli.

– I co? – spytała podniecona. – Rozmawiałyście?

– Tak. Dzięki.

– To teraz dasz mi się pokonać przy moich koleżankach. Tak, tak! Dasz się pokonać, co?

– My zawsze dotrzymujemy słowa – wtrąciła się Arnne. – Ale teraz musimy iść do jakiejś karawany.

– Wiem, wiem. Ona – kopnęła przyjacielsko Achaję w ramię – ma nami dowodzić. Uueee... Obca smarkula będzie rządzić wojownikami. Pewnie się zbłaźni.

– Pewnie nie – mruknęła czarownica. – Nie mogę powiedzieć, że ją lubię. Ale wiem, że raczej potrafi dowodzić ludźmi.

– Zbłaźni się! I ją wyśmieją. Ha, ha, ha będzie, ot co.

– Dobra. – Achaja podniosła się lekko. – Wiesz, dokąd mamy iść?

Biegli przez całą noc. Pięćdziesięcioosobowy oddział. Od zmroku do świtu na własnych nogach, krok za krokiem, skok, skok, skok... Arnne zaczęła wysiadać. Mimo ogona, obcych czarów i zupełnie innego ciała padała ze zmęczenia. Oddział zaczynał syczeć przy każdym nieprzewidzianym postoju. Achaja, mimo że sto razy silniejsza, też miała dość. Nigdy nie przebiegła takiego dystansu za jednym razem. Arnne ratowała ją jednak przed totalną kompromitacją. Wszelkie opóźnienia i czas na zaczerpnięcie oddechu można było tłumaczyć niedołęstwem czarownicy.

Kiedy słońce wzeszło nad drzewami, przespali się trochę. Tylko trochę, za mało, żeby odzyskać siły. Potem biegli cały dzień. Arnne zwymiotowała parę razy z wysiłku. Prawdę powiedziawszy, Achai też niewiele brakowało. Naprawdę nigdy nie biegła tak daleko.

Aiiiiiiiiiii śmiała się za każdym razem, kiedy stawały. Oddział sarkał cicho. Achaja przyłożyła dwóm dziewczynom i chłopakowi, którzy najbardziej gadali. Biegli do zmroku. Czarownica nie umarła tylko dlatego, że gdzieś w środku nocy spotkali nareszcie wojownika, który dowodził oddziałem posuwającym się za karawaną obcych. Arnne runęła pod najbliższe drzewo i zasnęła natychmiast. Achaja najchętniej poszłaby w jej ślady, ale nie mogła.

– Są już tutaj – szepnął wojownik. – Jakieś sto kroków stąd.

– Zaszli aż tu? Tak daleko? – spytała Aiiiiiiiiiii.

– Był rozkaz przepuszczać. Możemy ich zabić choćby w tej chwili.

– Spokojnie – wtrąciła się Achaja. – Oddziaaaaał... – zwróciła się do swoich ludzi. – Ryglowany wachlarz po mojej lewej. A, szlag! – przypomniała sobie, że podręcznik taktyki piechoty nie mógł być tu znany. – Rozstawcie się w linię, o krok jedno od drugiego. Idziemy powoli, zacieśniając linię po okręgu. Ach! Tego określenia też nie mogli zrozumieć. – Po łuku. – Miała nadzieję, że pojęcie łuku jest im znane. – No, zaciskamy się jak pięść, jakby ktoś nie zrozumiał.

– Pięść się nie zaciska – mruknęła Aiiiiiiiiii. – Jest zaciśnięta sama w sobie.

– Ty! Filozof. Zaraz ci, kurde, tak skopię tyłek, że będzie siny przez rok.

– Eee... Przez rok? – Dziewczyna wzruszyła ramionami. – Nawet ty tego nie sprawisz.

– Chcesz sprawdzić? Chcesz, psiamać, sprawdzić?!

Oddział niezbornie spełnił niecodzienny dla niego rozkaz. Wojownicy i wojowniczki sarkali po cichu. Achaja podniosła dłoń i poruszyła ramieniem. „Za mną” – nikt jednak nie zrozumiał dość typowego dla normalnej piechoty rozkazu. Machnęła więc obiema rękami do przodu. To zrozumieli.

Wojownicy poruszali się bezszelestnie. Ktoś nawet zlitował się i obudził Arnne. Ktoś inny pomógł nieludzko zmęczonej, chwiejącej się na nogach czarownicy dojść do linii. Ci z oddziału tropiącego prowadzili ich szybko ku dość sporej, porośniętej krzakami polanie. Achaja pochyliła się odruchowo, kiedy zauważyła konie Chorych Ludzi, ale po chwili zrozumiała, że robi głupio. Jasna szarość, która ją otaczała, wyglądała na szarość tylko dla niej. Dla Chorych Ludzi był teraz środek czarnej nocy. Dwa małe ogniska błyszczały tak, jakby ktoś lusterkiem odbijał promień słońca prosto w oczy.

– Zdusić? – spytał zwiadowca.

– Co?

– No... Ogień.

– Nie. Oddział... – mówiła najcichszym szeptem, ale nawet ci najbardziej oddaleni słyszeli wyraźnie – jeśli dam znak, zaczniecie strzelać, jeśli gwizdnę, przestaniecie.

Aiiiiiiiiiii poruszyła się niespokojnie.

– Co zamierzasz zrobić? – spytała.

– Porozmawiać. Po to mnie wysłano – uśmiechnęła się Achaja. – Ale najpierw skłonimy ich do rozmów.

Kazała wojownikom nałożyć strzały na cięciwy. Widziała wyraźnie rozłożoną na spoczynek karawanę. Kilkudziesięciu ludzi. Ponad sto koni i jucznych mułów. Byli naprawdę odważni. Albo byli wariatami.

– Strzelajcie w muły. Zabić wszystkie od razu.

Kilkadziesiąt strzał poszybowało przez nocne niebo. Achaja wyobrażała sobie, co czują tamci. Kilkanaście dni drogi w straszliwym napięciu. Nocleg. Nerwowy sen. Nagle... Cichy świst i nie ma już jucznych zwierząt. Co sama czułaby, znajdując się w ich położeniu? Karawana nie była już karawaną. Skoro demony mogły zabić muły, to przecież mogły też zabić wszystkich ludzi. Strach? Rozpacz?

Chorzy Ludzie budzili się nieprzytomni. Wartownicy strzelali na oślep, czyniąc wielki huk. Po raz pierwszy słyszała coś takiego. Błysk, dym, świst niewidzialnej strzały, a potem huk wystrzału. Co to jest? Te ich muszkiety?

Patrzyła na niezborne próby umocnienia obrony. Zapalane pochodnie, które Achaję tylko raziły w oczy, niewiele mogły pomóc napadniętym. Złudny, mały krąg chybotliwego światła. Już się zorientowali, że zabito wszystkie muły. Powoli też zaczynali rozumieć, że nie wyjdą stąd żywi. Że wszystkie opowieści o demonach, które słyszeli w karczmach, ilekroć rozmowa zbaczała na temat Wielkiego Lasu, są prawdą. Już wiedzieli. Już wiedzieli, że położą tu głowy. Że porwali się na coś niemożliwego. Że to szaleństwo.

– Hej, tyyyyy! – krzyknęła Achaja.

Wojownicy patrzyli na nią zdziwieni. Chorzy Ludzie zaczęli strzelać, czyniąc jeszcze większy huk. Równie dobrze mogli gwizdać albo grać na fujarkach.

– Hej, ty! Słyszysz mnie?

– Żeż twoja jebana mać – rozległo się z kręgu obrońców. – Zaraz wyrzygasz własne flaki!

– Kto najlepiej strzela? – szepnęła Achaja do swoich.

Szybko zgłosił się młody chłopak z wielkim łukiem.

– Potrafisz strzelić tak, żeby strzała wbiła się w ziemię o dłoń od ciała?

– Pewnie. – Chłopak wzruszył ramionami. – A może go musnąć lekko?

– Tylko nie zrań.

– Dobra.

Złożył się tak szybko, jakby chodziło o celowanie do grubego pnia odległego o dziesięć kroków, a nie mężczyznę, który krył się za jukami sześćdziesiąt kroków dalej. Był mistrzem. Strzała świsnęła cicho. Najpierw wzniosła się, potem zaczęła opadać. Wbiła się w juki tuż przy twarzy tamtego. Coś, może lotki, musiało musnąć go w twarz. Chory Człowiek najpierw usiłował się podnieść i odskoczyć, a po chwili, kiedy zrozumiał, że wbrew pozorom ciągle żyje, wtulił się w trawę jeszcze mocniej, zakrywając głowę rękami.

– Ty... jak to jest z wyrzygiwaniem flaków? – zakpiła Achaja. – Próbowałam już trzy razy i nie mogę.

– Kurwa – jęknął zduszonym głosem. – Czego chcesz? – dodał głośniej.

– Aaa... pozabijać was wszystkich – zażartowała. – Albo nie. Chcę na razie pogadać.

– O czym?

– O pogodzie. Chyba że wiesz coś o nowych modelach sukien.

– O żeż ty. – Na chwilę wychylił głowę. Nie mógł oczywiście niczego dostrzec. – No to gadaj.

– Nie będę się wydzierać. Podejdź na trzydzieści kroków od waszych linii.

– Akurat.

Achaja skinęła na chłopca. Ten uniósł łuk równie szybko jak poprzednio. Strzała tym razem poszybowała wysoko, coraz wolniej i wolniej... Potem zmieniła kierunek lotu. Po dłuższej chwili wbiła się w ziemię dokładnie pomiędzy nogami mężczyzny. Tym razem nie wytrzymał. Zerwał się na równe nogi. Odskoczył do tyłu, potknął się o coś, przewrócił.

– To jak? – krzyknęła Achaja. – Przyjdziesz czy mam rozmawiać z twoim zastępcą?

Usłyszała jakieś nerwowe szepty. Szczęk metalu, szelesty.

– Ty! Idę!

– Miło mi.

Kiedy tamten podniósł się niepewnie i ruszył w stronę linii drzew, Achaja podniosła się również. Powtórzyła poprzedni rozkaz swoim wojownikom, mrugnęła do Arnne i skoczyła do przodu. Widziała go teraz dokładnie. Mężczyzna był młody, mógł mieć najwyżej dwadzieścia lat. Jasne, prawie białe włosy. Ubrany w skórzane spodnie i grubą, również skórzaną kurtkę. Szedł powoli, oświetlając sobie drogę pochodnią. W drugiej ręce trzymał długą metalową rurę.

Achaja wskoczyła w krąg światła rzucanego przez pochodnię.

– Odważny jesteś – szepnęła.

Szarpnął się, jakby zobaczył upiora. Właściwie to zobaczył. Naga dziewczyna z czarnymi węglami zamiast oczu, z ogonem, kłami i pazurami zamiast paznokci. Nie wiedział, czy odrzucić pochodnię i strzelać po ciemku, czy raczej palnąć demona pochodnią i zastrzelić się samemu. Wyraźnie zwątpił. Najchętniej uciekłby do swoich albo gdziekolwiek, na oślep, przed siebie. Teraz dopiero tak naprawdę uwierzył w potwory. Jego ludzie z tyłu wstawali, żeby lepiej widzieć. Nie dowierzali. Nie wiedzieli, co robić. Czy to możliwe, żeby na świecie istniały potwory?

– Będziemy tak stać? – Uśmiechnęła się, szczerząc kły.

Usiadła, krzyżując stopy. Przełknął ślinę. Nie miał pojęcia, jak się zachować. W końcu, pokonując drżenie nóg, usiadł obok. Ciągle z wytrzeszczonymi oczami, nie mogąc zebrać myśli. Jednak... Kły nie kły, szlag z ogonem. Siedziała przed nim całkiem naga, śliczna dziewczyna. U Chorych Ludzi, ani nigdzie indziej zresztą, kobiety nie chodziły nago. Nie wiedział, gdzie patrzeć. Strach walczył u niego z ciekawością.

– Chcesz nas wszystkich zabić? – spytał po dłuższej chwili. – Kurde! Naprawdę jesteś potworem?

– Nie. Tak.

Nie zrozumiał. Wyjaśniła, że „nie" dotyczyło pierwszego pytania, a „tak" drugiego. Mężczyzna nie potrafił opanować drżenia rąk. Prawą sięgał co chwilę do swojej przełożonej przez kolana broni. Nie mógł się zdecydować, czy wypada mierzyć do potwora w trakcie rozmowy, czy przeciwnie, odłożyć broń gdzieś za siebie.

– Kto ty jesteś? – spytała.

– Kenneh. – Pochodnia w jego drugiej ręce drżała coraz bardziej, sypiąc wokół iskrami. – Jestem dowódcą wyprawy handlowej. Nie chcemy ani niszczyć Lasu, ani zrobić wam krzywdy. Chcemy tylko przejść.

– Krzywdy? – przerwała mu. – Oj, to przepraszam, żeśmy wystrzelali wam juczne zwierzęta – zakpiła. – Zaraz każę wszystkim swoim odłożyć broń, związać się samym i dać sobie zrobić krzywdę.

Nie wiedział, co powiedzieć.

– A ty... – odważył się po chwili. – Kurczę. Jesteś... potworem.

Roześmiała się.

– Jestem Achaja. Księżniczka, major wywiadu Królestwa Arkach.

Początkowo nie zrozumiał. Potem nie chciał uwierzyć. Chwilę później uwierzył i odetchnął z tak wielką ulgą, że roześmiała się znowu.

– Chwilowo na służbie Starszych z Wielkiego Lasu – dodała.

Potrząsnął głową.

– U was, w Arkach... – nie mógł jednak pozbyć się wątpliwości – wszyscy mają takie zęby i ogony?

– Nie. Tylko księżniczki.

Nie wiedział, czy to żart. Chorzy Ludzie handlowali z Arkach, choć z powodu braku połączenia był to handel szczątkowy. Nigdy nie słyszał o kłach i ogonach. Nachylił się jednak i szepnął do dziewczyny konfidencjonalnie:

– Słuchaj, dogadajmy się. Chciałem właśnie dotrzeć do Arkach, chciałem stworzyć szlak. Słuchaj, zabijmy szybko tych „starych" i walmy pędem do twojego królestwa. Wiem, że też chcecie mieć szlak.

Westchnęła.

– No, ładnie. „Nie chcemy zrobić krzywdy", a jak dojdzie co do czego, to „wymordujmy kogo się da i chodu".

– No... – zmieszał się. – Ja tylko...

Nie wiedział, jak z nią rozmawiać. Był zupełnie rozbity. Porwał się na szaleńczą akcję, żeby przejść Las. Musiał. Jego ojciec produkował broń, lecz nie było zamówień. Właściwie bankrutowali. Całe królestwo ledwie zipało, dusząc się z braku poważnego handlu. Wypalano Wielki Las, ale z tamtej strony to były naprawdę same bagna i mokradła. Wszystko mokre i wilgotne; żeby spalić kwadrat o boku tysiąca kroków, trzeba było wyłożyć tyle złota, że przestawało się to opłacać. Palili, bo musieli. Nie mieli innego wyjścia dla królestwa.

On sam znajdował się w dużo gorszej sytuacji niż królestwo. Jego rodzinie głód zaczynał zaglądać w oczy. Ojciec miał magazyny pełne towaru, którego nikt nie chciał kupić. Bracia brali się do dorywczych prac, aczkolwiek i z tym było trudno. A on sam... A on sam postanowił pokazać im wszystkim, że choć najmłodszy, potrafi uratować rodzinę. Zbierał po karczmach różnych wyrzutków, zapijaczonych żołnierzy zwolnionych ze służby, a głównie przestępców, którzy zrobiliby wszystko, żeby tylko ujść karzącemu ramieniu sprawiedliwości. I poszli. Kenneh ogołocił (właściwie ukradkiem) magazyny ojca, zadłużając się, oszukując i fałszując umowy, kupił muły i... Postawił wszystko na jedną kartę.

Weszli do Lasu od strony, gdzie nie było wypaleń, łudząc się, że legendarne potwory nie zauważą, że tam ich nie będzie. Bał się jak szlag. Bał się potworów i swoich ludzi, tych wszystkich szumowin. A jednak doprowadził ich aż tak daleko. Nie miał pojęcia, że był obserwowany od samego początku. Nie mógł wiedzieć, że karawany kupieckie ludzie z Lasu wpuszczali głęboko, żeby potem nie nosić towarów za daleko na własnym grzbiecie.

Myślał, że może jednak się uda. Jemu pierwszemu. Że jeśli jest wystarczająco szalony, to może Bogowie potraktują go jak normalnego wariata i okażą cień łaski. A potem... Świst strzał. Wszystkie zwierzęta martwe w jednej chwili. Potwory nawołujące go zza drzew. I ta dziewczyna. Z kłami i ogonem, z jakimiś dziurami zamiast oczu, a jednocześnie śliczna, wyrażająca się jak człowiek wykształcony. Potwór, major, księżniczka. Powinna mieć jeszcze skrzydła, skrzela i sto nóg. Nie miał pojęcia, jak się zachować.

– Co tam wieziecie? – spytała, wskazując jego obozowisko.

– Broń. – Klepnął tę swoją metalową rurę. – Chcesz zobaczyć?

Skinęła głową. Odwrócił się do swoich ludzi, wykonując kilka uspokajających gestów, a potem podniósł broń i wystrzelił w powietrze. Sądził, że huk ją wystraszy. Nie drgnęła nawet.

– Ach. To jest ten muszkiet, tak?

– Jaki muszkiet? – obruszył się. – To jest supernowoczesny karabin! Patrz.

Wstał i zbliżył się o krok. Achaja też wstała, przypatrując się z ciekawością. Kenneh wbił pochodnię w ziemię.

– Zobacz, jak łatwo się obsługuje. – Oparł kolbę i wyciągnął z kieszeni coś, co wydało jej się początkowo grubym zwitkiem papieru. – To jest nabój. Wkładasz go do ust i odgryzasz tę część, gdzie jest w środku ołowiana kula. – Mówił teraz mniej wyraźnie. – Teraz wsypujesz proch z tutki do lufy. Ostrożnie. Zgniatasz resztę papieru, wpychasz do lufy. Wyjmujesz wycior z łoża, wkładasz do lufy, ubijasz proch przykryty papierem, wyjmujesz wycior. Teraz musisz wpluć tam kulę, którą trzymasz w ustach. Resztę papieru, tę, która do tej pory była w ustach, też zgniatasz, wkładasz do lufy... – Znowu zaczął mówić normalnie, pozbywszy się wszystkiego, co utrudniało wypowiadanie słów. – Teraz znowu wycior. Ubijasz ładunek, wyjmujesz, umieszczasz wycior w łożu. Dobra! Teraz zamek. – Podniósł karabin. – O, widzisz? Musisz odciągnąć kurek i otworzyć panewkę. Teraz bierzesz metalowy dozownik. – Miał jakieś pudełko zawieszone na sznurku na szyi. – Wsypujesz porcję prochu na panewkę, nie za dużo, bo ci osmali twarz i możesz stracić oko. Teraz opuszczasz osłonę, sprawdzasz, czy krzemień jest w trzymadle, i broń jest już gotowa do strzału. A teraz najlepsze! Istna rewelacja techniczna. Celownik! Musisz zgrać trzy punkty: ramkę, muszkę i cel. Ale to wszystko regulujesz w zależności od odległości, w jakiej znajduje się cel. Możesz ustawić ramkę na trzydzieści kroków, czterdzieści pięć, sześćdziesiąt...

– Szlag! A skąd niby można wiedzieć, że przeciwnik jest akurat o czterdzieści pięć kroków? – przerwała mu zdziwiona.

– Ależ to bardzo proste. Trzeba zapamiętać stopnie zbliżenia: z odległości tysiąca trzystu kroków na przykład można odróżnić kawalerię od piechoty, z odległości tysiąca kroków można zobaczyć pojedynczego człowieka, z odległości siedmiuset kroków głowa jest widoczna jako kula, widać też wyraźnie jasne kolory, z odległości pięciuset kroków widać już twarz jako małą, jasną plamkę, widać kończyny, wyraźnie widać mundur, z odległości dwustu pięćdziesięciu kroków widzi się już dokładnie szczegóły postaci...

– Chcesz powiedzieć, że to coś strzela na odległość tysiąca trzystu kroków? – przerwała mu znowu.

– No coś ty? Nie strzela celnie nawet na dwieście pięćdziesiąt. Po prostu omawiałem wszystkie stopnie zbliżenia. Bo wiesz – kontynuował – celowanie jest bardzo ważne. Unosząc ramkę podczas dostosowywania do dystansu, musisz pamiętać o kącie celowania. Przy ramce w najniższym położeniu celuje się w uda przeciwnika, przy średnim podniesieniu w brzuch, przy najwyższym również w brzuch.

– Kurde! Jak to w uda?

– No, po prostu przy opuszczonej ramce lufa jest trochę uniesiona – wyjaśnił. – Musisz to wiedzieć, chcąc strzelać. Musisz też wiedzieć, z jaką szybkością atakuje cię przeciwnik. Trzeba w tym celu opanować taki gest. – Kenneh odstawił karabin, strzelił palcami lewej dłoni i prawą uderzył w lewy nadgarstek. – Widzisz? – Znowu strzelił palcami i uderzył w nadgarstek. – Chodzi o to, żeby to robić jednostajnie. Bo wiesz... Najpierw dostrzeżesz błysk wystrzału przeciwnika, a dopiero potem huk. Więc jak zobaczysz błysk, zacznij wykonywać ten gest, a jak usłyszysz huk, przestań. Teraz wystarczy już tylko pomnożyć tysiąc sto przez taką liczbę, jaka ci wyszła, no... przez tyle razy, ile strzeliłaś palcami. I to ci da odległość od przeciwnika mierzoną w stopach. Teraz trzeba tylko podzielić przez trzy i masz już odległość w krokach. Jeśli powtórzysz pomiar, kiedy przeciwnik się zbliża, i odejmiesz wyniki, a później...

– O mamo! – Achaja ukryła twarz w dłoniach. – I to ma być prosta obsługa broni? Naprawdę nazywasz to prostą obsługą???

Popatrzył na dziewczynę trochę skonfundowany. Wzruszył ramionami.

– No wiesz... Tego nie trzeba rozumieć do końca, wystarczy zapamiętać.

– Szlag! I wyobrażasz sobie żołnierza ze wsi, który uderzając jednostajnie rękami, mnoży przez tysiąc sto, wynik dzieli przez trzy, ustawia ramkę w najniższym położeniu, żeby mierzyć w uda?

– O, widzisz? Zapamiętałaś! – roześmiał się. – Nie, nie... – żachnął się po chwili. – Chłop to ma wiedzieć, jak się ładuje i jak czyści. Bo teraz ci powiem jeszcze sporo o czyszczeniu broni.

– Przestań!

Znowu wzruszył ramionami.

– Pewnie, że to nie jest broń dla armii Luan, na przykład. To wszystko powinien wiedzieć nie żołnierz, a oficer. A nie da rady, żeby oficer wykrzykiwał komendy w huku bitwy dla stu żołnierzy. Musi być więcej oficerów. Musi być więcej wyszkolonych podoficerów.

Spojrzała na niego gwałtownie.

– Co? Co powiedziałeś?

– Nie może być jeden niskiej rangi oficer na stu ludzi.

Zagryzła wargi. O kurde! Armia Biafry. To była broń dla armii Biafry! Gdzie jeden oficer przypadał na trzydziestu żołnierzy. A do tego chorążowie, wyszkoleni sierżanci. Doskonale zdyscyplinowane oddziały z przerostem kadry, z gotowym systemem przejmowania dowodzenia w razie strat wśród dowództwa. I z dziewczynami, które nie mogły dorównać mężczyznom w szczerym polu. Ale teraz? Dla żołnierza kilkanaście prostych ruchów, a oficerowie niech obliczają, przecież po to się uczyli, niech wydają rozkazy. Szlag! Szlag! Szlag!!! To była broń dla armii Biafry! Idealna.

– Ty... Ile tego możecie dostarczyć?

– A ile chcesz? – Uśmiechnął się radośnie.

Odpowiedziała mu uśmiechem.

– Jak z celnością?

– Sama spróbuj. – Podał jej naładowany karabin. – Przy twoim mistrzostwie w łuku – wskazał zabite zwierzęta w swoim obozie – pewnie nie zrobi na tobie wrażenia, ale...

– Strzelam z łuku kiepsko. A z kuszy jak ostatnia noga. Nie miałam czasu się nauczyć porządnie.

– A w takim razie ci się spodoba. – Pomógł Achai przyłożyć kolbę do ramienia, ustawił jej ręce. Powiedział, że musi widzieć wyraźnie tylko muszkę. Ramka i cel mogą pozostać niewyraźne, i że ważniejsze jest zgranie ramki i muszki, a nie muszki i celu. Ostrzegł, że kolba uderzy w ramię. Powiedział, że ma naciskać spust inaczej niż w kuszy. Nie wolno nacisnąć lekko, aż na spuście poczuje opór, a potem ściągnąć mocno. Ma zginać palce jednostajnym ruchem tak, żeby nie wiedzieć, kiedy padnie strzał.

Lufa drżała i chwiała się lekko. Nawet silna Achaja nie potrafiła utrzymać jej nieruchomo. Powiedział, żeby się nie przejmować. Najważniejsze to jednostajnie ściągać spust, bez wyczuwania oporu, tak żeby nie wiedzieć, w którym momencie padnie strzał. Ma nie myśleć za dużo. Ma wykonywać instrukcję.

Wybrała cel, drzewo w odległości, jak jej się wydawało, sześćdziesięciu kroków. Ustawiła muszkę i cel pośrodku ramki i zwarła palce. Huk nie był taki straszny. Kopnięcie również.

Pocisk uderzył w bok drzewa, odłupując ogromny kawał kory. Wstrząs sprawił, że opadały z niego liście. Kurde. Poczuła moc tej broni, jej nieprawdopodobną siłę. Przypomniała sobie, jak długo, jeszcze w Troy, uczyła się strzelać z łuku. Jak długo trzeba się uczyć strzelania z kuszy. A tu? Wystarczyło kilka słów. Zrozumiała nagle, że coś się kończy. To była broń, która sprawiała, że niepiśmienny chłop i nieprawdopodobnie wyszkolony rycerz na wspaniałym koniu stawali się sobie równi. Nie mogła tego w pełni ogarnąć umysłem. Szlag! Czy każdy odtąd będzie mógł sobie wziąć coś takiego i odpalić, w kogo chce? Znienacka? Z odległości sześćdziesięciu kroków? Nie ucząc się przedtem, nie ćwicząc? Wystarczy poznać instrukcję. Potrząsnęła głową. Każdy dureń, każdy idiota może wypalić z tej rury i przemówić równie głośno jak rycerz, którego szkolono od dzieciństwa. Byle kretyn, mający rozumu tylko tyle, żeby zapamiętać, jak to się ładuje, będzie równie dobrym żołnierzem jak dahmeryjski łucznik, którego uczono dziesięć lat! Byleby tylko wiedział, co to ramka, muszka i cel. Żadnej siły: dziecko, kaleka, karzeł, kulawy... równie dobrzy jak rycerze. Karczmarz, szewc, pastuch i kucharka teraz tacy sami jak dahmeryjscy najemnicy. Zwołaj kupę niepiśmiennych chłopów i już masz wojsko. Skup wokół siebie kolegów, z którymi dotąd piłeś w zaplutej karczmie, i możesz wygrażać samemu księciu! Poczuła nagle, że jej świat, że wszystko, co znała, co widziała i pamiętała, mogą już nigdy nie być takie same. To było jak dotyk samych Bogów. Jakby Najwyżsi zstąpili nagle i powiedzieli: „A odtąd każdy będzie czarownikiem! Ha, ha, ha... Każdy będzie godny! Odtąd każdy będzie stąpał z wysoko podniesionym czołem!". Teraz zamęt. Teraz koniec reguł i prawa. Nastąpi ostateczne spustoszenie.

Zrozumiała, że dzięki tej rurze kończył się czas rycerzy i herosów. Zaczynał się czas zwykłych ludzi. Teraz każdy... Teraz każdy przemówi głośno. Bogowie! Czas zwykłych ludzi. Właśnie zaczyna się epoka dla każdego. Odtąd zwykły człowiek będzie mógł w dymie prochu, w huku wystrzału porażać mocą gromu. Będzie mógł pokazać, co on sądzi o tym, gdzie czyje miejsce. Bogowie! Jaki teraz będzie świat? Millennia tradycji, które ją wychowały, odchodziły właśnie w niepamięć. Słowa zwykłego człowieka będą równie ważne jak słowa księcia. Takie same jak słowa króla! Ten, który wymyślił tę broń, powiedział właśnie: „Teraz TY! Rządź tą krainą ludzkiego strachu. Władaj ludzką domeną". Bogowie... Jak można było stworzyć coś takiego? Jak można było dopuścić, żeby takie coś powstało? No to teraz... Zamęt. Koniec reguł. Tu właśnie kończy się starożytne prawo. O, tutaj. To już ostateczny kres.

Zagryzła wargi.

– Chcesz mieć szlak? – spytała.

Popatrzył jak na kogoś niespełna rozumu.

– Kurde... No co ty? – Potrząsnął głową. – Pewnie! Jasne, że chcę!

– Dobra. Stworzę szlak przez Wielki Las. Naraz może nim podążać tylko jedna karawana. Kto zrobi krok w bok, już po nim. Noclegi tylko w wyznaczonych miejscach otoczonych ostrokołem. Żadnych wypaleń. Żadnej wojskowej eskorty. W każdej chwili towar może być skontrolowany.

Nie mógł uwierzyć we własne szczęście. Przecierał oczy, zupełnie jakby chciał się upewnić, że nie śpi.

– Kurde...

– I żadnych wypaleń.

– No... no... wypalenia się skończą dokładnie w chwili, kiedy tylko dotrę do swojego króla! No co ty myślisz?

– Sprzedasz nam wszystkie karabiny, które masz ze sobą. Potem przywieziesz więcej. Tu na pewno jest sporo złota zabranego innym wyprawom.

Zacisnął zęby. To był najpiękniejszy dzień w jego życiu.

– Przyjmuję wszystkie twoje warunki!

– No i jeszcze cło. – Uśmiechnęła się. – Powiedzmy, trzydzieści pięć od sta.

– Myślałem, że siedem od sta – odważył się negocjować.

– Ty se policz, ile by cię kosztowało, gdybyś musiał to wieźć morzem. Najpierw puszcza, budowa łodzi, piraci, odległość, zaopatrzenie, opłaty portowe, cła kilku królestw.

– No... jedenaście od sta? – rzucił przymilnie.

– Trzydzieści od sta i jesteśmy dogadani.

– Myślę, że piętnaście byłoby godną zapłatą.

– Jak kupiec zaczyna gadać o godności, znaczy da dwadzieścia pięć.

– Osiemnaście! Osiemnaście i zapominam o godności.

– Dwadzieścia.

– No nieeeeee... Tyle to nigdy w życiu. Nie, nie.

– Dwadzieścia. A do tego daruję ci życie, wypuszczę z Lasu, odkupię wszystkie karabiny i będziesz miał pierwszeństwo w dostawach broni do Arkach potwierdzone przez królową.

– Dziewiętnaście i niech mnie oplują w karczmach, że dałem się wystrychnąć w interesach. Że dałem się wypuścić goły i bosy. Że zdradziłem w wojnie celnej własne królestwo. Że jestem naiwny jak dziecko.

Popatrzyła mu prosto w oczy. Uśmiechnęła się.

– Dwadzieścia. I dam ci dupy. Tu i teraz.

Przełknął ślinę. Wytarł spotniałe nagle czoło.

– Ty... Ty... zaczekaj chwilę. O kurde, zaczekaj, zaraz będę z powrotem!

Zostawił pochodnię i karabin. Pobiegł do swoich ludzi. Achaja odwróciła się do swoich i pokazała gestem, że w porządku. Żeby nie strzelali. Nie musiała czekać długo. Kenneh najwyraźniej dokonał cudu. Powrócił biegiem. Już z daleka czuła intensywną woń jakiegoś męskiego pachnidła. Ze zdziwieniem zauważyła krew na jego twarzy. Chciał sobie poderżnąć gardło? Ktoś z jej oddziału nie wytrzymał, przekradł się do obozu i podrapał go szponami? Ach... Zrozumiała nagle. On po prostu ogolił się w świetle pochodni, w maksymalnym pośpiechu. Szlag! Uśmiechnęła się w duchu. Wyraźnie mu na niej zależało.

Kenneh zdyszany kucnął obok. Drżącymi rękami rozpostarł na trawie gruby, wzorzysty koc. Z kieszeni kurtki wyjął dziwnego kształtu butelkę.

– Napijesz się? – szepnął zdenerwowany. Lekko drżały mu ręce. – Bardzo porządna wódka – dodał zachęcająco.

Skinęła głową. Pociągnęła wielki łyk. Nie kłamał. Klarowny płyn zapiekł w gardło, kopnął z mocą kamienia przy wodnym młynie i rozjaśnił myśli. Kenneh nic nie kłamał. Nigdy dotąd nie piła niczego podobnego. Jeszcze jeden łyk. Kopnięcie równie mocne jak poprzednio i powoli, delikatnie rozlewające się w całym ciele uczucie błogości. Oddała mu butelkę. Też sobie nie żałował. Westchnął ciężko i wytarł dokładnie usta.

– Dwadzieścia! Dwadzieścia od sta! – powiedział głośno.

Roześmiała się. Usiadła na kocu. Podobał jej się. Kiedy usiadł obok, chwyciła go za ramiona i przewróciła na siebie, śmiejąc się cały czas. Przykryła ich oboje dokładnie, potem zaczęła rozpinać jego kurtkę. Była strasznie ciekawa jego ciała.

O trzydzieści kroków dalej, w zaimprowizowanym obozie, Chorzy Ludzie wstawali zza juków, za którymi dotąd się ukrywali.

– Kurde, ludzie. – Najgrubszy z nich, z długą, rudą brodą, wytrzeszczał oczy jak mógł, by dostrzec jakieś szczegóły w świetle wbitej w ziemię pochodni. – Czy wy widzicie to co ja?

– Nie wiem, co ty widzisz – jęknął niski blondyn z długolufym karabinem w garści. – Ale po mojemu to szef... szlag... chędoży właśnie potwora.

– O żeż ty! O żeż ty! Ale jaja!

– No. A ty, Garrakh, chciałeś szefa nożem dziabnąć. Że niby młodziak i gołowąs. Ty, kurwa, idź teraz i mu coś zrób!

– Pierdol się! – Garrakh szarpnął rudą brodę. – Nikt mi nigdy w żadnej karczmie nie uwierzy!

– No! Młodziak, szczyl, szaleniec. Poprowadził nas na zgubę, pół strasznego Lasu żeśmy przeszli, potwory nam wszystkie muły wybiły, a on... Kurde żeż... złapał potwora i wychędożył! Normalnie wychędożył!

Wszystkie te szumowiny, wynajęci dezerterzy i bandyci kręcili głowami w podziwie.

– To jest wódz! To jest wojownik – powtarzał Garrakh, nie mogąc dojść do siebie. – Tylko, kurwa, nikt nam nie uwierzy!

Rozdział 15

Polowy sztab na pustyni stanowiło kilka połączonych ze sobą ogromnych namiotów, dodatkowo przykrytych monstrualnymi płachtami płótna rozpiętymi na ukośnych palach. Zapleczem sztabu było całe miasteczko namiotów, ziemianek i zbitych z desek baraków. W specjalnych miejscach między wydmami stały poustawiane oś w oś setki wozów, a obok, osłonięte parawanami rozciągniętymi na palikach, znajdowały się zagrody dla tysięcy zwierząt. Jeszcze dalej stały osobne miasteczka namiotowe dla czeladzi, żołnierzy ochrony sztabu, kurierów i gońców, służb logistycznych, koniuszych, pomocników, kowali, rachmistrzów, kucharzy, woziwodów, medyków, kapłanów i całej reszty ludzi, którzy nie wiadomo czym się zajmowali i komu podlegali służbowo. Osobne, lepsze kwatery zajmowały rzesze wynajętych filozofów, ponieważ po sukcesie przewrotu w stolicy doceniono ich pracę i wcielono do wojska, by ogłupiali, to znaczy nauczali żołnierzy i dbali o ich morale.

I nie da się ukryć, że codzienne pogadanki tych niezwykle wymownych ludzi zaczęły przynosić wymierne efekty.

Zaana jednak nie obchodziły ani pogadanki, ani nawet to, że znajdują się żołnierze tak głupi, by wierzyć, że podejmują ten straszliwy wysiłek dla własnego dobra i chwały Królestwa Troy. Nikogo ze zgromadzonych w głównym namiocie nie obchodziło ich dobro ani tym bardziej chwała królestwa. Tu się robiło konkretne interesy. Bez filozoficznej gadki.

– Operacja „Dobra Wiadomość" zakończyła się pełnym sukcesem – raportował strateg Milte. – Jeśli w ogóle w przypadku tej operacji można mówić o sukcesie.

– Słucham? – przerwał mu Orion.

– Zdobyliśmy dwie drogi prowadzące przez pustynię. Właściwie znikąd donikąd. Wszystko dla naszych oddziałów trzeba dowozić wozami. Każdy kubek wody, każde ziarnko owsa. Nawet nici do sandałów, nawet pochodnie do oświetlenia obozu. To jest naprawdę „dobra wiadomość"... dla wrogiego sztabu.

– Milte, przyjacielu! – Wielki książę westchnął tylko. – Nie mieszaj się do polityki. Bądź dobrym żołnierzem, to ci pomniki wystawią. Będą o tobie legendy krążyć. Już moi kronikarze się o to postarają.

– A jakie straty u przeciwnika? – wtrącił się Zaan.

– Właśnie szacujemy. Sama operacja to znaczny sukces pod względem militarnym. O mało nie wzięliśmy do niewoli samego cesarza.

– Coooooo???

Milte wyprostował się odruchowo.

– Ci wszyscy filozofowie bez przerwy mówią, że żołnierz musi być odpowiedzialny, wykazywać się inicjatywą. No to jeden się wykazał. Pewien oficer kawalerii wziął trzy setki lekkiej jazdy i ruszył dezorganizować linie zaopatrzeniowe. A ponieważ sam cesarz właśnie wizytował swoje wojska ze świtą, to na nich wpadli.

– Jak to, trzy setki kawalerii? – nie wytrzymał Sirius. – Bez wsparcia?

– Niestety. Cesarz był tak chroniony, że nasi dostali wściekłe baty. Ale złapali jakiegoś luańskiego notabla. Z samego cesarskiego dworu.

– No to dawaj go tu! – Sirius był wyraźnie zadowolony. Podobało mu się, że nareszcie będzie mógł zobaczyć wysoko postawionego wroga w więzach. – Będziemy go torturowali?

Orion tylko wzruszył ramionami. Zyrion pokręcił głową.

– Grzecznie ugościmy, zadbamy, poczekamy na godny okup – wyjaśnił. – A potem z atencją odeślemy do domu.

– Co tam jakiś okup. – Młody książę aż wstał z zydla. – Przecież on zna wszystkie tajemnice. Przypalić stópki i wszystko wyśpiewa!

Orion westchnął.

– Torturować arystokratę? Synu! A co by było, gdyby to oni złapali nas? Chciałbyś, żeby ci przypalali stopy?

– Achaję torturowali!

– Za obopólną zgodą – przerwał im Zaan. Czasy naprawdę się zmieniały. Nigdy dotąd w dziejach zwykły człowiek nie śmiałby przerwać rozmowy książąt. – Wystarczyłoby, żeby król wysłał jednego posłańca i... Mniejsza z tym. Dała się wystawić przez Troy właściwie na własne życzenie.

Ponieważ narada była tajna od samego początku, usunięto służących, a warty stały poza zasięgiem głosu, więc wino do zgrabnych pucharów nalewał osobiście Mika jako najmłodszy.

– Nie chcę się wtrącać, ale może porozmawiamy o bieżących sprawach.

– Bardzo słusznie – poparł go wielki książę. – Myślicie, że cesarz uderzy nagłym kontratakiem?

– Nie – odparł Mika, zajmując miejsce na swoim zydlu i biorąc puchar. – Mam informację z ich kwatermistrzostwa.

– A co ma kwatermistrzostwo do decyzji politycznych?

– Albo do strategii? – dodał Sirius.

– Przecież to bardzo proste. – Mika wyjął małą kartkę i rozpostarł w dłoniach. – Odkupiliśmy kwit zbiorczy będący zamówieniem na nowe mundury. Co roku licencjonowani krawcy dostają takie zamówienie bezpośrednio od sztabu, przez kwatermistrzostwo.

– A co byle krawiec ma do wojny?

– Szyje mundury.

– Dalej nie rozumiem.

– Proszę. – Palec Miki przesuwał się po równych kolumnach cyfr wypełnionych ręką jakiegoś wykwalifikowanego kopisty. – Zapotrzebowanie na mundury pustynne nie wzrosło znacząco. Natomiast bardzo wzrosło zapotrzebowanie na mundury zwykłe.

– Cesarz nie ruszy przeciwko nam na pustynię – przytaknął Zaan. – Rozbuduje oddziały obronne i...

– I... – przerwał mu Mika, wyjmując nowy kwit – pobuduje fortyfikacje. To zapotrzebowanie na sprzęt budowlany i niewolników doświadczonych przy budowach dróg oraz fortów.

– Nie musimy słuchać samego cesarza, żeby znać jego zamiary. – Zaan opróżnił swój puchar kilkoma haustami. – Wystarczą znacznie tańsze, trzeciorzędne rozporządzenia. – Uśmiechnął się i dolał sobie wina. – Oni mają ważne porty w nadbrzeżnym pasie i sądzą, że nas tym wykończą. Nie zrozumieli, że porty straciły na znaczeniu, bo są odcięte od komandorii Zakonu, i że nie bardzo jest z kim handlować, bo Królestwo Troy to w tej chwili my. To my będziemy przemycać i handlować. Oni będą budować drogi i forty.

– Po sakiewkach ich – dodał Zyrion. – Po sakiewkach! Niech się zazbroją na śmierć, niech wydadzą ostatnie grosze na broń.

– No i dwie najważniejsze komandorie Zakonu są teraz w bardzo trudnej sytuacji finansowej.

Przerwały im krzyki na zewnątrz namiotu. Ktoś donośnym głosem domagał się widzenia z „najważniejszym człowiekiem w tym obozie".

– No przecież cię do niego prowadzę – Zaan rozpoznał głos Kasme. Lekko już poirytowany.

– Nie dotykaj mnie! – zawył mężczyzna. – Nie zniosę, żeby dotykała mnie kobieta!

– Wariat.

– Ty! Ty! Ty wiesz, do kogo mówisz?

– Do zwykłego jeńca.

Kasme wprowadziła do namiotu sztabowego pochwyconego luańskiego notabla. Mężczyzna miał jakieś trzydzieści, może trzydzieści trzy lata. Jego twarz zdobiła niezbyt długa broda, a sam odziany był w szatę tak kosztowną, że dla wszystkich stało się jasne – to człowiek z najbliższego otoczenia cesarza. Zebrani w namiocie wstali z zydli, kłaniając się głęboko. Wszyscy oprócz dwóch osób. Pierwszą był wielki książę, któremu własny tytuł pozwalał jedynie skłonić głowę z szacunkiem. Drugą osobą, która nie wstała, był Mika. Jego oczy robiły się coraz większe i większe. Wydawało się, że zaraz rozsadzą oczodoły.

– Jaśnie wielmożny panie – zaczął Sirius, już dość dobrze wyszkolony w etykiecie przez swoich nauczycieli – zechce pan spocząć z nami i się posilić. Jest nam niezmiernie przykro, że spotykamy się w tak niezwykłych i, przyznajmy, trudnych okolicznościach.

Nadal trwali w ukłonach. Jedynie Mika nie wytrzymał.

– Co ty tu, kurwa, robisz??? – wrzasnął.

Wielki książę Orion o mało nie zemdlał. Reszta popatrzyła na Mikę, być może chcąc raz w życiu zobaczyć, jak wygląda prawdziwy wariat.

Mika jednak nie był wariatem.

– Kasme! – otrząsnął się jakoś. – Oddal warty o dalsze pięćdziesiąt kroków! I podwój je. Żeby mi się nawet mrówka tu nie przedostała.

– Tak jest! – Dziewczyna skoczyła wykonać rozkaz.

Zebrani wokół patrzyli oniemiali.

– Jestem naczelnym wróżbitą cesarstwa – przedstawił się spokojnie jeniec.

– O Bogowie! Zaraza! Szlag!

Teraz wszyscy zrozumieli. Przyjmowali to różnie. Orion zakrył twarz. Sirius zaczął krążyć nerwowo po namiocie, Zyrion z rezygnacją usiadł wprost na ziemi,

Zaan zaczął kaszleć, matematyk zasłonił głowę opończą. Tylko Mika, choć trzęsąc się ze złości, zdołał powiedzieć:

– Wspaniała armia Troy właśnie złapała naszego najlepszego agenta, jedynego ulokowanego w ścisłym otoczeniu cesarza. No to już po nas, panowie. Dziękuję wojskowym za współpracę.

– No co? – Najlepszy agent Biura Handlowego bezczelnie nalał sobie wina do cudzego pucharu i wychylił kilkoma łykami. – Nie trzeba było tych idiotów kawalerzystów na mnie wysyłać.

– Przepadliśmy – jęknął ktoś z tyłu.

Zaan z trudem opanował atak kaszlu. Jego poskręcane reumatyzmem ciało nawet tu, na pustyni, nie dawało mu spokoju.

– Opowiadaj, jak było – wycharczał.

– No, jak to jak? – Wróżbita nalał sobie jeszcze wina. – Działałem zgodnie z waszym planem.

Rozsiadł się wygodniej. Widać było, że jest człowiekiem, który od dawna żył w ogromnym napięciu. Jego włosy i brodę gęsto przetykały pasma siwizny. Twarz miał pobrużdżoną, sine worki pod oczami, a puchar w jego dłoni drżał, grożąc w każdej chwili wylaniem zawartości jeszcze przed dotarciem do ust. Palce drugiej dłoni bez przerwy bębniły o blat stołu i to z taką szybkością i w tak skomplikowanym układzie, że mógłby mu wirtuozerii pozazdrościć niejeden muzykant. Ale najgorsze były oczy. Ani przez chwilę nie mogły zatrzymać się na jakimkolwiek przedmiocie. Omiatał wzrokiem całe otoczenie, zatrzymywał się na moment na jakimś szczególe i znowu powracał do szybkiej lustracji wszystkiego wokół. Może poza jednym szczegółem. Zdecydowanie dłużej zatrzymywał wzrok na Siriusie. Było to tak nachalne i tak widoczne, że zebrani wokół nagle zrozumieli, dlaczego były kapłan prawie obraził się na śliczną Kasme, nie chcąc, żeby dotykała go kobieta. Mika i Zaan wcześniej wiedzieli o skłonnościach naczelnego wróżbity i była to bardzo porządna smycz, na której go trzymali. Ale pozostali zorientowali się dopiero teraz i zrozumieli coś więcej. Jeszcze kilka takich spojrzeń na chłopaka w krótkiej, bogato zdobionej spódniczce i Sirius zabije go gołą pięścią.

– Opowiadaj! – rozkazał Orion, chcąc jakoś wybrnąć z niezręcznej sytuacji.

– No tak. Do tej pory idealnie wróżyłem, przewidując ruchy wojsk Troy na podstawie danych dostarczanych mi przez wasz sztab. W ten sposób zdobyłem zaufanie cesarza i zostałem naczelnym wróżbitą. W ramach operacji „Dobra wiadomość" miałem się po raz pierwszy „pomylić" i umożliwić wam zwycięstwo. Ale nie mogłem też spalić swojej pozycji. I plan był taki. Skłoniłem cesarza do wizytacji wojsk, żeby opóźnić docieranie wiadomości. W ostatniej chwili „zmieniłem zdanie" co do wróżb i podałem mu prawdziwe plany sztabu Troy, w momencie kiedy i tak było za późno, żeby przeciwdziałać. I wszystko w porządku. Troy wygrało, ja ciągle cieszyłem się zaufaniem cesarza, a tu nagle jakiś idiota z kilkoma setkami kawalerii wypadł na cesarski orszak. Zgłupiałem. Nie wiedziałem, czy to część planu, czy jakaś rozpaczliwa akcja, bo w bitwie się nie powiodło. Czy może coś się wydało i chcecie mnie uratować. W trakcie potyczki ukryłem się w jakimś wykrocie, a tam zamieszanie, bój. Uciekałem, a potem... złapali mnie nasi piechociarze, kiedy już zajęli ten teren.

– Bogowie! – jęknął Orion. – Dobrzy Bogowie.

Zaan otrząsnął się pierwszy, a przynajmniej usiłował, bo czarna rozpacz ciągle trzymała go za gardło.

– No dobrze – wychrypiał. – Panowie, poproszę was o podanie jakichś alternatywnych planów dotyczących przyszłej operacji ataku na Luan.

Zapadła męcząca cisza. Jedynie Sirius zdołał wydukać:

– A... a... ale... co?

– W jaki sposób podetknąć cesarzowi fałszywe plany, żeby w nie uwierzył?

Znowu cisza, którą tak jak poprzednio przerwał Sirius:

– Sprzedajmy plany ich agentom za górę złota. Korzyść podwójna...

Zamierzał perorować dalej, lecz Mika tylko prychnął.

– Po pierwsze, nie znamy ich wszystkich agentów i nie wiemy, jak będą weryfikować dane. Po drugie, to numer stary jak świat. Nie nabiorą się.

– A ja mam inny pomysł – odezwał się nagle matematyk. Ciągle usiłował zabłysnąć, bo nienawidził Miki i Zyriona równie mocno, jak oni nienawidzili się wzajemnie. – Wysyłamy okręt wojenny.

– Jeden? – Sirius tylko machnął ręką.

– Jeden – kontynuował matematyk. – To musi być tuż po jakiejś wielkiej burzy. Okręt podpływa nocą do któregoś z ważniejszych portów Luan. Nasi ludzie uszkadzają okręt tak, żeby wyglądało, że ucierpiał od burzy. Potem zatapiają go na jakiejś mieliźnie, żeby tamci później mogli go odnaleźć. Załoga wkłada do lichej łódeczki trupa oficera wysokiej rangi, który ma w teczce fałszywe plany, a sama ucieka łodziami rybackimi na drugi okręt, który będzie ich osłaniał.

– I co? – spytał Sirius.

– No jak co? Oni wyławiają ciało oficera i już znają „nasze" plany. Pomyślą, że okręt burza zagnała Bogowie wiedzą gdzie, załoga potonęła, a najważniejszego chcieli ratować i wsadzili do łódeczki.

Zaan tylko ziewnął.

– Bzdura – warknął. – Nie dadzą się zrobić.

Orion jednak przygryzł wargi.

– Moim zdaniem, to nie takie głupie. – Potarł brodę. – W zwykłego oficera, nawet stratega z planami, nie uwierzą, ale gdyby to była bardziej znaczna osoba?

Zaan domyślił się błyskawicznie. Zatarł dłonie.

– A gdyby w łódeczce znajdowało się ciało... – aż bał się wymówić te słowa – ciało... wielkiego księcia Królestwa Troy?

– Którego? – Zyrion aż podskoczył, równie przestraszony jak reszta.

– Rozegrajmy ten sam gambit jeszcze raz. Korzystajmy z cudzych planów gry – powiedział Orion tajemniczo, jednak Zaan od razu się domyślił.

– Którego księcia? – powtórzył Zyrion.

– A który nam najbardziej miesza? – uśmiechnął się Zaan.

– Bogowie! Archentar z jego dyplomacją – powiedział Sirius.

– Dwie pieczenie przy jednym ogniu. Nie ma Archentara tutaj, a jego ciało będzie tam. Rozpoznawane przez wszystkich notabli, wszystkich dyplomatów, nawet wszystkie sługi posłów, które przecież ściągną do identyfikacji tak znacznej osoby.

– No to przytłoczmy ich argumentem nie do zbicia – powiedział Zaan. – Niech w łódce z planami kampanii znajdzie się Archentar wraz z młodą żoną, ich synem i kilkoma oficerami.

– Doskonałe! – Orion podniecony aż wstał z zydla. – Wiemy już, że Achaja żyje. Nie może tu wrócić i w związku z tym tron Archentara pozostanie nieobsadzony. – Zaczął krążyć po namiocie. – To rzeczywiście dwie pieczenie przy jednym ogniu. Obie bardzo smaczne!

– Mordercy dzieci – szepnął Sirius, ale Zaan usłyszał.

– Uratowała ci Achaja tyłek, ryzykując życie? Tak? To teraz jej odpłać przysługą. – Zaan aż zagryzł zęby. – Odpłać jej, choćby i przy okazji naszych własnych interesów.

– Owszem. – Orion skinął głową. – Niech ma wielkoksiążęcy tytuł zarezerwowany. – Zwrócił się do Zaana: – Podobno można się z nią dogadać?

– Tak. To bardzo rozsądna dziewczyna. Dojdziemy z nią do porozumienia w razie czego.

– Każdy jest rozsądny, gdy mu już życie porządnie dokopie – dodał sentencjonalnie Zyrion.

Znowu przerwano im dyskusję. Kasme już z daleka krzyczała, że nadchodzi, żeby zdążyli przerwać rozmowę i żadne słowo nie dotarło do niepowołanych uszu. Nie była kobietą przejmującą się byle czym. Dlatego też wszyscy z dużym zdziwieniem zauważyli, że jest przejęta. Kiedy weszła do namiotu, zobaczyli coś jeszcze: była zdyszana. Biegła.

– Wielki panie! – Stanęła przed Orionem. – Dostaliśmy list od samego cesarza Luan.

Książę długo był tak oszołomiony, że nie mógł sięgnąć po pismo. Potem wziął je jednak, odczekał, aż Kasme wyjdzie, i złamał pieczęć z godłem Luan. Przez chwilę przebiegał oczami tekst, potem trochę ogłupiały podniósł głowę. Jednak patrzył tępo przed siebie, nic nie mówiąc. Napięcie wokół kumulowało się powoli.

– Aa... cesarz chce... – powiedział nareszcie – żebyśmy jak najszybciej oddali mu naczelnego wróżbitę cesarstwa.

– Co? – poderwał się Zaan. – Tak szybko?

– Jeśli się tak spieszy, to możemy zażądać takiego okupu, że... – zaczął Zyrion, lecz umilkł, bo nagle coś zrozumiał.

A jeszcze szybciej zrozumiał sam naczelny wróżbita.

– O Bogowie – jęknął. – Wiedzą już! – Ręce zaczęły mu się trząść jak u kogoś ciężko chorego. – Wiedzą, że jestem agentem Troy. Bogowie! To teraz...

Wszyscy obecni wiedzieli, co teraz. Nie można odmówić prośbie cesarza w takiej sprawie, kiedy ten oferuje okup w dowolnej wysokości. Nie można wróżbity ukryć, wywieźć w ustronne miejsce, ani nawet zabić, bo Troy straci zdolność honorową na wszystkich dworach. Agent dobrze wiedział, że nikt raczej nie zaryzykuje losu całego królestwa dla jednego człowieka. Patrzył na otaczających go ludzi, a w jego oczach odbijał się tylko strach.

– Zaraz, zaraz. – Sirius podniósł rękę. – A może mu chodzi o coś innego. Może cię lubi po prostu.

– Cesarz nie może być aż tak głupi – mruknął Mika. Jemu też huczało w głowie. Wydanie własnego agenta dobrowolnie na męki to straszliwa demonstracja dla innych agentów. A Luańczycy na pewno to ogłoszą.

Zaan, kaszląc, krążył po ogromnym namiocie.

– Zacznijmy myśleć. Spokojnie! Słucham waszych opinii. – Nagle zatrzymał się. – Zaraz, a może on naprawdę chce odzyskać tak cennego człowieka?

– Po tym jak ten „cenny człowiek" źle wywróżył ruchy naszych wojsk i jako jedyny odłączył się od orszaku, żeby dać się złapać? – Mika tylko pokręcił głową.

– To o niczym nie świadczy.

– Nie świadczy? – ryknął nagle wróżbita. – Wbiją mnie na pal! I oby się na tym skończyło.

– Spokojnie. – Zaan usiłował zapanować nad kaszlem. – No przecież mamy tu najbardziej inteligentnych i najbardziej władnych ludzi w królestwie. Wymyślimy coś.

Orion zrobił minę typu „raczej się nie uda". Wiedział, przynajmniej z szeptanych opowieści, co czuła królowa Arkach, wystawiając swoją najlepszą dywizję na pojedynek z Virionem i jego „synami". Gdyby nie jedna jedyna Achaja i mający głowę na karku Biafra, dywizji już by nie było.

Czasy naprawdę się zmieniały. Jeszcze nie tak dawno temu wielki książę nie słuchałby niczego i nie robił min, tylko ogłosił swoją wolę. Teraz jednak siedział prawie jak równy z równymi, bo już znał wartość tych oszustów i sukinsynów. Prosta wspólnota interesów. Dzięki nim już dokonał niemożliwego. Dzięki nim on zostanie królem, a oni dzięki niemu niech napasą się władzą i bogactwem do woli. Organizacja, informacje i pieniądze. To coś, co porusza góry.

– O czym ty tam właściwie mówiłeś? – spytał.

– No jak? Przewidywałem ruchy waszych... tfu! to znaczy naszych wojsk i...

– Ja nie o tym. Każdy wróżbiarz działa według jakiegoś porządku.

– Ach, rozumiem. – Agent nalał sobie nową porcję wina. Dzbanek zadzwonił o brzeg pucharu. – Musiałem się odróżniać od reszty wróżbitów i kapłanów. – Dostawałem dokładne instrukcje.

– Od kogo?

– No, z Biura Handlowego.

Mika przytaknął ruchem głowy.

– Jest cała masa ludzi, którzy wypisują tego typu rzeczy.

– Zaraz – uciszył go Orion. – Do jakiego porządku należałeś jako wróżbita?

– Miałem się odróżniać od innych. Wedle instrukcji stworzyłem nowy.

– Jaki?

– No a czym się wyróżnić wśród masy? Dostałem instrukcję, żeby głosić monoteizm. Twierdziłem, że jeden jest Bóg, a nie rzesza. Że ludzie cnotliwi a poszkodowani przez los znajdą nagrodę po śmierci. Że wszystko, co złe nas spotyka, jest dla nas dobre, bo pomoże w odkupieniu naszych własnych win, a wszystkie krzywdy, które nam uczyniono, zostaną odpłacone po śmierci. I że lepiej być biednym i głupim niż bogatym i władnym, bo w zaświatach biedni zasiądą na tronach, a bogaci będą ciemiężeni. Nastąpi przemienienie...

– O żeż ty – przerwał mu Zyrion. – Kto pisze te cudactwa?

Mika przygryzł wargi.

– Ktoś z wydziału „Obce Armie Zachodu" Biura Handlowego. Już ja się dowiem kto. I dam mu popalić!

– Dlaczego? – żachnął się agent. – Zdobyłem wielu zwolenników. Szlachta tajnie przychodziła do mnie po nauki. Ale plotki poszły. I najwięcej zwolenników mam wśród ludu.

– O kur...! – Mika zacisnął pięści. – Znajdę tego gnoja, który to napisał. Znajdę go!

– Ale zdobyłem wielką popularność.

– Zaraz – przerwał im Zaan. Jakoś opanował atak kaszlu. – Już wiem, co zrobić.

Wszystkie oczy zwróciły się ku niemu.

– Po pierwsze, mianujemy wróżbitę setnikiem armii Troy, przebierzemy w mundur, że niby jego ubranie się podarło. Więc nawet jak go odstąpimy Luańczykom, to nic się nie stanie, będzie jeńcem, a z niewoli możemy zawsze odkupić.

– Niezłe – przyznał Orion.

– Po drugie, niech on szybko napisze list czy fragmenty pamiętnika. Na przykład coś takiego: „Przeczuwam, że coś złego się stanie. Ostatnia wróżba była tak strasznie niejednoznaczna. Nie wiem, czy zinterpretowałem dobrze. Mam wrażenie, że nastąpi coś niedobrego, co dotyczy mnie osobiście. Czarne chmury gromadzą się nad moją głową...". I tym podobne. Ten poeta z wydziału „Obce Armie Zachodu" sformułuje to znacznie lepiej. Dokument nasi agenci szybko podrzucą do jego komnaty na cesarskim dworze. A potem inni agenci skłonią kogoś zaufanego z otoczenia cesarza do przeszukania pokoju wróżbiarza. Niech to pismo świadczące, że wróżbita się wahał, że czuł coś złego, trafi przed oczy cesarza.

– Genialne – przerwał Zaanowi Orion. Uśmiechnął się lekko. – Genialne. Niech cesarz to przeczyta, podczas kiedy on – wskazał agenta – będzie jeszcze w naszych rękach.

– Mhm. – Mika również skinął głową. – Ale, jak rozumiem, nie zapominamy o akcji z zatopionym okrętem i, hm... „właściwymi" ciałami, które wraz z planami przyszłej kampanii wylądują w odpowiednim porcie Luan?

– Nie rezygnujemy – odparł wielki książę z uśmiechem. – Niech wróżbita wszystko „przewidzi". To tylko umocni jego pozycję.

– Takiego numeru nie widziała historia. – Zaan poklepał agenta po ramieniu. – Wielki książę powinien teraz zwodzić posłów, dając do zrozumienia, że wróżbitę oczywiście zwrócimy, ale... tu powinna paść jakaś niedyskrecja czy niezręczność dyplomatyczna... W każdym razie coś, co pozwoli im przypuszczać, że tak ważną osobę właśnie przesłuchujemy, kulturalnie oczywiście, a przynajmniej usiłujemy wykorzystać okazję i wyciągnąć z niej ważne informacje.

Orion uśmiechnął się jeszcze szerzej.

– Oczywiście przeciągnę negocjacje w sprawie okupu tak długo, jak będzie trzeba. I powiem im to, co powinni usłyszeć.

– Czy jeszcze coś powinniśmy przedyskutować? – odezwał się matematyk.

– Owszem – powiedział Mika. – Jaki kryptonim będzie miała ta operacja?

Wielki książę zerknął na naczelnego wróżbitę.

– Może operacja „Przemienienie"?

Rozdział 16

Arnne, wściekła jak ostatnia zaraza, machnęła mieczem, którym zresztą nie potrafiła władać, i ścięła wątłą gałązkę wyrosłą ze spalonego pnia.

– Przestań – mruknęła Achaja. – Zaraz mi głowę utniesz.

Czarownica zamknęła oczy i wzruszyła ramionami.

– Jestem głodna.

– Spokojnie. Ukradłam kilka cebul i garnek. – Zaklęła brzydko.

Od kilku dni szły do Arkach, obie złe jak osy. Powodzenie negocjacji z Kennehem, rozmowa z Radą Starszych... Myślały, że ich talent, wysiłek i wspaniałe pomysły doprowadziły wreszcie do zawarcia porozumienia. Prezentacja nowej broni zrobiła wielkie wrażenie. Ludzie z Lasu zgodzili się na szlak. A one, głupie, myślały, że to ich zasługa. Starsi wypuścili je, nagie, uzbrojone w dwa liche miecze, by zaniosły wieści królowej Arkach. Dopiero jednak kiedy opuściły Las, zrozumiały, że główna przyczyna powodzenia ich misji to... Biafra. Kilka dni szły powoli pośród wypalonych drzew. Bogowie! Tego nie da się z niczym porównać. Armia prowadziła wypalenia, nie licząc się ani z kosztami, ani z rosnącymi stratami. Kilkanaście dni marszu wśród zwęglonych pni, po ziemi pokrytej szarym pyłem, w którym nogi grzęzły aż po kostki, wdychania zapachu popiołu i snującego się wszędzie dymu. Jeśli ktoś wyobrażał sobie krainę śmierci – to tak właśnie powinna wyglądać. Biafra był genialny. Biafra był totalnym skurwysynem. Biafra potrafił doprowadzać rzeczy do końca.

Kiedy wyszły nareszcie na tereny, które wypalano dawniej, obie odetchnęły. Cóż znaczyły ich skromne w takiej skali wysiłki wobec tego, co zrobiono z Wielkim Lasem. Dopiero teraz pojęły nagłą skłonność Starszych do negocjacji, ich szybką zgodę na utworzenie szlaku handlowego.

Były głodne. Kiedy dotarły do bardziej zamieszkanych terenów, Achaja w jakiejś wsi ukradła kilka główek cebuli z pola i zawieszony na płocie garnek. Nie mogła ukraść niczego bardziej konkretnego – psy dostawały szału, czując jej zapach. Natomiast koty – przeciwnie. Najwyraźniej czuły jakieś, jasny szlag! „pokrewieństwo" z dziwnymi istotami. Zbierały się w coraz większe grupy i towarzyszyły im, postępując z tyłu krok w krok. Miało to swoje dobre strony. Nie musiały marznąć podczas snu, okryte ruchomym, ciepłym dywanem z futra. Małe drapieżniki spały na nich, mrucząc, miaucząc, „kłócąc" się z rysiami i żbikami, które również chciały się przyłączyć. Koty jednak nie szły głodne. Zawsze sobie coś upolowały. Mimo wyraźnej sympatii do tych dziwnych, dwunożnych kotów nie chciały dzielić się z nimi swoimi myszami.

Nie mogły zgłosić się do pierwszego napotkanego oddziału wojska. Obie wiedziały dobrze, że żołnierze, widząc dwie nagie dziewczyny z czarnymi węglami zamiast oczu, najpierw wystrzelą z kusz, a dopiero potem będą pytać. To był pas graniczny. Tu toczyła się wojna z potworami. Unikały więc ludzi. Towarzyszące im w coraz większej liczbie koty były zresztą bardzo w tym przydatne. Nic na świecie nie potrafiło wyczuć człowieka z takiej odległości jak kot. Kluczyły, ukrywały się, aż... zajrzało im w oczy widmo głodowej śmierci. Wtedy Achaja podkradła się do najbliższej wioski.

– No, ładnie – mruknęła Arnne. – Czarownica i księżniczka. Obie kradną cebulę z pola.

– Ty nie kradłaś. Nie przypisuj sobie zasługi.

– Jestem już tak zdesperowana, że zaraz zacznę grabić na drodze.

Achaja spojrzała na czarownicę z pewnym zainteresowaniem.

– No, no – mruknęła. – To ty rabuj na gościńcu, a ja tymczasem na boku ugotuję zupę. Tylko rozpal mi ogień.

Arnne wzruszyła ramionami.

– Czuję, że ktoś idzie.

Obserwowała, jak Achaja łamie małe gałązki i układa je w stos. Pomogła jej nawet wystrugać tępym mieczem kije, które miały utrzymywać stary garnek. Potem rozpaliła ogień jednym słowem. Achaja zaczęła obierać zębami cebule. Arnne wyskoczyła na drogę, wywijając orężem jak najlepszy szermierz z cesarskiego baletu w Syrinx.

– Ty tu czekaj, mała. Zaraz przyniosę i jedzenie, i ubranie.

Achaja tylko machnęła ręką. Nabrała wody z pobliskiego strumienia i zawiesiła garnek nad ogniem. Wrzuciła do środka wszystkie cebule i mieszała kijem. Zgromadzone wokół koty patrzyły na nią zdegustowane. „Co ty robisz, kocico?" – zdawały się mówić. „Dlaczego psujesz jedzenie? Od czegoś takiego tylko brzuch cię rozboli. Upoluj sobie i zjedz trochę surowego mięsa". Syknęła na nie, aż się cofnęły. Potem jednak zaczęły węszyć i postawiły uszy. Achaja również pociągnęła nosem. Drogą ktoś szedł. Kilka osób. Jeden mężczyzna, kobieta, trójka dzieci. Czuła wyraźnie ich zapach.

– To jest napad! – ryknęła Arnne, wyskakując z krzaków. Jedną ręką usiłowała się zasłonić, w drugiej dzierżyła miecz w taki sposób, jakby chciała sobie obciąć nos. – Dawać jedzenie i ubranie! Albo śmierć!

Przerażony chłop runął na kolana. Jego żona przygarnęła dzieci.

– Jaśnie pani potwór... – Chłop tak szczękał zębami, że trudno było go zrozumieć. – U nas nic nie ma. My sami głodni. Dziesięć dni idziemy bez kęsa strawy. My z Cihar! Tam Luan już. Obiecali nam ziemię tutaj. Za darmo, jaśnie pani potwór. Zmiłowania prosim.

– Dawać żarcie, chamy! – Głos czarownicy nie brzmiał jednak tak twardo jak poprzednio. – I odziewek!

– Pani! Dzieci nie jadły nic od trzech dni. My nic nie mamy.

– No co ty? – Arnne zawahała się wyraźnie. – To jest napad! Zrozumiałeś mnie?

– Ziemię nam obiecali. Bo las palą. Mówił taki jeden, tu za darmo morgi do wzięcia. No to poszlim. Ale, pani... My żebraki, naszą wieś Luan, cesarskie, wzięło. My za chlebem tutaj. Ja sam nie jadł od pięciu dni. Żonka też. My w strachu, że dziatki pomrą. Pani, zmiłuj się.

– No... – Arnne najwyraźniej nie nadawała się na zbója. – No... mamy tutaj trochę zupy z cebuli, cośmy ją ukradły. Chodźcie. Przynajmniej dzieci zjedzą coś ciepłego.

Achaja palnęła się dłonią w czoło. Koty wokół zastrzygły uszami. Czarownica przyprowadziła całą rodzinę do ogniska. Chłop ukląkł ze strachu, widząc drugiego potwora. Jego żona modliła się cicho. Dzieci jednak doskoczyły do kociołka, węsząc pierwszy prawdziwy posiłek od wielu dni. Im było wszystko jedno. Najmłodszy chłopak wziął najbliższego kota na ramię i zaczął głaskać.

– Jak tam zbójowanie? – mruknęła Achaja. – Kiedy dzielimy łupy?

Arnne zaklęła i odwróciła wzrok. Nie miała niczego do powiedzenia.

– Ty się wstrzymaj z tym okrutnym rozbojem. Bo zupy nie starczy dla dalszych ofiar twoich napadów.

– Daj mi spokój. Sama słyszałaś.

Achaja roześmiała się nagle.

– Wiesz? Zbój z ciebie jak...

– Wiem – przerwała jej Arnne. – Jak z koziej dupy trąba – dodała samokrytycznie. Wyraźnie było jej wstyd. Chłopskie dzieci odebrały Achai kij i same zaczęły mieszać w garnku. Zresztą... Po prawdzie znały się na tym dużo lepiej. Nie bały się potworów. Szybko polubiły wszystkie koty. Zjadły całą zupę.

Po rozstaniu z chłopską rodziną Arnne i Achaja szły głównie nocami. Słaniały się z głodu. Okolice stawały się coraz bardziej ludne, ale w każdej wsi roiło się od psów. Wolały nie występować jawnie. Patrole kawalerii przemierzały drogi. Wiedziały, że do żołnierzy na koniach lepiej nie podchodzić. Ktoś mógłby stracić życie, zanim padłoby jakiekolwiek słowo.

Arnne, wykorzystując swą czarnoksięską moc, znalazła gniazdo jakiegoś ptaka, gdzie leżało sześć świeżych jaj.

– Kurde, mamy żarcie. – Achaja wdrapała się na drzewo i podzieliła zdobycz. – Możemy już kogoś napaść.

– Co?

– No, napadniemy kogoś, sterroryzujemy mieczami, okrutnie nastraszymy, a potem nakarmimy i chodu.

– Przestań. – Czarownica zrobiła otworki w obu końcach skorupki i teraz przez jeden z nich wysysała ciągnącą się zawartość.

– Mogę przestać. – Achaja poszła za jej przykładem, dziurawiąc swoje jajko. – Dobrze, że gotowizny znaczniejszej nie mamy. Bobyśmy musiały wtedy napaść całą wieś. Żeby ofiar starczyło do obdarowania.

– Ty, patrz – przerwała jej Arnne.

Koty złapały jakiegoś ptaka. Może nawet tego, który złożył jaja w gnieździe.

– O kurde! Chłopaki! Dawajcie go. Dawajcie go tutaj.

Koty nie chciały oddać zdobyczy. Ptak jednak był duży. Ledwie mogły go utrzymać.

– Chłopaki! Podzielcie się z nami. – Achaja skoczyła zwinnie, chwytając cudzy łup i zabijając ptaka jednym ruchem dłoni. – Kocurki... damy wam za to całą górę smacznej wątróbki. Jak tylko dojdziemy. Obiecuję.

Arnne zaczęła zbierać suche gałęzie.

– Koty kochane! – tłumaczyła Achaja, usiłując oprawić zdobycz tępym mieczem. – Wy, chłopaki, macie swoje myszy. My, dziewczyny, mamy teraz ptaka. Podzielimy się tak: wy bierzecie wnętrzności, my resztę. I obiecuję wątróbkę.

– Myślisz, że nas rozumieją? – spytała Arnne, układając gałęzie w stos. Rozpaliła ogień zaklęciem.

– Kurde. Kto?

– No... koty. Myślisz, że zrozumiały, co do nich mówisz?

– No coś ty? Tak tylko żartuję.

– Mmmmm... – Czarownica potrząsnęła głową. – Mam wrażenie, że możemy z nimi rozmawiać – powiedziała całkiem poważnie. – Nigdy nie czułam czegoś takiego.

Achaja wzruszyła ramionami. Oprawienie ptaka tępym narzędziem było trudne, a do tego jeszcze pierze. Arnne nachyliła się do wielkiego rudego kocura.

– Słuchaj, bracie. Jak daleko jest do obozu wojskowego? – spytała.

Achaja parsknęła śmiechem.

– Poczułaś to? – Czarownica spojrzała na nią swoimi czarnymi oczami. – Poczułaś?

– Kurde. Co?

– Do obozu dojdziemy przed świtem.

– O żeby cię...

Arnne powoli rozmasowywała sobie skronie.

– Naprawdę niczego nie czułaś?

– No coś tam czułam. A raczej zobaczyłam. – Nabiła ptaka na zaostrzony patyk i umieściła nad ogniem.

– Co?

Znowu wzruszyła ramionami.

– Coś jakby palisadę za mgłą. Brzask. Zapach dymu. Zapach ludzi. – Obróciła patyk tak, żeby go nie lizały płomienie. – Mówiłaś o obozie, to go sobie wyobraziłam.

– Nie. Dojdziemy przed świtem. – Czarownica podrapała kocura za uszami. – Możemy z nimi rozmawiać.

– Ty, daj se na wstrzymanie.

Doszły przed świtem. W porannej mgle zobaczyły palisadę otaczającą obóz. Poczuły zapach dymu i ludzi.

– No, to teraz musisz dotrzymać słowa – mruknęła Arnne.

– Jakiego?

– Obiecałaś chłopakom wątróbkę – roześmiała się.

Achaja uśmiechnęła się również. Potem wyszła spomiędzy drzew na wolną przestrzeń.

– Hej tam! Nie strzelać!

Obie w towarzystwie całego stada kotów ruszyły w kierunku palisady.

– Koleżanki, nie strzelajcie! Jesteśmy ze zwiadu!

Warty w obozie, ukryte za ostrokołem, powinny być bardziej rozsądne, jeśli chodzi o użycie kusz, od przygodnie napotkanego patrolu. Dla pewności jednak obie odrzuciły swoje miecze.

– Koleżanki! Nie strzelajcie! Jesteśmy ze zwiadu!

– To co tak na golasa łazicie? – rozległ się stłumiony okrzyk.

– Tak wyszło. Otwórzcie bramę!

– Akurat! Zaraz bramę. A może po prostu palisadę rozbierzemy, żebyście mogły wejść bez trudu? – w głosie wartowniczki dały się słyszeć nutki wesołości. – Tutaj, do furtki chodźcie.

Arnne oczywiście nie wytrzymała:

– Ty! Oficer wołaj migiem!

– Oż kurwa twoja mać! – dobiegło zza drewnianych bali. – A może ci od razu królową przyprowadzić?

– Spokojnie. Spokojnie – wmieszała się Achaja. – Nie strzelajcie. Jesteśmy ze zwiadu.

Ona, w przeciwieństwie do czarownicy, służyła jako zwykła żołnierz. I wiedziała, że nie ma lepszej rozrywki dla zaspanej i znudzonej śmiertelnie wartowniczki niż wrażenie komuś bełtu w tyłek.

– Spokojnie. Nie strzelajcie, dziewczyny. – Przeszła przez ledwie uchyloną furtę. – Tylko nie strzelajcie!

– O kurwa! Potworyyyyyy!!!

Ze czternaście kusz mierzyło w nie i nie było podstaw sądzić, że którykolwiek z bełtów nie trafi w cel. Żołnierze już zauważyły ich pozbawione białek, smoliście czarne oczy.

– Nie strzelajcie, proszę. Major Achaja ze zwiadu i czarownica Arnne. – Obie podniosły ręce, żeby pokazać, że nic w nich nie mają. Koty, wiedzione ciekawością, całą watahą wdzierały się właśnie do obozu. – Nie strzelajcie.

– Na kolana, suki! – wrzasnęła kapral piechoty stojąca najbliżej. – Dam ja ci majora, pindo.

Obie opadły na kolana. Tylko chwile dzieliły ich od tego, żeby ktoś ściągnął spust.

– Jesteśmy ze zwiadu, koleżanki.

– Nie jestem twoją koleżanką, potworze! – wrzasnęła kapral, wymachując kuszą. – Jak żeście ze zwiadu, to jesteście zdrajczynie!

– Nie strzelajcie, co?

– Coście dały ze sobą zrobić, suki?! Jesteście zdrajczyniami.

Nie dyskutowały. Czternaście bełtów mogło poszybować w ich kierunku w każdej chwili.

– Ręce w tył! – zakomenderowała kapral energicznie.

Dwie szeregowe skrępowały Achaję i Arnne błyskawicznie. Potem pociągnięto je za włosy w kierunku zbitego z drewnianych bali baraku, który pełnił rolę więzienia. Kopniakami wpędzono do środka. Arnne chciała protestować, ale Achaja syknęła cicho. Rzucono je na klepisko, obrzucono wulgarnymi wyzwiskami i zatrzaśnięto drzwi. Koty pojawiły się w zakratowanym oknie prawie natychmiast.

– Au. – Arnne gramoliła się, usiłując chociaż klęknąć, co nie było łatwe z wykręconymi i skrępowanymi wysoko na plecach rękami. – O szlag! Nie musiały, małpy, aż tak wykręcać. – Usiłowała poruszyć dłonią.

– Leż. Będzie mniej bolało.

– Zawołajmy oficera.

– Ani mi się waż krzyknąć. Wpadną wartowniczki i zrobią z nas siekane kotlety.

Czarownica potrząsnęła głową. Mając związane ręce, nie mogła nawet użyć jakiegokolwiek czaru. Koty wskakiwały do środka i ocierały się o nie, mrucząc.

– Może by nam chociaż przegryzły sznur? Co?

– Powiedz im – zakpiła Achaja. – Skoro uważasz, że można z nimi gadać.

Arnne sama fuknęła jak kocica. Usiłowała się skupić, zaciskając zęby; ból puchnących nadgarstków był coraz większy.

– Poczułaś? – spytała po chwili.

– Co?

– Powiedziały nam! Powiedziały nam! Widziałaś?

Achaja splunęła na klepisko.

– Gówno widziałam. Wyobraziłam sobie samą siebie zamienioną w kota i to wszystko.

– Właśnie. – Czarownica była coraz bardziej podniecona. – To jest właśnie ich odpowiedź. To są te czary z Lasu, których nie czułam. Ja ich nie rozumiem, nie umiem tego zrobić świadomie, ale... to działa! Ty też możesz je poczuć.

Achaja nie była przekonana. Naprawdę nie „czuła" żadnej odpowiedzi. Po prostu wyobraziła sobie nagle siebie zamienioną w człowieka-kota. Potrząsnęła głową.

– No dobra – powiedziała bez przekonania. – Próbujemy?

– Mhm.

U obu nagle pojawiły się kły, pazury i kocie ogony. Achaja szarpnęła się z całej siły. Poczuła ból. „Nie, nie tak!" To nie były słowa. Po prostu w jej głowie pojawił się obraz zaprzeczenia. Nie potrafiła tego określić. Wielki czarny kocur patrzył na nią, przekrzywiając łebek. Wyraźnie się śmiał. To też widziała we własnej głowie. Zobaczyła swoją rękę pozbawioną kości i mięśni. Aż się wzdrygnęła. Kot przewrócił się na grzbiet. Śmiał się zupełnie wyraźnie. Znowu obraz ręki. A potem obraz małego kotka schwytanego w jakąś pętlę, z której wyślizguje się bez trudu. Zrozumiała.

Wyciągnęła rękę z krępującego ją sznura. Usiadła, masując obolałe nadgarstki. Zniknęła ogon i kły. Arnne tuż obok również była wolna. Śmiała się zupełnie jak czarny kocur poprzednio. Dla tak czułej czarownicy zrozumienie tego, co mówiły im koty, okazało się sto razy łatwiejsze niż dla Achai.

Wstała lekko i podeszła do zakratowanego okna.

– Nie będziemy tu czekać Bogowie wiedzą jak długo. Zawołam oficera.

– Mówiłam, żebyś nie krzyczała.

– Nie będę. Ciiiiii... To bardzo trudne zaklęcie, rzadko się udaje.

Wypowiedziała słowo, potem przytrzymała je w palcach obu dłoni. Drżały tak, jakby chciały wyrwać się ze stawów. Arnne jednak powoli, konsekwentnie odzyskiwała kontrolę nad dłońmi. Opanowywała mięśnie, które zaczynały już chwytać skurcze. Chwilę później pchnęła słowo, wysyłając je gdzieś przed siebie.

Była świetna, była rewelacyjna, niesamowita, była najlepsza! Kapitan piechoty pojawiła się w drzwiach więzienia w niecałą modlitwę później. Achaja po raz pierwszy w życiu widziała coś takiego. Nigdy też nie słyszała, żeby można było czarami wpłynąć na zachowanie jakiegoś człowieka. Zmusić siłą, to tak, ale skłonić, żeby przyszedł sam z siebie?

– Coście tu nałapali? – spytała kapitan piechoty wartowniczkę. – Dlaczego one nie są związane?

– O Bogowie – wyrwało się kapral. – Były! Były związane!

– To tę patałach, co je wiązała, do karceru.

– Pani kapitan, jestem major Achaja, księżniczka, ze służby rozpoznania i zaopatrzenia. Proszę przywołać jakąś oficer zwiadu.

– A ja jestem cesarzem Luan – odparła kapitan piechoty. – Gdybym wierzyła każdemu więźniowi...

– Lepiej uwierz. – Arnne, mrużąc oczy, trzymała obie dłonie przy ustach. – Radzę, lepiej uwierz.

– Ty...

– Bo naprawdę zostaniesz cesarzem Luan – przerwała jej czarownica – ale... zupełnie nie będzie ci się to podobało.

– Wartownik – warknęła kapitan.

Kapral wyszarpnęła swój miecz. Achaja doskoczyła szybko, wyrwała broń, wbiegła na ścianę i wbiła ostrze w sufit.

– Przepraszam – szepnęła, kiedy znowu znalazła się na ziemi.

Kapitan uniosła głowę i popatrzyła na miecz. Trzeba będzie skombinować skądś drabinę, żeby go wyjąć. Po chwili opuściła wzrok.

– Sprowadzę wam oficera zwiadu – powiedziała. – Gdybyście jednak chciały wyjść wcześniej... to wokół jest trzydzieści kusz, które mierzą w to wejście.

Z bezbronną chwilowo wartowniczką wycofały się, zatrzaskując drzwi.

– Uwierzą nam? – spytała Arnne. – Czy będziemy tu siedzieć, aż sobie sprawdzą u Biafry?

– Nic się nie bój. Trochę już poznałam stosunki panujące w wojsku.

– Co masz na myśli?

– Zaraz zobaczysz.

Drzwi otworzyły się znowu i stanęła w nich porucznik zwiadu w skórzanej kurtce i spódniczce.

– Jesteśmy... – zaczęła Arnne, ale Achaja nie pozwoliła jej dokończyć.

– Gdzieś była, głupia dupo?! – wsiadła na biedną porucznik jak sierżant na swoją drużynę. – To ja, major, księżniczka, psiamać, mam czekać w więzieniu, aż łaskawie zechce ci się ruszyć dupsko?!

– Ależ, proszę pani... – dziewczyna od razu przeszła do defensywy. Arnne uśmiechnęła się promiennie i mrugnęła do Achai.

– Co „proszę pani"? Co „proszę pani"?! Co to, kurwa, za zwiad, który nie wie nawet, co się dzieje w obozie? Zaraz jako kapral piechoty będziesz obierać ziemniaki w kuchni! Albo jako szeregowy kawalerii będziesz wynosić końskie łajno!

– Ależ, proszę pani... Ja...

– Ja! Ja i tylko ja! Ten kierunek w filozofii zwą chyba solipsyzmem – powtórzyła zdanie, które usłyszała kiedyś od Biafry. – Ja... to ci nogi z dupy powyrywam, pindo!

– Przepraszam, ja tylko...

– Czy ty mnie, kurwa, w ogóle poznajesz? – Achaja dotknęła swojego tatuażu.

Tamta musiała coś słyszeć. Pojedynek z Virionem i bitwa w lesie nie mogły przecież przejść bez echa. Potwierdziła energicznym ruchem głowy. Bała się otworzyć usta.

– No to biegiem, dupo, po dwa mundury, jakieś żarcie i rozkaz wyjazdu do stolicy! Ach... i wiadro wątróbki.

– Tak jest! – Porucznik zasalutowała sprężyście i odwróciła się służbowo. W drzwiach zatrzymała się jednak. – Przepraszam najmocniej... I co? – szepnęła przerażona.

– I wiadro surowej wątróbki! – powtórzyła Achaja. – Biegiem!

– Tak jest!

Po jej wyjściu Arnne tylko kręciła głową. Potem zaczęła się śmiać. Usiadła pod ścianą i zakryła głowę ramionami.

– Bogowie... Czy tak wygląda każda armia na świecie?

– Każda.

– Kurczę. Wystarczy zakrzyczeć?

– Mhm. Dobrze jest mieć jakiś punkt zaczepienia, ale w gruncie rzeczy masz rację. Głośny krzyk to podstawa.

Śmiały się jeszcze, kiedy biedna porucznik osobiście dostarczyła im mundury, dwie znormalizowane porcje żywieniowe, rozkaz wyjazdu do stolicy podpisany przez samą panią pułkownik i... ha, ha, ha... wiadro wątróbki.

Rzuciły mięso kotom. Jak umowa, to umowa. Każdej umowy trzeba dotrzymać. Z dużą ulgą założyły zimowe mundury – skórzane spodnie na szelkach, ciepłe buty i podbite barankiem kurtki. Dwie żołnierskie racje pożarły szybciej niż koty swoją wątrobę.

Nie chciały robić porucznik obciachu, skoro już nosiła to wszystko przy prostych żołnierzach, więc włożyły na siebie całe wyposażenie szeregowców zwiadu (oficerskich mundurów nie było): plecaki, zrolowane koce, kusze, kołczany, miecze, noże, łopatki, zwoje lin, pasy, manierki, menażki, juki z prowiantem, maskujące siatki, specjalne mocowane do ud pochwy ze sztyletami, szaliki z insygniami nieznanych im bliżej jednostek, chusty do zasłaniania twarzy, chlebaki obozowe, bukłaki, skrócone dziryty... Wyglądały obie jak juczne muły. Albo jak dwuosobowa ciężka dywizja do okupacji Syrinx. Ale... dopiero teraz było im tak naprawdę ciepło. Ranek wstawał mroźny. Kiedy wyszły z baraku służącego za więzienie, przy każdym wydechu z ust wydobywał się obłok pary.

– Zaraz spadnie śnieg. – Porucznik nasmarowała im sadzą grube czarne pasy pod oczami. – Żeby nie oślepiało – wyjaśniła.

Obie wyglądały bardzo bojowo. Objuczone sprzętem do granic możliwości, ledwie wsiadły na przygotowane wcześniej konie.

– Zaopiekuj się kotami – rzuciła Achaja pani porucznik.

– Słucham? Proszę pani?

– To emerytowani agenci wywiadu. Musisz je karmić.

Nie sposób było zabrać ze sobą kotów w podróż na koniach. Arnne ruszyła pierwsza w stronę bramy. Achaja odpowiedziała niedbale na sprężysty salut porucznik i ruszyła za czarownicą. Nie musiały nawet pokazywać papieru na punkcie kontrolnym.

– Nie uważasz, że to mimo wszystko dziwne? – spytała Arnne, kiedy obóz zniknął im za pierwszym wzniesieniem drogi.

– Co?

– Że nas tak łatwo puścili. Że pani pułkownik piechoty podpisała rozkaz wyjazdu, nie racząc się nawet pofatygować, żeby zerknąć na te nasze smoliście czarne oczy. Choćby z ciekawości powinna to zrobić.

Achaja wzruszyła ramionami.

– Nikt nie chce podskoczyć zwiadowi, ale... masz rację. Pewnie nas śledzą.

Czarownica uniosła się w strzemionach i zaczęła węszyć. Po chwili opadła jednak na siodło zniechęcona.

– Bogowie... Czy każdy żołnierz zwiadu musi taskać na sobie te makabrycznie ciężkie przedmioty?

– Skoro nam dali, to pewnie musi.

Dłuższy czas jechały w milczeniu, szczęśliwe, że po raz pierwszy od opuszczenia Wielkiego Lasu nie jest im zimno. Ciepłe buty, spodnie i podbite barankiem kurtki doskonale spełniały swoje zadanie. Obie postawiły kołnierze i obwiązały szyje szalikami. Miały szczęście, nie wiadomo, co by się stało, gdyby choć o dzień spóźniły się z przybyciem do obozu. Mróz stawał się coraz ostrzejszy. Na niebie kłębiły się ciemne chmury. Widoczność pogarszała się z każdą chwilą.

Po południu mróz zelżał trochę. Za to zaczął padać gęsty śnieg. W ciągu modlitwy właściwie przestały widzieć cokolwiek. Zawiązały sobie chusty na twarzach, żeby zakryć nos i usta. Musiały zsiąść z koni; w zamieci można je było jedynie prowadzić za uzdę.

– Ale z nas dwa głupie tyłki! – Arnne uderzyła się dłonią w czoło.

– Czemu?

– Zapomniałyśmy poprosić żołnierzy chociaż o kilka brązowych!

– O szlag! – Achaja zagryzła wargi. – No to żegnajcie, zajazdy, karczmy i stodoły... Nocujemy pod drzewem.

– Może chłopi przenocują za darmo?

– Może. Tyle że wsi w Arkach nie ma przy żadnym z traktów. Bo wojsko by rozgrabiło, przechodząc.

Zrezygnowały z dalszej drogi. Zadymka nie pozwalała na zrobienie kroku. Zaszyły się w ocienionym miejscu, pomiędzy kilkoma drzewami na poboczu drogi. Okryły konie derkami. Usiadły pod jakimś rozłożystym krzakiem na własnych plecakach i przytuliły się do siebie, usiłując się owinąć kocami. Jedyną korzyścią z „fryzur", jakie im zrobili wojownicy z Lasu, było to, że dzięki naturalnym hełmom przynajmniej śnieg nie wpadał im do oczu i nie marzły głowy.

Arnne roześmiała się nagle.

– To tylko nam się mogło przytrafić. Księżniczka i czarownica. Obie z dobrych domów, przyzwyczajone do spełniania zachcianek. Pomyślały o wszystkim poza tym, żeby pożyczyć choć dziesięć brązowych.

– Ta. Dwie głupie cipy.

– To sobie zwiad wynajął fachowców, Bogowie. Załatwić Viriona, umożliwić przejście przez Wielki Las, zaczarować garnizon, żeby wypuścił obcych szpiegów. Proszę bardzo. Ale zadbać, żeby własny tyłek nie przymarzł do śniegu... Tego już nie potrafią.

Roześmiały się.

– Ty, słuchaj – szepnęła Achaja po chwili. – A nie potrafiłabyś rozegnać tych chmur?

– Ty, słuchaj – odpowiedziała Arnne, przedrzeźniając koleżankę. – Nie musisz wierzyć we wszystko, co mówią o czarownicach.

Obudziły się wraz z pierwszym brzaskiem. Skostniałe tak, że nie były pewne, czy żyją. Dwa rysie i żbik lizały je po twarzach, chcąc te swoje głupie, wielkie siostry zmusić do jakiejś reakcji. Jeśliby poleżały jeszcze trochę na mrozie, mogłyby już nie wstać nigdy. Konie parskały przestraszone obecnością drapieżników. Arnne kaszlała słabo.

– Bogowie... nie mogę się ruszyć.

Achaja oparła się na łokciu. Coś strzyknęło jej w krzyżach. Chłód, który wdarł się pod odwinięty koc, był paraliżujący. Jeden z rysiów wskoczył na posłanie, uniemożliwiając jej położenie się na powrót. Musiała wstać.

– Ale zzzzimno – zaszczękała zębami Arnne.

Achaja pomogła jej się podnieść. Opatuliła kaszlącą czarownicę kocem. Arnne nie wyglądała dobrze. Kurde! Oby tylko nie zapalenie płuc, zaklęła w myślach.

Nałamała gałęzi, strząsając z nich śnieg. Ciepły posiłek dobrze by im zrobił. Wyjęła suszone mięso i suchary.

– Rozpalisz ogień?

Czarownica zaprzeczyła ruchem głowy.

– Mam zbyt zgrabiałe palce. Nic nie czuję.

– Szlag!

Achaja wyjęła regulaminowe wojskowe krzesiwo. Nic z tego. Szarpała się ze dwie modlitwy, iskry padały wokół jak w kuźni, ale nie potrafiła rozpalić mokrego drewna. Nigdy w życiu nie musiała dotąd używać krzesiwa. Nie umiała tego robić.

Obu dziewczynom kapało z nosów. Zaczęły żuć suchary, bowiem dwa rysie i żbik rozprawiły się tymczasem z suszonym mięsem. Było tak zimno, że obie myślały wyłącznie o tym, żeby znowu przytulić się do siebie i spać... Nie! Żadnych takich pragnień! Żbik przekrzywił głowę. To on wywołał w ich umysłach obraz zaprzeczenia.

– Czy jest tu jakaś wieś? – spytała Arnne.

Żadnej reakcji. Żbik nie był domowym kotem. Pewnie w ogóle nie znał pojęcia wsi.

– Co radzisz?

W głowach dziewczyn pojawiły się pomieszane obrazy. To naprawdę nie był kot przyzwyczajony do ludzi. Trudno go było zrozumieć. Zobaczyły coś jakby obraz małego gryzonia, pogoń, skok, śmiertelny pisk, krew, wnętrzności, zadowolenie.

– No, ładnie – mruknęła Achaja. – Spytaj go jeszcze, jak się przyrządza płetwy rekina w sosie ostrygowym. Albo czy na giełdzie w stolicy...

– Przestań. – Czarownica była ledwie żywa.

Tak po prawdzie Achai też niewiele brakowało. Tyle tylko, że była o całe niebo silniejsza i bardziej odporna, ale... Nie przywykła do mrozu i śniegu. Rozejrzała się wokół. Zwały białego puchu dezorientowały ją zupełnie, nie miała nawet pojęcia, w którym kierunku leży droga.

– Chłopaki. Poprowadźcie nas do traktu, co?

Znowu pomieszane obrazy w ich głowach. Tym razem zaprzeczenie wszystkich naraz, obu rysiów i żbika jednocześnie. Trakt – nie! Tam ludzie. Ludzie – blisko! Nie, nie, nie!

– Ludzie? – spytała z nadzieją. – Gdzie?

Trzy zwierzaki spojrzały na nią w niebotycznym zdziwieniu. Wszystkie trzy zaczęły węszyć. O żez szlag! Jak mogła o tym nie pomyśleć?

Pociągnęła nosem. Poruszyła głową i złapała ich zapach. Ubranie, pot, skórzane pokrowce, smar do osi, końskie szczyny, płótno, parciane worki, owies pomieszany z trocinami, natłuszczony metal. Dwóch ludzi, wóz, czwórka koni. Sto kroków stąd.

– Dzięki, chłopaki. Przedtem mnie zaćmiło.

Szarpnęła czarownicę za ramię. Napięła swoją kuszę, nałożyła bełt. Potem napięła kuszę koleżanki.

– No chodź! Robimy rozbój!

Arnne z pewnym przestrachem patrzyła na trzymaną w ręku broń.

– Znowu napad? A na pewno nas stać?

– Chodź. Nie czas na żarty.

Pobiegły, a właściwie pokuśtykały w stronę traktu, kierując się węchem. Ani żbik, ani rysie nie szły za nimi. Droga to nie był ich teren.

– Stać! – Achaja wypadła spomiędzy drzew, mierząc z kuszy. Arnne dość przytomnie podskoczyła na tył wozu, terroryzując pomocnika.

– Kurwa! Dezerterzy! – Woźnica ściągnął lejce, zatrzymując zaprzęg. – I to ze zwiadu! Ale pech.

– Ty! To nie jest napad. To jest tajna operacja służby rozpoznania i zaopatrzenia.

– Akurat... – jęknął. – Już ja wiem, jak wygląda wojskowa fryzura. – Zerknął na głowę księżniczki.

Poczuła zapach strachu. Coś gorącego rozlało się w jej żyłach. Czuła też zapach zmęczonych koni, garbowanej skóry, worków, płótna, owsa i trocin. Podskoczyła z kuszą.

– Dobra. Dawaj gorzałkę i dziesięć brązowych. A jak nie... to będziesz oddychał przez dwa dodatkowe otwory w płucach!

– Co? – zwątpił wyraźnie. – Ile?

– Gorzałkę i dziesięć brązowych.

Nie miał pojęcia, co o tym myśleć. Co ten napastnik? Chciał dostać tylko napiwek? Przerażony do granic możliwości rzucił dziewczynie bukłak. Potem drżącymi palcami rozsupłał sakiewkę i podał srebrną monetę.

– M... m... może być trochę więcej? – spytał, jąkając się ze strachu. – Nie mam drobnych.

– Dobra, gnoju. – Odskoczyła do tyłu. – I żebyś mi się więcej nie odważył mieszać owsa z trocinami, skurwysynu! Przez takich jak ty parszywców zdychają wojskowe konie!

Obie z Arnne cofały się, odskakując pod osłoną kusz. Potem odwróciły się i pobiegły w gąszcz, do własnych wierzchowców. Słyszały jeszcze, jak pomocnik utyskuje, gramoląc się na kozioł, do woźnicy:

– O matko! Skąd wiedziała? Skąd ona wiedziała?

– Kurwa. Tera przez sito musimy przepuścić cały towar.

Dziewczyny pospiesznie zgarniały swój wojskowy dobytek. Achaja wyrwała zębami korek i wlała w gardło kilka łyków parszywej wódki.

– Teraz ty. – Podała czarownicy.

– Ja? Nie mogę.

– Pij! Jeśli dostaniesz zapalenia płuc, to ci nie pomogę na tym wygwizdowie.

Czarownica wzięła bukłak i przełknęła mały łyk. Rozkaszlała się znowu.

– Nie mogę!

– Pij. – Achaja podniosła kuszę.

Umęczona Arnne spojrzała wzrokiem zabijanej sarny.

– Wiem, wiem... – chlipnęła. – Bo będę oddychać przez dodatkowe otwory.

Zamknęła oczy i z wielkim poświęceniem pociągnęła mocno. O mało nie zwymiotowała. Coś nią szarpało i dusiło jednocześnie. Po chwili jednak poczuła się lepiej. Achaja odebrała od niej bukłak i wlała w siebie drugą porcję. Potem również czarownicę zmusiła do powtórki. Czarne oczy Arnne zaczęły błyszczeć.

– Teraz już jestem pijaczką, tak? – spytała poważnie jak dziecko.

– Jeszcze nie – roześmiała się Achaja. – Ale jesteś na dobrej drodze.

Osiodłała z trudem oba konie i pomogła koleżance dostać się na siodło. Trochę przynajmniej rozgrzane ruszyły w dalszą drogę.

– Ty. A może byśmy tak plunęły na służbę i zajęły się poważnie rozbojem?

Czarownica najwyraźniej była pijana. Achaja nie odpowiadała.

– Bo wiesz. Nam to całkiem fajnie idzie. A poza tym... Najlepszy szermierz w kraju. Jedna z najlepszych czarownic. Wpadamy we dwie na konwój, zabijamy wszystkich, żeby śladu nie było, rabujemy i chodu! Co?

– I zabiłabyś wszystkich?

– Nieeee... Tym to ty byś się zajmowała. Ja bym ich tylko otumaniła. Albo spaliła żywcem, co?

– Arnne. Nie pij więcej.

– We dwie tobyśmy narabowały góry złota. Na co nam służba? A jakby się rozniosło, że my to my... znaczy toby nam przynosili złoto w zębach, żebyśmy tylko na drogę nie wychodziły, co?

– No coś w tym jest – niechętnie zgodziła się Achaja. – Ale znając ciebie, tobyś raczej nakarmiła ofiary swoich napadów, kocami opatuliła i jeszcze gotowiznę dała na drogę.

– Tak cię męczą te chłopskie dzieci i zupa z cebuli, co nam zjadły? No ale przy tym wozie to twardo stanęłam, co? Okrutny ze mnie zbój, prawda?

– Taaaaa... Dobrze, że się tak przestraszyli, że o nic nie zdążyli poprosić. Bobyśmy im własne ubrania musiały oddać.

– A ty to co? Czemu tylko dziesięć brązowych chciałaś?

– Wzięłam srebrnego.

– Wzięłaś srebrnego tylko dlatego, że nie miał drobnych. Jesteś głupi tyłek, a nie zbój!

– Uuuuu... Mistrz umierania się odezwał.

– Siksa!

– Córeczka tatusia!

– Uważaj, żebyś się nie posikała ze strachu, jak zobaczymy następny wóz!

– A ty nie pomyl dyszla z...

Urwały nagle i obie zaczęły węszyć. Lekki wiatr wiał z przodu i zapach był bardzo wyraźny.

– Czujesz to co ja? – spytała czarownica tym razem rzeczowo.

– Mhm. Ze trzydziestu ludzi, w dwóch szeregach przy drodze.

– Wojsko.

– No. Dziewczyny, mundury, broń i nieśmiertelny regulaminowy łój do butów.

Obie zeskoczyły z siodeł. Arnne zmrużyła oczy.

– Kurczę. Ten zapach jest znajomy.

– Zalewasz... Są jakieś sto pięćdziesiąt kroków stąd.

Przywiązały konie do drzew i zaczęły się skradać.

– Pułapka?

– Na nas? Już się ktoś dowiedział o tym wozie?

– No coś ty? Ta suka z obozu pewnie wysłała wcześniej meldunek.

Arnne potrząsnęła głową. Wiatr powiał w ich stronę. Teraz poczuły wyraźnie.

– Kurde! Shha, Lanni, Mayfed, Zarrakh, Bei, Chloe, Harmeen, Sharkhe i inne. To twój pluton! – rozpoznała Arnne.

Achaja uklękła w śniegu. Przez chwilę nie mogła się opamiętać ze szczęścia.

– O żeż! Ze stu kroków mogę wywąchać takie rzeczy?

– No. – Arnne oblizała nos jak kot. – Ale cwana suka, ta porucznik z obozu.

– Mhm. Se wydumała. Po co nas trzymać? Wypuściła z rozkazem stawienia się w stolicy. Krok w bok i zgarnia nas pierwszy patrol. A jak będziemy jechać prosto, to zgarnie nas własny pluton. Jeśli nas dziewczyny rozpoznają, to w porządku. Jeśli nie, to będziemy mieć po piętnaście bełtów na korpus każda.

– Rewelacja – uśmiechnęła się czarownica. – Powinnaś ją mianować kapitanem. Tylko jak wiadomość wysłała?

– Miała czas. Puściła kuriera przed nami. – Achaja zagryzła wargi. – Ty. Zrobimy je w jajo?

– Mhm.

Obie cofnęły się do koni. Odwiązały i poprowadziły przez las wielkim łukiem, tak żeby ominąć dziewczyny zaczajone w pułapce. Wyszły z powrotem na drogę jakieś dwieście kroków za plutonem zwiadu. Znowu uwiązały konie.

– Słuchaj – mruknęła Achaja. – Robimy po mistrzowsku. Daj z siebie wszystko.

– Dobra – zgodziła się czarownica.

Zaczęły się przekradać w stronę zaczajonych dziewczyn. Krok za krokiem, powoli, bezszelestnie. Całe to cholerne oporządzenie, które miały na sobie, ciążyło coraz bardziej, ale nie poddawały się. Kiedy były już blisko, Arnne wypowiedziała słowo i chwyciła je w palce. Jeszcze kilka kroków. Zaklęcie zaczęło działać. Przesmyknęły się niezauważone do punktu dowodzenia i przyklękły w śniegu obok Harmeen i Lanni.

– Żeż... Długo będziemy tak sterczeć na mrozie? – spytała Shha.

Achai zaszkliły się oczy.

– Taaa... Pewnie nie przyjdą – mruknęła Lanni. – Jak zwykle zwiad nas wpuszcza...

– ...w maliny – dokończyła Achaja. – Nie przyjdą na pewno.

– Masz rację, Achaja – powiedziała Harmeen i zamarła, bo nagle zdała sobie sprawę, do kogo mówi i na kogo patrzy. Szarpnęła się w tył, potknęła i runęła na plecy w śnieg.

– No, co to za wojsko? – ryknęła Achaja. – Lanni, a gdzie szpica? Shha, gdzie warty z tyłu? Czy w tym plutonie wszyscy kaprale nagle się pospali?

Shha runęła na kolana. Jeśli o nią chodzi, to kawał się nie udał. Dziewczyna nie była orłem, ale potrafiła ustawić sprawy na właściwych dla siebie miejscach.

– Siostrzyczko! – Objęła Achaję i przytuliła mocno. – Ale jestem szczęśliwa, że żyjesz.

– Ludzieeeee! – wrzasnęła Mayfed. – Laleczka jest z nami! Kurde blade, wiedziałam, że nie da, jej ocwanić!

– O żeż! – Bei podskoczyła do Sharkhe. – Wygrałam zakład, małpo! Trzydzieści wart będziesz teraz za mnie trzymać!

– Lalko! Laleczko! – Lanni chwyciła Achaję za włosy. – Aleśmy się o ciebie martwiły! Sikso jedna.

Chloe walnęła Zarrakh w bok.

– Dawaj, małpeczko, dwadzieścia brązowych! No i kto, kurwa, miał rację?

Zarrakh klęła na czym świat stoi. Dała Chloe swoją sakiewkę i mruknęła, że resztę odda przy najbliższym żołdzie. Potem kucnęła przy Achai.

– Stawiałam, że cię ubili, nie dlatego, że tak chciałam, tylko... – pociągnęła nosem – mi się zdawało, że już po tobie. Jak nas osłaniałaś z tą... – zerknęła na czarownicę – no... z tą drugą... że też, zaraza, stanęła jak żołnierz. Chyba cud.

– Co wyście, powariowały? Mam jakieś nowe przezwisko?

– No. – Mayfed uśmiechnęła się, mrużąc oczy. – Już nie jesteś Achajka. Jesteś Laleczka. Nasza maskotka.

Arnne zaklęła cicho. Shha patrzyła przestraszona na twarz siostry.

– Czy... oni cię oślepili? – spytała, zagryzając wargi.

– Nie. Spokojnie.

– To ile palców ci pokazuję? – Podniosła dłonie. Na prawej rozcapierzyła wszystkie palce, na lewej tylko trzy.

– Osiem, siostrzyczko.

– Oślepili cię! Tylko siedem pokazałam.

Arnne z tyłu zaczęła chichotać. Achaja skrzywiła się lekko.

– Policz jeszcze raz, siostro.

Shha zaczęła liczyć powoli, przykładając kolejno każdy palec do nosa.

– ...sześć, siedem, osiem. No! Jednak osiem pokazałam. Znaczy widzisz, ale... Co z twoimi oczami?

– To dłuższa historia. – Achaja wstała lekko. – Harmeen.

Kapitan również podniosła się, otrzepując spodnie ze śniegu.

– Tak jest, pani major, księżniczko moja.

– Kotku. Tak strasznie ci dziękuję za to, że utrzymałaś ten oddział w całości. Jesteś najmądrzejszą i najładniejszą dupką wśród kapitanów na całym świecie.

– Dziękuję, pani major! – Harmeen roześmiała się, ale zaraz umilkła. – To... to ty nas osłoniłaś. Razem z panią Arnne, o dziwo. – Wzruszyła ramionami. – Wtedy w Lesie... Uderzyłyśmy w plecy tych potworów dokładnie w momencie, kiedy piechota wyrąbująca korytarz rolowała skrzydła w manewrze wymijającym. Ale jatka. Kiedy potwory odwróciły się do nas przodem, to w plecy wbiły im się... całe świeżuteńkie dwa bataliony. Ścierką trzeba było zbierać ich resztki. Fart! A potem pożar nas odgrodził. Nawet ta kapitan piechoty nas poparła, żeby wracać, ale płomienie przeszły w ścianę ognia. Oddychać nie było czym. Piechota chodu, my za nimi, o mało co tyłki by nam przypaliło.

– Nie tłumacz się. Razem z Lanni dokonałyście cudu.

– Nie chciałabym wam przerywać – wtrąciła Arnne – ale byłabym wdzięczna, gdyby dalsza dyskusja odbywała się w jakimś ciepłym zajeździe.

– Fakt. – Harmeen skinęła na Lanni, a ta gwizdnęła na Shhę. Shha, jak każda sierżant, zaczęła ryczeć na swoich ludzi, nie przebierając w słowach. Oddział zbierał się powoli przy koniach.

– Jak odkryłyście, że tu była zasadzka? – spytała Lanni.

– Wywąchałyśmy – uśmiechnęła się Achaja.

– Nie zalewaj.

Achaja uśmiechnęła się i zerknęła do tyłu.

– Sharkhe! Nie pij więcej bimbru na miodzie, bo będziesz mieć zgagę.

Malutka, piegowata żołnierz o mało nie spadła z siodła, na które dopiero co się wdrapała.

– Kurde! Skąd wiedziałaś?

Ale prawdziwą klasę pokazała dopiero Arnne. Każda żołnierz miała na sobie buty z grubej skóry, skarpety, wiał wiatr, było zimno. Trudno sobie wyobrazić bardziej niesprzyjające warunki do rozpoznawania zapachów. Jednak czarownica odwróciła się i uśmiechnęła do Zarrakh.

– Żołnierzu – szepnęła – umyjcie nareszcie nogi.

Oddział zamarł przerażony. Żaden z normalnych ludzi na wietrze i mrozie nie byłby przecież w stanie wyczuć nawet dymu z pobliskiego ogniska.

Achaja chciała podbiec po swoje pozostawione na drodze konie, ale Shha wysłała tam dwie szeregowe. Sama wysunęła jedną nogę ze strzemienia.

– Chodź, Lalko, ze mną będzie ci cieplej. – Zrobiła jej miejsce na swoim siodle.

Achaja z trudem wspięła się przed nią, przekładając nogę nad łbem konia. Shha objęła ją i przytuliła się od tyłu.

– Tak się martwiłam, siostrzyczko.

– Ja też. Wiesz... Najgorzej było, jak zasypiałam. Myślałam, że się pobeczę.

– Ja się pobeczałam parę razy – wyznała Shha szeptem. – Szłam gdzieś z dala od namiotu i... ryczałam jak głupia. Głośno.

– Siostrzyczko...

– Ciiii. Już jesteśmy razem. Ciiiiii...

Achaja przetarła oczy. Na szczęście śnieg zaczął znowu padać i dziewczyny obok niewiele widziały.

– Shha, siostro, przy tobie ten cały zasrany świat wydaje się...

– Ciiiiiii... – Sierżant pocałowała major w szyję.

Nie musiały jechać daleko. Najbliższy zajazd był raptem o ćwierć dnia drogi od miejsca, gdzie pluton urządził zasadzkę. Przed zbitą z nierównych bali, dość sporą budowlą pod lasem stał wspaniały pojazd zaprzężony w szóstkę najlepszych koni, jakie żołnierze kiedykolwiek widziały. Wokół ze dwudziestu rosłych służących z bronią zajmowało strategiczne pozycje.

– Uuuuuuu... – jęknęła Arnne. – Mamusia na mnie czeka.

– Kurde. Skąd mogła wiedzieć?

– W obozie wojskowym użyłam czarów – skrzywiła się czarownica. – Od razu mnie wyczuła.

– Ona też?

– Tak. Ona też ma dar. A mnie potrafi znaleźć z odległości piętnastu dni konnej jazdy. Albo i więcej.

Zsiadły z koni, szczękając zębami. Mróz znowu przybierał na sile. Achaja pchnęła ciężkie drzwi i pierwsza weszła do środka. Uuu... – jęknęła w duchu, dokładnie jak przedtem jej koleżanka. Mroczne wnętrze zdawało się rozświetlone przez złocisto-białą, olśniewającą suknię starszej już kobiety siedzącej przy jednym ze stołów. Skurczony przy kuchni gospodarz wyglądał, jakby sama królowa odwiedziła jego karczmę w towarzystwie dwóch liniowych dywizji. Nie śmiał nawet odetchnąć.

– Córeczko! – Kobieta podniosła się niespiesznie. – Co oni z tobą zrobili?

– Mamo, ja... – Arnne nie było dane dokończyć.

– Córko! Co jest z twoimi oczami? Czy to już widział jakiś medyk?

– Mama! Przestań.

– Bogowie! Co ty masz na sobie, dziecko? Co ty? Za chłopaka się przebrałaś? – Oczy starej czarownicy miotały gromy. – Te spodnie, przecież oblepiają ci pupę w sposób niezwykle wulgarny! Jak możesz się tak pokazywać przy ludziach?

Arnne skrzywiła się, jednak stłumiła w sobie to, co chciała powiedzieć.

– Co oni? Jucznego muła z ciebie zrobili? Jakim prawem kazali ci nosić to wszystko? – Wskazała wyposażenie żołnierza zwiadu, które jej córka miała na sobie. – Dlaczego masz twarz posmarowaną sadzą?

Szeregowe, które już weszły do karczmy, stawały przy drzwiach, niepewne, co robić dalej. Oficerowie też nie byli lepsi. Stara czarownica potrafiła onieśmielić wszystkich samą swoją postawą i wyrazem twarzy.

– Arnne, dziecko! Na chwilę wystarczy cię spuścić z oczu, a ty przemieniasz się w... chama! Natychmiast włóż przyzwoitą suknię. – Skinęła na jednego ze służących, który rzucił się do kufra stojącego za stołem.

– Nie! – ryknęła nagle Arnne. – Jestem żołnierzem zwiadu! I będę nosić to, co noszą moje koleżanki!

Harmeen, Lanni, Achaja i Shha spojrzały na nią zdziwione. Stara czarownica podniosła dłoń do ust. Ale Arnne była równie szybka. Podniosła swoją dłoń, dotykając warg.

– Tylko nie próbuj tego, mamo! – krzyknęła, gotowa do rzucenia zaklęcia. – Radzę ci, nie próbuj!

Stara uśmiechnęła się, opuszczając rękę. Strzeliła palcami.

– Wszystkie sługi do mnie – szepnęła. – Brać ją i...

– Plutoooooon! – wrzasnęła Lanni. Wyraźnie podobała jej się nowa Arnne. – Do ochrony żołnierza zwiaduuuuuu...

– Mayfed i Zarrakh, kusze ładuj i do okien! – ryknęła Shha. – Chloe, Bei, miecze w dłonie i stać za jej plecami! Sharkhe, wskakuj na kuchnię! Druga drużyna blokuje schody. Trzecia od zaplecza!

Żołnierze runęły na wyznaczone pozycje. Gospodarz schował się za najbliższym stołem, chlipiąc ze strachu. Służący nie mieli żadnych szans. To był pluton zwiadu, a nie pieprzona piechota. Karczma w ciągu dwóch oddechów zamieniła się w dobrze bronioną twierdzę.

– Mamusiu – Arnne uśmiechnęła się wrednie – pozwól, że ci przedstawię... Pani major Achaja, księżniczka moja. Pani kapitan Harmeen, pani porucznik Lanni.

Stara czarownica zacisnęła szczęki. Jednak towarzystwo prawdziwej księżniczki wyraźnie jej zaimponowało.

– Zschroekhrr – przedstawiła się nawet.

Bogowie! – jedna myśl pojawiła się w umysłach wszystkich osób, które to słyszały. Jak wymówić coś takiego? Zsch... co?

– Zschroekhrr – powtórzyła czarownica, przyzwyczajona do tego, jak ludzie reagowali na jej imię. – Po jakichś pięciu dniach ćwiczeń da się zapamiętać, a po dziesięciu nawet wymówić. – Uśmiechnęła się, o dziwo, nawet dość sympatycznie. Z drugiej strony... Niby co miała zrobić? Otaczało ją trzydzieści liniowych żołnierzy z kuszami w rękach. Podeszła do Achai.

– Pani! – Złożyła prawidłowy ukłon. – To zaszczyt dla mnie móc poznać panią.

Achaja, klnąc w duchu i czując śmieszność tego, co robi, oddała jej ukłon. Z boku musiało to wyglądać idiotycznie. Ktoś w mundurze szeregowca w pełnym rynsztunku, z plecakiem, zrolowanym kocem, kuszą na plecach, kołczanem, mieczem, nożem i sztyletami, łopatką, owinięty liną, obwieszony całą masą dodatkowego wyposażenia robi nagle pałacowy ukłon.

Arnne potrząsnęła głową.

– Gospodarz! – krzyknęła. – Jedzenie i wódkę!

Gospodarz jednak nie miał najmniejszego zamiaru wysunąć nosa zza stołu, za którym się schował. Za dużo zabójczych narzędzi tkwiło w rękach ludzi, którzy go otaczali.

Arnne wyszarpnęła wojskowy nóż.

– Ruszaj się, gnoju. Bo ci flaki wypruję.

Harmeen i Lanni wymieniły się niezbyt przytomnymi spojrzeniami. Shha otworzyła usta. Zschroekhrr o mało nie zemdlała. Karczmarz wyskoczył ze swojej kryjówki jak wystrzelony z katapulty.

– Już, już. Pani szeregowy. Już lecę!

Oficerowie i czarownice zajęły miejsca na najszerszej z ław. Reszta żołnierzy rozlokowała się na pozostałych.

Gospodarz, prawie gubiąc buty, biegał, roznosząc „pancerną" baraninę i dzbanki z gorzałką.

– Chyba nie będziesz jeść tego świństwa, córeczko? – Zschroekhrr przyłożyła do nosa perfumowaną chusteczkę.

– Głodna jestem – wyjaśniła Arnne. Chwyciła największy kawałek z misy. W jej ustach nagle pojawiły się kły, które chwilę potem wbiła w twarde mięso. Wyszarpała spory kęs, budząc zdziwienie nawet wśród żołnierzy, które nie decydowały się na ryzyko utraty zębów, odcinając nożami małe kawałki.

– Bogowie! Jak to zrobiłaś? – szepnęła zszokowana Zschroekhrr. – Nie czułam żadnej magii!

Arnne uśmiechnęła się z pełnymi ustami. Popiła wódką wprost z garnka.

– Córko! Natychmiast wracamy do domu!

– Nie! – Młoda czarownica przełknęła nareszcie. – Jestem teraz żołnierzem zwiadu, mamo.

Harmeen i Lanni patrzyły zbaraniałe. Reszta żołnierzy, choć pamiętała wszystkie poprzednie występy młodej czarownicy, teraz patrzyła na nią z wyraźną sympatią.

– I będę walczyć, mamo. Bo warto! – zaperzyła się Arnne. – Bo ona... – wskazała Achaję – bo ona mi powiedziała... ona mi wytłumaczyła, że warto! Że jestem teraz prawdziwym żołnierzem. Jestem częścią tego wrednego, sukinsyńskiego zwiadu. A te wszystkie wokół to moje koleżanki teraz. I tu jest moje miejsce.

Kilka żołnierzy uśmiechnęło się. Harmeen zakryła twarz. Lanni patrzyła ogłupiała. Zschroekhrr potrząsnęła głową.

– Księżniczko, czy zechce pani wytłumaczyć temu dziecku...

Achaja uśmiechnęła się.

– To wolny człowiek – powiedziała. – W wolnym kraju. Może robić, co chce.

– Ale...

– Takie u nas prawo – przerwała jej Achaja. – Każdy może stanąć w obronie tego, w co wierzy. Każdy może bronić swojego... – zabrakło jej słowa. – Mmmmm... narodu – dokończyła.

– Bogowie! W obronie czego?

– Narodu, wielka pani – powtórzył gospodarz, stawiając na stole misę z siekaną kapustą. – Naród to my. – Achaja spojrzała na niego zdziwiona. Biafra był genialny. Jak on zdążył tak szybko? Gospodarz mrugnął do Arnne (w końcu w jego oczach była zwykłym szeregowym) i nalał jej wódki z butelki, którą wyjął spod swojej kapoty. – A skoro pani córka walczy za mnie, to ja ją muszę wspierać.

Młoda czarownica wypiła duszkiem. Po dłuższej chwili dopiero odzyskała oddech. Wytarła łzy rękawem.

– To zupełnie co innego, niż piłam do tej pory – szepnęła zdziwiona. – To znaczy, że wódka nie musi być taka ohydna, jak mi się dotąd wydawało?

Żołnierze ryknęły śmiechem. Zschroekhrr zacisnęła szczęki. Na krótko. Potem machnęła ręką.

– Cóż... młodzież musi się wyszumieć – mruknęła. – A możesz mi przynajmniej wyjaśnić, co robisz tutaj w tym śmiesznym przebraniu?

– Nie mogę, mamo. Jestem na służbie wywiadu, w tajnej misji.

– Konkretnie w jakiej?

– W tajnej! Tajnej. A to znaczy, że nic nie mogę powiedzieć. – Arnne lekko chwiała się głowa. Nie była wprawiona w piciu gorzałki.

Zschroekhrr pokiwała głową. Podniosła dzbanek z wódką i wlała córce do kubka. Nawet zachęciła ją, żeby wypiła. Harmeen i Lanni przeżywały dzień ciągłych zdziwień. Zerkały na Achaję, ale ta również nie potrafiła wytłumaczyć tego, co się dzieje. Rozwiązanie zagadkowego zachowania czarownicy przyszło jednak szybko.

– No! Teraz, kiedy już jesteś pijana w sztok... – przyłożyła dłoń do ust, żeby rzucić czar – to zmuszę cię, żebyś...

Przeliczyła się.

– Proszę pani! – Shha stała w szerokim rozkroku jakiś łokieć za plecami starszej czarownicy. Miała w rękach naładowaną kuszę. – Proszę położyć obie ręce na stole.

Zschroekhrr spojrzała w bok. Właściwie nic nie zmieniło się we wnętrzu karczmy. Wyczuwała wrogą postawę żołnierzy, ale... Czy zdążą przedsięwziąć cokolwiek? Być może zdecydowałaby się na jakąś akcję, gdyby nie to, że dobiegły ją ciche słowa Bei:

– Słuchaj, Mayfed, zakładam się o pięć wart poza kolejką, że jeszcze dzisiaj będę miała na rozkładzie czarownicę.

– Eeeee... Shha ją wykończy, zanim wstaniesz.

– Załatwię ją wcześniej niż Shha. Zakładasz się?

Zschroekhrr spojrzała w skupieniu na szesnastoletnią dziewczynkę, na żołnierza Arkach o imieniu Bei. I zwątpiła. Wypuściła powietrze z płuc z cichym sykiem. Opuściła dłoń.

– Córeczko... – powróciła do metod opartych na perswazji. – Te pieniądze, które zapłacił ci Biafra, nie są aż tyle warte, żeby ryzykować...

– One nie są warte mojej śmierci – przerwała jej Arnne. – One nie są warte nawet części tego, co przeszłam. Sam Biafra nie jest wart nawet splunięcia. Ale... ona – wskazała znowu Achaję – ona potrafiła pokazać mi coś, za co warto czasem nadstawić tyłka. Słuchaj, mamo, ja jej nie cierpię! My się cały czas kłócimy, my się w niczym nie zgadzamy! Nienawidzę tej osmarkanej księżniczki jak psa. Po prostu nie mogę już ścierpieć jej towarzystwa. Ale ona w jednym ma rację. Ona mi powiedziała: żyjesz po coś, dziewczyno. Nie po to, żeby się objadać na ucztach, nie po to, żeby być tak higienicznym jak nikt na świecie. Nie po to, żeby cię wszyscy podziwiali. Powiedziała, że mogę żyć dla bardzo konkretnego celu. Że nawet jeśli mnie zabiją i złożą w bezimiennym grobie, to dzięki mnie być może będzie istnieć coś znacznie ode mnie większego. Coś pięknego. – Arnne potrząsnęła głową. – Kiedy przestaniesz już żyć, jak każdy przecież... Czy to będzie takie ważne, że twoje imię opisano w kronikach, że za życia podziwiano cię na każdym targu, że książęta chylili przed tobą głowy? Nie sądzę. Ale może, umierając, będzie ci łatwiej, kiedy pomyślisz, że dzięki tobie będzie istnieć coś ślicznego, coś, co jest większe niż każdy człowiek...

– O czym ty mówisz, dziecko?

Arnne uśmiechnęła się i spuściła głowę.

– Podoba mi się moje Arkach – szepnęła. – I dopiero ta dziewczyna z Troy mi to uświadomiła.

Zschroekhrr uniosła oczy zniecierpliwiona. Postanowiła zmienić temat. Zerknęła na Achaję.

– Księżniczko, czy mogłaby pani wytłumaczyć, co za brednie wygłasza moje dziecko?

Achaja roześmiała się.

– Proszę pani, błagam... Otacza nas trzydzieści żołnierzy, a one niewprawione w uczonych dysputach. Je nauczyli, jak strzelać i jak mieczem robić. Błagam, niech pani nie mówi przy nich, że to brednie. Jeśli któraś spudłuje i ja dostanę przez panią przypadkowym bełtem tylko dlatego, że siedzę blisko...

– Może pani nie kończyć – warknęła Zschroekhrr. – Aluzję zrozumiałam.

Dotarły do stolicy w środku nocy. Magia służb rozpoznania i zaopatrzenia otworzyła przed nimi bramy. Śnieg na szczęście głuszył choć trochę stukot kopyt, przynajmniej nie pobudziły połowy miasta. Książęcy pałac jednak tonął w światłach. Jeśli ktoś spał, to musiał być pozbawiony słuchu. Odgłosy zabawy z sali balowej mogły być uznane za wraży atak. Na szczęście pałac stał na uboczu.

Po rozlokowaniu plutonu Achaja wśliznęła się bocznym wejściem. Nie udało się. Nie zdołała zmylić pierwszej służącej. Dziewczyna pochyliła się w głębokim ukłonie.

– Witam panienkę. – Czaiła się tuż za drzwiami. Przebiegła suka znała dobrze zwyczaje swej pani. – Już wołam resztę.

– Nikogo nie wołaj, proszę.

Dziewczyna uśmiechnęła się lekko.

– Tu jest nocna koszula, panienko. – Zaczęła zdejmować ze swojej księżniczki wojskowe wyposażenie. – Jak podróż, panienko?

– Daj spokój. Co to za krzyki?

– Oj... – Pierwsza służąca również zerknęła w stronę balowej sali. – To absztyfikanci.

– Kto?

– Absztyfikanci, panienko. Kawalerowie starający się o panienki rękę.

– Kurde blade! – Achaja z trudem pozbyła się tego wszystkiego, co musiała dźwigać na sobie. Pierwsza służąca zdejmowała z niej kurtkę. – Skąd ich tylu?

– A bo się plotka rozniosła... Że panienka ma teraz oczy jak czarne węgle. I... Tego lepiej nie brać poważnie – służąca rozwiązywała jej buty – że panienka ma teraz kły jak dziki zwierz i, za przeproszeniem panienki, ogon.

– Kurza twarz! Tak szybko?

Dziewczyna pomogła jej zdjąć spodnie. Niby przypadkiem jej ręka przesunęła się po pośladkach Achai.

– No. Ja też mówiłam, że z tym ogonem to blaga.

– Co oni? Powariowali?

– Panienko, to tylko mężczyźni. Co prawda z najlepszych rodów w Arkach. Jak się plotka puściła, że panienka ma kły i ogon, to się wszyscy w te pędy zjechali. Nie dość, że księżniczka, że posag słuszny, to jeszcze te nieszczęsne kły i ogon! Takiej żony nikt inny nie będzie miał w całym królestwie. Żadna przecież kłów i ogona nie ma. – Służąca pomogła jej włożyć bogato haftowaną nocną koszulę. – To zwykłe chłopy. Mieć coś, czego inni nie mają... W to im graj. Tak się zlecieli szybko, że buty pogubili. Najlepsze rody. Brać, wybierać. Jakby się panienka decydowała, to ja suknię balową mam pod ręką.

– Nie, nie. Na razie się prześpię.

– Nie prześpi się panienka, niestety. – Dziewczyna narzuciła Achai na ramiona koronkową zarzutkę. – W sypialni już czeka ten... – zmełła przekleństwo – Pan Bardzo Ważny! Żeby mu wódka w gardle stanęła. Ten to wypił dopiero, choć sam jeden. Ani na chwilę na salę balową nie zeszedł.

– Biafra?

– Tak. Bardzo, Bardzo, Bardzo Ważny Jaśnie Pan Biafra! – Służąca skrzywiła się wyraźnie. – Już panienkę prowadzę.

Podniosła świecę i poszła przodem, miotając bezgłośne przekleństwa. Absztyfikanci dokuczyli średnio. Ale ten, który czekał w sypialni, musiał jej dopiec do żywego.

– Panienka coś widzi czy prowadzić pod rękę?

– Widzę, widzę, możesz nawet zgasić świecę.

– Ja przepraszam. Bo myśmy wszystkie bardzo się denerwowały. A teraz te czarne oczy...

Achaja uśmiechnęła się. Dotknęła ramienia dziewczyny.

– Wracaj już – szepnęła. – Prześpij się, bo jutro będzie pracowity dzień.

– Zostawię panience świecę. Jakoś trafię po omacku.

– Weź świecę. – Achaja mrugnęła do niej i ruszyła wzdłuż ciemnego korytarza tak pewnie, jakby to był środek dnia. Wbiegła po schodach i pchnęła drzwi swojej sypialni.

W środku było jasno jak za dnia. Oprócz ognia buzującego w kominku stało tam chyba kilkanaście świeczników, każdy, jak to mówiła służba, „w pełnej obsadzie". Sam Biafra zajmował głęboki fotel pod oknem. Pewnie obserwował gwiazdy. Ale teraz... Szyby od dawna zaszły szronem. Nic nie było widać.

– Witaj.

Odwrócił się dopiero po dłuższej chwili. Był pijany do nieprzytomności. Ledwie mógł utrzymać głowę w pionie i choć trochę otworzyć oczy. Nie znała go jeszcze z tej strony.

– Achajka – wybełkotał, olśniewający nawet w tym stanie. – Tak... tak... znaczy cieszę się, no... że żyjesz... czy jak tam miałem powiedzieć... – Łokieć usunął mu się z podpórki i walnął czołem w oparcie fotela. – Ale mnie boli...

– Głowa?

– Nie... tu. – Chwycił się za prawy bok, mniej więcej tam, gdzie znajdowała się wątroba. – Zaraz zwariuję z bólu.

– Nie chlej tyle – szepnęła, podchodząc bliżej. Dopiero teraz zrozumiała, że podświadomie liczyła na to, iż jej przezroczysta, tylko częściowo ukryta pod zarzutką nocna koszula zrobi na Biafrze wrażenie. W tym stanie jednak wrażenie na nim mógł zrobić jedynie największy dzwon w stolicy rozbity bezpośrednio na głowie. – Masz ten swój szlak! – warknęła wściekła. – Masz przejście przez Las.

– O kur... – Kichnął nagle i osmarkał się.

Wytarła mu twarz kawałkiem szmatki, którą wzięła z półki. Szlag! Nawet teraz, nawet nieprzytomny z upicia, ze śliną cieknącą z ust, robił na niej wrażenie.

– A... Achajko... kocham cię!

Mówił o szlaku. Mówił o swoim wielkim osiągnięciu. Nie o niej. Nie mogła zrozumieć samej siebie. Naprawdę jej na nim zależało? Na tym gnoju, samolubie, skurwysynu? O kurwa mać! Czy to naprawdę możliwe?

Biafra usiłował wstać. Nogi rozjechały się i runął na ziemię, waląc tyłkiem w wypolerowane płyty posadzki. Syknął cicho. Na jego policzkach zobaczyła łzy, lecz wytarł je szybko, rozsmarowując jednocześnie na twarzy własne smarki. Zacisnęła zęby i szarpnęła zdobiony sznurek dzwonka.

Pierwsza służąca, już w nocnej koszuli, ze świecą w ręku, pojawiła się bardzo szybko. Musiała biec.

– Doprowadź go do takiego stanu, żebym mogła z nim porozmawiać.

U zawołanej sadystki, u mistrza umierania, przy którym sam Anai mógł jedynie usługiwać, u demona śmierci zwanego dotąd dla niepoznaki pierwszą służącą, pojawił się uśmiech szczęścia. Dziewczyna zacisnęła zęby, po raz pierwszy w życiu dostała swojego największego wroga we własne ręce. Uuuuuuu! Życzenia jednak się spełniają. Wszystkie. Życzenia się spełniają! Bogowie, jak piękny jest nasz świat! Służąca wzięła Biafrę pod pachę i poprowadziła jak barana na rzeź.

Achaja usiadła na łóżku. Odruchowo włożyła palec do ust i zaczęła gryźć. Szlag! Szlag! Szlag! Naprawdę jej zależało na tej świni? Zerwała się i ustawiła lustro spod ściany tak, żeby mogła widzieć swoje odbicie. Wróciła do łóżka. A gdyby się położyć na boku? Zmieniła pozycję. I troszeczkę zadrzeć koszulę? Jeszcze trochę? Jeszcze? Nie. Była już prawie goła. A może na wznak? Odrzucić kołdrę, choć zimno, ręce za głowę, niech półprzezroczysty materiał koszuli zrobi swoje? E... Tak to mógłby się chłopak położyć. Więc może na boku, przykryć się, odsłonić biodro, wypiąć się trochę, podciągnąć koszulę... Oż psiakrew! Będzie widać jej niewolnicze piętno na tyłku. Zatrzepotać rzęsami? To Biafra czkawki dostanie ze strachu, widząc jej idealnie czarne oczy. Może opuścić ramiączko? To zobaczy tatuaż na piersi. Szlag! Mogła mu pokazać najwyżej nogę. Położyła się na drugim boku. Dłuższy czas układała kołdrę tak, żeby wyglądało na naturalny nieład. Podciągnęła koszulę, zgięła kolano. No nie. Chlipnęła. Te jej cholerne mięśnie. Uszczypnęła się w udo, aż w oczach pojawiły się łzy. Kurde. Mogłaby mieć tam choć trochę tłuszczu. Choć trochę. Tyci, tyci. A, szlag. Usiadła, opuszczając ramiączka koszuli. Piersi miała ładne. Tę z tatuażem zakryła ramieniem, opierając brodę na dłoni. Że niby myśli o czymś skupiona. Nieźle – zerknęła na swoje odbicie w lustrze. Rozpuściła włosy. O, tak! Zgarnąć z karku włosy przez lewe ramię. Nieźle. I jeszcze prawa noga, udo, biodro. Szlag! Te cholerne mięśnie. Ale się prężą. Dobra. Spokojnie. Żadnych ruchów, żadnego napinania mięśni. Może, pijany, nie zauważy?

Biafra wszedł prowadzony przez służącą pod ramię. Miał mokre włosy, sińce pod oczami i spory krwiak na lewej skroni. W kuchni wypadki musiały przybrać ostrą formę. Dziewczyna oparła go o lewy bok łóżka, ale Achaja syknęła cicho i wskazała jej drugą stronę. Pierwsza służąca nie dostała swojej funkcji tylko dlatego, że dobrze usługiwała. Zrozumiała w lot. Szarpnęła Biafrę za włosy, podprowadziła i oparła z drugiej strony. Była naprawdę dobra. Wychodząc, wskazała gołą pierś i biodro księżniczki i powiedziała bez dźwięku, samymi ustami: „Nieźle! Masz go na widelcu, panienko". Mrugnęła porozumiewawczo i zamknęła drzwi. Przynajmniej jakieś pocieszenie.

Biafra gramolił się z trudem, żeby powstać z klęczek. Zerknął na łóżko.

– Uch... – Jego oczy trafiły tam, gdzie trafić powinny. – Ale jesteś ładna, księżniczko.

Taaak!!!!! Kołdra pod szyję, koszula w dół. O taaaaak! Rozpoznanie bojem, pierwsza bitwa i... sukces. Tak, pani strateg. Bitwę wygraliśmy, teraz kampania. Do natarcia! Do ataku!

– Masz swój szlak, Biafra – uderzyła głównymi siłami w centrum wojsk przeciwnika.

– Kurde. Naprawdę?

– Czy te oczy mogą kłamać? – Zakryła je rzęsami, żeby go nie przestraszyć. – Masz szlak! Cały twój.

Jej wojska przeszły, druzgocząc ugrupowanie przeciwnika. Masakra.

– Jesteś genialna! Jesteś piękna!

Ciekawe, czy mówi poważnie? I czy chodzi o jej piękno, czy tylko o to, że wykonała zadanie? Zagryzła wargi, ale zaraz puściła i uśmiechnęła się lekko. Kobieta z zagryzionymi ustami nie wyglądała zbyt pięknie. Zwinęła siły, formując je w kolumnę marszową. Teraz okrążenie.

– Mów.

– Te twoje wypalenia, akcja Chorych Ludzi i parę innych zdarzeń wywarły odpowiednie wrażenie. – Teraz trzeba trochę podbechtać chłopczyka. – Jesteś najlepszym strategiem na świecie – gładko wypowiadała pochlebstwa. Niech rozłoży ogon jak paw. – Jesteś najlepszy. – Już się puszył, choć pijany. Bogowie, ile mogą zdziałać zwykłe komplementy. – Pokazałyśmy im z Arnne zalety naszego systemu myślenia, pokazałyśmy im nową broń. Powiedziałyśmy im, że moja Starsza Siostra osobiście podpisze układ stanowiący, że armia Arkach rzuci się na każdego, kto będzie palił Las. I...

– Dali się na to zrobić? – spytał choć trochę przytomnie.

– Dali. Oni nie mają pojęcia o świecie dokoła. Chcieliby tylko, żeby nie palić Lasu w tym tempie. Weszli w nasze brudne łapska, jak chciałeś.

– Zaraz brudne. – Biafra spojrzał na swoje idealnie opiłowane paznokcie, na wypielęgnowane dłonie.

Achaja wzięła głębszy oddech. Dłonie! Miał takie śliczne ręce. Przewróciła się na bok, niby przypadkiem wystawiając pupę spod kołdry. Delikatnie, skubiąc samymi koniuszkami palców, podciągała znowu koszulę, żeby pokazać swój lewy pośladek.

– Dostaną broń od Chorych Ludzi. Poszliśmy na dwadzieścia od sta. My łapiemy resztę. Mamy szlak i mamy Chorych Ludzi, którzy nam tyłek poliżą z wdzięczności.

– Rozmawiałaś z kimś ważnym?

– Z nikim. To był Kenneh, kupiec czy kto tam. Widziałam jednak, jak mu się zaświeciły oczy, kiedy usłyszał o szlaku. Przestaną palić Las, przywiozą broń, chcą, żeby im płacić w złocie.

– Sam bym się zesrał ze szczęścia na ich miejscu – prychnął, potrząsając głową. Gapiąc się na gołą połowę pupy Achai, aż przełknął ślinę. Ona znowu zakryła się niby przypadkiem i znowu się przewróciła na łóżku. To niesforne ramiączko... Biafra gapił się teraz na kształtną prawą pierś, na sterczący sutek. – W złocie. – Nie mógł się skupić. – Ile chcą?

– Sto razy mniej niż na targu w Luan – zakpiła. – No, ile mogą chcieć? Dogadamy się. Nasz szlak, nasz układ z leśnymi ludźmi, nasza polityka. To ja i Arnne jesteśmy wojownikami z Lasu, nie oni. Niech sobie policzą, ile zaoszczędzą na kosztach podróży, na cłach, mytach i naszym ubezpieczeniu od wszelkich nieszczęść. Będziesz miał te swoje karabiny.

Jej wojska sprawnie okrążały topniejące siły przeciwnika. Trzeba by chyba już powolutku zmusić obcy sztab do kapitulacji.

Biafra zauważył pod łóżkiem jakiś porzucony wcześniej dzbanek z gorzałką. Nie do końca próżny. Dokonując cudów zręczności, wydobył go i przytknął do ust. Usiłował wpakować się do łóżka. Niby przypadkiem pomagała mu jedną ręką.

– Kocham cię.

O mamo! Mówi poważnie? Obcy sztab podpisał właśnie akt kapitulacji. Pani strateg naczelna, to była bitwa przeprowadzona jak w podręczniku piechoty.

– Jesteś wspaniała.

Bum, bum, bum... Teraz konsumpcja owoców zwycięstwa. Delikatnie przykryła Biafrę kołdrą. Przytuliła się lekko. Ujęła jego dłoń, kierując tam, gdzie powinna się znaleźć. Zaraz się, chłopczyku, przekonasz, co zwycięzcy robią z pokonanymi. Odwiecznym prawem wojny: gwałcą! Już za chwilę, śliczny chłopcze, zostaniesz zgwałcony.

– Możemy na wiosnę uderzyć.

– O żeż... – Targnęła się zaskoczona. – Na co?

– Na Luan.

Poderwała się. No i nici ze zwycięstwa. Choć trzymał rękę dokładnie tam, gdzie powinien, myślał zupełnie o czymś innym.

– No co ty? – westchnęła rozczarowana. – Chcesz wyprztykać całą armię? No co ty?

– To nasza jedyna szansa. Achajko, kochanie moje – sparafrazował jej książęcy tytuł. Poruszył ręką, ale chyba tylko przypadkowo. A ona była gotowa. Szlag! – Jeśli nie my, to na wiosnę uderzy Luan i wylezie wreszcie na pagórkowatą równinę przed stolicą. A to będzie nasz koniec. Koniec. – Odrzucił pusty dzbanek. – Jeśli jednak będziemy zdecydowani, wyleziemy im na tyły i zrobimy kuku. Mamy teraz szlak, będziemy mieli broń Chorych Ludzi, Troy stanie za nami jak za własną siostrą.

– Kur...! Jakie Troy? Oni nie staną. Oni nie uderzą na Luan. Ocknij się, Biafra.

Biafra ledwie mógł utrzymać głowę w pionie. Oparł ją na jej piersiach, ale zamiast przedsięwziąć cokolwiek, zaczął mówić.

Troy miało własne kłopoty, i to bardzo poważne. Bynajmniej nie chodziło o Luan. On sam nie wiedział dokładnie, o co chodzi, ale... Wedle starego przysłowia: „Jak nie wiadomo, o co chodzi, to chodzi o Zakon". Kłopoty nie dotyczyły całego Troy – miał je jednak Zaan. Tyle Biafra wiedział ze swoich źródeł. A to znaczyło, że moment jest idealny. Skoro Zaan tak chciał, skoro Zaan potrzebował wojny – i to prawdziwej wojny, a nie stosunku przerywanego na granicy, to znaczy, że wojna będzie. Pieniądze z Troy przypłyną, jeśli nie rzeką, to szerokim strumieniem. Królestwa Północy omotane. Dery (to już zasługa samego Biafry) omotane. Wojna. Tym razem na śmierć i życie, a nie krok w przód i dwa kroki w tył. Luan pewnie zwycięży jak zwykle. Ale jest pewna szansa, że psy wokół podwórka też zdążą chwycić jakiś łup w zęby. A dla Arkach to być albo nie być. Troy atakuje wzdłuż morskiego brzegu. Arkach ma związać Luan, a konkretnie, dwa jego korpusy: Pierwszy i Drugi Mieszany. Jeśli to się uda, Królestwa Północy walą przez granicę i wchodzą jak nóż w ciasto. Niech to szlag. Królestwa Północy zostaną zatrzymane jakieś trzydzieści dni drogi od Syrinx, Troy wyprztyka się, zajmując nadmorski pas graniczny, ale będzie miało wszystkie porty, a Arkach niech tylko dojdzie do gór na granicy prowincji Negger Bank. I to znaczy życie! Wtedy można negocjować. Wtedy można wiele cudów wyczyniać. Wtedy można zdradzić Królestwa Północy. Wielcy zwycięzcy w tej wojnie to Troy, bo będzie miało ważne porty, z których najwyżej dwa odda podczas negocjacji, i Arkach, bo uzyska jeszcze dziesięć lat życia. Ale Luan zajmie się wychędożonymi w trakcie rozgrywki Królestwami Północy, a Arkach będzie miało szlak przez Wielki Las i wrednie chciwych Chorych Ludzi za plecami. Może uda się utrzymać nawet pasmo gór przy Negger Bank? Jeśli jednak nie, to najważniejszy szlak handlowy na świecie będzie przechodził przez Arkach. Chorzy Ludzie nie popuszczą. Będą musieli pomóc w utrzymaniu szlaku – oni też mają nóż na gardle. A mając ekonomiczne poparcie tych chciwych bestii, można wiele zrobić. Złoto wprawi ich w ruch. Złoto sprawi, że będą skłonni do wszelkich rozmów. Złoto skłoni ich do najdziwniejszych układów.

Ale to jeszcze nie koniec. Luan zajmuje olbrzymią przestrzeń. Jak się porozumieć z sojusznikami? Otóż w Luan powstała właśnie najlepsza na świecie Imperialna Poczta.

Docierająca do każdego zakątka cesarstwa, nawet do warownych granicznych osiedli. Kurierzy zmieniali konie w rozstawionych przy drogach stacjach i byli w stanie w ciągu jednego dnia przebyć pięćdziesiąt, siedemdziesiąt tysięcy kroków. Jeśli kurier często zmieniał konie, mógł przejechać po wspaniałych imperialnych drogach nawet sto pięćdziesiąt tysięcy kroków dziennie. Mistrzostwo. Czegoś takiego nie ma nigdzie na świecie. Małym problemem dla cesarza może być tylko, że ten wspaniały wynalazek został stworzony (i jest własnością) panów Zaana i Biafry. Wszelkie karawany, posłańcy, oficerowie z listami przebywali dotąd jakieś dwadzieścia, trzydzieści tysięcy kroków dziennie. Oddziały wojskowe mogły przebyć jakieś trzynaście tysięcy. Agenci, którzy musieli się ukrywać, rzadko robili dziesięć tysięcy. Kurier z pilną misją robił sto pięćdziesiąt tysięcy. Trzy dni! Niecałe trzy dni dzieliły panów Zaana i Biafrę, jeśli chcieli sobie przekazać jakąś ważną wiadomość. Historycy będą kiedyś pisać o wspaniałej idei Imperialnej Poczty. Nawet w głowie im nie postanie, że pocztę tę stworzyli najwięksi wrogowie imperium.

– Jest tylko jedna trudna sprawa. – Biafra dźwignął się z trudem i opadł na łóżko tuż obok Achai. Byłoby nieźle, tyle tylko, że on leżał na kołdrze, ona pod kołdrą i nie bardzo wiedziała, co z tym zrobić.

– Jaka sprawa?

– Luan chce pokoju.

– Ach! – Roześmiała się. – To świetnie! Rewelacja. – Uderzyła dłonią o dłoń. – Mamy szlak i mamy pokój.

– I pętlę na szyi. – Spojrzał na nią z ukosa. Potem zaklął cicho.

Zerknęła na niego, zagryzając wargi.

– Czemu?

Machnął ręką.

– Wiesz... Wyglądałaś na kobietę, która wie, że w życiu nikt niczego jej nie da za darmo. Nikt nikomu nie robi prezentów. Za każdą przysługę trzeba płacić.

– I my zapłacimy?

– Tak. – Skinął głową. – Życiem.

Nie mogła zrozumieć.

– Przecież marzyliśmy o pokoju.

– Nie przypominam sobie żadnych takich marzeń. – Wzruszył ramionami.

– No przecież sam mówiłeś, że jak przejdą wzgórza...

– A co za różnica, kiedy je przejdą? W tym roku, przyszłym czy za dwa lata?

– No ale przez ten czas będziemy mieli handel, będziemy mieli pieniądze.

– Arkach na Luan? Ha, ha... „Niedługo już zabiję słonia", powiedziała mucha, „tylko nazbieram więcej pieniędzy i będę się dobrze odżywiać. I za rok... rozszarpię go tymi rękami!"

Opadła na poduszkę zaskoczona. Nie miała pojęcia, co o tym myśleć.

– Możesz mi wytłumaczyć? – szepnęła.

Uśmiechnął się.

– Dają nam pokój. I zyskują: poparcie u twojej Starszej Siostry, poparcie pierwszej czarownicy królestwa, poparcie u wszystkich księżniczek, poparcie u kupców, poparcie wszędzie. Nikt z naszych nie chce wojny. Skarb jest pusty, nie ma za co utrzymywać armii. Luan albo stopuje Troy, albo prowadzi pierwszą naprawdę zwycięską wojnę na tamtym froncie.

– Drugi Wydział coś zwąchał? – przerwała mu. – Poznali wasz plan?

– Wątpię – mruknął. – Sam cesarz nic nie wie. A jak nie wiadomo, o co chodzi, to chodzi o Zakon.

– Zakon ma coś do Troy?

Biafra uśmiechnął się wrednie.

– Albo do pana Zaana osobiście.

– No nie. Gdyby Zakon miał coś do Zaana, to – strzeliła palcami – w ciągu jednego oddechu nie byłoby go już na powierzchni ziemi.

Zaprzeczył powolnym ruchem głowy.

– To jest jakaś większa rozgrywka – zachmurzył się. – W każdym razie chodzi o danie wolnej ręki Luan na wschodzie. I to się dobrze nie skończy. Luan nie zakatrupi Troy, ale postawi mu nogę na gardle. Za dwa lata, kiedy już nic nie będzie ich krępować, zniszczą Arkach. Luan wtedy zatchnie się własnym tłuszczem, lecz co nam z tego? Na długo przedtem będziemy już trupami.

– Ale będziemy mieli czas. Będziemy mieli pieniądze – powtórzyła.

– Słuchaj. Kiedy byłaś w obozie niewolników, miałaś tam jakiegoś śmiertelnego wroga?

– Wielu – prychnęła.

– A dałabyś im nóż, pozwoliła przytknąć do własnej szyi i zasnęła spokojnie, jeśli twój wróg zapewniłby cię, że pragnie przyjaźni?

– Ale Luan...

– Luan – przerwał jej – chce mieć szlak przez Las. I będzie go miało. Po naszym trupie.

Westchnęła cicho. Popatrzyła na oszronione okna. Przesunęła wzrokiem po niezliczonych lichtarzach, które

Biafra zgromadził w jej sypialni. Bał się ciemności? A jakie to miało znaczenie? Odwróciła głowę. Z ogromną intensywnością poczuła bijący od niego zapach. Silną woń wódki i jakichś niesamowitych, wspaniałych pachnideł. Nie mogła w tym melanżu wyczuć jego własnego zapachu. Tuż obok niej, na jej kołdrze, leżał najpiękniejszy mężczyzna, jakiego widziała w życiu. Tuż obok niej leżał mężczyzna o najbrzydszym umyśle na całym świecie. Jak to się mogło tak połączyć? Dlaczego to coś, takie ohydne, było ukryte w czymś tak pięknym?

– Kogo chcesz zabić, Biafra? – spytała cicho.

– Otóż Luan nie wyśle już zwykłego poselstwa – odpowiedział natychmiast. – Po aferze z górską dywizją będą się bali. Wyślą, półprywatnie, jakiegoś księcia. Żeby mógł zacząć negocjacje od razu na wysokim szczeblu.

– Lecz to będzie jakiś zwolennik pokoju.

– Masz rację. Z całą pewnością wybiorą kogoś, kto od dawna zabiegał o pokój między naszymi państwami. Musi być przekonujący.

– A ta druga ofiara?

– Pierwsza czarownica królestwa. Mamusię jakoś przekonam. Księżniczki można przekupić lub sterroryzować. Kupców można wziąć za mordę albo okłamać. Jej nie.

– Kurde! To jest dwóch niewinnych ludzi.

– Owszem – zgodził się szybko. – Ale jeśli będą żyli... Arkach umrze.

– Chyba nie sądzisz, że zabicie dwóch osób zmieni bieg światowych wydarzeń.

– Oczywiście. Są także pozostałe osoby – zgodził się znowu. – Z tym że tymi pozostałymi zajmie się kto inny.

Aż podskoczyła z wrażenia.

– Jak to kto inny? – Potrząsnęła głową. – To znaczy, że tych dwoje mam zabić ja???

Spojrzał na nią. Uśmiechnął się smutno.

– Jesteś śliczna.

– Nie bierz mnie pod włos! Dlaczego ja?

– Księcia goszczącego na dworze może zabić tylko księżniczka.

– Co on? Taki wielki szermierz?

– A, daj spokój. – Machnął ręką. – Jest bardzo dobry. Ale w twoim przypadku – cmoknął cicho – to będzie szybka egzekucja. – Przymknął oczy. – Musi być księżniczka na księcia, bo inaczej zdolność honorową utracimy. – Znowu się uśmiechnął. – Natomiast w przypadku czarownicy... Tylko ty możesz tego dokonać. Ty i pani Arnne.

– Ty świnio! Ty świnio! Ty sukinsynu! Ty morderco pierdolony!

Pokiwał głową.

– Ty... ty gówno płynące rynsztokiem. Ty... ty...

– Masz rację.

– Stul pysk! Ty gnoju! Ty... – brakowało jej słów. Aż ją zatkało ze złości. – Ty... Kurwa! Dwoje niewinnych ludzi? Taki sukinsyn tu siedzi i mówi, że mam zabić dwoje niewinnych ludzi. Takie gówno. Dwoje, psiamać, bezbronnych ludzi.

– A twoja dywizja górska? – Uśmiechnął się ciepło. – Nie była bezbronna przy Virionie?

– To... Ty skurwysynu! Jeśli to zrobimy, to co nas wtedy będzie różnić od naszych wrogów? Po co walczymy? Co nas będzie od nich różnić, jeśli będziemy takie same gnoje?

– Nic. – Mrugnął porozumiewawczo. Przy wszystkich swoich wadach Biafra stanowczo nie należał do ludzi, którzy obrażają się za słowa. – Nic nas nie różni już od dawna. Tyle tylko, że my to my, a oni to oni. – Uśmiechnął się radośnie.

– Ty... To jest takie kurestwo...

– Kochanie... – Ziewnął. – Daj mi ich głowy na złotej tacy, proszę.

Achaję zatkało. Całkowicie.

Rozdział 17

Wielki bal w zimowym, położonym w lesie królewskim pałacu dopiero się rozkręcał. Jej Wysokość jeszcze nie zaszczyciła gości. Księżniczki, goście, szlachta snuli się niemrawo wokół zastawionych stołów, wymieniając zdawkowe uwagi, plotkując i ziewając ukradkiem. Na razie wszyscy uczestniczyli w przyjęciu wyłącznie z obowiązku. Prawdziwe atrakcje miały nadejść wkrótce.

W jednej z sal bocznego skrzydła trwała gorączkowa praca. Dwóch cyrulików zmieniało kolor włosów Achai na rudy, trzy służące nakładały na jej twarz wiele warstw pudru, żeby zakryć tatuaż. Dziewczyna poddawała się tym zabiegom obojętnie.

Tuż obok Biafra naradzał się z wynajętym prowokatorem, młodym, może raptem siedemnastoletnim chłopcem.

– Robimy tak, jak księcia Siriusa chciały obrazić wielkie rody – powiedział właśnie chłopak.

– „Na dziewczynę”? To się nie udało w Troy.

– Tu się uda. – Chłopak mimo młodego wieku miał już bezczelne, wredne oczy, takie, jakie widuje się u starych donosicieli albo u katów, ale tylko tych, którzy z wykonywania swojego zawodu czerpią przyjemność. – Człowiek przecież myśli, że przyjechał, żeby wam nieba uchylić. Jego intencje są czyste. Będzie pokój, myśli. Nie spodziewa się prowokacji.

– Królowa mnie zabije za ten numer. – Biafra zagryzł wargi. – To przecież jawna...

– Prowokacja – dokończył chłopak, uśmiechając się tak, jakby ta dodatkowa trudność szczególnie go radowała. – Ja jestem prowokatorem, panie. Przecież do tego mnie najęliście.

– Wiem. – Biafra podszedł do okna i dłuższą chwilę mełł przekleństwa. Nalał sobie wódki do wielkiego metalowego kubka i wypił jednym haustem. Zerknął na Achaję, której cyrulicy układali właśnie wspaniałą fryzurę.

– Dobra – mruknął. – Poradzę sobie jakoś.

Chłopak uśmiechnął się znowu. Potem skinął na swoje sługi. Bez żadnego skrępowania w obecności kilku kobiet zaczął się rozbierać. Nawet Achaja zerknęła z boku zdziwiona. Dwie służące nałożyły mu gorset, a po chwili ścisnęły w pasie tak, że ledwie mógł oddychać. Dwie inne podały mu wspaniałą balową suknię i pomogły nałożyć zgrabne, pokryte lakierem trzewiki. Jeden cyrulik zaczął pudrować mu twarz, drugi jednocześnie skubał brwi specjalną pęsetą.

– Kurde – westchnął chłopak. – Jak kobiety w tym chodzą?

Poruszył nogami skrępowanymi przez wąską suknię.

– Chyba się nie potkniesz? – spytał Biafra.

Tamten uśmiechnął się samym skrzywieniem warg.

– Tak tylko mówię. – Wzruszył ramionami. – Ćwiczyłem krok chyba we wszystkich strojach, jakie wymyślił człowiek. – Roześmiał się nagle. – Kiedyś byłem przebrany za baletnicę i odtańczyłem na uczcie cały kawałek. – Rozłożył ręce. – Brawo mi bili. A ten, co mnie na niego wynajęli, to od razu wziął mnie do łożnicy. A kiedy wpadli ci, co byli nagotowani, żeby tumult uczynić i klienta na sąd dostawić, to się bałem, że mnie zgwałcą. Za dobrze, szlag, udawałem. Za dobrze.

Biafra uśmiechnął się lekko. Achaja wydęła wargi. Na szczęście cyrulicy uporali się nareszcie z jej fryzurą. Najwyższa z dziewczyn zasłoniła ją trzymaną w rękach tkaniną przed wzrokiem obecnych w pokoju i Achaja mogła zrzucić swoją szeroką koszulę. Dwie służące nałożyły jej gorset i stękając z wysiłku, zacisnęły wszystkie paski. Achai pociemniało w oczach. I tak było jej łatwiej – w czymś takim chodziła latami jeszcze w Troy. Jak mógł wytrzymać tę torturę chłopak? Nie mogła zrozumieć.

Włożyła cieniutką, wąską suknię. Mogła w niej rozstawić stopy mniej więcej na odległość jednej dłoni. Nieszczególnie jej to przeszkadzało. Miała jednak nadzieję, że chłopak ubrany w coś takiego przewróci się i rozwali sobie nos. Zerknęła do lustra na swój podkreślony gorsetem, kształtny tyłek. Poruszyła nim lekko. Wyglądał bardzo pociągająco. Spojrzała ukradkiem na Biafrę, czy widzi. Widział. Niestety, pochwycił jej spojrzenie. Uśmiechnął się. Szlag.

– Masz. – Podał jej dziwny czarno-złoty przedmiot. – To okulary.

– Co?

– Takie coś, co zasłania oczy.

Gruby złoty drut obejmował dwa idealnie okrągłe, świetnie wyszlifowane kawałki ciemnego kryształu. Biafra pomógł Achai założyć to na nos i zaczepił końce drutu o uszy.

– Szlachta z gór nosi takie często zimą, żeby uniknąć oślepienia przez śnieg.

Znowu zerknęła w lustro. Ciemne okulary przydawały jej twarzy wyrazu tajemniczości. Pasowały do jej rysów. Miała wszelkie szanse, żeby stać się ozdobą balu. Ale co najważniejsze, ciemny kryształ zasłaniał jej czarne, pozbawione białek oczy.

– Słuchaj. Będę mogła je potem zatrzymać?

– Pewnie. Są twoje. – Biafra wzruszył ramionami. Nie mógł zrozumieć, że księżniczka mogła pytać o coś takiego. Jakby strzeliła palcami, służący powinni w ciągu jednego dnia dostarczyć sto takich. Chociaż... Te rzeczywiście były wyjątkowe, wykonane przez jakiegoś mistrza z dalekich krain. Ludzie Biafry zdarli je ze starego, grubego agenta, który usiłował ukryć pod nimi oko pokryte bielmem.

– Jakby kto pytał, powiesz, że zapadłaś na śnieżną ślepotę. Ale nikt pytać nie powinien. Twoja obstawa...

– Moja co?

– Obstawa – mruknął. – Chyba nie sądziłaś, że cię puszczę samą na salę balową. Podejdzie jakiś utytułowany pacan, przedstawi się i ty też będziesz musiała wtedy powiedzieć swoje imię. W chwilę później nikt nie podejdzie do ciebie na odległość dwudziestu kroków, tak się będą bali.

– A nie mogę się przedstawić jako Śliczna Dupeczka? – Roześmiała się, kręcąc tyłkiem.

Roześmiał się również. Mrugnął do niej.

– Nigdy nie podawaj fałszywego imienia. Gdy się wyda, królowa nas zetnie. – Klasnął w dłonie. Służący skoczyli do drzwi, otwierając je na całą szerokość. Zobaczyła czekające na korytarzu dwie wysoko urodzone damy. – To jest księżniczka Ginne. – Biafra wskazał wyższą z kobiet. – Będzie się kręcić wokół i wyłapywać wszystkich tych, którzy będą chcieli do ciebie podejść.

Księżniczka skinęła Achai głową.

– Dama dworu Mija – kontynuował Biafra. – Będzie tuż przy tobie, szczebiocząc o bzdurach.

Młoda kobieta wykonała głęboki ukłon.

– Kurczę. Po co?

– Nie będziesz się kręcić po sali sama jak palec. Musisz z kimś gadać. Więc pieprz głupoty do Mii i trzymaj się okien.

Spojrzała na niego, unosząc okulary.

– No nie. Dlaczego akurat okien?

Zaklął cicho.

– Przy oknach jest chłodno. Jeśli podejdziesz do lichtarza z dwiema setkami świec, gdzie gorąco, spocisz się i spłynie z ciebie całe to wapno, które masz na twarzy. – Machnął ręką. – No, idźcie już. Królowa zaraz zaszczyci towarzystwo swoją osobą.

Ginne ruszyła pierwsza. Mija ujęła Achaję pod rękę i podążyły za tamtą w odległości kilku kroków. Natychmiast też zaczęła szczebiotać, widać rola, którą miała zagrać, została stworzona specjalnie, by wykorzystać jej naturalne talenty. Opowiadała takie głupoty, że wieczór mógł się zamienić w jedną z najgorszych tortur. Na szczęście Ginne szła szybko. Wataha sług i lokajów rzuciła się, żeby otwierać przed nią drzwi.

Sala balowa, choć królewska, niczym nie przypominała choćby wielkoksiążęcych sal z Troy. Mogła pomieścić raptem dwieście, trzysta osób. Może trochę więcej. Powiedzenie, że sala królewska w stolicy jej poprzedniej ojczyzny była dziesięć razy większa, wcale nie byłoby przesadą.

Mija poprowadziła Achaję pod okno.

– No i wiesz, on wtedy spojrzał na mnie, nogi zaczęły mi drżeć – trajkotała bez przerwy – a miałam na sobie taką śliczną suknię, wiesz, uszył ją najlepszy krawiec, on zresztą miał bodaj dwadzieścioro dzieci, chociaż wiesz, jak jest za dużo dzieci, z reguły rzemieślnik robi byle jak, byle nastarczyć, ale wiesz, tkanina była z Garrenmich, a ja kiedyś miałam jechać do Garrenmich, ale to daleko, za to wtedy, to znaczy przed tą planowaną podróżą, co nie doszła do skutku, poznałam takiego ślicznego chłopca. Wiesz, bo chłopcy to lubią podróże. Znałam kiedyś jednego podróżnika, ale on był stary, starość nie radość, nie? A kiedyś spałam ze starym mężczyzną. No, może nie był piękny, za to doświadczony. Tak, mam koleżankę, która mówi o sobie, że dopiero ona jest doświadczona, ale ja jej nie wierzę, ona głupia i gadatliwa...

Jakiś wystrojony mężczyzna zwrócił uwagę na Achaję. Zamierzał podejść bliżej. Ginne dopadła go tak szybko, jakby wystrzelono ją z katapulty.

– Jestem księżniczka Ginne. – Uśmiechnęła się tak szczerze, że Achaja potrząsnęła głową w niemym podziwie. – Zostaliśmy sobie chyba przedstawieni, prawda?

Mężczyzna uśmiechnął się, składając ukłon. Nie mógł ruszyć dalej. Prawdziwej księżniczki nie można wszak zbyć byle czym. Pogrążyli się w rozmowie, lecz zaraz księżniczkę zluzowały dwie damy dworu, które dopadły nieznajomego i poprowadziły w przeciwległy kąt sali. Ginne powróciła na swoją pozycję wartownika, rozglądając się wokół w skupieniu.

Achaja dopiero po dłuższej chwili zobaczyła swoją ofiarę – księcia Luan. Mężczyzna wydawał się sympatyczny. Był dość przystojny. Z wielką serdecznością rozmawiał z politykami czekającymi na nadejście królowej. Zrozumiała, że on naprawdę chce pokoju.

Zrozumiała też jeszcze jedną rzecz. Nie będzie w stanie zabić niewinnego człowieka o szczerych intencjach. Nadawała się na kata w tym samym stopniu co uczennica świątynnej szkoły.

Biafra, wściekły tak, że aż zieleniał na twarzy, wziął Achaję pod ramię i wyprowadził z sali do przestronnego pokoju obok. O mało nie eksplodował. Spocił się cały, ręce trzęsły mu się coraz bardziej.

– No i co, moja ty szlachetna damo??? – syknął, kiedy już zostali sami. – Dobry uczynek zrobiłaś, co?

– Nie będę twoim katem – warknęła.

– Nie? To szkoda – zakpił. – Obwiesić się przyjdzie.

Włożył dwa palce do ust i gwizdnął jak mógł najgłośniej. W drzwiach pojawiła się przestraszona służąca.

– Dawaj tu, kurwo, czterdzieści dziewczyn ze służby!

– Proszę? – nie zrozumiała polecenia.

Biafra doskoczył do służącej i strzelił ją w twarz otwartą dłonią.

– A teraz zrozumiałaś, suko? – Uderzył ją lewą dłonią w drugi policzek. – Rozumiesz już?

Dziewczyna się rozpłakała. Kryjąc twarz, pobiegła wzdłuż korytarza.

– Ty, psiamać, nie bądź taki mocny wobec bezbronnej dziewczyny – syknęła Achaja. – Spróbuj ze mną, co?

– Ależ proszę. – Zrobił kilka kroków w jej stronę. – Chcesz się na mnie wyżyć? Pani szermierz natchniona. Pani major „Rzeźnik" Achaja chce zabić biednego, niewinnego mężczyznę? – kpił. – Ależ proszę. Nie wiem, dlaczego jeszcze mnie nie zabijasz. Doprawdy nie wiem, cóż cię wstrzymuje.

Wściekła jak osa ruszyła w jego kierunku.

Gwizdnął jeszcze raz, tym razem w inny sposób.

Zamrożone okna rozprysły się nagle. Dwadzieścia dziewczyn w zimowych mundurach górskiej dywizji, przywiązanych sznurami do zewnętrznych ścian w oczekiwaniu na swoją chwilę, wpadło nagle do środka. Wszystkie miały w rękach napięte kusze. Sądząc po okrywającym je szronie, musiały długo czekać na mrozie, stojąc na wąskim gzymsie. Ale nie zmniejszało to ich sprawności bojowej. To były żołnierze z drugiej górskiej dywizji. Istne cuda! – jak mówiła Zinna. A Achaja wiedziała, że Zinna miała rację. One nie zawiodą. One nigdy nie zawodzą. Wykonają każdy rozkaz Biafry, choćby większość miała przypłacić to życiem. Któraś doskoczyła do Achai od tyłu i przyłożyła jej grot bełta do pleców.

– No i co? Pani szermierzu natchniony? – zakpił Biafra. – Co mi teraz zrobisz? Nic? – Spojrzał szczerze zdziwiony. – A może mam cię strzelić w pysk jak tamtą? Co? Czemu nic nie mówisz?

– Ty gnoju...

– Och! Bo się popłaczę!

Przerwały mu przestraszone służące, przepychające się, usiłujące ukryć jedna za drugą, które wchodziły do wyziębionej momentalnie sali.

– Stawać pod ścianą! – ryknął Biafra. Wściekłość dławiła go tak, że ledwie mógł oddychać. – Rozbierać się, suki!

– Ale... – szepnęła najodważniejsza, lecz Biafra nie dał jej dokończyć.

– Sierżancie – szepnął do jednej z żołnierzy – jeśli w ciągu dwóch oddechów nie będzie goła, to ją zastrzelcie.

Sierżant rozstawiła szeroko nogi, podnosząc kuszę.

– Rozbierz się lepiej, koleżanko – rzuciła również szeptem. – Proszę! Ja muszę wykonać rozkaz. Proszę!

Czterdzieści dziewcząt ze służby rozebrało się prawie natychmiast. Stały teraz nagie na swych skołtunionych sukniach, usiłując zasłonić się rękami, zaciskając zęby, bo naprawdę w pomieszczeniu było już zimno. Mroźny wiatr wiał przez rozbite okna i sprawiał, że przy każdym oddechu z ust wydostawał się obłok pary.

– Ustawić się w czwórki – warknął Biafra. – Ręce do tyłu.

Dziewczyny ze służby nigdy nie były w wojsku. Jednak widok dwudziestu kusz sprawił, że przestały się zakrywać i po kilku przepychankach stanęły w czwórkach z rękami do tyłu. Rumieńce na ich twarzach świadczyły, że gdyby tylko nie te dwadzieścia żołnierzy, to ich najgorszy oprawca skończyłby jako...

Ich najgorszy oprawca nie zamierzał jednak kończyć w jakikolwiek sposób. Chwycił Achaję za kark i przyciągnął do nagich dziewczyn.

– Czterdzieści! – syknął. – Tyle twój oddział uwolnił jeńców ostatnim razem. Czterdzieści dziewczyn idących do niewoli. Ty to już znasz. Co? – Szarpnął ją za włosy, niszcząc misterną fryzurę. – Tak wtedy wyglądały? Co? – Szarpnął jeszcze mocniej. – Boją się teraz. Nie wiedzą, co się stanie. Ale ty wiesz – tchnął w samą twarz Achai. – Ty wiesz, że to jeszcze nie jest prawdziwy strach. – Puścił księżniczkę i podszedł do najbliższej służącej. Uśmiechnął się do niej, a potem strzelił ją w twarz dłonią. Czerwona jak burak, naga dziewczyna połykała łzy, które nagle popłynęły z oczu. – Ona myśli, że to już szczyt upokorzenia. – Uśmiechnął się znowu. – Lecz ty, Achajko, wiesz przecież, że nie. Że nawet jej nie dotknąłem. Że nic jej nie zrobiłem. Ona nie wie, co to jest prawdziwe upokorzenie. Prawda?

– Przestań.

– O nie. – Znowu chwycił księżniczkę za włosy. – Popatrz na nie. Tyle dziewczyn pójdzie teraz do niewoli w najbliższej bitwie. Dzięki tobie, Achajko. Bo nie raczyłaś zabić jaśnie pana, który sam w sobie był przecież niczemu niewinny. Tyle dziewczyn, ile masz przed oczami, pójdzie teraz do niewoli i pozna to, co ty już znasz. A może mam je wszystkie zabić? I jeszcze setki innych? I poukładać wszystkie w zgrabny stosik? Co? Wtedy zobaczyłabyś, ile przez ciebie zginie. Bo Luan już zna nasze plany.

Ciągnąc za włosy, podprowadził Achaję do najbliższej dziewczyny.

– Jak masz na imię? – warknął.

– Lonnei – chlipnęła służąca.

– Ile masz lat?

– Siedemnaście, proszę pana.

– Rodziców masz? Z miasta jesteś?

– Tylko mamę, proszę pana. Z miasta, tak. Ze stolicy.

Biafra strzelił ją w twarz, aż zamknęła oczy, odchylając się jak tylko mogła. Nie śmiała puścić rąk, które trzymała, jak rozkazał wcześniej, za plecami.

– Mama będzie płakać, jeśli zginiesz?

– Tak, panie. – Dziewczyna rozbeczała się. – Ona niedołężna, panie. Ja ją utrzymuję.

– I wystarczy – mruknął. – Jesteś zmobilizowana. Do oddziałów liniowych, dziecko.

– Panie! – Dziewczyna nie wiedziała, czy może się rzucić na kolana. – Mama umrze z głodu!!! Proszę.

– Tylko na dziesięć lat. Minie jak z bicza strzelił. – Biafra uśmiechnął się miło. – Muszę zrównoważyć straty, które naszej armii zadała ta przemiła księżniczka. – Znów szarpnął Achaję za włosy.

Podszedł do następnej.

– Ile masz lat?

– Szesnaście, proszę pana. – Dziewczyna, choć naga i upokorzona, wyprostowała się nagle. – Mam oboje rodziców. Jestem z miasta. Mogę pójść służyć!

– Pójdziesz. Do zwiadu. Liniowego. Tam się żyje średnio trzydzieści dni. – Uśmiechnął się. – Jak myślisz? Rodzice będą płakać?

– Przestań!!! – krzyknęła Achaja.

– Doprawdy? Już? – Wzruszył ramionami. – Dotąd mówiłem tylko o trupach i niewolnikach, ale... Pomówmy teraz o tych, co im się udało. Pomówmy o Zinnie, twojej byłej porucznik. Ty, jako osoba szlachetna, przyniosłaś ją ranną na własnych rękach, dwie inne dupy odniosły do medyka, a ten zrobił, co mógł. Zinna mądra, nie jadła, piła wódkę. Nie zdechła od rany w brzuch. Tylko że teraz sra uszami. Widziałaś ją może? Raczyłaś odwiedzić u rodziców? Nie? Szkoda. Zobaczyłabyś, jak sobie żyje człowiek z pociętymi wnętrznościami. No, dlaczego tak marszczysz te swoje śliczne brwi? Odwiedziłaś ją? Nie? No to ci powiem: sra uszami! A to jest naprawdę mało powiedziane. To tylko takie porównanie. Ale Zinna i tak szczęśliwa. Ma dom, rodziców, oficerską rentę. Żyć nie umierać. Wszystko pod nos biednemu choremu. A widziałaś rannych zwykłych żołnierzy? Te, co medycy uratowali od zguby... ha, ha, ha... Piękne dziewczyny, bez nóżek, bez rączek, bez piersi, bez nosków, bez oczek, bez uszek. Znałem taką jedną. Siedemnastoletnią żołnierz Arkach. Dostała mieczem przez twarz. Ucięli jej nos i wybili oko. Medyk uratował. Wart swojej ceny. Mistrz! Zrobił, co mógł. Twarz poharatana, ale przecież żyje. Nie? Z miasta była. Ma swoje dzierżawne, ma dodatek za rany. Więc wynajęła sobie mały pokój w jakiejś norze. Żyje! Codziennie rano zawija swoją twarz w starą chustę, tak żeby tylko jedno oko było widać, i idzie do piekarni kupić sobie bułkę. Idzie na targ i kupuje mleko. Na tyle mniej więcej ją stać. I wraca do swojej nory. Ma szczęście. Poprzedni lokator zostawił bujany fotel, więc siedzi sobie i... się buja. W przód i w tył. Patrząc na ulicę. W przód i w tył. W przód i w tył. W przód i w tył... Ale to tylko do następnego ranka. Potem znowu zawinie się w chustę i pójdzie kupić bułkę. Kupi mleko. Nieczytata i niepisata. Więc? W przód i w tył. W przód i w tył! Fajnie, co? Po co sobie roić o jakimś kawalerze? Toż ona szczęśliwa. Siedemnaście lat. Całe życie przed nią. Była żołnierz. Weteran. Żyje. Nasze kochane państwo nie da jej umrzeć. Że bez nosa, bez oka, z pokiereszowaną twarzą? Gdzie indziej by zdechła. Albo na żebry poszła. A u nas? Życie. Renta. Jedna bułka i garnek mleka codziennie. Trochę ssie w brzuchu, ale... Raz na dwadzieścia dni odwiedzi ją sierżant z zaopatrzenia i da paczkę z ciastem albo z ubraniem. W przód i w tył. W przód i w tył. Fajnie? Chciałabyś tak? W przód i w tył? Jak to się ładnie pisze w kronikach: koleżeństwo, poświęcenie, szczytny cel, ofiara, walka, mieczem trach, ciach, tylko ranna, szczęście, a potem... w przód i w tył? W przód i w tył. Tego już nie opisują. Skurwiele.

Ja ci powiem. Taka jesteś szlachetna. Nie zabiłaś bezbronnego przy tobie faceta, świetnie. Ale pomyśleć, ile dziewczyn przez ciebie zginie? Co cię to obchodzi? Prawda? Że ktoś jednak musi posprzątać to gówno, które pozostawiła po sobie nasza armia i nasi politycy. Co cię to obchodzi? Zobaczyć, jak się byłej porucznik Zinnie sra bez brzuszka? Co cię to obchodzi? Nie pomyślałaś o tym? Są jednak tacy, co o tym muszą myśleć. Wiem. Pogardzać agentami, skrytobójcami, wywiadowcami... To łatwo. Nie nam się paprać w tych fekaliach, szlachetne siostry. Lecz kto za was sprzątnie to gówno, któregoście narobili, państwo szlachetni wielce? Te wszystkie pierdoły, pomyłki, nieudacznictwo, totalną niekompetencję, łapownictwo, sranie na sianie? Ale ktoś, kurwa, musi. Ktoś, kurwa, musi!

Biafra skinął na sierżant dywizji górskiej.

– Wcielić je wszystkie do wojska. – Wskazał czterdzieści służących. – Tylko oddziały liniowe. Wykonać!

– Tak jest! – ryknęła sierżant.

– To twoja zasługa, złotko – mruknął do Achai. – Tych, którym naprawdę zaszkodziłaś, pewnie nie zobaczysz. W przód i w tył. To nie dla ciebie, co?

– Aleś to ładnie wyprowadził – syknęła Achaja. – Jeszcze chwila, a się zrzygam w kącie tej sali.

– Chcesz, to rzygaj. – Biafra przygładził włosy. Żołnierze wyprowadzali nagie służące. – A jeśli chcesz, to się możesz mścić. Nie mam nikogo ukrytego w skrzyni ani pod podłogą.

Spojrzała na niego rozwścieczona. Miała ochotę zabić Biafrę. Miała ochotę napluć na niego i powiedzieć, jak straszliwie nim gardzi. Miała ochotę powiedzieć mu, że ma rację, ale ona boi się przyznać do tego.

Drzwi, te od sali balowej, otworzyły się z trzaskiem. Królowa skinęła dwoma palcami i cała świta ulotniła się w jednej chwili. Ktoś domknął drzwi i zostali sami w trójkę: władczyni, Biafra i Achaja.

– Zapłacicie za tę prowokację – szepnęła królowa. Była tak zdenerwowana, że nie mogła mówić normalnie. Głos jej drżał, sepleniła lekko. – Twoja głowa, Biafra...

– Moja głowa... – usiłował coś powiedzieć, lecz przerwała mu krzykiem:

– Stul pysk! Co ty sobie wyobrażasz? Że będziesz rżnął moich gości jak świnie w jatkach? Że będziesz podsyłał prowokatorów, kiedy ci tylko taki pomysł postanie? – Królowa podeszła do Achai. – Jak mogłaś dać mu się tak opętać?! – ryknęła. – Co?! Szlag! – Ręce drżały jej coraz bardziej. – I zdejmij te ciemne okulary, bo mnie zaraz krew zaleje. Nie możesz mi nawet w oczy spojrzeć?

Achaja zdjęła okulary. Królowa popatrzyła w jej idealnie czarne oczy i wyraźnie zwątpiła. Machnęła ręką.

– Włóż je z powrotem – rozkazała. Podeszła do jednego z wybitych okien. – Biafra! – powiedziała dużo spokojniej. Już nie sepleniła. – Zamierzam się ciebie pozbyć. Achaja?

– Tak, moja pani?

– Jaki jest najmniejszy kraj na świecie?

– Chyba... chyba Kone, moja pani. – Dziewczyna nie była pewna. Pamiętała jednak coś o zagubionym wśród śniegów na końcu świata księstwie, które na dworze jej ojca było przedmiotem dowcipów, bowiem jego teren można było przemierzyć powolnym krokiem w ciągu kilkunastu modlitw.

– Pojedziesz do Kone, moje dziecko, jako poseł. I zostaniesz tam do końca życia.

– Tak, moja pani. – Achaja zgięła się w ukłonie.

– Biafra. – Królowa zagryzła wargi. – Sam się zabijesz czy mam wezwać kata?

– Sam, sam – mruknął, również gnąc się wpół. – I cieszę się, pani, że nie spytałaś o powód naszej akcji. Jak zwykle, lepiej takie sprawy pozostawić wywiadowi.

– Biafra! – Królowa podskoczyła do niego, jakby chciała poorać mu twarz paznokciami. – Ty mnie nie usiłuj... – Kichnęła głośno. Mróz z powodu wybitych okien był już taki jak na zewnątrz pałacu. – Dlaczego?

– Oni zabili pierwszą czarownicę królestwa, pani.

Schylona w ukłonie Achaja potrząsnęła głową. Ale świnia! Ratował siebie od śmierci i ją od spędzenia reszty życia gdzieś na końcu świata. A jednocześnie dalej realizował swój plan. Teraz jednak musieli zabić czarownicę, zanim odnajdą ją królewskie sługi. Czy to się da zrobić?

– Coooo? – Królowa podeszła do Biafry. – To dlaczego mi o tym nie powiedziałeś? Skąd wiesz?

– Od pewnego człowieka, który upił jednego z ich służących. Po co mówić? I tak ich nie oskarżymy o nic. Cóż znaczy bełkotliwa opowieść sługi upitego przez mojego człowieka? To nie dowód. To kalumnia rzucona w twarz cesarzowi Luan.

Achaja wzięła oddech, żeby coś powiedzieć, lecz zrezygnowała. Pochyliła głowę jeszcze niżej. Jak Biafra zamierza to załatwić?

Królowa klasnęła w dłonie. Podręczna natychmiast pojawiła się w drzwiach.

– Wyślij ludzi do wieży czarownicy – rzuciła. – Chcę...

– Pani! – Podręczna upadła na twarz. – Pani! Czarownica nie żyje! Nie śmiałam przerywać, pani, ale...

Achaja jak koń zastrzygła uszami.

– Bogowie! – Królowa ukryła twarz w rękach. – Zwołaj Radę. Szybko!

Podeszła do Biafry. Chwila załamania minęła szybko. Była królową Arkach, a nie zasmarkaną dziewczynką, która dowiedziała się o śmierci rodziców.

– Jak wytłumaczysz obecność prowokatora? – warknęła. – Kiedy dowiedziałeś się o śmierci czarownicy?

– Na każdym balu mam jakiegoś prowokatora – kłamał idealnie. – Dowiedziałem się już w trakcie trwania balu.

– Tak? A jak w takim razie wytłumaczysz te kilkanaście warstw wapna na twarzy tej zabójczej księżniczki? Dlaczego ona ma rude włosy? Przedtem były czarne.

– Niech ona sama odpowie – mruknął Biafra.

O żeby cię szlag trafił, panie perfidny! – klęła w duchu Achaja. Mogła powiedzieć prawdę i zabić Biafrę. A siebie posłać na wieczne zesłanie. Mogła też kłamać i brać udział w jego intrydze. Szlag!

– Słucham, dziecko?

Achaja podniosła głowę. Prawda? Czy fałsz? Prawda, śmierć Biafry, nie wiadomo, co dalej z Arkach? Czy fałsz, włożenie wszystkich palców w tryby jego intrygi, danie dupy, jeśli chodzi o honor.

– No? Księżniczko?

– Moja pani. Ja się tak strasznie wstydzę tego tatuażu... – Poczuła, że palą ją policzki. Na szczęście rumieńców nie było widać pod warstwami pudru. – A rude włosy... Bo ja tak bardzo nie chciałam, żeby mnie rozpoznali... bo... bo wtedy wszyscy by się mnie bali, że niby przyszłam, żeby kogoś zabić. I... I wtedy stałabym sama pod ścianą przez cały czas. A ja tak chciałam zatańczyć, choć raz.

Gdyby Bogowie czuwali nad ludźmi, pod nogami Achai powinna otworzyć się otchłań. Powinien spalić ją piorun. Ściany powinny się stopić od jej kłamstw. Jednak otchłań się nie otworzyła, piorun nie uderzył z zimowego nieba, a ściany powoli pokrywały się szronem.

– Przepraszam cię, dziecko. – Królowa położyła rękę na jej głowie.

Achaja ujęła dłoń władczyni i pocałowała. Kurczę! Pocałunek mordercy. Obłudny pocałunek kłamcy. Szlag! Szlag! Szlag!

– Muszę wracać do gości. – Królowa przygryzła wargi. – Chcę was jednak zapewnić, że osobiście przeprowadzę śledztwo w tej sprawie.

Oboje upadli na kolana, chyląc głowy jeszcze niżej. Podnieśli się, kiedy wyszła. Podręczna, zanim znikła, podążając za swoją panią, pokazała im dłoń z rozcapierzonymi palcami.

– Pięć palców? – Biafra mrugnął do Achai. – Mamy tylko pięć modlitw na zabicie czarownicy.

– Ty gnoju! – syknęła Achaja. – Podręczna to też twój człowiek? I nakłamała o śmierci czarownicy?

– Szybciej, szybciej – warknął, śmiejąc się do niej. – Mamy bardzo mało czasu, wspólniczko w gnojstwie.

Pociągnął Achaję na korytarz, potem na schody. Nie mogła zbiegać, skacząc ze stopni. Ta wrednie wąska suknia sprawiła, że mogła robić jedynie bardzo małe kroczki. On wrócił jednak i podał jej rękę. Potem zaklął, chwycił dziewczynę w pasie i przerzucił sobie przez ramię.

– Coś ty ze mnie zrobił? Świnia.

– Sama z siebie zrobiłaś – stęknął, tracąc oddech. Nie był silny. Zadyszał się nawet na krótkiej drodze prowadzącej na podwórzec. – Miałaś wybór.

– Ty palancie jeden.

Umilkła, kiedy wyniósł ją na mroźne powietrze. Wokół czekał w gotowości pluton Achai i dwadzieścia dziewczyn z drugiej górskiej dywizji. Biafra postawił ją na ziemi, ktoś okrył ją ciepłym płaszczem.

– Dobra. Teraz szybko do wieży, bo...

– Czekaj – Achaja osadziła go jednym słowem. – Harmeen, Lanni. Rozsypać pluton!

– Tak jest!

Dziewczyny ustawiły się błyskawicznie.

– Harmeen, do mnie. Lanni, kusze w pogotowiu.

Pluton zwiadu wymierzył z kusz do oszołomionych żołnierzy z górskiej dywizji. Cofnęły się, ale trudno je było przestraszyć. To była naprawdę elitarna jednostka.

Achaja podeszła do nich.

– A teraz... – warknęła – która przyłożyła mi kuszę do tyłka? Co?

Spojrzały po sobie niepewnie. Nie było czego ukrywać. Księżniczka przecież i tak się dowie.

– T... to ja. – Z szeregu wystąpiła żołnierz z dość jasnymi włosami i wyraźnie zadartym nosem. – Ja... chciałam... tego, no...

Achaja pokiwała głową.

– Shha!

– Tak jest!

– Weźmiesz ją, mianujesz kapralem i włączysz do naszego plutonu. – Spojrzała prosto w rozszerzone zdziwieniem oczy żołnierza. – Szybka jesteś, małpeczko. I umiesz wykonywać rozkazy. – Patrzyła, jak brwi tamtej wędrują do góry. – Potrzebuję takich.

– Tak jest! Proszę pani – wrzasnęła oszołomiona żołnierz. A później zupełnie nieregulaminowo odwróciła się do swoich koleżanek i pokazała im język.

Stojąca z boku Arnne zachichotała.

Achaja podeszła do sierżant górskiej dywizji. Zdjęła z uszu swoje ciężkie od szlachetnych kamieni zausznice i podała tamtej.

– To była wzorowa akcja, sierżancie.

– Tak jest, proszę pani! Dziękuję, proszę pani!

– Kup swoim żołnierzom coś do picia. Żeby się nie przeziębiły.

– Tak jest, proszę pani!

Biafra przestępował z nogi na nogę.

– Może byśmy już poszli? – mruknął.

Achaja skinęła głową i ruszyła za nim. Słyszała, jak Shha z tyłu ryczy coraz głośniej:

– Bei, Sharkhe! Najmłodsze dupy jesteście. Macie nauczyć nową co i jak, bo inaczej wstyd nam zrobi! Co kapral, co kapral??? – odkrzykiwała na czyjąś cichą uwagę. – Mnie się tu majorówna nie będzie w moje sprawy mieszać. Zanim ją mianuję kapralem, swoją, kurwa, szkołę musi przejść! Dobrze, że chociaż z górskiej dywizji cielę do nas przyszło. To się przynajmniej nie zesra na sam widok wroga.

Arnne chichotała w najlepsze. Stosunki panujące w wojsku były dla niej czymś zupełnie nowym. Lanni i Harmeen szturchały się wzajemnie. Shha zdecydowanie nie należała do ludzi, którzy dadzą sobie w kaszę dmuchać. Ona miała po prostu wszystko poukładane na swoich miejscach i była zdecydowanie dobrym sierżantem. Achaja natomiast za żadne skarby nie zamierzała ingerować w „politykę kadrową" swojej siostry.

Podeszła do Biafry.

– Słuchaj, świnio. Zrobię to dla ciebie, ale...

Rzucił zdziwione spojrzenie.

– Zwolnisz z wojska tę Lonnei, czy jak jej tam.

– Kogo?

– Tę służącą, co ma chorą matkę. Zrobisz to.

Wzruszył ramionami. Spojrzał na Achaję z ukosa.

– Jak nie ona, to zginie jakaś inna. Nie wszystko jedno?

– Zamknij się.

Znowu wzruszenie ramion. Dochodzili właśnie do strzelistej wieży położonej wśród gęstych drzew. Wokół kręciło się już kilku zaaferowanych służących, lecz Biafra nie okazał zdenerwowania. Znowu jego ludzie. Miał ich chyba wszędzie. Brakowało tylko cesarza Luan, który powinien wyłonić się z krzaków, zasalutować i złożyć meldunek.

– Harmeen – Biafra podniósł pochodnię – niech pluton otoczy wieżę. Strzelać do wszystkiego, co będzie chciało wyjść.

– Tak jest!

– Lanni, korkuj drzwi. Nic nie może przejść ani w jedną, ani w drugą stronę.

– Tak jest!

– Sierżancie.

– Sierżant Shha melduje się na rozkaz! – Dziewczyna podskoczyła błyskawicznie.

– Widzisz to okno, gdzie pali się światło?

– Tak jest, proszę pana generała!

– Weź trzech najlepszych strzelców i trzymajcie palce na spustach. Jeśli zobaczycie w oknie chociaż cień... Strzelajcie.

– Tak jest! Mayfed, Chloe, Sharkhe! Ruszać tyłki, głupie owce! Mayfed, ty jesteś najlepsza, ładuj dupę na to drzewo! Chloe, psia twoja mać! Przyklej się do muru i mierz w górę! Sharkhe, do mnie, no ruszaj się, krowo!

Biafra pchnął ciężkie, okute spiżem skrzydło drzwi. Wziął od jednego ze sług podłużny pakunek, odwinął szmatę i rzucił Achai luański miecz. Lekki, średniej długości, bogato zdobiony. Ciekawe, komu z poselstwa został ukradziony?

Arnne poszła przodem. Przeskoczyła kilka schodów i zatrzymała się przed wnęką kryjącą wąskie drzwi.

– Wywalamy? – spytała przejęta.

Biafra skrzywił się lekko. Zapukał energicznie i wszedł jako pierwszy. Czarownica, starsza, kostyczna kobieta, siedziała za stołem, na którym stał tylko lichtarz z kilkoma świecami. Na idealnie czystym blacie nie było żadnego innego przedmiotu, żadnej księgi, żadnego naczynia, niczego.

– Przyszedłeś mnie zabić? – spytała czarownica.

Biafra wydął wargi. Zerknął na swoje dziewczyny.

– No... – szepnął. – Już!

Spojrzały po sobie, nie rozumiejąc.

– On wam mówi, że macie już zacząć mnie zabijać – wyjaśniła czarownica spokojnie. Dopiero teraz podniosła oczy. – Witaj, Arnne.

– W... witaj.

– No, co z tobą? – Starsza kobieta za stołem skrzywiła się lekko. – Skoro już zostałaś morderczynią, to zacznij zabijać.

Dziewczyna niepewna spojrzała znowu na Achaję. Ta również nie miała zbyt tęgiej miny.

– No, no... – czarownica wykorzystała chwilę ciszy. – Widzę, że pani major „Rzeźnik" Achaja też raczyła się pofatygować. Słyszałam, że zabiła pani Viriona i sześciuset jego rębajłów. Cóż za wyczyn.

Achaja z trudem przełknęła ślinę.

– Niech pani nie wierzy we wszystko, co o mnie mówią.

– No zróbcie cóś – warknął Biafra.

– A ty co? – Czarownica spojrzała na niego. – Jak zwykle. Nigdy własnymi rączkami?

– Chcesz zgubić Arkach, kretynko! – Szarpnął się, ale nie podszedł nawet o krok. – Dzięki tobie Luan będzie tu za dwa lata!

Czarownica wzruszyła ramionami.

– Wiem, wiem – szepnęła. – Nie mówisz w tej chwili do mnie. Tylko do tych swoich zestrachanych dup, które jakoś nie mogą na mnie ruszyć. Chcesz je natchnąć miłością do królestwa. – Roześmiała się. – To ty, idioto, chcesz zniszczyć Arkach. Chcesz go wplątać w awanturę, której już nie przeżyje.

– Zabijcie ją, kurwa! – ryknął Biafra na Achaję i Arnne, które stały niezdecydowane. – No już, głupie dupy!

– Aż tak mnie nienawidzisz? – uśmiechnęła się czarownica. – Nie możesz zapomnieć, że nie poparłam cię przy reformie armii?

– Sprawiasz kłopoty, stara.

– Wygadałeś się. Cała intryga na nic.

– Nie doceniasz mnie – wrzasnął. – Intryga jest bardziej skomplikowana. – Zerknął na swoje dziewczyny. – Zaraz będzie tu królowa. Achaja, masz więc wybór. Zabić mnie, a siebie posłać na wieczną banicję, albo ją! Arnne, jak się czuje człowiek, którego za chwilę wyrzucą z cechu czarowników? Lubisz banicję, mała?

Arnne zaklęła i strzeliła Achaję w tyłek.

– No już! – krzyknęła przestraszona. – Bierz ją!

Achaja podniosła miecz i skoczyła do przodu, odbijając się z obu nóg. Czarownica była jednak szybsza. Podniosła dłoń do ust. Arnne też dała się przechytrzyć. Zablokowała zaklęcie. Lecz nie było to nic zabójczego. Blokada nie zadziałała, bo tamta zamieniła się w tygrysa. Eksplozja targnęła pokojem.

Biafrze krew trysnęła z nosa.

Tygrys... Błąd! W ustach Achai i Arnne natychmiast pojawiły się kły! Wszystkie trzy skłębiły się na podłodze, gryząc się i szarpiąc pazurami. Biafra uskoczył pod ścianę. Nowa eksplozja. Stara czarownica, już w swojej postaci, skoczyła na stół. Przyłożyła obie dłonie do ust. Achaja jednak kopnęła w nogę stołu tak, że poleciał aż pod ścianę. Chwyciła miecz, chcąc podciąć czarownicę, która straciła równowagę, ale ta skoczyła na ścianę i zaczęła leźć po niej niczym monstrualna mucha. Arnne oślepiła ją białą kulą światła, potem podpaliła zwisające ze ścian draperie. Stara wywinęła się jednak, skacząc na parapet. Teraz miała idealną pozycję. Przyłożyła obie dłonie do ust i...

Siedząca na drzewie Mayfed, widząc cień, strzeliła precyzyjnie przez pokrytą szronem szybę. Czarownica z bełtem w plecach wybiła okno wraz z framugą i odwinęła się w tył. Chloe strzeliła z dołu, osłaniając oczy przed spadającymi na nią odłamkami szkła. Shha i Sharkhe wystrzeliły chwilę później. Obie trafiły w spadające ciało. Martwe już zresztą. Lanni, Zarrakh i ta nowa, dołączona dzisiaj do oddziału, podskoczyły szybko, rozpędzając służących nadbiegających od pałacu.

Chloe osłoniła się kuszą, ale i tak czarownica spadła na nią, pokrywając krwią wszystko wokół.

W wieży Biafra wstał spod ściany, klnąc coraz głośniej.

– Egzekutorzy mi się trafili, psiakrew!!! – Usiłował powstrzymać krew lecącą z nosa. Popatrzył na zdemolowany, płonący pokój. – Chodźcie wreszcie, nieustraszone zabójczynie, bo wam tyłki spłoną.

Pchnął drzwi i zbiegł po schodach, zasłaniając twarz chustką. Arnne i Achaja obolałe powlokły się za nim. Na zewnątrz Biafra już opieprzał jakichś służących, każąc im wyjąć bełty z ciała i zatrzeć ślady. Rozpoczęła się bieganina. Lanni zbierała pluton, Harmeen pchnęła kilku ludzi do ugaszenia pożaru.

Biafra klął. Potem jednak podszedł do Achai.

– Czegoś się jednak od ciebie nauczyłem.

– Czego?

– Patrz. – Uśmiechnął się i ryknął: – Która żołnierz siedziała z kuszą na tym drzewie?!

– Melduje się szeregowa Mayfed!

Biafra zdjął z dłoni swój wielki pierścień z godłem królestwa i rzucił go przestraszonej dziewczynie.

– Masz! – Mrugnął do niej. – Jak twoje wnuki będą oglądać ten pierścień, to niech wiedzą... że ich babcia jednym strzałem uratowała Królestwo Arkach!

Oczy Mayfed nagle zwilgotniały.

– Ja... ja... – Powstrzymywane łzy popłynęły nagle po policzkach szerokimi strumieniami.

– Jednym strzałem – powtórzył Biafra. – Nie zapomnijcie powiedzieć o tym wnukom wyraźnie.

– Tak jest! – Mayfed rozbeczała się jawnie. Patrzyła na pierścień, za który mogła sobie kupić ze dwie wsie, a może i folwark. I było jasne, że nie sprzeda go nigdy. Za żadne skarby świata. Że to niepozorne, ryte w szlachetnym kamieniu godło będzie przechodzić w jej rodzinie z pokolenia na pokolenie. Że będzie początkiem legendy.

– Dawać tu te trzy pozostałe – rozkazał Biafra. Uporał się nareszcie z chustką. Zdołał już nawet jakoś wytrzeć nos. – Dawać dowódcę oddziału!

Shha zameldowała obecność Sharkhe i Chloe, która usiłowała wytrzeć krew ze swojej twarzy. Lanni zameldowała się sama. Biafra podszedł do niej.

– Dobry masz oddział, poruczniku. Od jak dawna masz swój stopień?

– Od lata, panie.

– No to nie mogę cię mianować kapitanem – przerwał jej. – Ktoś powstrzymał sługi biegnące od pałacu. Kto?

– Ja, Zarrakh i ta nowa, panie.

Biafra skinął dłonią, żeby podeszły.

– No dobra – mruknął. – Klęknijcie przede mną. – Patrzył, jak szybko spełniają rozkaz. – Ty, nowa, jak ty się właściwie nazywasz?

– Jakee, panie! – wrzasnęła dziewczyna w mundurze drugiej górskiej dywizji. Shha zagryzła wargi. Już ona zapamięta nieregulaminowy meldunek nowej. Najpierw podajesz swój stopień, suko, warknęła w myślach, i nie mów per panie do generała, bo nie jesteś porucznikiem, który na takie rzeczy może sobie pozwolić! W umyśle sierżant pojawiły się nagle całe góry naczyń do szorowania, które biedna Jakee będzie doprowadzać do połysku.

Biafra nie zwrócił jednak na to uwagi. Stanął w rozkroku i skrzywił się lekko.

– Dzięki waszej major i tej młodej czarownicy, dzięki wam, żołnierze, Królestwo Arkach będzie jeszcze istnieć jakiś czas. – Zamyślił się na chwilę, a potem podjął znowu: – Nie klęczycie przede mną. Klęczycie przed majestatem Arkach! Na mocy nadanej mi władzy stwierdzam, że odtąd wszystkie, Lanni, Shha, Mayfed, Zarrakh, Chloe, Sharkhe i ta... no... Jakee, odtąd jesteście „godne". Jesteście teraz szlachetnie urodzone. – Uśmiechnął się sceptycznie. – Na szczęście w naszym kraju nie łączy się to z dodatkowymi przywilejami, więc nie zubożę naszej kasy. No, niemniej odtąd plebs ma się do każdej z was zwracać per jaśnie pani! – Uśmiechnął się znowu, tym razem zjadliwie. – Możecie wstać, drogie panie.

Biafra odwrócił się i podszedł do Harmeen, by wydać jej szczegółowe instrukcje. Dziewczyny podniosły się oszołomione.

– Ale numer – jęknęła Lanni. – Czy teraz, kiedy będę chciała wam wydać rozkaz, to będę musiała mówić: „Niech jaśnie pani zapierdala do ataku"? Czy mogę po staremu: „Ruszaj się, krowo!"?

– Nie wiem – wzruszyła ramionami Shha. – W życiu nie widziałam szlachcianki w oddziałach liniowych. – Po chwili jednak znalazła rozwiązanie: – Jaśnie pani krowo! – ryknęła na Mayfed. – Przestań się wreszcie mazać i wracaj do szeregu.

Pluton zaczął się śmiać.

– A ty, Jakee, zanim się nauczysz porządnie meldować, wyszorujesz wszystkie naczynia oddziału do połysku! I to będzie pierwsza w historii jaśnie panienka szorująca gary! W kronikach cię opiszą, cielę głupie!

Shha, klnąc, podeszła do Achai.

– Ojej, siostro – szepnęła. – Nawet nie mogę o tym powiadomić ojca.

– Dlaczego?

– Bo się schleje ze szczęścia, że ma córkę szlachciankę. – Machnęła ręką. – A u nas karczma jest za rzeką. Będzie wracał pijany po nocy, to się utopi!

Arnne uśmiechnęła się, trochę jeszcze zdezorientowana.

– Może dobrze, że dziewczyny nie wiedzą...

– Czego? – spytała Achaja.

– Że w tym całym ratowaniu królestwa chodziło o zwykłe, brudne morderstwo.

– To akurat wiemy, proszę pani – mruknęła Shha. – Takie całkiem głupie nie jesteśmy.

Achaja roześmiała się, klepnęła siostrę w tyłek, z trudem powstrzymując odruch wymiotny. Nie mogła zapomnieć oczu starej czarownicy. Podeszła do Biafry.

– Obiecałeś zwolnić Lonnei z wojska.

Popatrzył na nią tym swoim zabójczym spojrzeniem.

– Mogę zwolnić. Ale to porucznik zwiadu, nie rób jej tego świństwa, co?

Chciała uderzyć Biafrę z całej siły. Odskoczył, potknął się, Harmeen chwyciła go, żeby nie upadł.

– Podstawiłeś tę niby służącą? Lonnei to twój człowiek?

Kiwnął głową niezdecydowanie, niepewny, czy Harmeen zdoła powstrzymać Achaję, jeśli ta dostanie szału.

– Zinna jest zdrowa? Wymyśliłeś tę opowieść o sraniu uszami, tak?

– Tak... To znaczy opowieść wymyśliłem – szepnął. – Ale nie wiem, co z Zinną.

– Wymyśliłeś tę żołnierz ze zmasakrowaną twarzą, która siedzi w bujanym fotelu?

Biafra schował się za plecami Harmeen, która stała oszołomiona, nie wiedząc, co robić. Po raz pierwszy w życiu jakiś mężczyzna schował się za jej babskim tyłkiem.

– Słuchaj... No dobra. Wymyśliłem. Ale ktoś taki przecież może istnieć. Wiesz, ilu rannych mamy?

– Harmeen, kucnij! – warknęła Achaja. – Lanni! Łap go!

Biafra jęknął cicho. Miał jednak wielkie szczęście. Arnne podskoczyła z tyłu i powstrzymała Achaję.

– Słuchaj, ta stara czarownica zdążyła wysłać posłańca z listem. Czuję to.

– Szlag! Dokąd pojechał?

Arnne rozejrzała się, wzruszyła ramionami, potem krzyknęła do Lanni, już zachodzącej Biafrę od tyłu:

– Przynieście mi jakiegoś kota. No szybko!

Porucznik zbaraniała.

– Co, kurwa, przynieść?

– Kota! – Arnne zdenerwowała się nagle. – Nie wiesz, co to jest kot? Taki mały domowy drapieżnik. Ma wąsy i futerko.

Lanni skinęła na swoich ludzi. Jej mina świadczyła jednak, że podejrzewa czarownicę o utratę zmysłów. Kotów się kretynce zachciewa! Dziewczyny z plutonu niemrawo ruszyły na poszukiwania. Biafra zrozumiał, że najgorsze minęło. Wysunął się zza ciągle oszołomionej Harmeen. Wyraźnie chciał zapytać, po co im kot, ale wolał nie prowokować Achai. Kręcił się niespokojnie, klnąc i zerkając w stronę pałacu. Stali tu zdecydowanie za długo. Na szczęście któraś z dziewczyn znalazła starego, wielkiego kocura i przyniosła go, trzymając za skórę na karku, żeby uniknąć podrapania.

Arnne wzięła od niej zwierzaka.

– Słuchaj, mały braciszku – szepnęła. Te z żołnierzy, które stały najbliżej i słyszały jej słowa, zbaraniały. – Odjechał stąd człowiek na koniu. Muszę wiedzieć, w którą stronę. Muszę poznać jego zapach.

Biafra otworzył usta, ale nic nie powiedział. Harmeen skrzywiła się, jakby rozgryzła ziarnko pieprzu. Lanni tylko machnęła ręką.

– Mały bracie. Muszę poznać jego zapach.

Obie, Arnne i Achaja, poczuły nagle woń końskiego potu i szczyn, zapach przestraszonego mężczyzny, odór wódki i ciężkiego jedzenia. Obie prawie zamroczyła intensywność tych odczuć. Obie też rzuciły się na kolana i zaczęły węszyć. Oddział oniemiał. Dziewczyny patrzyły na nie przestraszone, jakby zobaczyły dwie wariatki, które uciekły ze świątyni.

Kocur wysmyknął się z objęć Arnne. Podniósł ogon i podbiegł w stronę lasu, wyraźnie wskazując kierunek.

– Złapiesz go? – mruknęła czarownica. – Czy ci pomóc?

– Dam sobie radę. – Achaja podniosła się lekko. – Konia! – krzyknęła.

– Dobrze się czujesz? – szepnęła Lanni, nachylając się do jej ucha.

– Siostro – z drugiej strony podeszła Shha – mam taką radę. Napij się wódki do oporu i idź spać.

– Konia, siostrzyczko. Potrzebuję konia.

– Teraz? Po nocy? Chcesz go zjeść czy co?

– Ruszę po ciemku.

Na szczęście Jakee przyprowadziła czyjegoś wierzchowca. Była naprawdę szybka i potrafiła wykonać każdy rozkaz, nie analizując jego znaczenia. Była dobrym żołnierzem. Dziewczyny wokół zrozumiały nagle, że ich major naprawdę zamierza jechać po ciemku. I to najwyraźniej sama. Rzuciły się do swoich koni, ale Arnne powstrzymała je, mówiąc, że posłaniec nie odjechał daleko, a poza tym jest stary, prawie sześćdziesięcioletni, i nie sprawi większego kłopotu. Niewiele dzieliło je, żeby wezwały kapłanów, by zaczęli leczyć umysły wariatek.

Achaja z trudem podciągnęła się na siodło, siadając po babsku, z obiema nogami po jednej stronie i tylko jedną w strzemieniu. Shha chciała dać jej miecz, ale broń nie była potrzebna, krępowałaby ruchy. Achaja ruszyła szybko, koń jednak zwolnił, kiedy opuścili krąg światła rzucany przez pochodnie. Zmusiła go do szybszego biegu, potknął się kilka razy, chwyciła mocniej wodze. Dla niej wokół panowała szara jasność, on nie mógł widzieć niczego. Usiłowała chronić wierzchowca przed co większymi wykrotami, potem dostrzegła ścieżkę. Pociągnęła nosem. Czuła zapach posłańca. Szedł pieszo, ciągnąc swojego konia za uzdę. Nie miał pochodni, spryciarz, znał teren, mógł wszędzie trafić po omacku. Niewiele mu to pomoże. Czuła go tak wyraźnie, jakby stał o kilka kroków. Przyspieszyła jeszcze, choć koń zaczął chrapać, bardziej ze strachu niż zmęczenia.

– No jeszcze, jeszcze, malutki – szeptała uspokajająco. – Nie złamiesz nogi. Nic ci nie będzie, koniku. Jeszcze trochę.

Zapach się wzmógł. Pewnie. Mężczyzna nie mógł po ciemku odejść daleko. Chwilę później go usłyszała. Właśnie krzesał ogień, chcąc zapalić pochodnię. Widać uznał, że nikt nie będzie już gonić. Błąd. Chociaż nie taki wielki, bo niby skąd mógł wiedzieć, że zabójcy jego pani widzą po ciemku i mogą węszyć lepiej niż gończe psy.

Jej koń nie chciał już przyspieszać. Wzruszyła ramionami. Posłaniec stał raptem kilkadziesiąt kroków dalej. Musiał usłyszeć niepewny stukot kopyt obcego konia.

Zamarł w bezruchu. Kiedy go zobaczyła, właśnie usiłował się ukryć pod rozłożystym krzakiem.

Podjechała powoli, a kiedy tamten wstrzymał oddech, zatrzymała się, chwyciła go za szaty na karku, podniosła jedną ręką i przerzuciła sobie przez kulbakę.

– Gdzie masz list? – spytała.

Wrzasnął przerażony. Nie widział niczego. Czuł tylko, co się dzieje.

– Słuchaj – wycedziła. – Albo powiesz, albo zacznę wydłubywać ci palcem mózg. Przez nos, kawałek po kawałku.

Zapach strachu po prostu ją odurzył. Wrzasnęła nagle, nie mogąc się kontrolować. Zaczęła wyć. Wyć jak wilczyca i za żadne skarby nie mogła tego powstrzymać. Mężczyzna zsikał się ze strachu, mocząc jej róg płaszcza. Podawał dziewczynie pismo drżącą dłonią, ale nie mogła go wziąć, tak była rozdygotana. W końcu chwyciła papier zębami, zawróciła, smagnęła konia wodzami, zmuszając do cwału. Czuła... Czuła zapachy różnych zwierząt, nocnych drapieżników, sów, wilków, lisów, rysi i żbików. Słyszała ich ciche głosy.

Przypomniała sobie książkę, którą czytała w swoim pałacu w Troy, zanim zaczęło się to wszystko. Opowieść o małej dziewczynce zagubionej w ciemnym lesie, która bała się każdego dziwnego dźwięku, bała się każdego cienia. Ach! Jak można się tak bać? Teraz las był dla niej domem, znała go, czuła. Jak mogła kiedyś identyfikować się z tamtą dziewczynką, która o mało nie umarła ze strachu, wyobrażając sobie zbliżające się potwory? Potwory...

Achaja zamarła nagle, wstrzymując konia. Bogowie! Przecież... Przecież teraz... Sama była potworem. Już nie małą dziewczynką zagubioną w lesie. Ale ceną, którą musiała zapłacić, było, że sama została potworem.

Potrząsnęła głową. W opowieści nieznanego autora wszystko się zgadzało. Naprawdę nie była już przerażoną dziewczynką. Po prostu przeszła na drugą stronę. To ona mogłaby straszyć małe dziewczynki.

Koniec tomu drugiego

Andrzej Ziemiański

Porzucił prestiżową karierę naukową i zajął się pisaniem książek. Już po kilku latach zdobył uznanie pół miliona Polaków czytających *Achaję* z wypiekami na twarzach.

Z wykształcenia jest architektem. Widzi i myśli obrazami. Podgląda, słucha i rozmawia dla przyjemności. Lubi fotografować puste miejsca. Sam jest dla siebie pracownikiem, szefem i przewodniczącym komitetu strajkowego. Nieustannie prowokuje czytelników i recenzentów swoim podejściem do sztuki pisania. Mówi, że cierpi na przymus tworzenia.

Jego bohaterowie żyją własnym życiem – sami wybierają gatunek i formę opowieści, dzięki czemu z niezrozumiałego dla siebie powodu autor otrzymał wór nagród od czytelników. Pierwsze dwa tomy *Achai* nominowane były do Nagrody im. Janusza A. Zajdla. Drugi tom otrzymał w 2004 roku nagrodę Nautilus.

Cykl *Achaja* to także jedna z najbardziej kasowych serii w polskiej literaturze. To dzięki tym książkom pisarz może realizować swoje najśmielsze egzotyczne podróże i otaczać się ulubionymi gadżetami.

Ziemiański w swoich książkach ceni kobiecość. Nawet w filigranowej postaci dostrzega siłę, która go pasjonuje. Ale to nie oznacza, że ma dla niej litość.

Pisarz ma w sobie coś z hazardzisty – ale uwaga – jeśli zaczyna grę, to żeby wygrać.

foto © Przemysław Bednarczyk

Książki Andrzeja Ziemiańskiego wydane nakładem naszego wydawnictwa

Cykl Achaja:

Achaja – tomy 1, 2, 3
Pomnik cesarzowej Achai – tomy 1, 2, 3, 4, 5

Pozostałe książki:

Zapach szkła
Toy Wars
Breslau forever
Za progiem grobu
Pułapka Tesli

WYDANIE II
zmienione, poprawione

ISBN 978-83-7574-232-9

PROJEKT I ADIUSTACJA AUTORSKA WYDANIA Eryk Górski, Robert Łakuta

PROJEKT ORAZ GRAFIKA NA OKŁADCE Piotr Cieśliński

ILUSTRACJE Dominik Broniek

REDAKCJA Karolina Kacprzak

KOREKTA Bogusław Byrski

SKŁAD ORAZ OPRACOWANIE OKŁADKI Dariusz Nowakowski

SPRZEDAŻ INTERNETOWA
fabryka ponad normę .pl

ZAMÓWIENIA HURTOWE
Firma Księgarska Olesiejuk sp. z o.o. S.K.A.
05-850 Ożarów Mazowiecki, ul. Poznańska 91
tel./faks: 22 721 30 00
www.olesiejuk.pl, e-mail: hurt@olesiejuk.pl

WYDAWCA
Fabryka Słów sp. z o.o.
20-834 Lublin, ul. Irysowa 25a
tel.: 81 524 08 88, faks: 81 524 08 91
www.fabrykaslow.com.pl
e-mail: biuro@fabrykaslow.com.pl

DRUK I OPRAWA OPOLGRAF S.A. www.opolgraf.com.pl